CHRISTINE BRAND

Der Unbekannte

Autorin

Christine Brand, geboren und aufgewachsen im Schweizer Emmental, arbeitete als Redakteurin bei der »Neuen Zürcher Zeitung«, als Reporterin beim Schweizer Fernsehen und als Gerichtsreporterin. Im Gerichtssaal und durch Recherchen und Reportagen über die Polizeiarbeit erhielt sie Einblick in die Welt der Justiz und der Kriminologie. »Wahre Verbrechen« ist der erster True-Crime-Titel der Bestsellerautorin bei Blanvalet über Kriminalfälle, die sie als Gerichtsreporterin begleitete. Nach »Blind«, »Die Patientin«, »Der Bruder« und »Der Unbekannte«, erscheint mit »Der Feind« der fünfte Fall für das Ermittlerduo Milla Nova und Sandro Bandini. Christine Brand lebt in Zürich, reist aber die meiste Zeit des Jahres um die Welt.

Die unabhängig voneinander lesbaren Krimis um Milla Nova und Sandro Bandini bei Blanvalet:

1. Blind
2. Die Patientin
3. Der Bruder
4. Der Unbekannte
5. Der Feind

Christine Brand

Der Unbekannte

Kriminalroman

blanvalet

FSC www.fsc.org MIX Papier | Fördert gute Waldnutzung FSC® C014496

Klimaneutral* Druckprodukt ClimatePartner.com/14044-1912-1001

Penguin Random House Verlagsgruppe FSC® N001967

1. Auflage 2023
Taschenbuchausgabe 2023 by Blanvalet,
einem Unternehmen der Penguin Random House Verlagsgruppe GmbH,
Neumarkter Straße 28, 81673 München

Redaktion: René Stein
Umschlaggestaltung: © www.buerosued.de
Umschlagmotiv: Sten Knudtoft / EyeEm / Getty Images;
www.buerosued.de
JA · Herstellung: DiMo
Satz, Druck und Bindung: GGP Media GmbH, Pößneck
Printed in Germany
ISBN 978-3-7341-1306-2

www.blanvalet.de

Prolog

Er hat Angst. Ein Gefühl, das er so nicht kennt. Er hat die schwierigsten Aufträge ausgeführt und die brenzligsten Situationen überstanden. Dreimal ist auf ihn geschossen worden, einmal wurde er getroffen, ein Streifschuss. Sein Körper wurde zahllose Male vom Adrenalin geflutet. Aber Angst? Nie. Aufregung, das schon, Anspannung, Konzentration, der Kick. Das hat er gesucht, das hat ihn ausgemacht. Das war sein Leben. Immer ist er davongekommen. Bis jetzt.

Aber das hier? Das fühlt sich an wie das Ende von allem. Damit kann er nicht umgehen. Die Angst vor dem Danach flutet seinen Körper, der sich schwer und traurig und kraftlos anfühlt. Er blickt auf seine Hände. Sie zittern.

»Deine Hände zittern.«

Hastig nimmt er sie vom Tisch, legt sie auf die Knie, wo niemand sie sieht. »Es geht schon.«

»Mach dir keine Sorgen. Es wird alles gut.«

Gut? Gut soll es werden? Er spricht seine Zweifel nicht laut aus, es würde doch nichts ändern. Er hat keine Wahl. Es fällt ihm schwer, das zu akzeptieren.

»Es ist alles vorbereitet. Du kennst die Daten?«

»Ich habe alles auswendig gelernt«, antwortet er. »Aber es fühlt sich so anders an, dieses Mal.«

»Stell dir einfach vor, es gehe um einen weiteren Job.«

»Das ist einfacher gesagt als getan.«

»Ich weiß. Wir werden dich auch vermissen.«

Die beiden Männer schweigen. Sie sind es nicht gewohnt, über Gefühle zu sprechen, Emotionen haben in ihrem Business keinen Platz. Gleichzeitig wissen sie: Was jetzt nicht gesagt wird, wird niemals gesagt werden. Doch die Worte des einen schaffen es nicht bis zum anderen. Sie bleiben unausgesprochen.

»Geburtstag?«

»18. Dezember 1950.«

»Name der Mutter?«

»Katharina.«

»Vater?«

»Ernst.«

»Aufgewachsen in?«

»Uster, Kanton Zürich.«

»Ausbildung?«

»Abgebrochenes Jura-Studium, dann Ausbildung zum Justizvollzugsbeamten.«

»Korrekt ist: Fachmann für Justizvollzug. Das musst du wissen.«

»Fachmann für Justizvollzug.«

»Grund für den Umzug in den Kanton Bern?«

»Der Job, eine Stelle in der Strafanstalt Thorberg.«

»Und dein Beruf heute?«

»Bademeister! Himmel, wie seid ihr bloß darauf gekommen? Bademeister!«

»Es gab keine andere Möglichkeit. Du kannst dir nach Saisonschluss was anderes suchen, kein Problem.«

»Kein Problem? Was soll ich denn finden?«

»Kannst dich ja als Privatdetektiv selbstständig machen.«

Obwohl es nicht so gemeint ist, klingt der Satz in seinen Ohren wie Hohn. Doch er schweigt, hört weiter zu, wie über ihn bestimmt wird.

»Du wirst dich morgen von deinen Eltern verabschieden können, bevor du losfährst. Wir haben dir ein Auto organisiert. Läuft alles schon auf den neuen Namen.«

Allein beim Gedanken an den Abschied wird ihm schlecht. Natürlich haben seine Eltern Verständnis gezeigt für die Situation. Sie wollen nur das Beste für ihn. Auch ließen sie sich den Schmerz nicht anmerken. Aber er weiß, wie schrecklich es für sie sein muss; als würde ihr Sohn sterben, obwohl er es tatsächlich nicht tut, aber verlieren werden sie ihn doch. Sein Leben wird ohne sie stattfinden. Sie werden ihre künftige Schwiegertochter niemals kennenlernen, auch nicht ihre Enkel. Falls er sich an die Abmachung hält.

»Es ist Zeit. Bist du so weit?«

Noch nicht, denkt er. Er ist noch nicht so weit. Er wird es nie sein. Doch er nickt.

Sein Gegenüber schiebt einen Briefumschlag über den Tisch. Er greift danach, öffnet ihn, zieht ein rotes Büchlein und verschiedene Papiere heraus.

»Dein Pass, dein Führerschein, die übrigen Urkunden. Ich wünsche dir ein gutes Leben.«

Er stöhnt leise auf.

»Ist das wirklich nötig? Das alles? Ist es nicht übertrieben?« Ein letzter Versuch, seine letzte Hoffnung, dass das hier nicht geschehen wird.

»Wir übertreiben nicht. Wenn du einen Fehler machst oder dich nicht an die Regeln hältst, bist du ein toter Mann.«

Sein Gegenüber erhebt sich, auch er steht auf, schiebt den Stuhl zurück, der ein zu lautes Geräusch verursacht. Er zuckt erschrocken zusammen.

Zum Abschied geben sich die beiden Männer die Hand.

1

Es klopft. Dreimal kurz, zweimal lang, dreimal kurz, so leise, dass sie es nicht gehört hätte, würde sie nicht seit einer Viertelstunde darauf warten. Er hat einen Schlüssel, trotzdem kommt er nicht einfach herein. Auch klingelt er nie; er klopft, kaum hörbar.

Margret öffnet die Tür, späht über seine Schulter ins Treppenhaus, lässt ihn eintreten, schließt hinter ihm gleich wieder ab. Erst jetzt küssen sie sich kurz auf den Mund.

»Hat dich jemand gesehen?«

»Nein, ich bin ein Chamäleon.«

Es ist immer die gleiche Begrüßungsformel, seit fast einem Jahr schon, seit das Unfassbare geschehen ist und sich Ronnie und Margret ineinander verliebt haben. Es hat sie beide überrascht, und doch haben sie es zugelassen, was keine Selbstverständlichkeit ist – aus verschiedenen Gründen.

Ronnie folgt Margret in die Küche, stellt seine Aktentasche neben die Tür, legt sein Veston über die Stuhllehne. Die Lamellen der heruntergelassenen Jalousie schneiden den Sonnenschein in Streifen. Kleinste Staubkörner tanzen im gebrochenen Licht.

Ronnie umarmt Margret und flüstert ihr etwas ins Ohr.

Sie lacht laut auf und klatscht ihm mit der Hand auf den Hintern.

»Du alter Schmeichler, du!«

Draußen verkünden die Glocken des Kirchturms die volle Stunde; acht Schläge. Eigentlich müsste Ronnie jetzt mit der Arbeit beginnen, wahrscheinlich hat er einen Sitzungstermin in die Agenda eingetragen, einen, bei dem er auf keinen Fall gestört werden darf. So macht er es jedes Mal, wenn sie sich zu einem Schäferstündchen treffen.

»Hast du schlecht geschlafen?« Margret studiert Ronnies Gesicht. Blass sieht er aus, er kommt ihr auf einmal seltsam grau vor. Ein grauer, alter Mann. Sie schiebt den Gedanken weg, fährt Ronnie mit der Hand über den Rücken. »Du siehst müde aus.«

»Ich fühl mich nicht besonders.«

»Was ist los?«

»Ich weiß nicht. Der Magen. Ich habe bestimmt bloß etwas Falsches gegessen. Das Frühstück, die Eier, keine Ahnung, ich krieg heut auch irgendwie schlecht Luft, vielleicht ist eine Erkältung im Anmarsch, aber kein Grund zur Sorge.«

»Willst du dennoch Kaffee?«

»Nein, danke, lieber nicht.«

Margret kann sich nicht erinnern, wann es anfing, wann sie jenes Alter erreicht hatte, in dem sich jede Unterhaltung nach wenigen Minuten zwangsläufig um die Gesundheit zu drehen schien. Es muss irgendwann um ihren Sechzigsten herum gewesen sein, schon eine Weile her. Obwohl Margret sich stets vornimmt, nicht über die eigenen Beschwerden zu klagen, landet sie beim Plaudern mit ihren Freundinnen und Freunden früher oder später doch jedes Mal beim Austausch der persönlichen Gesundheitsbulletins. Es ist der Fluch des Alters.

»Du siehst bezaubernd aus.« Ronnie reißt sie mit seinem Kompliment aus ihren Gedanken. Margret lächelt.

»Du Schwindler. Ich bin alt und runzlig, alles hängt. Der Zauber ist längst vergangen.«

»Unsinn. Du bist wunderschön, ich liebe dich in der Seniorin-Version.« Ronnie gibt ihr einen Kuss auf die Stirn, löst seinen Krawattenknopf und beginnt, sich aus seinem Hemd zu schälen. »Lass uns etwas ruhen gehen.«

»Ruhen …« Margret lacht. Doch sie folgt Ronnie ins Schlafzimmer, knüpft sich unterwegs die Bluse auf. Sie spürt die Aufregung, die ihr die Röte ins Gesicht treibt, und muss über sich selbst schmunzeln, über sich und über Ronnie, sie sind so alt und doch so unvernünftig.

Seit sie zusammen sind, spielt sich ein großer Teil ihrer Beziehung im Bett ab, obwohl sie das Kapitel Sexualität für sich selbst bereits abgeschlossen hatte. Wie man sich täuschen kann. Margret fragt sich, wie lange sie diese unerwartete Lust aufeinander noch verspüren werden. Zunächst hatte sie gedacht, die Sache würde nach ein paar Wochen vorbei sein. Doch daraus wurden Monate. Und noch immer führen sie sich auf wie verliebte Teenager, wenn auch nicht mehr ganz so ungestüm und wild wie in jungen Jahren, sie würden sich sonst wohl die Knochen brechen. Oder sich zumindest etwas ausrenken.

»Komm, komm«, flüstert Ronnie zärtlich, als er Margret an der Hand nimmt und mit sich aufs Bett zieht.

Er küsst ihren Nacken, ihren Hals, ihr Ohr, ihre Schläfe, die Stirn. Wie gut er riecht, denkt Margret. Darauf legt er Wert, zum Glück.

»Lass uns zusammen sein. Ich meine: richtig. Nicht so wie jetzt. Wie Mann und Frau.«

»Ronnie …«

»Ich meine es ernst.«

Er küsst sie auf die Wange, kurz auf den Mund. Sie weiß, er befürchtet, er habe Mundgeruch. Darum ist er kein großer Küsser, leider.

»Du weißt, dass das nicht geht.« Margret liegt auf der Seite, sie hat sich auf den Ellenbogen gestützt und blickt Ronnie in die Augen.

»Warum nicht? Wir leben schließlich im einundzwanzigsten Jahrhundert.«

Er legt seine Hand auf ihren Rücken und öffnet mit noch immer geschickten Fingern ihren Büstenhalter.

»Das ändert nichts daran.«

»Auch jemand wie ich kann sich scheiden lassen. Es ist mir egal, was die anderen denken.«

»Ach Ronnie. Es ist nicht so einfach. Das weißt du doch genau.«

»Du machst dir zu viele Sorgen. Ich verspreche dir, ich werde frei sein, wir werden zusammen sein.«

Margret legt ihre Lippen auf die seinen, mehr um ihn zum Schweigen zu bringen, als um ihn zu küssen, sie will nicht streiten, sie mag nicht darüber reden, nicht schon wieder und nicht jetzt. Zu kostbar erscheint ihr die wenige Zeit, die sie zusammen haben.

Sie streichelt seinen faltigen, nackten Bauch, lässt ihre Hand in seine Hose gleiten, er stöhnt auf. Sie spürt, dass er schon hart ist. Sie weiß, dass er Viagra schluckt, bevor er an ihre Tür klopft. Sie hat nichts dagegen einzuwenden. Margret öffnet seinen Gürtel, streift mit seiner Hilfe seine Hose ab, schlüpft aus ihrem Rock. Er streichelt sie zärtlich, sie liebt seine Hände auf ihrer Haut. Was für ein Glück, wieder und immer wieder von jemandem berührt zu werden, denkt sie, als sie die Augen schließt. Er wälzt sich etwas unbeholfen auf sie, große Akrobatik ist für sie beide nicht mehr drin, und gleitet in sie hinein, keucht plötzlich laut, als ob er schon außer Atem wäre und ächzt klagend auf. Kommt er etwa schon? Doch er klingt ganz anders als sonst. Er ringt nach Luft, röchelt, sein Körper verkrampft sich. Margret schlägt die Augen auf, erkennt seinen panischen Blick, sieht, wie er sich aufrichtet und sich ans Herz greift. Im nächsten Moment lässt er sich schwer auf sie fallen und bleibt liegen.

»Ronnie?«

Er macht keinen Mucks.

»Ronnie!« Margret schreit seinen Namen.

Nichts.

Die Angst greift nach ihr. Einen Moment lang bleibt sie reglos unter seinem Körper liegen, unfähig sich zu rühren, als befände sie sich in einer Schockstarre. Doch dann reißt sie sich zusammen, kämpft sich unter Ronnies Körper hervor, ein Kraftakt, sie dreht ihn auf den Rücken, schlägt ihm mit der Faust aufs Herz, immer wieder, dann versucht sie, ihn zu beatmen, legt ihren Mund auf seinen und stößt Luft in ihn hinein, so wie sie es vor vielen Jahren gelernt hat.

Er atmet nicht.

Sie lässt von seinem Mund ab, wendet sich wieder dem Herzen zu, massiert es mit aller Kraft, die in ihr steckt. Sie versucht, Ronnie zurückzuholen von da, wo immer er sich befindet, zurück in diesen Körper, er darf nicht gehen, nicht Ronnie, nicht jetzt, so darf sein Leben nicht enden.

Doch es nützt nichts. Margret erkennt, dass es zu spät ist. Da ist kein Leben mehr. Dennoch springt sie auf, greift sich ohne darüber nachzudenken Rock und Bluse und stürzt zum Telefon. Sie muss den Notruf wählen. Den

Ambulanz-Notruf! Die Nummer fällt ihr nicht ein, nur die 118 für die Feuerwehr hat sie präsent. Also tippt sie die ein. Kaum hat sie die Nummer gewählt, hält sie inne. Rasch hängt sie den Hörer wieder auf.

»Und was soll ich denen sagen?«, fragt sie laut in die Stille hinein, als würde sie eine Antwort aus dem Schlafzimmer erwarten.

Doch Ronnie schweigt.

2

»Schläfst du noch?«

»Mmmmh.«

Nathaniel tastet nach Gundulas Kopf, der an seiner Schulter liegt, fährt ihr mit dem Finger über die Wange, hält auf ihren Lippen inne, lehnt sich vor und küsst sie sanft.

»Ich muss los.« Er versucht, sich aufzusetzen, doch die kurzen Arme, die ihn umschließen, ziehen ihn sanft ins Kissen zurück.

»Bleib doch noch ein bisschen.«

Im gleichen Moment hört Nathaniel das vertraute Tapsen von vier Pfoten auf dem Parkettboden, Sekunden später streift etwas Nasses seine Hand. Alisha, seine Blindenhündin, scheint nur auf das Wörtchen *los* gewartet zu haben. Sie ist nicht mehr die Jüngste, ihre Blase war auch schon strapazierbarer, spätestens um neun Uhr morgens muss er mit ihr Gassi gehen, länger lässt sich der Morgenspaziergang kaum mehr hinauszögern.

»Alisha muss auch raus. Wir sind nicht solche Langschläfer wie du.«

Gundula ignoriert Nathaniels Worte und schmiegt ihren kleinen Körper an ihn.

Wie vertraut sie sich schon sind, denkt Nathaniel, als er den Arm um sie legt und sie an sich drückt. Fast sein ganzes Leben lang war er alleine. Das mit der Liebe war kompliziert; es ließ sich einfach keine Partnerin finden für ihn, einen Blinden. Irgendwie war das auch okay, er hatte sich damit abgefunden, nur selten plagte ihn eine kleine Sehnsucht nach der Zweisamkeit, die er bis vor Kurzem noch niemals in seinem Leben erfahren durfte. Doch just als er – aus formalen Gründen – seine lesbische Freundin Carole zum Schein geheiratet hatte, lief ihm Gundula über den Weg, eine kleinwüchsige Frau aus dem Tierwarengeschäft, die ihn mit ihrer forschen und direkten Art vom ersten Moment an verzaubert hat. Das Timing hätte zwar kaum schlechter sein können, trotzdem hat er sich auf Anhieb in sie verliebt. Er küsst Gundula erneut, dann löst er sich aus ihrer Umarmung.

»Ich sollte wirklich gehen, leider, aber heute ist ein großer Tag, ich muss eine Geburtstagsparty für einen Haufen unbändiger Sechsjähriger mitorganisieren.«

»Silas' Geburtstag.« Gundula sagt es mit einem Unterton in der Stimme, der niemandem sonst auffallen würde, doch Nathaniel spürt sofort, dass noch etwas folgen wird. »Ich wünschte, ich hätte auch ein Kind.«

Der Satz versetzt Nathaniel einen Stich ins Herz. Er setzt sich auf die Bettkante und möchte etwas erwidern, aber die richtigen Worte fallen ihm nicht ein. Heikles Terrain. Er hört, dass sich auch Gundula aufsetzt.

»Also ich könnte mir gut vorstellen, mit dir Kinder zu haben.«

Obwohl es keine Frage ist, klingt es, als würde sie eine Antwort erwarten. Eine Antwort, die Nathaniel nicht geben kann. Er erstarrt innerlich und versucht, sich nichts anmerken zu lassen; gleichzeitig drückt er Gundula unbeholfen an sich, sodass sie nach Luft ringen muss.

»Soll ich das als ein ›Ja, ich auch‹ verstehen?«, fragt sie halb scherzend, halb verunsichert.

Nathaniel schweigt noch immer, er fühlt sich überfordert und weiß nicht, wie er adäquat reagieren kann, ohne Gundula zu verletzen. Er weiß nur eines mit Bestimmtheit: Er will kein Kind, kein eigenes Kind, es geht nicht.

»Du scheinst von der Idee nicht ganz so begeistert zu sein«, hakt Gundula nach.

»Lass uns ein andermal darüber reden.«

»Es ist medizinisch möglich, du musst dir keine Sorgen machen. Nur, weil ich kleinwüchsig bin, heißt das nicht, dass ich auch ein kleinwüchsiges Kind gebären werde. Mein Kind kann normal groß werden, so wie du.«

Nathaniel drückt Gundula noch einmal an sich, dann steht er auf. »Darum geht es nicht. Es ist eine große Frage, und es ist noch so früh, wir kennen uns doch kaum. Und überhaupt, wie gesagt, ich muss los.«

Nathaniel tastet nach dem Stuhl, der links neben dem Nachttisch steht und auf den er am Abend zuvor seine Kleidung abgelegt hat. Zuunterst die Jeans, darauf liegen der Pullover und das T-Shirt, zuoberst die Unterhosen und die Socken, alles korrekt gefaltet. Seine Mutter würde vor Freude im Grab in die Hände klatschen, wenn sie ihm dabei zusehen könnte; ausgerechnet er, der als kleiner Junge immer alles irgendwo in eine Ecke gepfeffert hatte. Doch unordentlich zu sein, verträgt sich schlecht mit Blindheit. Heute ist er ein richtiggehender Pedant.

»Nathaniel …«

»Gundula, entschuldige, lass uns wirklich besser ein andermal darüber reden.«

Er schlüpft in seine Hose, sucht mit den Fingern die Etikette des Pullovers, damit er ihn korrekt herum hält, und zieht ihn über, er dreht sich noch einmal zurück zum Bett und tastet nach Gundula. Er gibt ihr einen Kuss, wünscht ihr einen schönen Tag und verlässt ihr Schlafzimmer. Sie bleibt schweigend zurück. Im Flur neben der Tür hört Nathaniel Alishas Schwanz auf den Boden klopfen. Er nimmt das Hundegeschirr vom Haken an der Garderobe, lässt sie hineinschlüpfen und schließt die Tür auf.

Als er kurz darauf unten aus dem Haus tritt, atmet er erleichtert aus. Er will kein Kind. Niemals. Er hat schon Silas, er ist ihm nahe, sehr nahe, zu nahe fast, Silas ist ihm beinah ein Sohn, allein das ist schwierig genug. Zu gut erinnert sich Nathaniel an die Panik, die ihn vor ein paar Monaten ergriffen hat, als er Silas plötzlich nirgends mehr finden konnte. Er war wegen eines Unfalls zu spät beim Kinderhort erschienen, wo er ihn abholen wollte. Die Erzieherin hatte nicht richtig aufgepasst, und Silas war einfach weg gewesen. Nathaniels Angst um den kleinen Jungen war so mächtig, dass er glaubte, daran zu sterben. Das und diese Hilflosigkeit will er nie mehr erleben.

Ein eigenes Kind – das schafft er erst recht nicht. Zu groß ist seine Furcht, ein zweites Mal seine Familie zu verlieren. All das hätte er Gundula gerne erklärt. Doch wie sagt man das zu seiner Geliebten, die sich ein Kind wünscht – ohne zu riskieren, dass sie einen verlässt?

Gedankenversunken lässt sich Nathaniel von Alisha zur Bushaltestelle führen. Kurz darauf fährt er durch die Berner Altstadt, rechts und links die Laubengänge, die er noch nie gesehen hat und deren Klang er so gut kennt, weil seine Schritte in ihnen widerhallen, wenn er zu Fuß unterwegs ist.

Als er an seiner Haltestelle aussteigt, zieht ihn Alisha ungeduldig nach rechts statt nach links, wo ihr zu Hause liegt. Erst da fällt Nathaniel ein, dass sie ihr Morgengeschäft noch immer nicht verrichten konnte.

»Entschuldige Alisha«, murmelt er.

Zur Antwort erhält er ein ungeduldiges Japsen. Als er beim Bremgartenwald ankommt, befreit er Alisha aus dem Geschirr und entlässt sie mit einem »Libera!« Er bleibt stehen, während er sie im Gehölz verschwinden hört, legt den Kopf in den Nacken und spürt Sonnenstrahlen auf seinem Gesicht. Er fühlt einen leichten Wind, lauscht, wie er mit den Ästen spielt. Nathaniel atmet den Wald ein, der nach feuchter Erde und jungen Blättern riecht.

Nein, kein Kind, sagt eine Stimme in seinem Kopf. Es hört sich an wie eine Drohung. Auf einmal umgibt ihn ein düsteres Gefühl wie eine dunkle Regenwolke, eine Stimmung, von der er meinte, sie ein für alle Mal erfolgreich aus seinem Leben vertrieben zu haben. Doch er hat sich offensichtlich geirrt. Schatten verschwinden nicht.

»Nathaaaaaaaniel – endlich!«

Silas rennt Nathaniel beinahe um, als er zu Hause ankommt. Der kleine Junge übertönt mit seinem Freudengeschrei sogar das Jaulen von Alisha, mit dem sie ihrerseits Silas und Carole begrüßt, als hätte sie sie seit Wochen nicht mehr gesehen, obwohl sie gerade erst gestern noch zu Hause gewesen sind. Zu Hause heißt für Nathaniel: bei Silas, seinem Patenkind, und dessen Mutter Carole, seiner lesbischen Freundin, mit der er eine Scheinehe eingegangen ist, die sich aber manchmal beinahe wie eine richtige Ehe anfühlt, trotz allem.

»Alles Gute zum Geburtstag, kleiner großer Mann!«, ruft Nathaniel, während er nach Silas greift, der sich fangen und in die Luft stemmen lässt. Doch kaum hat er wieder Boden unter den Füßen, wird Silas ernst.

»Ich bin jetzt zu groß, um getragen zu werden, ich bin jetzt nämlich erwachsen. Seit heute bin ich sechs Jahre alt.«

»Das werden wir richtig feiern, dass du ab sofort erwachsen bist.«

Nathaniel hört Carole aus der Küche treten.

»Zum Glück bist du hier, mir wächst schon jetzt alles über den Kopf!«

Carole sagt es lachend, aber Nathaniel hört ihrer Stimme die Erschöpfung an, obwohl noch nicht mal Mittag ist. Ein buttrig-süßer, warmer Schokoladengeruch streift seine Nase. Es ist ein Kuchen im Ofen. Dass Carole backt, kommt genau einmal im Jahr vor, nämlich wenn Silas Geburtstag hat. Es gibt auch jedes Mal den gleichen Kuchen, stets dieselbe Fertigbackmischung, denn Carole ist eine miserable Köchin. Was die Kulinarik anbelangt, ist sie alles andere als eine perfekte Mutter, was ihr aber niemand übel nimmt, am wenigsten Silas selbst; er liebt es, dass ständig Pommes oder Fischstäbchen auf dem Tisch stehen.

Carole begrüßt Nathaniel mit einer kurzen Umarmung, das ist zu ihrem scheinehelichen Ritual geworden.

»Ich habe Girlanden und Luftballons gekauft, die man noch aufblasen muss, ich dachte, du könntest mir vielleicht dabei helfen.«

»Stets zu deinen Diensten.«

»Ich will auch Luftballons aufblasen!«, reklamiert Silas.

»Wir werden es gemeinsam tun. Auch beim Aufhängen der Girlanden brauch ich deine Hilfe.« Nathaniel streckt den Arm aus, um Silas durch die Haare zu wuscheln, doch der bückt sich schnell weg. Das lässt er sich seit einem halben Jahr schon nicht mehr gefallen, doch Nathaniel kann sich einfach nicht daran gewöhnen.

»Ich hol sie.«

Nathaniel hört Silas in die Küche rennen, kaum ist er weg, ist er auch schon wieder da, er fasst Nathaniels Hand und zieht ihn zum Sofa. Längst ist es für den kleinen Jungen eine Selbstverständlichkeit, dass er für Nathaniel das Sehen übernimmt. Kaum hat Nathaniel Platz genommen, hört er das Knistern von Plastik, dann fühlt er ein Säckchen in seiner Hand.

»Das musst du aufreißen.«

Nathaniel gehorcht aufs Wort, er zerreißt das Plastiksäckchen kraftvoll, sodass alle Luftballons auf einmal herausfallen.

»Eins, zwei, drei, vier, fünf, sechs, sieben, acht, neun, zehn und noch ein paar«, zählt Silas, während er sie am Boden einsammelt. Einen drückt er Nathaniel in die Hand. Er fühlt sich kalt und unangenehm an.

Nathaniel hört Silas neben sich verzweifelt pusten. Er tastet das schlabbrige Gummiding in seiner Hand nach einer Öffnung ab, erfühlt den verstärkten Rand. Himmel, denkt er, wie lange ist es her, dass er das zum letzten Mal gemacht hat? Er war noch ein Kind.

»Rate, welche Farbe dein Ballon hat!«, fordert Silas ihn auf.

»Blau?«

»Falsch! Rot! Du hast verloren.« Silas beginnt wieder zu pusten.

Nathaniel nimmt das offene Ende des Ballons in den Mund und bläst kräftig hinein, der Luftballon füllt sich, der Gummi fühlt sich gleich ganz anders an.

Da fällt es ihm ein, wann genau er zum letzten Mal einen Luftballon aufgeblasen hat. Er war nicht viel älter als Silas jetzt ist. Es war damals, in der anderen Zeit, als er noch sehen konnte. In seinem anderen Leben. Als seine Schwester Geburtstag hatte.

Auf einmal dreht sich alles. Nathaniel wird schwindlig, er fühlt einen Druck auf der Brust, als hätte sich jemand auf ihn draufgesetzt. Er keucht, ringt nach Atem, weiß nicht mehr, was oben und was unten ist, und kippt zur Seite. Ganz weit weg hört er eine Kinderstimme rufen. Dann, vielleicht Sekunden, vielleicht Minuten später, wird er heftig geschüttelt.

»Nathaniel! Nathaniel!«, ruft Carole, die ihn an den Schultern gepackt hat.

Nathaniel richtet sich auf und hält sich benommen den Kopf.

»Nathaniel, bist du in Ordnung?«

»Mir wurde schwindlig.«

»Weil du einen Luftballon aufgeblasen hast? Bist du krank?«

»Nein. Es ist nichts. Es ist nur … Es sind die Erinnerungen. Die Luftballons. Das Geburtstagsfest. Meine Schwester ist zwei Tage nach ihrem Geburtstag gestorben.«

3

»Das Kind!«

»Welches Kind?«

»Das Kind! Es stirbt!«

Milla Nova lässt das Mikrofon fallen, krümmt sich und verfällt in ein leises Wimmern.

Ihr Kameramann Ivan reagiert sekundenschnell. Er stellt die Kamera auf den Boden und rennt auf Milla zu, hält sie fest, stützt sie. Begreift.

»Bist du schwanger?«

Milla nickt und presst die Lippen zusammen. Es fühlt sich an, als hätte ihr jemand ein Messer in den Unterleib gerammt. Sie spürt genau, dass dieser Schmerz nicht gut ist. Dass gar nichts gut ist. Dass sie ärztliche Versorgung braucht, und zwar schnell.

Im Nu sind Milla und Ivan von mehreren Parlamentariern umringt, die besorgt auf die Journalistin hinabblicken. Milla kauert mitten in der Wandelhalle im Bundeshaus auf dem Boden, jenem Ort im Parlamentsgebäude, in der die Politiker ihr weiteres Vorgehen besprechen und Lobbyisten Versprechungen machen. Gerade hat sie ihr Interview mit Nationalrat Martin Ischer beendet, ein ehemaliger TV-Moderator, der einst ihr Arbeitskollege war und jetzt auf einmal in ganz anderer Funktion vor der Kamera steht. Sie hat ihn über die bevorstehende Abstimmung zum neuen

Anti-Terrorgesetz befragt, das er vehement bekämpft. Da war noch alles in Ordnung gewesen. Jetzt ist nichts mehr in Ordnung. Milla spürt, dass ihr etwas Feuchtes innen am Bein herunterläuft. Hoffentlich ist es nicht zu viel Blut, denkt sie, es darf nicht zu viel Blut sein. Nicht das Kind.

Milla zittert am ganzen Körper und nimmt die Menschen um sich herum nur schemenhaft wahr, die Worte kommen von sehr weit her. Bis jemand sie am Ellenbogen packt.

»Ich bin Arzt«, hört sie eine Stimme sagen, die sie kennt. Sie blickt auf. Es ist Nationalrat Claudio Izzo, der in seinem Leben vor der Politik eine Hausarztpraxis betrieben hat. Er geht vor Milla in die Knie, sucht ihren Blick.

»Frau Nova. Wissen Sie, wo Sie sind?«

»Im Bundeshaus. Ich bin schwanger. Ich blute.«

»Sie müssen ins Spital.«

Darauf ist Milla schon selbst gekommen. Ivan hilft ihr, sich wieder aufzurichten, der Schmerz ist etwas erträglicher geworden, aber er ist nicht ganz weg, er lauert irgendwo, um gleich wieder anzuschwellen.

»Ich fahre dich ins Krankenhaus«, sagt Ivan. »Kannst du gehen?«

»Ja«, meint Milla. Sie wirkt ruhig, doch in ihrem Kopf herrscht Chaos und Panik.

Nicht das Kind. Nicht mein Kind. Das darf nicht sein.

Milla hört das Klingeln der Glocke im Nationalratssaal, das Zeichen dafür, dass gleich die nächste Abstimmung stattfinden wird. Claudio Izzo nickt ihr aufmunternd zu, bevor er hinter den anderen in den Saal eilt, um noch rechtzeitig auf den Abstimmungsknopf zu drücken. Plötzlich sind alle weg, und es ist unnatürlich still in der Wandelhalle.

Ivan hebt das Mikrofon mit dem Signet des Schweizer Fernsehens vom Boden auf, schnappt sich die Kamera und Millas Tasche, klemmt sich das Stativ unter den Arm, als ob es keine elf Kilo wiegen würde, und hält Milla den Oberarm hin, damit sie sich daran festhalten kann, aber das ist nicht nötig.

»Es geht schon.«

»Ich fahre dich ins Inselspital.«

»Ich möchte lieber zu meiner Frauenärztin. Sie ist hier, in Bern.«

»In Ordnung. Willst du Sandro anrufen?«

Sandro. Milla wünschte sich, dass er bei ihr wäre, gleichzeitig ist sie froh, dass er nicht hier ist. Er würde durchdrehen vor Sorge, er, der sich dieses Kind so sehr wünscht.

Milla schüttelt den Kopf. »Vielleicht ist es ja nichts Schlimmes. Ich will ihn nicht unnötig beunruhigen, lass uns zuerst zu meiner Ärztin fahren.«

Zwanzig Minuten später sitzt Milla auf dem Gynäkologenstuhl und wagt kaum zu atmen. Die Ungewissheit ist unerträglich, das Schweigen der Ärztin ebenso, doch Milla wagt nicht zu fragen.

»Es lebt.«

Milla möchte erleichtert sein, doch sie hört der Stimme ihrer Ärztin an, dass etwas nicht stimmt.

»Ich sehe den Herzschlag. Hier, sehen Sie?« Chantal Tischler zeigt auf den Monitor, der Millas Innenleben in Echtzeit zeigt. Doch Milla kann beim besten Willen nichts erkennen außer ein dunkles, verwirrendes Durcheinander. Doch dann sieht sie plötzlich ein klitzekleines Etwas, das geräuschlos pulsiert. Das Herz ihres Kindes.

»Aber ich will ganz ehrlich zu Ihnen sein.« Als sich die Ärztin vom Monitor ab- und Milla zuwendet, zerfurchen Sorgenfalten ihre Stirn.

»Ich werde es verlieren, oder?«

»Der Blutverlust, die Krämpfe, das sind keine guten Anzeichen. Sie könnten auf einen drohenden Abort hinweisen. Ich verordne Ihnen drei Tage Bettruhe. Sie müssen still liegen. Zudem verschreibe ich Ihnen Bryophyllum und Progesteron. Ich meine es ernst: Sie müssen stillhalten. Keine Arbeit mehr. Kein Sex. Keine Lasten heben. Vermeiden Sie jede Art von Stress! Dann schauen wir weiter.«

Milla will es nicht hören, am liebsten würde sie sich die Ohren zuhalten. Sie ist erst in der neunten Woche schwanger. Sie wusste, dass die Gefahr eines Abortes in den ersten zwölf Wochen groß ist, insbesondere weil sie selbst mit fast vierzig Jahren nicht mehr die Jüngste ist, um Mutter zu werden. Aber dass es sie nun wirklich treffen könnte – das ist etwas ganz anderes als abstrakte Prozentzahlen und Wahrscheinlichkeiten.

»Sind Sie alleine hergekommen, oder wartet Ihr Partner im Wartezimmer?«

»Nein. Und nein. Ich bin mit meinem Kameramann hier. Ich meine, mit meinem Arbeitskollegen.«

»Wie gesagt, arbeiten ist ab sofort strikt verboten.«

Milla nickt. »Ich werde mich nach Hause bringen lassen.«

»Gut. Ich gebe Ihnen Damenbinden mit.«

Chantal Tischler steht auf, öffnet einen Schrank, sucht ein paar überdimensionierte Damenbinden heraus und reicht sie ihr.

Milla zieht sich hinter den Paravent zurück, klebt eine

Binde in die blutverschmierte Unterhose und schlüpft in die Jeans, die auf der Innenseite ebenfalls einen kleinen, dunklen Fleck aufweist, der von außen aber nicht zu sehen ist. Sie lässt sich von Chantal Tischler das Rezept für die Medikamente geben plus Krankmeldung, wonach sie gleich für eine ganze Woche krankgeschrieben ist.

»Danke«, sagt Milla leise. Sie mag sich gar nicht vorstellen, was ihr Chef Wolfgang dazu sagen wird, dass sie für eine Woche ausfallen wird, oder wer weiß, vielleicht für länger. Sie hat es noch nicht einmal geschafft, ihm zu erzählen, dass sie schwanger ist. Dabei hätte er längst damit beginnen müssen, nach einer Stellvertreterin für ihren Mutterschaftsurlaub zu suchen. Sofern es den Mutterschaftsurlaub überhaupt noch braucht. Der Gedanke nimmt Milla den Atem; ein schwerer Stein auf ihrer Brust.

»Gehen Sie nach Hause und legen Sie sich hin. Keine Arbeit, kein Stress. Schaffen Sie das?« In Chantal Tischlers Stimme schwingt Skepsis mit.

Milla nickt zögernd.

»Gönnen Sie sich Ruhe, sich und Ihrem Kind.«

Bevor Milla Ivan im Wartezimmer abholt, zieht sie sich für einen Moment auf die Toilette zurück. Vogelgezwitscher ertönt aus einem Lautsprecher und erfüllt den Raum. Es riecht wie in einer Wellness-Zone. Über Millas Kopf dreht eine kleine, geflügelte Kuh an einem Faden gemächlich ihre Runden. Milla mustert sich im Spiegel. Blickt sich in die Augen. Wie blass sie ist.

Sie muss Sandro anrufen, muss ihm sagen, was passiert ist. Muss ihren Chef informieren. Jemand muss ihren Beitrag zum Anti-Terrorgesetz fertigstellen. Auf einmal erscheint ihr das alles zu viel.

Noch einmal schaut sie sich im Spiegel an.

»Reiß dich zusammen«, sagt sie laut zu ihrem Spiegelbild. »Du hast schon ganz andere Situationen überstanden.«

Milla muss ihre Gedanken sortieren.

Bis vor exakt eineinhalb Stunden war sie nicht mal sicher gewesen, ob sie tatsächlich ein Kind haben wollte. Sie konnte sich noch immer nicht wirklich vorstellen, Mutter zu werden. Natürlich, sie und Sandro haben sich gemeinsam dafür entschieden, das Kind zu behalten, nachdem sie überraschend schwanger geworden war. Sandro hatte sich immer Kinder gewünscht, am liebsten hätte er eine ganze Rasselbande. Das muss an seinen italienischen Wurzeln liegen. Milla hingegen hatte sich früher immer ein Leben ohne Kinder vorgestellt. Doch sie hat schließlich nachgegeben, hat gedacht, dass sich das Schicksal nun mal anders entschieden hat und dass sich ihre Einstellung von selbst ändert, sobald ihr Körper durch die Schwangerschaftshormone geflutet wird. Doch tief in ihrem Innern ist sie unschlüssig geblieben, bis zu dem Moment in der Wandelhalle des Bundeshauses, als der Schmerz ihr den Verstand nehmen wollte und das Blut aus ihr herausfloss. Jetzt, wo sie das Kind verlieren könnte, möchte sie es plötzlich unbedingt, nichts wünscht sie sich in diesem Augenblick mehr, als dass das Kind bei ihr bleibt, dass es lebt, dass es geboren wird und aufwächst und ein Leben führen kann.

Und plötzlich ist da noch ein anderes Gefühl: Schuld. Sie hat sich nicht genug auf das Kind gefreut, darum droht sie es jetzt zu verlieren. Sie ist zu unvorsichtig gewesen. Sie ist schuld, wenn das Kind stirbt.

Milla schiebt die Gedanken weg. Ihr Verstand weiß,

dass sie nichts dafür kann. Dass die Natur entscheidet, wer überlebensfähig ist und wer nicht. Trotzdem.

Sie muss Sandro anrufen. Sie muss es ihm sagen. Allein bei dem Gedanken hat sie einen zentnerschweren Brocken im Hals.

»Bist du okay?«, fragt Ivan, als Milla das Wartezimmer betritt.

»Danke. Ich bin okay. Das Kind lebt.«

»Gott sei Dank.«

Instinktiv will Ivan Milla an sich drücken, gleichzeitig schreckt er davor zurück, als wäre sie auf einmal aus Porzellan und drohe bei der kleinsten Berührung zu zerbrechen.

»Kannst du mich zu Sandro nach Hause bringen? Ich fahre nicht nach Zürich. Ich werde bei ihm bleiben. Die Ärztin hat mir Bettruhe verschrieben. Bettruhe … ich!«

Ivan kommt nicht umhin, ein Lächeln zu unterdrücken. Es ist für ihn schlicht nicht vorstellbar, dass sich Milla auch nur eine halbe Stunde stillhalten kann. Seit vielen Jahren arbeitet er mit ihr zusammen. Sie nennt ihn stets ihren Lieblingskameramann – tatsächlich ist sie auch seine Lieblingsreporterin. Sie haben einiges miteinander durchgemacht, etliche heikle Situationen überstanden – ihr Hang zum Chaos hat die Dreharbeiten oft nicht gerade erleichtert, im Gegenteil. Doch mit niemandem sonst hat er so viele spannende Reportagen realisiert. Mit Milla an der Seite wird es einem zumindest nie langweilig.

Als sie nebeneinander im weißen Kastenwagen sitzen, auf dessen Seite das rote Logo des Schweizer Fernsehens prangt, wirft Ivan einen Blick zu ihr hinüber. Das, denkt er, wird jetzt womöglich vorbei sein. Ein Kind verändert alles. Falls es jemals das Licht der Welt erblickt.

»Ich muss Sandro informieren«, sagt Milla zum wiederholten Mal.

»Ruf ihn einfach an«, entgegnet Ivan, weil ihm nichts anderes einfällt. Den Anruf kann Milla niemand abnehmen, das muss sie schon selbst tun.

Sie seufzt, greift nach der Tasche und wühlt lange darin herum, bis sie ihr Handy findet. Milla gibt sich einen Ruck und stellt Sandros Nummer ein. Ein Summton, ein zweiter, ein dritter, dann das vertraute Klicken, wenn die Mailbox anspringt. Milla wartet auf den Piepston nach der Ansage.

»Sandro, Milla hier. Ich bin auf dem Rückweg von meiner Ärztin und fahre … Ivan bringt mich jetzt zu dir. Es ist … ich habe geblutet … aber es ist alles in Ordnung, du musst dir keine Sorgen machen, es ist nur, ich muss die Füße stillhalten. Die Ärztin hat mir Bettruhe verordnet. Es könnte … bitte ruf mich so schnell wie möglich zurück.«

Sie klickt den Anruf weg.

»Er ist nicht rangegangen?«

»Er ist bei der Arbeit.«

»Ich bring dich zu seiner Wohnung und kann bei dir warten, bis er nach Hause kommt.«

»Danke, das ist lieb, aber nicht nötig. Setz mich einfach bei ihm ab.«

»Bist du sicher?«

»Ganz sicher.«

»Und du hältst wirklich die Füße still? Legst dich sofort hin?«

»Mach ich. Mach ich.«

»Und keine Arbeit vom Bett aus?«

»Du hörst dich an wie meine Mutter.«

Ivan muss lachen.

In dem Moment spielt Millas Telefon den uralten Song *Mama* von Heintje, den sie zum Scherz für die Rufnummer ihrer Mutter als Klingelton eingestellt hat.

»Wenn man vom Teufel spricht … jetzt ruft sie tatsächlich gerade an.«

Milla lässt das Lied laufen, weil sie gerade jetzt in diesem Augenblick nicht mit ihr reden will. Sie muss sich zuerst selbst beruhigen, damit sie ihre Mutter nicht zu sehr beunruhigt. Sie würde ihr sofort anmerken, wie aufgewühlt sie ist. Milla wird sie später zurückrufen.

»Du gehst nicht ran?«

»Nicht jetzt.«

Das Telefon verstummt, nur um gleich wieder von Neuem *Mama* abzuspielen.

»Scheint dringend zu sein«, kommentiert Ivan.

Milla zögert. Ihre Mutter ruft nie zweimal hintereinander an. Es wird wichtig sein. Sie muss ihr ja nichts von dem Zwischenfall erzählen. Sie wird sich zusammenreißen. Milla räuspert sich und geht ran.

»Milla, zum Glück erreiche ich dich!«, ruft ihre Mutter aufgeregt. »Du musst sofort herkommen. Jetzt. Es ist dringend.«

Milla verdreht die Augen. Ihre Mutter hat einen Hang zum Drama. Selbst wenn sie höchst alarmiert klingt, heißt das noch lange nicht, dass auch wirklich höchste Alarmstufe herrscht.

»Mama, ich kann jetzt nicht. Ich rufe dich zurück, okay?«

»Nein, nicht okay. Du musst kommen. Jetzt!«

So sehr Milla ihre Mutter auch liebt … sie erträgt es schlecht, wenn sie einen Kommandoton anschlägt, als wäre Milla noch immer ein Kind, über das sie einfach so bestimmen kann.

»Mama, nein, ich kann jetzt nicht.« Millas Stimme klingt schärfer als beabsichtigt.

»Es ist etwas passiert.«

Hier auch, denkt Milla, mir ist auch etwas passiert.

»Ich bin gerade wirklich nicht imstande, zu dir zu kommen«, sagt sie, jetzt mit brüchiger Stimme, sie merkt, dass sie die Fassung zu verlieren droht.

»Es ist aber eine Katastrophe passiert!«

»Mama, bist du gesund und in Ordnung?«

»Ja, ja, ich bin gesund. Aber nichts ist in Ordnung. Ich brauche deine Hilfe. Es ist wirklich ganz, ganz dringend. Der absolute Notfall.«

»Was ist passiert?«

»Ich weiß nicht, ob ich das am Telefon sagen kann.«

»Mama!« Von wegen kein Stress, denkt Milla genervt. Nicht einmal die eigene Mutter lässt sie in Ruhe. »Jetzt rück schon damit raus!«

»Es ist … In meinem Bett liegt ein toter Mann.«

4

Der große Zeiger der Wanduhr springt auf zwölf. Es ist Punkt zehn, als Felix Winter die Tür hinter sich schließt. Sandro Bandini räuspert sich. Er weiß: Wenn Felix hier ist, sein ältester Mann im Team, dann sind alle da. Er könnte die Uhr nach ihm richten. Sandro tippt auf das Display seines Handys, das er vor sich auf den Tisch gelegt hat, eine Angewohnheit, um die Zeit zu prüfen, obwohl er sie ja gerade an der Wanduhr abgelesen hat. Er sieht, dass Milla versucht hat, ihn zu erreichen. Schlechtes Timing. Kurz nur streift ihn die Sorge, dass etwas nicht in Ordnung sein könnte. Seit sie schwanger ist, malt er sich auf einmal die schlimmsten Dinge aus, die seiner Freundin und dem ungeborenen Kind zustoßen könnten. Wahrscheinlich erwächst so etwas wie Vaterinstinkt in ihm. Oder aber es liegt an seiner Erfahrung, weil er Milla nach all den Jahren zu gut kennt; in ihrer manchmal ungestümen Art lotet sie oft Grenzen aus oder schießt darüber hinaus, dabei lässt sie sich zu seinem Leidwesen auch durch ihre Schwangerschaft nicht bremsen. Er müsste sie schon in die Arrestzelle einsperren, um sie im Zaum zu halten. Sandro muss über seinen absurden Gedanken schmunzeln. Er wird Milla später zurückrufen.

In dem Moment öffnet sich die Tür erneut. Malou Löwenberg streckt den Kopf herein, schlüpft durch die Tür, murmelt »Sorry« und setzt sich auf einen Stuhl ganz links außen. Sandro hat sich geirrt, sein Team war doch noch nicht komplett. Er hat einen Moment lang nicht mehr daran gedacht, dass Malou ab sofort mit dazugehört. Nach ihrem Sondereinsatz beim letzten großen Fall tritt sie heute ihre neue feste Stelle in der Abteilung Leib und Leben der Kantonspolizei Bern an. Fortan wird sich Sandro nicht mehr darauf verlassen können, dass Felix stets der Letzte ist. Malou scheint ihm den Rang abzulaufen.

Sandro blickt in die Runde.

»Guten Morgen, ich begrüße euch zur Teamsitzung. Insbesondere Malou heiße ich herzlich bei uns willkommen.«

Sandro stellt fest, dass seine Kolleginnen und Kollegen noch immer einen Platz unangetastet lassen: Ramons Stuhl. Eine schmerzende Lücke, das wird sich so schnell nicht ändern.

Links von Ramons ehemaligem Stuhl sitzt Bettina. Bettina, die sich die Schuld an Ramons Tod gibt, obwohl sie überhaupt nichts dafür kann. Um ein Haar hätte Sandro nach dem tragischen Vorfall auch Bettina als Mitarbeiterin verloren; nach dem gewaltsamen Tod ihres Partners wollte sie ihren Job aufgeben und die Karriere beenden. Zum Glück hat sie sich letztlich doch anders entschieden. Sandro möchte nicht auf sie verzichten müssen. Bettina hat nicht zu Unrecht den Spitznamen *the brain* verpasst bekommen; es gibt kaum etwas, das sie nicht weiß. Sie ist das wandelnde Lexikon im Team.

Zur rechten Seite des leeren Stuhls sitzt Felix Winter, der Dienstälteste, ein solider Ermittler, dessen Erfahrung wertvoller ist als eine Schatzkiste voller Gold. Ein paar Jahre sind es noch bis zu seiner Pension. Mit seiner ruhigen, fast väterlichen Art ist er Sandro, der vom Alter her sein Sohn sein könnte, immer wieder eine wichtige Stütze.

Neben Winter hat Florence Chatelat Platz genommen, die IT-Spürnase des Teams. Es gibt keine digitalen Spuren, die sie nicht findet, und keine Tricks, um sich Zugang in fremde Netzwerke zu verschaffen, die sie nicht kennt. Als Hackerin wäre sie längst Millionärin geworden. Ein Glück, dass sie sich für die andere Seite entschieden hat.

Sandro blickt nach links und nickt Malou zu. Sie sieht so gar nicht aus wie eine Polizistin; mit ihrem Zungenpiercing und dem knallrot gefärbten, wild gestylten Kurzhaarschopf könnte sie problemlos als Undercover-Ermittlerin in der linksautonomen Szene eingesetzt werden. Sie hat zuvor in der Drogenfahndung gearbeitet, hat es dort länger ausgehalten als andere, obwohl das Elend der Süchtigen niemanden kaltlässt. Nebenbei hat sie sich in Sachen Gewaltdelikte weiterbilden lassen und sich bei der Klärung des letzten Mordes, bei der sie kurzfristig Ramon ersetzt hatte, bewährt.

»Ich freue mich, Malou, dass du definitiv zu unserer Abteilung wechselst, ich hoffe, dass du dich bei uns wohlfühlen wirst und wir gemeinsam gute Arbeit leisten werden.«

Sandro hat beschlossen, die Zweier-Teams neu zu formieren. Er wird Malou nicht zur Partnerin von Bettina machen, sondern von Felix. Dafür arbeitet Florence neu mit Bettina zusammen. Felix wird Malou ein guter Mentor sein – und bei Florence und Bettina weiß Sandro, dass die Chemie stimmt.

Die Aufgabenliste der heutigen Sitzung ist schnell abgetragen; Sandro informiert seine Leute über den letzten Stand der Dinge in dem kürzlich abgeschlossenen Fall um die vermissten Kinder, bei dem noch einige Rechtshilfegesuche an die französischen Behörden ausstehen. Dann zeigt er auf die leere Magnetwand hinter sich und zuckt mit den Schultern: Derzeit gibt es keine laufenden Ermittlungen für das Dezernat Leib und Leben, die Abteilung, die sich um die schlimmsten Verbrechen kümmert, um Mord und Totschlag, um Sexualdelikte und schwere Körperverletzung. Sandro ist sich bewusst, dass es sich dabei bloß um die Ruhe vor dem nächsten Sturm handelt. Es scheint ein ungeschriebenes Gesetz zu sein, dass alle Verbrechen stets gleichzeitig geschehen und Sandro und sein Team an die Grenzen der Belastbarkeit bringen – oder aber dass Flaute herrscht, weil gerade gar nichts passiert.

Doch im Moment ist Sandro froh, dass er und seine Leute etwas durchatmen können. Das gibt ihnen etwas Zeit, um Liegengebliebenes aufzuarbeiten, Rapporte abzuschließen – und letztlich auch den Verlust von Ramon zu verarbeiten.

»Im Augenblick herrscht Ruhe«, sagt Sandro in die Runde. »Nutzt die Gelegenheit, um all das zu erledigen, wofür ihr sonst nie Zeit findet. Ich bin sicher, dass es bald wieder losgehen wird.«

In dem Moment klopft es an der Tür. Und obwohl es nie ein gutes Zeichen ist, wenn es während der Sitzung an der Tür klopft, müssen alle fünf über das perfekte Timing lachen.

Kollege Schmid steckt den Kopf herein und wedelt mit einem Papier.

»Das ist bei mir auf dem Pult gelandet, aber ich denke, es ist eher etwas für euch.«

Sandro greift nach der Notiz, bedankt sich und überfliegt das Schreiben, während sich die Tür hinter Schmid wieder schließt. Vier Augenpaare beobachten ihn dabei, wie er langsam nickt.

»Ich kümmere mich darum«, sagt er. »Keine große Sache. Ihr könnt euch an die Arbeit machen. Felix, zeigst du Malou ihren neuen Arbeitsplatz? Ihr hört von mir, sobald es etwas Neues gibt.«

Ihre Schritte klackern auf den steinernen Stufen und hallen durch die angrenzenden Flure, als Felix Malou nach der Sitzung durch das Treppenhaus in den zweiten Stock hinaufführt. Das Gebäude der Kantonspolizei Bern stammt aus den Siebzigerjahren. Nicht nur die Architektur erinnert an ein altes Schulhaus, es riecht hier auch so: Nach Putzmittel, Papier, verstaubten Holzschränken und kaltem Stein.

Zwei Stockwerke über dem Sitzungszimmer liegt das Großraumbüro der Abteilung Leib und Leben. Malou kennt sich hier schon aus; als sie in der Soko Fortuna ausgeholfen hatte, arbeitete sie bereits im Büro ihrer neuen Kollegen. Zu ihrer Überraschung sieht es noch genau gleich aus wie damals: Als wäre Ramon nie weg gewesen und komme gleich mit einem heißen Automatenkaffee um die Ecke.

»Wir haben dir sein Pult zugewiesen.« Felix zeigt in Ramons Ecke. »Die Männer von der IT waren schon da, der Computer sollte für dich eingerichtet sein. Behalte, was du brauchen kannst, alles andere kannst du in die Kiste legen.«

Malou schaut auf eine große Schachtel, die neben dem Schreibtisch auf dem Boden steht. Dann fällt ihr Blick auf eine gerahmte Fotografie neben dem Computer-Bildschirm. Eine lachende Frau, die den Kopf in den Nacken wirft und die Hand in Richtung des Fotografen ausstreckt.

Es muss Ramon gewesen sein, der die Aufnahme gemacht hat, in einem Moment der Ausgelassenheit und des Glücks. Ein festgehaltener Augenblick aus einer anderen Zeit, den es so nie mehr geben wird.

»Seine Freundin?«, fragt Malou.

Felix Winter nickt. »Entschuldige, wir haben ... Irgendwie hat niemand daran gedacht, den Schreibtisch aufzuräumen.«

Oder niemand hat ihn aufräumen wollen, denkt Malou. Laut sagt sie: »Ist schon in Ordnung.«

Obwohl sie es nicht in Ordnung findet. Es ist nicht ihre Aufgabe, in den persönlichen Gegenständen ihres verstorbenen Vorgängers zu wühlen, den sie nicht mal gut gekannt hat. Doch Malou schweigt und setzt sich auf den Stuhl. Sie stellt ihn zwei Stufen tiefer. Hält inne. Spürt, wie er sich anfühlt, ihr neuer Arbeitsplatz.

Danach zieht sie die oberste Schublade heraus, ein Kistchen voller Stifte, ein Kistchen mit Korrespondenz. Malou hebt beide heraus und legt sie in die größere Schachtel. Die Korrespondenz geht sie nichts an, auch will sie nichts behalten von ihrem Vorgänger, nicht die Schreibstifte, nicht die Post-it-Kleber, nicht das Lineal und auch nicht den Locher. Selbst das Mouse-Pad legt sie in die Kiste. In der unteren Schublade stößt Malou auf altmodische Hängeregister voller Dokumente. Sie überlegt, auch diese ungelesen in die Kiste zu legen, zögert aber; vielleicht befinden sich Notizen zu ungelösten Fällen darunter. Jemand wird das Material sichten müssen. Aber sie ist nicht die richtige Person. Sie wird es Sandro sagen, später. Malou begibt sich in den Pausenraum, in dem eine winzige Küche eingerichtet ist, und kehrt mit Putzmittel und Waschlappen zurück.

Während Malou den Staub der Zeit und die Erinnerung an den Tod beseitigt, die Ramons Schreibtisch anhaften, liest Sandro nebenan in seinem Chefbüro erneut die Meldung durch, die ihm Schmid übergeben hat. Eine Drohung ist eingegangen. Das Opfer ist niemand, den man kennt, kein Politiker, kein Name aus der Schweizer Cervelat-Prominenz, sondern ein einfacher Gemeindeangestellter, der sich gelegentlich als DJ versucht. Er heißt Jürgen Bräutigam und hat an diesem Morgen im Paketfach seines Briefkastens eine Fotografie von sich selbst gefunden, auf der er bei seinem Nebenjob als DJ zu sehen ist. Respektive eben nicht mehr zu sehen ist – denn an der Stelle seines Kopfes klafft ein Loch, in dem der Absatz eines abgetragenen Stöckelschuhs steckte. Kein Text, kein Absender, nur das Bild und der Schuh. Bräutigam hat sich ob des unerwünschten Geschenks jedoch sehr erschrocken und glaubt, dass es sich um eine Morddrohung handle, darum ist die Angelegenheit nun auf Sandros Tisch gelandet. Einen Verdacht, von wem sie stammen könnte, hat Bräutigam allerdings nicht. Sandro tippt auf eine verschmähte Geliebte oder auf eine Betrogene, bestimmt ist irgendeine Liebes- oder Sexgeschichte im Spiel. Er seufzt und beschließt, die Angelegenheit vorerst dem psychiatrischen Dienst weiterzureichen; er braucht dessen Einschätzung, ob es sich hier tatsächlich um eine Morddrohung handeln könnte und ob sie ernst genommen werden muss.

Sandro greift zum Handy und hört die Nachrichten auf seiner Sprachbox ab. Die letzte stammt von Milla. Während Sandro zuhört, erstarren seine Gesichtszüge. Ihm wird augenblicklich eiskalt.

Sie hat geblutet. Sie muss still liegen. Das Kind ist in Gefahr. Sein Kind!

Sandro hört Millas Stimme an, dass es ernst ist, obwohl sie mit ihren Worten gleichzeitig versucht, ihn zu beruhigen. Sie ist kein Mensch, der übertreibt und aus allem ein Drama macht, im Gegenteil.

Mit zitternden Händen stellt er Millas Nummer ein. Das Telefon klingelt ewig, dann geht der automatische Beantworter ran. Sandro ringt nach Luft.

»Um Himmels willen Milla, geh ran, bitte!«, sagt er laut.

Aus dem Hörer klingt Millas vertrauter Spruch: »Ich bin gerade weg. Aber Sie können, wie immer, nach dem Piepston eine Nachricht hinterlassen.«

»Milla, wo bist du?«, ruft Sandro. »Verflucht, wo steckst du? Ich komme sofort nach Hause, bitte melde dich, wenn du das hier hörst.«

Noch während er Milla aufs Band spricht, greift er zur Jacke und hastet los.

5

Nathaniel hat Carole und Silas gesagt, er brauche frische Luft. Das war nicht mal gelogen. Vor allem aber braucht er Abstand – zu Silas und dessen Party, zu den Kindern, die ausgelassen Geburtstag feiern wollen. Die Erinnerung an den letzten Kindergeburtstag, den er miterlebt hat – den letzten Geburtstag, den seine Schwester erlebt hat –, ist zu schwer, zu überwältigend. Dabei hatte er gedacht, das Trauma überwunden zu haben. So kann man sich täuschen. Auf einmal ist alles wieder da, er fühlt sich um Jahre zurückgeworfen.

Es gibt nur einen Menschen, dem er die ganze Geschichte anvertraut hat und mit dem er darüber reden kann. Alisha weiß genau, wohin sie unterwegs sind. Der Name *Veronika* genügte, um die Blindenhündin auf den richtigen Weg zu schicken. Etliche Jahre hat er im gleichen Haus gewohnt, nur eine Etage über Veronika, der Seniorin, die ihm weit mehr war als eine Nachbarin. Sie ist seine Freundin, auch wenn sie vom Alter her eher seine Großmutter sein könnte. Und irgendwie ist sie das auch, seine Ersatzgroßmutter, ihm, der keine Familie mehr hat.

Seine leibliche Familie ist gestorben, als sein Vater in einem psychotischen Wahn sie alle hat auslöschen wollen, auf die Mutter geschossen hat und auf seine Schwester, auch auf ihn geschossen hat, als er als elfjähriger Bub versucht hatte, sie alle zu schützen. Er hat seinen Vater in Notwehr mit dem Messer angegriffen und so schwer verletzt, dass am Schluss alle tot waren – außer Nathaniel selbst. Er hatte trotz eines Kopfschusses überlebt und war nach Monaten aus dem Koma erwacht, des Augenlichts beraubt und ohne Erinnerung an die Tat. Nur in seinen Träumen hat er sie wieder und wieder durchlebt, schemenhaft, traumatisch.

Eine automatisch generierte Frauenstimme verkündet Nathaniel, dass er bei der nächsten Station am Ziel ist. Der Bus stoppt, die Tür öffnet sich mit einem schmatzenden Geräusch, und als Nathaniel gemeinsam mit Alisha aussteigt, ist ihm sofort jeder Geruch wieder vertraut. Er riecht die Bäckerei an der Ecke, Teig und frisches Brot, die Velowerkstatt neben der Haltestelle, Gummi und Kettenöl, und die vier Glascontainer, die auf dem Gehsteig in den Boden eingelassen sind; abgestandener Alkohol. Hier riecht es wie in einer unaufgeräumten Dorfkneipe, wenn am Morgen nach einer durchzechten Nacht aufgeschlossen wird.

Alisha bellt einmal leise, als sie an der Tür des Mehrfamilienhauses angekommen sind, das einst ihr Zuhause war und in dem Veronika noch immer wohnt. Aus lauter Gewohnheit greift Nathaniel in seine Hosentasche, um den Schlüssel hervorzuklauben, bis ihm einfällt, dass er für diese Tür gar keinen Schlüssel mehr hat. Er tastet nach der Klingel, zählt von oben drei Knöpfe ab und drückt auf den vierten.

Er muss sich eine Weile gedulden, bis der Türsummer erklingt. Alisha beginnt so heftig zu wedeln, dass ihr ganzer Hintern wackelt und ihr Schwanz energisch gegen Nathaniels Beine klopft. Sie schafft es nicht stillzustehen, sondern will sich immer wieder um sich selbst drehen, was wegen des Geschirrs nicht gelingt. Alisha japst nervös, und kaum öffnet Nathaniel die Eingangstür, versucht die Hündin die Treppe hochzustürmen, sodass sie Nathaniel beinahe zu Fall bringt.

»Piano!«, ruft Nathaniel genervt, er kann sich heute nicht mit seinem Tier mitfreuen. Doch im selben Moment besinnt er sich; er muss sich zusammenreißen, er will nicht in einer solch üblen Laune über Veronika herfallen. Auch wenn sie am Telefon gesagt hat, er solle herkommen, als sie hörte, dass es ihm nicht gutgeht. Nathaniel ließ sich nicht zweimal bitten. Veronika ist die beste Zuhörerin der Welt, und das ist genau das, was Nathaniel jetzt braucht: jemand, mit dem er seine Sorgen teilen kann.

Nathaniel hört das Rascheln von Schlüsseln, gefolgt vom Öffnen der Wohnungstür. Als Alisha Veronika erblickt, bricht sie in ein Freudengeheul aus, das es mit jedem Katastrophenalarm aufnehmen kann. Veronika und Nathaniel versuchen, die Hündin zu beruhigen, erst als sie sich wieder einigermaßen gefasst hat, können auch sie sich richtig begrüßen.

Nathaniel will seine Nachbarin in die Arme schließen und verfehlt sie beinahe, weil sie so winzig ist und er ein Stück zu weit rechts steht. Sie tritt einen Schritt zurück, Nathaniel fühlt, dass sie ihn mustert.

»Nathaniel, du siehst schrecklich aus.«

Er hat ihre direkte Art immer gemocht.

»So fühle ich mich auch.«

»Sind die Träume zurück?«

Niemand kennt ihn so gut wie seine alte Freundin.

»Nein. Ich hatte einen Zusammenbruch. Ich habe das

Bewusstsein verloren. Es war ein Flashback, schlimmer als der schlimme Traum.«

»Ach, Nathaniel.« Veronika umarmt ihn gleich noch einmal.

Als Nathaniel in die Wohnung tritt, riecht er den frischen Kräutertee und die Schokoladenkekse, die Trostkekse, wie Veronika sie nennt; auch die kann er jetzt gebrauchen. Ohne Stock und ohne Alishas Hilfe macht Nathaniel drei Schritte vorwärts ins Wohnzimmer, er kennt den Grundriss der Wohnung in- und auswendig, weil er jenem seines alten Zuhauses entspricht, und von den vielen Besuchen weiß er auch, wo Veronikas Möbel stehen. Er tastet nach der Lehne des Sofas und setzt sich.

Nathaniel vernimmt, dass sich auch Veronika hinsetzt, hört den Tee, der vom Krug in die Tassen plätschert.

»Er ist noch heiß«, warnt sie Nathaniel, als sie wie selbstverständlich seine Hand nimmt und ihm zeigt, wo seine Tasse steht, sie dann weiterführt zu der Schüssel mit den Keksen. Würde jemand die alte Frau und den nicht mehr ganz jungen Mann durch das Fenster beobachten, wäre er von dieser vertrauten Geste berührt.

»Was war der Auslöser?«

»Silas' Geburtstag. Respektive die Feier, die wir für ihn und seine Freunde organisiert haben.«

»Warum?«

»Ich habe mit ihm Luftballons aufgeblasen. Und plötzlich zerfiel die Zeit zwischen den Zeiten, plötzlich war Silas nicht mehr Silas, sondern meine Schwester, und auch ich war wieder ein Kind, wir bliesen Luftballons für ihr Geburtstagsfest auf, wir waren aufgeregt und fröhlich und vergnügt. Zwei Tage später waren sie alle tot.«

Nathaniel fühlt Veronikas Hand, sie umschließt die seine.

»Du solltest die Geschichte endlich aufarbeiten, ich meine richtig, mit therapeutischer Begleitung, sie wird dich sonst immer wieder von Neuem einholen.«

»Ich habe ja darüber gesprochen. Mit dir, mit dem Polizisten Felix Winter, der mir genau geschildert hat, was in der Nacht passiert ist. Ich habe mich damit auseinandergesetzt.«

»Vielleicht genügt das nicht. Das, was du erlebt hast, ist das größte Trauma, das ein Kind erleben kann. Dein Gedächtnis hat das schreckliche Ereignis zwar gelöscht, aber in deinem Unterbewusstsein ist die Erinnerung noch immer vorhanden. Ich glaube, du brauchst professionelle Hilfe, um damit abschließen zu können. Auch Gundula zuliebe.«

Gundula.

Nathaniel will gerade einen Schluck Tee nehmen, doch mitten in der Bewegung hält er inne. »Vielleicht lag es auch an Gundula.«

»Was lag an Gundula?«

»Der Zusammenbruch. Dass ich den Kindergeburtstag nicht ertragen habe, dass alles wieder hochkam.«

»Warum?«

»Sie hat mir heute Morgen gesagt, dass sie sich ein Kind von mir wünscht. Aber das geht nicht. Ich will kein Kind. Das ist zu viel, zu eng, zu nah. Ihr Wunsch hat mich gestresst.«

Wieder drückt Veronika Nathaniels Hand. »Der Gedanke macht dir Angst.«

»Ja. Was, wenn ich krank werde wie mein Vater? Was, wenn ich meiner Familie etwas antun würde? Oder wenn ich das Kind auf eine andere Art und Weise verlieren sollte? Noch einmal meine Familie zu verlieren, das könnte ich nicht ertragen. Das würde mich zerstören.«

»Hast du dir die Akten eigentlich damals von jemandem vorlesen lassen?«

»Die Akten zum Fall?«

»Ja.«

»Nein.«

»Warum nicht?«

»Felix Winter hat mir ja alles erzählt, er hat mir genau geschildert, was geschehen ist. Dass mein Vater unter paranoider Schizophrenie gelitten und Stimmen gehört hatte, die ihm befahlen, uns alle umzubringen. Dass er meine Mutter angegriffen hat, dass er auf sie und meine Schwester geschossen hat, dass ich mir das Messer gegriffen habe und auf ihn losgegangen bin, dass er danach auch auf mich schoss. Dass er verblutet ist und dass sie mich haben retten können. Vielleicht wäre es besser gewesen, wenn auch ich gestorben wäre.«

»Sag das nicht. Ich bin froh, dass du nicht gestorben bist. Du hast so viel schon geschafft. Und du bist ein wunderbarer Mensch.«

»Danke.«

Nathaniel weiß, dass Veronika es gut mit ihm meint. Aber es hilft nichts. Er kennt die Stimmung, in die er abzugleiten droht, kennt sie zu gut aus seiner Vergangenheit, diese zentnerschwere Traurigkeit, die alles umschließt und das Leben dumpf macht, die alles leer und sinnlos erscheinen lässt.

»Ich finde, du solltest dir die Akten ansehen. Ich kann mitkommen und sie dir vorlesen.«

»Was soll das bringen?«

»Du hast dich bis jetzt mit oberflächlichen Erklärungen zufriedengegeben. Ich denke, du müsstest dich eingehend mit der Tat auseinandersetzen. Damit du deine Ängste ablegen kannst, ein für alle Mal.«

Nathaniel nickt, obwohl er nicht sicher ist, ob die Akteneinsicht ihm hilft. Und obwohl er ganz sicher ist, dass er keine Therapeutin aufsuchen wird. Zu viele Therapieversuche hat es in seiner Kindheit und in seiner Jugendzeit gegeben, alle haben nichts gebracht – weil er nicht über etwas reden konnte, an das er sich nicht erinnerte.

»Soll ich für uns einen Termin bei der Polizei vereinbaren, damit sie uns Akteneinsicht geben?«, fragt Veronika nun.

»Danke, schon gut, ich kann Felix Winter fragen.«

»Nein, nicht Winter.« Nathaniel erkennt in Veronikas Stimme eine Schärfe, die ihn überrascht und ihn ahnen lässt, dass Widerspruch zwecklos ist.

»Warum nicht Felix Winter?«

»Wegen meinem Bauchgefühl.«

»Deinem Bauchgefühl?«

»Ich habe in meinem langen Leben gelernt, dass man auf die Stimme im Bauch hören muss, nicht auf jene im Kopf, denn die erzählt einem manchmal den größten Mist. Zu oft fällt man auf sie herein. Die Stimme im Bauch hingegen ist eine miserable Lügnerin, darum hält sie sich an die Wahrheit. Leider ist die Stimme im Bauch viel leiser als jene im Kopf, die mitten zwischen den Ohren sitzt. Darum muss man immer gut hinhören.«

»Und was sagt deine Stimme im Bauch genau?«

»Dass etwas an der Geschichte, die Felix Winter dir erzählt hat, nicht stimmt.«

6

Milla muss dreimal lange auf den Klingelknopf drücken, bis sie aus der Wohnung ein vertrautes Geräusch vernimmt. Es ist das leise Schaben der kleinen Metallklappe hinter dem Türspion, das sie hört. Sie guckt mit einem Auge hinein und sieht nur schwarz. Wohl weil sie direkt in das Auge ihrer Mutter blickt.

Da hört sie hinter der Tür jemanden ihren Namen flüstern.

»Milla?«

»Ja, ich bin's, lass mich rein.«

Die Tür öffnet sich einen Spaltbreit, Millas Mutter packt sie am Arm, zerrt sie hinein und schließt die Tür sofort wieder.

Milla erkennt auf den ersten Blick, dass ihre Mutter dieses Mal nicht übertrieben hat: Es muss etwas passiert sein, das sie völlig aus der Bahn geworfen hat. Margret Nova trägt zwar ihre normale Kleidung, doch die Nähte an ihrem Rock verraten, dass sie ihn verkehrt herum angezogen hat. Ihre Frisur gleicht einem Vogelnest, über das ein Orkan hinweggebraust ist, ihre Schminke ist rund um die Augen verschmiert, sodass ihr Gesicht jenem eines Pandabärs gleicht. Ihr Teint ist schneeweiß, und ihr rechter Augenwinkel zittert, ein untrügliches Zeichen dafür, dass das Stresslevel hoch ist und die Nerven blank liegen.

Margret Novas Hände stecken in gelben Gummihandschuhen, es riecht in der Wohnung nach aggressivem Putzmittel, die Küche blinkt vor Sauberkeit, der Boden ist noch feucht.

Entweder hat ihre Mutter wie manisch geputzt, um sich von etwas abzulenken. Oder aber, und Milla erschrickt selbst über ihren Gedanken, um Spuren zu verwischen. Sie wird doch wohl nicht etwa …

Auf einmal ist Milla froh, dass sie hergefahren ist. Obwohl sie weiß, dass es falsch ist, dass sie jetzt zu Hause im Bett liegen und jede Art von Aufregung vermeiden sollte. Es hat sie einige Überzeugungsarbeit gekostet, Ivan dazu zu bringen, sie hier statt bei Sandro abzusetzen. Tatsächlich hat sie ihm etwas vorgeschwindelt – hat behauptet, dass sich ihre Mutter besser um sie kümmern könne als Sandro. Ivan hat ihr die Lüge nicht abgekauft, dafür kennt er sie zu gut, doch er hat schließlich nachgegeben und sie trotzdem hergefahren. Sie hätte ihm ja schlecht erzählen können, dass ihre Mutter ihr gerade mitgeteilt hat, ein toter Mann liege in ihrem Bett.

Zumal Milla das selbst nicht glaubt. Viel eher hegt sie den Verdacht, dass ihre schlimmste Befürchtung eingetroffen ist: Ihre Mutter muss an Alzheimer erkrankt sein. Oder aber sie befindet sich in einem altersbedingten Delirium. Oder sie hat gerade vollends den Verstand verloren. Sie ist zwar erst einundsiebzig und wirkte auf Milla bis heute sowohl geistig als auch körperlich fit und munter, aber das hat nichts zu bedeuten. Manchmal geht es schneller, als man meint. Der Zustand ihrer Mutter, die sonst großen Wert auf ein gepflegtes Auftreten legt, erhärtet Millas Verdacht, dass etwas in deren Kopf nicht mehr richtig funktioniert. Ob sie einen Hirnschlag erlitten hat?

Immerhin, denkt Milla, hat sie meine Telefonnummer wählen können, wenigstens hat sie mich als ihre Tochter erkannt.

»Du hast geputzt?« Milla kommt die Frage selbst absurd vor. Es ist offensichtlich, dass ihre Mutter die Wohnung blitzblank geschrubbt hat.

»Ich musste die Spuren verwischen.«

Milla schließt kurz die Augen und atmet tief durch. Bloß nicht aufregen, ruhig und gelassen bleiben. Das Kind.

»Spuren verwischen? Lass mich erst mal nachsehen, was wirklich passiert ist.« Milla schlägt die Richtung ein, in der das Schlafzimmer liegt. Sie ist sich sicher, dass sie dort nichts anderes als ein leeres Bett vorfinden wird. Ganz bestimmt keine Leiche. Ihre Mutter bildet sich das alles nur ein. Etwas stimmt nicht mit ihr. Sie wird einen Arzt rufen müssen. Noch zwei Schritte bis zur Tür, da stellt sich ihre Mutter dazwischen.

»Nicht!« Sie streckt Milla die Hände entgegen, um sie aufzuhalten.

»Ich muss doch schauen, ob da …«

»Nein, bitte nicht. Ich möchte zuerst erklären, was genau passiert ist.«

»Aber …«

»Bitte!«

Milla fühlt sich überfordert. Sie weiß nicht, wie man mit Menschen umgeht, die sich gerade zum ersten Mal in der Demenz verlieren. Sie beschließt, dass Einlenken nicht falsch sein kann.

»In Ordnung, lass uns darüber reden. Ich mache uns Tee, setzen wir uns doch an den Küchentisch.«

»Ja, gut, gut. Das ist eine gute Idee. Das machen wir.«

Als hätte Milla ihrer Mutter eine große Last abgenommen, fällt auf einmal die Körperspannung von ihr ab. Eine Welle der Erleichterung scheint sie zu überkommen, weil jemand das Zepter übernommen hat. Sie geht in die Küche und lässt sich auf die Eckbank fallen. Milla folgt ihr, füllt den Wasserkocher, schaltet ihn ein und sucht im Schrank nach Tee. Sie blättert sich durch die verschiedenen Sorten und stößt auf einen Beruhigungstee, das wird der Richtige sein, den können sie beide gebrauchen.

»Hast du Kopfschmerzen?«, fragt sie ihre Mutter, während sie den Tee zubereitet.

»Nein.«

»Oder fühlst du dich sonst nicht wohl?«

»Ich bin einfach, es ist, ach, es ist einfach nur alles ganz schrecklich.«

Milla gießt den Tee auf und setzt sich zu ihrer Mutter an den Tisch. Wie seltsam es sich anfühlt. Als hätten sie ihre Rollen vertauscht, als wäre Milla auf einmal die Mutter und die Mutter das Kind, das Trost und Zuwendung braucht.

»Magst du mir erzählen, was passiert ist?«, fragt Milla vorsichtig.

Die Mutter nickt. Und schweigt. Es kommt nichts.

»Am besten beginnst du einfach von Anfang an.«

»Wir hatten Sex.«

»Mama!«

»Tu nicht so entsetzt! Nur weil ich alt bin, heißt das noch lange nicht, dass ich keinen Sex mehr haben darf.« Auf einmal hört sich Millas Mutter wieder sehr wie Millas Mutter an.

»Entschuldige, ich wusste nur nicht, ich meine … mit wem?«

»Mit Ronnie.«

»Du hast einen Freund?«

»Einen Liebhaber.«

»Einen Liebhaber?«

»Ja. Auch das ist im Alter nicht verboten.«

»Schon lange?«

»Seit fast einem Jahr.«

»Und du hast gar nichts erzählt ...«

»Affären hängt man bekanntlich nicht an die große Glocke.«

Milla schüttelt den Kopf. Sie schaut ihre Mutter prüfend an. Sie scheint sich völlig im Klaren zu sein, was sie gerade erzählt.

»Wo hast du ihn kennengelernt?«

»Im Café Federal, wo ich jeden Morgen Kaffee trinken gehe, so wie auch er es tat.«

Die letzten Silben des Satzes kann Milla kaum mehr verstehen, Margrets Stimme wird dünn und geht in ein leises Wimmern über. Tränen fließen über ihre Wangen. Sie legt die Arme auf den Tisch und den Kopf darauf, ihr Weinen erschüttert ihren ganzen Körper.

In diesem Moment weiß Milla, dass ihre Mutter nicht den Verstand verloren hat. Sie spürt ihre Trauer über den Verlust eines geliebten Menschen. Das ist nicht gespielt, das ist nicht eingebildet, der Schmerz ist echt. Auf einmal ist Milla überzeugt, dass im Bett ihrer Mutter tatsächlich jemand liegt.

»Mama, das tut mir leid. Was ist bloß passiert?«

»Ich glaube, er hatte einen Herzinfarkt.«

Milla will es sich nicht bildlich vorstellen. Ihre Mutter mit einem alten Knacker im Bett, der beim Orgasmus tot über ihr zusammenbricht.

»Wir müssen sofort einen Arzt rufen. Bist du sicher, dass er nicht mehr lebt?«

»Er ist tot. Wir können niemanden rufen. Keiner darf erfahren, dass er hier war.«

In dem Moment vibriert Millas Handy. Ein Anruf. Nicht jetzt, denkt Milla, sie greift zum Telefon und schaltet es aus.

»Warum nicht?«

»Weil er verheiratet ist. Wir müssen ihn irgendwie von hier wegschaffen. Es wäre ein Skandal, wenn bekannt würde, dass er bei mir war und woran er gestorben ist.«

»Wir können ihn doch nicht einfach wegschaffen! Seine Frau wird es verkraften müssen. Das lässt sich nicht vertuschen.«

Statt zu antworten, beginnt Millas Mutter erneut zu schluchzen.

Milla steht auf, nimmt ihre in sich zusammengesunkene Mutter in die Arme, hält sie eine Weile fest, löst sich wieder von ihr und begibt sich durch den Flur in Richtung Schlafzimmer. Zunächst hält sie zügig, dann etwas langsamer und schließlich zögerlich auf die geschlossene Tür zu. Vorsichtig drückt sie die Klinke, als wollte sie die Person nicht wecken, die angeblich dahinter liegt.

Doch das ist nicht möglich. Milla erkennt auf den ersten Blick, dass der Mann, der da auf dem Rücken liegt, nie mehr aufstehen wird. Er ist nackt und kein schöner Anblick, ein alter, lebloser Körper, die Arme von sich gestreckt, die Beine leicht gespreizt, den Kopf zur Seite geneigt, die toten Augen starren geradeaus ins Leere.

Ronnie, denkt Milla. Der Liebhaber ihrer Mutter. Der tote Liebhaber ihrer Mutter. Sie tritt näher an das Bett heran, um an seinem Handgelenk doch noch nach einem

Puls zu suchen, obwohl sie weiß, dass sie ihn nicht finden wird. Die Haut ist kalt. Sie blickt in das tote Gesicht und denkt, dass es ihr seltsam bekannt vorkommt. Das ist doch … das darf nicht wahr sein! Sie kennt den Mann. Auf einen Schlag wird Milla bewusst, dass das Drama noch viel größer ist, als sie es für möglich gehalten hätte.

7

Sandro tritt so fest in die Pedale, wie er nur kann. Einmal mehr wünscht er sich, statt ein schickes Vintage-Stadtvelo ein schnelleres Rennrad mit dünnen Reifen gekauft zu haben. Oder noch besser: ein E-Bike oder sogar ein Pedelec, mit dem er ohne große Kraftanstrengung im Nu auf vierzig Stundenkilometern wäre. Er saust den Nordring hinab, strampelt über die Lorrainebrücke, radelt am Bollwerk entlang und biegt dann links ab, hinein in die Altstadtgassen, um in Rekordzeit nach Hause zu gelangen – zu seiner kleinen Junggesellenwohnung unter dem Dach, die nicht zur Familienwohnung taugt, in der er aber immer noch wohnt, weil Milla und er sich noch nicht einig geworden sind, ob sie als kleine Familie in Zürich oder in Bern leben wollen. Für ihn ist der Fall eigentlich klar; er ist beruflich an Bern gebunden. Doch genau das ist einer der vielen weiteren Punkte, in denen noch Klärungs- beziehungsweise Einigungsbedarf besteht: Die Frage, ob er seinen Chefposten bei der Berner Polizei behält. Ginge es nach Milla, sollte er nämlich zu ihr nach Zürich ziehen und wohl nicht nur Vollzeithausmann, sondern auch gleich noch ihr Butler werden. Weil er, wie er selbst zugeben muss, eindeutig die besseren Qualitäten aufweist als sie, wenn es um Tätigkeiten geht, die etwas mit den Themen *Küche* und *Haushalt* zu tun haben. Aber all das ist im Moment nicht wichtig. Wichtig sind im Moment nur Milla und ihr Kind. Sie darf es nicht verlieren. Sie werden für alles eine Lösung finden.

Als Sandro vor der mächtigen Eingangstür des Altstadthauses vom Rad springt und es an das nächstbeste Verkehrsschild kettet, ringt er um Atem. Hastig klaubt er den Hausschlüssel hervor. Kaum hat er ihn gefunden, klingelt sein Telefon. Er klappt die Handyhülle auf: Es ist nicht Milla. Das Display zeigt ihm an, dass sein Kollege Felix Winter anruft. Kein gutes Zeichen, bitte nicht jetzt.

Sandro geht trotzdem ran, doch bevor Winter auch nur ein Wort sagen kann, ruft er lauter als nötig: »Nicht jetzt, ich rufe dich gleich zurück.«

Er klickt den Anruf weg und hetzt die Treppe hoch. Zuoberst angekommen prallt er gegen die Tür, weil er damit gerechnet hat, dass sie nicht abgeschlossen ist. Laut fluchend schließt er sie auf. Als Sandro die Wohnung betritt, weiß er im gleichen Augenblick, dass Milla nicht da ist, dass sie nicht da war, seit er die Wohnung verlassen hat.

»Milla, wo steckst du bloß?«, ruft er aus. Die Angst, dass ihr und ihrem Kind etwas zugestoßen ist, dass sie vielleicht gerade jetzt im Spital liegt und eine Fehlgeburt erleidet, macht ihn schwindlig. Erneut stellt er Millas Nummer ein. Doch sie geht noch immer nicht ran. Er versucht es gleich ein zweites und ein drittes Mal. Jedes Mal vernimmt er bloß ein leises Klicken, gefolgt von ihrer Ansage auf der Mailbox.

»Verflucht!« Wut und Verzweiflung überfluten Sandro, begleitet von einer unsagbaren Angst.

Ruhig bleiben, sagt er sich, er muss sich zwingen, ruhig zu bleiben. Darin ist er doch sonst so gut, wenn es um seinen Job geht – aber das hier ist etwas anderes. Hier geht es nicht um das Schicksal Fremder. Hier geht es um Milla und um sein ungeborenes Kind. Ruhig bleiben, sagt er noch einmal innerlich zu sich selbst. Was soll er bloß tun?

Sandro denkt nach. Was hat Milla genau gesagt? *Ivan bringt mich jetzt zu dir.* Sie muss mit ihrem Kameramann Ivan unterwegs sein, Ivan Ivanovic, der gar nicht Ivan heißt, den aber alle Ivan nennen. Sandro fragt sich, ob er seine Nummer hat. Da fällt ihm ein, dass sie auf Facebook miteinander befreundet sind. Er greift zum Handy, öffnet seinen Account, sucht nach Ivan und ruft ihn an. Ivan geht sofort ran.

»Ist etwas mit Milla?«, fragt Ivan besorgt, ohne ein Wort der Begrüßung.

»Das wollte ich dich gerade fragen. Was ist passiert? Und wo ist Milla, was ist mit ihr, warum ist sie nicht hier?« Sandro hört die Panik in seiner eigenen Stimme.

»Sie hat dich nicht informiert? Ihre Mutter hat angerufen, als wir auf dem Weg zu dir waren, darum hat Milla sich umentschieden. Sie bat mich, sie zu ihrer Mutter zu fahren. Seltsam, dass sie dir das nicht gesagt hat.«

Bei ihrer Mutter. Sandro müsste erleichtert sein. Doch er ist es nicht.

»Und warum geht sie nicht ans Telefon?«

»Keine Ahnung. Ich bin nicht mehr dort, ich habe sie nur abgesetzt.«

»Was ist genau passiert, was ist mit dem Kind?«, fragt Sandro, etwas ruhiger jetzt.

Sachlich schildert Ivan Sandro, was im Bundeshaus geschehen ist, dass Milla geblutet habe, dass ihre Frauenärztin ihr Bettruhe verschrieben habe, dass sie aber nach dem Arztbesuch in einer guten Verfassung gewesen sei, besorgt zwar, aber ohne Schmerzen, zumindest habe sie nichts dergleichen gesagt.

Sandro merkt, dass von Ivan nicht mehr in Erfahrung zu bringen ist, und verabschiedet sich von ihm. Kaum hat er den Anruf beendet, sucht er im elektronischen Telefonbuch nach der Nummer von Margret Nova. Er kennt Millas Mutter, sie waren schon etliche Male bei ihr zum Essen eingeladen. Auch hier klingelt das Telefon ins Leere. Es ist zum Verzweifeln. Er wird hinfahren. Er will Milla sehen. Er muss wissen, wie es ihr geht.

Bevor Sandro aufbricht, klickt er auf der Anrufliste auf Felix Winters Name, um rasch den versprochenen Rückruf zu erledigen.

»Felix, Sandro hier. Was ist los? Ist es dringend?«

»Nun, das wissen wir noch nicht. Aber es herrscht höchste Alarmstufe.«

»Was ist passiert?«

»Es wird jemand vermisst.«

»Ein Kind?«

Sandro ist sofort hochkonzentriert. Sein letzter Fall um die verschwundenen Kinder steckt ihm noch in den Knochen. Es darf nicht sein, dass schon wieder ein Kind entführt worden ist.

»Nein, kein Kind, ein Mann. Er ist heute nicht zu seinen Terminen erschienen.«

»Und darum herrscht Alarmstufe rot? Weil ein Erwachsener seine Termine sausen lässt?«

»Es ist nicht irgendein Erwachsener. Es handelt sich um Aaron Trachsel.«

»*Der* Aaron Trachsel?«

»Ja, Nationalratspräsident Aaron Trachsel.«

»Was wissen wir?« Sandro ist von einer Sekunde auf die nächste wieder ganz Polizist; fokussiert auf das, was gerade passiert. Seine Sorgen um Milla sind zwar nicht verschwunden, aber doch für einen Augenblick ein Stückweit in den Hintergrund getreten.

»Er hat sich wie immer morgens um halb acht von seiner Frau verabschiedet. Um zehn hätte er eine Besprechung mit einer Parlaments-Delegation gehabt, um elf stand ein wichtiges Treffen mit ausländischen Abgeordneten in seinem Terminplan. Er ist nicht erschienen. Sein Parteisekretär ist höchst beunruhigt, weil sich Trachsel in der letzten Zeit vermehrt mit Drohungen gegen seine Person konfrontiert sah.«

»Drohungen von welcher Seite?«

»Offenbar von verschiedenen Seiten, Florence geht die Meldungen gerade durch.«

»Handyortung?«

»Ist beantragt.«

»Was sagt dein Instinkt?«

»Mein Instinkt sagt, dass die Sache stinkt. Trachsel würde den Termin nicht freiwillig verpassen. Entweder wurde er daran gehindert …«

»Oder?«

»Oder er ist tot.«

»Wie alt ist er schon wieder, siebzig?«

»Wohl etwas drüber.«

»Er ist erst ein paar Stunden überfällig. Vielleicht hat er die Termine einfach nur vergessen.«

»Er wurde den ganzen Vormittag nicht gesehen.«

»Oder er hat einen Morgenspaziergang gemacht und ist zusammengebrochen, irgendwo auf einem einsamen Waldweg.«

»Angesichts seiner vollen Agenda wird er sich kaum die Zeit genommen haben, um flanieren zu gehen.«

Sandro kann es drehen und wenden wie er will: Er

muss Felix recht geben. In jedem anderen Fall würde er abwarten, bevor er eine Suchaktion in Gang setzt. Denn die meisten Vermisstenfälle von erwachsenen Personen lösen sich nach kurzer Zeit von selbst. Doch wenn ein Mitglied des Nationalrats verschwindet, ist das kein normaler Fall. Trachsel ist ein Urgestein der Schweizer Politik, er sitzt für die Liberalen im Bundeshaus, seit Sandro Zeitung lesen kann. Ganz bestimmt hat er sich in diesem Amt etliche Feinde geschaffen. Dieses Jahr steht er dem Nationalrat vor und ist dadurch formal der oberste Schweizer.

»Das hier ist ein Fall von nationalem Interesse.« Felix holt Sandro aus seinen Gedanken. »Je nachdem, was dahintersteht, könnte uns das in eine politische Krise stürzen. Wir dürfen nicht zögern. Wir müssen ihn finden. Stell dir vor, die Presse kriegt Wind davon.«

Milla. Sofort denkt Sandro wieder an seine Freundin. Für ihre Sendung *Wochenthemen* wäre das Verschwinden des Nationalratspräsidenten eine quotenträchtige Geschichte. Nicht nur für sie; die gesamte nationale und auch Teile der internationalen Presse würden sich auf die Schlagzeile stürzen wie ein Schwarm Fliegen auf einen Haufen Pferdemist. Sandro mag sich den Rummel gar nicht vorstellen. Er muss verhindern, dass die Medien davon erfahren, bevor sie Aaron Trachsel aufgespürt haben. Auch Milla wird er kein Wort davon verraten dürfen. Milla. Sandro versucht, die Gedanken an Milla und sein ungeborenes Kind beiseitezuschieben und sich selbst zu beruhigen: Bestimmt ist sie bei ihrer Mutter in guten Händen. Wahrscheinlich macht er sich viel zu viele Sorgen. Er wird sich heute Abend um sie kümmern.

»Ich bin in einer Viertelstunde im Büro«, sagt Sandro laut. »Wir behandeln den Fall mit höchster Priorität.«

8

Nathaniel sitzt im Bus und lehnt den Kopf gegen die Fensterscheibe. Sein Gesicht spiegelt sich im Glas. Er sieht den ernsten Ausdruck nicht, auch nicht die Traurigkeit, die in seinen Gesichtszügen liegt – in seinen erwachsenen Gesichtszügen, die ihn, würde er sie kennen, an seinen Vater erinnern würden. Doch in Nathaniels bildlicher Welt hat sich sein Gesicht seit seinem elften Lebensjahr nicht mehr verändert.

Die automatische Frauenstimme kündigt die Haltestelle beim Zytgloggeturm an. Der Bus stoppt, Menschen erheben sich, Stimmen vermischen sich, die Türen öffnen sich mit einem ächzenden Geräusch.

»Alisha, wir steigen aus.« Die Hündin schnellt sofort hoch. »Wir gehen zu Gundula«, erklärt Nathaniel, während sie aus dem Bus steigen.

Auch dieses Mal genügt ein Name, um Alisha die Richtung zu weisen. Sie liebt es, Gundula in ihrer Tierwarenhandlung zu besuchen. Gundula ist überzeugt, dass dies nicht so sehr an ihr, sondern wohl eher am Chinchilla Churchill liegt. Sie glaubt, Alisha habe sich in das Tier verliebt, das Gundula als eine Mischung zwischen einem Hasen und einem Meerschweinchen beschrieben hat, mit der Fellfarbe einer Maus. Nathaniel hat nie ein Chinchilla gesehen, doch als Gundula ihm das Tier in die Hände gelegt hat, konnte er fühlen, warum Alisha von dem kleinen Wuschel begeistert ist; sein Fell ist so weich und sanft, dass man am liebsten nicht mehr aufhören würde, Churchill zu streicheln.

Auf jeden Fall freut sich Alisha jedes Mal mindestens ebenso sehr, Churchill zu sehen, wie sich Nathaniel auf Gundula freut. Jetzt aber schaut er nicht einfach aus einer guten Laune heraus bei Gundula vorbei; er will sich für sein Verhalten von heut früh entschuldigen und sich erklären. Veronika hatte auch in diesem Punkt recht: Seine Geschichte darf nicht zwischen ihm und Gundula stehen, das wäre ihr gegenüber nicht gerecht.

Als Nathaniel den Laden betritt, in dem es alles für das Tier und auch etliche Tiere zu kaufen gibt, erklingt das Glockenspiel über der Tür. Kurz darauf hört Nathaniel, wie eine Plastikgardine zur Seite geschoben wird; dahinter befindet sich in einer kleinen Kammer Gundulas Büro.

»Nathaniel!«

Nathaniel hört aus ihrem Ruf Freude und Überraschung heraus. Er spürt ihre Nähe noch vor der Berührung, in der nächsten Sekunde legen sich ihre Arme um seine Hüfte, er beugt sich hinab und umarmt sie, hält sie fest, ein bisschen länger als üblich, dann küssen sie sich kurz auf den Mund.

»Schön, dass ihr mich besuchen kommt.«

Nathaniel hört Alishas Schwanz auf den Boden klopfen, wohl weil jetzt sie die Streicheleinheiten von Gundula kassiert. Er lässt das Geschirr los und entlässt die Hündin mit einem »Libera«. Das lässt sie sich nicht zweimal sagen. Schnurstracks begibt sich Alisha in die Ecke, in der Churchills Käfig steht; sie stellt die Ohren auf, macht sich mit einem Japser bemerkbar, legt sich hin, und als Churchill ans Gitter herankommt, leckt sie zärtlich sein Fell.

»Alisha knutscht gerade mit Churchill rum«, kommentiert Gundula das Geschehen.

Nathaniel muss über die falsche Vorstellung lachen, die er sich dabei macht.

»Was verschafft mir die Ehre?«, fragt Gundula.

Nathaniel glaubt ihrem Tonfall anzuhören, dass sie schmunzelt. Auf jeden Fall scheint sie nicht sauer zu sein.

»Ich möchte mich für meinen abrupten Abgang heut Morgen entschuldigen.«

»Ist schon in Ordnung. Ich fürchte, ich habe dich mit meinem Kinderwunsch etwas allzu abrupt überfallen.«

»Nein, das war es nicht. Ich habe überempfindlich reagiert, wegen meiner Geschichte.«

Nathaniel hat Gundula von seiner Familie erzählt. Von der Tat seines Vaters, vom Drama, das sich in ihrem Wohnzimmer abgespielt hat, bei dem seine ganze Familie ihr Leben und er sein Augenlicht verloren hat. Aber er hat einige Details ausgelassen. Insbesondere ließ er unerwähnt, dass er sein Trauma nie aufgearbeitet und wohl, wie Veronika meint, darum auch noch nicht wirklich verarbeitet hat.

»Es kam so vieles wieder hoch, als du von einem gemeinsamen Kind gesprochen hast. Ich kann mir noch nicht vorstellen, eine eigene Familie zu haben. Wohl auch, weil ich Angst habe, sie wieder zu verlieren. Dann der Kindergeburtstag von Silas; das war zu viel. Meine Schwester ist zwei Tage nach ihrem Geburtstag gestorben. Auf einmal kam alles wieder hoch.«

Gundula schließt Nathaniel noch einmal in ihre Arme, umarmt ihn, als wolle sie ihn nie wieder loslassen.

»Veronika meint, ich müsste mich stärker mit meiner Geschichte auseinandersetzen – damit sie nicht zwischen uns stehe.«

»Wenn du das wirklich möchtest, werde ich dich dabei unterstützen.«

»Danke.«

Noch immer halten die beiden einander fest. Während Nathaniel ganz still steht, tobt in seinem Kopf ein Gedankensturm. Er ahnt, dass er sich mit seiner Vergangenheit auseinandersetzen muss, wenn er verhindern will, dass sie ihn immer wieder einholt. Gleichzeitig fühlt er mit jeder Zelle seines Körpers, dass er genau das nicht tun will. Weil es zu sehr wehtut. Er will nichts mehr mit der Geschichte zu tun haben. Aus, vorbei, all das ist Vergangenheit, er möchte sie vergessen, weghaben aus seinem Leben, einfach so tun, als ob es das Drama nicht gegeben hätte. Nur noch vorwärts ohne einen Blick zurück, so schlecht hat diese Taktik bis jetzt schließlich auch nicht funktioniert.

Aber das Drama ist passiert, und es holt ihn immer wieder ein. Und dann droht er in ein Loch zu stürzen, das ihm von Mal zu Mal tiefer und schwärzer und auswegloser erscheint. Er muss sich von seiner Vergangenheit befreien.

»Ich muss mich von meiner Vergangenheit befreien«, sagt Nathaniel laut, als könne er sich, ist der Satz erst ausgesprochen, nicht mehr vor seiner eigenen Entscheidung drücken.

»Bist du eigentlich jemals zurückgekehrt?«

Nathaniel zuckt unmerklich zusammen.

»Wohin?«

»Dorthin, wo du aufgewachsen bist.«

»Nein, warum?«

»Weil dort deine Wurzeln sind. Das wäre doch mal ein Anfang.«

Gundulas Worte hängen ihm noch immer nach, als sich Nathaniel auf den Nachhauseweg macht. Er und Alisha gehen zu Fuß. Nathaniel legt einen Umweg ein, damit er nachdenken kann und Alisha etwas mehr Auslauf hat. Sie dirigiert ihn zügigen Schrittes durch die Stadt.

Die Schäferhündin ist keine typische Blindenhündin; sie schlägt jeweils ein hohes Tempo an und zerrt an ihrem Geschirr, sodass Nathaniel ihr stets in leichter Rücklage folgt. Für Außenstehende sieht es eher so aus, als ob sie ihn ziehen würde, statt ihn zu führen. Überdies verfügt Alisha über einen miserablen Orientierungssinn, ein Umstand, der Nathaniel nicht nur bereits viel Zeit gekostet, sondern ihm auch schon einigen Ärger eingebracht hat.

»A casa«, weist Nathaniel Alisha an, sobald er sicher ist, dass sie von hier aus den Nachhauseweg kennt. Er konzentriert sich nicht mehr auf die Richtung. Seine Gedanken wandern stattdessen zurück in eine Zeit, in der sein Leben ein anderes war und an die er niemals denkt, weil es zu schmerzhaft ist. Er schafft es nicht, sich an den schönen Erinnerungen an seine Kindheit festzuhalten; sie sind stets mit dem schweren Schatten der Trauer belegt, der ihn niederdrückt.

Dort, wo deine Wurzeln sind.

Er ist nach der Tat seines Vaters nie mehr in seine Heimatstadt zurückgekehrt. Nachdem er aus dem Koma erwacht und schließlich aus dem Krankenhaus entlassen worden war, kam er zunächst ins Blindenheim in Zollikofen. Denn es gab niemanden, bei dem er leben konnte.

Seine einzige Verwandte war die Tante seiner Mutter, die in Australien lebte und die er bis dato noch nie getroffen hatte. Das war keine Option. Später wurde er von einer Pflegefamilie aufgenommen, von seiner falschen Familie, wie er sie von Anfang an nannte, wenn niemand es hörte. Weil seine richtige Familie eine andere war, eine, die tot war, die man nicht ersetzen konnte.

Einige seiner früheren Schulkameraden hatten ihm eine Zeit lang geschrieben, als er noch im Heim war. Alex, sein bester Freund aus der vierten Klasse, hatte ihm Tonbandkassetten geschickt, die er besprochen hatte. Er hatte als Einziger daran gedacht, dass Nathaniel keine Briefe mehr lesen konnte. Doch die Kassetten kamen immer seltener, bis der Kontakt schließlich ganz abbrach. Ein Kontakt, der einseitig geblieben war: Nathaniel hatte nie geantwortet. Er hatte schon damals versucht, die Vergangenheit aus seinem Kopf zu tilgen.

Jetzt zwingt sich Nathaniel, die Erinnerung zuzulassen. Langenthal, die mittelgroße Kleinstadt mitten in der Schweiz. Das Mehrfamilienhaus an der Quartierstraße, die hinaus aus der Stadt und direkt in den Wald hineinführte. Die Wohnung im dritten Stock, beim Treppenabsatz die rechte Tür. Dahinter der lange Flur, der orange Teppich. Ähnlich grell die gemusterten Tapeten an den Wänden. Am Garderobenschrank ein Poster von Kim Wilde, die Mutter war ein großer Fan. Rechts das Wohnzimmer. Eine schwarze Lederpolstergruppe mit roten Kissen aus grobem Stoff. Nathaniel und seine Schwester hatten sie stets als Trampolin genutzt, waren vom Sessel auf die Couch gesprungen und wieder zurück. Sehr zum Ärger seiner Mutter. Dahinter die Fenster, rote Vorhänge mit Blumenmuster. Dann das Kinderzimmer, an der

Wand eine riesige Fototapete mit einem Wald. Als Nathaniel jünger war, hatte er sich im Dunkeln gefürchtet, weil er meinte, es schleiche sich jemand hinter den Bäumen an. Sein Vater hatte stets darüber geschmunzelt, gleichzeitig aber versucht, ihm die Angst zu nehmen, was ihm jedoch nie ganz gelungen war. Das Etagenbett. Nathaniel schlief oben, seine kleine Schwester unten.

Karin.

Am meisten schmerzt, dass er sie nicht beschützen konnte.

Dass er lebt und dass sie tot ist – statt umgekehrt.

Wenn es jemanden gibt, mit dem er über seine Kindheit reden könnte, dann mit seinem Freund Alex aus der vierten Klasse. Nathaniel versucht sich an seinen Nachnamen zu erinnern. Er fällt ihm partout nicht ein. Aber er sollte leicht herauszufinden sein: Alex' Eltern gehörte die Metzgerei im Quartier. Vielleicht kann er Alex finden. Es wäre ein erster Schritt, die verdrängte Vergangenheit wieder in sein Leben zu lassen.

Auf einmal stoppt Alisha unvermittelt.

»Alisha, was ist los?«, fragt Nathaniel.

Erst jetzt hört er, dass sie sich an einer stark befahrenen Straße befinden. Es klingt anders als in seinem Viertel. Es riecht auch nicht wie bei ihm um die Ecke.

»Wo sind wir?«, fragt er Alisha, als würde er eine Antwort erwarten.

Seine Hündin japst einmal leise und setzt sich hin.

Nathaniel hat keine Ahnung, wo er sich befindet. Und er befürchtet, Alisha ergeht es ebenso.

9

Milla starrt auf den leblosen nackten Körper, der auf dem Bett ihrer Mutter liegt und so ganz anders aussieht als jener Mann in Krawatte und Anzug, dem sie des Öfteren im Bundeshaus begegnet ist. Doch die Gesichtszüge sind trotz des starren Blicks seiner Augen unverkennbar: Vor ihr liegt Aaron Trachsel, langjähriger Parlamentarier, derzeitiger Nationalratspräsident – und offensichtlich der Liebhaber ihrer Mutter, die mit Politik nie viel am Hut hatte. Oder eher: Der tote Liebhaber ihrer Mutter.

»Das ist doch … das ist Aaron Trachsel«, flüstert sie ungläubig.

»Ja, Ronnie. Mein armer Ronnie.«

Milla fährt zusammen, sie hat nicht gemerkt, dass ihre Mutter hinter ihr das Zimmer betreten hat.

»Es ist furchtbar, ich glaube, ich habe ihn wirklich geliebt. Wir hatten es gut miteinander.«

Auf einmal tut Milla ihre Mutter schrecklich leid. Was für ein Glück es ist, sich mit über siebzig Jahren noch einmal neu verlieben zu können. Und was für ein Unglück, die neue Liebe auf diese Weise gleich wieder zu verlieren. Sie legt den Arm um ihre Mutter und drückt sie an sich.

Doch Margret löst sich rasch wieder aus der Umarmung.

»Wir müssen ihn von hier wegbringen«, sagt sie mit einer Entschlossenheit in der Stimme, die Milla zu gut kennt. Ihre Mutter, die Macherin, die anpackt, wenn es ein Problem zu lösen gibt. Und die keinen Widerspruch duldet. So war sie schon immer, so musste sie wohl auch sein, sonst hätte sie die wilde Milla kaum alleine aufziehen und ernähren können, nachdem der Kindsvater, ein fahrender Lebenskünstler, von einem Tag auf den anderen spurlos aus ihrem Leben verschwunden war. Erst Jahrzehnte später hatten Milla und ihre Mutter erfahren, dass er sie nicht freiwillig verlassen hatte, sondern getötet worden war.

»Man darf ihn nicht hier finden. Aber ich habe einen Plan: Wir ziehen ihm Badehosen an und werfen ihn in die Aare, darin ertrinken ja so viele.«

»Mama, es ist April, kein vernünftiger Mensch schwimmt in dieser Jahreszeit in der Aare«, antwortet Milla automatisch, als wäre es das Normalste auf der Welt, mit der eigenen Mutter darüber zu diskutieren, wie man am besten eine Leiche loswerden könnte.

»Doch, natürlich, zum Beispiel meine Freundin Lotte, sie steigt jeden Tag ins Wasser.«

Milla geht nicht darauf ein, zu abstrus erscheint ihr das Gespräch, das sie gerade führt.

»Mama, vergiss es. Wir werden nun einen Arzt rufen, wie es sich gehört, der wird einen Totenschein ausstellen und Aaron wohl ins Rechtsmedizinische Institut überführen, weil er nicht irgendjemand ist und weil sein Tod doch eher …«, Milla hält kurz inne, »… eher außergewöhnlich ist, und dann wird dein Freund ordentlich bestattet werden.«

»Nein.«

»Was *nein*?«

»Nein, das geht nicht. Dann würden seine Frau und all die Leute erfahren, dass er bei mir war.«

Um ein Haar wendet Milla ein, dass der Herr Nationalratspräsident sich das hätte überlegen sollen, bevor er eine Affäre mit ihrer Mutter begann, und dass er nun wohl oder übel damit leben müsse, dass es herauskomme. Doch im letzten Moment realisiert sie, wie unpassend die Redensart ist.

»Es wird ihn nicht mehr kümmern«, meint sie darum vorsichtig. »Ich sehe keine andere Möglichkeit. Seine Frau wird so oder so von eurer Affäre erfahren. Wir können die Behörden einzig bitten, deinen Namen rauszuhalten und das Ganze nicht öffentlich werden zu lassen, aber das wird ihnen wohl auch selbst einfallen.«

Hoffentlich, schiebt Milla in Gedanken nach. Sie kennt ihre Journalistenkollegen, die an den besten Quellen sitzen. Sie will sich gar nicht vorstellen, was passieren könnte, wenn ihr langjähriger Konkurrent und Intimfeind Steve Berger auf die Geschichte stoßen würde. Der schmierige Boulevard-Reporter von der schreibenden Zunft hat überall seine Informanten, die ihm die buntesten Skandale exklusiv und nicht selten verbotenerweise zustecken. Beim Gedanken an die Schlagzeilen, die Berger über Trachsel und ihre Mutter produzieren würde, wird Milla übel. *Tod beim Orgasmus – Nationalratspräsident versagt beim Seitensprung das Herz,* wäre wohl noch die harmlosere Variante. Auf einmal ist völlig klar, was ihre Mutter gemeint hat, als sie von einem drohenden Skandal sprach. Milla wird alles daransetzen, dass ihre Mutter möglichst unbeschadet aus dieser Sache wieder rauskommt. Aber dennoch – eine Leiche heimlich entsorgen? Alles hat seine Grenzen.

»Abgesehen davon können wir ihn nicht von hier wegschaffen, ohne uns dabei strafbar zu machen«, fährt Milla fort. »Das nennt sich Störung des Totenfriedens, dafür können wir ins Gefängnis wandern. Ich bin sicher, dass Aaron das nicht wollte.«

»Und ich bin sicher, dass er sich keinen Skandal wünschte. Er darf nicht als jener Politiker in Erinnerung bleiben, der beim Sex mit der Geliebten an einem Herzinfarkt starb. Du weißt, wie die Menschen sind. Alles andere, was er geleistet hat, wird ausgeblendet und vergessen werden, einzig der Skandal wird für immer haften bleiben. Wenn das publik wird, ist sein Ruf zerstört, und er kann sich nicht einmal mehr dagegen wehren. Das hat er nicht verdient.«

Die letzten Worte ihrer Mutter sind kaum mehr verständlich, sie schluchzt mehr, als dass sie spricht. Milla wird leicht schwindlig. Erst jetzt denkt sie wieder an ihre Gesundheit, daran, dass sie sich nicht aufregen darf, weil sie ihr Kind verlieren könnte. Es zieht in ihrem Bauch.

Sie muss sich hinlegen.

Jetzt sofort.

Angewidert blickt sie auf das Bett, das schon besetzt ist. Sie wendet sich ab, eilt zurück in die Küche, setzt sich auf den Stuhl am Tisch. Wenigstens sitzen. Das hier ist mehr, als sie ertragen kann. Gleichzeitig ist die Situation derart schräg und unwirklich, dass es beinahe zum Lachen ist. Milla fühlt sich, als wäre sie in einer morbid-makabren Komödie gelandet, die nichts mit ihrem Leben zu tun hat. Sie wünscht sich sehr, dass es wirklich so wäre.

»Lass uns nachdenken«, sagt sie zu ihrer Mutter, die ihr in die Küche gefolgt ist. Am liebsten würde sie ihr sagen, dass sie sich nicht um ihr Problem kümmern könne, weil sie nämlich gerade selber ein Problem habe, dass sie sich keinesfalls aufregen dürfe und jeden Stress vermeiden sollte, weil sie sonst womöglich ihr Kind verliere. Aber sie bringt es nicht übers Herz, ihre Mutter im Stich zu lassen. Auch will sie sie nicht zusätzlich belasten. Darum schweigt Milla, sagt nichts über ihre Blutung. Irgendwie wird sie auch diese Situation lösen können, sie darf sich einfach nicht aufregen. Ruhig bleiben. Nicht aufregen.

»Wir könnten warten, bis es dunkel ist, dann legen wir ihn draußen auf der Straße hin.«

Milla schüttelt den Kopf und greift nach den Händen ihrer Mutter. Sie blickt ihr in die Augen, während sie sie festhält.

»Mama, das geht nicht. Wir können das nicht vertuschen. Der Arzt wird sich darum kümmern, oder die Polizei, und wahrscheinlich wird außer seiner Frau nie jemand erfahren, wo, mit wem und warum er zu Tode gekommen ist.«

»Du willst mir also nicht helfen?«

»Mama …«

»Dann möchte ich, dass du jetzt gehst. Und vergisst, was du hier gesehen hast. Ich werde das Problem auch alleine irgendwie lösen.«

Milla hört ihrer Mutter an, dass sie es ernst meint. Doch gehen ist keine Option. Einen Augenblick lang fragt sich Milla, ob sie wirklich hier und jetzt an diesem Küchentisch sitzt und mit ihrer Mutter über die Entsorgung einer Leiche streitet. Sie wundert sich, wie sie in diese Situation hineingeraten konnte. Und vor allem: Wie sie wieder aus ihr herauskommt.

Nur ganz kurz streift sie der Gedanke, Sandro um Hilfe zu bitten. Doch das geht nicht. Er würde nichts Unlauteres tun, nur um den guten Ruf eines Politikers zu schützen, auch nicht, wenn es dabei ebenso um den Schutz ihrer Mutter geht. Dafür ist er zu sehr Polizist, der sich an Regeln und Gesetze hält. Nein, Sandro anzurufen ist keine gute Idee – tatsächlich ist er der Letzte, der davon erfahren sollte.

Milla denkt auch an ihre Freundin Irena Jundt, die das Rechtsmedizinische Institut leitet. Doch auch sie kann sie nicht um Hilfe bitten, sie würde sie damit in ein schreckliches Dilemma bringen.

»Ich sehe nur eine Möglichkeit«, sagt Milla laut.

Ihre Mutter blickt sie erwartungsvoll an.

»Wir werden Balthasar anrufen.«

»Balthasar?«

»Ja, Onkel Balthasar, deinen Bruder.«

»Nein, bitte nicht Balthasar! Was wird er von mir denken?«

»Hast du eine bessere Idee?«

Nein, das hat ihre Mutter nicht. Verzweifelt legt sie das Gesicht in beide Hände.

Während Milla nach Balthasars Nummer sucht, sieht sie ihn förmlich vor sich, wie er versteinert am Schreibtisch in seinem altertümlich eingerichteten Bestattungsinstitut sitzt, auf das schwarze Telefon starrt und auf eine Todesnachricht wartet – auf Arbeit sozusagen. Obwohl er längst im Pensionsalter wäre, denkt er nicht daran, sein Bestattungsinstitut an einen Nachfolger zu übergeben. Wohl auch, weil in der Familie niemand seinen Job weiterführen will. Onkel Balthasar ist der Vater ihres schwulen Lieblingscousins Kaspar, der sich sein Geld als Hacker verdient, was sich Milla immer mal wieder zunutze macht; sie kennt niemanden, der besser ist in diesem Fach. Zu der etwas verschrobenen Familie von Onkel Balthasar gehören außerdem ihre Cousinen Hannah, Pferdetrainerin, und Amanda, Holzblasinstrumentenmacherin, sowie Tante Lana, die eigentlich Lena heißt, was aber niemand mehr weiß, weil alle sie nur noch Lana nennen. Auch der frühere Familienhund erhielt einen Namen, in dem das A als einziger Vokal vorkam – Rantanplan. Jetzt gibt es nur noch einen greisen, tauben Kanarienvogel namens Panama. Milla hat die Familie stets gemocht, weil sie so angenehm unkonventionell lebte. Die Arbeit ihres Onkels als Bestatter hat sie von jeher eher fasziniert als abgeschreckt, obwohl sie sich lange nichts Genaues darunter vorstellen konnte. Als kleines Mädchen meinte sie, ihr Onkel begleite die Verstorbenen hinauf in den Himmel, damit sie die Reise nicht alleine machen mussten.

Milla muss es nur einmal klingeln lassen, dann hat sie Balthasar am Draht.

»Bestattungsinstitut Himmelreich, wie kann ich Ihnen helfen?«

»Balthasar, Milla hier, ich habe ein Problem, ein großes Problem, ich brauche Hilfe, deine Hilfe, weil … es ist jemand gestorben, aber man sollte nicht wissen, dass er gestorben ist, ich meine, wobei er gestorben ist, oder eher und vor allem, wo es passiert ist.« Milla realisiert im gleichen Moment, in dem sie die Worte ausspricht, dass sie sich völlig irr anhört.

»Milla, bist du in Ordnung?«, fragt Balthasar beunruhigt.

»Ja, also, nun ja, es geht. Aber es geht im Moment nicht um mich, sondern um Mutter, um deine Schwester.«

»Margret ist gestorben? Milla, was ist passiert?«

»Nein, nein, nein, entschuldige, nicht Mama ist gestorben. Sie ist okay. Einigermaßen okay, wobei, das ist wohl auch übertrieben. Du musst uns helfen. Es ist ein Notfall.«

»Milla, ich bin sehr besorgt. Du scheinst mir ziemlich aufgeregt zu sein. Beruhige dich und erzähle mir bitte, was genau passiert ist. Am besten fängst du ganz von vorne an.«

Milla kneift die Augen zusammen, sie räuspert sich, aber es geht nicht. Sie bringt die Sätze einfach nicht heraus.

»Ich kann dir das nicht am Telefon erzählen. Kannst du herkommen? Es ist wirklich dringend.«

»Wo seid ihr?«

»Bei Mama zu Hause.«

»Ich bin schon unterwegs.«

»Balthasar?«

»Ja?«

»Kannst du den Leichenwagen und einen Sarg mitbringen?«

»Milla, bist du sicher, dass du okay bist?«

»Ja, bitte, ich werde dir alles erklären.«

»In Ordnung, bis gleich.«

»Danke.«

10

Sandro nimmt zwei Stufen auf einmal, als er im Polizeigebäude die Treppe hocheilt. Felix hat nach seiner Anweisung das Kernteam zusammengerufen, die anderen sind alle schon da, als Sandro eintrifft. Florence tippt wie manisch auf einem Tablet herum, wahrscheinlich durchstöbert sie gerade Trachsels digitales Leben. Bettina hängt am Telefon und zeigt ihm mit einer Geste an, dass es wichtig ist; sie geht vor die Tür, als Sandro die Sitzung eröffnet.

»Ihr seid alle bereits informiert, worum es geht?« Sandro blickt zuerst auf Felix, dann in die Runde. Allgemeines Nicken.

»Haben wir schon etwas?«

»Nein. Oder zumindest noch nicht viel.« Felix blättert in seinem altmodisch-analogen Notizblock. Sandro blickt ihn auffordernd an.

»Wir wissen, dass Aaron Trachsel wie jeden Morgen um halb acht sein Zuhause an der Bellevuestrasse in Spiegel bei Bern verlassen hat, und zwar vorerst zu Fuß, er benutzt immer die Öffentlichen. Seither wurde er nicht mehr gesehen. Das heißt: Seit rund acht Stunden fehlt von ihm jede Spur. Sämtliche Termine dieses Tages hat er verpasst. Es ist mit an Sicherheit grenzender Wahrscheinlichkeit auszuschließen, dass er freiwillig ferngeblieben ist.«

»Warum bist du dir da so sicher?«, wirft Florence ein, ohne von ihrem Tablet aufzublicken.

»Weil er gemäß seinem Parteisekretär noch nie einen Termin verpasst hat.«

»Es gibt für alles ein erstes Mal. Vielleicht hat er ein Burn-out und ist in den nächsten Zug nach Lissabon gestiegen. Oder eine Midlife-Crisis?«, hakt Florence nach.

»Aaron Trachsel ist dreiundsiebzig, etwas alt für eine Midlife-Crisis, wenn du mich fragst«, kommentiert Felix.

»Mutmaßungen bringen uns nicht weiter.« Sandro unterbricht die beiden. »Wer hat ihn als vermisst gemeldet, Felix?«

»Ein Parlamentskollege hat sich erst bei seiner Frau, dann beim Parteisekretär nach ihm erkundigt. Der Sekretär hat sich dann an uns gewandt.«

»Ärzte, Spitäler?«

»Da ist Bettina dran.«

»Gibt es Anzeichen, dass er entführt worden sein könnte? Forderungen?«

»Nein, noch nicht.«

»Du hast von vermehrten Drohungen gesprochen?«

»Ja. Der Parteisekretär hat uns die eingegangenen Drohmails und die paar handgeschriebenen Briefe der letzten Wochen geschickt. Trachsel leitete ihm alle Drohungen weiter, die er erhalten hat. Das behauptet zumindest der Sekretär.«

»Ich gehe die Mails gerade durch«, ergänzt Florence. »Die meisten Absender sind nicht nachverfolgbar – nur einige wenige haben von ihrem normalen Mailaccount aus geschrieben. Allerdings geht von denen wohl die geringste Gefahr aus. Wir werden sie trotzdem abklopfen.

Aber es ist schon jetzt klar, aus welchem Lager die krassesten Drohungen stammen.«

»Woher?«

»Aus der Anhängerschaft von *Freiheit für das Volkstum*, Maskengegner und Corona-Leugner, die sich den teils rechtsextremen Verschwörungstheoretikern angeschlossen haben. Trachsel hat sich während der Krise für starke Maßnahmen und den Impfzwang eingesetzt – damit hat er sich viele Feinde geschaffen, denen es nun wohl langsam langweilig geworden ist.«

»Wie stufst du die Drohungen ein?«, will Sandro von Florence wissen.

»Sie reichen von beleidigenden, aber harmlosen Angriffen bis zu ernst zu nehmenden Todesdrohungen.«

»Deren Urheber wir nicht auffinden können anhand der Absender?«

»Daran arbeite ich. Es wird aber kaum in allen Fällen gelingen.«

»Wir brauchen Namen. Wenn wir welche haben, statten wir den Leuten einen Besuch ab. Weitere Resultate?«

»Trachsel hatte mal Ärger mit einer Erpressungsgeschichte, ist aber schon eine Weile her«, sagt Malou. »Ich bin im Archiv darauf gestoßen. Eine Edelprostituierte hat gedroht, mit pikanten Details über seine Besuche an die Medien zu gehen, wenn er ihr nicht fünfzigtausend Franken überweist.«

»Hat er bezahlt?«

»Nein, er hat die Polizei eingeschaltet und geleugnet, je bei der Dame Kunde gewesen zu sein. Sie wurde zu einer Freiheitsstrafe auf Bewährung verurteilt.«

»Wie lange ist das her?«

»Dreizehn Jahre.«

»Wir behalten das im Hinterkopf.«

In dem Moment öffnet sich die Tür, Bettina tritt ein. Sandro blickt sie fragend an.

»Fehlanzeige. Ich glaube, ich habe sämtliche Spitäler durch: Heute Morgen wurde nirgends ein älterer Herr eingewiesen, der unser Vermisster sein könnte.«

»Was wissen wir über seine politischen Mandate und Verbindungen?«

»Auch da sind wir dran«, sagt Felix Winter. »Es sind einige. Er ist Mitglied der Sicherheitspolitischen Kommission, der Außenpolitischen Kommission, der Parlamentarischen Gruppe Schweiz-Israel, sowie Co-Präsident der Parlamentarischen Gruppe gegen Rassismus und Fremdenfeindlichkeit. Auf der Liste der Interessenbindungen stehen etliche Verwaltungsratsmandate verschiedener Firmen. Auf den ersten Blick nichts Auffälliges.«

»Hatte er finanzielle Schwierigkeiten?«

»Das haben wir noch nicht abgeklärt.«

»Was Neues zur Handyortung?«

»Da sollten wir in der nächsten halben Stunde grünes Licht erhalten.«

»Hat schon jemand mit seiner Frau gesprochen?«

»Nur kurz, sie hat bestätigt, dass er um halb acht das Haus verließ, es ist aber noch niemand zu ihr gefahren.«

»Dann werde ich das als Nächstes tun. Malou, begleitest du mich?«

Malou nickt.

»Florence, du checkst die Absender der Mails, und Felix, du kümmerst dich um die Handydaten und darum, dass Trachsels Festnetzanschluss überwacht wird, für den Fall, dass sich Entführer bei seiner Frau melden. Bettina, kannst du prüfen, ob ihn Überwachungskameras zwischen seinem Wohnort und dem Bundeshaus eingefangen haben, Tramstationen, Bus-Kameras? Er kann nicht vom Erdboden verschluckt worden sein. Wir werden ihn finden.« Sandro versucht, Zuversicht zu vermitteln. Doch sein Instinkt sagt ihm, dass es nicht gut aussieht.

»Ich glaube, ich suche mir auch einen Politiker als Mann«, erklärt Malou, als Sandro und sie rund dreißig Minuten später an der Bellevuestrasse in Spiegel bei Bern vorfahren.

Hinter einem schmiedeeisernen Tor, das von Rosenbüschen umrankt ist, liegt die Villa der Trachsels wie ein kleiner Palast. Das Quietschen des Tors verrät die Ankunft der Besucher. Sandro fühlt sich beobachtet, als sie über den breiten Kiesweg auf die Haustür zugehen. Tatsächlich nimmt er aus dem Augenwinkel eine Bewegung wahr; der Vorhang am Fenster im oberen Stock. Zwei römische Säulen flankieren den Eingang zum Herrschaftshaus, Sandro steigt die drei Stufen zur Tür hoch und drückt auf die goldfarbene Klingel. Wer hier wohnt, hat Geld, das ist offensichtlich. Der Name an der Türklingel lässt erahnen, dass das Vermögen wohl nicht nur dem Politikergehalt des Nationalrats zu verdanken ist. *A. Trachsel-Von Grafenstadt* ist in das goldene, geschwungene Plättchen eingraviert. Von Grafenstadt ist ein altes Berner Adelsgeschlecht, der Familienclan ist bekannt für seinen Einfluss und seinen Reichtum.

Die Sekunden ziehen sich in die Länge. Niemand öffnet die Tür.

»Keiner da«, kommentiert Malou.

»Doch, es ist jemand zu Hause.« Sandro drückt erneut auf die Klingel, länger und kräftiger jetzt. Die schwere

Glocke schrillt zum zweiten Mal durch das Innere des Hauses. Sie ist nicht zu überhören.

Sandro und Malou lauschen. Es dauert noch einmal ein, zwei Minuten, bis sie Schritte vernehmen, dann das Drehen eines Schlüssels im Schloss, die Tür öffnet sich.

Die Frau, die sie mit müden Augen durch den Türspalt mustert, ist ungeschminkt. Das altmodisch rosa gefärbte graue Haar steht ihr wirr vom Kopf ab. Sie trägt einen seidenen, eierschalengelben Morgenrock. Schon bevor sie etwas sagt, riecht Sandro, dass die Frau getrunken hat.

»Frau Trachsel?« Er klaubt seinen Polizeiausweis hervor.

»Hermine Trachsel-Von Grafenstadt. Und Sie sind von der Polizei.«

Ihre Fahne ist so heftig, dass Sandro meint, allein beim Einatmen einen Schwips zu kriegen.

»Bandini und Löwenberg.«

Er streckt ihr seinen Ausweis hin. Sie würdigt ihn keines Blickes, öffnet aber dennoch die Tür und winkt die beiden mit einer fahrigen Geste herein.

»Einen Wodka für Sie?«, fragt Hermine Trachsel-Von Grafenstadt, als sie Sandro und Malou in den Salon führt und auf die Sessel weist. Beide lehnen dankend ab. Sie greift zu einem leeren Glas und schenkt für sich selber ein. Ihre Hände zittern.

Noch bevor Sandro und Malou Platz genommen haben, lässt sich Hermine Trachsel-Von Grafenstadt ungelenk in einem der Sessel nieder.

»Sie sind hier, weil man meinen Mann vermisst.« Es ist eher eine Feststellung als eine Frage.

»Er wurde von seinem Parteisekretär als vermisst gemeldet. Ist es richtig, dass Ihr Mann heute Morgen um halb acht das Haus verlassen hat?«

»Ich habe geschlafen.«

»Mein Kollege sagte uns, Sie hätten dies bestätigt.«

»Aaron hat bestimmt morgens um halb acht das Haus verlassen. Weil er das immer macht. Er ist niemand, der aus einer einmal eingenommenen Routine ausbricht.«

»Aber Sie haben ihn nicht gehört?«, fragt Malou dazwischen.

»Nein.«

»Haben Sie getrennte Schlafzimmer?«

Hermine Trachsel-Von Grafenstadt schenkt Malou einen Blick, der sich nicht einschätzen lässt. Er liegt irgendwo zwischen verachtend und verzweifelt. Auf jeden Fall ist er nicht freundlich. Die Frau, deren Alter schwierig zu schätzen ist, aber irgendwo zwischen sechzig und siebzig liegen muss, rutscht umständlich in ihrem Stuhl in eine neue Position, bevor sie die Frage doch noch beantwortet.

»Ja, seit Jahren schon. Wissen Sie, junge Frau, es ist kein Vergnügen neben einem alten Mann im Bett zu liegen. Überhaupt ist das Altern eine Zumutung, es wird nicht besser dadurch, dass man diesen Mist zu zweit durchlebt. Überlegen Sie sich gut, ob Sie gemeinsam mit einem Mann alt werden wollen. Alleine sind Sie besser dran, glauben Sie mir.«

Sie nimmt einen satten Schluck und schließt die Augen.

»Wissen Sie, wo Ihr Mann hingegangen ist?« Sandro bemüht sich, das Gespräch wieder in eine andere Richtung zu lenken.

»Ich kenne seine Agenda nicht. Ich kenne seine Geschäfte nicht. Das alles kümmert mich nicht. Er lebt sein Leben, ich lebe meins. Das mit der lebenslangen Liebe, das können Sie vergessen.«

So viel Frust und Enttäuschung spricht aus dieser Frau, denkt Sandro. Er bezweifelt, dass sie von ihr etwas erfahren werden, das ihnen weiterhilft.

»Wissen Sie, was Ihr Mann bei sich hatte, als er das Haus verließ?«, fragt Sandro trotzdem weiter. »Fehlt eine Tasche, ein Koffer, hat er vielleicht Laptop oder Handy dabei?«

»Er hat stets eine kleine, schwarze Aktentasche bei sich. Und nun ja, Laptop, Handy, was man halt so dabeihat, wenn man zur Arbeit geht.«

»War Ihr Mann in den letzten Tagen anders als sonst?«

»Nein. Wie gesagt, er liebt die Routine, er ist ein Mensch mit starren Regeln, es wäre mir aufgefallen, wenn etwas anders gewesen wäre.«

»Plagten ihn Sorgen, hat er etwas dahingehend erwähnt oder erzählt?«

»Wir haben in letzter Zeit nicht viel miteinander geredet.«

»Hat er von den Drohungen berichtet, die er erhalten hat?«

»Nein. Doch Drohungen sind nichts Neues. Seit Beginn dieser schrecklichen Covid-Krise wird er ständig bedroht und angefeindet, einzig und allein, weil er eine klare Haltung vertritt. Aber das hat ihn nie groß gekümmert.«

»Hatte Ihr Mann finanzielle Probleme?«, fragt Sandro. Selbst die prächtigste Liegenschaft ist kein Beweis, dass der Besitzer im Geld schwimmt – er kann gleichzeitig in Schulden ertrinken.

Hermine Trachsel-Von Grafenstadt lacht laut auf, ein tiefes, kehliges Lachen. »Nein, finanzielle Probleme haben wir nicht. Er hat gut gewirtschaftet und sich gut verheiratet.« Wieder stößt sie ein wieherndes Lachen aus, das bitter klingt. Als sie sich erholt hat, lehnt sie sich nach vorn, greift zur Flasche und füllt ihr Glas erneut.

»Könnten Sie sich vorstellen, dass er von einem Tag auf den anderen genug von seinem Job hatte und beschlossen hat, einfach mal blauzumachen, statt zur Arbeit zu fahren?«

»Nein, das würde er nie tun. Nicht Aaron. So ist er nicht.«

»Wissen Sie, ob es jemand anderen gab? Hatte er womöglich eine außereheliche Affäre?«

»Sie meinen, er könnte mit einer jüngeren Geliebten durchgebrannt sein?«

»Hatte er eine Geliebte?«

»Nicht Aaron. Unsere Ehe war nicht mehr die beste, aber Aaron würde mich nicht betrügen. Dazu hätte er gar nicht den Mut. Sie liegen falsch, wenn Sie so etwas denken.«

»Können Sie sich sonst einen Grund vorstellen, warum er nicht zu seinen Terminen erschienen ist, oder haben Sie eine Ahnung, wo er sich aufhalten könnte?«

Hermine Trachsel-Von Grafenstadt nimmt einen Schluck Wodka, trinkt ihn wie Wasser, stellt das Glas vor sich auf den Salontisch, blickt Sandro mit müden Augen an und zuckt mit den Schultern.

Es ist Malou, die auf die Gestik reagiert: »Frau Trachsel-Von Grafenstadt, machen Sie sich gar keine Sorgen um Ihren Mann?«

»Ach, Kind.« Sie klingt, als hätte sie mit Malou Mitleid. »Ich mache mir schon lange keine Sorgen mehr. Das spielt alles keine Rolle mehr.«

Mit den letzten Worten erhebt sie sich, hält in der Bewegung inne, schwankt kurz und fängt sich wieder, dann wendet sie ihren Besuchern den Rücken zu und stellt sich ans Fenster, hinter dem ein verwilderter Garten mit einem leeren Swimmingpool liegt. Er sieht aus, als wäre seit Jahrzehnten niemand mehr in ihm geschwommen.

»Es wäre besser, wenn Sie jetzt gehen«, sagt sie, ohne sich umzudrehen. »Ich denke, Sie finden den Weg hinaus.«

»Ich nehme meinen Satz zurück«, sagt Malou zu Sandro, sobald sie wieder im Wagen sitzen.

»Welchen Satz nimmst du zurück?«

»Dass auch ich mir einen Politiker zum Mann nehmen will.«

11

»Ach, Alisha!«

Es ist nicht das erste Mal, dass seine Hündin ihn an einen total falschen Ort geführt hat. Er hätte es besser wissen müssen und ihr nicht blind vertrauen dürfen. Obwohl er genau das ja eigentlich immer tut. Er war derart in Gedanken versunken, dass er weder gefühlt noch gehört noch gerochen hat, dass sie sich auf dem falschen Weg befanden. Statt zu Hause steht er jetzt irgendwo. Er klaubt sein Handy aus der Jackentasche, tippt es an und fragt laut: »Wo bin ich?«

Erleichtert atmet er aus, als ihm eine automatische Frauenstimme antwortet. Nicht selten ist in genau solchen Situationen nämlich auch das Handy tot, weil er vergessen hat, es aufzuladen.

»Sie befinden sich in der Stadt Bern, Quartier Bollwerk, Ecke Hodlerstrasse, Lorrainebrücke.«

Irgendwo müssen sie rechts abgebogen statt geradeaus gegangen sein. Nathaniel will gerade umkehren, da hält er in der Bewegung inne. Er greift zum Handgelenk und klappt das Glas der Uhr auf, die ihm Carole geschenkt hat. Seine Finger ertasten die Zeit; kurz vor fünf. Das könnte gerade noch reichen.

Erneut nimmt er das Handy hervor – dieses Mal will er sich weder auf seinen Orientierungssinn noch auf jenen seiner Hündin verlassen – und fragt nach dem Weg Richtung Nordring, Polizeipräsidium, um den Anweisungen der Frauenstimme zu folgen.

Er war schon zweimal hier. Alisha zeigt Nathaniel an, wo die Tür ist, sie öffnet sich mit einem schabenden Geräusch. Zwei Schritte, dann nach links, jetzt müsste er vor dem Empfangsschalter stehen.

»Guten Tag. Mein Name ist Nathaniel Brenner, ich möchte gerne Felix Winter sprechen.«

Es bleibt einen kleinen Augenblick zu lange still. Nathaniel kennt das Zögern und spürt, dass er auch dieses Mal gemustert wird; ein Blick auf seinen Blindenhund, auf sein rechtes Auge, das immer halb geschlossen ist. Nathaniel ist nicht sicher, ob er genau vor der Person steht, die hinter dem Schalter sitzt, und stellt sich ein paar Zentimeter weiter nach rechts.

»Haben Sie einen Termin?«

Die Stimme kommt von weit weg und wird durch einen Lautsprecher verzerrt; der Mann am Empfang sitzt hinter einer schusssicheren Scheibe.

»Nein, aber ich kenne Felix Winter.«

»Ist es ein Notfall?«

»Nein, es ist nicht dringend, es geht um einen alten Fall, aber ich dachte, wo ich schon mal hier bin …«

»Er wird wohl kaum einfach so Zeit für Sie haben. Sie hätten mit ihm einen Termin vereinbaren müssen.«

Auf einmal kommt sich Nathaniel naiv vor. Felix Winter hat bestimmt Besseres zu tun, als sich um die seelische Not eines Opfers zu kümmern, noch dazu eines Opfers von einer Tat, die fast dreißig Jahre zurückliegt.

»Es geht um die Akten meines eigenen Falles, Felix

Winter weiß Bescheid, er hat mir versprochen, dass ich sie einsehen kann, wenn ich möchte«, erklärt er dem Unbekannten hinter Glas.

Wieder zögert sein Gegenüber.

»Könnten Sie ihn nicht trotzdem kurz anrufen?«, beharrt Nathaniel.

»Moment. Nathaniel Brenner sagten Sie?«

»Ja.«

Nathaniel hört, dass sich die Person von der Scheibe entfernt. Kurz darauf vernimmt er verschwommene Worte, die er nicht verstehen kann. Das Gespräch dauert eine ganze Weile. Der Mann vom Schalter scheint Felix Winter am Telefon zu haben und mit ihm zu diskutieren.

Auf einmal ist es wieder still. Nathaniel hört das Schaben einer Schiebetür, die sich öffnet, rechts von ihm, nicht links, wo der Haupteingang zur Straße hin liegt. Er fährt erschrocken zusammen, als ihm die Stimme von vorhin auf einmal überlaut direkt ins Ohr spricht. Es gibt noch immer Menschen, die meinen, er müsse wohl auch taub sein, nur weil er nicht sehen kann.

»Felix Winter hat gesagt, ich solle Sie zu ihm hochbringen, er ist gerade mit einem aktuellen Fall beschäftigt und hat nicht viel Zeit, aber er meinte, er werde kurz mit Ihnen reden.«

»Danke.«

»Wollen Sie sich an meinem Arm festhalten?«

»Nein, danke, gehen Sie einfach vor, meine Hündin wird Ihnen folgen.«

Nathaniel erinnert sich an den Klang der hallenden Schritte und an den Geruch, der ihn an ein altes Schulhaus erinnert, als er die Treppe zu Felix Winters Büro hochgeht.

»Wir betreten nun das Großraumbüro«, kommentiert sein Begleiter. »Und hier ist der Platz von Felix Winter.«

»Herr Brenner, schön Sie wiederzusehen!«, ruft in dem Moment Felix Winter. Nathaniel erkennt seine tiefe, väterliche Stimme sofort wieder. Er versteht nicht, warum Veronika Felix Winter kein Vertrauen schenkt. Er hat sich bei ihm immer sicher gefühlt.

»Entschuldigen Sie, dass ich unangemeldet bei Ihnen anklopfe, ich war gerade in der Gegend.«

»Keine Ursache. Ich bin im Moment sehr beschäftigt, darum habe ich nur ganz kurz Zeit. Ist alles in Ordnung? Geht es Ihnen gut?«

»Danke, es geht gut. Es ist auch kein Notfall. Ich möchte bloß auf Ihr Angebot zurückkommen, dass ich die Akten zu meinem Fall einsehen dürfte.«

»Die Akten zu Ihrem Fall …« Nathaniel fällt der zurückhaltende Tonfall in Winters Stimme auf.

»Ja, gerne. Ich bin bisher nicht dazu gekommen, daher melde ich mich erst jetzt, es kostet ehrlich gesagt auch etwas Überwindung. Aber nun ist der Moment, an dem ich mich mit meiner Vergangenheit auseinandersetzen möchte.«

»Es tut mir sehr leid …«

Nathaniel horcht auf.

»… aber es gibt da ein Problem.«

»Ein Problem?«

»Ich bin damals, als wir darüber gesprochen haben, ins Archiv gestiegen.«

Nathaniel nickt und wartet darauf, dass Felix Winter fortfährt.

»Ich habe die Fallakten leider nicht gefunden.«

»Nicht gefunden?«

»Nein.«

»Wie kann das sein? Sie haben doch gesagt, die Akten würden bei Ihnen aufbewahrt.«

»Es kann verschiedene Gründe haben. Der Fall liegt lang zurück und gilt als abgeschlossen, er wurde nie digital erfasst. Vielleicht hat jemand das Dossier an der falschen Stelle abgelegt, dann ist es kaum möglich, dass wir es je wiederfinden werden. Oder aber jemand hat Platz geschaffen und alte Fälle ausgestaubt. Ich weiß es nicht. Ich kann nur sagen, dass ich die Akten nicht mehr gefunden habe.«

Nathaniel bleibt stumm. Er weiß nicht, was er erwidern soll. Jetzt, wo er sich endlich ein Herz gefasst hat, hierhergekommen ist und nach den Akten gefragt hat – jetzt wird er sie auf einmal doch nicht kriegen.

»Es tut mir leid«, wiederholt Felix Winter. Sein Bedauern klingt echt. Er muss Nathaniel die Enttäuschung ansehen.

»Könnte jemand eine Kopie der Akten haben?«

»Nein, das ist kaum wahrscheinlich. Ich kann Ihnen leider nicht weiterhelfen.«

»In Ordnung. Trotzdem danke«, meint Nathaniel resigniert. »Dann gehe ich wohl wieder.«

»Auf Wiedersehen. Und alles Gute. Herr Schmid wird Sie nach unten begleiten.«

Erst jetzt realisiert Nathaniel, dass der Beamte aus der Schleuse die ganze Zeit neben ihm stehen geblieben ist.

Nathaniel ist unentschlossen, ob er enttäuscht oder erleichtert sein soll. Beide Gefühlsregungen wechseln sich ab. Zum einen ist er froh, dass er um das Studium der Akten und damit auch um die Konfrontation mit der schrecklichen Realität herumgekommen ist. Andererseits fühlt er auch, dass er eine Chance verpasst hat. Er ist keinen Schritt weitergekommen, obwohl er bereit wäre, weiterzugehen.

Dieses Mal finden er und Alisha den Weg nach Hause auf Anhieb. Nathaniel atmet tief durch, bevor er die Tür aufschließt. Gut möglich, dass ihn dahinter eine wilde Schar von kleinen Jungs erwartet, die immer noch ausgelassen Silas Geburtstag feiern. Doch zu seiner Überraschung ist es still, als er die Wohnung betritt. Die Party scheint vorbei zu sein.

»Carole? Silas?«

Keine Antwort. Sie müssen ausgeflogen sein. Vage erinnert sich Nathaniel, dass Carole Silas zum Geburtstag einen Besuch im Tierpark Dählhölzli versprochen hat. Vielleicht sind sie nach der Party dorthin aufgebrochen. Auf jeden Fall ist Nathaniel gerade froh, einen Moment alleine zu sein. Nachdem er Alisha von ihrem Geschirr befreit und mit einem »Libera« entlassen hat, setzt er sich in seinem Zimmer an den Arbeitstisch und startet den Computer, der ihn mit einer freundlichen automatischen Stimme begrüßt.

»Was wollen Sie tun?«, fragt sie.

»Ja, was soll ich jetzt bloß tun?«, sagt Nathaniel laut zu sich selbst.

»Bei dieser Frage kann ich Ihnen leider nicht helfen«, kommt es aus der Maschine zurück.

»Schade eigentlich«, meint Nathaniel.

Er weiß einzig: Er wird nicht länger nichts tun können. Dass es die Akten nicht mehr gibt, darf nicht bedeuten, dass er sich nicht mit seiner Vergangenheit auseinandersetzen wird. Er muss jedoch einen anderen Weg einschlagen – einen Weg, der womöglich dort beginnt, wo er geboren wurde.

Weil dort deine Wurzeln sind.

Erneut erinnert sich Nathaniel an Gundulas Worte. Vielleicht hat sie recht. Er muss zurück in seine Geburtsstadt Langenthal, wo er seine ersten elf Lebensjahre verbracht hat. Jahre, die ihm wie aus einem anderen Leben erscheinen. Ein Leben, das scheinbar nicht das Seine war und das nichts mit ihm zu tun hat. Ein Eindruck, von dem er sich nicht länger täuschen lassen will. Es war sein Leben, und das, was damals mit ihm geschah, beeinflusst sein Dasein und sein Wesen bis heute.

Nathaniel gibt sich einen Ruck. Er muss seinen früheren Schulfreund Alex finden. In seinen Gedanken ist er noch immer ein kleiner Junge, der abgeschnittene Jeans trägt und stets seine Steinschleuder mit dabeihat. Was wohl aus ihm geworden ist? Wenn ihm bloß sein Nachname wieder einfallen würde.

Nathaniel öffnet per Sprachbefehl die Suchmaschine in seinem Computer. Er sucht nach der Metzgerei in seinem damaligen Wohnquartier, die Alex' Vater geführt hat. »Metzgerei Siegentaler«, sagt ihm sein Computer als Antwort auf seine Sucheingabe. Siegentaler, das war der Name! Das Geschäft scheint noch immer derselben Familie zu gehören, und vielleicht hat Alex den Betrieb seines Vaters übernommen. »Webseite öffnen!«, befiehlt Nathaniel. »Lesen!«

Die Stimme liest Nathaniel in abgehackten Sätzen vor, was auf der Webseite der Metzgerei zu erfahren ist. Er interessiert sich vor allem für den Geschäftsführer. Doch der heißt nicht Alex, sondern Monika Siegentaler. Das muss seine kleine Schwester sein. Als die Stimme die

Telefonnummer vorliest, sagt Nathaniel kurzentschlossen: »Anrufen.« Dann setzt er sich die Kopfhörer auf.

»Der Nathaniel Brenner?«, fragt Monika Siegentaler eine halbe Minute später, nachdem sich Nathaniel vorgestellt hat. Sie scheint genau zu wissen, mit wem sie verbunden ist, als würden keine dreißig Jahre zwischen damals und heute liegen.

»Ja, der Freund von Alex.«

»Nathaniel, wie schön von dir zu hören!«

»Ich bin auf der Suche nach Alex, kannst du mir seine Nummer geben?«

»Natürlich, ich gebe dir seine Handynummer. Ich kann es kaum glauben, dass es wirklich du bist. Geht es dir gut?«

»Ja, alles in Ordnung. Ich bin daran, meine Vergangenheit ein wenig aufzuarbeiten. Ich dachte, Alex anzurufen sei ein erster Schritt. Ich würde mich freuen, wenn ich mit ihm reden könnte.«

»Das kannst du. Er hat schon lange darauf gewartet, dass du dich bei ihm meldest. Er muss dir unbedingt etwas sagen.«

12

Milla und ihre Mutter zucken gleichzeitig zusammen, als die Türklingel durch die Wohnung schrillt. Mit aufgerissenen Augen blickt Margret ihre Tochter an.

»Ich bin nicht sicher, ob das eine gute Idee war. Mein kleiner Bruder! Wir werden ihm nicht öffnen.«

Milla steht entschlossen auf. »Doch, das werden wir. Wir waren uns doch einig. Balthasar wird uns helfen.«

Milla lässt es sich nicht anmerken, aber auch sie ist nervös. Ihre Hände zittern leicht, als sie die Klappe vor dem Türspion zur Seite schiebt und hinausblickt. Sie sieht das rundlich verzerrte Gesicht ihres Onkels. Milla verspürt gleichzeitig Erleichterung – darüber, dass sie mit dem Problem nicht mehr alleine dasteht. Balthasar wird wissen, was zu tun ist.

Hoffentlich.

Milla dreht den Schlüssel, öffnet die Tür einen Spalt breit und zieht Balthasar herein.

»Milla, du bist schneeweiß im Gesicht. Du siehst gar nicht gut aus.«

Milla spürt, dass ihr die Tränen in die Augen schießen. Am liebsten würde sie sich an der Schulter ihres Onkels ausheulen, ihm von der Blutung erzählen, von ihrer Angst, das Kind zu verlieren, doch das hat jetzt keinen Platz. Sie muss sich zusammenreißen. Sie darf sich nicht aufregen.

»Es ist nicht mir, es ist Mama passiert«, sagt Milla unbestimmt, obwohl das so nicht richtig ist, ihre Mutter trägt keine Schuld. Niemand trägt Schuld. Es ist einfach passiert. Jetzt muss die beste Lösung gefunden werden, um aus dieser misslichen Lage wieder herauszukommen.

»Komm erst einmal herein. Wir sitzen in der Küche.«

Balthasar wirft Milla einen irritierten Blick zu, als er Margrets unordentliches und zerzaustes Aussehen registriert, sagen aber tut er nichts. Er umarmt seine Schwester kurz.

»Willst du erzählen, Mama?«, fragt Milla, als sie alle drei am Tisch sitzen.

Margret nickt, aber sie kommt nicht weit, nach drei Worten bricht sie in Tränen aus. Die Wirkung des ersten Schocks, der sie irgendwie weiter funktionieren ließ, scheint nachzulassen. Sie beginnt zu begreifen, dass das hier wirklich geschehen ist und sie ihren Geliebten verloren hat.

Also ergreift Milla das Wort. So knapp wie möglich und so ausführlich wie nötig versucht sie, in einfachen Sätzen zu erklären, was dem Geliebten ihrer Mutter widerfahren ist.

Balthasar hört aufmerksam und betroffen zu, er zuckt mit keiner Wimper, als er erfährt, dass seine Schwester einen Liebhaber hatte, der während des Koitus einen Herzstillstand erlitt. Milla ist ihm dankbar dafür und realisiert, dass ihr Onkel womöglich nicht zum ersten Mal mit einer solchen Situation konfrontiert ist.

»Das Problem ist, dass Mamas Liebhaber verheiratet ist und eigentlich gar nicht hier sein dürfte. Überdies ist er eine Person des öffentlichen Interesses. Wenn herauskommt, dass er eine außereheliche Affäre mit Mama hatte, wird das einen mittleren Skandal auslösen. Es wird in allen Zeitungen stehen.«

»Was meinst du konkret mit *eine Person des öffentlichen Interesses*?« Es ist die erste Nachfrage, die Balthasar stellt.

»Es handelt sich um Aaron Trachsel, Präsident des Nationalrats.«

»Uff«, entfährt es Balthasar. Damit scheint ihm alles klar zu sein. Er blickt seine Schwester mitleidig an, dann schaut er Milla in die Augen. »Und was genau erwartet ihr jetzt von mir?«

»Wir erwarten nichts. Wir fragen nur«, stellt Milla klar. »Irgendwie müssen wir Aaron Trachsel wegschaffen, ohne dass jemand merkt, dass er hier gestorben ist.«

»Ihr wollt, dass ich seine Leiche verschwinden lasse?«, fragt Balthasar ungläubig. »Damit bringt ihr mich ins Gefängnis!«

»Nicht verschwinden lassen. Wir möchten, dass du den Leichnam mitnimmst, genau so, wie du ihn mitnehmen würdest, wenn er irgendwo sonst gestorben wäre – du darfst im Rapport einfach nicht schreiben, wo genau du ihn abgeholt hast. Am besten gibst du an, Spaziergänger hätten ihn draußen auf der Straße gefunden – statt zu erwähnen, dass er in Mamas Bett starb. Da er schon tot war, haben sie dich und nicht einen Arzt gerufen, und du hast die Leiche weggebracht. Tatsächlich schummeln wir so nur um einige Hundert Meter, oder um eine halbe Stunde – hätte sein Herz früher ausgesetzt, wäre Aaron Trachsel wirklich draußen auf der Straße gestorben.«

Balthasar blickt Milla skeptisch an. Keiner der drei erwähnt, was sie alle denken: Dass der alte Mann womöglich gar keinen Herzinfarkt erlitten hätte, wenn er sich nicht zu einer frühmorgendlichen sexuellen Aktivität hätte hinreißen lassen.

»Du weißt schon, dass ich meine Zulassung riskiere, falls das herauskommt?«

»Niemand wird etwas merken«, sagt Milla.

»Sie werden Fragen stellen, warum er sich hier im Quartier aufhielt. Wer ihn gefunden hat. Welcher Arzt seinen Tod festgestellt hat.«

»Kannst du nicht irgendeinen Namen eines Arztes einsetzen? Warum sollte jemand misstrauisch werden?«, fragt Milla.

»Weil, wie du so schön sagtest, Aaron Trachsel eine Person des öffentlichen Lebens ist.«

»Können wir es nicht wenigstens versuchen?«

Balthasar blickt seine Schwester an, dann seine Nichte, dann zuckt er ergeben mit den Schultern. »Es bleibt uns wohl nichts anderes übrig.«

»Danke, Balthasar«, sagt Milla.

»Danke«, flüstert auch ihre Mutter.

»Spart euch das, bis die Sache vorbei ist. Noch kann ich für nichts garantieren. Milla, du wirst mir helfen müssen.«

Milla erstarrt innerlich. Ihre Frauenärztin hat ihr ausdrücklich verboten, schwere Lasten zu heben. Doch sie sagt nichts. Sie weiß, dass ihr Onkel mit einem Hebewagen arbeitet, seit er es selbst mit dem Kreuz hat. Zum Glück lebt ihre Mutter in einer Parterrewohnung. Das sollte also zu schaffen sein, auch in ihrem fragilen Zustand.

»Wie stellen wir es an, dass uns niemand dabei sieht?«, fragt sie unsicher.

»Das versuchen wir gar nicht erst. Das würde uns nur verdächtig machen. Wir transportieren den Toten ab, wie ich das immer mache. Es sieht ja niemand, wer auf dem Hebewagen liegt. Und sollte uns tatsächlich just in dem Moment jemand vor der Tür begegnen, kann Margret immer noch erzählen, ein alter Freund von ihr sei bei Kaffee und Kuchen zusammengebrochen.«

»Bei Kaffee und Kuchen«, wiederholt Margret bitter. Doch ihr ist die Erleichterung anzusehen. Zum ersten Mal, seit Milla hier ist, sieht das Gesicht ihrer Mutter wieder so aus, wie sie es kennt. Es wirkt weniger eingefallen und wirr als noch vor einer halben Stunde.

Balthasar braucht einen Moment, bis er alles für den Transport vorbereitet hat. Als er erneut an der Wohnungstür klingelt, steht er mit der Transportbahre vor der Tür, die sich hydraulisch in der Höhe verstellen lässt. Er schiebt das Metallgestell auf Rädern in die Wohnung und schlägt direkt den Weg zum Schlafzimmer ein.

»Er ist da drin?«, fragt Balthasar.

Margret nickt.

»Milla, kommst du mir helfen?«

Milla muss sich überwinden, das Zimmer erneut zu betreten. Doch die professionelle Art und Weise, wie Balthasar mit dem toten Körper umgeht, hilft ihr, damit klarzukommen. Er greift nach der Kleidung, die neben dem Bett auf dem Boden liegt, zieht sie dem Leichnam umständlich aber behutsam über, dann dreht er den Körper wieder auf den Rücken. Nun, denkt Milla, sieht Trachsel schon wieder ganz anders aus. Balthasar richtet die Bahre auf die Höhe der Matratze aus.

»Jetzt ziehen wir ihn mit einem Ruck auf die Bahre – ich oben bei den Schultern, du unten bei den Füßen, okay?«

Milla findet es nicht okay, sie möchte den Mann nicht anfassen, doch sie überwindet sich.

»Und eins, und zwei, und drei!«, ruft Balthasar.

Auf drei ziehen sie Aaron Trachsel auf die Bahre, auf der Balthasar einen Leichensack bereitgelegt hat. Er legt die beiden Seiten des Leichensackes hoch, bedeckt damit den Körper des Nationalratspräsidenten und schließt den Reißverschluss. Milla atmet erleichtert aus. Gemeinsam rollen sie die Bahre durch die Wohnung, durch die Eingangstür, die Balthasar zuvor fixiert hat, hinaus ins Treppenhaus, auch der Leichenwagen steht schon offen: Balthasar pumpt die Bahre hoch, schiebt sie zum Wagen, sodass die vorderen Beine einknicken, und rollt den toten Mann darauf hinein.

So, denkt Milla, endet es also, das Leben. In einem Plastiksack, der nach Gummi riecht.

Balthasar schließt die hintere Tür des Leichenwagens.

»Hatte er eine Tasche dabei?«

»Vermutlich, ich hole sie.«

Milla begibt sich zurück in die Wohnung, wo sie sich von ihrer Mutter die schwarze Aktentasche reichen lässt, und bringt sie ihrem Onkel.

»Ich fahre dann mal«, meint Balthasar. Milla sieht ihm die Zweifel und die Sorgen an. »Wenn das nur gut geht.«

»Wohin bringst du ihn?«, fragt Milla.

»In die Rechtsmedizin.«

»Zu Irena Jundt? Ist das eine gute Idee? Sie wird bestimmt Fragen stellen. Trachsel ist eines natürlichen Todes gestorben, warum bringst du ihn dann ins Rechtsmedizinische Institut?«

»Weil wir es hier mit dem Nationalratspräsidenten zu tun haben. Die Todesursache wird so oder so untersucht werden. Aber mach dir keine Sorgen, ich kriege das schon hin. Ich werde mir etwas einfallen lassen.«

Hoffentlich schöpft Irena keinen Verdacht, denkt Milla, als sie ihren Onkel zum Abschied umarmt. Hoffentlich kriegt Sandro von der ganzen Sache nichts mit.

Sie blickt dem Wagen lange nach und schaut noch immer in die Richtung, in die er weggefahren ist, als er schon längst um eine Kurve verschwunden ist. Dann begibt sie sich zurück in die Küche. Als sie durch die Tür tritt, fällt ihr auf, wie klein und schutzlos ihre Mutter wirkt, wie sie da allein und tieftraurig am Küchentisch sitzt. Milla schließt sie in die Arme, setzt sich neben sie.

»Wie geht es dir, schaffst du das?«

Bevor Margret antworten kann, klingelt es an der Tür.

13

Auf einmal geht Nathaniel alles ein bisschen zu schnell. Alex hat sich derart über seinen Anruf gefreut, dass er vorgeschlagen hat, sich gleich zu treffen, statt bloß zu telefonieren, zumal sie festgestellt haben, dass sie beide in der Stadt Bern zu Hause sind und nicht weit voneinander entfernt wohnen. Da heute Nathaniels freier Abend ist, hat er, ohne groß darüber nachzudenken, dem Treffen sofort zugestimmt.

Doch jetzt, als er im Café Parterre an einem Zweiertischchen Platz genommen hat und auf Alex wartet, ärgert er sich auf einmal über sich selbst. Er ist furchtbar nervös, was sich wie immer direkt auf seine Hündin überträgt; Alisha schafft es nicht, neben dem Tisch still zu liegen, sie steht immer wieder auf. Gleichzeitig hat Nathaniel auch Angst, obwohl er sich schwer damit tut, sich das einzugestehen. Angst davor, dass ihm das Treffen nicht guttun wird. Dass die Konfrontation mit der Vergangenheit zu schmerzhaft ist und ihn in allem zurückwerfen wird, was er bis jetzt geschafft und erreicht hat. Überhaupt ist sich Nathaniel auf einmal gar nicht mehr sicher, was das alles bringen soll. Es ist seines Wissens wissenschaftlich nicht erwiesen, dass das Hervorgraben von widerspenstigen Trauma-Erinnerungen den Leuten hilft, ihre Depressionen, ihre Angstzustände oder ihre psychischen Störungen zu kurieren. Er wird das Gefühl nicht los, dass er besser beraten wäre, seinen Weg so weiterzugehen wie bisher: indem er die Vergangenheit und alle damit verbundenen Erinnerungen in der hintersten Schublade seines Unterbewusstseins wegschließt und sie nie mehr hervorkramt. Und wenn sie von Zeit zu Zeit doch an die Oberfläche drängen, muss er halt damit umgehen können, die Scherben wieder zusammenwischen und erneut alles sorgsam in der Schublade verstauen. Irgendwie wird er auch die Beziehung mit Gundula hinkriegen, und wenn nicht, dann hat es halt nicht sollen sein. Der Gedanke versetzt Nathaniel zwar einen Stich ins Herz, aber im Moment erscheint ihm alles einfacher, als jetzt hier zu sitzen und auf seinen Jugendfreund zu warten, der zu einem anderen Leben gehört, von dem er nichts mehr wissen will. Sein Instinkt sagt ihm, dass er verschwinden muss, und zwar schnell. Flucht statt Konfrontation.

»Alisha, wir gehen«, sagt Nathaniel. Die Hündin springt sofort auf. Er rückt mit dem Stuhl nach hinten und will sich erheben, da spürt er eine Hand auf der Schulter.

»Nathaniel.«

Eine ihm fremde Stimme.

»Ich bin's, Alex. Du kannst dir nicht vorstellen, wie sehr ich mich freue, dich wiederzusehen.«

Ohne ein Wort zu sagen, sinkt Nathaniel in den Stuhl zurück. Für ihn ist es kein Wieder*sehen*. Und freuen tut er sich auch nicht. Zumindest meinte er das bis gerade jetzt. Auf einmal aber wird er von seinen Gefühlen übermannt. Tränen fließen über seine Wangen.

»Entschuldige, Alex, es ist … es ist gerade … puh.«

»Mir geht es genauso.« Nathaniel hört, dass auch Alex' Stimme beinahe bricht.

Er erhebt sich nun ganz, unbeholfen versucht er Alex zu umarmen, der ihn sofort in die Arme schließt. Die beiden Männer, die sich seit fast dreißig Jahren nicht gesehen haben, die kleine Jungs waren, als sich ihre Wege gewaltsam trennten, halten sich lange fest. Bis Alex sagt, er brauche einen Drink.

»Ich auch«, meint Nathaniel, der Alkohol ansonsten verschmäht. »Kannst du mir einen Gin Tonic bringen?«

Nathaniels Furcht ist verflogen, ebenso die Nervosität. Auf einmal fühlt sich das Treffen mit Alex irritierend normal an. Er wundert sich, wie es möglich ist, dass da noch immer diese Vertrautheit zwischen ihnen besteht, dass es scheint, als hätten sie sich erst vor ein paar Tagen das letzte Mal gesehen. Und dies nach allem, was dazwischen liegt.

Nathaniel erzählt Alex, dass er als Kellner im Restaurant *Blinde Kuh* arbeitet, in dem stockfinsteren Lokal, in dem die sehenden Gäste für ein paar Stunden zu Blinden werden, er berichtet von seinen Anfangsschwierigkeiten, wie er über verschobene Stühle gestolpert und das Essen in hohem Bogen davongeflogen ist – ohne dass es die Gäste bemerkt haben. Er erzählt, dass er hin und wieder als DJ beim Berner Radio Rabe auflegt, dass er eine lesbische Freundin geheiratet hat, damit sie das Sorgerecht für ihr Kind Silas zurückerhielt, der ihm wie ein Sohn ist, obwohl er eigentlich gar keine Familie wollte, und dass er sich verliebt habe, zum ersten Mal und noch nicht sehr lange – all das sprudelt aus Nathaniel heraus, als müsste er in zu kurzer Zeit sein ganzes Leben in zu wenige Sätze verpacken. Alex stellt fest, dass sein Leben im Vergleich viel langweiliger verlaufen ist: Ausbildung zum Feinelektronikmechaniker, der Sprung in die Selbstständigkeit, die kleine, eigene Firma, dann Heirat, Hauskauf, Kinder – zwei Mädchen, ein Junge –, und dann vor einem Jahr die Scheidung, weil er seine Frau betrogen hat. Aus Langeweile, wie er sagt, weil er einfach nicht mehr glücklich war.

»Jetzt bin ich es wieder«, sagt Alex mit einem Lachen. »Allein zwar, in einer kleinen, billigen Bude in Bern, aber dafür wieder glücklich.«

Auch darauf stoßen die zwei früheren Freunde an, die sich wieder wie Freunde fühlen.

Es vergehen fast eineinhalb Stunden, bis Alex das Drama zum ersten Mal anspricht.

»Meine Eltern haben damals versucht, dich zu adoptieren, das weißt du, oder?«

»Sie haben *was*?«, fragt Nathaniel nach.

»Wir wollten dich in unserer Familie aufnehmen. Nach dem Mord.«

»Nein, das wusste ich nicht.«

Eine Stille drängt sich zwischen die beiden.

Alex schweigt betroffen, weil er nicht fassen kann, dass Nathaniel nichts davon weiß. Nathaniel findet keine Worte, weil die Dimension des gerade Gesagten wie eine Lawine über ihn hereinbricht. Wenn er sich vorstellt, was das bedeutet hätte … Sein Leben – es hätte ganz anders ausgesehen, wenn er bei den Siegentalers hätte bleiben können. Wenn er in der Familie seines Freundes hätte aufwachsen dürfen, mit Menschen, die er mochte, in der Stadt, die er kannte – stattdessen wurde er in eine fremde Familie gesteckt, weit weg von seinem alten Umfeld und von seinem Zuhause.

»Warum durfte ich nicht bei euch bleiben?«, fragt Nathaniel. »Das wäre wunderbar gewesen.«

»Sie sagten uns, es gebe eine bessere Lösung.«

Eine bessere Lösung, denkt Nathaniel bitter. Warum wurde er nicht gefragt? Warum wusste er nicht einmal darüber Bescheid, dass er bei seinem Freund hätte wohnen können? Es wurde einfach über ihn bestimmt – und nein, nicht zu seinem Guten, die Lösung war nicht *besser*. Im Gegenteil.

»Sie sagten, dass du psychologische Betreuung brauchtest. Und dass es auch noch Verwandte gäbe. Darum kamen meine Eltern als Pflegeeltern nicht infrage.«

Nathaniel schüttelt verständnislos den Kopf. »Meine einzige Verwandte lebte in Australien, ich kenne sie nicht mal, ich habe sie nie getroffen.«

»Eigenartig. Auch das.«

Wieder schweigen die beiden einen Moment lang gemeinsam.

»Was weiß man im Dorf über die Tat?«, fragt Nathaniel.

»Es wurde erzählt, dass dein Vater aus Eifersucht durchgedreht ist und euch alle erschossen hat. Aber meine Eltern haben das nie geglaubt. Sie kannten deine Eltern. Sie sagten, es habe keinen Grund zur Eifersucht gegeben, sie hätten harmonisch gewirkt. Auch hat man im Dorf die Tat deinem Vater nicht zugetraut. Es kannten ihn ja alle. Es mochten ihn alle. Gerade auch sein Umgang mit den Kindern – es ist nicht zu fassen, dass er euch Kindern das angetan haben soll.«

»Aber ist das nicht immer so? Sagen nicht bei jedem Mordfall die Nachbarn anschließend, dass sie es dem Täter nie zugetraut hätten? Ist es nicht so, dass man jemanden nie ganz kennt und jeder eine dunkle Seite in sich trägt?«

»Vielleicht.«

Nathaniel gibt sich einen Ruck. Jetzt, wo sie schon so weit gegangen sind, spielt es keine Rolle mehr.

»Du kennst nicht die ganze Geschichte«, sagt er.

»Wie meinst du das?«

»Die Polizei hat damals nicht alles erzählt.«

Nathaniel berichtet Alex, dass sich das Drama in Wahrheit anders abgespielt hat, als es offiziell dargestellt worden ist. Er erklärt, dass sein Vater an einer Schizophrenie gelitten und die Familie im Wahn getötet habe. Und dass er, Nathaniel, bei dem Versuch, seine Mutter und seine Schwester zu schützen, seinem Vater mit einem Messer tödliche Verletzungen zugefügt habe. Bevor der Vater verblutet sei, konnte er noch auf Nathaniel schießen und ihn lebensgefährlich verletzen. »Die Polizei hat das nicht öffentlich gemacht, weil sie mich, der ich ein kleiner Junge war, schützen wollte.«

»Das ist es, woran du dich erinnerst?« Nathaniel hört die Skepsis in Alex' Stimme.

»Nein, ich selbst erinnere mich nicht an den Tag. Es gibt da nur einen vagen, aber schlimmen Albtraum, der mich manchmal heimsucht. Doch die Tat ist aus meinem Kopf gelöscht. Ein Schutzmechanismus meines Gehirns, sagen die Psychologen. Ein Polizeibeamter, der damals vor Ort war, hat mir das alles erzählt.«

Alex schweigt. Nathaniel fragt sich, ob er schockiert darüber ist, dass er seinen Vater getötet hat. Vielleicht hätte er es doch nicht erzählen sollen.

»Dein Vater soll an Schizophrenie gelitten haben? Bist du sicher, dass das stimmt?«

»Warum sollte man mich anlügen?«

»Das ist eine gute Frage. Eine sehr gute Frage sogar.

Überhaupt gibt es einige offene Punkte. Dieser Fall … Ich kann mir nicht vorstellen, dass dein Vater krank war. Das hätten wir doch gewusst! Er wäre in Behandlung gewesen, er hätte doch nicht arbeiten können. Nein, dein Vater war nicht krank. So kann das nicht gewesen sein.«

Nathaniel ist irritiert. Er wundert sich, warum Alex ihm nicht glauben will.

»Warum bist du so kritisch?«

»Es ist viel geredet worden nach der Tat. Zum Teil waren es bestimmt nur Gerüchte. Aber einiges kommt mir bis heute seltsam vor. Hast du Paul Dunkels Artikelserie über das Verbrechen gelesen?«

»Nein. Wer ist Paul Dunkel?«

»Er war Reporter bei der *Berner Zeitung*. Er hat über deine Familie und den Mord berichtet. Ein kritischer Journalist. Er hat die offizielle Darstellung der Polizei schon damals angezweifelt, allerdings hat er eine andere These vertreten als die Version der Geschichte, die du mir eben erzählt hast.«

»Was für eine These?« Nathaniel fühlt sich, als hätte er einen zugefrorenen See betreten, unsicher, ob das Eis ihn tragen wird. Jeder Schritt könnte einer zu viel sein. Vielleicht möchte er das alles gar nicht hören.

»Er glaubt, dass hinter dem Mord jemand anderes stand.«

»Wie meinst du das?«

»Dass deine Familie *nicht* von deinem Vater ermordet worden ist.«

»Das ist unmöglich.«

»Du hast gesagt, du erinnerst dich nicht an die Tat?«

»Ja.«

»Dann kannst du nicht mit Sicherheit sagen, was wirklich passiert ist. Ich habe gehofft, dass du die Antwort kennst.«

»Ich kenne die wahre Geschichte. Felix Winter hat sie mir erzählt. Er war als Polizist am Tatort. Der Journalist muss falschgelegen haben. Wie kam er bloß darauf?«

»Er berief sich in seinen Artikeln auf eine sichere Quelle bei der Polizei.«

Nathaniel kann seine Gedanken nicht ordnen. Er will keine neuen Thesen hören. Erst recht keine Verschwörungstheorien eines nach Quoten heischenden Journalisten. Und doch …

»Meinst du, ich könnte mich mit diesem Journalisten treffen?«

»Mit Dunkel?«

»Ja.«

»Nein. Das ist ja das Unfassbare an dieser Geschichte. Er lebt nicht mehr.«

»Er ist tot?«

»Sie sagen, es war ein Suizid.« Alex zögert, gibt sich einen Ruck. »Aber ich glaube, er wurde ermordet.«

14

»Ich hab ihn!«

Bettinas Worte hallen durch das Großraumbüro, Felix und Florence schauen sie überrascht an.

»Also, ich meine, ich habe ihn auf einem Überwachungsvideo gefunden.«

»Himmel, Bettina, ich dachte schon, Trachsel sei wieder aufgetaucht«, beschwert sich Felix, während er sich erhebt und zu Bettinas Schreibtisch hinübergeht.

»Schaut euch das an! Ich habe von den Verkehrsbetrieben sämtliche Überwachungsvideos der Buslinie 19 erhalten, die zwischen sieben und acht Uhr aufgenommen worden sind.« Florence und Felix blicken über Bettinas Schulter auf deren Bildschirm.

»Seht ihr? Hier, zwanzig vor acht, ein älterer Herr besteigt bei der Station Spiegel den Bus, er begibt sich nach hinten, dreht sich zur Kamera, setzt sich hin.« Wie ein Sportmoderator kommentiert Bettina, was im Video zu sehen ist. Sie stoppt das Bild, vergrößert es. »Das ist er, oder, Irrtum ausgeschlossen, stimmt ihr mir zu?«

»Das ist Aaron Trachsel«, bestätigt Felix.

Auch Florence nickt zustimmend. »Eindeutig.«

»Und jetzt kommt's.« Bettina spult die Aufnahme in zweifachem Tempo vor, verlangsamt wieder, als sich Trachsel von seinem Sitz erhebt. »Er steigt nicht beim

Bahnhof Bern aus oder nötigenfalls noch beim Hirschengraben, wie es zu vermuten wäre, wenn er ins Bundeshaus wollte. Nein, er verlässt den Bus bereits in der Sulgenau.«

»Und danach? Wo geht er hin?«, fragt Florence.

»Keine Ahnung. Hier verliert sich seine Spur.«

»Mist«, entfährt es Felix. »Gibt es dort in der Straße Kameras, die wir noch abklappern können?«

»Das prüfe ich gleich. Aber es wird schwierig sein, ihn von dort aus weiter zu verfolgen.«

»Warum steigt er drei Stationen zu früh aus?«, fragt Florence.

»Wer steigt zu früh aus?«, erkundigt sich Malou, die in dem Moment das Großraumbüro betritt.

»Trachsel, die Kamera im Bus hat ihn eingefangen. Er ist bei der Station Spiegel in den Neunzehner ein- und bei der Station Sulgenau wieder ausgestiegen.«

»Er ging also nicht direkt zum Bundeshaus.«

»Wo ist Sandro?«

»Der musste wegen einer privaten Angelegenheit dringend nach Hause.«

»Ist etwas passiert?«, fragt Felix.

»Er sagte nichts Genaues, nur, dass wir ihn telefonisch auf dem Laufenden halten sollen, wenn sich was ergibt.«

»Wie war es bei Trachsels Frau?«, will Florence von Malou wissen.

»Sie könnte die Hauptrolle in der Serie *Verzweifelte Hausfrauen* spielen, den Part der gealterten Alkoholikerin. Auf jeden Fall scheint sie ihren Gatten nicht zu vermissen.«

»Konnte sie Angaben zu seinem Verschwinden machen?«

»Nein, sie scheint sich überhaupt nicht darum zu kümmern.«

»Glückliches Hetero-Eheleben«, sagt Bettina sarkastisch. Kaum hat sie die Worte ausgesprochen, realisiert sie, dass sie auf einen Kommentar von Ramon wartet, der sie bestimmt mit einem Konterspruch geneckt hätte, sie hört in Gedanken seine Stimme und vermisst ihn in dieser Sekunde so heftig, dass ihr die Tränen in die Augen schießen. Florence legt ihr kurz den Arm um die Schulter, sie weiß genau, was in Bettinas Kopf passiert. Ramons Lücke ist noch zu groß, seine Abwesenheit zu präsent.

In dem Moment piepst Felix' Telefon. Er checkt die Nachricht.

»Die Handyortung, wir haben grünes Licht erhalten! Wenn wir Glück haben, wissen wir schon bald, wo Trachsel sich aufhält.«

Während Florence, Bettina, Malou und Felix glauben, auf ihrer Suche nach dem vermissten Nationalratspräsidenten einen großen Schritt weitergekommen zu sein, drückt Sandro ungeduldig ein zweites Mal auf die Türklingel. Er hat Malou bei der Zentrale abgesetzt und ist dann mit dem zivilen Einsatzwagen gleich weiter in die Sulgenbachstrasse gefahren. Noch von unterwegs hat er erneut versucht, Milla telefonisch zu erreichen, wieder ist sie nicht rangegangen. Sandro ist höchst beunruhigt, er will endlich wissen, was los ist.

Da hört er etwas, ein leises Schaben, als würde jemand eine Metallklappe vom Türspion schieben. Kurz darauf vernimmt er, wie sich der Schlüssel im Schloss dreht.

Sandro erschrickt, als er Millas Gesicht sieht. Sie ist schrecklich blass und wirkt fahrig, sie begrüßt ihn nicht einmal richtig.

»Du bist es?«

»Milla, was ist los? Wie geht es dir? Warum gehst du nicht ans Telefon. Ich sterbe vor Sorge!«

Sandro umarmt Milla, sie klammert sich an ihn, er küsst ihre Stirn, sie löst sich.

»Was ist mit dem Kind?« Sandro sucht Millas Blick.

»Ich hatte Blutungen, aber es ist alles in Ordnung. Ich muss mich einfach ausruhen.«

»Und darum bist du hier? Warum bist du nicht in meine Wohnung gegangen?«

»Hallo, Sandro.« Margret Nova tritt aus der Küche in den Flur.

»Guten Abend, Margret.« Sandro will gerade fragen, wie es ihr gehe. Doch er hält inne. Es ist offensichtlich, dass es ihr nicht gut geht. Etwas stimmt hier nicht, denkt Sandro. Was ist bloß passiert?

»Meiner Mutter geht es nicht besonders, darum bin ich hergekommen. Aber wir können nun nach Hause gehen. Oder Mama, kommst du klar?«

»Was ist mit deinem Kind?« Margret hat Sandros Frage gehört.

»Es ist nichts, es ist alles in Ordnung, ich war heute zur Kontrolle bei der Ärztin, das ist alles.«

Milla wirft Sandro einen Blick zu, der klar zu lesen ist: Sie will nicht vor ihrer Mutter über das Thema diskutieren.

»Ich bin mit dem Wagen da, ich kann dich zu mir fahren.«

»Mama, schaffst du es, wenn ich jetzt gehe?«

»Ja, geh nur, geh nur, ich schaff das schon.«

Sandro spürt das Unausgesprochene, das zwischen ihnen im Raum steht. Er wird Milla danach fragen, später. Jetzt will er nur raus hier, um dieser unangenehmen Situation zu entkommen.

»Dann gehen wir«, sagt er, in einem Tonfall, bei dem jedes Kind an den Befehl eines Polizisten denken würde.

Keine drei Kilometer entfernt, auf der anderen Seite der Aare, die sich wie ein grünes Band um die Berner Altstadt gelegt hat, blicken Malou, Bettina und Felix konzentriert auf Florences Bildschirm. Im Moment ist darauf einzig die Karte der Region Bern zu sehen. Doch sie erwarten in den nächsten Augenblicken die Angaben des Dienstes Überwachung Post und Fernmeldeverkehr, der die Notsuche beim Mobilfunkanbieter in Auftrag gegeben hat. Mit einem »Ping« meldet der Computer, dass er die Daten erhalten hat. Eine rot eingefärbte Fläche erscheint und kennzeichnet den Sektor, in dem das Mobiltelefon von Aaron Trachsel geortet wird. Florence zoomt in die Karte hinein.

»Das kann doch nicht sein.« Bettina spricht aus, was die anderen denken. »Das ist ja hier! Trachsel befindet sich bei uns auf dem Areal?«

»Oder zumindest ganz in der Nähe«, meint Florence.

»Was zum Teufel ...?« Felix reibt sich verwundert die Augen. »Was macht er hier? Und vor allem: Wo ist er?«

Einige Sekunden lang sind alle vier still. Ihre Gesichter verraten, dass sie auf Hochtouren nachdenken.

»Ich habe alle Spitäler angerufen.« Bettina spricht zögernd. »Aber jemanden habe ich vergessen zu fragen.«

»Irena«, schließt Malou Bettinas Gedanken ab. »Die Rechtsmedizin.«

Felix stellt sofort Irenas Nummer ein.

»Irena? Felix hier. Wurde heute ein Toter zu dir gebracht?«

»Guten Abend, Felix. Ich habe drei neue Personen hier, geht es um jemand Bestimmtes?«

»Um Aaron Trachsel, etwas über siebzig, Politiker«, erklärt Felix.

»Danke, ich weiß wer Aaron Trachsel ist. Aber er liegt nicht hier. Zumindest nicht, soweit ich weiß. Aber warte einen Moment.«

Felix hört das Hallen von Irenas Schritten, als sie sich von ihrem Büro durch den weiß gekachelten Flur hinüber ins Institut begibt. Dann herrscht einen Moment lang Stille, schließlich vernimmt er das Geräusch eines Reißverschlusses.

»Du hast recht.«

»Er ist wirklich bei dir?«

»Ja, er liegt hier. Unverkennbar.«

»Warum hast du uns nicht informiert?«

»Ich habe ihn noch gar nicht gesehen.«

»Wann wurde er denn gebracht?«

»Vor etwa einer Viertelstunde. Aber so wie es aussieht ... ist er schon seit einigen Stunden tot.«

»Wo wurde er gefunden?«

»Im Monbijoupark. Er habe dort zusammengesunken auf einer Bank gesessen. Womöglich hat sein Herz versagt, und die Passanten meinten, er schliefe.«

»Oder sie dachten, es handle sich um einen Penner.«

»Na ja, bei seiner Kleidung ... Auf jeden Fall wurde er erst Stunden nach seinem Tod gefunden. Von einem Bestatter, der zufällig durch den Park spazierte. Ihm ist sofort aufgefallen, dass etwas nicht stimmte. Er hat den Toten dann direkt zu mir gebracht.«

»Er hat nicht den Rettungsdienst oder die Polizei informiert?«

»Hmm. Nein, davon steht hier nichts. Er dachte sich wohl: Tot ist tot.«

»Was für eine Geschichte. Und was für ein Ende. Stundenlang tot auf einer Parkbank zu sitzen, und keiner merkt's. Vielleicht hätte man ihm noch helfen können, wenn er früher jemandem aufgefallen wäre. Nun gut, wenigstens können wir unsere Suchaktion abbrechen. Wir werden Trachsels Tod kommunizieren müssen.«

»Ich gebe euch morgen Bescheid, sobald ich die Todesursache herausgefunden habe.«

»In Ordnung, ich werde Sandro informieren.«

»Danke.«

»Danke dir.«

»Und schönen Feierabend.«

»Milla, was ist los?«, fragt Sandro, sobald sie allein im Wagen sitzen. Er greift mit seiner rechten Hand nach ihrer Linken.

»Ich kann nicht über meine Mutter sprechen, bitte verstehe das. Aber ich bin okay. Ich brauche nur endlich Ruhe. Ich muss mich hinlegen.«

»Was hat die Ärztin genau gesagt?«

»Dass ich das Kind verlieren könnte.«

Sandro schweigt einen Moment. »Scheiße«, bricht es dann aus ihm heraus. »Ich will unser Kind nicht verlieren.«

Das Klingeln von Sandros Handy unterbricht ihr Gespräch. Es ist Felix Winter. Sandro nimmt den Anruf entgegen.

»Wir haben ihn gefunden«, sagt Felix ohne Umschweife.

»Gott sei Dank!«

»Nun ja. Wir haben ihn tot gefunden.«

»Wo?«

»Im Rechtsmedizinischen Institut.«

»Wie bitte?«

»Offenbar saß er auf einer Parkbank, als wohl sein Herz aussetzte. Irena wird ihn gleich morgen früh obduzieren. Dann haben wir Gewissheit und können die Medien informieren.«

»Jemand muss es seiner Frau sagen. Könntest du mit Malou …?«

»In Ordnung, wir erledigen das.«

»Danke.«

Sandro beendet das Telefonat.

»Ein großer Fall?«, fragt Milla, die nur die eine Hälfte des Gesprächs mitbekommen hat.

»Nein, nur ein alter Mann, der vermisst wurde. Aber wir haben ihn gefunden.«

»Warum kümmert sich deine Abteilung um vermisste Senioren?«

»Dieses Gespräch bleibt unter uns, *off the record*?«

»Ja.«

»Weil es sich bei diesem Senior um den Nationalratspräsidenten handelte.«

»Um Aaron Trachsel?«

»Ja, er wurde ins Institut für Rechtsmedizin gebracht.«

»Was ist passiert?«

»Es war wohl sein Herz. Er wurde auf einer Parkbank gefunden.«

Sandro registriert, dass sich Milla auf dem Beifahrersitz zurücklehnt. Einen Moment lang ist nur der Motor zu hören und das Ticken des Blinkers. Sandro will gerade links abbiegen, als Milla neben ihm laut aufstöhnt. Er sieht, wie sie sich auf ihrem Sitz zusammenkrümmt. Ohne eine Sekunde zu zögern, macht er einen U-Turn, lässt die Scheibe runter, knallt das Blaulicht aufs Dach und fährt so schnell er kann Richtung Inselspital.

15

Ein kaum wahrnehmbares Klicken kündigt an, dass sich der Radiowecker gleich einschaltet. Eine Sekunde später besingen Steiner & Madlaina das *Schöne Leben, das wir niemals haben werden.* Wie passend, denkt Nathaniel. Er liegt schon lange wach. Sein Schädel dröhnt, was zum einen dem ungewohnten und übermäßigen Konsum von Alkohol zuzuschreiben ist, zum anderen dem Umstand, dass er seit Stunden düstere Gedanken hin und her wälzt. Der gestrige Tag hängt noch immer nach, Nathaniel fühlt sich kraft- und energielos. Am liebsten würde er sich die Decke über den Kopf ziehen und gar nicht erst aufstehen, nie mehr aufstehen, einfach liegen bleiben, bis das Leben vorbei ist. Keine Sorgen mehr. Nur noch schlafen. Die schwere Stimmung legt sich auf ihn wie ein schwarzer Schatten, der seiner Seele das Licht raubt. Immer hat es etwas mit seiner Vergangenheit zu tun, wenn sie ihn überkommt und niederdrückt.

Der gestrige Zusammenbruch. Die Diskussion mit Veronika. Die Fallakten, die verschwunden sind. Das Wiederfinden eines Freundes aus der längst verdrängten Zeit. Und dann die seltsamen Anspielungen von Alex. Nathaniel weiß nicht, was er damit anfangen soll. Gerüchte wohl, die nach jedem Verbrechen in einer kleinen Stadt die Runde machen. Aber doch; der tote Journalist … Zufall?

»Was mache ich jetzt damit?«, fragt Nathaniel laut. Zur Antwort erhält er von Alisha einen Japser, die Hündin muss direkt neben seinem Bett liegen. Er hört, wie sie sich aufsetzt, und weiß genau, was jetzt gleich folgen wird. Obwohl er instinktiv vom Matratzenrand wegrutscht, kann er nicht verhindern, dass Alishas nicht gerade wohlriechende Zunge in seinem Gesicht landet.

»Auch dir einen schönen guten Morgen.« Nathaniel tastet nach Alishas Kopf und krault ihn kurz, bevor er sich im Bett aufsetzt, um weiteren Liebesbekundungen seiner Hündin zu entgehen. Gut, dass es Alisha gibt, denkt Nathaniel. Alisha mit ihrer schwachen Blase – er kann gar nicht liegen bleiben, sie zwingt ihn weiterzumachen. Alisha bellt. Einmal, zweimal. Es scheint dringend zu sein.

»Ich komme, ich komme, ich stehe schon auf.« Nathaniel kratzt sich in den Haaren und versucht, sich den Schlaf aus den Augen zu reiben.

Rekordverdächtige siebzehn Minuten später entlässt Nathaniel Alisha am Rand des Bremgartenwaldes mit einem »Libera«, damit sie ihr Geschäft verrichten kann. Er stellt sich mit dem Rücken zum Wald, legt den Kopf leicht in den Nacken, so wie er es immer tut, wenn er auf sie wartet, nur dieses Mal spürt er keine Sonne auf dem Gesicht, sondern den Wind, der nach Feuchtigkeit und Wolken riecht. Er schaudert leicht, seine Jacke ist zu dünn, er hat vergessen, seine App nach Wetter und Temperatur zu fragen. Ein Fehler, der ihm schon mehrmals Erkältungen oder Schweißausbrüche beschert hat.

Als er noch sehen konnte, genügte ein Blick zum Fenster hinaus.

Als er noch sehen konnte, hing bei ihnen im Wohnzimmer ein Barometer. Sein Vater hat jeden Morgen sachte gegen das Glas geklopft und seine persönliche Wetterprognose kundgetan, selbst wenn sich niemand dafür interessierte.

Seltsam, dass ihm das jetzt einfällt. Nathaniel hat kaum Erinnerungen an seinen Vater. Doch jetzt sieht er die Gestik seines Vaters ganz klar vor dem inneren Auge, das Klopfen an das Glas, wie er sich bückt, um die Werte abzulesen. Doch so sehr sich Nathaniel auch bemüht: Er kann sich nicht an das Gesicht seines Vaters erinnern. Er weiß noch genau, wie seine Schwester aussah und seine Mutter, er könnte, würde er noch sehen, ihre Gesichtszüge detailgetreu aus der Erinnerung nachzeichnen. Doch sein Vater? Groß war er, das weiß Nathaniel noch. Er hatte eine tiefe, dunkle, beruhigende Stimme. Dunkel auch das Haar – aber war es schwarz oder braun? Und die Nase, der Mund, die Stirn? Er muss sich doch an das Gesicht des eigenen Vaters erinnern!

Doch da ist nichts, nur ein blasser, verschwommener Fleck. Als wäre der Mann, den er einst Vater nannte, ein Unbekannter. Und eigentlich, denkt Nathaniel, ist er das auch, ein Unbekannter, dessen Handeln er nie wird verstehen können. Wie kann es sein, dass jemand seine Frau und seine Tochter tötet, und auch ihn, den Sohn, hat umbringen wollen? War sein Vater der von Eifersucht getriebene Ehemann, der zum Mörder wurde, wie es Nathaniel sein halbes Leben lang geglaubt hatte? Oder war er der psychisch Kranke, der in einem psychotischen Schub seine Liebsten tötete, wie Felix Winter Nathaniel vor ein paar Jahren erzählt hat?

Ich kann mir nicht vorstellen, dass dein Vater krank war, hat Alex gestern Abend gesagt. *Das hätten wir doch gewusst!*

Nathaniel sucht in seiner Erinnerung nach einem Hinweis auf eine mögliche Erkrankung seines Vaters, ein Besuch in einem Krankenhaus oder in einer psychiatrischen Klinik, Medikamente, die im Badezimmer herumlagen, oder ein schwieriges Gespräch mit den Eltern, in denen den Kindern die schlimme Diagnose erklärt wurde – aber da ist nichts. Was, wenn Alex recht hat? Was, wenn sein Vater doch nicht krank war? Doch warum sollte ihn Felix Winter angelogen haben? Und warum wurde sein Vater dann zum Mörder?

Wer warst du, Vater?, denkt Nathaniel.

Da hört er das Rascheln im Laub, Alisha kehrt zurück, sie muss gleich bei ihm sein, da stupst sie ihm schon die feuchte Schnauze in die rechte Hand. Nathaniel greift in die Hosentasche und gibt der Hündin ein Leckerli, das mit einem einzigen Schmatzer verschwindet. Als er ihr das Geschirr umlegt, fasst Nathaniel für sich einen Entschluss.

»Alisha, ich will es herausfinden.« Nathaniel verkündet es beinahe feierlich. »Und zwar alles: Wer mein Vater wirklich war – und was damals genau passiert ist.«

Von seiner Hündin gibt es keinen Widerspruch.

Während Nathaniel mit Alisha den Rückweg einschlägt, steht Margret in ihrer Küche und brüht Kaffee auf. Sie hat sich die Haare zurechtgemacht, wie sie es jeden Morgen tut, sich dezent geschminkt und elegant angezogen, sorgfältig darauf bedacht, dass heute nichts verkehrt herum sitzt. Die äußere Ordnung ist ihr wichtig, um das innere Chaos zu verbergen. Doch als sie dann hinter der dampfenden Tasse alleine am Küchentisch sitzt, überkommt sie die Schwermut.

Das, denkt sie, ist es also gewesen mit der Liebe. Es hätte so schön sein können. Doch jetzt ist es für immer vorbei. Sie weiß, dass sie fortan allein bleiben, dass ihr das späte Liebesglück nicht ein zweites Mal widerfahren wird. Einerseits, weil die Chance, dass sie noch einmal einen Mann trifft, den sie lieben kann und der sie lieben könnte, verschwindend klein ist. Anderseits, weil sie – wenn es wider Erwarten doch passieren sollte – sich nicht mehr darauf einlassen könnte. Nicht nach dem, was gestern geschehen ist.

Der Verlust von Ronnie schmerzt. Obwohl sie es besser weiß, lauscht sie doch die ganze Zeit, ob sie nicht ein leises Klopfen an der Tür vernimmt. Sie wäre nicht einmal überrascht, wenn Ronnie auf einmal hereinkommen und sie mit Komplimenten überschütten würde, als wäre nichts passiert. Gleichzeitig ist sie sich bewusst, dass es reines Wunschdenken ist. Doch im Moment erscheint ihr alles realistischer als die Tatsache, dass er tot ist. Dass Ronnie nie mehr an ihre Tür klopfen wird.

Es tut so weh. Und doch: Die Lücke, die er hinterlässt, ist zwar groß, aber nicht riesig. Weil sie eben nicht ein richtiges Paar waren, nicht zusammengelebt haben, sich einzig zu Schäferstündchen und hin und wieder zu einem Restaurantbesuch trafen, nur über Mittag natürlich, damit keine Gerüchte aufkamen. Doch jetzt, im Nachhinein, ist Margret froh, dass Ronnie nicht mehr Platz in ihrem Leben eingenommen hat, sonst wäre das Loch noch größer, in das sie zu stürzen droht. Ihr Herz schmerzt. So sehr, als hätte eine Faust es umschlossen und drücke so fest zu, wie es nur geht.

Margret schiebt die Tasse von sich weg. Legt die Arme auf den Tisch, legt den Kopf darauf. Lässt den Tränen freien Lauf, bis keine neuen mehr kommen und die letzten eingetrocknet sind. Sie verharrt in dieser Stellung für Minuten oder Stunden, sie weiß es nicht genau und es spielt auch keine Rolle. Wie müde sie auf einmal ist. Sie mag nicht mehr, will keine Menschen mehr verlieren, die sie liebt. Zu viele sind schon gegangen. Zu oft hat sie loslassen müssen, obwohl sie nicht loslassen wollte. Warum ist das Leben so schwer? Sie hatte es sich doch ganz anders vorgestellt, als sie jung und optimistisch und fröhlich und zuversichtlich war. Und plötzlich ist alles vorbei, nichts bleibt. Auch sie wird nicht mehr lange hier sein. Aber selbst das spielt keine Rolle mehr.

In ihrer Trauer denkt sie plötzlich an das Kind, das Milla unter dem Herzen trägt. Ihr Enkelkind. Doch, das will sie noch erleben. Nie hätte sie gedacht, dass sie Oma werden würde. Es gibt doch noch einen Grund, etwas länger hierzubleiben.

Margret steht auf, begibt sich ins Badezimmer, wischt die verschmierte Schminke weg, macht sich erneut zurecht, greift zur Einkaufstasche und zum Portemonnaie und verlässt das Haus, um die Einkäufe zu erledigen.

Das Kind ist verloren. In Millas Kopf gibt es keinen anderen Gedanken mehr. Das Kind ist verloren. Tot. Gestorben, bevor es geboren wurde.

Wieder wird sie von einem Schluchzen erschüttert. Sandro liegt angezogen neben ihr auf dem Bett, er sollte längst auf der Arbeit sein, doch er will nicht hingehen, er hält Milla fest, auch er hat Tränen in den Augen.

Die Krämpfe gestern, die Blutungen, viel stärker als beim ersten Mal. Als sie im Inselspital angekommen waren, war es schon zu spät. *Abortus completus* hatte die

Ärztin gesagt. Eine vollständige Fehlgeburt. Nichts ist mehr da. Als wäre sie nie schwanger gewesen.

Genau so fühlt sich Milla auch: unschwanger. Als hätte es nicht nur den Fötus, sondern auch all die Hormone, die die Schwangerschaft mit sich gebracht hatte, aus ihr rausgespült. Sie fühlt sich nur noch leer.

Milla wischt sich die Augen trocken, blickt Sandro an. Die Trauer lässt sein Gesicht um Jahre älter wirken.

»Es tut mir so leid«, flüstert sie.

»Du kannst nichts dafür. Niemand kann etwas dafür.« Sandro streicht Milla eine ihrer widerspenstigen Haarlocken aus der Stirn und küsst sie auf die Schläfe.

»Doch, ich bin schuld.«

»Pssst.« Sandro legt ihr den Finger auf die Lippen. »Sag das nicht. Es stimmt nicht. Das kann jeder Frau und immer passieren.«

Milla ist anderer Meinung. *Sie* hat sein Kind verloren. Weil sie nicht auf ihre Ärztin gehört hat. Weil ihr Körper nicht fähig war, das Kind auszutragen. Weil sie sich nicht geschont hat.

»Wir werden es wieder versuchen«, versucht Sandro sie zu trösten.

Nein, denkt Milla, das will sie nicht, sie will nicht mehr, kein Kind, keine Schwangerschaft. Kein zweites Mal. Nie wieder. Denn obwohl sie tieftraurig ist über den Verlust, über das kleine Wesen, das nicht hat leben dürfen, verspürt sie doch gleichzeitig Erleichterung, gepaart mit der Scham, dass sie so empfindet. Erleichterung darüber, dass ihr Leben bleibt, wie es ist. Dass sie auch künftig die Journalistin Milla sein kann, die unerschrockene Reporterin, die sie vor der Schwangerschaft war – und dass sie nicht Milla, die Mutter, wird. Vielleicht hat sie darum das Kind verloren, weil sie es tief in sich drin nicht wirklich haben wollte. Womöglich hat das Kind das gespürt. All diese Gedanken spricht Milla nicht laut aus. Zu ihrem Schuldgefühl gesellt sich das schlechte Gewissen. Nie wird sie mit Sandro darüber reden können. Sie ahnt, dass das ungeborene Kind immer zwischen ihnen stehen wird.

»Wir schaffen das«, versichert ihr Sandro.

Hoffentlich, denkt Milla, sagt aber nur: »Ich werde nach Hause fahren, ich muss nach Iggy schauen, und ich muss meinen Chef anrufen.«

Dass sie nach ihrem Kater schauen muss, ist eine Ausrede. Iggy kommt sehr wohl ein paar Tage ohne Milla aus. Aber sie will nicht hierbleiben, sie will zurück ins Leben, sie erträgt Sandros trauriges Gesicht nicht länger, sie will Normalität. Und ein bisschen alleine sein, das will sie auch. Die Gedanken sortieren und dann den Kopf frei kriegen, nach allem, was war.

»Denkst du nicht, dass du dich noch etwas schonen solltest?« Sandro hält Milla noch immer in den Armen.

»Es tut mir gut, wenn ich etwas tun kann. Ich will nicht hier liegen bleiben. Das macht alles nur noch schlimmer.« Energisch wischt sie ihre letzten Tränen weg und setzt sich auf.

Sandro widerspricht Milla nicht, er weiß, dass es nichts bringen würde.

Milla greift zum Handy. Drei unbeantwortete Anrufe. Ivan, der sich bestimmt nach ihrem Befinden erkundigen wollte. Ihr Chef Wolfgang, der sich wohl wundert, wo sie steckt. Und Nathaniel. Sie hat schon eine Weile nichts mehr von ihm gehört. Seit der abenteuerlichen Nacht, als sie ihn und seine neue Freundin kurzerhand als »Wachpersonal« bei einem pädophilen Straftäter zurückgelassen hat, hatten sie nur noch vagen Kontakt. Er scheint seit seiner Hochzeit mit Carole und mit seiner neuen Freundin ziemlich beschäftigt zu sein. Ein Anruf am frühen Morgen kann eigentlich nur eines bedeuten. Die Sprachnachricht, die ihr Nathaniel kurz darauf gesendet hat, bestätigt ihren Verdacht: »Milla, kannst du mich rasch anrufen, ich könnte deine Hilfe gebrauchen.«

16

Milla ist weder rangegangen noch hat sie zurückgerufen, doch Nathaniel zweifelt nicht daran, dass sie sich noch melden wird – obwohl ihm bewusst ist, dass bislang ausnahmslos jedes Mal ein Drama passiert ist, wenn er sie um Hilfe gebeten hat. Allerdings war auch sie schon auf seine Hilfe angewiesen, es ist also ein Geben und ein Nehmen, und dieses Mal wird aus der kleinen Bitte keine große Sache werden. Er will einzig, dass sie ihm hilft, etwas über den verstorbenen Journalisten Dunkel herauszufinden. Sie hat dafür bestimmt die richtigen Beziehungen.

Als Nächstes ruft Nathaniel seinen Chef Tobias an, der das Restaurant *Blinde Kuh* führt, und fragt ihn, ob er ihn in den nächsten Tagen brauche oder ob er freinehmen könne. Tobias ist sofort damit einverstanden, er scheint sogar froh zu sein, dass Nathaniel nicht zur Arbeit kommen will. Nachdem das Restaurant im letzten Jahr wegen der Pandemie lange geschlossen war, hat der Betrieb die früheren Umsatzzahlen noch immer nicht wieder erreicht. Nicht alle Kunden sind zurückgekehrt – vielen scheint es nach wie vor unwohl zu sein, in einem Innenraum zu essen, insbesondere in einem Innenraum, in dem sie nichts sehen können, wodurch die Unsicherheit noch wächst.

Weil Milla sich noch immer nicht gemeldet hat, setzt sich Nathaniel selbst an den Computer. Er öffnet per Sprachbefehl die Suchmaske und diktiert die Begriffe *Paul Dunkel* und *Journalist* und *Berner Zeitung,* im Wissen darum, dass das Internet noch in den Kinderschuhen steckte, als Paul Dunkel starb. Fehlanzeige. Es wäre ja auch zu schön gewesen.

»Mist«, sagt Nathaniel laut.

»*Mist* sagt man nicht«, reklamiert Silas im Hintergrund. Nathaniel war zu vertieft, er hat nicht gehört, dass der Junge geklopft hat und eingetreten ist.

»Entschuldigung.« Er fühlt sich ertappt.

»Wir gehen, Mama bringt mich in den Kindergarten. Tschühüss.«

»Tschüss, bis später.«

Er hört auch Carole etwas rufen, dann knallt die Tür und es herrscht wieder Stille. Sturmfrei, denkt Nathaniel. Ein Lächeln streift seine Lippen. Sosehr er die beiden auch mag – manchmal vermisst er das Alleinsein sehr. Und auch die Stille.

»Milla ruft an … Milla ruft an«, sagt in dem Moment die automatische Frauenstimme seines Handys, die Nathaniels ständiger Begleiter ist.

»Milla, wie geht es dir?«

»Es … geht. Du hast versucht mich anzurufen?«

»Ist etwas passiert?« Nathaniel merkt sofort, dass Milla nicht in Ordnung ist.

»Danke, ich hatte gerade ein paar schwierige Tage, aber ich bin okay, ich werde es dir ein andermal erzählen. Du brauchst Hilfe?«

Nathaniel hört den Geräuschen im Hintergrund an, dass sich Milla in einem Zug befindet. Ohne auf seine Beweggründe einzugehen, erzählt er ihr von Paul Dunkel, dem Journalisten der *Berner Zeitung*, der vor fast dreißig Jahren gestorben ist.

»Ich suche jemanden, der ihn kannte, ein Sohn, eine Witwe, falls sie noch lebt. Glaubst du, dass du jemanden finden könntest, der mit dem Journalisten Kontakt hatte?«

»Wie alt war er, als er starb?«

»Das weiß ich nicht.«

»Ich kenne ein paar wenige Journalisten, die vor dreißig Jahren schon im Dienst waren. Aber warte einen Moment, ich schaue mal nach, ob ich im digitalen Medienarchiv etwas dazu finde.«

Nathaniel hört ein Rascheln, das Startgeräusch eines Laptops, dann eine Weile lang nichts als das stetige Rauschen des Zuges und ein paar Stimmen im Hintergrund.

»Suchst du Informationen zu Paul Dunkel, weil er über deine Familie geschrieben hat?«

Zum zweiten Mal an diesem Morgen fühlt sich Nathaniel ertappt.

»Ja, steht dazu was?«

»Ich habe einige alte Artikel von ihm gefunden. Etliche drehen sich um deine Familiengeschichte in Langenthal. Das klingt ja interessant …«

»Was steht da?«

»Er wirft die Vermutung in den Raum, dass die Polizei etwas vertuschen wollte.«

Also hat Alex die Wahrheit gesagt, denkt Nathaniel.

»Findest du etwas zu seinem Tod?«

»Ja, die *Berner Zeitung* hat über seinen Tod berichtet. Sie schreiben von einem plötzlichen, unerwarteten Tod und sprechen seiner Witwe ihr Beileid aus. Woran ist er gestorben?«

»Angeblich Suizid. Er hatte keine Kinder?«

»Auf jeden Fall sind keine erwähnt.«

»Wie hieß die Frau?«

»Adelheid. Warum interessierst du dich dafür?«

»Ich habe einen Freund von früher getroffen, da haben wir über den Journalisten gesprochen.« Mehr sagt Nathaniel nicht. Mehr ist im Moment nicht wichtig. »Milla, könntest du mir die Artikel zukommen lassen?«

»Mach ich, ich schicke sie dir per Mail. Ich habe sie allerdings nur im Faksimile-PDF-Format, hoffentlich kann das dein Computer erkennen.«

»Sonst finde ich jemanden, der sie mir vorliest.«

»Gut. Ich frage mal meine alten Kollegen, ob sie jemanden aus Dunkels Umfeld kennen, aber das kann einen Moment dauern, bis sie sich melden.«

»Danke.«

»Gerne.«

»Bis bald.«

Adelheid Dunkel. Das ist alles, was Nathaniel vorerst hat, ein Name. Ein altmodischer Name, wahrscheinlich ist auch sie schon lange tot. Trotzdem öffnet er per Sprachbefehl das Online-Telefonbuch und spricht den Namen laut aus.

»Adelheid Dunkel. Ein Eintrag«, lautet die Antwort seines Computers. »Bleichestrasse 58, Langenthal.« Anschließend diktiert die Stimme die Telefonnummer. Noch bevor sie fertiggesprochen hat, kommandiert Nathaniel: »Anrufen.« Rasch setzt er den Kopfhörer auf.

Es klingelt einmal, zweimal, immer weiter, niemand geht ran. Nathaniel will gerade aufgeben, als plötzlich eine tiefe Stimme erklingt.

»Dunkel.«

Im ersten Moment meint er, es sei die Stimme eines Mannes.

»Adelheid Dunkel?«, fragt er vorsichtig.

»Am Apparat«, sagt die Frau. »Und wer sind Sie?«

»Mein Name ist Nathaniel Brenner.«

»Der blinde Junge! Ist aber auch Zeit, dass Sie sich endlich melden.«

Es scheint, als hätten alle nur auf seinen Anruf gewartet. Erst Alex, jetzt diese unbekannte Frau, von deren Existenz er nicht einmal etwas geahnt hat. Nathaniel fragt sich, was das alles zu bedeuten hat. Wie Alex hat auch Frau Dunkel darauf gedrängt, sich möglichst rasch persönlich zu treffen. Sie hat sich geweigert, auch nur ein Wort über die Sache am Telefon zu verlieren – sie meinte, man wisse nie, wer alles mithöre. Frau Dunkel scheint in den Zeiten des Überwachungsstaates und der Fichenaffäre hängen geblieben zu sein, damals, in den Achtzigerjahren, als aufflog, dass der Staat seine Bürger systematisch ausspioniert und über neunhunderttausend Überwachungsdossiers angelegt hatte. Nathaniel kann es ihr nicht verübeln; sie muss in einem Alter sein, in der sie den Skandal miterlebt hat.

»Nächster Halt: Langenthal«, ertönt der Schaffner über die Lautsprecheranlage.

Nathaniel hat den ersten Zug genommen, den er erwischen konnte, sie fahren im Halbstundentakt. Er stoppt mit einem Ruck, der Nathaniel beinahe zu Fall bringt. Er steigt hinter Alisha aus dem Waggon, greift zu seinem Handy, um die Navigations-App zu starten und sich zu orientieren.

Nach einem Fußmarsch von zwanzig Minuten stehen Nathaniel und Alisha vor einem Hauseingang. Er tastet die Wand links neben der Tür ab. Keine Klingel. Auch auf der rechten Seite findet er nichts. Gerade als er Adelheid Dunkel anrufen will, öffnet sich vor ihm die Tür.

»Nathaniel.«

Die Stimme klingt im Original noch tiefer und verunsichert Nathaniel mehr als der Umstand, dass die Person ihn direkt beim Vornamen anspricht.

»Frau Dunkel?«

»Das wird gemeinhin behauptet. Kommen Sie herein. Ihren Hund können Sie mitnehmen.«

Nathaniel versucht das Alter der Frau zu schätzen, doch es gelingt ihm nicht, nicht bei dieser Stimme, die einem Opernsänger gehören könnte, Stimmlage Bariton. Als er Alisha mit einem »Avanti« auffordert, der Dame zu folgen, stößt er um ein Haar mit ihr zusammen. Sie scheint sich sehr langsam zu bewegen. Als er genauer hinhört, erkennt er auch den Grund: Er vernimmt ein Klacksen, wahrscheinlich benützt sie eine Gehhilfe, einen Gehbock oder etwas in der Art.

So betreten sie im Zeitlupentempo das Haus und schließlich ein Zimmer, das wohl der Salon sein muss. Sie zeigt ihm, wo ein Sessel steht. Nathaniel setzt sich vorsichtig und befiehlt Alisha, sich hinzulegen. Es riecht eigentümlich in dem Haus, ein schwerer, undefinierbarer Geruch hat sich festgesetzt, als wäre der Staub der Zeit zu lange liegen geblieben und eine Weile nicht gelüftet worden.

»Sie also sind Nathaniel«, sagt die Frau bedächtig.

Nathaniel spürt, dass sie ihn mustert.

»Ich habe Sie schon viel früher erwartet und fast befürchtet, dass Sie zu spät kommen würden.«

»Zu spät?« Nathaniel ist verunsichert. Die Situation kommt ihm seltsam vor. Er sitzt in einem eigenartig riechenden Haus bei einer alten Frau, die er nicht kennt, und die ihn behandelt, als wären sie alte Bekannte.

»Ich bin dreiundachtzig. Um meine Gesundheit stand es schon besser. Ich werde nicht mehr lange auf dieser Erde weilen. Gut, dass Sie endlich hier sind. Sie haben mich lange warten lassen.«

Nathaniel versteht nicht.

»Ich habe Sie warten lassen?«

»Ich wollte Sie nicht von mir aus belästigen. Ich wusste nicht, ob Sie schon so weit sind. Aber es war mir klar, dass Sie irgendwann danach fragen würden.«

»Wonach?«

Statt einer Antwort hört Nathaniel das Schleifen eines Streichholzes. Er zuckt unwillkürlich zusammen. Dann vernimmt er ein saugendes Geräusch, kurz darauf riecht er nebst dem verbrannten Streichholz puren Tabak. Ist es möglich, dass sich die alte Frau eine Tabakpfeife angezündet hat?

»Nach den Recherche-Unterlagen meines Mannes Paul.«

Wie bitter sie auf einmal klingt, denkt Nathaniel. Doch er ist froh um das Stichwort, denn darum ist er hier.

»Wegen Ihres Mannes bin ich hergekommen. Ist es richtig, dass er Journalist bei der *Berner Zeitung* war?«

»Er war ein hervorragender Journalist.«

»Und dass er über das Drama meiner Familie geschrieben hat, über den Mord an meiner Mutter und an meiner Schwester?«

»Er hätte den Fall gelöst, wenn man ihn gelassen hätte.«

»Wie meinen Sie das?«

»Mein Mann hat nie an die offizielle Darstellung der Polizei geglaubt. Zu viele Unstimmigkeiten und Widersprüche, keine Logik, das hat er immer gesagt. Er hat herausgefunden, dass sich hinter der Geschichte ein Geheimnis verbarg. Doch er ist nicht mehr dazu gekommen, darüber zu schreiben. Sie waren schneller. Sie haben ihn aus dem Weg geschafft.«

»Sie glauben, er ist umgebracht worden?«

»Ich glaube es nicht, ich weiß es. Die Welt ist weniger gut, als Sie meinen.«

»Wie ist er gestorben?«

»Sie haben behauptet, er habe sich selbst umgebracht. Ein aufgesetzter Kopfschuss. Mit der Armee-Pistole. Unten im Keller.«

»Warum glauben Sie, dass es anders war?«

»Mein Mann hat sich nicht das Leben genommen. Es gab keinen Grund. Er liebte das Leben.«

Nathaniel spürt die Überzeugung der alten Frau, was aber nicht heißen muss, dass sie sich nicht selbst eine eigene Wahrheit zurechtgelegt hat, an die sie glaubt.

»Man weiß nie genau, was in einem Menschen vorgeht«, meint er vorsichtig.

»Ich kannte meinen Mann. Er hätte mir das nicht angetan. Überdies herrschte nach seinem Tod im Keller eine üble Unordnung. Paul war ein sehr ordentlicher Mensch. Jemand muss nach etwas gesucht haben.«

»Sie denken, es waren Einbrecher im Haus?«

»Man kann sie auch Einbrecher nennen. Ich nenne sie Mörder.«

»Wen meinen Sie mit *sie*?«

»Ich weiß nicht, wer es war. Ich weiß nur: Sie kamen von ganz oben. Weil ihnen nicht gepasst hat, dass mein

Mann etwas herausgefunden hat. Er musste sterben, weil er zu viel wusste.«

Nathaniel zögert. Er fragt sich, ob sich Frau Dunkel in den Wirren einer abstrusen Verschwörungstheorie verfangen hat. Aber sie spricht klar und sachlich, mit einer leichten Bitterkeit in der Stimme.

»Was hat Ihr Mann herausgefunden?«

»Paul hat es mir nie gesagt. Er wollte mich dadurch schützen. Wie Sie sehen, hat er recht behalten: Ich bin noch da – er ist seit neunundzwanzig Jahren tot. Ich denke, dass Sie das Geheimnis kennen. Sie waren dabei. Erzählen Sie mir, was passiert ist.«

»Ich weiß nicht, wovon Sie sprechen. Ich habe keine Erinnerung an die Tat.«

»Was wurde Ihnen denn erzählt?«

»Dass mein Vater uns alle umbringen wollte.«

»Genau das haben sie meinem Mann auch erzählt – aber er hat nie daran geglaubt. Man hat auch Sie angelogen.«

»Warum sollte man mich anlügen? Und wer soll es sonst gewesen sein?«

»Ich weiß es nicht. Sicher aber ist, dass Ihr Vater das nie getan hätte. Nie! Eifersuchtsdrama … Jeder im Quartier, der Ihren Vater kannte, hält das für unmöglich. Doch sobald man Fragen stellte, wurde man erst abgekanzelt, dann verwarnt. Und schließlich zum Schweigen gebracht. Sie müssen herausfinden, was passiert ist. Sie müssen Pauls Arbeit zu Ende bringen. Tun Sie es für Ihren Vater. Es geht um seine Ehre.«

Die Ehre seines Vaters, wiederholt Nathaniel in Gedanken sarkastisch. Sein Vater war ein Mörder, er hat keine Ehre verdient. Nathaniel versucht, sich seine Enttäuschung nicht anmerken zu lassen. Er realisiert, dass es ein Fehler war hierherzukommen. Statt Antworten findet er nur mehr und mehr Fragen, die ihn zusätzlich verunsichern. Das hilft ihm nicht, sondern wirft ihn nur noch weiter zurück.

»Danke, dass Sie mit mir gesprochen haben.« Nathaniel erhebt sich. »Ich werde mich auf den Rückweg machen. Es tut mir leid, was Ihnen und Ihrem Mann widerfahren ist.«

»Bleiben Sie, ich bin noch nicht fertig.«

Reflexartig setzt sich Nathaniel wieder hin.

»Sie haben sie nicht gefunden.«

»Wen haben sie nicht gefunden?«, fragt er nach.

»Die Akten meines Mannes. Er hatte sie nicht im Keller versteckt, sondern im Schuppen bei unserem Nachbarn. Er ahnte, dass so etwas passieren könnte.«

»Was sind das für Unterlagen?«

»Die Notizen meines Mannes zu seinen Recherchen, Aufzeichnungen seiner Gespräche, die Polizeiakten zu Ihrem Fall.«

»Die Polizeiakten?«

»Ja.«

»Haben Sie die Unterlagen noch?«

»Ja, ich habe sie schon vor Jahren für Sie eingepackt und bereitgestellt.«

17

Die eine Neonröhre an der Decke flackert, seit Jahren schon. Ihr Blinken spiegelt sich in den weißen Kacheln an den Wänden und am Boden wider. Ihr unregelmäßiges Surren wird von Mozarts Requiem übertönt, das aus der Lautsprecherbox klingt. Es riecht nach Desinfektionsmittel, kaltem Metall und Tod. Die Raumtemperatur ist noch kühler als jene draußen, obwohl sich die Sonne hinter den Wolken versteckt hält und es nach einem kalten Tag aussieht.

All das nimmt Irena Jundt nicht wahr. Sie arbeitet hochkonzentriert. Das tut sie immer. Dabei spielt es keine Rolle, ob der Mensch, der nackt und kalt vor ihr auf dem metallenen Obduktionstisch liegt, zu Lebzeiten ein Straßenkehrer war oder ein hoher Politiker. Der Tod kennt keinen Unterschied, vor ihm sind alle gleich. So hält es auch die Rechtsmedizinerin mit ihren Klienten. Sie sieht sich als die Dienerin der Toten, als ihre Fürsprecherin: Ihr Ziel ist es, ihr letztes Rätsel zu entschlüsseln – den Grund herauszufinden, warum jemand hat gehen müssen und ob es sich um einen natürlichen oder einen nicht-natürlichen Tod gehandelt hat. Besteht der Verdacht oder die Gewissheit, dass der Tod durch Dritte verursacht wurde, dann will sie die Beweise oder doch zumindest die Hinweise liefern, die helfen, den Schuldigen zu überführen, der das Leben ausgelöscht hat.

»Was ist Ihnen wohl zugestoßen?«, sagt Irena halblaut zu Aaron Trachsel, der heute vor ihr liegt. Die Fundsituation, das Alter – nichts spricht dagegen, dass sein Herz plötzlich einfach aufgehört hat zu schlagen.

Die äußere Leichenschau hat Irena bereits beendet; sie hat Trachsels Körper genau untersucht und alle Auffälligkeiten auf einem A3-Blatt in die schematische Abbildung eines männlichen Körpers übertragen. Abgesehen von den Totenflecken fand sie weder Hämatome noch Abschürfungen noch Schnitte, also keine Wunden. Äußere Gewalteinwirkung kann ausgeschlossen werden.

»Ich bin so weit, fangen wir an«, sagt sie zu ihrem Assistenten Peter Lang, der sich den Mund-Nasen-Schutz hoch- und die Operationshandschuhe überzieht.

Irena greift zum übergroßen Skalpell und führt die Klinge mit Druck von der rechten Schulter über den Brustkorb hinüber zur linken Schulter. Den zweiten Schnitt setzt sie in der Mitte des ersten an, zieht die Klinge senkrecht hinab, eine gerade Linie vom Brustbein über den Bauch bis zum Schambein, als wolle sie den Oberkörper halbieren, bis ein Ypsilon den Torso verunstaltet. Vorsichtig greift Irena hinein in die Wunde, die nie mehr bluten wird, und öffnet den Körper. Sie tastet Brustbein und Rippen ab, alles intakt. Peter Lang reicht ihr die Rippenzange, die von einer Gartenschere kaum zu unterscheiden ist. Die Knochen verursachen ein knackendes Geräusch, als Irena sie durchtrennt. Sie löst Knorpel und Muskelstränge, dann hebt sie gemeinsam mit Peter Lang das Brustbein ab wie einen Deckel. Sie legen es auf den bereitgestellten Rolltisch. Irena und Peter sind ein eingespieltes Team. Wie in einer einstudierten Choreografie machen sie sich daran, die Organe herauszutrennen, sie schneidet das

Herz heraus, es wandert in seine Hand, er legt es in die Organschale und wiegt es, reicht es Irena zurück. Sie legt es auf ein Brett, schneidet es auf und blickt hinein in das tote Herz von Aaron Trachsel. Für einen Dreiundsiebzigjährigen ist es in einem erstaunlich guten Zustand. Die Herzkranzschlagadern sind nur wenig verkalkt. Auch sonst: Keine Auffälligkeiten. Nichts, das auf einen Herzinfarkt hindeutet.

»Das Herz wirkt gesund.« Irena sagt es eher zu sich selbst als zu ihrem Assistenten. Peter Lang blickt ihr über die Schultern, nickt zustimmend.

Sie wissen beide, dass dies noch nicht viel zu bedeuten hat. Ein frisch aufgetretener Herzinfarkt ist bei der Obduktion meist nicht erkennbar, ein älterer hingegen schon, weil sich das nicht mehr durchblutete Herzgewebe mit der Zeit blass verfärbt.

»Er kann, muss aber nicht an einem Herzinfarkt gestorben sein«, resümiert Irena laut. »Wir suchen weiter.«

Erst wenn Irena alle anderen Todesursachen ausschließen kann, wird sie sich der möglichen Erklärung Herzinfarkt anschließen können. Aber keine Sekunde vorher. Feinsäuberlich trennt Irena Leber, Milz und Lymphknoten, Bauchspeicheldrüse, den Magen-Darm-Trakt, die Nieren, die Lunge und die Organe des Halses aus dem Rumpf und reicht sie Peter Lang. Die Lunge untersucht sie eingehender, auch diese schneidet sie auf, um sich ihr Inneres anzuschauen.

»Hier haben wir was«, kommentiert sie. »Eine Ansammlung von Flüssigkeit im Lungengewebe. Sieht mir nach einem schweren Lungenödem aus. Was sagt uns das?«

»Es könnte ein Hinweis auf eine Vergiftung sein – muss aber nicht.«

»Ein Politiker wie Aaron Trachsel hat sich in seiner Karriere kaum nur Freunde gemacht. Wir werden das genau prüfen.«

Peter Lang nickt. Er weiß, was zu tun ist. Jetzt geht es ans Sammeln von Asservaten, um sie auf toxikologische Spuren zu untersuchen. Er greift zur Spritze, entnimmt dem Toten Blut aus Oberschenkel und Herz, außerdem braucht er Urin aus der Blase und sichert den Mageninhalt. Er schneidet der Leiche auch einige Kopfhaare ab und versorgt sie in einem Plastiktütchen. Dasselbe macht er mit den Finger- und Zehennägeln, die er vorsichtig kürzt. Sämtlichen Organen entnimmt er Gewebeproben und asserviert sie in gekühlten Glasbehältern, die er exakt beschriftet.

»Wir werden alle Asservate vom Labor breit toxikologisch untersuchen lassen«, sagt Irena. »Das Problem ist, dass wir nicht wissen, wonach wir suchen müssen.«

»Weiß man etwas über den Tatort? Oder wo das Opfer mit einer giftigen Substanz in Berührung gekommen sein könnte?«, fragt Peter Lang.

»Man hat ihn tot auf einer Parkbank gefunden.«

»Wo?«

»Lass mich nachlesen.« Sie greift zum Rapport, der gemeinsam mit der Leiche abgegeben worden ist. »Im Monbijoupark.«

»Erinnerst du dich an den Koreaner Kim Jong-nam, dem am Flughafen in Kuala Lumpur der Nervenkampfstoff VX ins Gesicht gespritzt wurde und der kurz darauf verstarb?«

»Du meinst, Aaron Trachsel wurde im Monbijoupark ein Nervengift verabreicht, er setzte sich auf die Bank und ist so verschieden?«

»Warum nicht?« Peter Lang zuckt mit den Schultern.

»Weil Trachsel ein Schweizer Politiker war und nicht der Halbbruder eines nordkoreanischen Diktators.« Irena klingt nicht überzeugt. Wenn sie in ihrer langen Karriere als Rechtsmedizinerin etwas gelernt hat, dann das: Es gibt nichts, das es nicht gibt. Die Realität ist immer noch schlimmer als alles, was man sich ausdenken kann.

»Unsere Kollegen werden den Park spurentechnisch untersuchen müssen. Und sein Zuhause, alle Stationen, die Aaron Trachsel in den letzten vierundzwanzig Stunden vor seinem Tod passiert hat.«

Nachdem Irena alle Organe sorgfältig wieder an ihren Platz zurückgelegt und den Körper mit einer regelmäßigen Stichführung zugenäht hat, begibt sie sich in ihr kleines Büro, das am Ende des Obduktionssaals eingebaut worden ist und das sie liebevoll ihre *Garage* nennt. Sie studiert noch einmal den Rapport, blickt auf das Schema, das sie während der äußeren Leichenschau ausgefüllt hat. Sie schüttelt den Kopf, greift zum Telefon und ruft Sandro Bandini an. Sie muss es mehrmals klingeln lassen, bevor er rangeht. Sie hört, dass er nicht in seinem Büro, sondern irgendwo draußen ist.

»Hier Irena, störe ich?«

»Nein, ich komme gerade beim Präsidium an. Schieß los.«

»Ich habe die Obduktion von Aaron Trachsel abgeschlossen.«

»Und?«

»Ich bin auf etwas gestoßen.«

»Was meinst du damit? Es war kein Herzinfarkt?«

»Er wies ein Lungenödem auf.«

»Ein Lungenödem? Also ein natürlicher Todesfall«, stellt Sandro erleichtert fest.

»Nein, nicht unbedingt. Das Lungenödem könnte ein Hinweis auf eine Vergiftung sein.«

»Könnte oder ist?«

»Könnte, muss aber nicht. Wir wissen mehr, wenn die toxikologischen Untersuchungen im Labor abgeschlossen sind, das kann aber etwas dauern.«

»Okay.«

»Und da ist noch etwas.«

»Rück raus damit.«

»Angeblich hat der Tote auf einer Parkbank gesessen. Er ist aber nicht in einer sitzenden Position gestorben. Die Totenflecken am Rücken zeigen, dass er nach seinem Ableben auf dem Rücken gelegen hat.«

18

Die zwei Papiertüten die Nathaniel in der rechten Hand hält, schlagen ihm bei jedem Schritt gegen die Beine und bringen ihn beinahe ins Stolpern. Die Kartonkisten, in die Adelheid Dunkel die Recherche-Unterlagen ihres Mannes und angeblich auch die Fallakten der Polizei gepackt hat, konnte er nicht tragen – er muss stets eine Hand frei haben, um sich von Alisha führen zu lassen. Also hat die alte Frau eine gefühlte Ewigkeit nach einer Alternative gesucht. Doch die Tüten, in die sie die Kisten schließlich gestopft hat, erweisen sich auch nicht gerade als praktisch. Als er endlich am Bahnhof ankommt, steht sein Zug schon da und er schafft es gerade noch, Hund und Gepäck und sich selbst im letzten Moment in den Waggon zu hieven. Er wählt ein Abteil, stellt die beiden Tüten auf den Boden, schiebt sie unter den Sitz, damit sich Alisha bei seinen Füßen hinlegen kann. Als sich der Zug in Bewegung setzt, lehnt er sich erschöpft im Sitz zurück. Was für ein Tag.

Er lauscht auf das Hecheln von Alisha. Da fällt ihm auf, dass er sonst nichts hört. Keine Stimmen, aber auch kein Räuspern, kein Atmen, er fühlt, dass er sich alleine in dem Zugwaggon befindet. Am frühen Nachmittag sind keine Pendler unterwegs.

Nathaniel nutzt den Moment, um das Telefongespräch

zu erledigen, das er sich gestern Abend nach dem Treffen mit Alex vorgenommen hat.

Er greift zum Handy und sagt laut: »Barbara anrufen.«

Seine Adoptivschwester geht sofort ran. Sie geht immer sofort ran, wenn er anruft, weil sie jedes Mal denkt, dass ihm etwas zugestoßen sein könnte. Sie hat ihn, den blinden Jungen, damals als große Schwester total bemuttert, und sie würde es am liebsten heute noch tun, auch darum hat sich Nathaniel von seiner falschen Familie distanzieren müssen. Eigentlich wäre seine Adoptivmutter die richtige Ansprechperson für seine Frage, aber Nathaniel weiß genau, dass er von ihr keine Antwort erhalten würde – er würde einzig auf Ablehnung und Schweigen stoßen. Er hofft, dass Barbara sich nicht auch sofort verschließt, wenn sie erfährt, warum er sie sprechen möchte.

»Nathaniel, wie schön, dass du endlich wieder mal anrufst.« Barbara klingt übertrieben fröhlich. Auch das tut sie immer, echte Gefühle zu zeigen, war in dieser Familie nie drin. »Wie geht es dir, ist alles in Ordnung?«

»Danke, es geht mir gut, ich hoffe, bei euch ist auch alles klar.«

»Ja, uns geht es gut, ich war heute beim Friseur die Haare tönen, stell dir vor, mittlerweile wäre ich sonst schon ebenso grau wie Mama. Sie macht sich übrigens Sorgen, weil du dich so lange nicht mehr gemeldet hast, du solltest sie mal anrufen.«

»Das werde ich.« Nathaniel lügt ohne schlechtes Gewissen. »Du, ich habe gar nicht viel Zeit, ich habe einzig eine Frage. Es geht um früher.« Nathaniel meint förmlich zu spüren, wie seine Schwester am anderen Ende der Leitung erstarrt. »Als deine Familie mich adoptiert hat –

wusstet ihr, dass mich auch eine Familie aus meinem Dorf adoptieren wollte?«

Es bleibt einen Moment lang still.

»Nein«, sagt seine Schwester schließlich. »Ich weiß nicht, ich glaube nicht. Also, ich glaube nicht, dass wir das wussten. Aber ich … warum fragst du nicht Mutter?«

»Sie spricht mit mir nicht über früher. Sie macht immer sofort zu.«

Wieder schweigt Nathaniels Schwester. Schweigen scheint die Paradedisziplin dieser Familie zu sein, jeder will jeden darin übertrumpfen.

»Die Familie heißt Siegentaler, sie sind die Eltern meines besten Freundes aus der Schule, sie führten eine Metzgerei«, erklärt Nathaniel weiter.

»Nathaniel, ich weiß es wirklich nicht. Warum stellst du überhaupt solche Fragen? Das ist doch alles schon so lange her.«

Obwohl Nathaniel geahnt hat, dass der Anruf ihn nicht weiterbringen wird, ist er enttäuscht. Und auf einmal auch traurig: Er ist seiner Adoptivfamilie nie nahegekommen, in all den Jahren nicht, und jetzt, nachdem er erfahren hat, dass er stattdessen auch bei den Siegentalers hätte leben können, empfindet er plötzlich Mitleid für den kleinen, blinden Jungen, der er damals war.

»Okay, Barbara, danke trotzdem, ich muss jetzt weiter.« Nathaniel will das Gespräch möglichst rasch beenden. »Mach's gut.«

Noch bevor seine Schwester etwas erwidern kann, hat er den Anruf weggeklickt. Er lehnt den Kopf gegen die Wand und lauscht dem stetig summenden Geräusch, das die Räder auf den Schienen verursachen.

»Ist hier noch frei?«

Nathaniel fährt erschrocken zusammen. Die Stimme ist direkt neben seinem Ohr. Er hat nicht gehört, dass sich ihm jemand genähert hat. Er muss wohl eingenickt sein.

»Ja«, sagt er automatisch, obwohl er weiß, dass neben ihm und Alisha meist zu wenig Platz ist im Abteil. Er fragt sich, ob der Zug auf einmal voll ist. Doch es ist noch immer still im Waggon. Es ist nichts zu hören außer ein kaum wahrnehmbares Knurren: Alisha.

»Aber es ist womöglich etwas eng bei uns, ist sonst nirgends mehr frei?«, fragt Nathaniel.

Alisha knurrt fast nie. Doch wenn sie einmal knurrt, hat es immer einen Grund: Ihr Orientierungssinn mag miserabel sein, ihre Menschenkenntnis ist dafür unübertrefflich.

Es folgt keine Antwort. Der Mann, der sich nach einem freien Platz erkundigt hat, schweigt. Nathaniel spürt, wie sich sein Puls beschleunigt. Etwas stimmt hier nicht, an der Situation ist was faul.

»Sind Sie noch da?«

Stille. Doch Nathaniel spürt, dass die Person noch immer neben ihm steht.

»Hallo? Was wollen Sie?«

Alisha springt auf und knurrt jetzt laut. Nathaniel packt die Angst. Das Schweigen des Mannes ist bedrohlicher, als wenn er schimpfen oder ihn angreifen würde – denn dann wüsste er wenigstens, woran er ist und was passiert. Doch so ist der Fremde unberechenbar und die Lage für Nathaniel nicht einschätzbar.

»Ist hier jemand, kann mir jemand helfen?«, ruft Nathaniel darum laut in das Abteil hinein.

»Ich suche mir dann wohl besser einen anderen Platz«, sagt in dem Moment die Stimme, die noch immer unangenehm nahe ist. Zu nahe.

Doch Nathaniel hört, dass die Person tatsächlich weitergeht, Schritte, die leiser werden und sich langsam in Fahrtrichtung entfernen, dann das Schleifen der Tür, die sich erst öffnet und dann automatisch wieder schließt. Nathaniel horcht konzentriert, ob der Fremde den Wagen wirklich verlassen hat. Es scheint so, es ist nichts mehr zu hören. Obwohl er sich langsam beruhigt, beschließt Nathaniel, den Wagen zu wechseln – er will im Zug weiter nach hinten gehen, entgegen der Fahrtrichtung, weg vom Unbekannten, er will einen Wagen finden, in dem andere Fahrgäste sitzen.

»Avanti!«

Während Nathaniel der Hündin die richtige Richtung weist, greift er mit der anderen Hand nach den Tüten unter dem Sitz.

Sie sind weg.

19

Milla schließt die Wohnungstür hinter sich, lehnt sich mit dem Rücken daran und lässt sich langsam heruntergleiten. In der Wohnung ist es totenstill. Iggy, ihr Kater, muss ausgeflogen sein.

Das Alleinsein hat eine beruhigende Wirkung auf Milla. Das Drama um ihre Mutter, der tote Nationalratspräsident, der Verlust ihres ungeborenen Kindes … Milla ist es zwar gewohnt, dass das Schicksal sie gerne mit einer geballten Ladung von Herausforderungen torpediert, aber das war selbst für sie etwas viel.

Wie sie da in ihrem Flur angelehnt an die Tür am Boden sitzt, wird sie auf einmal ganz ruhig. Sie weint nicht, sie hadert nicht mit dem, was passiert ist, sie will es annehmen. Es ist, wie es ist, denkt sie. Es hat nicht sein sollen mit dem Kind. Das macht sie traurig, doch die Trauer ist nicht verbunden mit einem tiefen Schmerz. Sie weiß, dass sie darüber hinwegkommen wird, zumal sie gleichzeitig eine schwer definierbare Erleichterung verspürt. Der Verlust bedeutet für sie auch den Gewinn, oder eher: den Erhalt ihrer Freiheit.

»Aufstehen, Krone richten, weitergehen«, sagt Milla laut, während sie sich erhebt.

In dem Moment ertönt zuerst das leise Klacksen des Katzentürchens und kurz darauf ein klagendes Mauzen aus der Küche. Iggy verfügt zweifelsohne über einen sechsten Sinn, der ihn merken lässt, wann seine Besitzerin wieder mal nach Hause kommt – egal, wo er sich gerade rumtreibt.

»Hallo Streuner«, sagt Milla laut, als sie in die Küche tritt. Sie wirft einen Blick unter den Tisch – er scheint keine halb tote Maus mitgebracht zu haben, die er dort am liebsten zwischenlagert –, begibt sich zum Schrank, holt das Katzenfutter und füllt Iggys Schale. Ohne Milla mit einem Blick zu würdigen, stolziert der Kater an ihr vorbei und macht sich ans Fressen. Er spielt jedes Mal den Beleidigten, wenn sie die Nacht bei Sandro verbracht hat. Zum Glück vergisst er aber nach ein paar Minuten schon wieder, dass er beleidigt sein will.

Milla setzt sich an den Tisch, um endlich den Anruf zu erledigen, den sie schon längst hätte tätigen sollen: Sie muss mit ihrem Chef reden.

»Milla, wo steckst du, verflucht noch mal!«, ruft Wolfgang ihr überlaut ins Ohr, kaum ist er rangegangen.

Manchmal, denkt Milla, kann er wirklich eine unsensible Nervensäge sein.

»Ich bin zu Hause«, sagt sie ruhig.

»Zu Hause?«

»Ich hatte gestern Abend einen Abort. Ich hab mein Kind verloren.«

Wolfgangs Schweigen nach zu urteilen, fehlen ihm ausnahmsweise die Worte. Aber nicht für lange.

»Du warst schwanger? Und hast gar nichts gesagt?«

»Nun … nun bin ich es nicht mehr.«

Erst jetzt scheint Wolfgang zu realisieren, was Milla ihm gerade erzählt hat.

»Milla, das tut mir leid. Wie geht es dir?«

»Ich bin okay.«

»Kannst du arbeiten?«

Milla verdreht die Augen. Obwohl sie das Gefühl hat, dass sie eigentlich arbeiten könnte, vielleicht gar arbeiten möchte, weil es sie ablenken würde, sagt sie ihrem Chef, dass ihre Ärztin sie für ein paar Tage krankgeschrieben hat.

»Oh«, meint Wolfgang konsterniert. Mitarbeiter, die ausfallen, passen nicht in sein Konzept. Doch er fasst sich schnell wieder. »Ich muss jemanden finden, der deinen Bericht fertigstellt. Aber das kriegen wir hin. Ruhe dich aus, werde rasch ganz gesund, und dann freuen wir uns, dich bald wieder bei uns zu haben.«

»Danke, Wolfgang.«

Milla steckt nach dem Anruf das Telefon nicht weg, sondern stellt gleich die nächste Nummer ein.

»Bestattungsinstitut Himmelreich«, meldet sich Balthasars vertraute Stimme.

»Balthasar, hier Milla. Ist alles gut gegangen?«

»Alles gut gegangen. Ich hab's hingekriegt. Herr Trachsel liegt im Rechtsmedizinischen Institut, der Rapport wurde nur kurz angeschaut. Alles ist in Ordnung.«

»Balthasar, du bist der beste Onkel auf der Welt! Danke!«

»Gerne. Ich habe jetzt was gut bei euch. Wie geht es Margret?«

»Ich werde sie heut anrufen. Sie wird das schon schaffen.« Milla erwähnt mit keinem Wort, dass sie zögert, ihre Mutter anzurufen, weil sie ihr schon wieder eine schlechte Nachricht überbringen muss: Nach ihrem Liebhaber ist auch ihr ungeborenes Enkelkind gestorben, auf das sie sich so sehr gefreut hat. Sie wird es ihr sagen müssen. Später.

Milla bedankt sich zum Abschied noch einmal überschwänglich bei ihrem Onkel, dann beendet sie das Gespräch. Sie greift nach ihrer Tasche, holt den Laptop heraus und klappt ihn auf. Die Webseite der Schweizerischen Mediendatenbank ist noch immer geöffnet. Milla fällt ein, dass sie Nathaniel die Artikel des Journalisten Dunkel schicken wollte, die seinen Fall betreffen. Sie scrollt sich durch die Artikel und klickt jene an, die Nathaniel interessieren könnten.

Der erste Text von Paul Dunkel über das Familiendrama von Langenthal datiert vom Juli 1992, rund acht Wochen nach der Tat. Seltsam, denkt Milla. Über Familienmorde wird meist in den Tagen unmittelbar nach der Tat berichtet – dann geraten die Schlagzeilen rasch in Vergessenheit, vor allem wenn der Täter stirbt und es nie zu einem Gerichtsprozess kommt. *Niemand traute ihm die Tat zu,* lautet der Titel über dem Artikel. Es ist eine Reportage, ein Augenschein vor Ort im Quartier, in dem die Morde geschahen. Paul Dunkel hat offenbar vor allem mit Nachbarn geredet und mit Personen, die die Familie kannten. Er zitiert Freunde und Bekannte, die auch Wochen nach der Tat nicht glauben können, dass der Vater die Familie hat umbringen wollen. Nichts Außergewöhnliches, denkt Milla. Man merkt einem Menschen im Voraus selten an, dass er zum Mörder werden wird – sonst gäbe es weit weniger Opfer.

Warum schweigt die Polizei?, fragt Paul Dunkel im zweiten Text, auf den Milla stößt. Der Artikel erschien im August 1992 und ist viel kürzer als der erste. Er beschreibt Dunkels Versuche, von der Berner Kantonspolizei Antworten auf seine Fragen zu erhalten, und wie er mehr oder weniger unfreundlich abgewiesen wurde.

Der dritte Artikel datiert vom Oktober 1992: *Wer war Andreas Brenner*? Paul Dunkel hat sich anscheinend auf Verwandtensuche begeben und dabei festgestellt, dass es keine gibt. Er berichtet über seine vergeblichen Recherchen beim Einwohnermeldeamt und präsentiert einige Thesen, warum ihm das verdächtig vorkommt. *Über der Vergangenheit der ausgelöschten Familie scheint ein undurchdringlicher Schatten zu liegen*, steht am Ende des Textes. *»Wer war Andreas Brenner wirklich? Auf diese Frage scheint niemand eine Antwort zu kennen.«*

Milla klickt auch diesen Artikel an, speichert alle drei Texte und sendet sie per Mail an Nathaniel.

Oktober 1992 – das muss der letzte Text gewesen sein, den Dunkel über den Fall geschrieben hat. Milla sucht erneut nach dem Nachruf, den die Zeitung über ihren Journalisten publiziert hat, und prüft das Datum: 1. November 1992.

Milla ist unsicher, was sie von den drei Texten halten soll. Nichts deutet darauf hin, dass die Polizei etwas vertuschen wollte. Viel eher lesen sich die Artikel so, als ob sich hier ein übereifriger Lokaljournalist einen Skandal herbeigewünscht hätte, um endlich mal groß rauszukommen. Er stellte ein paar Vermutungen in den Raum, bloß weil er von der Polizei nicht alle Fragen beantwortet erhielt. Dabei ist es nichts Außergewöhnliches, dass die Polizei dazu schweigt: Polizeiliche Untersuchungen sind nicht öffentlich – und werden es auch nie, wenn es nicht zu einem Gerichtsverfahren kommt.

Dass sich der Journalist einen Monat später das Leben genommen hat, ist tragisch, wird wohl aber kaum mit dem Fall zu tun gehabt haben. Wer weiß, was sonst in seinem Leben schiefgelaufen ist. Ein Suizid ist für Milla immer schwer nachzuvollziehen; vielleicht, weil sie selbst sehr an ihrem Leben hängt.

»Ein verschwenderischer Tod«, sagt sie laut vor sich hin.

Iggy, der es sich nach seiner Fressorgie auf dem Stuhl neben ihr bequem gemacht hat, hebt kurz den Kopf und lässt ihn ebenso schnell wieder sinken.

Milla stellt Nathaniels Nummer ein. Sie will ihm sagen, was sie über die Artikel und den Journalisten denkt. Sie lässt es lange läuten, doch vergebens; Nathaniel geht nicht ran.

20

Zur gleichen Zeit, als Nathaniels Handy klingelt, klimpert das Glockenspiel über der Tür des Bestattungsinstituts Himmelreich. Sandro Bandini schließt die alte Holztür mit Glaseinsatz vorsichtig hinter sich, als befürchte er, sie könnte auseinanderfallen. Alles hier wirkt antiquiert. Das Haus an sich, die Einrichtung und auch der Bestatter, der vor einem Regal mit Urnen in den unterschiedlichsten Formen sitzt.

Balthasar Abgottspon erhebt sich hinter seinem Schreibtisch und setzt sofort eine betroffene Miene auf.

»Guten Tag, es tut mir leid, dass Sie mich aufsuchen müssen. Wie kann ich Ihnen helfen?«

Balthasars Kunden freuen sich nie, ihn zu sehen. Keiner kommt freiwillig her. Sie alle suchen ihn nur darum auf, weil gerade ein Nahestehender gestorben ist. Entweder sind sie in tiefer Trauer über den Verlust oder aber in großer Sorge, dass ihnen durch die Beerdigung hohe Kosten entstehen werden, was in der Tat meistens der Fall ist.

»Es ist niemand gestorben«, sagt Sandro sofort abwehrend, als er Balthasars Gesichtsausdruck sieht. »Wobei, doch, eigentlich schon, aber ich bin kein Kunde, ich bin von der Polizei.«

Balthasar erstarrt in der Bewegung und blickt Sandro erschrocken an. »Von der Polizei?«

»Bandini, Abteilung Leib und Leben.« Sandro tritt zum Schreibtisch und hält Balthasar seinen Ausweis hin. »Sie sind Balthasar Abgottspon?«

»Ja, das bin ich. Warum sucht mich denn die Polizei?«

Sandro registriert, dass sich Abgottspon die Hände an der Hose trocken reibt.

»Sie haben heute einen Toten ins Institut für Rechtsmedizin gebracht?«

»Ach das, ja, das ist richtig. Sogar in meiner Freizeit stolpere ich über Leichen!« Balthasar setzt ein tiefes, brummiges Lachen hinter seinen Satz.

»Ich habe ein paar Fragen zur Fundsituation.« Sandro bleibt ernst. »Können Sie mir angeben, wo und wie genau Sie den toten Mann aufgefunden haben?«

»Ich wollte meine Schwester besuchen und bin zu Fuß durch den Monbijoupark spaziert. Da fiel mir der Mann auf der Parkbank auf.«

»Warum?«

»Er war in sich zusammengesunken. Nennen Sie es Déformation professionelle, aber ich habe ihn von Weitem gesehen und gedacht: Da sitzt ein Toter.«

»Warum haben Sie keinen Arzt hinzugezogen?«

»Junger Mann, ich kann die Toten nicht mehr zählen, die ich in einen Sarg gebettet habe. Es war klar, dass der Mann schon länger tot war. Als ich ihn berührte, waren seine Glieder schon steif. Und als ich sah, wen ich da vor mir hatte, dachte ich: Den nehme ich gleich mit und bringe ihn zur Rechtsmedizin. Ich hatte ja gleich neben dem Park geparkt.«

»Sie nahmen den Mann mit? Ohne Totenschein?«

»Es war ja nicht irgendein Mann, und er war schon eine Weile tot.«

Sandro will nicht darauf beharren, dass das Vorgehen des alten Bestatters nicht korrekt war. Er will vor allem mehr über den Fundort erfahren.

»Können Sie mir die Bank zeigen, auf der Sie Aaron Trachsel gefunden haben?«

»Jetzt?«

»Ja, jetzt. Ich bin mit dem Dienstwagen da. Sie können mit mir fahren.«

Eine halbe Stunde später führt Balthasar Abgottspon Sandro Bandini zu einer Parkbank im Monbijoupark. »Hier.« Er zeigt mit dem Finger auf die Bank, die nur wenige Meter neben dem Spazierweg steht, der zum Kinderspielplatz führt. »Hier saß er, in sich zusammengesunken. Fast so, als wäre er eingenickt.«

Sandro blickt sich um. Auf dem Spielplatz halten sich drei Kinder und zwei erwachsene Personen auf, zwei weitere Spaziergänger befinden sich in Sichtweite.

»Um wie viel Uhr war das?«

»Kurz nach fünf.«

»Da haben sich bestimmt einige Personen im Park aufgehalten, Menschen auf dem Nachhauseweg …«

»Wissen Sie, die Menschen heute, die kümmern sich nicht«, erwidert Balthasar. »Die machen einen weiten Bogen um alles, was Unannehmlichkeiten zur Folge haben könnte. Erst wenn sie sicher sind, dass sie nicht helfen müssen, bleiben sie stehen – um zu gaffen.«

Sandro nickt. Diese Aussage kann er unterschreiben. Trotzdem.

»Ich kann mir dennoch nicht vorstellen, dass über Stunden niemand merkte, dass da ein Toter saß.«

»Warum nicht?«, fragt Balthasar. »Letztes Jahr fuhr in

Zürich ein toter Mann zehn Stunden in einem Tram kreuz und quer durch die Stadt, bevor jemand reagierte und man feststellte, dass er schon frühmorgens an einem Herzinfarkt gestorben war.«

Sandro erinnert sich an den traurigen Fall. Allerdings hatte er damals gedacht, dass so etwas wohl im hektischen Zürich, nicht aber im gemütlichen Bern geschehen könnte, wo man noch eher aufeinander achtet. Er geht einmal um die Bank herum und inspiziert den Boden. Nichts Auffälliges. Keine Schleifspuren. Dass jemand am helllichten Tag einen Toten durch einen belebten Park schleppt und ihn auf einer Bank deponiert, erscheint Sandro noch unwahrscheinlicher, als dass ein Toter auf einer Bank lange Zeit nicht beachtet wird.

»Können Sie mir genau zeigen, in welcher Position sich der Tote auf der Bank befand?« Sandro wendet sich wieder dem Bestatter zu.

»Er saß da, in sich zusammengesunken.«

»Können Sie es mir zeigen?«, hakt Sandro nach.

»Sie meinen …«

»Ja.« Sandro weist auf die Bank.

Zögernd setzt sich Balthasar Abgottspon hin, er rutscht unbehaglich hin und her, dann lehnt er sich zurück, neigt sich ganz leicht auf eine Seite und legt sein Kinn auf die Brust.

»Sind Sie ganz sicher?«, fragt Sandro.

»Ganz sicher.«

»Darf ich?« Sandro zieht das Handy aus der Tasche und schießt ein Bild des Bestatters, der die Haltung des Toten demonstriert. Er sendet es sofort an Irena Jundt, versehen mit der Frage: *Passt diese Haltung mit den Totenflecken Trachsels überein? Bitte um rasche Antwort.*

Er steckt das Handy wieder ein.

»Sie können aufstehen«, sagt er zu Balthasar Abgottspon. »Dann haben Sie den Toten selber in den Transportsarg gehievt? Es hat Ihnen niemand dabei geholfen?«

»Ich habe ihn nicht im Transportsarg transportiert. Ich arbeite mit einer verstellbaren Bahre, ich habe ihn auf die Bank gelegt, die Bahre danebengestellt und ihn darauf gezogen. Mein Rücken, ich bin nicht mehr der Jüngste.«

»Wären Sie nicht bereits in Rente?«

»Ach wissen Sie, es ist nicht einfach, einen guten Nachfolger zu finden.«

Sandro greift erneut zum Handy, um zu prüfen, ob Irena schon geantwortet hat. In derselben Sekunde kommt ihre Nachricht rein. Sandro liest sie zweimal durch, dann blickt er auf und schaut Balthasar Abgottspon in die Augen.

»Und jetzt, Herr Abgottspon, fahren wir zusammen aufs Revier. Dort werden Sie mir erklären, warum Sie mich anlügen.«

21

Erneut tastet Nathaniel mit der Hand unter der Sitzbank nach den Papiertüten mit den Dokumenten. Vergebens, er greift ins Leere. Sein Herz beginnt zu rasen, Gedanken jagen durch seinen Kopf: Sie sind weg! Jemand hat sie gestohlen! Es kann nur einer gewesen sein! Der seltsame Mann, der erst nach einem freien Platz gefragt und dann geschwiegen hat, muss sie genommen haben.

Noch befindet sich der Zug in voller Fahrt, der Dieb kann also nicht ausgestiegen sein. Er befindet sich noch im Zug und zwar im vorderen Teil; der Mann hat das Abteil in Fahrtrichtung verlassen. Nathaniel muss ihn finden.

Ohne weiter nachzudenken, springt er auf. In Momenten wie diesen verdrängt Nathaniel gerne einmal, dass er nichts sehen kann – und dass es für einen Blinden nicht gerade ein Leichtes ist, einen Menschen zu finden, von dem er keine Ahnung hat, wie er aussieht, wie groß, wie alt oder wie jung er ist, oder welche Kleidung er trägt. Nathaniel kennt einzig seine Stimme.

»Avanti«, ruft Nathaniel laut, »ricerca, Alisha, such den Mann.«

Er treibt die irritierte Hündin vor sich her durch den schmalen Gang zwischen den Abteilen, die alle leer zu sein scheinen. Nathaniel fragt sich, ob er sich wirklich im

Zug von Langenthal nach Bern befindet oder ob er aus Versehen in einen Geisterzug gestiegen ist, der ins Depot fährt – oder direkt hinein ins Nirgendwo. Noch bevor Alisha sie ihm anzeigt, vernimmt er das Scharren der sich automatisch öffnenden Schiebetür, der Boden unter seinen Füßen bewegt sich, verunsichert tastet er mit der freien Hand nach einer Wand, da öffnet sich gleich eine zweite Tür und er befindet sich im nächsten Wagen.

Stimmen! Hier sind Menschen.

»Hilfe!«, ruft Nathaniel laut. »Sie müssen mir helfen! Ein Mann hat mich bestohlen! Halten Sie ihn fest!«

Abrupt wird es totenstill.

»Ich bin blind! Ich wurde bestohlen! Der Mann ist noch im Zug. Bitte helfen Sie mir!« Nathaniel kann die Verzweiflung in seiner Stimme nicht unterdrücken.

»Was ist Ihnen denn gestohlen worden?«, fragt eine Mädchenstimme.

»Zwei Papiertüten mit Akten drin. Der Mann hat mich angesprochen. Er muss hier vorbeigekommen sein.«

»Wie sahen die Tüten denn aus?«, will eine Frau wissen.

Nathaniel zögert. »Ich bin blind, wie soll ich das wissen? Sie waren aus Papier, sie waren ziemlich voll und schwer.«

»Ich habe nichts gesehen«, erklärt die gleiche Stimme.

»Hier kam niemand vorbei«, sagt das Mädchen.

Offensichtlich ist hier niemand gewillt, ihm zu helfen, denkt Nathaniel, also stürmt er weiter. Er schickt Alisha vor, fordert sie erneut auf, den Mann zu suchen, stolpert über einen Fuß, stürzt ungelenk nach vorne, will sich irgendwo festhalten, aber da ist nichts, er erwartet schon den Aufschlag, als er im letzten Moment kräftige Arme und große Hände spürt, die ihn auffangen.

»Aber, aber, nicht so stürmisch, wo wollen Sie denn hin?«

»Ich wurde bestohlen! Ich suche den Dieb!«, ruft Nathaniel verzweifelt.

»Einen Dieb? Dann wird er nicht weit gekommen sein. Aber beruhigen Sie sich erst mal. Ich bin der Schaffner.«

Nathaniel versucht, gefasst zu klingen, als er dem Schaffner schildert, was passiert ist. Doch es gelingt nicht, er ist zu aufgewühlt.

»Zwei volle Papiertüten, sagen Sie?«, fragt der Schaffner nach, als er Nathaniels Redeschwall unterbrechen kann.

»Ja, mit Akten darin, sie sind sehr wichtig.«

»Hmm.«

Nathaniel möchte den Schaffner am liebsten schütteln. Er erträgt seine Langsamkeit nicht.

»Wir machen es so«, sagt der Mann nach längerem Nachdenken. »Sie warten hier, während ich die vorderen drei Waggons durchgehe und Ausschau nach Papiertüten mit Akten halte. Danach kehre ich zu Ihnen zurück.«

Nathaniel ist zwar nicht überzeugt von der Idee, erklärt sich aber dennoch einverstanden. Es fällt ihm auch nichts Besseres ein.

Das Warten wird ihm zur Qual. Er hat schon dreimal die Zeit geprüft. Etwa zehn Minuten noch, dann werden sie in Bern ankommen, dann wird es zu spät sein, dann sind die Unterlagen für immer verschwunden. Nathaniel spürt Schweißtropfen, die seinen Rücken hinunterrinnen, dabei ist es nicht einmal warm. Nach einer gefühlten Ewigkeit hört er die Stimme des Schaffners wieder, sie bringt keine guten Nachrichten.

»Keine Papiertüten weit und breit. Ich schlage vor, Sie zeigen mir, wo Sie gesessen haben. Vielleicht finden wir sie da.«

»Aber da sind sie nicht.« Nathaniel hört sich an wie ein weinerliches Kind.

Gemeinsam begeben sie sich in den nächsten Wagen. So sehr sich Nathaniel auch anstrengt, er erinnert sich nicht, in welchem Abteil er mit Alisha gesessen hatte. Das zweite oder das dritte? Hilflos dreht er sich um die eigene Achse.

»Ich kann nicht mehr exakt sagen, wo ich gesessen habe.«

»Haben Sie die Taschen auf den Boden gestellt oder in die obere Gepäckablage gelegt?«

»Auf den Boden gestellt. Und unter den Sitz geschoben.«

»Dann schauen wir mal.« Die Stimme des Schaffners kommt auf einmal von ganz weit unten. Es klingt so, als hätte er sich auf den Boden gelegt.

»Ha!«, ruft er auf einmal laut. »Da haben wir sie ja!«

Er begibt sich in ein Abteil und zieht etwas unter dem Sitz hervor. »Sie sind wohl nur ein bisschen nach hinten gerutscht, darum haben Sie sie nicht mehr greifen können. Es gab keinen Dieb.«

Der Schaffner klopft Nathaniel aufmunternd auf die Schulter, und der fühlt sich in dem Moment ein bisschen wie ein kleines Kind. Oder wie ein dummer Erwachsener.

»Aber der seltsame Mann ...«, versucht er einzuwenden. »Da war jemand, der mich beobachtete und sich eigenartig benahm.«

»Sind Sie sicher, dass Sie das nicht geträumt haben?«

»Ja. Oder vielleicht ... ich weiß nicht genau.«

Er war kurz eingenickt, das stimmt. Ist es möglich, dass er die unliebsame Begegnung nur geträumt hat? Egal, es spielt keine Rolle mehr. Hauptsache, die Akten wurden nicht geklaut. Nathaniel nimmt die Papiertaschen entgegen, tastet sie ab, schätzt ihr Gewicht. Scheint alles noch da zu sein.

»Danke.«

»Gern geschehen, das nächste Mal rufen Sie aber zuerst nach dem Schaffner statt nach einem Dieb. Sie haben den halben Zug in Aufruhr versetzt.«

Auf der nächsten Fahrt im Bus hat Nathaniel die Taschen nicht mehr abgestellt, sondern festgehalten. Jetzt bringt er die Akten dorthin, wo er glaubt, dass sie am sichersten sind – und wo sie jemand lesen kann.

Schon als er die Wohnung betritt, riecht Nathaniel, dass Veronika Tee aufgebrüht hat. Als er am Bahnhof ankam, hat er sie vorgewarnt, dass er schon wieder bei ihr aufkreuzen würde. Sie klang hocherfreut über seinen Besuch und darüber, dass er die Akten doch noch gefunden hat. Angeblich gefunden hat, denkt Nathaniel, es muss sich erst noch weisen, was sich genau in den Papiertüten findet. Um das herauszufinden, braucht er Veronika, respektive ihre Zeit und ihre Augen.

Mit einer gehörigen Prise Selbstironie erzählt Nathaniel Veronika von seinem kleinen Abenteuer im Zug. Es ärgert ihn zwar, dass ihn seine Blindheit immer wieder in Situationen katapultiert, in denen er am Schluss beschämt dasteht – trotzdem kann er jetzt, im Nachhinein, gemeinsam mit Veronika herzhaft darüber lachen. Doch als er ihr die Papiertüten zeigt, werden sie beide auf einen Schlag wieder ernst – und aufgeregt! Während sie sich daranmachen, sie auszupacken, fühlen sie sich wie zwei Kinder vor dem Weihnachtsbaum, die ihre Geschenke öffnen dürfen.

Nathaniel zieht eine Kartonschachtel aus der einen Tüte, öffnet sie und tastet nach dem Inhalt. Keine losen Blätter. Er spürt einen Stapel altmodischer Mäppchen aus Halbkarton, nimmt eines heraus und hält es sich an die Nase.

»Riecht wie eine verstaubte Schulbibliothek.«

»Sie sind auch ziemlich vergilbt.«

»Was steht denn drauf?« Nathaniel reicht ein Mäppchen an Veronika weiter.

»Notizen, Fall Brenner.« Sie klappt es auf. »Darin befinden sich fein säuberlich nummerierte und beschriftete Seiten.«

»Handschrift?«

»Ja.«

»Das sind nicht die Polizeiakten.«

Nathaniel greift ungeduldig zur zweiten Tüte. Auch hier findet er eine Kartonschachtel mit mehreren Mäppchen, die sich genauso anfühlen und riechen wie die ersten. Daneben ertastet er zwei Kartonkistchen, ein flaches aus dünnem Karton und ein dickeres, stabileres. Er öffnet zuerst das dünnere, greift hinein und weiß sofort, was er berührt: Fotos.

»Was ist darauf zu sehen?« Nathaniel reicht die Bilder Veronika.

»Sieht aus wie die Fotografien aus einem Familienalbum.«

Nathaniel hört, dass Veronika die Aufnahmen durchblättert.

»Erzähl schon, was siehst du?«

»Ein junges Paar mit einem Mädchen und mit einem Jungen an einem Campingtisch vor einem Familienzelt, ein Mädchen auf einem Fahrrad mit zwei Stützrädern, ein Knabe auf einer Schaukel. Es könnte sein …«

»Was?«

»Es könnte sein, dass das du bist. Als Kind.«

Veronika scheint das Bild mit seinem Gesicht abzugleichen.

»Ja, das bist du, das sind Fotos deiner Familie!«

»Welche Farbe hat das Zelt?«

»Blau.«

»Blau wie das Himmelszelt. Das hat Mutter immer gesagt. Woher hat der Journalist die Bilder aus unserem Familienalbum?«

»Was ist mit den Sachen aus eurer Wohnung passiert, damals, als du im Spital warst?«

»Ich weiß es nicht.« Nathaniel stellt überrascht fest, dass er sich das noch nie gefragt hat. Er wusste, dass nach dem Mord ein Konto für ihn eröffnet worden war, auf dem sich Geld befand. Sein Nachlass. An all die anderen Sachen hatte er nie gedacht. Sie waren einfach weg gewesen, so wie auch seine Schwester, seine Mutter, sein Vater, sein ganzes Leben weg gewesen waren. Fotos haben ihn am allerwenigsten interessiert; was soll ein Blinder mit einem Fotoalbum anfangen?

Nathaniel öffnet den zweiten Karton. Darin befinden sich zwei Hängeregister mit Klarsichtmäppchen.

»Das könnten die Polizeiakten sein«, meint Veronika. Sie greift nach einem Register, blättert sich durch die Mäppchen. »Bingo! Polizeirapporte, noch auf der Schreibmaschine getippt.« Veronika überfliegt einige der Seiten. »Sieh an«, murmelt sie auf einmal.

»Was ist?«

»Das Dokument hier ist von einem gewissen Felix Winter unterzeichnet. Wir werden die ganzen Rapporte durchgehen müssen. Was befindet sich im zweiten Register?«

Nathaniel hört, wie Veronika es aufklappt.

»Seltsam«, murmelt sie.

»Was ist seltsam?«

»Das hier ist eigenartig.«

»Veronika, sprich mit mir!«, reklamiert Nathaniel.

»Sieht aus, als wären das hier weitere Polizeiakten. Aber sie sind alle geschwärzt.«

»Was heißt das?«

»Es ist fast alles durchgestrichen, zensiert. Man kann nicht lesen, was darinsteht.«

»Warum legt man eine Akte an, wenn man dann alles durchstreicht?«

»Sehr eigenartig«, wiederholt Veronika.

»Wir werden Milla fragen. Vielleicht kennt sie sich damit aus. Lass uns zuerst die anderen Akten und Notizen durchgehen.«

Veronika braucht vierzig Minuten, um Nathaniel die Polizeiakten vorzulesen. Während der gesamten Zeit sitzt er zurückgelehnt auf ihrem Sessel, die Augen geschlossen, sodass sie mehrmals nachfragt, ob er noch wach sei. Das ist er, er ist sogar hochkonzentriert und versucht sich alles zu merken. Anders als erwartet tut ihm das Gesagte nicht allzu sehr weh. Es ist dieselbe Geschichte, die ihm bereits Felix Winter erzählt hat. Als Veronika aber beim Protokoll des Gerichtsmediziners anlangt, kann sie nicht weiterlesen. Sie findet es zu schrecklich. Auch Nathaniel ist sich nicht sicher, ob er diesen Teil überhaupt hören möchte. Er wird Milla fragen, ob sie es für ihn lesen würde – damit er sich die Details ersparen kann.

Als sie mit den Polizeiakten durch sind, ist Veronika hörbar erschöpft.

»Soll ich ein andermal wiederkommen?«, fragt Nathaniel.

»Nein, schon gut, lass uns noch eines der Kartonmäppchen durchgehen.«

Veronika greift nach dem Mäppchen mit der Nummer eins.

Die Notizen des verstorbenen Journalisten Paul Dunkel zu deuten ist weitaus schwieriger, als die Polizeiakten zu verstehen. Es finden sich in Mappe Nummer eins Notizblätter voller Fragen, Antwortschreiben von Einwohnergemeinden, einerseits von Langenthal, andererseits von Weinfelden, dem Heimatort von Nathaniel und seiner Familie.

»Er hat sich nach Verwandten von euch erkundigt, nach dem Familienbüchlein und nach euren Geburtsurkunden«, stellt Veronika überrascht fest.

»Unseren Geburtsurkunden?«

»Aber er hat keine Auskünfte darüber erhalten. Die Verwaltungen beriefen sich auf den Datenschutz. Hast du denn noch Verwandte?«

»Nein. Es gab eine Tante in Australien, die ich nicht kenne, die Schwester meiner Mutter. Sie ist aber mittlerweile auch schon lange tot.«

»Was ist denn das?«

»Was ist?«

»Hier ist eine Todesanzeige. Aus einer Zeitung rausgeschnitten.«

»Von meiner Familie?«

»Von einem Andreas Brenner.«

»Das ist mein Vater.«

»Nein, das kann nicht sein. Das Datum … Er ist gestorben, bevor du zur Welt gekommen bist.«

»Vielleicht mein Großvater?«

»Wohl kaum. Dieser Andreas Brenner war im gleichen Alter wie dein Vater.«

22

Das Verhörzimmer liegt im ersten Untergeschoss und trägt polizeiintern den Namen *Kino*. Wer den fensterlosen Raum zum ersten Mal so genannt hat, ist nicht überliefert. Klar ist indes, warum er so heißt: An der einen Wand des einfach eingerichteten Zimmers – ein Tisch, vier Stühle, eine Kamera – ist ein Venezianischer Spiegel eingelassen. Für die Kollegen, die hinter dem Spiegel im Nebenraum sitzen und das Verhör beobachten, mutet die Situation durchaus manchmal an, als würden sie sich einen Film anschauen.

Dieses Mal gibt es den Chef persönlich zu sehen, der sich einen älteren Herrn vorknöpft. Müssten Außenstehende aufgrund der äußeren Erscheinung und der Kleidung der zwei Männer urteilen, wer der beiden der Verhörte ist, würden sie wohl auf Sandro Bandini tippen: Er steckt in Jeans und Turnschuhen, dazu ein Langarmshirt in verwaschenem Rot – Balthasar Abgottspon hingegen trägt einen Anzug, darunter ein weißes Hemd und Krawatte. Obwohl er bald siebzig sein muss, hat er etwas Jungenhaftes an sich. Er trägt den Schalk in den Augen und strahlt eine ungespielte Liebenswürdigkeit aus. Niemand würde ihm zutrauen, auch nur beim Kartenspiel zu schummeln. Gleichzeitig ist unübersehbar, dass er nervös ist. Er nestelt die ganze Zeit an seinem Hemdsärmel herum.

»Wer ist das?«, fragt Malou Löwenberg, die sich neben Felix Winter im Nebenraum hinter den Einwegspiegel stellt.

»Balthasar Abgottspon, der Bestatter, der Aaron Trachsel in die Rechtsmedizin gebracht hat.«

»Warum wird er verhört?«

»Weil er die Leiche ohne Totenschein anlieferte und weil er behauptete, dass er sie sitzend auf einer Parkbank gefunden habe.«

»Das war gelogen?«

»Die Totenflecken zeigen, dass Trachsel auf dem Rücken gelegen hat nach seinem Tod.«

»Warum sollte der Bestatter lügen?«

»Genau das ist die Frage.«

»Warum haben Sie mich vorhin im Monbijoupark angelogen?«, fragt Sandro Bandini.

»Ich habe einzig geschildert, wie ich den Toten aufgefunden habe.«

»Herr Abgottspon, ich habe mir Ihren Strafregisterauszug angeschaut. Er ist so sauber wie ein frisch geschältes Ei. Sie sind ein rechtschaffener Mann. Das wollen Sie bestimmt auch bleiben.«

»Ja.«

»Dann empfehle ich Ihnen, mir die Wahrheit zu sagen. Sie waren Ihr Leben lang Bestatter. Ich muss Ihnen also nichts über Leichen erzählen.«

»Nein, ich denke, damit habe ich einige Erfahrung. Aber wie schon gesagt: Ich habe einzig berichtet, was ich angetroffen habe. Was davor passiert ist, weiß ich nicht.«

»Sie wissen bestimmt auch über Totenflecken Bescheid.«

»Ja, das tue ich.«

In dem Augenblick passiert etwas mit Balthasar Abgottspons Gesicht. Sowohl Malou und Felix im Nebenraum wie auch Sandro nehmen die Veränderung wahr, die unschwer zu deuten ist: Es ist die Mimik eines Menschen, der plötzlich eine Erkenntnis erlangt. Als hätte jemand minutenlang über einen Witz nachgedacht und erst jetzt die Pointe erkannt – in diesem Fall ist es jedoch eine Pointe, die nicht zum Lachen ist.

»Sie haben nicht an die Totenflecken gedacht.« Sandro spricht aus, was Balthasar Abgottspon gerade durch den Kopf gegangen ist.

»Die Deutung von Totenflecken ist keine gesicherte Wissenschaft. Auch können sich die Flecken bis zu einer gewissen Zeit nach Todeseintritt noch verlagern.« Balthasar Abgottspons Stimme ist plötzlich leiser und dünner.

»Aber wenn eine Leiche Totenflecken am ganzen Rücken aufweist, jedoch keine am Gesäß – dann kann man schon davon ausgehen, dass sie auf dem Rücken gelegen hat.«

»Theoretisch kann man dann davon ausgehen, ja.«

»Nicht nur theoretisch, sondern auch in der Praxis.«

»Ja, in der Regel schon.«

»Anders sieht es bei einem Mann aus, der sitzend auf einer Bank gestorben und stundenlang in dieser Position verblieben ist. Der würde am Gesäß und höchstens am unteren, nicht aber am ganzen Rücken Totenflecken aufweisen.«

Balthasar Abgottspon blickt zu Boden, sodass nicht zu erkennen ist, was in seinen Gedanken vorgeht. Dann hebt er den Kopf.

»Mist.«

Hinter der Scheibe klatscht Felix Winter ungehört in die Hände. Sandro hingegen lässt sich seine Gefühle nicht anmerken.

»Ich sehe, dass wir uns einig sind. Und jetzt erzählen Sie mir die wahre Geschichte.«

»Ich kann nicht.«

»Warum nicht?«

»Hören Sie, ich habe jemandem versprochen, dass ich nichts sage. Ich kann Ihnen versichern, dass hier kein Verbrechen vorliegt. Herr Trachsel ist einem Herzinfarkt erlegen, an einem Ort, den man nicht kennen sollte, und darum habe ich ihn dort abgeholt und in die Rechtsmedizin gebracht. Es geht nicht darum, ein Delikt zu verschleiern, nur soll nicht bekannt werden, *wo* er gestorben ist.«

»Warum sind Sie so sicher, dass Herr Trachsel an einem Herzinfarkt gestorben ist?«

Sandro blickt Balthasar Abgottspon ins Gesicht und erkennt, dass er rot wird. Er wundert sich immer mehr, in was für einer Geschichte er hier eigentlich ermittelt. Alles an diesem Fall scheint schräg und seltsam zu sein.

»Aufgrund der Situation, in der er verstarb, ist davon auszugehen, dass es ein natürlicher Todesfall war?« Balthasar Abgottspons Antwort klingt eher nach einer Frage als nach einer Antwort.

»Was war das für eine Situation?«

Balthasar Abgottspon scheint mit sich selbst zu ringen. Es ist offensichtlich, dass er überlegt, mit wie viel Wahrheit er herausrücken soll.

»Er starb beim Sex.«

Der Satz sitzt. Sandro richtet sich mit einem Ruck in seinem Stuhl auf. Er kommt nicht umhin, einen Blick zum

Einwegspiegel zu werfen; er kann die überraschten Gesichter von Malou und Felix dahinter nur erahnen.

»Woher wissen Sie das? Waren Sie dabei?« Sandro richtet sich wieder an sein Gegenüber. »Oder meinen Sie damit … hatten *Sie* etwa mit Herrn Trachsel Sex?«

»Um Himmels willen, nein!« Balthasar Abgottspon winkt ab. Er scheint zu realisieren, dass er sich mit jedem Satz tiefer in etwas hineinreitet, aus dem er nicht mehr so einfach herauskommt.

»Herr Abgottspon.« Sandro wählt den nettesten Tonfall, den er auf Lager hat. »Wollen Sie uns nicht einfach erzählen, was genau passiert ist?«

»Gut, ich sage Ihnen die Wahrheit, aber ich verrate Ihnen nicht, um wen es geht. Ich habe eine Bekannte, sie hatte eine Affäre mit Herrn Trachsel, sie hat mit ihm geschlafen und dabei ist er zusammengebrochen und gestorben. In ihrer Not, weil sie jeden Skandal vermeiden wollte, rief sie mich an und bat mich, die Leiche abzuholen. Fertig. Das ist alles. Es liegt kein Verbrechen vor.«

»Leider muss ich Ihnen sagen, dass wir genau in diesem Punkt anderer Meinung sind.«

»Wie meinen Sie das?«

»Herr Trachsel hatte keinen Herzinfarkt. Er wurde vergiftet.« Sandro ist nicht anzumerken, dass er sich gerade sehr weit hinauslehnt. Noch ist es bloß ein vager Verdacht. Noch liegen die Resultate der toxikologischen Untersuchungen nicht vor. Doch sein Bluff zeigt Wirkung.

»Sie müssen sich irren!« Balthasar Abgottspon klingt entsetzt.

»Wir irren uns nicht. Ihnen ist schon klar, dass Sie uns den Namen Ihrer Bekannten nennen müssen? Andernfalls muss ich Sie festnehmen wegen Mordverdachts.«

»Nein, bitte nicht, das können Sie nicht tun, ich habe nichts getan! Wir haben nichts getan!«

»Herr Abgottspon, selbst wenn ich Ihnen das gerne glauben möchte: Sie müssen uns sagen, wo Sie die Leiche abgeholt haben. Ansonsten machen Sie sich der Vereitelung einer Straftat schuldig.«

Balthasar Abgottspon blickt Sandro verzweifelt an.

»Sagen Sie uns bitte, wer Ihre Bekannte ist.«

»Sie ist meine Schwester.«

»Wie heißt Ihre Schwester?«

»Margret.«

»Margret Abgottspon?«

»Nein, Margret Nova.«

Jetzt ist es Sandros Gesicht, das sich auf einen Schlag verändert. Es ist die Mimik eines Menschen, der gerade eine erschütternde Überraschung erlebt.

»Wie lautet die Adresse Ihrer Schwester?«, fragt Sandro, obwohl er die Antwort bereits kennt.

23

Nathaniel versteht nicht. Warum hat sich der Journalist Paul Dunkel so intensiv darum bemüht, die Hintergründe über seine Familie zu erfahren? Und was hat es mit der Todesanzeige auf sich?

»Vielleicht ist das alles bloß ein schräger Zufall und die Todesanzeige hat nichts zu bedeuten. Die Namen Andreas und Brenner gibt es schließlich recht häufig.« Nathaniel hört selbst, dass er nicht überzeugt klingt.

»Ich bin gegen Zufälle«, entgegnet Veronika. »Paul Dunkel hatte bestimmt seine Gründe, weshalb er die Nachforschungen anstellte und die Todesanzeige aufbewahrte.«

Nathaniel fällt ein, dass Milla ihm die Artikel schicken wollte, die Dunkel geschrieben hat. Als er auf dem Handy seine Mails checken will und das Display antippt, teilt ihm die Stimme mit, dass Milla versucht hat, ihn zu erreichen. Statt sie zurückzurufen, lässt er sich von dem Gerät zunächst die Absender der eingegangenen Mails vorlesen und findet, was er sucht. Per Sprachbefehl öffnet er erst Millas Nachricht und dann das Attachment, bevor er das Gerät Veronika reicht, die ihm die Artikel von Paul Dunkel vorliest. Der letzte Text dreht sich darum, wer Andreas Brenner wirklich war, der Inhalt scheint sich mit den Notizen zu decken.

»Er stellt im Artikel zwar viele Fragen, aber eine Antwort hat er nicht gefunden«, stellt Nathaniel fest.

»Die Frage ist, warum er all diese Fragen stellte.« Veronika gibt Nathaniel das Handy zurück und nimmt noch einmal die Todesanzeige zur Hand. »Wann wurde dein Vater geboren?«

»1950.«

»An welchem Tag?«

Nathaniel stutzt, als er realisiert, dass er sich nicht an den Geburtstag seines Vaters erinnert. »Ich glaube im Winter. Es war jeweils kalt, wenn wir seinen Geburtstag feierten.«

»Vor oder nach Weihnachten?«

»Vor Weihnachten. Vielleicht im Dezember.«

»Seltsam. Sehr seltsam.«

»Was ist?«

»War sein Geburtstag am 18. Dezember 1950?«

»Kann sein«, antwortet Nathaniel unbestimmt. »Es könnte auch an einem anderen Tag im Dezember gewesen sein oder im November.«

»Versuch dich zu erinnern.«

»Warum ist das wichtig?«, fragt Nathaniel irritiert. Er weiß das Datum nicht mehr. Er war zu jung, als es passierte. Im Leben danach spielte der Geburtstag seines Vaters, der ihm alles genommen hatte, keine Rolle mehr.

»Weil jener Andreas Brenner, der vor deiner Geburt gestorben ist, am 18. Dezember 1950 geboren worden ist.«

»Du meinst, dass sie nicht nur denselben Namen, sondern vielleicht auch den gleichen Geburtstag hatten? Das kann ich mir nicht vorstellen, das wäre ein zu großer Zufall. Oder ein Druckfehler.«

»Wir sollten versuchen, mit Angela Brenner Kontakt aufzunehmen.«

»Wer ist Angela Brenner?«

»Die Ehefrau des verstorbenen Andreas Brenner. In der Todesanzeige ist ihre Adresse als Traueradresse angegeben. Kannst du dein Telefon fragen, ob die Frau noch immer dort wohnt?«

»Veronika, an dir ist eine Miss Marple verloren gegangen, du hättest Detektivin werden sollen.« Nathaniel muss lachen.

»Ich glaube, wir haben hier eine wichtige Spur gefunden« antwortet Veronika und bleibt ernst.

Eine halbe Stunde später haben das Spürnasenteam Nathaniel und Veronika die Witwe Angela Brenner ermittelt. Sie wohnt nicht mehr an der Adresse, die in der Todesanzeige angegeben ist. Aber von den neuen Besitzern des Einfamilienhauses erfahren sie, in welche Alterswohnsiedlung Angela Brenner gezogen ist. Als Nathaniel dort anruft, stellt sich heraus, dass es sich dabei eher um eine Ü60-Frauen-Wohngemeinschaft handelt. Die Mitbewohnerin von Angela Brenner, die Nathaniel ans Telefon kriegt, bittet ihn, gleich vorbeizukommen, wenn er mit Angela reden möchte – sie höre nicht mehr gut und das Telefonieren sei ihr darum ein Gräuel. So kommt es, dass Nathaniel zum zweiten Mal an diesem Tag eine Zugreise antritt. Allerdings muss er dieses Mal nicht ganz so weit fahren, Angela Brenner wohnt in Kehrsatz, einem Randbezirk von Bern.

Könnte Nathaniel sehen, wäre er überrascht über das Zuhause von Angela Brenner. Sie lebt mit fünf anderen älteren Frauen in einem umgebauten Bauernhof, dessen Garten aussieht, als hätte sich hier eine Hippie-Kommune niedergelassen. Neben dem Eingangstor steht eine nackte Schaufensterpuppe, mit Blumengirlanden geschmückt, die nichts als einen überhohen schwarzen Zylinderhut und eine John-Lennon-Brille trägt. Tibet-Fähnchen hängen zwischen den Bäumen, bunte, teils nicht näher definierbare Kunstobjekte ragen zwischen wild wuchernden Pflanzen heraus. Als Nathaniel in den Garten geführt wird, spielen die Bewohnerinnen auf dem Vorplatz offenbar Petanque; er vernimmt ein helles Klingen, als eine der silbernen Kugeln auf eine andere trifft, im gleichen Moment ertönen bewundernde Kommentare.

»Angela, Besuch für dich!«, ruft die Frau, die Nathaniel bereits am Telefon hatte und die ihn in Empfang genommen hat.

Keine Antwort.

»Angela, Besuch!« Wiederholt eine andere Frau rechts von Nathaniel noch etwas lauter.

»Besuch? Für mich?«

Angela Brenner klingt völlig überrascht, sie scheint selten Besuch zu erhalten, denkt Nathaniel.

Er hört sie jemanden fragen, ob sie für sie weiterspielen könne, dann nähert sich eine Person. Kies knirscht unter ihren Schuhen.

»Ich bin Angela Brenner«, sagt sie, als sie unmittelbar vor Nathaniel steht. »Und wer sind Sie?«

»Ich bin Nathaniel Brenner.«

»Ja, ich bin Angela Brenner.«

»Nein, ich meinte: *Ich* bin *Nathaniel* Brenner.«

»Was sagen Sie?«

»Mein Name ist Nathaniel Brenner!« Nathaniel schreit jetzt fast.

»Ein Namensvetter?« Der Frau ist die Verunsicherung anzuhören. Erst jetzt realisiert Nathaniel, wie seltsam sein Besuch anmuten muss. »Sollte ich Sie kennen?«, fragt Angela Brenner verwundert.

»Nein, nein, wir kennen uns nicht. Ich bin hier, weil mein Vater Andreas Brenner hieß.«

»Ja, mein Mann hieß Andreas Brenner.«

»Nein, ich meinte: *Mein Vater* hieß Andreas Brenner!«

»Wie bitte? Sie behaupten, dass mein Mann Ihr Vater war? Was wollen Sie von mir?«

Jetzt klingt Angela Brenner teils ungläubig, teils verärgert. Mit ein paar Sekunden Verzögerung begreift Nathaniel, dass die alte Frau glaubt, er sei ein unehelicher Sohn ihres Mannes, der Jahre nach dessen Tod plötzlich auftaucht, womöglich sogar, um Forderungen zu stellen.

»Keine Sorge!«, ruft er deshalb schnell. »Ich bin nicht der Sohn Ihres Mannes! Ich bin der Sohn von Andreas Brenner! Ich meine, ich fürchte ... vermutlich bringe ich Sie ganz durcheinander.«

»Es scheint mir eher, Sie selbst seien ein bisschen durcheinander.«

Nathaniel vernimmt hinter ihnen zustimmendes Gemurmel. Er merkt, dass keine Kugeln mehr klingen und die anderen Frauen verstummt sind, wohl weil sie gebannt ihrem Dialog folgen, der aufgrund der Lautstärke auch gar nicht zu überhören ist.

»Lassen Sie uns erst mal hineingehen.« Angela Brenner nimmt Nathaniel bei der Hand und führt ihn mit Alisha aus dem Garten.

Während Nathaniel Angela Brenner erzählt, dass er sich auf die Suche nach seiner Vergangenheit begeben hat und auf die Notizen eines toten Journalisten gestoßen ist, der die Todesanzeige ihres Mannes aufbewahrt hatte ... während er sich selbst zuhört, was er hier berichtet, kommt ihm die Situation auf einmal surreal vor. Was mache ich hier eigentlich?, fragt er sich selbst. Bis vor zwei Tagen hat er ein normales Leben geführt, mit einer schwierigen Vergangenheit zwar, mit der er aber mehr oder weniger umgehen konnte. Jetzt jedoch scheint die ganze Wahrheit, die er zu kennen glaubte, auf einmal zu zerbröckeln – weil er den wilden Theorien eines Journalisten nachrennt, den er nicht einmal gekannt hat.

»Es tut mir leid, dass ich Sie damit belästige«, schließt Nathaniel seine Ausführungen. »Es war ein Fehler, Ihnen das zu erzählen. Eigentlich spielt dies alles gar keine Rolle mehr. Es ist nicht wichtig. Entschuldigen Sie, dass ich Ihre Zeit gestohlen habe. Ich gehe wohl besser wieder.«

»Warten Sie!« Angela Brenner hält Nathaniel am Handgelenk fest. »Ich weiß zwar nicht, worum es genau geht. Aber ich denke, Sie liegen falsch: Das hier könnte sehr wohl wichtig sein.«

»Warum?«

»Weil Sie nicht der Erste sind.«

»Wie meinen Sie das?«

»Es war schon einmal jemand hier, der sich nach einem anderen Andreas Brenner erkundigte. Doch das damals war – im Gegensatz zu heute – eine sehr unangenehme Begegnung.«

24

Felix Winter mustert das Gesicht seines Chefs Sandro Bandini, der fast zwanzig Jahre jünger ist als er selbst. In den letzten Minuten scheint Sandro allerdings um einige Jahre gealtert zu sein. Unmittelbar nach dem Verhör von Balthasar Abgottspon hat Sandro Felix und Malou in sein Büro gebeten. Da sitzen sie ihm nun gegenüber. Sandro fährt sich fahrig durch die Haare, er scheint völlig neben sich zu stehen. Felix hat eine Vermutung, warum sie hier sind. Derselbe Nachname: Nova.

»Felix, du musst übernehmen.« Sandro ist anzuhören, dass er noch immer durcheinander ist. »Ich trete dir diesen Fall mit sofortiger Wirkung ab.«

»Warum?« Malou klingt total überrascht.

»Margret Nova«, erklärt Felix. »Sind sie verwandt?«

»Ja. Margret ist Millas Mutter.« Zu Malou sagt Sandro: »Milla ist meine Lebensgefährtin. Margret Nova ist also so etwas Ähnliches wie meine Schwiegermutter.«

»Ach du meine Güte!«, ruft Malou laut aus.

»Gut, ich übernehme.« Felix bleibt ruhig und professionell. »Wir behalten Abgottspon noch einen Moment lang hier, damit er niemanden warnen kann. In der Zwischenzeit fahren Malou und ich zu Frau Nova.«

»Bieten wir die Spurensicherung auf?«, fragt Malou Sandro.

»Nein«, antwortet Felix an Sandros Stelle, »noch nicht, wir sehen uns zuerst selbst einmal um.«

Eine halbe Stunde später drückt Felix Winter auf die Klingel, neben der der Name Margret Nova steht.

Auch er kennt ihre Tochter Milla – aber längst nicht so gut, dass er nicht weiter ermitteln dürfte. Er hat sie vielleicht drei, vier Mal gesehen. Und er hat natürlich einiges von ihr gehört, weil sie als Reporterin der Polizei schon mehrere Male in die Quere gekommen ist – oder aber, weil sie der Polizei geholfen hat, das muss Winter ebenfalls zugeben.

Als Margret Nova die Tür öffnet, erkennt er die Ähnlichkeit auf Anhieb. Dieselben Locken wie Milla, auch wenn Margret Nova sie grau statt dunkelbraun und kurz statt lang trägt. Dieselben hohen Wangenknochen, dieselben grünen Augen. Sie schaut Felix Winter erschrocken an, als er ihr den Polizeiausweis hinhält.

»Mein Name ist Felix Winter, Kantonspolizei Bern. Sie sind Frau Margret Nova?«

Die Frau nickt stumm.

»Wir möchten Ihnen gerne ein paar Fragen stellen.«

In dem Moment scheint Margret Nova klar zu werden, dass alles nichts genützt hat. Dass die Polizei Bescheid weiß und dass wohl bald die ganze Schweiz Bescheid wissen wird. Sie dreht sich ohne ein Wort um, lässt die Tür hinter sich offen stehen, begibt sich in die Küche und setzt sich auf einen Stuhl, fast so, als würde sie bereits im Verhörzimmer Platz nehmen. Felix und Malou folgen Margret Nova und setzen sich unaufgefordert zu ihr an den Tisch.

Felix blickt die ältere Dame ruhig an. Ihr ist anzusehen, dass sie sich unwohl fühlt, dass sie etwas verbergen möchte und gleichzeitig weiß, dass es sich nicht länger verbergen lässt. Trotzdem glaubt Felix nicht, dass sie hier einer Mörderin gegenübersitzen. Nicht diese adrette, alte Dame. Im selben Moment mahnt sich Felix zur Vorsicht. Er darf sich nicht allzu schnell ein Bild von seinem Gegenüber machen, man kann nie wissen. Manchmal versteckt sich ein Täter hinter dem freundlichsten Gesicht. Klar ist: In dieser Wohnung muss etwas vorgefallen sein, das zum Tod des Nationalratspräsidenten geführt hat, und zwar etwas, das vertuscht werden soll. Die Frage ist bloß: Was?

»Wir sind wegen Aaron Trachsel hier.« Felix Winter wählt den direkten Einstieg in die Befragung.

»Ronnie«, sagt Margret Nova. Dann beginnt sie zu weinen.

Eine halbe Stunde später können sich Felix Winter und Malou Löwenberg ein vages Bild davon machen, was hier angeblich geschehen sein soll. Die Erzählung von Margret Nova deckt sich in weiten Teilen mit dem, was sie schon von ihrem Bruder Balthasar Abgottspon erfahren haben. Sie hat ihnen geschildert, dass sie eine heimliche Liebesaffäre mit Aaron Trachsel geführt hat, dass er zu einem frühen Schäferstündchen vorbeigekommen sei und dabei einen Herzinfarkt erlitten habe. Felix musste die Befragung mehrmals unterbrechen, weil Margret Nova immer wieder von heftigen Schluchzern geschüttelt wurde.

Die Frau tut Felix leid. Sie wirkt erschüttert. Dennoch ist sich Felix nicht ganz sicher, ob sie die Wahrheit sagt. Als er sie fragte, ob jemand anders in die Geschichte involviert sei, hat sie einen Moment zu lange geschwiegen, bevor sie ein bisschen zu vehement verneinte.

Er sieht sich unauffällig in der Küche um. Sie ist aufgeräumt und blitzsauber.

»Frau Nova, wann haben Sie zum letzten Mal geputzt?«

»Gestern«, sagt Margret Nova, ohne zu zögern.

»Gestern?«, fragt Malou nach.

»Bevor oder nachdem Aaron Trachsel verstorben ist?«, will Felix wissen.

»Danach.«

»Ihr Liebhaber stirbt, und danach beginnen Sie zu putzen?«

Felix wirft Malou einen Blick zu. Sie denken beide das gleiche: Für die Spurensicherung wird kaum mehr etwas zu finden sein.

»Warum?«

»Ich musste mich ablenken.«

»Darum haben Sie geputzt?«

»Putzen hilft mir, wenn ich durcheinander bin.«

»Sie haben nicht etwa die Wohnung gereinigt, um irgendwelche Spuren zu beseitigen?« Felix' Frage klingt nicht mehr ganz so freundlich wie die vorangegangenen.

»Ich … nein, ich meine, ich wollte nicht, dass man etwas von ihm hier findet. Ich habe nicht wirklich darüber nachgedacht, ich habe einfach geputzt.«

»Nun gut.« Felix schaut Malou an. Sie nickt, sie hat noch Fragen.

»Wie fühlte sich Herr Trachsel, als er zu Ihnen gekommen ist?«

»Wie meinen Sie das?«

»War er wie immer, oder fühlte er sich unwohl, kränklich?«

»Er war blass im Gesicht, daran erinnere ich mich jetzt.« Margret Nova schließt die Augen, als würde sie sich wieder in den Moment zurückversetzen, als Ronnie das letzte Mal zu ihr gekommen war. »Ich fragte ihn sogar, ob er in

Ordnung sei. Er meinte, es sei nichts, es sei nur der Magen.«

»Sagte er Ihnen, was er vorher gegessen hatte?«

»Wohl bloß das Frühstück.«

»Wo hat er gefrühstückt, zu Hause?«

»Ich denke schon. Warum stellen Sie all diese Fragen?«

»Routine«, meint Felix rasch, bevor Malou etwas anderes sagen kann.

»Frau Nova, können Sie mir zeigen, wo es passiert ist?«, fragt er. »Und darf sich Frau Löwenberg kurz in der Wohnung umsehen?«

»In Ordnung.« Margret Nova erhebt sich, es ist ihr anzusehen, wie schwer es ihr fällt, den Ermittler in ihr Schlafzimmer zu führen.

Felix blickt sich im Raum um. Das Bett ist gemacht, auch sonst herrscht in dem Zimmer eine pedante Ordnung.

»Auch hier haben Sie geputzt?«

Margret Nova nickt.

Kein Kleidungsstück, kein Buch, nichts liegt herum. Fast so, als befänden sie sich in einem Modell-Schlafzimmer in einem Möbelhaus, in dem niemand lebt.

»Die Bettwäsche?«

»Gewaschen und gewechselt.«

Alle Spuren vernichtet, denkt Felix. Er kann nicht verhindern, dass sich bei ihm das Kopfkino einschaltet. Er stellt sich die Szene vor: Aaron Trachsel, der bei seinen Auftritten trotz seines Alters stets einen fitten und agilen Eindruck hinterlassen hatte, und Margret Nova, die noch immer eine attraktive Frau ist, miteinander im Bett. Wie sie zusammen Sex haben, zwei Siebzigjährige. Und wie Trachsel mitten im Akt über der Frau zusammenbricht. Schrecklich, die Vorstellung. Winter wird sich bewusst, dass er selbst keine zehn Jahre jünger ist als Trachsel. Ohne es zu merken, legt er sich die Hand aufs Herz. Er dreht sich abrupt um und sieht Margret Novas starres Gesicht, das noch immer dem Bett zugewandt ist.

Ob es womöglich doch ganz anders war? Felix versucht die Bilder aus seinem Kopf zu verdrängen. Er lauscht, ob er etwas von Malou hört, sie hält sich den Geräuschen nach im Wohnzimmer auf, also geht er mit Frau Nova zurück in die Küche.

»Sie verstehen sicher, dass wir noch einige Dinge abklären müssen.«

»Ja.«

»Wenn sich zeigt, dass Herr Trachsel eines natürlichen Todes gestorben ist, werden wir das so den Medien mitteilen.«

»Woran sollte er sonst gestorben sein?«

»Das werden wir sehen, wenn die Untersuchungen abgeschlossen sind.«

»Er hatte einen Herzinfarkt.«

»Wenn dem so war, werden wir nicht kommunizieren, wo und unter welchen Umständen Aaron Trachsel gestorben ist.«

»Gott sei Dank!«

»Aber wir werden es seiner Ehefrau mitteilen, sie muss informiert werden.«

»In Ordnung.«

Malou kehrt in die Küche zurück. Sie trägt Plastikhandschuhe und hält einen Stapel Bücher in den Händen.

»Diese Bücher werde ich zur Sichtung mitnehmen. Sie kriegen sie zurück.«

»In Ordnung«, wiederholt Margret Nova resigniert. Sie wirkt müde und gedanklich abwesend.

»Sind wir so weit?«, fragt Felix seine Kollegin.

»Ich bin so weit.«

Felix Winter bedankt sich bei Margret Nova dafür, dass sie ihre Fragen beantwortet hat. »Wir melden uns wieder.«

»Und bitte halten Sie sich zu unserer Verfügung«, schiebt Malou nach. »Bis die Untersuchungen abgeschlossen sind, dürfen Sie den Kanton und das Land nicht verlassen.«

»In Ordnung. Auf Wiedersehen.«

Margret Nova schließt hinter ihnen die Tür.

»Was war das? Warum die Bücher?«, fragt Felix seine Kollegin, als sie auf die Straße treten.

»Die nette Frau Nova ist eine kleine Kräuter-Hexe.« Malou zeigt Felix das oberste Buch. Es trägt den Titel: *Heilkräuter und Giftpflanzen*. Sie schlägt es an jener Stelle auf, bei der ein Lesezeichen steckt.

»Die Herbstzeitlose«, liest Malou vor. »Die giftige Schönheit. Schon fünf Gramm der Samen können für den Menschen tödlich sein.« Die Textpassage ist mit grünem Leuchtstift markiert.

25

»Ich habe seit vielen Jahren nicht mehr darüber gesprochen.«

Nathaniel hört der Stimme von Angela Brenner an, dass sie es noch immer nicht gerne tut. Sie klingt auf einmal viel älter als noch vor wenigen Minuten draußen im Garten ihrer Senioren-Hippie-Kommune, und viel trauriger.

»Ich tue es auch jetzt nur, weil ich bis heute keine Antwort darauf gefunden habe, warum mir das angetan wurde.«

Nathaniel möchte fragen, was passiert sei. Er drängt darauf zu erfahren, was das alles mit ihm und mit seinem Vater zu tun hat. Doch er lässt der alten Frau Zeit, die Worte zu finden für etwas, das lange unausgesprochen war. Schließlich beginnt sie zu erzählen.

»Andreas war schon lange tot. Ich war bereits über zehn Jahre lang allein, als es geschah. Wir hatten uns das Leben ganz anders vorgestellt, vor allem dachten wir, dass wir mehr gemeinsame Zeit hätten. Andreas wurde nur dreißig Jahre alt. Leukämie. Am Ende waren wir beide froh, dass er sterben konnte. Es war ganz schrecklich. Doch selbst der tiefste Schmerz ebbt mit den Jahren ab, zumindest ein bisschen. Obwohl ich Andreas noch immer manchmal vermisse, habe ich gelernt, seinen Tod zu akzeptieren. Ich frage mich oft, ob wir es geschafft hätten, bis ins Alter zusammenzubleiben. Und wie er wohl aussehen würde, heute. In meinem Kopf ist er zwar gleich alt wie ich, und trotzdem ist er für immer dreißig geblieben, ist das nicht eigenartig? Aber das ist nicht das, was Sie wissen sollen. Ich will Ihnen vom Überfall erzählen.«

Angela Brenner legt eine Pause ein. Nathaniel hört sie einen Schluck Wasser nehmen und danach tief einatmen, als müsste sie Anlauf nehmen, um die Sätze auszusprechen.

»Es geschah an einem schwülwarmen Tag im Spätsommer 1992. Ich lebte damals allein in dem kleinen Haus, das ich früh von meinen Eltern habe übernehmen können und in dem ich zuvor mit Andreas gewohnt hatte. Ich saß hinten im Garten am runden, weißen Tisch. Die Vögel zwitscherten, und irgendwo in der Nachbarschaft, nahe und doch zu weit weg, ratterte ein Rasenmäher. Am Himmel zog ein Flugzeug einen Kondensstreifen nach sich, und ich überlegte, wo es wohl hinflog. Ich wünschte mir, darin zu sitzen.

Ich erinnere mich gestochen scharf an jedes Detail, als hätte jemand den Augenblick mit einem Meißel in meine Seele eingraviert.

Sie haben nicht geklingelt, sie haben nicht gerufen, sie standen plötzlich einfach da. Ein Mann und eine Frau, sie trugen Jeans, T-Shirts, schwarze Tarnmützen mit Augenschlitzen und Waffen, wie ich sie noch nie gesehen hatte. Nicht Pistolen, nicht Gewehre, etwas dazwischen, man sagte mir später, die hätten wohl die Gewehrläufe abgeschnitten. Ich habe mich zu Tode erschrocken und dachte von der ersten Sekunde an, dass ich das hier nicht überleben würde. So, meinte ich, sieht also mein Tod aus. Ich stellte es ganz nüchtern fest. Die Panik kam später.

Die Frau richtete die Waffe auf mich und fragte, wo mein Mann sei. Ich war mir sicher, dass sie mit der Frage herausfinden wollte, ob ich alleine zu Hause sei. Ich glaubte an einen Raubüberfall. Doch ich habe mich geirrt.

Ich sagte ihr, mein Mann sei tot.

Ich sah den Schlag nicht kommen. Sie wuchtete mir ihre Waffe in den Bauch, mir wurde augenblicklich schwarz vor Augen, es war so schmerzhaft, dass ich zusammensackte und zu Boden ging. Jetzt schrie sie: ›Wo ist Andreas Brenner?‹ Ich wimmerte, er sei gestorben. Sie spuckte mich an und nannte mich eine Lügnerin.

In diesem Moment überfiel mich die Furcht. Alles wurde unberechenbar. Ich verstand nicht, worum es ging, warum sie nicht einfach mein Geld nahmen, woher sie Andreas' Namen kannten. Der Mann trat nach mir, als ich am Boden lag. Ich wagte nicht, mich wieder aufzusetzen. Die zwei diskutierten heftig miteinander, stritten, es schien nicht so zu laufen, wie sie es sich vorgestellt hatten, doch ich begriff nicht, warum, verstand nicht, was sie wollten. Da zerrte mich die Frau am Arm hoch und ins Haus hinein. Sie forderte mich auf, ihr ein Bild von meinem Mann zu zeigen.

Als sie so nah neben mir stand, sah ich ihre Augen. Kristallgrüne Augen. Nichts Warmes lag in ihrem Blick, nur Kälte und Hass. Unter der Strumpfmaske fielen einzelne lange Strähnen ihrer roten Haare heraus, die sich gelöst hatten.

Als ich ein Fotoalbum aus dem Regal nehmen wollte, zitterte ich so sehr, dass ich es nicht schaffte. Sie griff nach dem Album, blätterte darin, fluchte laut auf Italienisch.

Auch ihr Kollege war hereingekommen und schaute ihr über die Schulter.

›Das ist nicht Stephan‹, sagte er. Ich erinnere mich genau an den Namen. Nie werde ich ihn vergessen. ›Das ist nicht Stephan.‹

Die Frau wurde nur noch wütender und riss weitere Fotoalben aus dem Regal, doch sie fand nicht, was sie suchte. Da stieß sie mich heftig zu Boden und richtete die Waffe auf mich. Da wusste ich, es war vorbei.

›Esmeralda!‹, schrie der Mann in dem Moment, als sie ihre Waffe entsicherte.

Sie schoss. Die Welt um mich herum explodierte. Ich sah nichts mehr, alles um mich herum war still, nur in meinen Ohren dröhnte ein schrilles Geräusch.

Sie rannten weg, das kriegte ich mit, ihre Füße neben meinem Gesicht, da realisierte ich, dass sie mich nicht getroffen hatte, dass ich noch lebte. Bis heute weiß ich nicht, ob sie mit Absicht neben meinen Kopf geschossen hat oder ob ich mein Leben dem Mittäter verdanke, der laut geschrien hat. Ich weiß nicht, warum ich angegriffen wurde. Ich weiß nicht, warum ich überlebt habe. Und jetzt Sie: Dreißig Jahre später stehen Sie in meinem Garten und erklären, Ihr Vater hieß Andreas Brenner – aber dass es nicht mein Andreas war. Sagen Sie mir: War es Ihr Vater, den sie damals suchten?«

»Nein, das kann ich mir nicht vorstellen.« Nathaniel ist erschüttert von der Geschichte, die er gerade zu hören bekam. Aber sie hat nichts mit ihm zu tun. »Es tut mir sehr leid, dass Sie das erleben mussten. Aber es ist unmöglich, dass es dabei um meinen Vater ging. Wann haben Sie gesagt, wurden Sie überfallen?«

»Es war Ende August, im Jahr 1992.«

Ein halbes Jahr, bevor sein Vater starb und er sein Augenlicht verlor, denkt Nathaniel.

»Sind Sie zur Polizei gegangen?«

»Natürlich. Ich war zwar nie eine Freundin der Polizei, aber in dieser Situation … Ich musste sie nicht einmal rufen, Nachbarn wurden durch die Schüsse aufgeschreckt und haben mich gefunden. Ich wurde ins Krankenhaus gebracht, mein Gehör war geschädigt, das brachten sie nicht wieder hin, auch trug ich einige Prellungen davon. Noch im Krankenbett wurde ich von zwei Polizisten befragt.«

»Haben sie die Täter erwischt?«

»Nein. Nie.«

»Es gab keinen Verdacht? Sie wissen bis heute nicht, was die Frau wollte?«

»Nein, ich weiß nicht, was sie wollte – aber ich habe einen Verdacht, wer sie war.«

»Wer war sie?«

»Der Name Esmeralda, die grünen Augen. Diese Kombination erinnerte mich an etwas. Wahrscheinlich trägt sie den Namen wegen ihrer Augen, hatte ich gedacht – Esmeralda ist spanisch und bedeutet Smaragd. Und genau diesen Gedanken hatte ich schon einmal, viel früher – ich wusste bloß nicht mehr wann und wo. Aber es fiel mir nach ein paar Monaten plötzlich wieder ein. Viele Jahre, bevor ich überfallen worden bin, wurde in Zürich eine Bank ausgeraubt. Auf der Flucht haben die Täter zwei Menschen getötet. Es wurde intensiv nach ihnen gefahndet. Die Anführerin war eine Frau. Sie hieß Esmeralda. Auf dem Fahndungsfoto, das damals überall hing, war es nicht zu erkennen; es war eine Schwarz-Weiß-Aufnahme. Aber später, als sie gefasst worden war, zeigte die Tagesschau des Schweizer Fernsehens die Täterin, wie sie ins Gericht geführt wurde. Wir hatten damals gerade unseren ersten Farbfernseher gekauft. Ich sah ihre grünen Augen und dachte, dass die Eltern sie darum Esmeralda getauft hatten.«

»Haben Sie Ihren Verdacht der Polizei mitgeteilt?«

»Ja.«

»Und?«

»Ich habe mich bei den Polizisten gemeldet, die mich befragt hatten. Doch als ich den Namen Esmeralda Esposito erwähnte, sagte man mir, jemand anderes werde mich zurückrufen. Das geschah dann auch. Ein Polizist meldete sich telefonisch bei mir und erklärte, dass ich mich irren müsse – Esmeralda Esposito sei nach Italien ausgeliefert worden und dürfe seither nicht mehr in die Schweiz einreisen, sie könne unmöglich die Täterin sein.«

»Aber Sie haben ihm nicht geglaubt«, stellt Nathaniel fest. Er kann Angela Brenner die Empörung anhören, noch heute, so viele Jahre nach der Tat.

»Nein, ich habe ihm nicht geglaubt.«

»Wissen Sie noch, wie der Polizist hieß?«

»Nein, daran kann ich mich nicht erinnern.«

26

Die Petanque-Kugeln klingen, drei Männer johlen, Milla nimmt einen Schluck vom Rotwein, ein *Balthasar*, sie hat beschlossen, sich heute zu betrinken, sich allein zu betrinken, jetzt, wo sie nicht mehr schwanger ist und wieder trinken darf. Sie sitzt an einem knallblauen Tisch im Xenix beim Helvetiaplatz in Zürich. Sie hat ein Buch dabei, das sie schon lange einmal lesen wollte: *Bis er gesteht*, ein Kriminalroman über ein wahres Verbrechen, über das sie als Reporterin berichtet hatte. Gerade hat sie die alte Frau abgewimmelt, eine Deutsche, die hier stets von Tisch zu Tisch geht und Unterschriften für einen ganzen Stapel verschiedener Initiativen sammelt. Manchmal unterschreibt Milla den einen oder den anderen politischen Vorstoß, aber heute will sie sich mit den Erläuterungen der alten Dame, die sich so sehr für die schweizerische Demokratie einsetzt, nicht auseinandersetzen. Der Bettlerin hingegen, die vorbeigekommen ist und um einen Franken für die Notschlafstelle gefragt hat, hat sie ein Fünffrankenstück in die Hand gedrückt. Jetzt aber will Milla in Ruhe gelassen werden, sie will den Abend und Zeit für sich haben, will für niemanden da sein müssen, nur für sich selbst.

Ihr Handy vibriert.

Mist, sie hätte den Flugmodus einschalten sollen. Milla kann nicht anders und schaut trotzdem nach, von wem die Nachricht stammt: Sandro. Sie entsperrt das Handy, um sie zu lesen.

Sitze im Zug. Bin unterwegs nach Zürich. Ich möchte dich sehen. Wir müssen uns sehen. Wo treffen wir uns?

Milla seufzt, das war's dann wohl mit dem Abend für sie alleine. Bevor sie Sandro antworten kann, vibriert das Handy in ihrer Hand erneut. Nathaniel ruft an. Sie geht ran.

»Milla, hier Nathaniel. Danke für die Artikel. Du hast noch mal angerufen?«

Stimmt, denkt Milla, ich habe versucht ihn zu erreichen. Aber es fällt ihr nicht mehr ein, warum.

»Ich wollte dir etwas sagen, aber ich habe vergessen, was es war.«

Milla hört Nathaniel lachen.

»Es tröstet mich, dass das nicht nur mir passiert. Es wird demnach wohl nicht so wichtig gewesen sein.«

»Hast du die Artikel lesen können?«

»Ja, und darum rufe ich eigentlich auch an.«

Während Nathaniel Milla von seinem Besuch bei der Witwe von Paul Dunkel erzählt, fällt ihr wieder ein, warum sie ihn angerufen hatte.

»Das war es!«, unterbricht sie ihn. »Ich wollte dir sagen, dass ich die Artikel des Journalisten kritisch einschätze. Ich bin nicht sicher, ob er nicht eine Geschichte größer gemacht hat, als sie effektiv war, ob er sich nicht einen Skandal herbeischreiben wollte, wo es gar keinen gab.«

»Ich fand auch, dass er mehr Fragen stellte, als dass er Antworten lieferte. Aber das ist noch nicht alles.«

Nathaniel erzählt Milla auch von den geschwärzten Polizeiakten, die er erhalten hat, von der Todesanzeige, die Veronika in den Unterlagen gefunden hat, von seinem

Abstecher in die Hippie-Kommune und von dem Überfall auf die Frau, die mit einem Andreas Brenner verheiratet war.

Milla ist nicht sicher, ob sie alles richtig mitgekriegt hat.

»Der Mann hieß Andreas Brenner, genau so wie dein Vater?«

»Ja, er starb zwei Jahre vor meiner Geburt.«

»Und warum wurde die Frau überfallen?«

»Das weiß sie eben nicht. Ist das nicht alles eigenartig?«

»Das klingt tatsächlich sehr verworren.«

»Aber sie hat einen Verdacht, wer dahintergesteckt hat: eine Esmeralda Esposito. Sie soll früher mal eine Bank überfallen haben.«

Milla denkt nach. Der Name sagt ihr nichts.

»Auf jeden Fall, was ich fragen wollte: Könntest du dir die geschwärzten Polizeiakten mal anschauen? Vielleicht erkennst du, warum darin so vieles unleserlich gemacht worden ist.«

»Das kann ich gerne tun, wenn ich wieder in Bern bin. Ich melde mich bei dir.«

»Danke.«

»Bis bald.«

»Bis bald.«

Als Milla das Gespräch beendet hat, starrt sie eine Weile auf ihr halb volles Weinglas und lässt sich das Erzählte noch einmal durch den Kopf gehen. Entweder hat Nathaniel etwas falsch verstanden und reimt sich da etwas zusammen, das nicht zusammengehört, denkt sie, oder aber etwas an diesem Fall ist äußerst eigenartig.

Sie tippt sich eine Notiz ins Handy: Esmeralda Esposito. Ein leichter Schauer durchfährt ihren Körper. Sie kennt das Gefühl. Es ist diese kleine Aufgeregtheit, wenn sie glaubt, etwas entdeckt zu haben, etwas, das sich zu einer größeren Story entwickeln könnte. Ihr journalistisches Gespür sagt ihr, dass Nathaniel da auf etwas gestoßen sein könnte, das jemand verbergen wollte. Womöglich hat sie dem Journalisten Dunkel aufgrund ihres ersten Eindrucks Unrecht getan.

Milla will gerade wieder zu ihrem Buch greifen, da fällt ihr Sandros Nachricht wieder ein. Er wartet noch immer auf eine Antwort.

Ich bin im Xenix, komm doch direkt hierher.

Sandro liest Millas Nachricht und antwortet mit einem erhobenen Daumen.

Eigentlich hatte er Milla anrufen wollen, statt sie mit seinem Besuch zu überfallen. Doch dann entschied er sich dagegen, weil er befürchtet hat, dass sie ihn abwimmeln würde. Er kennt sie gut genug, um zu wissen, dass sie sich von allem und jedem abnabelt, wenn sie etwas zu bewältigen hat. Doch er will sie sehen. Er will nicht allein sein. Er will gemeinsam mit ihr traurig sein über das verlorene Kind. Und vor allem will er ihr in die Augen sehen, wenn er mit ihr über Aaron Trachsel sprechen wird. Auch darum taucht er unangemeldet in Zürich auf, fast so, als wollte er ihr eine Freude bereiten. Der wahre Grund aber ist: Sie müssen reden.

In dem Moment, als Balthasar Abgottspon den Namen Margret Nova aussprach, war Sandro sofort klar, dass auch seine Freundin in die Sache verwickelt ist. Im Nachhinein macht vieles plötzlich Sinn, das er zuvor nicht verstand: Darum war sie nach dem Besuch bei ihrer Ärztin nicht wie angekündigt zu ihm nach Hause, sondern direkt zu ihrer Mutter gefahren. Darum befand sich Margret in einem solch desolaten Zustand, als er bei ihr an der Tür geklingelt hat, um Milla abzuholen. Jetzt versteht Sandro auch, warum Milla bei der Rückfahrt im Auto nicht über die Probleme ihrer Mutter sprechen wollte – weil das Problem ein toter Nationalratspräsident war, den die beiden Frauen mithilfe von Abgottspon klammheimlich entsorgt haben.

Kaum hatten Felix und Malou sein Büro verlassen, ging Sandro den zeitlichen Ablauf des gestrigen Abends im Kopf durch: Er muss Balthasar Abgottspon nur knapp verpasst haben – entweder hat er die Leiche abgeholt, unmittelbar bevor Sandro bei Margret Nova geklingelt hat, oder kurz danach. Um ein Haar hätte er Mutter und Tochter Nova in flagranti erwischt und ihre Leichenentsorgungsaktion vermasselt. Er wünschte sich, dass es so wäre; er hätte sie vor einem Fehler bewahren können.

Sandro ist unheimlich wütend auf Milla, weil sie ihm nichts gesagt hat. Statt ihn einzuweihen, hat sie die Polizei und somit auch ihn hintergangen. Und das in ihrem Zustand. Womöglich hat die ganze Situation den Abort erst verursacht. Wie konnte sie nur? Obwohl sie sich schon so lange kennen und sich so vertraut sind – manchmal versteht er diese Frau einfach nicht.

Als der Zug in den unterirdischen Teil des Hauptbahnhofes Zürich rollt, ist Sandros Ärger und Enttäuschung über Milla nicht kleiner, sondern größer geworden. Zehn Minuten später geht Sandro über den Kiesplatz an den Petanque-Spielern vorbei auf den flachen Bau zu, in dem sich die Xenix-Bar befindet. Er sieht Milla schon von Weitem draußen an einem der Tische sitzen. Sie liest in einem Buch, ein Glas Rotwein steht vor ihr, es ist halb leer getrunken. Sandro hält inne, betrachtet sie aus der Distanz.

Auf einmal ist der Ärger weg. Sie sieht schön aus, friedlich, ruhig, zufrieden. Sandro realisiert bei ihrem Anblick, wie sehr er sie liebt – auch wenn er sie manchmal wegen ihrer Aktionen am liebsten auf den Neptun schießen würde.

Sie merkt nicht, dass er sich ihr nähert. Als er ihr die Hand auf die Schulter legt, fährt sie erschrocken zusammen. Sandro verkneift sich den Spruch, dass nur jene mit einem schlechten Gewissen schreckhaft sind, und gibt ihr stattdessen einen Kuss auf den Mund.

»Wie geht es dir?«, fragt er, als er sich zu ihr an den Tisch setzt.

»Es geht mir gut, ich spüre nichts mehr.«

»Und mental?«

»Ich bin okay. Ich kann das akzeptieren; es hat nicht sein sollen.«

»Ich bin sehr traurig.« Sandro weiß, dass er sich dieses Kind mehr gewünscht hat als Milla.

»Wir schaffen das.« Jetzt ist es Milla, die die Floskel wählt. Trotzdem ist Sandro ihr dankbar.

Er nickt. Schaut sie an.

»Was ist?«, fragt Milla, die den Blick schon kennt.

»Ich muss mit dir über etwas anderes reden.«

Sandro registriert, dass sich Millas Oberkörper kaum merklich anspannt.

»Ich habe deinen Onkel kennengelernt.«

Jetzt kann Sandro beobachten, wie Milla die Röte ins Gesicht schießt. Ihre alte Schwäche. Er müsste schmunzeln, wenn die Situation nicht so ernst wäre.

»Welchen Onkel meinst du?«, fragt sie vorsichtig, obwohl sie nur einen einzigen Onkel hat.

»Du weißt, wen ich meine. Warum bloß hast du mir nichts gesagt?«

Während Milla versucht, sich aus der Sache herauszureden respektive Sandro die missliche Lage und ihr Handeln zu erklären, betritt Felix Winter das Institut für Rechtsmedizin. Die Lichter im Obduktionssaal sind schon aus, nur ganz zuhinterst verrät ein schwacher Schein, dass Irena Jundt in ihrem kleinen Kabuff sitzt. Leise Musik dringt zu ihm herüber, Pop oder Rock, etwas, das Felix nicht kennt. Seine Schritte verursachen ein ploppendes Geräusch auf dem Kachelboden, als er zu ihrem Büro hinübergeht. Er klopft an die Tür, die nur einen Spalt breit offen steht.

»Herein.«

»Guten Abend, Irena.«

»Felix? Ich habe mit Sandro gerechnet.«

»Ich komme wegen Aaron Trachsel, Sandro hat den Fall abgegeben.«

Irena blickt Felix überrascht an.

»Ging nicht anders, familiäre Gründe«, erklärt Felix.

»Seine Familie oder Millas Familie?«, fragt Irena vorsichtig. Sie kennt Milla gut und mag sie sehr. Gleichzeitig geht mit dem Gedanken an Milla immer auch ein schlechtes Gewissen einher, weil sie mit Sandro geschlafen hat. Nur einmal. In einer besonderen Situation. Aber trotzdem.

»Millas Familie.« Felix erzählt Irena vom Verhör, wie Balthasar Abgottspon seine Lüge zugegeben hat und wo Aaron Trachsel tatsächlich gestorben ist.

»Bei Millas Mutter im Bett!« Irena klatscht vor Überraschung in die Hände. Doch sie wird gleich wieder ernst. »Du kennst den Obduktionsbericht? Ich bin nicht sicher, ob er an einem Herzinfarkt gestorben ist – es gibt auch Anzeichen einer Vergiftung. Das muss nicht bei Margret Nova zu Hause, das kann auch schon zuvor passiert sein.«

»Ja, ich kenne den Bericht. Hat die toxikologische Untersuchung bereits etwas ergeben?«

»Nicht wirklich. Weil wir nicht genau wissen, wonach wir Ausschau halten müssen. Wir haben in einem ersten Schritt nach allen möglichen Substanzen gesucht und sind dabei im Blut auf Sildenafil gestoßen. Ich habe mich noch gewundert, jetzt aber ist mir alles klar.«

»Sildenafil?«

»Viagra.«

»Ach so.«

Felix muss schmunzeln. Doch das Lächeln auf seinen Lippen verschwindet so schnell, wie es erschienen ist.

Er legt Irena die Plastiktüte mit dem Buch auf den Tisch, das Malou in der Wohnung von Margret Nova sichergestellt hat.

»Woher stammt das?« Irena zieht sich einen Plastikhandschuh über und packt das Buch aus.

»Aus Margret Novas Wohnung.«

Irena schlägt das Buch an jener Stelle auf, an der das Lesezeichen steckt. Die Herbstzeitlose. »Dann wissen wir ja, wonach wir zu suchen haben: Colchicin.«

Felix streckt Irena die Hand hin. »Ich wette um einen Gin Tonic, dass wir es finden werden.«

27

Irena geht nach der Arbeit nicht direkt nach Hause. Sie lässt ihren Peugeot 404 vor dem Institut stehen und begibt sich zu Fuß in die Berner Altstadt. Ein Spaziergang wird ihr guttun. Sie nimmt sich mehr Zeit für sich, seit sie sich nach einer kraftraubenden Reise in ihre Vergangenheit selbst wiedergefunden hat. Heute Abend hat sie keine Lust darauf, allein zu Hause rumzuhängen, also biegt sie auf dem Kornhausplatz nach dem Restaurant Les Pyrénées rechts ab und betritt wenig später ein Haus, dem von außen kaum anzusehen ist, dass sich darin eine Bar befindet. Die Bar Kreissaal ist Irenas Stammlokal, was nicht zuletzt an jenem Mann liegt, der hinter der Theke steht. Als sie den Raum betritt, lacht ihr Theneyan schon entgegen. Der Edelstein an seinem rechten Eckzahn blitzt kurz auf. Theneyan, der Sansibarer mit omanischen Wurzeln, den es aus unerfindlichen Gründen in die Schweiz nach Bern in den Kreissaal verschlagen hat, greift zum Bombay-Gin, noch bevor Irena bestellt hat. Sie nickt zustimmend, er öffnet die Flasche.

Theneyan ist Irenas bester Zuhörer, eigentlich auch ihr bester Freund, kaum jemandem vertraut sie so viel Persönliches an wie ihm. Der Umstand, dass sie ihren Barkeeper als ihren besten Freund bezeichnet, könnten manche als traurig bezeichnen. Sie empfindet es als beruhigend. Mehr Nähe ist ihr zu viel. Das Beste an Theneyan ist: Er ist immer da, scheint seinen Platz hinter der Theke nie zu verlassen. Irena würde sich nicht wundern, wenn er auch dahinter wohnen würde.

»Ein guter Tag?«, fragt er, während er die Gurke für den Gin in feine Scheiben schneidet.

»Stell dir vor, du hast eine Affäre, triffst dich mit ihm zu einem Schäferstündchen, und er erleidet währenddessen einen Herzinfarkt.«

»Autsch!« Theneyan greift sich theatralisch ans Herz. »Darum bist du meine liebste Freundin: Immer wenn du mir von deinem Job erzählst, bin ich überaus dankbar, Barkeeper zu sein.«

Irena greift zu ihrem Gin, prostet Theneyan zu und nimmt einen herzhaften Schluck.

Während Irena in der Bar Kreissaal ihren Gin Tonic mit Gurke und Pfeffer schlürft und sich mit Theneyan über Un- und Todesfälle beim Sexualleben unterhält, sitzt Felix Winter in einer anderen Ecke der Stadt bei sich zu Hause an seinem Schreibtisch. Es ist still und leer in der Wohnung, seit seine Frau gestorben ist. Doch er hat sich längst an die Einsamkeit gewöhnt. Sie ist ein Teil von ihm geworden, eine treue Begleiterin, außer wenn er bei der Arbeit ist.

Kein Licht brennt. Nur der Schein des Computer-Bildschirms erhellt den Raum und verfärbt Felix Winters Gesicht. Er blickt konzentriert auf die Seiten, die ihm die Suchmaschine präsentiert. *Die schöne Blüte der Herbstzeitlosen kann vergessen machen, dass die Zwiebelblume eine der giftigsten einheimischen Grünlandpflanzen ist,* liest sich Felix halblaut selber vor. *Der Verzehr kann tödlich sein – für Mensch und Tier.* Gefährlich sei die Pflanze vor allem auch für Jungtiere auf der Weide; wenn sie die Herbstzeitlose essen, könne dies zum Tod durch Atemlähmung führen. *Die imposante Mischung von über zwanzig Alkaloiden macht die Herbstzeitlose (Colchium autumnale) so gefährlich. Alle Teile der Pflanze enthalten das stark giftige Alkaloid Colchicin.* Die Fotos der lila Blüte erinnern Felix an Krokusse.

Er wendet sich vom Bildschirm ab und nimmt ein leeres, weißes A3-Papier von einem Stapel. Muss er denken, muss er analog arbeiten, sonst funktioniert sein altes Hirn nicht richtig. Statt eines Titels setzt er die Zeichnung einer Blume oben auf das Blatt, die entfernt einer Herbstzeitlosen ähnelt. In die Mitte des Papiers malt er einen ovalen Kreis und schreibt den Namen *Aaron Trachsel* hinein. Daneben platziert er ein Kreuz. Rechts und links davon zeichnet er zwei weitere, kleinere Kreise, in einen schreibt er *Margret Nova,* in den anderen *Hermine Trachsel.* Beide Kreise verbindet er mit jenem in der Mitte. Auf dem übrigen Platz rund um Aaron Trachsels Kreis notiert Felix Stichworte zu seinem weiteren Umfeld; das Parlament, seine Partei, seine politischen Gegner, seine Kritiker aus dem Volk. Er zeichnet einen weiteren Kreis und notiert darin: *Drohmails!*

Felix starrt auf das Papier vor sich. Dann schreibt er unter Margret Novas Namen: *Buch über giftige Pflanzen, Herbstzeitlose.*

Noch liegen die Resultate des Labors nicht vor. Noch ist nicht sicher, ob und vor allem womit Aaron Trachsel vergiftet worden ist. Doch wenn sich tatsächlich Colchicin in seinem Blut finden sollte – dann sieht es nicht gut aus für Margret Nova. So viel Zufall wäre zu viel des Guten.

»Aber wo liegt ihr Motiv?«, fragt Felix laut in den stillen Raum hinein. Müde kratzt er sich an der Schläfe.

Zur gleichen Zeit, als Felix sich über Motive und Giftstoffe den Kopf zerbricht, dringt aus Gundulas Küche ein Scheppern, gefolgt von einem Klirren und einem wüsten Fluch. Gundula kocht für Nathaniel, und wenn Gundula kocht, herrscht in der Küche Chaos und ein striktes Zutrittsverbot. Das Resultat von Gundulas Kochaktionen sind eine erschöpfte Köchin, aber auch ein vorzügliches Essen. Doch bis es so weit ist, muss sich der Gast einige Schimpftiraden anhören. Selbst die sind Nathaniel inzwischen vertraut. In den letzten Wochen war er mehr bei Gundula als bei sich zu Hause bei Silas und Carole, was ihm einerseits leidtut; andererseits hat er Carole mit seinem Ja zur Scheinehe nicht versprochen, gleich auch noch Kindsersatzvater und Babysitter zu sein. Es ging bei der Hochzeit einzig darum, dass sie als verheiratete Frau größere Chancen hatte, das Sorgerecht für Silas zurückzuerhalten. Was ja auch wunderbar geklappt hat.

Nathaniel sitzt am Boden im Türrahmen zur Küche, die er im Moment nicht betreten darf, und erzählt Gundula von seinem eigenartigen Tag. Zuerst der Besuch bei Adelheid Dunkel, die überzeugt ist, dass ihr Mann ermordet worden ist. Dann der Schreckmoment im Zug, als er kurz befürchtet hat, dass die Akten gestohlen worden sind. Er berichtet über die zensierten Polizeiakten und die Todesanzeige des Mannes mit dem Namen seines Vaters. Und von seinem Abstecher zu dessen Witwe, die von einem schrecklichen Raubüberfall erzählte.

»Meine Güte, was für ein Tag.« Gundula klettert über den im Türrahmen sitzenden Nathaniel, um das gegarte Rinderfilet ins Esszimmer zu tragen. »Bist du sicher, dass die Todesanzeige und der andere Andreas Brenner etwas mit dir und deiner Geschichte zu tun haben?«

»Nein. Ich kann mir keinen Reim darauf machen. Der Journalist hat ganz offensichtlich versucht, etwas über meine Familie herauszufinden – aber womöglich hat er sich dabei völlig verrannt.« Nathaniel erhebt sich. »Auf jeden Fall hat er nicht das herausgefunden, was er herauszufinden hoffte.« Er tastet sich der Wand entlang ins Esszimmer.

»Ich muss noch die Nudeln holen, und die Portweinsoße.« Gundula verschwindet wieder in der Küche. »Aber warum hat er überhaupt über deine Familie recherchiert?«, fragt sie, als sie zurück ist.

»Ich weiß es nicht. Womöglich wollte er einen Nachruf auf meine Familie schreiben.«

Gundula schöpft die Teller voll.

»Zwischen zwölf und sechs sind die Nudeln, zwischen sechs und zwölf das Fleisch, die Soße tu ich überall drüber.«

»Danke.«

Nathaniel hört, dass Gundula ihm Wasser einschenkt.

»Guten Appetit. Du hast mir nie von deiner Familie erzählt.« Gundula klingt, als hätte sie den ersten Bissen bereits im Mund.

»Hab ich doch, wenigstens so viel ich darüber weiß.«

»Nein, ich meine nicht deine Eltern und deine Schwester, ich meine deine anderen Verwandten.«

»Ich habe keine anderen Verwandten. Ich hatte mal eine Tante, die habe ich aber nie getroffen, sie lebte in Australien und ist seit einigen Jahren tot.«

»Du hast gar keine anderen Verwandten? Keine Großeltern, Cousins, nichts?«

»Nein. Die Eltern meiner Mutter sind vor meiner Geburt bei einem Autounfall gestorben. Das hat sie uns einmal erzählt. Und bei meinem Vater ... Ich weiß es nicht. Ich war ein Kind. Wenn man keine Großeltern hat, fragt man auch nicht nach ihnen.«

»Du meinst, du hast gar nie einen Opa oder eine Oma gekannt, auch nicht als kleines Kind?«

»Nein.«

»Findest du das nicht eigenartig?«

»Nein. Sollte ich?«

»Es kann natürlich vorkommen, aber gewöhnlich ist das auf jeden Fall nicht. Ich habe noch drei meiner Großeltern, zwei Onkel, drei Tanten und sieben Cousins und Cousinen.« Gundula sagt es in einem Tonfall, als wäre sie stolz auf ihre Sippe.

Nathaniel stochert in seinem Teller herum. Er stellt fest, dass er noch nie darüber nachgedacht hat. Es gab nie Verwandte, sie waren immer nur zu viert – und dann geschah die Tat seines Vaters, er kam in eine neue Familie und da gehörte er danach hin.

»Vielleicht war das der Grund«, fährt Gundula fort.

»Der Grund wofür?«

»Der Grund, warum der Journalist über deine Familie Nachforschungen anstellte – weil er nicht glaubte, dass es da sonst niemanden gibt.«

Im gleichen Moment, in dem Nathaniel realisiert, dass es nicht ganz normal ist, gar keine Verwandten zu haben, steckt sich Milla das letzte Stück der Lasagne in den Mund, das Sandro bei ihr zu Hause in Zürich nach dem Rezept seiner sizilianischen Großmutter gekocht hat. Lasagne ist ihre Versöhnungsmahlzeit. Sandro und Milla haben sich zuvor im Xenix ausgesprochen. Dieses Mal kann Milla seinen Ärger und seine Argumente nachvollziehen. Sie erkennt im Nachhinein, was für eine dumme Aktion es war, Aaron Trachsels Ableben bei ihrer Mutter vertuschen zu wollen. Und Sandro kann ausnahmsweise zumindest ein Stück weit verstehen, warum seine Freundin derart unüberlegt gehandelt hat: Sie befand sich in einer Stresssituation wegen ihrer Blutungen, sorgte sich um ihre Mutter – und hatte unter Druck schlichtweg keinen anderen Ausweg gesehen.

»Liebst du mich trotzdem noch?«, fragt Milla.

»Ach, Milla.« Sandro lächelt. »Natürlich liebe ich dich. Auch wenn du es mir manchmal wirklich nicht einfach machst.« Jetzt lacht Sandro laut. Milla legt das Besteck weg, steht auf und geht zu ihm hinüber. Sie knufft ihn leicht gegen die Schulter, während sie sich rittlings auf seinen Schoß setzt. Sie küsst ihn auf seinen tomatensoßenroten Mund, küsst ihn lange und innig und denkt, wie schade es ist, dass man manchmal das Küssen beinah vergisst, wenn man schon lange zusammen ist.

»Wird die Sache für meine Mutter Konsequenzen haben?« Milla richtet sich auf, bleibt aber auf Sandros Schoß sitzen.

»Ich weiß es nicht. Ich habe den Fall Felix übergeben. Wir sind uns noch nicht sicher über die Todesursache. Wenn sich aber zeigen sollte, dass Trachsel tatsächlich an einem Herzinfarkt gestorben ist, werden sie kaum kommunizieren, wo und unter welchen Umständen er zu Tode gekommen ist.«

»Gott sei Dank, das ist meiner Mutter wirklich wichtig.«

»Wirst du morgen wieder zur Arbeit gehen?«

»Nein, ich bin noch krankgeschrieben, ich werde wohl Nathaniel bei einer Recherche helfen. Sagt dir der Name Esmeralda Esposito etwas?«

»Porca miseria, was hat Nathaniel mit Esmeralda Esposito zu schaffen?«

»Es ist eine verworrene Geschichte.«

Sandro lehnt sich in seinem Stuhl zurück, hält Milla mit seinen Händen an beiden Oberarmen fest. »Worum es auch immer geht: Bitte lass die Finger davon. Ist zwar alles schon sehr lange her, aber das war gefährliches Terrain, es ist keine gute Idee, in dieser alten Sache Staub aufzuwirbeln. Nicht deine Liga! Ich bin mir nicht mal sicher, ob die Frau noch lebt.«

Milla hört Sandros Tonfall an, dass er nicht der Richtige ist, um über dieses Thema zu diskutieren. Sie will sich nicht schon wieder auf eine Auseinandersetzung mit ihm einlassen und wird darum ihre eigenen Recherchen anstellen müssen. Nicht jetzt. Morgen.

»Erinnerst du dich eigentlich noch an unseren letzten Streit?« Milla wechselt das Thema.

»Ich weiß nicht mehr genau, welchen Streit meinst du?«

»Ich meine, was wir nach unserem letzten Streit gemacht haben … oder eher, was wir normalerweise nach einem Streit meistens tun.«

Statt einer Antwort schenkt Sandro Milla einen Blick, der sie erkennen lässt, dass er längst verstanden hat, worauf sie hinauswill. Er steht auf und hebt sie mit sich hoch, trägt sie hinüber ins Schlafzimmer, legt sie sanft aufs Bett.

»Denkst du denn, dass es schon wieder geht?«, flüstert er. »Vielleicht bist du verletzt.«

»Ich denke, wir sollten es ausprobieren«, flüstert sie zurück. »Versprich mir einfach, dass du keinen Herzinfarkt kriegst.«

Obwohl Millas Bemerkung überhaupt nicht lustig ist, müssen beide lachen.

Während Milla sich an Sandro klammert, sie ihn in sich aufnimmt und sie beginnen, sich im gleichen Rhythmus zu bewegen, liegt hundertzwanzig Kilometer weiter südwestlich Margret Nova allein in ihrem Doppelbett. Es ist dunkel in ihrem Zimmer. Sie starrt die Decke an, die sie nicht sehen kann.

Eigentlich, denkt sie, ist es gut so, wie es ist. Sie muss und sie kann das Schicksal annehmen. Die Affäre mit Ronnie war ein Abenteuer, prickelnd und aufregend, sie hat sich auf einmal wieder gefühlt wie ein Teenager. Und doch war es auch anstrengend. Immer eine Lücke finden in seiner Agenda, immer diese Heimlichtuerei, ständig die Angst, dass jemand etwas herausfinden könnte. Auch das schlechte Gewissen gegenüber seiner Frau – obwohl nicht sie das hätte haben müssen, sondern er.

Es ist, wie es ist, denkt Margret Nova. Alles, was geschieht, hat einen Grund. Es war Zeit für Ronnie zu gehen.

Margret Nova dreht sich auf die Seite.

Ein weiteres Kapitel ihres Lebens ist damit abgeschlossen.

Sie schließt die Augen und ahnt nicht, wie sehr sie sich irrt.

28

Milla tippt einen Namen in die Suchmaske ein: *Esmeralda Esposito.* Neben ihr dampft der Kaffee in der Tasse, auf ihrem Schoß schnurrt Iggy, als müsse er sich Millas Liebe zurückerobern, nachdem Sandro um sechs Uhr früh das Haus verlassen hat. Der Kater ist heillos eifersüchtig. Milla streicht ihm mit der linken Hand über das Fell, mit der rechten klickt sie auf die Enter-Taste. Sie zuckt unweigerlich zusammen, als die Liste mit den gefundenen Webseiten auf dem Bildschirm erscheint. Zuoberst steht der Link zu einem Wikipedia-Eintrag. Der Titel: *Esmeralda Esposito, Terroristin.*

Darum hat Sandro so heftig auf den Namen reagiert. Milla beginnt zu lesen. Der Wikipedia-Eintrag ist relativ knapp gehalten: *Esmeralda Esposito, 1956 in Zürich geboren, war eine schweiz-italienische Terroristin, die mit ihrer »Gruppe Bertastrasse« in den späten 1970er-Jahren die Rote Armee Fraktion RAF und die Roten Brigaden mit Waffen beliefert hatte. Sie wurde 1980 in Zürich wegen des Verdachts auf Raubüberfall, vorsätzliche Tötung sowie auf Sprengstoff- und Waffenschmuggel für verschiedene terroristische Gruppen in halb Europa verhaftet. Rechtsanwalt Claude Vogelsang vom Linken Anwaltskollektiv übernahm ihre Verteidigung. Er erwirkte, dass Esmeralda Esposito nach mehreren Monaten Untersuchungshaft nach Italien ausgeliefert wurde, wo sie nach wenigen Tagen freikam.* Mehr steht da nicht. Hinter dem Geburtsjahr ist kein Todesdatum vermerkt, sie lebt also noch, denkt Milla.

Sie greift zu einem ihrer kleinen Notizhefte und schreibt den Namen *Claude Vogelsang* hinein. Dann scrollt sie sich auf dem Laptop durch die Suchergebnisse und stößt auf einen Artikel eines ehemaligen Journalisten und Bloggers aus Neapel. Sie klickt die Seite an und lässt sie sich von Italienisch auf Deutsch übersetzen – was der Computer zwar nicht perfekt kann, aber immer noch besser als Milla selbst. Der neueste Eintrag datiert aus dem Jahre 2018, inhaltlich dreht er sich aber um Ereignisse, die weit zurückliegen. Immerhin ist hier ein bisschen mehr über die Frau zu erfahren.

Milla studiert zunächst die Schwarz-Weiß-Fotografie, die dem Beitrag beigefügt ist: eine schlanke Frau mit im Wind wehendem Haar, die gerade aus dem Flugzeug steigt. Zwei Männer halten sie an den Oberarmen fest, einer links, einer rechts. Dass dies keine galante Hilfeleistung zweier Gentlemen ist, verrät das Aussehen der beiden Herren: In ihren eleganten Anzügen, mit dem streng zurückgekämmten Haar, den grimmigen Gesichtern und den dunklen Sonnenbrillen könnten sie direkt einem James-Bond-Film entsprungen sein. Die Frage ist bloß, ob sie auf der Seite der Guten oder der Bösen stehen, Polizei oder Mafia, überlegt Milla. Oder eher die Camorra, wenn der Blogger aus Neapel stammt. Die Frau trägt einen fast kindlich anmutenden, hellen Rock mit feinen Rüschen, fast die Hälfte ihres Gesichts ist hinter einer riesigen Sonnenbrille verborgen, schwarze, viereckige Gläser, so wie sie jetzt gerade wieder in Mode sind. Hohe Wangenknochen, das spitze Kinn leicht in die Höhe gereckt. Die Frau strahlt Selbstbewusstsein aus, Stolz, als würde sie über einen roten Teppich schreiten und nicht von der Polizei abgeführt werden. Links im Vordergrund ist zu erkennen, dass neben der Person, die die Aufnahme gemacht hat, ein weiterer Fotograf sein Objektiv auf die Ankommende gerichtet hat. Unter dem Bild fehlt eine Legende, erst als sich Milla durch den Text liest, wird ihr klar, in welcher Situation es aufgenommen worden ist. Obwohl Esmeralda tatsächlich von zwei Polizisten festgehalten wird, ist es doch ein Moment des Sieges für die Terroristin: Der Moment, in dem sie italienischen Boden betrat und der Schweizer Justiz entkommen war.

Gemäß dem italienischen Blogger war Esmeralda die Anführerin der Anarchisten-Bande *Gruppe Bertastrasse*, die sich so nannte, weil sie sich an der Zürcher Bertastrasse in einer besetzten Liegenschaft niedergelassen hatte. Zwischenzeitlich soll die Bande bis zu fünfzehn Mitglieder gezählt haben. Sie waren in den Siebzigerjahren nicht nur Anhänger, sondern auch tatkräftige Unterstützer der deutschen RAF: Sie stahlen in großen Mengen Waffen und Munition aus Schweizer Militärdepots und legten dabei eine besondere Vorliebe für Minen und Handgranaten an den Tag. Die Beute verteilten sie an ihre Gesinnungsgenossen in Deutschland und Italien, also an die RAF und an die Roten Brigaden. Jahrelang blieben die kriminellen Machenschaften der Gruppe Bertastrasse unentdeckt – bis Esmeralda und ihre Komplizen aufflogen: Um sich Geld zu beschaffen, überfielen sie 1980 eine Bankfiliale in Zürich. Doch der Raub lief aus dem Ruder; die Täter und ihre Chefin mussten ohne das Geld fliehen, auf der Flucht erschossen sie einen Polizisten und eine unbeteiligte Passantin. Fast alle wurden später gestellt und verhaftet. Esmeralda Esposito trat in Untersuchungshaft drei Mal in den Hungerstreik, um gegen die Haftbedingungen und für ihre Auslieferung zu protestieren. Einmal unternahm sie einen Fluchtversuch, der vereitelt wurde. Doch dann, die Wende: Nach zehn Monaten und noch vor einem ordentlichen Gerichtsverfahren wurde ihre Auslieferung nach Italien bewilligt. Die Schwarz-Weiß-Fotografie muss ihre Ankunft in ihrer zweiten Heimat zeigen. Kurz darauf kam sie frei, ein Jahr nach ihrer Freilassung wurde sie von einem neapolitanischen Gericht aus Mangel an Beweisen freigesprochen. Drei ihrer Komplizen hingegen wurden in der Schweiz zu hohen Gefängnisstrafen verurteilt.

Milla fragt sich, welche politischen Spielchen wohl hinter der Auslieferung der gefährlichen Terroristin standen, die vom Nachbarstaat dann flugs freigelassen und kurz darauf von jeglicher Schuld freigesprochen worden ist. Andere Zeiten, denkt Milla, nur um sich selbst in der gleichen Sekunde zu korrigieren; sie ist nicht überzeugt, ob sich Ähnliches heute nicht wiederholen könnte.

Milla klickt den nächsten Beitrag des Bloggers zum gleichen Thema an, der aber viel älter ist. Er dreht sich um Sprengstoffanschläge in Italien, hinter denen ebenfalls Esmeralda als Drahtzieherin vermutet wird. Ein weiterer Artikel berichtet über das Gerücht, dass Esmeralda schwanger war, als sie festgenommen wurde, das Kind aber – womöglich wegen ihrer Hungerstreiks – verloren habe. Milla schließt die Augen. Der eigene Schmerz überrollt sie, zerdrückt ihr Herz und ihre Seele, Tränen schießen ihr in die Augen. Sie wischt sie energisch weg.

Die Artikel lassen Milla ratlos zurück. Das Gefühl vom Vortag, die kribbelnde Ahnung, dass sie auf eine Geschichte gestoßen sein könnte, ist noch nicht verflogen. Nur ist Milla völlig schleierhaft, was das Ganze mit Nathaniel zu tun haben soll. Eine mittlerweile über sechzigjährige, ehemalige Terroristin, von der nichts mehr zu hören war, seit sie vor vierzig Jahren an Italien ausgeliefert wurde? Milla wird sich die Polizeiakten anschauen, von denen Nathaniel erzählt hat. Lieber früher als später. Sie schickt Nathaniel eine Sprachnachricht und kündigt ihm an, dass sie am Nachmittag in Bern sein wird – dann kann sie erst die Akten einsehen, anschließend bei ihrer Mutter vorbeischauen und am Abend Sandro bekochen, um sich für gestern zu revanchieren. Oder eher: Ihn zum Essen ausführen, denn das mit dem selber Kochen ist so eine Sache, die Milla einfach nicht richtig in den Griff kriegt.

Bevor sie sich weitere Gedanken über die Nahrungsaufnahme macht, sucht Milla im Internet nach dem Banküberfall, den Esmeralda Esposito in der Schweiz begangen haben soll und bei dem es zwei Todesopfer gegeben hat. Sie findet sofort, wonach sie sucht, und ist überrascht, dass sie tatsächlich noch nie davon gehört hat. An einem verregneten Herbstmorgen im Jahr 1980 wollte Esmeralda mit drei Kumpanen der Gruppe Bertastrasse die Schweizerische Volksbank überfallen. Gemäß einem Artikel in der *Neuen Zürcher Zeitung* schien die Polizei gewarnt gewesen zu sein; sie waren bereits vor Ort und konnten den Überfall vereiteln. Dennoch gelang zwei Tätern zunächst die Flucht: Esmeralda und ein Kollege konnten mit Fahrrädern Richtung Bahnhof entkommen. Dort wurden sie von zwei Polizisten erkannt. Als sie die Waffen zogen, schossen die Terroristen zurück. Einer der Polizisten starb im Kugelhagel, der zweite wurde schwer verletzt. Auch eine unbeteiligte Passantin wurde von einem Querschläger tödlich getroffen. Esmeralda Esposito konnte kurz darauf in der Zürcher Altstadt festgenommen werden. Ihr Komplize entkam und tauchte unter.

Wildwest in Zürich, denkt Milla, als sie den Artikel zu Ende gelesen hat. Sie kennt die Geschichte der RAF in Deutschland, aber es war ihr nicht bewusst, dass der Linksterrorismus Ende der Siebziger-, Anfang der Achtzigerjahre bis in die Schweiz übergegriffen hatte. Doch auch der Artikel über den Raubüberfall bringt Milla keine Klarheit, wie die Geschichte mit Nathaniels Vater zusammenhängen könnte. Vielleicht hatte der andere Mann namens Andreas Brenner eine Verbindung zu der linksextremen Szene? Oder womöglich doch Nathaniels Vater?

Milla will den Artikel über den Zürcher Banküberfall gerade wegklicken, da fällt ihr Blick auf das Kürzel, das unten am Text in kursiver Schrift geschrieben steht: *pdl.*

»Pdl«, flüstert Milla.

Iggy auf ihrem Schoß spitzt die Ohren. In der nächsten Sekunde sucht Milla nach der Nummer der *Neuen Zürcher Zeitung*, greift zum Handy und wählt.

»Guten Tag, hier ist Milla Nova von der Sendung *Wochenthemen* des Schweizer Fernsehens«, sagt sie, nachdem ein Mann von der Telefonzentrale sie begrüßt hat. »Könnten Sie mir einen Gefallen tun?«

»Das kommt ganz darauf an, worum es geht.«

»Es geht um einen Journalisten, der 1980 unter dem Kürzel pdl für Sie geschrieben hat. Könnten Sie mir sagen, wie er mit vollem Namen heißt?«

»Das ist kein Problem, Moment, das kann ich im System gleich nachschlagen.«

Es klickt in der Leitung, dann erklingt Musik. Milla hasst Warteschleifen. Doch kurz darauf ist der Mann wieder am Apparat. Milla hält den Atem an, obwohl sie die Antwort schon kennt.

»Es handelt sich bei dem Journalisten um Paul Dunkel. Das Kürzel steht für Paul Dunkel, Langenthal. Kontaktangaben darf ich Ihnen allerdings keine geben.«

Das, denkt Milla, ist auch gar nicht mehr nötig.

29

Felix Winter sitzt an seinem Arbeitstisch und starrt auf seine Hände. Noch ist er der Einzige im Büro. Von der Jugendmannschaft, wie er seine Kolleginnen und Kollegen nennt, fehlt noch jedes Lebenszeichen. Anders als er selbst haben sie den Begriff *senile Bettflucht* noch nicht in ihren aktiven Wortschatz aufgenommen. Außer vielleicht die Rechtsmedizinerin Irena, aber ihre Bettflucht hat nichts mit dem Alter zu tun. Sie scheint überhaupt keinen Schlaf zu brauchen und rund um die Uhr mit Arbeit befasst zu sein. Auf jeden Fall hat sie ihn heut früh schon um Viertel nach sieben angerufen. Dabei hätte er den Befund, den sie ihm mitteilte, lieber erst nach dem Kaffee und dem Frühstück erhalten. Aber irgendwie ist es mit schlechten Nachrichten immer das Gleiche; sie kommen dann, wenn man sie am wenigsten gebrauchen kann.

Das Ergebnis des toxikologischen Instituts ist eindeutig: Im Blut von Aaron Trachsel wurden Spuren von Colchicin gefunden, das Gift der Herbstzeitlosen. Von jener Pflanze also, die im Buch von Margret Nova beschrieben ist. Auf jener Seite, bei der das Lesezeichen steckte und deren Text mit einem Leuchtstift markiert war. Im Buch, das seine Kollegin in der blitzblank gescheuerten Wohnung gefunden hat, aus der der Bestatter Abgottspon die Leiche Trachsels heimlich entsorgen wollte.

Man braucht keine fünfunddreißig Jahre Erfahrung bei der Polizei, um zu wissen, was als Nächstes zu tun ist. Trotzdem zögert Felix Winter. Noch immer starrt er auf seine Hände, wendet sie, schaut auf die Handflächen, dreht sie zurück, legt sie flach auf den Tisch.

Margret Nova.

Millas Mutter.

Ausgerechnet.

Die Fast-Schon-Schwiegermutter seines Chefs steht unter Verdacht, den Nationalratspräsidenten getötet zu haben.

Mit einem Ruck nimmt Felix die Hände vom Tisch und fährt sich mit der einen durch die Haare, die noch übrig geblieben sind. Auf einmal fühlt er sich sehr alt. Es ist langsam an der Zeit, dass das hier vorbei ist. Dieser Job, der mehr ist als ein Beruf, der sein Leben ist, und der sein Leben gleichzeitig aussaugt. Und jetzt also noch so ein Schlamassel. Am liebsten würde er sich mit Sandro besprechen. Aber das geht nicht.

»Was ist passiert?«

Felix schreckt hoch, als er Malous Stimme hört. Sie kommt gerade im richtigen Moment. Er löst sich aus seinen Gedanken und berichtet ihr, was er soeben von Irena Jundt erfahren hat.

»Heilige Scheiße!«, ruft Malou laut aus.

»So kann man es auch nennen.«

»Hast du den Durchsuchungsbefehl beantragt? Fahren wir gleich los?«

Felix steht auf. Malou hat völlig recht. Das Problem löst sich nicht in Luft auf, wenn er an seinem Schreibtisch sitzen bleibt. Margret Nova muss vorläufig festgenommen werden, die Spuren, die nach der Putzaktion vielleicht noch übrig sind, müssen gesichert werden – ganz egal, ob die Verdächtige die Mutter von Milla Nova ist oder die Königin von Jordanien. Auch die offizielle Mitteilung an die Presse muss formuliert werden – noch ist nicht einmal öffentlich, dass Aaron Trachsel tot ist.

»Ich rufe gleich Staatsanwalt Lopez an. Der ist fix, in einer halben Stunde werden wir den Durchsuchungsbefehl haben. In der Zwischenzeit weise ich den Pressesprecher an, was er preisgeben darf, und dann …«

»… statten wir Margret Nova noch einmal einen Besuch ab.«

Während Felix Winter auf der Polizeizentrale im Osten der Stadt Bern alles in Bewegung setzt, um die Wohnung von Margret Nova spurentechnisch zu untersuchen und die ältere Dame auch gleich festzunehmen, klingelt Milla Nova im Westen der Stadt Bern bei einer anderen alten Frau an der Tür. Milla hat mit Nathaniel vereinbart, dass sie sich direkt bei Veronika treffen, damit sie sich die zensierten Akten anschauen kann. Nathaniel scheint von der Angst besessen zu sein, die Akten zu verlieren, und hat sie darum Veronika anvertraut; Milla versteht zwar nicht genau, warum sich Nathaniel solche Sorgen macht, es muss wohl etwas mit seiner Blindheit zu tun haben.

Der Summer ertönt. Noch während Milla die Stufen hochsteigt, öffnet sich über ihr die Wohnungstür, und der Duft von frischen Brötchen weht ihr entgegen. Sie will gerade Veronika begrüßen, da prescht hinter der kleinen Frau Alisha hervor und springt an Milla hoch, um sich gleich wieder auf den Boden zu ducken, sich um sich selbst zu drehen und erneut an Milla hochzuspringen, während sie gleichzeitig in ein Freudengeheul ausbricht, das es mit jedem Sirenenalarm aufnehmen kann.

Erst als sich Alisha beruhigt hat, kann Milla Veronika und Nathaniel begrüßen. Als sie das Wohnzimmer betritt, ist schnell klar, dass es hier nicht in erster Linie um ein freundschaftliches Wiedersehen geht, sondern um Arbeit: Zwar stehen auf dem kleinen Salontisch frische Brötchen und selbst gemachte Marmelade, auf dem Esstisch hingegen befinden sich Stapel von Papieren, säuberlich sortiert und bereit, von ihr begutachtet zu werden.

Doch bevor sie sich die Akten ansieht, die der verstorbene Journalist Paul Dunkel hinterlassen hat, erzählt sie Veronika und Nathaniel, was sie über die Terroristin Esmeralda Esposito herausgefunden hat, über den Banküberfall, der ihrer Karriere als Terroristin zumindest ein vorläufiges Ende setzte und über den ihnen wohlbekannten NZZ-Journalisten, der damals darüber berichtet hat und dessen Akten nun vor ihnen liegen. Während der Mund von Nathaniel überrascht aufklappt und sich gar nicht mehr schließt, hört Veronika Milla hochkonzentriert und mit ernster Miene zu.

»Es kann nicht sein, dass diese Terroristin etwas mit meinem Vater zu tun hat«, sagt Nathaniel, als Milla ihren Bericht beendet hat. »Es ist einfach ein blöder Zufall, dass dieser andere Mann genau den gleichen Namen trug wie mein Vater.«

»Aber es war schon damals Paul Dunkel, der über den Banküberfall und die Terroristin schrieb. Vielleicht wusste er mehr, als er berichten konnte«, wirft Veronika ein.

»Lasst uns seine Akten durchgehen, vielleicht finden wir etwas, das uns weiterhilft«, schlägt Milla vor.

Und das tun sie dann auch. Veronika blättert sich durch die Notizen, die sie bis jetzt noch nicht angeschaut hatten, und lässt gefühlt alle zwei Sekunden einen Kommentar darüber fallen, was sie gerade gelesen hat. Milla hingegen schweigt, während sie sich durch die Unterlagen liest, was wiederum Nathaniel fast in den Wahnsinn treibt und ihn immer wieder nachfragen lässt, ob sie, Milla, auf etwas gestoßen sei. Er ist zur undankbaren Rolle des Unbeteiligten verdammt, obwohl es bei der ganzen Angelegenheit um niemand anderen als um ihn selbst geht.

»Wo sind die Polizeiakten?«, fragt Milla Veronika.

Sie schiebt ihr zwei Kartonmäppchen hin. Milla greift sich das erste und liest die Akten quer. Sie findet keine Widersprüche. Der Abschlussbericht zum Fall ist genauso geschildert, wie Felix Winter Nathaniel die Geschichte erzählt hat: Der an Schizophrenie erkrankte Vater wollte im Wahn seine Familie umbringen, der elfjährige Junge – Nathaniel – versuchte, seine Mutter und seine Schwester zu beschützen, griff zum Messer und fügte seinem Vater tödliche Verletzungen zu. Bevor der Vater verblutete, schoss er seinem eigenen Sohn in den Kopf, der den Angriff schwer verletzt überlebte, aber dabei sein Augenlicht verlor. Milla schiebt die Unterlagen zurück in die Kartonmappe und öffnet die nächste. Diese Akten sehen ganz anders aus: Auf den Blättern gibt es mehr schwarze Zensurbalken als Buchstaben. Etliche Seiten sind vollständig geschwärzt.

»Sehr eigenartig«, murmelt Milla.

»Was ist sehr eigenartig?«, will Nathaniel wissen.

»Ich verstehe nicht, warum die Akten zensiert sind. Es kommt vor, dass Akten zensiert werden, wenn sie an Journalisten herausgegeben werden, dann sind einzelne Namen gestrichen, womöglich Adressen oder ähnliche Angaben – aber diese Akten hier … da ist fast alles durchgestrichen. Zusätzlich sind sie mit dem Stempel *geheim* versehen. Das macht bei einem Delikt wie diesem gar keinen Sinn.«

»Gibt es keine Möglichkeit, wie du die durchgestrichenen Abschnitte wieder lesbar machen könntest?«

»Leider nein.«

Milla schaut sich die Kopfzeilen auf den Papieren genauer an.

»Was ist denn das?«, murmelt sie.

»Was?« Nathaniel steht auf. Es ist nicht auszuhalten, tatenlos danebenzusitzen.

»Der geheime Bericht stammt nicht von der Kantonspolizei«, stellt Milla fest.

»Von wem dann?«, fragt Veronika.

»Von der Bundespolizei.«

»Das bedeutet?«

»Dass es hier um eine nationale Angelegenheit geht.«

»Ein Familiendrama ist doch keine nationale Angelegenheit«, widerspricht Nathaniel.

»Nein, das ist es nicht.« Nachdenklich studiert Milla die Papiere. »Terrorismus hingegen schon.«

»Ich verstehe nicht«, sagt Nathaniel.

»Ich auch nicht«, meint Veronika.

»Ich ebenso wenig«, gibt Milla zu.

»Was machen wir jetzt?«, fragt Veronika.

»Ich schlage vor, wir machen uns auf die Suche nach jemandem, der Esmeralda kannte und der uns vielleicht erklären kann, wie die Dinge zusammenhängen.« Milla greift zu ihrem Notizheft und schlägt es auf.

»Wen meinst du?« Veronika klingt skeptisch.

»Rechtsanwalt Claude Vogelsang. Er hat Esmeralda damals nach dem Banküberfall verteidigt. Vielleicht kann er uns weiterhelfen. Falls er noch am Leben ist.«

Während Milla das Internet nach einem gewissen Claude Vogelsang durchstöbert, sitzt ihre Mutter Margret zwei Kilometer weiter südlich im Café Fédéral und trinkt einen Kaffee Melange. Hier hat sie Ronnie kennengelernt. Hier fühlt sie sich ihm noch immer nahe. Hier will sie von ihm Abschied nehmen. Denn der Beerdigung wird sie nicht beiwohnen; sie will seiner Familie nicht begegnen.

Margret hat sich an den Tisch gesetzt, an dem sie gesessen hatte, als Ronnie sie das erste Mal angesprochen hat. An dem sie sich manchmal morgens zum Kaffee getroffen haben, wenn er nicht genug Zeit freischaufeln konnte für einen Besuch. Sie hat drei rote Rosenblüten mitgebracht und drapiert sie behutsam um den Ständer herum, in dem die Eiskarte steckt.

»Danke Ronnie«, flüstert sie leise, fast so, als säße er ihr gegenüber und als wollte sie ihm ein Geheimnis verraten, das niemand anderes hören sollte. »Danke für alles, für deine Zeit, für dein Lachen, für deine Liebe, für deine Leidenschaft, danke für deinen Charme und für die gemeinsamen Stunden.«

Margret entfährt ein Seufzer, der Frau Flückiger zu ihr hinüberblicken lässt. Die Chefin hier, die alle Jobs auf einmal ausführt, ist nicht viel jünger als Margret selbst, und obwohl sie sich schon so oft begegnet sind, weiß Margret nichts Persönliches über die Frau. Sie nickt ihr kurz zu, um zu signalisieren, dass alles in Ordnung ist. Margret fragt sich, ob Frau Flückiger wusste, dass sie und Ronnie mehr als nur befreundet waren. Wahrscheinlich schon. Ihre Erfahrung und ihre weibliche Intuition haben sie wohl die richtigen Schlüsse ziehen lassen. Aber nie hätte sie sich zu einer Bemerkung oder gar zu einem moralischen Urteil herabgelassen. Sie muss schon vieles beobachtet haben in ihrer Gaststube, in der die gesamte Bundespolitik ein und aus geht. Wahrscheinlich ist Frau Flückiger die größte Geheimnishüterin der Schweiz.

Margret legt ihre Unterarme auf den Tisch, faltet die Hände und stellt sich vor, wie Ronnies Hände die ihren umschließen würden.

»Mach's gut Ronnie, wo auch immer du jetzt bist.«

Margret rückt die dritte Rose ein bisschen nach rechts. Dann steht sie auf und verlässt das Café, ohne einen Blick zurückzuwerfen. Sie sieht nicht mehr, wie Frau Flückiger die Rosen einsammelt und sie in ein Wasserschälchen legt.

Margret geht zu Fuß nach Hause. Je länger sie unterwegs ist, desto besser fühlt sie sich. Der Schmerz ist noch da, er wird ihr eine Weile treu bleiben, doch das kleine, persönliche Abschiedsritual hat ihr gutgetan und ihr Herz etwas leichter werden lassen. Sie spaziert durch den Monbijoupark, vorbei an der Parkbank, nicht ahnend, dass ihr Bruder Balthasar gegenüber der Polizei behauptet hat, den toten Ronnie genau dort gefunden zu haben. Als sie zu Hause die Tür öffnet, realisiert Margret Nova, dass sie ein Lied pfeift, irgendeine italienische Schnulze mit eingängiger Melodie, von der sie weder den Titel noch den Text noch den Interpreten kennt. Fast schuldbewusst bricht sie mitten im Takt ab. Fröhlich pfeifen geht nicht, wenn man gerade den Liebsten verloren hat. Doch nur wenige Sekunden später setzt sie im Refrain wieder ein. Warum eigentlich nicht?, denkt sie. Ronnie würde sich nicht wünschen, dass sie fortan mit griesgrämigem Gesicht traurig durchs Leben geht.

Als sie ihre Wohnung betritt, fällt Margret auf, wie dunkel es ist. Sie begibt sich in die Küche und kurbelt die

Jalousie hoch, um das Licht hereinzulassen. Es gibt nichts mehr zu verstecken. Sie muss sich vor keinen Blicken mehr fürchten. Als sich Margret gerade an den Küchentisch setzen will, klingelt es an der Tür. Sie erstarrt. Ohne zu wissen warum, hat sie plötzlich unsägliche Angst.

30

Das Haus im Berner Länggassquartier hat schon bessere Zeiten gesehen. Die Farbe an den Fensterläden ist abgeblättert, die Fassade wirkt brüchig und scheint einzig durch das Pflanzengeflecht des Efeus zusammengehalten zu werden, welches das gesamte Haus überwuchert.

»Vier Stufen«, sagt Milla automatisch zu Nathaniel, obwohl er sich von Alisha führen lässt, die ihm das Treppenende anzeigt. Dann stehen sie vor der Eingangstür.

Claude Vogelsang war einfach zu finden: Sein Name und seine Nummer standen im elektronischen Telefonbuch. Als sie ihn anrief, genügte ein Stichwort – *Esmeralda* –, und er bat sie, persönlich vorbeizukommen, in seine Kanzlei, obwohl er nach Millas Schätzung seit mindestens zehn Jahren pensioniert sein muss. Offensichtlich ist er einer jener Anwälte, die die Arbeit nie loslassen – oder die Arbeit nicht als Arbeit empfinden und einfach immer weitermachen, bis sie tot umfallen.

Veronika wollte Nathaniel und Milla nicht begleiten, sie sagte, sie habe keine Zeit und müsse dringend einiges erledigen. Das kommt Milla gelegen, sie ist froh, dass Claude Vogelsang sie überhaupt empfängt, und sie will ihn nicht mit einer noch größeren Entourage überfallen. Schon so geben sie und Nathaniel mitsamt Alisha ein ungewöhnliches Bild ab – auf die über achtzigjährige

Veronika im Schlepptau kann Milla heute gerne verzichten.

Anwaltskanzlei Claude Vogelsang steht neben der obersten Klingel. Der Name ist auf ein goldenes Plättchen graviert. Das ist aber auch das Einzige, was hier glänzt. Milla drückt auf den Klingelknopf. Nichts passiert. Kein Summton erklingt. Wahrscheinlich ist das Haus nicht mit einem elektrischen Türöffner ausgestattet. Sie horcht, ob sie drinnen Schritte auf der Treppe hört. Fehlanzeige. Also drückt sie sanft gegen die Holztür. Nicht abgeschlossen.

»Wir können rein«, sagt Milla zu Nathaniel, Alisha setzt sich automatisch in Bewegung.

Die Stufen knarren und ächzen unter ihren Schritten. Hier kann sich niemand unbemerkt anschleichen. Als sie im obersten Stockwerk ankommen, sieht es aus, als befänden sie sich bereits auf dem Dachboden Es gibt bloß eine einzige Tür und die ist nur angelehnt.

»Herr Vogelsang?«, fragt Milla vorsichtig.

»Kommen Sie rein!«, ruft eine tiefe, kräftige Stimme. Sie passt ganz und gar nicht zu dem Mann, der sie hinter der Tür in der kleinen Kammer erwartet.

Das Büro des Rechtsanwalts hat wahrscheinlich wirklich mal als Dachstuhl gedient. Er hat sich darin einen kleinen Arbeitsraum eingerichtet: ein Tisch, ein Stuhl dahinter, zwei Stühle davor, ein Schrank. An der Wand hängt ein Schwarz-Weiß-Porträt von Che Guevara. Auf dem Schrank verstaubt ein kleines, ausgestopftes Krokodil mit aufgesperrtem Rachen. Milla würde gerne die Geschichte kennen, die hinter diesem exotischen Souvenir steckt.

Claude Vogelsang erhebt sich und begrüßt Milla und Nathaniel mit einem Nicken, das fast schon an eine japanische Verbeugung erinnert. Er ist extrem groß gewachsen und extrem dünn, Milla ist überrascht, dass er sich aufrecht auf den Beinen halten kann und nicht einfach umknickt. Sein schlohweißes Haar ist lang und wallend, die buschigen Augenbrauen dunkel und widerspenstig, und sein Blick kritisch lauernd, als sei er sich nicht sicher, ob der Besuch eher als Freund oder als Feind einzustufen sei oder irgendwo dazwischen.

»Ein Hund!« Vogelsangs Ausruf ist anzuhören, dass er kein Tierfreund ist. Doch im nächsten Moment fällt sein Blick auf Nathaniel, und das bringt ihn zum Schweigen. Er mustert Nathaniels Gesicht, das eine Auge, das immer halb geschlossen ist, das zweite, das ins Leere blickt. Milla ist gewohnt, dass die Menschen Nathaniel länger anstarren als andere Personen, wohl auch, weil sie denken, dass er es nicht merkt. Doch Vogelsang fixiert Nathaniel regelrecht.

»Nathaniel Brenner«, stellt Milla ihren Begleiter vor. »Vielen Dank, Herr Vogelsang, dass Sie bereit sind, uns zu empfangen.«

»Gut, gut, nehmen Sie Platz.« Claude Vogelsang wedelt mit der einen Hand Richtung Stühle, ohne seinen Blick von Nathaniels Gesicht zu lösen.

»Wir sind hier, weil wir ein paar Fragen zu Esmeralda Esposito haben.«

Erst jetzt sieht Claude Vogelsang Milla an.

»Das ist der Grund, warum ich Sie empfangen habe – es hat sich seit Jahren niemand mehr nach Esmeralda erkundigt. Ich bin neugierig, warum Sie es auf einmal tun.«

»Das hat verschiedene Gründe«, meint Milla unbestimmt.

»Sie müssen mir schon sagen, warum Sie sich für Esmeralda Esposito interessieren, wenn Sie Informationen von mir erwarten.« Erneut wandert Vogelsangs Blick zu Nathaniel.

Milla zögert. Sie behauptet von sich stets, über eine gute Menschenkenntnis zu verfügen, aber bei Vogelsang scheint diese komplett zu versagen. Sie kann den Mann nicht einschätzen. Ein leises Gefühl in ihrem Bauch sagt ihr, dass sie ihm nicht trauen kann. Also beschließt sie, es mit der Wahrheit nicht hundertprozentig exakt zu nehmen.

»Der Vater einer Freundin war Journalist. Leider ist er schon länger tot. Jetzt hat sie das Elternhaus geräumt und ist dabei auf alte Unterlagen über den Fall Esmeralda Esposito gestoßen.«

»Und das ist der Grund, warum Sie sich als Journalistin auf einmal für diese verstaubte Sache interessieren?« Vogelsang klopft mit einem Kugelschreiber auf den Papierblock.

Milla hat ihren Beruf beim Telefonanruf nicht erwähnt. Doch sie hätte wissen müssen, dass der Anwalt ihren Namen googelt, bevor er sich mit ihr unterhält. Sie gibt sich unbeeindruckt.

»Ich bin privat hier, nicht beruflich. Meine Freundin hegt den Verdacht, dass ihr Vater damals nahe dran war, einen Skandal aufzudecken. Doch er ist nicht mehr dazu gekommen.«

»Einen Skandal?«

»Sie glaubt, dass die Polizei etwas vertuscht hat.«

Ein bitteres Lachen gurgelt Vogelsangs Kehle hoch. »Die Polizei hat zu dieser Zeit mehr als nur etwas vertuscht.«

»Wie meinen Sie das?«

»Sie sind zu jung, um das zu verstehen. Der Polizei war früher nicht zu trauen – und ist es bis heute nicht immer. Damals wären auch Sie als Journalistin flugs in der Kartei der Fichenpolizei gelandet. Über eine halbe Million unbescholtene Bürger hat die Regierung damals bespitzelt. Sie sollten mal meine Akte sehen! Jedes Telefonat, das ich anno dazumal geführt habe, wurde heimlich mitgelauscht und protokolliert. Auch im Alltag haben sie mich beobachtet. Sie wussten sogar, wann und wo ich meine Unterwäsche gekauft habe. Da war noch nichts mit Öffentlichkeitsgesetz und Kommunikationsabteilungen und so – die Polizei machte, was sie wollte, für sie galten keine Gesetze. Den staatlichen Schnüfflern hat niemand auf die Finger geschaut. Und wer es doch tat, wurde zum Schweigen gebracht. Ich denke, der Journalist, über den wir hier reden, heißt Paul Dunkel, richtig? Allerdings hatte er keine Tochter …«

Mist, denkt Milla. Sie hat den alten Anwalt unterschätzt. Aber er kennt den Namen Paul Dunkel, was ihr beweist, dass sie vielleicht doch auf der richtigen Fährte sind.

»Sie kannten Paul Dunkel!«

»Nein, ich kannte ihn nicht. Aber ich weiß, dass er Esmeralda nachspioniert hat.«

»Und zu Tode gekommen ist.«

»Angeblich ein Suizid.«

»War es ein Suizid?«

Claude Vogelsang zuckt mit den Schultern. Auf einmal sieht er sehr müde aus, alt, älter als noch vor zehn Minuten, als sie das Zimmer betreten haben.

»Was weiß ich. Sie haben die Recherche-Unterlagen von Paul Dunkel gesichtet?« Vogelsang klingt jetzt ehrlich interessiert.

»Ja.«

»Warum denken Sie, dass die Polizei etwas vertuscht hat?«

»Es geht dabei eigentlich um einen anderen Fall, nicht um Esmeralda. Sofern die Geschichten nicht zusammenhängen.«

»Um welchen Fall?«

»Um Andreas Brenner.«

Milla konzentriert sich auf Claude Vogelsangs Augen, versucht zu erkennen, ob sich eine Reaktion darin spiegelt. Doch da ist nichts.

»Um meinen Vater.«

Nathaniel hat bis jetzt geschwiegen. Seine drei ersten Worte lösen bei Vogelsang etwas aus. Milla sieht, dass sein Augenlid zuckt, sein Blick fliegt zurück zu Nathaniel.

»Was ist mit Andreas Brenner?«

Nathaniel will gerade das Wort ergreifen, doch Milla kommt ihm zuvor.

»Es kommt darauf an, welchen Andreas Brenner Sie meinen.«

»Sie verwirren mich.« Claude Vogelsang schüttelt irritiert den Kopf. »Können wir jetzt endlich Klartext reden?«

»Es ist so.« Milla glaubt, dass sie nichts zu verlieren haben, wenn sie die Geschichte offenlegen. »Wir sind im Besitz der Unterlagen von Paul Dunkel, weil Nathaniel Brenner seinen eigenen Fall aufarbeiten möchte, über den der Journalist geschrieben hat. Nathaniel ist das Opfer einer Familientragödie, sein Vater hat seine Mutter und seine Schwester getötet und ihn selbst schwer verletzt – so die offizielle Version. In den Unterlagen fanden wir geschwärzte Akten der Bundespolizei zu diesem Tötungsdelikt – sowie die Todesanzeige eines Andreas Brenners, der den Namen von Nathaniels Vater trägt, aber nicht Nathaniels Vater war. Die Witwe dieses anderen Andreas Brenners erzählte Nathaniel, dass er nicht der Erste ist, der sich nach ihrem toten Mann erkundigte. Dass sie vor Jahren überfallen wurde von jemandem, der auf der Suche nach einem anderen Andreas Brenner war. Und dass es sich bei der Frau, die sie überfallen und die sogar auf sie geschossen hat, um Esmeralda Esposito gehandelt haben könnte. Ihre Klientin. Darum sind wir hier.«

»Ex-Klientin«, korrigiert Claude Vogelsang. »Ex-Klientin. Ich habe seit ewigen Zeiten nichts mehr von ihr gehört.« Ein leises Bedauern liegt in seiner Stimme.

»Könnten Sie uns etwas über Esmeralda erzählen?«, fragt Nathaniel.

Als hätte er damit einen Schalter umgestellt, beginnt Claude Vogelsang auf einmal zu berichten. Darüber, dass die Schweiz in den späten Siebziger- und frühen Achtzigerjahren ein wichtiges Rückzugsgebiet für Mitglieder der Roten Armee Fraktion gewesen sei, die hier auf wichtige Sympathisanten zählen konnten. Dass sich die Schweiz für die Links-Terroristen hervorragend zur Waffenbeschaffung geeignet habe – weil ihre Militärdepots ungenügend gesichert waren, weshalb sie teilweise einfach leer geräumt wurden. Vogelsang erzählt, dass damals an der Grenze zwischen der Schweiz und Deutschland Polizeibeamte mit Maschinenpistolen wachten und nach Terroristen Ausschau hielten – ihrer aber nicht habhaft wurden, weil diese zu Fuß über die grüne Grenze wanderten, schwer beladen mit Waffen und Munition. »Esmeralda war zwar jung, und schön war sie, das auch, aber sie war ebenso klug und mutig und eisig. Tapfer und kämpferisch wie ein Kerl. Sie war diejenige, die das Sagen hatte, die Chefin.« Claude Vogelsang redet sich in einen Eifer und versucht gar nicht erst, seine Faszination über seine ehemalige Klientin zu verbergen. »Sie kennen die Geschichte? Nein, wie sollten Sie auch, natürlich kennen Sie sie nicht!«

»Die Geschichte mit dem Banküberfall?«

»Nein, nicht das. Das war Pipifatz. Ein dummer Fehler. Esmeralda und ihre Anhänger hatten Größeres vor. Sie wollten den Schah von Persien entführen, hier in der Schweiz! Stellen Sie sich die Schlagzeilen vor, die es gegeben hätte, wenn ihnen das gelungen wäre!«

»Den Schah von Persien?«

»Ja, mit dem Besuch des persischen Diktators in Berlin hat ja alles erst begonnen. Bei der Demonstration gegen den Schah, die sich gegen Diktaturen im Allgemeinen richtete, gegen den Vietnamkrieg und gegen die neuen Notstandsgesetze in Deutschland, wurde der Student Benno Ohnesorg von einem Polizisten erschossen – klingelt da was aus dem Geschichtsunterricht?«

Milla nickt. Natürlich hat sie von den Studentenprotesten Ende der Sechzigerjahre in Deutschland gehört, vom Tod Ohnesorgs, davon, dass sich danach aus der Protestbewegung heraus militante Gruppen bildeten, die RAF und deren kleine Schwester, die Bewegung 2. Juni, benannt nach dem Todestag von Benno Ohnesorg.

»Der Schah hat im Berner Oberland Skiferien gemacht«, fährt Claude Vogelsang fort. »Die Gruppe Bertastrasse hat davon Wind bekommen und ihren großen Coup geplant. Esmeralda und ihre Freunde haben den Schah observiert, um den geeigneten Moment abzuwarten, wann sie ihn entführen könnten. Aber es ist dann nicht mehr dazu gekommen.«

»Weil sie nach dem Banküberfall verhaftet wurden?«

»Ja, das war das Ende der Schweizer Gruppe. Esmeralda, Balz Brecht, Pierre Brugger und Franz Koch wurden verhaftet, danach ist die ganze Gruppe zersplittert, die meisten sind zurück in ihre bürgerlichen Berufe gegangen oder abgetaucht, Patrick Graz, Inge Sommer, Stephan Kühnert und wie sie alle hießen.«

»Stephan?«, fragt Nathaniel. Er hat den Namen schon mal gehört. Angela Brenner hat ihn erwähnt, als sie von dem Überfall erzählte. Einer der Angreifer hatte ihn genannt, als sie ihnen die Fotos ihres verstorbenen Mannes gezeigt hatte. Nathaniel holt sich das Gespräch ins Gedächtnis zurück. *›Das ist nicht Stephan‹, sagte er. Ich erinnere mich ganz genau an den Namen. Nie werde ich ihn vergessen. ›Das ist nicht Stephan.‹* Das waren Angela Brenners Worte.

Claude Vogelsang hält inne, betrachtet Nathaniel mit einem kritischen Blick.

»Ja, und wer sonst noch dazu gehörte. Aber wie gesagt, das ist eine alte Geschichte, Namen tun hier nichts zur Sache, bitte vergessen Sie sie gleich wieder.«

»Warum wurde Esmeralda nach Italien ausgeliefert?«, nimmt Milla den Faden wieder auf.

»Dank mir.« In Vogelsangs Augen blitzt Stolz auf. »Sie müssen wissen: Die Schweiz war damals mit der Situation völlig überfordert. Es gab nicht mal eine geeignete Gefängniszelle für eine Terroristin, sie mussten im Frauengefängnis in Hindelbank erst extra eine bauen, die ausreichend gesichert war.«

Milla kennt das Gefängnis. Sie war schon mal dort.

»Also steckte man sie zunächst in einen Männerknast«, fährt Vogelsang fort. »Die Bedingungen dort waren unmenschlich. Alle zwei Stunden wurde in der Nacht das Licht in ihrer Zelle eingeschaltet. Aus dem Gitterfenster schauen konnte sie auch nicht; das war mit Folie abgedeckt. Sie war total isoliert, hatte keine Zeitungen, kein Radio, keinen Kontakt zur Außenwelt, nur über mich. Aber meine Arbeitsbedingungen waren schikanös. Meine Post wurde geöffnet, ich wurde, wie ich im Nachhinein erfuhr, abgehört und beobachtet. Die Situation war nicht haltbar. Also habe ich alles Mögliche versucht, um Esmeralda da rauszukriegen. Mit der Auslieferung hat es dann dank ihrer doppelten Staatsbürgerschaft geklappt. Es war ein politischer Deal. Mehr darf ich dazu nicht sagen. Darüber wurde Stillschweigen vereinbart.«

»Aber Sie können uns sicher sagen, in welchem Zusammenhang der Name Andreas Brenner mit der ganzen Geschichte steht.«

»Nein.«

Wieder zuckt Vogelsangs Augenlid. Milla sieht ein Flackern in seinen Augen.

»Können Sie nicht, oder wollen Sie nicht?«

»Ich kann nicht.«

Milla weiß, dass Vogelsang mehr sagen könnte, wenn er nur wollte. Sie spürt, dass etwas Unausgesprochenes zwischen ihnen steht, etwas, das Vogelsang unangenehm ist. Gleichzeitig erkennt sie, dass Nachhaken nichts bringen würde.

»Denken Sie, es ist möglich, dass Esmeralda etliche Jahre nach ihrer Auslieferung nach Italien in die Schweiz zurückkehrte, um nach Andreas Brenner zu suchen?«, fragt Milla stattdessen.

»Es war für sie sicher kein Problem, unerkannt ins Land zu reisen, wenn Sie das meinen.«

Es entsteht eine unangenehme Pause. Erneut studiert Vogelsang Nathaniels Gesicht. Seine Gesprächigkeit ist verflogen, jetzt hat Milla das Gefühl, jeden Satz aus ihm herauszerren zu müssen. Doch sie will noch nicht aufgeben.

»In einem Artikel habe ich gelesen, dass Esmeralda schwanger war.«

Claude Vogelsang zögert. So lange, dass Milla nicht mehr mit einer Antwort rechnet.

»Sie hatte einen Schweizer Freund, damals, als sie hier aktiv war«, sagt Claude Vogelsang dann doch. »Und ja, sie war schwanger, als sie ins Gefängnis kam.«

»Sie hat das Kind verloren?«

»Ich weiß nicht, was mit dem Kind passiert ist.« Das Gesicht des Rechtsanwalts sieht auf einmal anders aus, verschlossen und abweisend. »Ich habe Ihnen schon zu viel erzählt. Mehr kann ich Ihnen wirklich nicht sagen.«

Milla hätte noch viele Fragen, doch sie weiß aus Erfahrung, wann keine Antworten mehr zu holen sind. Sie erhebt sich, tippt dabei Nathaniel am Ellenbogen an, sie sieht, dass auch er noch bleiben möchte. Weil all das, was Claude Vogelsang ihnen erzählt hat, sie nicht wirklich weiterbringt. Und weil auch Nathaniel spürt, dass Vogelsang mehr weiß, als er zu sagen bereit ist.

»Nathaniel, wir gehen.«

Alisha steht sofort auf. Nathaniel erhebt sich widerwillig.

»Danke, dass Sie sich die Zeit genommen haben. Und wenn Sie es sich anders überlegen und uns doch noch etwas erzählen möchten ...«

»Ich überlege es mir nicht anders. Passen Sie auf sich auf.«

Vogelsang richtet die Worte eher an Nathaniel als an Milla. Er steht auf und verabschiedet sich mit einem Nicken. Als Milla hinter Nathaniel das Treppenhaus betritt, schließt sie die Tür hinter sich.

Im gleichen Moment vernimmt sie den leisen Ton ihres Handys, der ihr eine Push-Nachricht ankündigt. Obwohl sie einen freien Tag hat, kann die Journalistin in ihr es nicht lassen, sofort das Display anzuklicken.

Eilmeldung, schreibt die Schweizerische Depechenagentur. *Nationalratspräsident Aaron Trachsel ist tot.* Die Nachricht kommt für Milla nicht überraschend. Sie hat den toten Trachsel selbst auf die Transportbare geschoben. Doch der folgende Satz, den sie da liest, nimmt ihr den Atem: *Die Polizei geht von einem Tötungsdelikt aus.*

31

Der Anruf ist gekommen. Eine Stimme aus einem anderen Leben. Sie hat schon lange darauf gewartet und hätte doch nicht gedacht, dass es noch passieren würde. Zu lange her. Wie unwirklich es sich anfühlt. Sie weiß nicht, was sie damit anfangen soll, mag nicht darüber nachdenken, will die Gedanken nicht zulassen, die ihr Kopfschmerzen bereiten. Doch sie lassen sich nicht vertreiben.

Sie sitzt am Fenster, blickt hinab auf die Straße. Regennass. Ein Betttuch hängt vergessen an einer Leine und bewegt sich träge im Wind. Georg Friedrich Händels *Sarabande* tönt durch das Zimmer, die Klänge legen sich wie eine sanfte Umarmung um ihren Körper, die sie nicht verdient hat. Sie schließt die Augen. Eine Träne löst sich und sucht sich einen Weg über die Falten in ihrem Gesicht. Wie leer sie sich fühlt. Wie wenig von diesem Leben geblieben ist.

Sie weiß, sie müsste reagieren, müsste irgendetwas tun jetzt. Aber sie ist so müde. Müde von ihrem Dasein, müde auch von der ständigen Angst, dass dieser Anruf eines Tages kommen könnte. Doch jetzt, wo es so weit ist, ist es ihr auf einmal erschreckend egal.

Nur wundern tut sie sich. Warum auf einmal diese Fragen, warum gerade jetzt? Wer steckt dahinter? Jemand, der sich rächen will? Ist sie in Gefahr? Oder könnte er es sein? Ob er sie sucht?

Sie fragt sich, ob sie Angst hat, horcht in sich hinein. Aber da ist nichts.

Lange hat sie keine Angst gekannt. Doch mittlerweile hat sie mit ihr Bekanntschaft geschlossen. Jetzt sitzt sie neben ihrem Bett, die Angst, jeden Morgen, wenn sie aufwacht und noch nicht weiß, ob sie aufstehen mag oder lieber liegen bleiben will, bis es vorbei ist. Die Angst vor dem Schmerz ist allgegenwärtig, wie auch die Angst vor dem Tod. Nicht, weil sie sich vor dem Sterben fürchtet, obwohl es Grund dafür gäbe. Was sie umtreibt, sind die Gedanken an das Danach. Denn wenn es Himmel und Hölle geben sollte, dann ist klar, wohin ihr Weg führen wird.

Und jetzt: der Anruf. Vielleicht erwartet sie die Hölle schon vor dem Tod.

Auf einen Schlag ist alles wieder da. Die Bilder. Die Gefühle. Die Wut und die Leidenschaft. Der Verlust. Dabei meinte sie, sie habe damit abgeschlossen, die Vergangenheit weggesperrt, als gehöre sie nicht zu ihrem Leben. Doch die Selbstlüge hat nicht länger Bestand.

Sie hebt ihre zittrige Hand, wischt sich die Tränen aus dem Gesicht. Ihre Bewegungen so langsam, als gäbe es sie schon nicht mehr.

Das, was sie tat, ist Teil ihres Lebens. Das was sie war, machte aus ihr, was sie heute ist. Bereuen tut sie es nicht. Vieles war wichtig und nötig, das glaubt sie bis heute. Doch könnte sie noch einmal zurück, würde sie weniger Fehler machen. Sie würde weniger vertrauen. Auch würde sie stärker gegen das Unrecht kämpfen, das ihr angetan worden ist. Gegen die Schande. Über diesen Verlust ist sie nie hinweggekommen. Doch die Wut und die Trauer haben mit den Jahren der Resignation Platz gemacht. Sie mag nicht mehr, ist selbst für Gefühle zu müde. Sie ist leer.

Die Musik verstummt. Der Arm des Plattenspielers surrt zurück an den Ausgangspunkt. Alles ist aus der Zeit gefallen. Um sie herum ist es plötzlich still, als habe die Erde in ihrem endlosen Drehen um die eigene Achse innegehalten, um eine Pause einzulegen. Nur die fallenden Regentropfen beweisen, dass die Welt sich weiterdreht.

Sie weiß, dass sie handeln müsste. Zwar kann sie nicht mehr aufstehen und selbst kämpfen, aber sie hat noch immer Verbindungen. Ihre Macht ist kleiner geworden, aber sie hat sie nicht ganz verloren. Nur ist sie nicht sicher, ob sich der »Effort« noch lohnt. Es fehlt ihr die Kraft dazu und vielleicht auch der Mut. Es hat doch alles keinen Sinn.

Die Stille zerbricht. Sie hört Schritte im Treppenhaus. Ihr Oberkörper erstarrt, während ihre Hände unkontrolliert zu zittern beginnen. Ob sie schon hier sind? Ist es das also gewesen und sieht so das Ende aus? Reglos sitzt sie da und horcht, presst die Hände auf die Stuhllehnen. Das Quietschen einer Tür, ein Stockwerk unter ihr. Stille. Nur ein Nachbar.

Das Zittern wird schwächer, ihr Atem beruhigt sich. Ihr Kopf wiegt so schwer. Sie kann nicht mehr. Sie mag nicht länger wegrennen.

Sollen sie doch kommen.

32

Margret Nova verharrt in der Bewegung, halb stehend und noch nicht ganz sitzend, mit den Händen stützt sie sich schwer auf den Küchentisch. Sie lauscht und fährt erschrocken zusammen, als es ein zweites Mal klingelt, länger und eindringlicher jetzt. Sie richtet sich auf, geht hinüber zur Tür, schiebt das Plättchen vom Guckloch und sieht einen Mann und eine Frau davor stehen. Sie kennt sie. Sie waren schon einmal hier. Die Polizisten.

Margret Nova dreht den Schlüssel im Schloss und öffnet die Tür.

»Guten Tag, Frau Nova, wir kennen uns ja bereits. Felix Winter, Kantonspolizei Bern.«

Er streckt ihr seinen Ausweis hin, doch sie beachtet ihn nicht, es beleidigt sie, dass er denkt, dass sie sich nicht an ihn erinnert. Auch das zweite Papier, das er ihr reicht, schaut Margret Nova nicht genauer an. *Durchsuchungsbeschluss*, das Wort springt ihr ins Auge, weil es fett gedruckt ist. Sie versteht nicht. Doch sie begreift, dass gerade etwas passiert, das nicht gut ist. Sie tritt einen Schritt zurück, um den Mann und die Frau hereinzulassen, sie wehrt sich nicht, weil sie sich doch irgendwie schuldig fühlt. Vielleicht gehört das alles dazu, wenn ein bekannter Politiker stirbt, sie müssen womöglich bloß genauere Ermittlungen vornehmen.

»Wir werden die Wohnung auf Spuren untersuchen, die Spezialisten sind gleich da«, erklärt Felix Winter, und Margret Nova nickt. »Und Sie müssen uns aufs Präsidium begleiten.«

»Warum? Ich habe Ihnen doch schon alles erzählt.«

»Die Ausgangslage hat sich geändert. Wir müssen Ihnen weitere Fragen stellen.«

»Was hat sich geändert?«

»Die rechtsmedizinischen Untersuchungen haben ergeben, dass Aaron Trachsel nicht eines natürlichen Todes gestorben ist.«

»Wie meinen Sie das?«

»Er wurde getötet.«

»Das kann doch gar nicht sein!«

»Aaron Trachsel wurde vergiftet.«

»Sie müssen sich irren, Ronnie hatte einen Herzinfarkt!«

»Die Resultate sind eindeutig. Er wurde mit dem Gift der Pflanze Herbstzeitlose getötet. Aber ich denke, das wissen Sie bereits.«

Margret Nova schüttelt energisch den Kopf. »Warum sollte ich das wissen? Was erzählen Sie da?«

Ihr wird auf einmal schwindlig. Der Boden scheint sich zu bewegen.

»Frau Nova?« Malou Löwenberg tritt einen Schritt auf Margret Nova zu, bereit, sie zu stützen, doch die alte Frau weicht zurück.

»Er wurde wirklich umgebracht?« Margret Novas Stimme ist auf einmal dünn, nur noch ein Faden in der Luft.

»Mit dem Gift jener Blume, die sich in Ihrem Pflanzenbuch findet, auf jener Seite, die Sie mit einem Lesezeichen markiert und deren Text Sie mit Leuchtstift angestrichen hatten.« Felix Winters Stimme hat alle Freundlichkeit verloren.

Margret Nova blickt ihn ausdruckslos an. Sie versteht nicht, wovon er spricht. Er könnte ihr genauso gut etwas über die Invasion von Marsmenschen erzählen, es würde für sie nicht weniger Sinn ergeben.

»Ich weiß nicht, wovon Sie reden.«

»Ihr Pflanzenbuch, das wir letztes Mal mitgenommen haben. Sie haben die Seite mit der Herbstzeitlosen markiert.«

»Habe ich das?«

»Mit dem Gift der Herbstzeitlosen wurde Aaron Trachsel getötet.« Felix Winter spricht langsam, als wäre sein Gegenüber schwer von Begriff.

Margret Nova schüttelt erneut den Kopf. »Ich habe nichts in einem Buch markiert. Ronnie wurde nicht vergiftet. Sie müssen sich irren!«

»Wir irren uns nicht, aber wir fragen uns, ob das alles Zufall ist. Die markierte Seite, das heimliche Wegschaffen der Leiche, das Putzen der Wohnung … Frau Nova, möchten Sie uns nicht etwas sagen?«

»Ich weiß nicht, was ich dazu sagen könnte.«

»Dann müssen wir Sie bitten, mit uns mitzukommen, Frau Nova.«

Die Frau klingt freundlicher als ihr Kollege, Margret Nova ist ihr dankbar dafür. Das alles überfordert sie.

»Sie denken doch nicht etwa, dass *ich* Ronnie vergiftet habe? Er hatte einen Herzinfarkt!«

»Frau Nova, wir müssen in alle Richtungen ermitteln, und wir können nichts ausschließen«, erklärt die Polizistin, deren Name Margret Nova nicht mehr einfallen will. Erneut macht die Frau einen Schritt auf sie zu, legt die

Hand auf ihren Arm. Doch Margret Nova zieht ihn unweigerlich zurück.

»Aber ich habe nichts getan! Wir haben doch nur miteinander geschlafen. Da war kein Gift! Ich …«

In dem Moment klingelt es erneut an der Tür. Die Spurensicherung ist da. Während Felix Winter den Kollegen öffnet und sie anweist, was zu tun ist, wendet sich die Polizistin an Margret Nova.

»Sie kommen nun erst mal mit uns mit. Wir werden Sie auf dem Präsidium befragen. Nehmen Sie Ihre Tasche, packen Sie ein, was Sie dringend brauchen.«

»Bin ich verhaftet?«

»Nein, wir wollen Sie erst befragen, dann sehen wir weiter. Möchten Sie einen Anwalt anrufen?«

»Einen Anwalt? Ich kenne keinen Anwalt.«

»Sie haben das Recht auf einen Anwalt, ich kann Ihnen einen besorgen.«

»Ist das wirklich nötig?«

Die Polizistin blickt sich nach Felix Winter um. Dann sagt sie leise: »Frau Nova, es ist besser, wenn Sie einen Anwalt hinzuziehen. Es sieht nicht gut aus für Sie.«

Während Margret Nova auf dem Rücksitz eines zivilen Einsatzwagens quer durch die Stadt Bern gefahren wird und nicht begreift, was ihr gerade widerfährt, klingelt in ihrer Wohnung das Telefon.

»Mist«, sagt Milla. »Sie geht nicht ran.«

In groben Zügen hat Milla Nathaniel erzählt, was mit Aaron Trachsel passiert ist – in so groben Zügen, dass sie die Sexszene unerwähnt ließ. Sie sagte einzig, dass Trachsel während eines Besuchs bei ihrer Mutter gestorben sei und dass die Polizei gerade vermeldet habe, dass es sich nicht um einen natürlichen Todesfall, sondern um ein Tötungsdelikt gehandelt haben soll.

»Denkst du, sie ist verhaftet worden?«, fragt Nathaniel.

»Meine Mutter ist doch nicht verhaftet worden, sie hat den Kerl schließlich nicht umgebracht!«

»Aber sagtest du nicht, er sei bei ihr gestorben und die Polizei sagt, er sei getötet worden? Dann muss sie doch verdächtig sein.«

Milla blickt Nathaniel erschrocken an. Sofort kommt ihr wieder der scharfe Geruch nach Putzmittel in den Sinn, als ihre Mutter sie bei sich zu Hause empfangen hat, wie sie da stand in den Gummihandschuhen und die ganze Wohnung blitzblank gescheuert hatte – bevor sie sie um Hilfe bat, um die Leiche heimlich aus ihrem Schlafzimmer zu schaffen. Sie hat doch nicht etwa …

»Ich muss zu ihr fahren«, sagt Milla entschlossen. »Es liegt auf unserem Weg.«

»Natürlich.« Nathaniel ist sich nicht sicher, ob er alles richtig verstanden hat, aber das spielt keine Rolle jetzt. »Ich komme mit.«

Milla schließt den Smart auf, den sie bei der Car-Sharing-Gesellschaft Mobility gemietet hat. Sie nimmt immer den kleinsten Wagen und hat völlig vergessen, dass Nathaniel stets mit Hund unterwegs ist. Alisha kann sich nur mit Mühe hinten reinquetschen und blickt Milla unglücklich an.

»Sorry, Alisha!« Milla öffnet auch Nathaniel die Tür, bevor sie selbst einsteigt.

»Vielleicht ist alles in Ordnung, womöglich ist deine Mutter einfach nur rasch einkaufen gegangen«, versucht Nathaniel Milla zu beruhigen. Was ihm offensichtlich nicht gelingt: Milla startet mit quietschenden Reifen, sodass Nathaniel in den Sitz und Alisha gegen die Kofferraumklappe gedrückt wird.

Als sie zwanzig Minuten später beim Wohnblock von Margret Nova vorfahren, sieht Milla die Kastenwagen schon von Weitem. Sie weiß in der gleichen Sekunde, was Sache ist: die Spurensicherung. Mit diesem Aufgebot rückt die Polizei an, wenn es darum geht, einen Tatort zu sichern. Milla friert plötzlich ganz schrecklich, während ihr gleichzeitig der Schweiß ausbricht. Obwohl sie kein Wort sagt, spürt Nathaniel sofort, dass etwas nicht stimmt.

»Was ist los?«

Milla schweigt.

»Was hast du? Sprich mit mir!«

»Die Spurensicherung ist in Mutters Wohnung.«

»Sie verdächtigen sie also doch. Lass uns zu ihr gehen.«

Wenige Augenblicke später ist den beiden klar, dass das nicht möglich ist: Die Polizei lässt sie nicht eintreten. Als sich Milla gegenüber dem Mann, der an der Tür als Wachposten abgestellt worden ist, als Margret Novas Tochter ausweist, reicht er ihr eine Karte mit einer Nummer, an die sie sich wenden könne. Im Moment, meint der Polizist, befinde sich die Mutter auf dem Präsidium und werde befragt. Mehr ist aus dem Mann nicht herauszukriegen.

Milla greift zum Telefon, doch sie wählt nicht die Nummer, die der Polizist ihr gegeben hat. Stattdessen ruft sie Sandro an, der sich zu ihrer Überraschung sofort meldet.

»Was habt ihr mit meiner Mutter gemacht?« Milla spart sich die Begrüßung.

»Langsam, langsam, was ist los?«, fragt Sandro zurück.

»Das möchte ich von dir wissen! Die Spurensicherung ist in ihrer Wohnung, die Polizei hat sie festgenommen.

Kannst du mir bitte erklären, was das soll? Ich will wissen, was hier passiert!« Millas Stimme bricht. Sie hat sich nicht unter Kontrolle.

»Milla, beruhige dich. Ich kann dir keine Antwort geben, ich habe dir ja gesagt, dass ich den Fall abgegeben habe. Ich bin nicht informiert. Aber ich werde mich nach dem Stand der Dinge erkundigen.«

»Dann mach mal.« Verärgert klickt Milla den Anruf weg. »Der Stand der Dinge«, sagt sie genervt an Nathaniel gerichtet. »Er will sich nach dem ›Stand der Dinge‹ erkundigen.«

Sie will das Smartphone gerade wegstecken, da beginnt es in ihrer Hand zu vibrieren. Eine fremde Nummer, doch Milla erkennt an den ersten vier Ziffern, dass es ein Anruf aus der Polizeizentrale sein muss. Sie geht sofort ran.

»Milla!« Es ist ihre Mutter. »Stell dir vor, was passiert ist: Die Polizei hat mich festgenommen. Sie sagen, ich müsse hierbleiben. Sie sagen, ich dürfe nur diesen einen Anruf machen und dass ich einen Anwalt brauche. Ich weiß nicht, was ich tun soll.«

Milla hört, dass ihre Mutter beinahe zu weinen beginnt, was ihr unweigerlich selbst die Tränen in die Augen treibt.

»Mama, beruhige dich, ich kümmere mich drum. Ich hole dich da raus.«

33

Balz Brecht, Pierre Brugger, Franz Koch, Patrick Graz, Inge Sommer, Stephan Kühnert: Das sind die Namen, die Milla und Nathaniel gleich wieder vergessen sollten, ginge es nach Claude Vogelsang, dem Rechtsanwalt der Terroristen. Doch seine Blindheit hat Nathaniel gelehrt, sich blitzschnell etwas einzuprägen. Seien es Namen, Gerüche, Bordsteinkanten – ein gutes Gedächtnis erleichtert einem das Leben ungemein, wenn man ohne Augen auskommen muss. Kaum waren sie losgefahren, hat Nathaniel die Namen der Mitstreiter von Esmeralda Esposito, die ihr Anwalt ihnen genannt hatte, aus der Erinnerung in sein Handy diktiert.

Nach dem Umweg zur Wohnung von Margret Nova hat Milla Nathaniel bei ihm zu Hause abgesetzt. Sie musste kein Wort sagen – ihm war auch so klar, dass sie sich jetzt um ihre Mutter kümmern muss und ihm nicht länger helfen kann.

Kaum hat Nathaniel die Wohnungstür geöffnet, ruft Silas begeistert seinen Namen. Noch bevor er Alisha von ihrem Geschirr befreien kann, spürt er Silas' Hand in seiner Hand, eine stille Geste, mit der der kleine Junge dem blinden Mann zeigt, wo er sich genau befindet. Nach dem kurzen Begrüßungsritual plappert Silas drauflos, die Worte purzeln aus ihm heraus und scheinen kein Ende zu nehmen. Er erzählt Nathaniel in einem Zug all die großen Dinge, die sich in den letzten Stunden in seiner kleinen Welt ereignet haben. Dass er das ferngesteuerte Auto ausprobiert hat, das er zum Geburtstag geschenkt erhalten hat. Dass er am Morgen die Müesli-Schale zerbrochen und Carole mit ihm geschimpft hat. Dass Frederik, sein Freund, ein Pump-Gun-Wassergewehr bekommen hat und ihn nicht damit spielen lässt. Dies und das und noch einiges mehr, das sich Nathaniel geduldig anhört und kommentiert.

»Alles gut bei dir?« Caroles Stimme findet eine Lücke in Silas' Redefluss und ist ganz nah. Nathaniel hat Carole nicht kommen hören. Er fragt sich, wie lange sie ihm und Silas schon zugehört hat.

»Danke, alles gut, ich bin, es ist … es ist einiges passiert. Aber alles in Ordnung.«

Zumindest was ihn selbst anbelangt, denkt Nathaniel. Millas Welt hingegen ist gerade gehörig aus den Fugen geraten, doch er hat ihr versprochen, niemandem davon zu erzählen. Nathaniel kann den skeptischen Blick Caroles nicht sehen, ihre Zweifel aber spürt er dennoch. Eine unnatürliche Pause schiebt sich zwischen ihre Worte.

»Warst du mit Milla unterwegs?«, fragt Carole schließlich, und Nathaniel hat einmal mehr das Gefühl, dass sie seine Gedanken lesen kann.

»Ja. Sie hilft mir bei meiner Ahnenforschung.«

»Ahnenforschung.« Jetzt ist Caroles Skepsis nicht mehr zu überhören. In Momenten wie diesen kommt es Nathaniel vor, als wäre Carole tatsächlich seine Ehefrau – was sie ja genau genommen auch ist; dann aber verhält sie sich nicht wie seine Schein-Ehefrau, sondern wie seine richtige.

»Ihr seid nicht etwa wieder an einem Kriminalfall dran?«

Nathaniel schweigt betreten. Er ist kein guter Lügner, darum sagt er lieber gar nichts, was Carole natürlich sofort durchschaut.

»Nathaniel, muss ich mir Sorgen machen?«

»Nein, nein, es gibt keinen Grund zur Sorge.«

Könnte Nathaniel Caroles Gesicht sehen, würde er erkennen, dass sie ihm kein Wort glaubt.

Nathaniel wendet sich ab, begibt sich in sein Zimmer und schließt die Tür hinter sich und dem Familienleben, das er selbst gewählt hat und das ihm trotzdem manchmal sehr anstrengend erscheint.

Er setzt sich an den Computer, und obwohl er vermutet, dass ehemalige Terroristen wohl kaum bereitwillig ihre Spuren im Internet hinterlassen, versucht er doch mithilfe von Google, auf seiner Suche ein Stück weiterzukommen. Schon nach wenigen Klicks realisiert er, dass er sich geirrt hat: Er findet einiges. Eine terroristische Vergangenheit ist offensichtlich kein Hinderungsgrund, im weltweiten Web aktiv zu sein.

Zuerst stößt er auf mehrere Facebook-Profile von Frauen mit dem Namen Inge Sommer, eine von ihnen lebt in der Schweiz. Was noch nichts bedeuten muss, wahrscheinlich gibt es unzählige Inge Sommers in der Schweiz. Da sich Nathaniel das Profilbild nicht ansehen kann, kann er das Alter der Frau nicht schätzen, unter den Informationen zur Person ist es auch nicht zu finden. Er lässt sich die Texte einiger ihrer Posts von seiner Spezial-Tastatur in Braille-Schrift übersetzen, weil er zu ungeduldig ist, um sie sich von der langsamen Computerstimme vorlesen zu lassen, die ihm jeweils auch gleich noch jedes Satzzeichen nennt. Seine Finger tanzen in Hochgeschwindigkeit über den Bereich am oberen Rand seiner Tastatur, auf dem sich die Buchstaben der Braille-Schrift reliefartig erheben. Die Einträge von Inge Sommer drehen sich fast alle um esoterische Themen; um Baum-Seminare und Naturheiltage, um Schamanentreffen und um Onyx-Glücksbringer mit einem Lebensbaum, unter denen Nathaniel sich rein gar nichts vorstellen kann. Eine ehemalige Terroristin, die im Alter ihren Frieden in der Esoterik findet? Durchaus möglich.

Bei Pierre Brugger hingegen ist Nathaniel sicher, dass er den Richtigen gefunden hat – auch wenn es ihm nichts mehr bringt: Er stößt auf eine Erinnerungsseite – *in memoriam* –, auf der Bruggers Vergangenheit als Kämpfer gegen den Staat und den Kapitalismus erwähnt wird. Der Nachruf schließt damit, dass sein Leben ein Ende fand, indem er beim Schwimmen im Rhein von einem Velo erschlagen worden ist, das Jugendliche im ungünstigsten Moment von einer Brücke in den Fluss geschmissen haben. Nathaniel schüttelt den Kopf über solch einen sinnlosen Tod.

Auch von einem Patrick Graz findet er eine Todesanzeige online, doch sie ist sehr karg gehalten. Das Alter des Verstorbenen würde aber perfekt passen. Hier sind wohl ebenfalls keine Informationen mehr zu holen.

Zum auffälligsten Namen – Balz Brecht – findet Nathaniel keinen einzigen Eintrag. Dafür spuckt die Suchmaschine bei der Eingabe *Franz Koch, Schweiz* gleich eine Vielzahl an Treffern aus. Nathaniel stößt auf mehrere Online-Artikel, die er sich in Braille-Schrift übertragen lässt. Franz Koch scheint bis heute militant geblieben zu sein: Offenbar war er während der ersten Jahre der Corona-Pandemie der Anführer der radikalen Widerstandsbewegung *Freie-Tell-Bruderschaft*, die das Impfen boykottierte und die Existenz des Covid-Virus leugnete. Mittlerweile hat Koch einen neuen, eigenen Verein gegründet, der sich *Frei-Seelen* nennt und gegen die *Unterdrückung des Volkes durch die infiltrierte Regierung*, für die *Niederschlagung der geheimen Weltherrschaft* und für die *Schaffung einer autonomen, freistaatlichen Gesellschaft* einsetzt. Schenkt man seiner Webseite Glauben, hat er bereits mehrere Tausend Mitglieder hinter sich geschart. Jeden zweiten Mittwochabend treffen sich die Anhänger an den unterschiedlichsten Orten, auch um weitere Mitglieder zu rekrutieren. Am 13. April findet ein Treffen im Kanton Bern statt, im Gasthof Hirschen in Bümpliz.

Nathaniel lässt sich von seinem Computer das aktuelle Datum diktieren und stellt fest, dass heute just der 13. April ist. Wenn er wollte, könnte er Franz Koch also in wenigen Stunden einen Besuch abstatten. Ob er das tun soll? Der Gedanke, einen Abend in einem Rudel abgedrehter Verschwörungstheoretiker zu verbringen, ist nicht gerade verlockend – zumal die Alternative ein gemeinsames Abendessen mit Gundula ist. Auch fragt sich Nathaniel, was es bringen würde.

Ist es möglich, dass er sich gerade verrennt?

Vielleicht hatte sich der Journalist Paul Dunkel geirrt und der seltsame Überfall auf die Witwe Brenner hatte überhaupt nichts mit seinem Vater zu tun. Der gleiche Name kann reiner Zufall sein. Und selbst wenn es einen Zusammenhang geben sollte – dann ist völlig offen, ob sich Franz Koch nach all den Jahren an die Begebenheit erinnert, falls er überhaupt je Kenntnis davon hatte. Plötzlich kommt Nathaniel seine Recherche lächerlich vor. Warum kann er die Sache nicht einfach ruhen lassen?

Er lehnt sich in seinem Stuhl zurück, fährt mit der Fingerspitze über die Kante des Schreibtischs, fühlt die feinsten Kerben, die jedem Sehenden verborgen bleiben. Zählt sie leise flüsternd, einmal von links nach rechts, ein zweites Mal von rechts nach links. Gleichzeitig rattern in seinem Kopf die Gedanken.

Sein Verstand sagt ihm, dass er es sein lassen sollte. Was war, das war – es ist sowieso nicht mehr zu ändern. Doch seine alte Freundin Veronika hat ihn gelehrt, nicht auf die Stimme im Kopf, sondern auf jene im Bauch zu hören. Und diese flüstert ihm etwas anderes zu. Es ist nur ein vages Gefühl, das ihn dazu drängt weiterzumachen. Doch er kann es nicht einfach ignorieren.

Nathaniel gibt sich einen Ruck, tastet erneut nach der Tastatur und tippt den Namen Stephan Kühnert in der Suchmaske ein. *Das ist nicht Stephan.* Wieder hat er die Worte von Andreas Brenners Witwe im Ohr.

Die Liste der Suchergebnisse fällt mager aus. Ausgerechnet zu Stephan Kühnert findet Nathaniel praktisch nichts – vor allem nichts, das er nicht schon weiß. Einige Links führen offenbar zu einem Fahndungsplakat, mit dem damals nach mehreren Terroristen in der Schweiz gefahndet wurde. »Anarchistische Gewalttäter, gesucht wegen Terrorismus«, liest die Stimme im Computer Nathaniel vor. Anschließend bekommt er eine Liste von Namen zu hören, die er alle schon kennt: Esmeralda Esposito, Stephan Kühnert, Balz Brecht, et cetera. Er vermutet, dass die Namen unter den Fotografien der gesuchten Personen stehen. »Vorsicht Schusswaffen – Ausrufezeichen«, liest die Stimme am Schluss.

Den zweiten Hinweis auf Stephan Kühnert findet Nathaniel in einem Blog einer antifaschistischen Webseite, der auf einen alten Artikel verweist; es geht darum, dass Kühnert in Zusammenhang mit dem Banküberfall von 1980 in Zürich von der Polizei gesucht wurde, er jedoch untergetaucht und nie mehr in Erscheinung getreten sei. Das ist denn auch der letzte Eintrag, den Nathaniel zu Stephan Kühnert findet – er scheint seither nicht nur aus der realen, sondern auch aus der virtuellen Welt verschwunden zu sein.

Dasselbe gilt für Balz Brecht. Außer den Fahndungsaufrufen findet Nathaniel nichts über ihn. Nicht die geringste Spur.

Nathaniel lehnt sich zurück und überlegt, was er nun mit diesen Informationen anfangen soll. Statt auf Antworten stößt er nur auf immer neue Fragen, die ihm nicht weiterhelfen. Vielleicht sollte er doch besser nach vorne blicken und nicht zurück.

Nathaniel stellt die Musik an. Per Sprachbefehl wählt er das neueste Album von Faber aus. Dann legt er sich aufs Bett, auf den Rücken, seine blinden Augen auf die Zimmerdecke gerichtet. Ruhig liegt er da, doch ruhig ist er nicht. Faber hat den ersten Song noch nicht fertig gespielt, als Nathaniel wieder aufsteht, sein Smartphone ertastet und nach der Adresse des Restaurants Hirschen in Bümpliz fragt.

34

In dem Zimmer stehen ein Tisch, vier Stühle und eine kleine Kamera auf einem Stativ. Grauer Teppich. Kein Fenster. Einzig eine Glasscheibe an der einen Wand, durch die nichts zu sehen ist. Zumindest nicht von dieser Seite her. Margret Nova hat genug Krimis am TV geschaut, um zu wissen, dass hinter dem Glas weitere Polizisten sind, die sie sehr wohl sehen können. Reflexartig streicht sie ihren Rock glatt.

»Sie können sich hierhin setzen.« Malou Löwenberg weist auf einen Stuhl.

Margret Nova mag die Polizistin viel lieber als Felix Winter. Sie setzt sich hin und denkt: So ist das also, wenn man von der Polizei verdächtigt wird. Allein schon durch die Situation, in der sie sich wiederfindet, fühlt sie sich schuldig.

»Wir werden das Gespräch mit der Kamera aufnehmen«, erklärt Felix Winter. »Aber wir müssen noch auf Ihren Anwalt warten.«

»Wer ist mein Anwalt?«, fragt Margret Nova irritiert.

»Herr Rechsteiner. Er hat uns soeben angerufen. Offenbar hat ihn jemand für Sie engagiert.«

Milla, denkt Margret. In Gedanken schickt sie ihr ein *Danke* zu. Wie froh sie ist, eine Tochter zu haben, auf die sie im Notfall zählen kann.

»Möchten Sie einen Kaffee?«, fragt Malou Löwenberg.

Margret Nova schüttelt den Kopf.

Das Warten verlangsamt die Zeit. Das Schweigen erhält ein Gewicht, und als es an der Tür klopft, ist es für alle eine Erlösung.

Der Mann, der den Kopf hereinstreckt, ist gerannt, das ist offensichtlich, sein Kopf ist hochrot, Schweißperlen glitzern auf seiner Stirn.

»Herr Rechsteiner«, stellt Felix Winter ihn vor.

Margret Nova stellt fest, dass die beiden sich kennen.

»Kriegen wir fünf Minuten?«

Felix Winter atmet hörbar laut aus, nickt dann aber dennoch, steht auf und führt seine Verdächtige und ihren Anwalt in ein kleines Zimmer gleich nebenan. Keine gespiegelten Scheiben in diesem Raum, stellt Margret Nova fest.

»Frau Nova, Rechsteiner. Wir haben nicht viel Zeit. Ihre Tochter hat mich bereits informiert, was vorgefallen ist. Ich möchte trotzdem ganz kurz von Ihnen selber hören, was passiert ist.«

Margret Nova erzählt dem Anwalt von dem folgenschweren Schäferstündchen. Mittlerweile fühlt es sich für sie so an, als würde sie die Geschichte einer anderen Person erzählen, als ginge es nicht mehr um sie selbst und um Ronnie, sondern um eine billige Szene aus einem schlechten Sexfilm, die nichts mit ihr zu tun hat.

»Ich muss Ihnen diese eine ganz wichtige Frage stellen«, sagt Rechsteiner, als Margret Nova ihren Bericht beendet. »Haben Sie etwas getan, das zum Tod von Aaron Trachsel geführt hat?«

Margret Nova bleibt still. Die Frage irritiert sie, und sie ist nicht sicher, was die richtige Antwort darauf ist.

»Ja, ich glaube schon«, sagt sie schließlich zögernd.

»Sie *glauben*?«

»Wenn ich diese Affäre nie zugelassen hätte und ich nicht mit Ronnie geschlafen hätte, hätte er keinen Herzinfarkt gekriegt. Also habe ich wohl schon etwas getan, das zu seinem Tod führte.«

»Die Polizei sagt aber, es war kein Herzinfarkt. Sie gehen davon aus, dass Aaron Trachsel umgebracht worden ist.«

»Nein, ermordet habe ich ihn nicht.«

»Frau Nova. Ist Ihnen Herr Aaron Trachsel lästig geworden? Weil er seine Frau nicht verlassen wollte? Weil Ihnen die Heimlichtuerei zu viel geworden ist?« Felix Winters Stimme klingt aggressiv, als er Margret Nova wenige Minuten später im Verhörraum befragt.

»Nein, Ronnie ist mir doch nicht lästig geworden! Ich habe ihn geliebt! Sein Tod hat mich erschüttert.«

»Dann erklären Sie uns bitte, warum Sie in Ihrem Buch über giftige Pflanzen ausgerechnet bei der Herbstzeitlosen ein Lesezeichen eingesteckt haben – bei jener Pflanze, mit der Aaron Trachsel vergiftet worden ist!«

»Ist das gesichert?«, fragt Anwalt Rechsteiner dazwischen. Er kassiert dafür von Felix Winter einen genervten Blick.

»Natürlich, wir bluffen hier nicht. Frau Nova, können Sie uns das erklären?«

»Das ist kein Buch über giftige Pflanzen, sondern ein Buch über Heilpflanzen. Sie bringen so oft viel mehr als die Schulmedizin.«

»Darin sind aber ebenfalls giftige Pflanzen aufgeführt. Bitte beantworten Sie meine Frage: Warum war die Herbstzeitlose markiert?«

»Das weiß ich nicht.«

»Das wissen Sie nicht?«

»Nein, ich weiß es nicht.«

»Wann haben Sie das Buch das letzte Mal zur Hand genommen?«

Margret Nova überlegt, aber es fällt ihr beim besten Willen nicht ein. Es muss schon eine Weile her sein. Aber sie getraut sich nicht schon wieder zu sagen, dass sie es nicht weiß. Also schwindelt sie.

»Ich denke, das war vor drei Monaten.«

»Warum wissen Sie das so genau?«

»Ich weiß es nicht sicher, es könnten auch vier oder fünf Monate gewesen sein.«

»Sie nahmen es zur Hand, um sich über die Wirkung des Gifts der Herbstzeitlosen schlauzumachen.«

»Nein, so war das nicht. Ich weiß nicht mehr, was ich nachschlagen wollte. Vielleicht, weil ich ein Mittel suchte gegen Blasenschwäche?«

Margret Nova hört sich selbst an, wie unglaubwürdig sie klingt, dabei ist das nicht einmal gelogen, seit Jahren macht ihr die Blase Ärger.

»Warum dann das Lesezeichen? Warum die Markierung mit dem Leuchtstift?«

»Ich weiß es nicht.«

»Haben Sie das Lesezeichen in das Buch getan?«, fragt nun Malou Löwenberg. Sie schiebt Margret Nova ein durchsichtiges Plastiksäckchen über den Tisch, in dem ein von einem Kind bemaltes Stückchen Karton mit angeleimten Garnfransen steckt. Milla hat es im Kindergarten gebastelt, es war ihr erstes Muttertagsgeschenk.

»Ist das Ihr Lesezeichen?«, legt Felix Winter nach.

»Ja.«

»Haben Sie es in das Buch getan?«

»Wahrscheinlich, ja.«

»Warum bei der Herbstzeitlosen?«

»Das weiß ich nicht. Das muss wohl Zufall gewesen sein.«

»Zufall?«

»Ich kann es mir nicht anders erklären.«

»Vielleicht können Sie uns stattdessen erklären, warum Sie Ihre Wohnung auf Teufel komm raus geschrubbt haben, nachdem Sie Ihren Bruder heimlich die Leiche abtransportieren ließen?«

Jetzt hört Margret Nova ihren Anwalt tief einatmen. Dieses Detail hat sie vorher vergessen zu erwähnen, als sie sich im Nebenzimmer besprochen hatten. Wahrscheinlich ein Fehler. Sie wirft einen Blick auf Rechsteiner. Die Röte in seinem Gesicht ist verschwunden, er wirkt jetzt besorgniserregend blass.

»Ich wollte die Spuren beseitigen.«

Der geräuschvollen Reaktion von Rechsteiner ist anzuhören, dass auch das nicht die richtige Antwort war.

»Ich meine, es sollte ja niemand mitkriegen, dass wir seinen Leichnam weggeschafft hatten.«

Zuerst war sie einfach nur nervös gewesen vor dieser Befragung. Doch nun nimmt ein klammes Gefühl Margret Novas Körper ein. Alles in ihr drin wird schwer und taub. Es ist die Verzweiflung, die sich in ihr ausbreitet. Sie glaubt, dass alles, was sie macht, verkehrt ist. Dass keiner sie versteht. Dass das hier vielleicht eine Art Strafe ist; die Strafe dafür, dass sie sich mit dem verheirateten Ronnie vergnügt hatte und er dabei zu Tode kam.

»Frau Nova, nennen Sie uns bitte einen vernünftigen Grund, warum Sie nach dem Tod von Aaron Trachsel nicht den Notruf wählten, wie es jeder andere Mensch auch getan hätte.« Felix Winter hält ihre Augen mit seinem Blick gefangen. Sie kann ihm nicht standhalten und schaut seine Kollegin an, als sie antwortet.

»Weil er doch gar nicht hätte bei mir sein dürfen. Und er war tot, er war schon tot. Ich habe versucht, ihn wiederzubeleben, ich habe das mal gelernt, aber es war zu spät, alles zu spät.«

Ihre Augen füllen sich mit Tränen. Sie wischt sie nicht weg. Es spielt keine Rolle mehr.

»Und darum dachten Sie: Ich lasse die Leiche in meinem Bett jetzt mal heimlich entsorgen.«

»Ja, das dachte ich, ich meinte, es sei das Beste für Ronnie. Aber ich fürchte, das war ein Fehler.«

»Ja, das befürchte ich auch.«

»Darf ich jetzt gehen?«

»Nein, Sie müssen hierbleiben. Ich kann Sie nicht gehen lassen. Sie stehen unter Verdacht, Aaron Trachsel getötet zu haben. Wir werden einen Haftantrag stellen. Vielleicht wird Ihnen dann doch noch einfallen, warum Sie sich über die Herbstzeitlose schlaugemacht haben und wie Sie sich das Gift beschafft haben. Ihr Anwalt wird Ihnen das weitere Verfahren erklären.«

Drei der vier Personen erheben sich genau gleichzeitig von ihren Stühlen. Nur Margret Nova bleibt wie versteinert sitzen. Es ist Malou Löwenberg, die sie sanft am Arm fasst. Das Aufstehen fällt ihr schwer. Sie fühlt sich so alt wie noch nie zuvor im Leben.

Als sie neben Malou Löwenberg, die sie noch immer am Arm festhält, aus dem Verhörraum tritt, hört sie Felix Winter fragen, wo all die anderen seien.

»Die sind ausgerückt«, antwortet eine fremde Stimme. »Schon wieder ein Toter.«

35

Die Navigations-App gibt Nathaniel an, dass er mit dem Bus und zu Fuß eine gute halbe Stunde benötigt, um zum Restaurant Hirschen in Bümpliz zu gelangen. Er fragt sich, was er anziehen soll, um in einem Publikum voller Verschwörungstheoretiker nicht aufzufallen, beziehungsweise um so auszusehen, als wäre er einer von ihnen. Schließlich entscheidet er sich für jene Kleidung, die er auch sonst trägt. Eigentlich hat er auch gar keine Wahl, denn um extra etwas kaufen zu gehen, reicht die Zeit sowieso nicht aus. Er schlüpft also in eine blaue Jeans, dazu T-Shirt und Pullover in Schwarz. Damit wäre die Farbpalette seines Kleiderschranks auch fast schon ausgeschöpft. Er besitzt fast nur schwarze Kleidung, damit er nicht Gefahr läuft, zu abenteuerlichen Kombinationen zu greifen oder die Wäsche zu verfärben, ohne es zu merken. Ausschließlich dunkle Kleidung vereinfacht das Leben – und macht unauffällig, das kann Nathaniel heute Abend gebrauchen.

Es ist zwar an sich keine große Sache, an einem öffentlichen Vortrag teilzunehmen, auch dann nicht, wenn er unter dem Titel *Die Jahrhundert-Lüge* läuft. Trotzdem fühlt sich Nathaniel wie ein Agent, der sich undercover in eine geheime Szene einschleicht – selbst wenn an dieser Szene spätestens seit 2020 nicht mehr viel geheim ist.

Bereits im Bus nach Bümpliz fällt Nathaniel auf, dass er gut besetzt ist. Der Platz neben ihm bleibt trotz Alisha nicht frei, die sich zwischen seine Füße quetscht. Und obwohl kaum jemand spricht, kann Nathaniel fühlen und hören, dass sich viele Menschen auf engem Raum befinden. Die Geräusche sind dumpf und werden von der Masse geschluckt. Als er bei der Haltestelle Post aussteigt, leert sich der Bus. Nathaniel holt sein Handy hervor und fragt die Navigations-App per Sprachbefehl nach dem Weg zum Restaurant Hirschen, in dem der ehemalige Terrorist Franz Koch seine Anhänger versammeln will.

»Zum Hirschen willst?«, fragt eine Stimme hinter ihm. »Da geh ich auch hin, kannst mir einfach folgen.« Die Stimme hält inne. »Ich meine ...«

Nathaniel kennt das. Die Sehenden merken stets einen Moment zu spät, dass ihr Vorschlag für einen Blinden nicht funktioniert – er kann niemandem folgen, den er nicht sieht. Doch er nimmt es dem Fremden nicht übel, im Gegenteil, er schätzt es, wenn ihm Hilfe angeboten wird.

»Sie können mich führen, ich kann mich an Ihrem Ellenbogen festhalten«, schlägt Nathaniel vor.

»Aber nur, wenn du du zu mir sagst«, erwidert das Gegenüber lachend.

Nathaniel tastet mit der rechten Hand nach einem Arm, ohne das Geschirr von Alisha in seiner Linken loszulassen. Er findet einen Ellenbogen – Lederjacke, registriert er – und hält sich daran fest.

»Gehen Sie auch zur Versammlung von Franz Koch?«

»Wolltest du mich nicht duzen?«

»Gehst du auch zur Versammlung von Franz Koch?«, korrigiert sich Nathaniel.

»Ja, soll ein toller Kerl sein.« Ein Lachen erschüttert den

Arm seines Helfers, so heftig, dass Nathaniel ihn beinahe irritiert loslässt.

»Kennen Sie … kennst du ihn?«

»Ja, ziemlich gut, würde ich behaupten. Ich bin Franz Koch.«

Nathaniel hört der Stimme an, dass der Mann schmunzelt. »Und du kommst mit? Wer bist du, ein blinder Agent?«

Nathaniel erstarrt. Franz Koch lacht so herzhaft über seinen Scherz, dass er es nicht zu bemerken scheint.

»Ich interessiere mich für deine Theorien«, sagt Nathaniel rasch und ärgert sich darüber, dass er nicht eingehender studiert hat, wie Kochs Theorien genau aussehen. Er erinnert sich nur noch daran, dass er die Mitglieder der Regierung für Marionetten hält, die von einer geheimen Weltherrschaft durch implantierte Mikrochips ferngesteuert werden, mit dem Ziel, eine neue autoritäre Weltordnung zu schaffen. Doch Franz Koch fällt überhaupt nicht auf, dass sich Nathaniel mit seinen Verschwörungstheorien nicht auskennt. Der eine Satz hat genügt, um bei Koch einen Redeschwall loszutreten.

»Das sind keine Theorien, mein Lieber, das sind Tatsachen, nichts als Tatsachen!«, beginnt er seinen Monolog, den Nathaniel scheinbar interessiert über sich ergehen lässt und der erst endet, als sie beim Restaurant Hirschen angekommen sind.

»Hier sind wir«, sagt Koch schließlich feierlich. »Ich muss dich jetzt allein lassen. Ich werde auf der Bühne erwartet.«

All die Fragen, die Nathaniel Franz Koch eigentlich stellen möchte, bleiben unausgesprochen. Es wäre zu auffällig, sie jetzt anzustimmen. Er wird damit bis nach dem

Vortrag warten müssen. Nathaniel fährt den Blindenstock aus, er rechnet damit, dass im Saal viele Stühle stehen, und fordert Alisha auf, ihm eine Sitzgelegenheit anzuzeigen. Er findet einen Stuhl, fragt zur Sicherheit ins Leere, ob der noch frei sei, und erhält von drei Seiten zustimmende Antworten, also tastet er erst nach der Sitzfläche, dann nach der Lehne, dann setzt er sich hin. Der Lärmpegel um ihn herum steigt. Zu seiner Überraschung hört er aus dem Klangteppich fast gleich viele weibliche wie männliche Stimmen heraus. Soweit er es aufgrund des Gehörten abschätzen kann, sind Zuschauer jeden Alters hier. Der Saal klingt voll. Die Stimmung ist erwartungsvoll aufgeräumt.

Plötzlich wird auf einen Schlag alles still – bis in der nächsten Sekunde ein tosender Applaus losbricht. Erst, als das letzte Klatschen verklungen ist, beginnt auf der Bühne jener Mann zu reden, der Nathaniel von der Bushaltestelle zum Hirschen geführt hat; dieselbe Stimme. Er hat ihn also nicht veräppelt.

Das, was Nathaniel in der nächsten Dreiviertelstunde hört, versetzt ihn in eine andere Welt. In eine Welt, von der er keine Ahnung hatte, dass sie in den Köpfen von Menschen existiert, die doch einigermaßen normal geklungen haben. Franz Koch erhält jubelnde Zurufe, als er seine abstrusen Theorien über geheime Weltmächte darlegt, über Politiker als gefährliche, pädophile Volksverräter oder über die Umprogrammierung der Menschen mittels eingespritzter Genmanipulationen und strahlenden Mobilfunkantennen. Es ist für Nathaniel nicht nachvollziehbar, dass jemand diesen Unsinn glauben kann. Aber so wie es sich anhört, ist er der Einzige im Saal, der das nicht tut.

Ohne dass er es will, driften Nathaniels Gedanken weg, zurück zu seinem Vater, zu seinem Besuch bei der Frau des toten Journalisten und bei der Witwe des anderen Andreas Brenners, der wie sein Vater hieß, aber nicht sein Vater war. Er ruft sich auch das Gespräch mit Claude Vogelsang in Erinnerung, dem Verteidiger einer Linksterroristin, von der Nathaniel nicht weiß, ob und was sie mit der Geschichte zu schaffen hat. Wegen Vogelsang sitzt er jetzt hier, mitten in einer aufgeregten Horde von Verschwörungstheoretikern, in der vagen Hoffnung, im Anschluss von Franz Koch etwas zu erfahren, das ihn weiterbringt. Nur hat Nathaniel keine Ahnung, was dieses Etwas sein könnte. Was zum Teufel hat ihn bloß dazu getrieben, hierherzukommen?

In diesem Moment des selbstvertieften Zweifels reißt Franz Koch Nathaniel aus seinen Gedanken. Er hat einen Namen genannt, der ihn hochschrecken lässt: Aaron Trachsel.

»Wir wollten Aaron Trachsel tot sehen – und jetzt ist er tot!«, ruft Franz Koch triumphierend in den Saal. Es folgt ein lautes Gejohle. »Trachsel war der Gefährlichste der Diktatoren im Bundeshaus – jetzt hat er seine Strafe gekriegt! Tod unseren Gegnern! Die Gerechtigkeit wird siegen! Die Wahrheit wird siegen! Wir werden siegen!«

Nathaniel fährt es kalt den Rücken runter. Was passiert hier gerade? Sie bejubeln den Tod eines Politikers, der, wenn er Milla richtig verstanden hat, ermordet worden ist? Und warum wünschten Koch und seine Leute Aaron Trachsel den Tod? Haben sie gar etwas mit dem Mord zu tun?

»Sein Tod ist richtig. Weitere werden folgen. Wir lassen uns nicht unterdrücken! Irgendwann werden all die Unwissenden die Wahrheit erkennen und uns für unseren Widerstand danken!«

Hastig sucht Nathaniel nach seinem Handy. Er muss das aufnehmen, doch er kann die Aufnahme-App unmöglich per Sprachbefehl öffnen, seine Sitznachbarn würden auf ihn aufmerksam werden. Er weiß zum Glück, wo sich die App ungefähr auf dem Display befindet, im untersten Viertel am rechten Rand. Trotzdem gelingt es ihm erst beim zweiten Versuch, sie zu aktivieren.

»Trachsels Tod ist ein großer Erfolg in unserem Kampf, wir bleiben achtsam, wir machen weiter!«, ruft Koch kämpferisch, doch dann wechselt er das Thema.

Mist, denkt Nathaniel. Er war zu langsam. Schon wieder. Er kann nicht mehr zählen, wie viele Male er wegen seiner Blindheit etwas verpasst oder vermasselt hat, und obwohl er es sich so sehr vorgenommen hat, sich nicht mehr darüber zu ärgern, sondern einfach zu akzeptieren, wie es ist, ist er in dieser Sekunde wahnsinnig wütend auf sich und seine nutzlosen Augen.

»Idiot«, schilt er sich flüsternd.

»Wie bitte?«, fragt eine Stimme neben ihm.

»Nichts, nichts, ich ärgere mich nur über mich selbst«, sagt Nathaniel schnell, und das ist nicht einmal gelogen.

Als alle Reden geschwungen sind, muss sich Nathaniel gedulden, bis er mit Franz Koch sprechen kann. Er steht in einer Menschenschlange, die sich aufgrund der vielen Stimmen vor ihm nach einer langen Schlange anhört, es scheint, als würde Franz Koch irgendetwas für seine Fans signieren. Nathaniel fragt sich, ob er ein Buch über seine irren Theorien geschrieben hat. Schritt für Schritt nähert sich Nathaniel der Stimme Kochs, der sich mal hier für ein Kompliment bedankt, mal da mit einer seiner Weisheiten auf einen Kommentar reagiert oder einen jovialen Spruch fallen lässt.

»Sieh an, der blinde Passagier aus dem Bus, du bist also auch noch da«, sagt Koch, als Nathaniel endlich direkt vor ihm steht. »Hat es dir gefallen? Möchtest du ein Autogramm?«

»Es war …«, Nathaniel sucht zögernd nach dem richtigen Wort, »… es war sehr aufschlussreich. Ein Autogramm würde mir leider nichts bringen, aber ich würde Ihnen gerne eine Frage stellen.«

»Eine Antwort kriegst du aber nur, wenn du mich duzt.«

»Entschuldige. Ich bin auf der Suche nach jemandem, den du mal kanntest. Eigentlich suche ich mehrere Personen.«

»Ah ja?« Franz Koch klingt halb belustigt, halb neugierig. »Wen suchst du denn, schieß los!«

»Ich bin auf der Suche nach Balz Brecht …«

»Balz Brecht!«, ruft Koch laut aus. »Der Waldmensch Brecht! Der Einsiedler vom Hönggerberg! Wie kommst du denn auf den?«

»… und nach Esmeralda Esposito und Stephan Kühnert.«

Franz Koch schweigt abrupt. Auch um sie herum wird es auf einmal unangenehm still. Nathaniel spürt, dass er angestarrt wird.

»Esmeralda«, flüstert Franz Koch nach einer Pause. »Und Kühnert, der Verräter!«

»Kannst du mir sagen, wo ich sie finde?«, fragt Nathaniel. »Und weißt du etwas über einen Andreas Brenner?«

Statt einer Antwort erhält Nathaniel ein Lachen, das falsch und ängstlich und ekelhaft klingt.

»Vergiss es! Ich wollte eigentlich nur einen Scherz machen.« Franz Kochs Stimme klingt auf einmal kalt und giftig. »Dabei habe ich, ohne es zu ahnen, mitten ins Schwarze getroffen: Du bist tatsächlich ein blinder Agent. Verschwinde!«

Nathaniel weicht mehrere Schritte zurück. Alisha beginnt zu bellen.

»Er ist ein Feind!«, ruft Koch jetzt laut in den Saal. »Mach, dass du wegkommst, sonst passiert noch was!«

36

Das Gartentor steht offen, als Sandro Bandini am Fundort der Leiche eintrifft. Er kettet sein Fahrrad an den Zaun und blickt die brüchige Fassade des Hauses hoch. Die Fenster sind stumpf, die Farbe der Läden blättert ab. Eine flackernde Straßenlaterne irritiert mit einem gespenstischen Schattenspiel. Kein Ort, der einen willkommen heißt.

Auf dem Vorplatz stehen zwei Kasten- und ein ziviler Einsatzwagen. Wie jedes Mal waren die anderen schneller: Die Spurensicherung, die Rechtsmedizin und seine Kollegin Bettina Flückiger sind schon da. Sandro lässt sich dadurch nicht aus der Ruhe bringen. Es ist kein Geheimnis, dass er sich auch nach all den Jahren noch immer schwertut mit Tatorten. Er findet sie erträglicher, wenn die Maschinerie der Ermittlungen schon angelaufen ist, wenn er eintrifft. Die Anwesenheit der Kollegen nimmt dem Ort des Todes die stille Intimität, die Sandro schlecht erträgt.

Die Eingangstür steht offen. Sandro klopft die Schuhe ab, zieht die Plastiküberzüge darüber, drinnen im Treppenhaus schlüpft er in den Schutzanzug und streift Handschuhe an. Die Stufen knarren unter seinen Schritten. Wenn Häuser Geschichten erzählen könnten, denkt Sandro nicht zum ersten Mal. Es würde seine Arbeit um ein Vielfaches einfacher machen.

Im obersten Stock, hatte Bettina am Telefon gesagt, doch dort angekommen stößt Sandro einzig auf verschlossene Türen, über sich hingegen hört er Stimmen. So nimmt er auch noch den letzten Stufenabschnitt, von dem er dachte, dass er einzig auf den Dachboden führt. Er hat sich geirrt: Sandro steht vor der offenen Tür eines karg eingerichteten Büros, das im Dachstock eingerichtet worden ist. Bevor sein Blick auf die Leiche fällt, registriert er auf dem Schrank ein verstaubtes, ausgestopftes Krokodil, das ihm die Zähne zeigt und dessen schwarze Glasaugen ihn zu fixieren scheinen.

»Sieht aus, als ob das Vieh über den Toten lachen würde.« Bettina ist Sandros Blick gefolgt.

»Grässliches Vieh«, kommentiert Sandro, bevor er sich widerwillig der Mitte des Zimmers zuwendet. Zum Glück verdeckt der Rücken der Rechtsmedizinerin einen Teil des schrecklichen Szenarios. Trotzdem wird Sandro augenblicklich schlecht. Er wird sich nie daran gewöhnen; nicht an den Anblick, nicht an den Geruch, nicht an die Tragik, die jedem Tod beiwohnt.

Der Mann, sein Alter lässt sich nicht abschätzen, sitzt noch immer auf seinem Stuhl, doch der Oberkörper liegt vornübergebeugt auf dem Schreibtisch. Dort, wo der Schuss ausgetreten ist, fehlt ein Teil des Kopfes. Die Tischfläche ist voller Blut, in dem sich undefinierbares Material befindet, bei dem es sich um Hirnmasse und Schädelsplitter handeln muss. Der metallene Geruch von Blut und Tod verstärkt Sandros Übelkeit. Er wendet den Blick wieder ab.

»Das hier ist nichts für dich«, sagt die Rechtsmedizinerin Irena Jundt, ohne sich zu ihm umzudrehen. Sie kennt ihn besser, als ihm lieb ist.

»Suizid?«, fragt Sandro, obwohl er weiß, dass sie so frühe Fragen hasst.

»Kann sein. Oder auch nicht. Du weißt, dass ich das jetzt noch nicht sagen kann. Sicher ist: Ihm wurde aus nächster Nähe mit einer Pistole in den Kopf geschossen. Eine SIG P220. Armeepistole.«

»Aufgesetzt?«

»Aufgesetzt. Deutliche Stanzmarke an der rechten Schläfe.«

Sandro weiß, dass das ein starkes Indiz für einen Suizid ist – aber noch lange kein Beweis.

»Abschiedsbrief?«

»Negativ. Bis jetzt. Vielleicht werdet ihr einen im Computer finden, aber der ist ausgeschaltet. Gut möglich, dass die Analyse im Labor Schmauchspuren nachweist, die deine Frage beantworten. Er muss ein reinlicher Mensch gewesen sein; auf jeden Fall wollte er sich die Finger nicht dreckig machen.«

Sandros Blick fällt auf den gelben Gummihandschuh, den der Tote an der rechten Hand trägt. Dann wieder auf die Sauerei auf der Schreibtischplatte. Er schüttelt irritiert den Kopf.

»Er hat sich einen Handschuh übergezogen, um sich zu erschießen? Ernsthaft jetzt?«

»Ich hatte mal einen Klienten, der hatte sich das T-Shirt hochgeschoben, bevor er sich die Pistole auf die Brust setzte und sich erschoss – als wollte er verhindern, dass es ein Loch im Stoff gibt.« Während Irena spricht, trägt sie eine Notiz in die schematische Zeichnung eines Menschen ein, die vor ihr liegt. »Es gibt nichts, das es nicht gibt.«

»Warum habt ihr mich überhaupt gerufen, wenn es nach einem Suizid aussieht?«, fragt Sandro Bettina.

»Du weißt nicht, wer er ist?« Bettina korrigiert sich gleich selbst. »Oder eher, wer er war?«

»Ein Rechtsanwalt.«

»Er war nicht irgendein Rechtsanwalt. Er war Claude Vogelsang.«

Sandro ahnt, dass von ihm ein Aha-Moment erwartet wird. Doch der Name sagt ihm nichts. Bettina liest es in seinem Gesicht.

»Vogelsang! Ein linksradikaler Alt-Achtundsechziger, der einschlägige Berühmtheit erlangt hat, weil er in den Achtzigern Mitglieder der RAF verteidigt hat. Verlor deshalb zwischenzeitlich auch sein Anwaltspatent. Hat es aber wieder zurückgekriegt und war bei prominenten Fällen oft an vorderster Front dabei.«

Sandro fragt sich, ob Bettina sich das alles gerade eben ergooglet hat oder ob es zu ihrem Allgemeinwissen zählt. Letzteres würde ihn nicht wundern, schließlich ist sie das *brain*. Wobei die IT-Spezialistin Florence Bettina gerne auch mal *die wandelnde Festplatte* nennt.

»In den Achtzigern ahnte ich noch nicht einmal, dass ich bei der Polizei landen würde«, führt Sandro zu seiner Verteidigung an. »Wie alt war Vogelsang? Er muss demnach längst pensioniert sein.«

»Jein. Er ist fünfundsiebzig, aber er hat nie aufgehört zu arbeiten.«

»Familie?«

»Nein.«

»Wer hat uns seinen Tod gemeldet?«

»Die Putzfrau. Sie wartet unten in der Wohnung eines Nachbarn, falls du sie befragen willst.«

Sandro schüttelt den Kopf. Nicht jetzt. Vielleicht später. Aber nur, falls sich doch noch herausstellen sollte, dass es sich hier um ein Tötungsdelikt handeln sollte und nicht um einen Suizid.

Sandro zwingt sich, sich noch einmal in dem kleinen Büro umzusehen. Falls das hier ein Tatort ist, muss er ihn in sich aufnehmen, muss ihn spüren, muss ihn fühlen. An der Wand hängt ein Che-Guevara-Poster. Darunter steht ein Regal voller Aktenordner. Alte Fälle, die hier im Dachstock verstauben, stapelweise Papiere voller Dramen und Schicksale. Er sendet ein Stoßgebet gen Himmel, dass er das nicht alles wird durcharbeiten müssen.

»Hoffentlich haben wir es hier mit dem Fall eines alten, müden, lebensmüden Mannes zu tun und nicht mit einem Fall von später Rache«, sagt Sandro laut.

»Vielleicht fühlte sich ein Mandant nur unzureichend verteidigt und ist nach seiner Entlassung zu Vogelsang zurückgekehrt«, führt Bettina seinen Gedanken fort.

Irena murmelt etwas, das nach Zustimmung klingt.

Vorsichtig macht Sandro zwei Schritte auf den Schreibtisch zu. An der oberen rechten Ecke des Tisches liegt eine aufgeklappte Ring-Agenda, die nur wenige Blutspritzer abbekommen hat. Sie ist bereits beim morgigen Datum aufgeschlagen. Sandro blättert vorsichtig eine Seite zurück und erstarrt mitten in der Bewegung. Irena merkt ihm sofort an, dass er etwas entdeckt hat. Als ihr Blick auf die Agenda fällt, kann sie einen überraschten Ausruf nicht unterdrücken.

»Was ist?«, fragt Bettina.

Sandro presst die Lippen aufeinander.

»Sein letzter Besuch«, erklärt Irena an seiner Stelle.

»Wer war hier?«

Es ist Sandro, der den Namen ausspricht: »Milla. Milla Nova. Meine Milla.«

37

Milla weint. Ihr Gesicht ist tränenüberströmt, auch das Kissen ist schon feucht. Schluchzer erschüttern ihren Körper. Sie ist gerade erst aufgewacht, mit einem schalen Gefühl im Bauch, ihr Kopf ganz dumpf, und einem Druck auf dem Herzen. Im ersten Moment wusste sie nicht einmal warum, doch als die Realität die letzten Fetzen Schlaf vertrieben hatte, fiel ihr alles wieder ein: Ihre Mutter hat die Nacht im Gefängnis verbracht. Sie steht unter Mordverdacht. Es ist die absolute Katastrophe.

Milla ist sonst hart im Nehmen, aber die Vorstellung, dass ihre Mutter heute Morgen in einer Gefängniszelle aufgewacht ist, nimmt ihr den Atem. Das Bild in ihrem Kopf – die Mutter allein, auf einem schmalen Bett, eingeschlossen auf viel zu kleinem Raum, Gitterstäbe an den Fenstern – es ist nicht auszuhalten. Alles bricht aus ihr heraus, es ist zu viel auf einmal. Das tote, ungeborene Kind, der Stress mit Trachsels Leiche, die Verhaftung der Mutter, der schwere Verdacht … Erneut wird Milla von Schluchzern geschüttelt. Am liebsten würde sie einfach liegen bleiben, nie mehr aufstehen, sich wegschlafen, nichts mehr zu tun haben mit dieser Welt. Sie drückt das Gesicht ins Kissen. Da spürt sie einen sanften Stupser, sie dreht den Kopf, und in der nächsten Sekunde liegt Iggys Pfote auf ihrer Nase. Der Kater setzt sich neben dem Kissen vor ihr Gesicht, stellt den Kopf schräg und blickt sie an, als würde er sich fragen, was er mit seinem Sorgenkind bloß machen soll.

»Iggy.« Milla zieht die Nase hoch.

Iggy antwortet mit einem Maunzen, das sich sehr vertraut anhört und so viel heißt wie: Ich habe Hunger. Er macht sich also nicht Sorgen um sie, sondern darum, dass er kein Futter kriegt. Als wolle er Millas Gedanken bestätigen, schleckt er sich demonstrativ über das Maul. Er maunzt ein zweites Mal, erhebt sich, streckt den Schwanz in die Höhe und wendet Milla sein Hinterteil zu, was sie als Aufforderung auffasst, ihm zu folgen. Das tut sie dann auch: Sie wirft die Decke zurück, setzt sich auf, zögert, gibt sich einen Ruck und steht auf. Manchmal ist es ganz gut, einen verfressenen Kater zu haben, der einem auf die Beine hilft.

Milla schlurft in die Küche, kommt am Garderobenspiegel vorbei und vermeidet es tunlichst, hineinzublicken, greift sich im Schrank unter dem Spülbecken die Schachtel mit dem Katzenfutter und füllt Iggys Futternapf. Innerhalb von Sekunden ist die Welt ihres Katers wieder in Ordnung – zumindest seine, denkt Milla bitter, als sie ihm beim Fressen zuschaut. Katze müsste man sein; das Leben wäre so viel einfacher.

Milla wendet sich ab, macht sich einen Kaffee – doppelt so stark wie üblich – und setzt sich an den Küchentisch.

»Was mache ich jetzt?«, fragt sie laut in den leeren Raum hinein.

Abgesehen vom leisen Knacken des Trockenfutters zwischen Iggys Zähnen bleibt es still.

Milla greift seufzend nach ihrer Tasche und klaubt das Handy hervor. Als sie das Display anklickt, zeigt es ihr neun unbeantwortete Anrufe an; zwei von ihrem Chef Wolfgang, sie kann sich denken warum, und sieben von Sandro. Er hat gestern spätabends versucht, sie zu erreichen. Doch sie hat schon geschlafen. Ob es um ihre Mutter geht? Millas Puls beschleunigt sich. Sie öffnet die zwei Kurznachrichten, die Sandro ihr anschließend geschickt hat.

Ruf an, wenn du das hier liest!

Und drei Minuten später: *Verflucht, Milla, melde dich, wo schnüffelst du wieder herum? Ruf mich an!*

Es geht nicht um Mutter. Milla hasst den Tonfall, den sie zwischen Sandros Zeilen liest. In solchen Momenten klingt er nicht wie ihr Lebenspartner, sondern wie ein Polizist. Das erträgt sie schlecht. Ihre Arbeit geht ihn nichts an! Er, der ihr stets vorwirft, dass sie sich in seine Angelegenheiten einmische – während es doch oft gerade umgekehrt der Fall ist. Milla spürt die Wut in sich aufsteigen. Statt sich ihr gegenüber als Polizist aufzuspielen, sollte Sandro gescheiter seine Arbeit tun. Sie ist auf einmal unglaublich wütend auf ihn, weil er ihrer Mutter nicht hilft, weil er sich zurücklehnt, den Fall abgegeben hat und die anderen einen katastrophal schlechten Job machen lässt, anstatt die Sache wieder geradezubiegen und ihre Mutter sofort zu entlassen. Nein, sie wird ihn nicht zurückrufen. Sie versteht einfach nicht, wie er sie in einem solch entscheidenden Moment in ihrem Leben im Stich lassen kann. Zu ihrer Wut gesellt sich eine schwere Enttäuschung, die ihr schon wieder die Tränen in die Augen treibt. Sie fühlt sich sehr allein.

»Sandro, du kannst mich mal!«, ruft Milla. Es tut ihr gut, das laut zu sagen. Iggy signalisiert ihr mit einem Maunzer Zustimmung.

Statt Sandro anzurufen, hört Milla die Nachricht ihres Chefs auf der Sprachbox ab. Sie hat sich nicht geirrt. Sie kennt ihn zu gut. Noch während sie seinen Worten lauscht, formiert sich in ihrem Kopf eine Idee.

In rekordverdächtigen siebzehn Minuten erledigt Milla Duschen, Schminken, Anziehen, sie greift nach Handy und Schlüsselbund, verabschiedet sich von Iggy und verlässt ihre Wohnung im Zürcher Seefeld, die sie schon fast gekündigt hatte, weil sie meinte, fortan mit Sandro und dem Baby unter einem Dach zu leben. Gott sei Dank hat sie die Kündigung hinausgezögert. Der Fötus ist tot, und sie ist sich nicht mal mehr sicher, ob sie weiterhin mit Sandro zusammen sein will. Wie bitter das Leben manchmal sein kann.

Milla macht sich auf den Weg an jenen Ort, an dem sie sich ebenfalls wie zu Hause fühlt, wo sie aber nicht alleine ist und sich nicht gehen lassen und Trübsal blasen kann. Es geht hier schließlich nicht um sie und ihren Kummer, sondern um ihre Mutter. Allein der Gedanke gibt Milla neue Kraft; es ist gerade einfach nicht drin, sich im Selbstmitleid zu suhlen. Es gibt viel zu tun: Sie muss ihre Mutter aus dem Gefängnis holen. Wenn die Polizei nicht einsieht, dass ihre Mutter unschuldig ist, muss sie den wahren Täter halt selbst aufspüren. Es wäre nicht das erste Mal, dass sie der Polizei einen Verbrecher präsentiert, weil sie mit ihrer Recherche schneller war. Aber das ist eine andere Geschichte.

Fünfunddreißig Minuten später öffnet Milla mit ihrem Badge die Türschleuse, um in das gesicherte Gebäude des Schweizer Fernsehens reinzukommen, sie steigt in den Lift und fährt hoch in die Redaktion der *Wochenthemen*. Zügigen Schrittes geht sie den langen Flur hinab, der die

Einzelbüros der Chefs vom Großraumbüro der Angestellten trennt, doch sie kommt nicht weit, schon erklingt Wolfgangs wohlvertraute Stimme.

»Milla, endlich, gut, dass du wieder da bist, du musst gleich loslegen!«, ruft er durch die offen stehende Tür seines Büros.

Milla hält inne und stellt sich in den Türrahmen.

»Auch dir einen schönen guten Morgen«, sagt sie übertrieben freundlich. Milla ist sich bewusst, dass sie und Wolfgang manchmal klingen wie ein seit Jahrzehnten verheiratetes Ehepaar.

»Bestimmt hast du davon gehört, du sitzt ja an der Quelle, wenn es um ein Verbrechen in Bern geht. Wir müssen in der nächsten Sendung unbedingt etwas zum Mord an Aaron Trachsel bringen.«

Obwohl Milla genau weiß, dass sie Wolfgang sagen müsste, dass sie sich nicht darum kümmern könne, dass sie befangen sei, dass jemand anderes das machen müsse, obwohl sie weiß, dass sie gerade jetzt einen unverzeihlichen journalistischen Fauxpas begeht, erwähnt Milla mit keiner Silbe, dass sie und vor allem ihre Mutter in den Fall Trachsel involviert sind. Stattdessen sagt sie: »In Ordnung, ich mache mich gleich an die Arbeit.«

Genau damit hat sie gerechnet. Ihr Plan scheint aufzugehen. Es wird für sie sehr viel einfacher sein, als TV-Reporterin denn als Tochter der Mordverdächtigen an wichtige Informationen zu gelangen.

»Danke, ich wusste, dass ich mich auf dich verlassen kann.« Wolfgang zögert. »Du bist wieder gesund, oder? Ich meine, den … du weißt, was ich meine. Alles wieder gut?«

»Du meinst den Abort«, erwidert Milla. Sie würde

Wolfgang gerne sagen, dass nichts wieder gut ist, dass seit dem Abort das Leben nur noch beschissen schwierig ist, aber sie schweigt, sie nickt nur, murmelt etwas von »in Ordnung« und wendet sich ab, weil sie nicht will, dass Wolfgang ihre Tränen sieht. Schon wieder Tränen. Milla kann sich nicht erinnern, wann sie das letzte Mal so oft geheult hat. Noch im Flur wischt sie sich die Tränen energisch weg, sodass ihr, als sie das Großraumbüro betritt, nichts mehr anzusehen ist. Dennoch ist sie erleichtert, als sie feststellt, dass keiner da ist; alle Kollegen sind wohl gerade ausgeflogen und mit Dreharbeiten beschäftigt. Das kommt ihr gerade recht.

Bevor sich Milla einen Rechercheplan ausdenkt, ruft sie Anwalt Rechsteiner an, um ihn zu fragen, wie die Einvernahme verlaufen ist und ob ihre Mutter freikommt. Sie erhofft sich, dabei gleichzeitig an ein paar Informationen über das Tötungsdelikt heranzukommen. Doch zu ihrem Ärger beruft sich der Verteidiger auf die anwaltliche Schweigepflicht; sie hätte ihrer Mutter sagen müssen, dass sie ihn davon befreien solle. Viel ist von ihm also nicht zu erfahren, nur etwas hört Milla zwischen den Zeilen heraus, etwas, das ihr ganz und gar nicht gefällt: Zweifel. Mutters Anwalt scheint nicht sicher zu sein, ob seine Mandantin wirklich unschuldig ist oder sie nicht doch etwas mit dem Tod Aaron Trachsels zu schaffen hat. Milla würde ihn gerne fragen, woher die Zweifel rühren, aber sie weiß, dass er dazu schweigen würde. Auch, wie lange ihre Mutter noch im Gefängnis bleiben muss, kann er ihr nicht sagen. Kein gutes Zeichen. Es sieht nicht gut aus.

Als sie das Gespräch beendet hat, bleibt sie einen Moment lang regungslos an ihrem Arbeitstisch sitzen.

Was, wenn seine Zweifel berechtigt sind?

Milla wischt den Gedanken weg. Weil es schlicht und einfach nicht sein kann, dass ihre Mutter eine Mörderin ist. Unmöglich. Es muss jemand anderes gewesen sein. Jemand, der einen Grund hatte, Aaron Trachsel aus dem Weg zu räumen.

Milla beginnt ihre Recherche so, wie sie jede Recherche beginnt: Sie taucht tief ein ins World Wide Web und in alle darin verfügbaren Datenbanken und Verzeichnisse, um mehr über das Leben des toten Nationalratspräsidenten zu erfahren. Sie will seine Verbindungen und Netzwerke kennen, seine Partner und seine Gegenspieler, sie will wissen, wem er im Weg gestanden oder wen er verärgert hat. Milla muss nicht lange suchen, bis sie auf einen Namen stößt, der sie aufhorchen lässt.

»Sieh an, sieh an«, murmelt sie leise vor sich hin. »Das ist doch schon mal eine Spur.«

Sie greift zum Telefon und wählt eine Nummer.

38

»Denkst du wirklich, dass Franz Koch etwas mit Aaron Trachsels Tod zu tun hat?«

Gundula ist kaum zu verstehen, ihr Mund ist gefüllt mit der Hälfte eines Brötchens, in das sie gerade genüsslich hineingebissen hat.

»Keine Ahnung, ich weiß nur, dass er sagte, er habe Trachsel den Tod gewünscht, und so sei es gekommen.«

Nathaniel tastet nach der Kaffeetasse, ist zu ungeduldig und stößt sie beinahe um, als er sie endlich findet. Gundula lässt sich nichts anmerken, sie springt auch nicht gleich auf, um ihm zu helfen, wie es viele andere tun würden. Nathaniel ist ihr dafür dankbar. Zu viel Fürsorglichkeit erträgt er schlecht.

»Ich finde, das solltest du der Polizei erzählen.«

Nathaniel murmelt etwas, das als Zustimmung aufgefasst werden kann, während er sich am Kaffee die Zunge verbrennt. Er behält es für sich, dass er gar nicht daran denkt, damit zur Polizei zu gehen. Er hat aus seinen Erfahrungen gelernt. Als Nathaniel das letzte Mal ein schweres Verbrechen gemeldet hat, hat ihm die Polizei zunächst nicht geglaubt, bis er schließlich sogar selbst verhaftet und ins Gefängnis gesteckt wurde. Sein Vertrauen in den Staat und seine Aufpasser ist seither erschüttert. Aber er wird mit Milla darüber reden. Sie wird wissen, wie Kochs

Aussage einzuschätzen ist und was sie damit anfangen sollen.

»Und der Kerl hat dich nach dem Gespräch wirklich aus dem Lokal gejagt?«, fragt Gundula.

Nathaniel ist froh, das Thema Trachsel hinter sich zu lassen.

»Er hat gebrüllt und die anderen gegen mich aufgehetzt. Es blieb mir nichts anderes übrig, als mit Alisha so schnell wie möglich zu verschwinden. Ich hab schon befürchtet, dass sie mich verfolgen würden und ... ich weiß auch nicht, was sie mit mir gemacht hätten. Zum Glück ist es nicht so weit gekommen. Aber Koch hat mir unmissverständlich klargemacht, dass ich dort nicht länger erwünscht sei.«

»Nachdem du die Namen seiner Terroristenkumpane erwähnt hast?«

»Ja, er nannte mich einen blinden Agenten.«

Nathaniel muss schmunzeln, und er hört, dass sich auch Gundula darüber amüsiert.

»Was du in Tat und Wahrheit ja auch immer mal wieder bist.«

»Allerdings meist nicht gerade ein erfolgreicher ...«, präzisiert Nathaniel selbstkritisch.

»Was genau hat er über den anderen Terroristen gesagt?«

»Über welchen anderen Terroristen?«

»Der mit dem lustigen Namen.«

»Balz Brecht?«

»Ja, genau.«

»Er nannte ihn einen Waldmenschen, den Einsiedler vom Hönggerberg.«

»Vielleicht kann der dir ja weiterhelfen.«

»Dafür müsste ich ihn erst mal finden.«

»Bei mir klingelt da was. Wart mal kurz.«

Nathaniel hört, dass Gundula den Stuhl rückt, aufsteht und den Raum verlässt. Ein Gähnen verzieht sein Gesicht. Er ist gestern nach der Versammlung direkt zu Gundula gefahren, sein Kopf voll von den Erlebnissen mit den Verschwörungstheoretikern, und obwohl er hundemüde war, hat sie ihn die halbe Nacht mit ihren Fragen gelöchert. Trotzdem hat es ihm gutgetan, ihre Unterstützung zu spüren. Nur geschlafen hat er nicht genug.

Plötzlich knallt es. Nathaniel fährt erschrocken zusammen. Etwas ist auf die Tischplatte geflogen.

»Entschuldigung«, sagt Gundula. »Das Buch ist schwer.«

Nathaniel hört sie blättern.

»Was liest du da?«

»Ich lese nicht, ich schaue; es ist ein Bildband über ausgezeichnete Werke von Schweizer Pressefotografen. Ich erinnere mich, dass jemand mit Bildern von Aussteigern einen Preis gewonnen hat. Da waren die Waldmenschen von Hönggerberg ein Thema. Offenbar werden in dem Wald hoch über Zürich Obdachlose geduldet, die sich dort ein neues Zuhause geschaffen haben.«

Gundula verstummt erneut, nur das Umblättern der Seiten ist zu hören.

»Voilà!«, ruft sie plötzlich laut. »Hier haben wir sie. Vier Porträts von Männern, die im Hönggerwald leben.«

»Ist Balz Brecht dabei?«, fragt Nathaniel ungeduldig.

»Treffer!«

Nathaniel sieht nicht, dass Gundula die Hand vorstreckt, um sich mit ihm abzuklatschen – *Gimme five!* –, und sie sofort beschämt zurückzieht, als sie realisiert, dass er es ja nicht sehen kann.

»Gibt es ein Bild von ihm in dem Buch?«

»Ja, das Buch ist allerdings schon fünf Jahre alt.«

»Was steht unter dem Bild?«

»Waldmensch Balz Brecht«, liest Gundula überdeutlich vor, »hat vor zwanzig Jahren im Waldteil Chappeli am Ufer des Mittelwaldbachs seinen Verschlag aufgebaut und ist nie mehr weggezogen.«

»Dann ist er vielleicht auch heute noch dort.«

»Moment.« Wieder verfällt Gundula in Schweigen, dieses Mal kann Nathaniel nicht hören, was sie macht. »Google Maps kennt leider kein Chappeli auf dem Höngerberg.«

»Gibt es nicht genauere Karten, Wanderkarten oder so?«

»Moment, ich schau mal. Hier haben wir was: Auf der Seite der Stadt Zürich gibt es eine Waldkarte. Hier, da ist es! Das Waldstück Chappeli ist eingetragen. Auch der kleine Bach ist zu erkennen. Hier muss es sein. Ich werde dir die Koordinaten herausschreiben, dann kannst du sie in deine Navigations-App eingeben.«

»Du meinst, ich soll dort hinfahren?«

»Klar. Darum geht es doch bei der ganzen Sache, oder habe ich da etwas missverstanden? Du willst doch herausfinden, was Esmeralda und der andere Andreas Brenner mit deinem Vater zu tun haben. Vielleicht kann Balz Brecht dir die Antwort geben.«

Zwei Stunden später fährt Nathaniel mit dem Zug im Hauptbahnhof Zürich ein. Gundulas Argument hat überzeugend geklungen. Sie wäre am liebsten gleich mit ihm gereist, aber sie musste in ihre Tierwarenhandlung, sie kann den Laden nicht einfach einen ganzen Tag lang dichtmachen. Zu eng ist es im Moment finanziell, sie hat die Verluste nach den Lockdowns in den letzten Jahren noch nicht ganz wieder wettgemacht.

Als Nathaniel in Zürich aus dem Zug steigt, ist er auf einmal nicht mehr sicher, ob es eine gute Idee war, sich allein auf die Suche nach einem Mann zu begeben, der mitten in einem Wald wohnt. Er verliert die Orientierung bereits kurz nach der Ankunft, als er realisiert, dass sich sein Bahnsteig im unterirdischen Teil des Zürcher Bahnhofs befindet und er nicht einfach hinausspazieren kann. Nachdem er und Alisha bestimmt zehn Minuten umhergeirrt sind, spricht Nathaniel die erstbeste Person an. Er ist froh, dass es eine Frau ist; Frauen sind in der Regel hilfsbereiter. Sie stellt sich als Regula vor, fragt ihn, wo er hinwill, und bringt ihn schließlich zur richtigen Bushaltestelle. Der Weg dorthin führt über zwei verwinkelte, unterirdische Etagen hinauf an die Erdoberfläche. Nie im Leben hätte Nathaniel allein den Weg durch dieses Labyrinth gefunden, und er fragt sich, wie er jemals wieder nach Hause kommen soll. Aber um dieses Problem wird er sich später kümmern.

»Am besten steigen Sie bei der Technischen Hochschule aus dem Bus, von dort sind es zu Fuß aber noch einige Minuten bis zum Hönggerwald. Finden Sie den Weg?« Die Frau namens Regula klingt besorgt.

»Ich werde es schon schaffen, ich vertraue auf meine GPS-App und auf meine Hündin Alisha.«

Nathaniel versucht, überzeugend zu klingen, und ringt sich ein Lächeln ab. Tatsächlich wird ihm Alisha heute wohl kaum eine große Hilfe sein – und ob er mit seiner Navigations-App einen kleinen Bach mitten in einem Wald finden wird, daran hegt er selbst die größten Zweifel. Er hat zwar die exakten Koordinaten in sein Handy eingegeben – aber er hat keine Ahnung, welche Hindernisse ihn bis dorthin erwarten.

An den in der Navigations-App gespeicherten Punkt zu gelangen, stellt sich wenig später als viel einfacher heraus als erwartet. Nathaniel und Alisha müssen sich nicht durchs Dickicht kämpfen oder durch Büsche kriechen; die App führt sie zuerst auf einer Straße und später über einen Waldweg zur richtigen Stelle. Doch als Nathaniel an dem Punkt ankommt, findet er sich allein mitten im Wald wieder. Soweit er das beurteilen kann, ist hier weit und breit keine Kommune von Aussteigern. Nathaniel dreht sich zweimal um die eigene Achse und meint zu spüren, dass kein Mensch in der Nähe ist. Einzig das Zwitschern der Vögel ist zu hören und das Rauschen des Windes in den Zweigen mit den noch jungen Blättern, unterstrichen vom beständigen Plätschern eines Bächleins.

»Alisha, ricerca!«, fordert Nathaniel seine Hündin auf. »Such einen Mann!«

Alisha kläfft drei Mal freudig-aufgeregt, wahrscheinlich meint sie, Nathaniel habe gerade ein neues Spiel erfunden. Sie setzt sich vor Nathaniel hin und macht keine Anstalten, sich auf die Suche zu begeben.

Also muss Nathaniel Balz Brecht alleine finden. Wie absurd die Situation, als Blinder in einem Wald zu stehen und jemanden zu suchen, der hier lebt, um sich von der Gesellschaft zurückzuziehen. Einmal mehr wundert sich Nathaniel über sich selbst. Unvernunft scheint sein zweiter Vorname zu sein.

»Hallo? Ist hier jemand?«, ruft er laut in den Wald hinein. »Balz Brecht? Sind Sie da?«

Stille. Hier ist niemand.

Nathaniel entschließt sich, dem Verlauf des Baches zu folgen. Er führt Alisha in Richtung des Plätscherns, bis sie ihm anzeigt anzuhalten. Dann dreht er sich nach links und versucht, dem Gehör nach dem Bach zu folgen. Er geht ganz langsam, setzt vorsichtig einen Fuß nach dem anderen auf den mit Pflanzen überwucherten Waldboden. Alle paar Sekunden ruft er dabei Balz Brechts Namen. Doch Antwort kriegt er keine.

Nathaniel ist nahe daran aufzugeben.

»Noch fünf Minuten«, sagt er mehr zu sich selbst als zu Alisha. Einmal mehr ärgert er sich über seine nutzlosen Augen. In Momenten wie diesen ist er überzeugt, dass er nur scheitert, weil er blind ist. Dass womöglich auch ein Sehender Balz Brecht nicht finden würde, kommt ihm nicht in den Sinn.

Da ist etwas!

Nathaniel stoppt, verharrt regungslos, lauscht. Auch Alisha nimmt automatisch eine Lauerstellung ein. Es war kein Geräusch, sondern ein Geruch, der Nathaniel alarmiert hat: Da brennt etwas. Nathaniel unterdrückt den Instinkt, sofort davonzulaufen. Stattdessen versucht er herauszufinden, aus welcher Richtung der Rauch kommt. Er macht ein paar Schritte darauf zu, dann vernimmt er das leise Knistern brennender Äste. Ein Lagerfeuer? Nathaniel grinst zufrieden; er glaubt, gefunden zu haben, was er suchte.

39

»Guten Morgen, Frau Nova.«

»Es ist kein guter Morgen.«

Margret Nova blickt Felix Winter und Malou Löwenberg müde an. Sie hat beschlossen, dass die Zeit der Höflichkeiten vorbei ist. Es gibt keinen Grund mehr, freundlich zu sein, nicht nach dem, was sie durchmachen musste. Sie empfindet es als Demütigung, dass man sie über Nacht in eine Zelle gesperrt hat, dass sie sich die Dusche mit Verbrecherinnen teilen musste, dass sie sich nicht richtig zurechtmachen konnte für das erneute Verhör – sie fühlt sich schmuddelig und klebrig und unausgeschlafen und unansehnlich, und vor allem fühlt sie sich schrecklich ungerecht behandelt. Das hat sie nicht verdient, das nicht. Es ist zwar womöglich unredlich, sich auf einen verheirateten Politiker einzulassen, aber eine Sünde ist es nicht, diese Zeiten sind vorbei. Es gibt keinen Grund, sie so schlecht zu behandeln.

»Möchten Sie uns heute erzählen, wie Sie vorgegangen sind? Wie haben Sie Aaron Trachsel das Gift verabreicht?«

Felix Winter starrt sie an und klopft mit einem Kugelschreiber auf die Tischplatte. Margret möchte ihm tausend Dinge ins Gesicht brüllen, so verzweifelt ist sie, doch sie sagt nichts, sie ist zu müde, sie hat keine Kraft mehr. Er wird ihr sowieso nicht glauben.

»Frau Nova. Wir möchten verstehen, was passiert ist. Selbst wenn Sie es nicht waren: Sie helfen uns nicht weiter, indem Sie schweigen. Es muss doch auch in Ihrem Interesse sein, herauszufinden, was mit Aaron Trachsel passiert ist.« Malou Löwenberg versucht auf andere Weise, die alte Frau zum Reden zu bringen. Aber es funktioniert nicht; Margret hat genug Krimis gesehen, um zu erkennen, dass hier gerade das »Guter Polizist, schlechter Polizist«-Spiel gespielt wird. Sie presst trotzig die Lippen zusammen.

»Herr Rechsteiner, haben Sie Ihrer Mandantin geraten zu schweigen?«, fragt Winter den Anwalt, der neben Margret sitzt.

Der schüttelt den Kopf und hebt ratlos die Schultern.

»Sie müssen nicht mit meinem Anwalt über mich reden, Sie können mich direkt ansprechen. Ich meinte immer, bei der Polizei habe man gute Manieren.« Margret klingt wie eine Lehrerin, die einen Erstklässler über die Verhaltensregeln aufklärt. Sie registriert den Hauch eines Lächelns auf den Lippen der Polizistin, vermag es aber nicht zu deuten.

»Frau Nova, was ist geschehen, bevor Sie Herrn Trachsel das letzte Mal sahen? Hatten Sie Streit?«, fragt die Polizistin.

»Nein, wir hatten es immer gut miteinander. Wir haben nicht gestritten.« Margret Nova spürt einen Schmerz in ihrer Brust. Es tut noch immer sehr weh.

»Wollte Herr Trachsel sich von seiner Frau trennen?«

»Er hat manchmal davon gesprochen, aber das waren nur Worte, es war nicht konkret.«

»Wollten Sie denn, dass sich Herr Trachsel von seiner Frau trennt?«, hakt Malou Löwenberg nach.

»Sie sind vielleicht noch etwas zu jung, um das zu verstehen.« Margret spricht so langsam, als müsse sie über jedes einzelne Wort nachdenken, bevor sie es ausspricht. »Aber nein, das wollte ich nicht. Er sollte sich nicht trennen wegen mir. Wir hatten schöne Stunden, heimliche Stunden, es war ein kleines Liebesabenteuer. Hätte er seine Frau wegen mir verlassen, wäre es ernst geworden. Alles hätte sich verändert. Ich bezweifle, dass es gut ausgegangen wäre. Wissen Sie, er war so lange verheiratet – und ich war so lange allein. Da will man nicht, dass der Mann von seiner Ehefrau direkt bei einem einzieht und dann all den Raum einnimmt, den man sich so schön für sich erkämpft und erschaffen hat.«

Malou nickt. Margret erkennt in ihren Augen, dass die junge Frau, selbst wenn sie nicht über die gleiche Lebenserfahrung verfügt, genau weiß, wovon sie spricht. Margret meint in ihrem Blick auch noch etwas anderes zu erkennen: Die Polizistin glaubt ihr. Allerdings scheint sie die Einzige in diesem Raum zu sein, die sie nicht für eine Lügnerin hält.

»Frau Nova, warum haben Sie Aaron Trachsel dann getötet?« Felix Winter reißt das Wort wieder an sich. Sein Tonfall ist giftig.

»Ich – habe – Ronnie – nichts – getan!« Margret Nova betont jedes einzelne Wort. »Bitte glauben Sie mir endlich!«

»Vergreifen Sie sich nicht im Ton!«

»Dasselbe gilt für Sie, junger Mann!«

Als sich am Verhörtisch ein veritabler Streit entwickelt zwischen einem Polizisten, der kurz vor der Pensionierung steht, und einer Verdächtigen, die dennoch fast seine Mutter sein könnte, klopft es an der Tür. Sie öffnet sich und Florence Chatelat streckt den Kopf herein.

»Felix, Malou, kommt ihr kurz?«

Wie auf Kommando erheben sich die beiden und entschuldigen sich für einen Moment. Als hinter ihnen die Tür zufällt, droht die Stille Margret Nova zu erdrücken.

»Ist das ein gutes oder ein schlechtes Zeichen«, fragt sie ihren Anwalt, um die schwere Ruhe zu vertreiben. Rechsteiner zuckt bloß mit den Schultern.

Während Margret Nova versucht, im Kopf die Sekunden zu zählen, um die Wartezeit zu verkürzen, schließt ein paar hundert Meter weiter westlich die Rechtsmedizinerin Irena Jundt den Leichensack über Claude Vogelsangs schneeweißem Gesicht. Sandro hat die Obduktion beantragt, um auf Nummer sicher zu gehen, dass hier nicht ein möglicher Mord für einen Suizid gehalten wird – sie alle erinnern sich nur zu gut an einen Fall, der sie alle persönlich betraf und sich genauso abgespielt hat. Doch Irena hat ihre erste Einschätzung auch nach der Obduktion nicht korrigiert. Die Ergebnisse der Schmauchspur-Untersuchung am Gummihandschuh sind eindeutig: Die Waffe wurde in Vogelsangs Hand abgefeuert. Dass ihm der Handschuh erst nach dem Schuss übergestreift wurde, erscheint aufgrund der Spurenlage unwahrscheinlich, zumal die Stanzmarke an seiner Schläfe zeigt, dass die Pistole beim Abfeuern aufgesetzt war. Das muss er freiwillig getan haben, dazu kann man niemanden zwingen – außer man betäubt das Opfer vorher, was hier nicht der Fall war. Die toxikologischen Untersuchungen im Labor fielen negativ aus: Claude Vogelsang wurde nicht betäubt oder sediert. Der einzige Schönheitsfleck in der Suizidthese ist der Gummihandschuh. Es mutet seltsam an, dass er sich den überzog, um sich den tödlichen Schuss zu setzen. Aber Irena hat schon schrägere Dinge gesehen.

Das Motiv für seinen Suizid? Wer weiß das schon. Man sieht nie in einen Menschen hinein. Vielleicht mochte er einfach nicht mehr. Alt werden ist für niemanden einfach. Plötzlich als Anwalt nicht mehr gefragt zu sein, nachdem man über ein halbes Jahrhundert für seinen Beruf gelebt hat, kann durchaus Depressionen auslösen. Vielleicht hat der ehemalige Staranwalt sein neues Dasein als unwichtiges Rädchen im Getriebe nicht verkraftet.

Irena schiebt den Hebewagen mit Vogelsangs Leiche vor das Kühlfach, öffnet es, bringt den Wagen auf die richtige Höhe und schiebt den Toten hinein. Hast du wirklich alles bedacht?, fragt ihre innere Stimme, die sie nur zu gut kennt und die verdächtig nach ihrem früheren Professor Rudolf Maierhofer klingt. Manchmal kommt es ihr vor, als würde ihr einstiger Förderer und Lehrer auf ihrer rechten Schulter sitzen und ihre Arbeit noch immer kritisch beurteilen und kommentieren.

»Ich habe an alles gedacht«, antwortet Irena sich selbst, als sie das Kühlfach schließt. Sie betritt die Garderobe, entsorgt ihre Schutzkleidung, tauscht die Turnschuhe gegen ihre Stiefeletten ein und begibt sich in ihr Büro-Kabuff, um den Bericht für Sandro zu schreiben. Sie ahnt, dass die Nachricht über den Suizid für ihn eine gute Nachricht sein wird. Sie bedeutet, dass die Akte geschlossen werden kann: Fall erledigt.

Trotzdem würde Irena zu gerne wissen, was Milla bei dem alten Anwalt gesucht hat – nur Stunden, bevor der seinem Leben ein Ende setzte. Was für ein seltsamer Zufall.

»Was gibt's?«, fragt Felix etwas ungehalten, als er im Nebenraum des Verhörzimmers die Tür hinter sich zuzieht.

»Ich bin daran, die Festplatten der Computer aus Trachsels Haus zu sichten.«

»Und?«

»Tonnenweise Material. Aber ich bin schon auf etwas gestoßen.«

»Rück raus damit.«

»Der Mailverkehr von Aaron Trachsels Ehefrau ist durchaus interessant.«

»Inwieweit?«

»Gemäß Sandros Protokoll bestritt Trachsels Ehefrau, von der Affäre ihres Mannes gewusst zu haben«, fährt Florence fort.

»Das ist korrekt«, stimmt Malou zu. »Sie behauptete, es habe keine Affären gegeben.«

»Seltsam also, dass sie in einem Mailverkehr mit ihrer Freundin über Aaron Trachsels Affäre diskutierte, mehr noch, sie sogar beim Namen nannte: Sie wusste, dass ihr Mann mit Margret Nova eine Beziehung führte. Und wohl auch, dass er sich über eine Scheidung Gedanken machte. Hierzu schrieb sie ziemlich deutlich, ich zitiere: *Ich wünsch ihm eher den Tod, als dass ich mich scheiden lasse.*«

»Oha!«, entfährt es Malou.

»Gute Arbeit«, kommentiert Felix.

»Hier hätten wir also ein Motiv – das ich bei Margret Nova überhaupt nicht erkennen kann«, meint Malou.

»Aber das Buch mit den Giftpflanzen, die Markierung bei der Herbstzeitlosen?«, interveniert Felix.

»Zufall?«, wirft Florence ein.

»Ich bin gegen Zufälle«, sagen Malou und Felix wie aus

einem Munde, ein Credo, das ihr Chef Sandro immer und immer wieder predigt.

»Aber manchmal gibt es ihn eben doch«, hält Florence entgegen.

»Dann werden wir Frau Trachsel wohl mal zu uns bitten.«

»Frau Trachsel-Von Grafenstadt, um korrekt zu sein«, sagt Malou.

Als Felix Winter Minuten später zurück im Verhörraum ist, setzt er sich nicht mehr hin.

»Frau Nova, Sie können gehen.«

»Ich?«, fragt Margret Nova überrascht. »Warum?«

»Dass wir Sie gehen lassen, heißt nicht, dass wir Sie nicht länger verdächtigen.«

»Warum lassen Sie mich dann frei?«

Felix geht nicht auf ihre Frage ein.

»Sie können nach Hause gehen, aber wir werden Ihren Reisepass einziehen, Sie dürfen das Land nicht verlassen. Wenn Sie die Stadt verlassen, geben Sie uns bitte vorher Bescheid, wir wünschen uns, dass Sie erreichbar bleiben.«

Margret Nova will etwas entgegnen, doch ihr Anwalt legt seine Hand auf ihren Arm, also zwingt sie sich zu schweigen, obwohl sie viele Fragen hat. Zum Beispiel jene, wer ihr ihren Ronnie genommen hat.

40

»Balz Brecht?« Nathaniel ruft den Namen erneut in den Wald hinein, während er versucht, sich dem Knistern des Feuers zu nähern. »Hallo, ist hier jemand? Balz Brecht?«

»Wer will das wissen?«, ruft eine Stimme zurück. Sie klingt brüchig, alt, eher dünn. So redet jemand, der nicht oft spricht, denkt Nathaniel.

»Ich bin Nathaniel!«, ruft er zurück. »Und ich bin blind!«, schickt er hinterher, um die unweigerlich auftauchenden Fragen zu vermeiden.

»Ein blinder Nathaniel?« Die Stimme ist jetzt näher, aber noch immer etwa zwanzig Schritte entfernt. Der Mann klingt nicht freundlich, aber doch interessiert. »Und ein schöner Hund.«

»Sie heißt Alisha. Darf ich Sie besuchen kommen?«

Nathaniel horcht auf den Klang seiner Stimme, auf das Echo, aber er kann nicht sagen, ob sich vor ihm ein Haus oder eine Art Gebäude befindet, um ihn herum stehen zu viele Bäume, als dass er sich aufgrund des Widerhalls ein Bild machen könnte. Er kann sich nicht vorstellen, wie Balz Brecht hier im Wald lebt.

»Wohnen Sie hier?«, fragt er in der Hoffnung, dass der Mann ihm den Weg zum Eingang zeigt, falls es hier irgendwo einen Eingang gibt.

»Ich mag keinen Besuch«, sagt die Stimme grimmig.

Der Mann muss jetzt unmittelbar vor Nathaniel stehen. »Aber wenn du schon mal hier bist ... Wie hast du überhaupt hergefunden? Komm hier lang, komm nur. Und das mit dem Sie lass mal schön bleiben.«

Im nächsten Moment spürt Nathaniel eine Hand an seinem rechten Ellenbogen, die ihn sanft vorwärts zieht.

»Hier kannst du dich setzen.«

Nathaniel geht vorsichtig in die Hocke, und als er schon meint, gleich hart auf dem Boden zu landen, weil da gar kein Stuhl ist, und er sich mit den Händen auffangen will, spürt er Holz und Moos unter sich; ein zu einer flachen Bank gearbeiteter Baumstamm.

»Sie wohnen also wirklich hier«, stellt Nathaniel fest.

»Ich habe hier meine Jurte aufgebaut. Jetzt sitzen wir auf meiner Veranda unter der Zeltplane. Ich habe es mir gemütlich eingerichtet, schade, dass du es nicht sehen kannst.«

Nathaniel sieht sie zwar nicht, doch er riecht die Behausung von Balz Brecht, und der Geruch weckt bei ihm eine andere Empfindung als Gemütlichkeit. Er riecht kalte Plastikplanen und klammen Stoff, nasse Erde und etwas schimmlig Faules. Dem Mann selbst, der neben ihm Platz genommen hat, haftet jener Geruch an, den Nathaniel von Obdachlosen kennt; er riecht säuerlich nach altem Schweiß und nach Kleidung, die schon lange nicht mehr gewaschen wurde und nie richtig getrocknet ist.

Nathaniel weiß nicht so recht, wie er das Gespräch beginnen soll. Er hat sich so sehr darauf konzentriert, Balz Brecht zu finden, dass er vergessen hat, sich zu überlegen, was er sagen könnte. Schließlich will er nicht ein zweites Mal den gleichen Fehler machen und von Balz Brecht in ähnlicher Art und Weise zum Teufel gejagt werden wie gerade erst gestern Abend von Franz Koch.

»Eine Freundin von mir hat in einem Buch von Ihnen gelesen«, meint Nathaniel darum unverbindlich.

»Ach das. Ist schon eine Weile her.«

Nathaniel hört, dass Balz Brecht im Feuer herumstochert. Er spürt augenblicklich die Wärme der Flammen und lehnt sich instinktiv etwas zurück. Seit er sein Augenlicht verloren hat, fürchtet er sich vor Feuer.

»Wie lange leben Sie schon hier?«

»Sag du zu mir. Mich siezt schon lange niemand mehr. Ich kann die Jahre nicht mehr zählen, aber bestimmt schon mein halbes Leben lang.«

»Warum sind Sie … warum bist du in den Wald gezogen?«

»Das ist eine alte Geschichte. Da rede ich nicht drüber.«

Mist, denkt Nathaniel. Wenn Balz Brecht nicht über seine Vergangenheit spricht, ist er vergebens hergekommen. Langsam kommt sich Nathaniel vor wie ein Hamster im Rad, der sich endlos abmüht und doch nie an sein Ziel kommt.

»Was genau führt dich hierher?« Balz Brecht hört sich wieder feindselig an.

»Auch eine alte Geschichte. Es geht um meinen Vater.«

»Um deinen Vater?«

»Ja.«

»Und was hat das mit mir zu tun? Wer bist du überhaupt? Was willst du von mir?«

Das Gespräch, denkt Nathaniel, verläuft nicht wie geplant. Der alte Mann klingt aggressiv, wie ein Hund, der sich in die Enge gedrängt fühlt und laut zu knurren beginnt. Nathaniel wünschte, er wäre geschickter im Umgang mit Menschen. Dass er sein Gegenüber nicht anblicken kann, macht die Sache nicht einfacher. Er versucht, seine Augen in die Richtung zu steuern, aus der die Stimme kommt. Aber er weiß, dass er dennoch immer an den Leuten vorbeischaut.

»Ich will nichts von Ihnen, entschuldige, von dir. Ich möchte herausfinden, wer mein Vater wirklich war. Und es ist möglich, dass du ihn gekannt hast.«

»War er einer von uns?«

»Ich weiß es nicht.«

»Oder von der anderen Seite?«

»Wie meinst du das?«

»Haben dich die Feinde geschickt?« Balz Brecht wird plötzlich laut. »Ich weiß, dass ihr mich noch immer observiert, ihr könnt mich einfach nicht in Ruhe lassen! Habt wohl Angst, dass ich euch in die Luft sprengen werde?« Balz Brecht spuckt die Worte aus wie Galle. »Dass ich euren kranken Machtapparat durchschaue und euch stürzen könnte? Ihr jagt mich noch immer! Ihr Kapitalistenschweine seid immer noch hinter uns her!«

»Nein, nein, nein!«, ruft Nathaniel. »Ich bin kein Feind. Ich bin nicht von der Polizei oder sonst wem, ich bin einzig an meinem Vater interessiert, ich bin kein Agent. Ich bin nur Nathaniel.«

»Wer ist dein Vater?«

»Andreas Brenner.«

»Andreas Brenner?« Balz Brecht klingt überrascht. Plötzlich bricht ein unkontrolliertes Lachen aus ihm heraus. Es hört sich hässlich an. »Andreas Brenner! Du meinst wohl eher Stephan Kühnert? Der Verräter! Der Esmeralda schöne Augen gemacht und danach alles zerstört hat. Das ist dein Vater?«

»Nicht Stephan Kühnert, ich spreche von Andreas Brenner.«

»Andreas Brenner *ist* Stephan Kühnert.« Balz Brecht hält inne, Nathaniel glaubt, seinen Blick zu spüren. »Du hast tatsächlich keine Ahnung, wer dein Vater war? Er war ein Schweinehund der übelsten Sorte. Schwang große Worte und behauptete, der Krasseste von uns allen zu sein, doch im entscheidenden Moment hatte er die Hose voll, ist abgehauen, tauchte unter und verriet all die anderen, die für die wahre Sache kämpften. Wegen ihm habe ich Jahre im Knast gesessen! Er war ein riesengroßes feiges Arschloch! Und du ... ja, jetzt fällt's mir auf: Du siehst ihm verdammt ähnlich!«

Nathaniel spürt eine kräftige, raue Hand auf seinem Gesicht, sie fasst ihn am Kinn, dreht seinen Kopf nach links und nach rechts, Balz Brecht mustert ihn so, wie man das Vieh auf dem Markt begutachtet. Plötzlich zuckt der Alte zurück, ein giftiger Schrei entfährt ihm und lässt Nathaniel zusammenfahren. In der nächsten Sekunde packt ihn der alte Mann mit stahlhartem Griff an den Schultern und schüttelt ihn. Nathaniel versucht vergebens, sich aus dem Griff zu lösen, die Angst übermannt ihn. Das hier ist nicht gut, das hier ist gar nicht gut. Er hört Alisha aufspringen, sie kläfft Balz Brecht an.

»Schau mich an!«, schreit Brecht Nathaniel ins Gesicht. »Schau mich an!«

Nathaniel versucht verzweifelt, seinem Gegenüber ins Gesicht zu blicken, doch er weiß nicht genau, wo dessen Augen sind.

»*Du* bist es! *Du* bist zurückgekommen!« Brecht brüllt jetzt und stößt Nathaniel von sich weg. »Du elender Drecksack, jetzt kommst du zurück, willst dich wohl rächen, doch nicht mit mir! Was willst du noch, du hast doch schon alles zerstört! Nicht mit mir! Mich kriegst du nicht!«

Nathaniel strauchelt, bleibt aber auf den Füßen. Er begreift nicht. Was passiert hier gerade? Wovon spricht der alte Irre? Nathaniel weiß einzig, dass er hier wegmuss, und zwar schnell.

»Alisha, avanti!« Nathaniel hört seiner eigenen Stimme die Panik an.

»Nein! Du bleibst hier! Wage ja nicht, wieder abzuhauen!«

Balz Brechts Stimme entfernt sich, Schritte rascheln, Nathaniel tastet nach Alishas Geschirr, das ist seine Chance, die Hündin presst ihren Körper an sein linkes Bein, auch sie ist verängstigt und aufgeregt, er spürt ihr Herz schlagen.

In der gleichen Sekunde hört er ein Geräusch, das ihm einen eiskalten Schauer über den Rücken jagt. Obwohl er weiß, dass er so schnell wie möglich wegrennen müsste, lässt ihn der Klang erstarren. Klingendes Metall, als wühle jemand in einer Besteckschublade.

Er holt ein Messer!

Nathaniel hat keinen Zweifel daran, dass der Alte jeden Augenblick auf ihn losgehen wird.

»Alisha!« Nathaniel brüllt den Namen seiner Hündin und rennt los. Obwohl er sich mit seiner Linken verzweifelt an Alishas Geschirr klammert und den anderen Arm ausstreckt, um zu verhindern, dass er ungebremst in den nächsten Baum hineinrennt, kommt er nicht weit. Schon nach zwei Schritten bleibt sein Fuß an einer Pflanze oder an einer Wurzel hängen, und er schlägt der Länge nach auf dem Waldboden auf. Nathaniel ignoriert den Schmerz, denkt nicht nach, sein Kopf ist leer, es befiehlt nur noch der Instinkt. Er rappelt sich hoch, findet Alishas Geschirr nicht mehr, hetzt trotzdem weiter, doch er ist nicht allein, er hört ein Keuchen, das ist nicht seine Hündin, das ist ein Mensch, Balz Brecht ist unmittelbar hinter ihm, er nimmt seinen Geruch wahr, so nah ist er. Er will ausweichen, einen Haken schlagen, da spürt er einen feurigen Schmerz in der Seite seines Bauches. Nathaniel schreit auf. Es fühlt sich an, als hätte jemand flüssige Lava über ihn gegossen. Er krümmt sich, hält sich die rechte Seite, sinkt auf die Knie, alles dreht sich, er weiß nicht mehr, wo oben und wo unten ist, wieder hört er ein scharfes Geräusch, als würde die Luft zerschnitten, das Messer, denkt Nathaniel, er hat ein Messer, er hat mich erwischt. Er wartet auf den nächsten Stich, doch da springt ihn etwas Schweres an, aggressiv bellend wirft sich Alisha gegen ihn und gegen Balz Brecht, sie klingt wie ein wildes Tier, ein Wolf. Nathaniel stürzt, Erde und alte Tannennadeln und feuchtes Laub in seinem Mund, er hört Balz Brecht schreien, kein Wutschrei mehr, ein Schmerzensschrei, er hört Alisha aufjaulen, Alisha, nicht Alisha, Nathaniel schreit jetzt auch, er schreit und schreit und schreit, bis er auf einmal keinen Atem mehr hat. Als Nathaniel still ist, hört er ein seltsames Gurgeln. Ein ersticktes Röcheln. Er weiß nicht, ob es von einem Menschen stammt oder von einem Tier. Lass es nicht Alisha sein, bitte nicht Alisha. Nathaniel will sich hochstemmen, will seine Hündin suchen, doch der Schmerz in seiner Seite lässt ihn wieder zusammensacken, er hält sich den Bauch, es ist alles nass, als wäre er in einer Pfütze gelandet. Er hebt die Hand zu seinem Gesicht, riecht an ihr. Da ist Blut. Viel Blut.

Nathaniel liegt auf dem Boden. Der Kopf auf der kalten Erde mit dem moosigen Geruch. Tränen nässen seine blinden Augen. Einzig das Zwitschern der Vögel ist zu hören. Sein Atem geht schwer. Es ist vorbei.

41

»This is the end … beautiful friend … this is the end.« Jim Morrison singt aus Millas Handy, sie hat den neuen Klingelton erst gestern heruntergeladen, in ihrem Ärger über Sandro. Sie blickt auf das Display und sieht, dass es der Anruf ist, auf den sie gewartet hat. Ihr Kollege ist vorhin nicht rangegangen, sie hat sich schon geärgert, doch offenbar war er nur zu langsam, um den Anruf anzunehmen.

»Mario!«, ruft Milla, bevor er sich melden kann. »Danke, dass du zurückrufst.«

»Wenn die Starreporterin vom oberen Stockwerk mich sucht, lasse ich doch sofort alles fallen!«

Milla weiß, dass Mario sie nur necken will, gleichzeitig schwingt hinter dem Spruch auch eine leise Eifersucht mit. Sie hatten gemeinsam die Ausbildung beim Schweizer Fernsehen durchlaufen, und während sie beim politischen Wochenmagazin untergekommen ist und große Hintergrundreportagen drehen kann, blieb er in der Vorabendsendung über das Lokalgeschehen stecken, obwohl er sich zu Höherem berufen fühlte. Es ist kein Geheimnis, dass sich Mario schon etliche Male bei der Sendung *Wochenthemen* beworben hat und nie berücksichtigt worden ist. Milla ignoriert seine Bemerkung und kommt gleich zur Sache.

»Ich weiß, dass du an der Geschichte um die Chiffre AG dran bist.«

»Genau, *ich* bin an der Geschichte dran – das heißt, es ist *meine* Geschichte, *wir* werden sie bringen.«

»Ich nehm sie dir schon nicht weg«, beschwichtigt Milla. »Aber ich brauche eine Information. Wenn du mir hilfst, bin ich dir einen Gefallen schuldig.«

Milla registriert das kurze Zögern am anderen Ende der Leitung. Typisch Mann, denkt sie. Frauen arbeiten viel unkomplizierter zusammen, Männern wittern in ihr stets die große Konkurrentin, der sie den Erfolg nicht gönnen.

»Es kommt darauf an, worum es geht. Was willst du?«

»Es geht um Aaron Trachsel.«

»Der ermordete Nationalratspräsident?«

»Der verstorbene Nationalratspräsident«, korrigiert Milla, obwohl auch sie die offizielle Medienmitteilung über das Tötungsdelikt gelesen hat, die sie im Normalfall nicht anzweifeln würde. Doch das hier ist nicht der Normalfall. Hier geht es um ihre Mutter.

»Aber er ist doch ermordet worden?«

»Das sagt die Polizei.«

»Du glaubst ihr nicht? Sie werden wohl kaum einen natürlichen Tod als Tötungsdelikt deklarieren, warum sollten sie auch?«

»Nein, du hast natürlich recht.«

Milla schüttelt über sich selbst den Kopf. Am liebsten würde sie Mario erzählen, was passiert ist, dass sie den wahren Mörder finden muss, um ihre Mutter zu entlasten. Obwohl sie völlig durcheinander ist, ist ihr zum Glück bewusst, dass dies ein fataler Fehler wäre: Mario würde die Geschichte über die verhaftete Mutter der Journalistenkollegin noch heute Abend auf den Sender bringen. Milla muss vorsichtig sein. Sie weiß, dass nicht allen Journalisten zu trauen ist, nicht einmal dann, wenn es sich um Kollegen ihres Senders handelt.

»Ich recherchiere über seinen Tod«, erklärt Milla. »Und ich bin im Internet auf eine Rede gestoßen, in der Aaron Trachsel und die Firma Chiffre AG in einem Atemzug genannt wurden. Weißt du etwas über eine mögliche Verbindung?«

»Es mischten mehrere Politiker in der Chiffre AG mit. Ich kann dir nicht aus dem Kopf sagen, ob Trachsel dazu gehört. Wir haben stapelweise interne Papiere zugespielt erhalten, ich kann sie durchgehen. Das dauert aber einen Moment.«

»Was habt Ihr über die Firma herausgefunden?«

Wieder bleibt es einen Moment zu lange still am anderen Ende der Leitung.

»Wollen wir uns nicht unter vier Augen darüber unterhalten? Aber nur, wenn du mir versprichst, nichts davon zu verwenden, bevor wir unsere Geschichte gebracht haben.«

»Einverstanden.«

»Versprochen?«

»Versprochen!«

Fünfzehn Minuten später schlendert Milla über die Tramgeleise hinüber zu einem künstlich angelegten See, der die Lebensqualität in dem betonlastigen Quartier steigern sollte. Tatsächlich liegt er an diesem lauwarmen Frühlingstag verlassen da, das Wasser ist trüb, am aufgeschütteten Sandstrand liegen Flaschen und anderer Müll herum. Mario hat darauf bestanden, dass sie sich draußen treffen – als fürchte er, im Büro abgehört zu werden. Milla findet seine Vorsicht maßlos übertrieben, wahrscheinlich will er sich nur wichtig machen. Die ersten Gerüchte, die die Chiffre AG umranken, wurden bereits in verschiedenen Zeitungen publiziert – doch sie ist zu wenig im Thema drin, um abschätzen zu können, wie viel Wahrheit dahintersteckt.

»Alles, was du bis jetzt darüber gehört hast, ist wahr«, beantwortet Mario ihre Frage. »Mehr noch: Die Affäre ist sogar um einiges brisanter.«

Mario fasst für Milla kurz die wichtigsten Punkte zusammen. Die Chiffre AG ist eine international tätige Firma aus der Schweiz und Marktführerin für Chiffriergeräte – für Maschinen also, die geheime Kommunikation verschlüsseln, damit sie nicht abgefangen oder abgehört werden kann. Über hundertdreißig Regierungen waren Kunden der Chiffre AG. Die Firma wurde nach dem Zweiten Weltkrieg gegründet und bot bis vor Kurzem Verschlüsselungen für Funk, Telefon, VPN und Lichtwellenleiter an. Bis vor Kurzem, weil vor drei Monaten ein Whistleblower einem Recherchepool von Reportern interne Unterlagen zukommen ließ, die das Ende der Chiffre AG einläuteten. Denn daraus wurde ersichtlich, dass die Chiffre AG 1970 still und heimlich vom deutschen Auslandsnachrichtendienst BND und der US-amerikanischen CIA aufgekauft worden ist. Der schwerwiegende Verdacht: Die beiden Geheimdienste veranlassten die Firma, bestimmten Staaten solcherart Maschinen zu liefern, die nur schwache Verschlüsselungen generierten, sodass sie vom BND und von der CIA problemlos geknackt werden konnten. Mit dem Verkauf von den scheinbar sicheren Chiffriergeräten täuschte die Firma auf neutralem Schweizer Boden Kunden in über hundert Ländern. Tatsächlich lasen und hörten CIA und BND jedoch alles mit. Das gemeinsame Spionageprogramm der Deutschen und der Amerikaner blieb über Jahrzehnte unentdeckt – bis eben gerade jetzt.

»Wussten die involvierten Schweizer Politiker, dass die Firma dem deutschen und dem amerikanischen Geheimdienst gehörte?«, fragt Milla, als Mario seine Erklärungen beendet hat.

»Teils. Natürlich streiten sie alle ab, davon gewusst zu haben. Klar ist aber, dass das Schweizer Militär eingeweiht war. War Trachsel im Militär aktiv?«

»Das weiß ich nicht. Wahrscheinlich schon. In seiner Partei macht nur Karriere, wer es auch im Militär zu etwas gebracht hat.«

»Falls er mit der Chiffre AG zu tun hatte und im Militär eine höhere Funktion innehatte, dann wusste er bestimmt, was hinter den Kulissen lief.«

»Könnte er sich durch dieses Wissen in Gefahr gebracht haben?«

Mario blickt Milla mit großen Augen an. Er scheint erst jetzt zu realisieren, worauf sie hinauswill, und zögert mit einer Antwort.

»Denkbar.« Mario kratzt sich am unrasierten Kinn. »Zumal wir noch nicht alles beweisen können und wohl auch noch nicht die ganze Wahrheit kennen – wenn er etwas wusste, das nicht bekannt werden soll, dann ist es durchaus möglich, dass ihn jemand zum Schweigen gebracht hat.«

»Der Schweizer Nachrichtendienst, der BND oder die CIA?«

»Keine Ahnung. Jemand, der nicht will, dass alles aufgedeckt wird. Wir haben es hier mit sehr mächtigen Personen zu tun.«

Ein Mitglied der Elite dieses Landes begeht in James-Bond-Manier einen Mord, und ihre Mutter muss als Sündenbock herhalten, denkt Milla verbittert.

»Kannst du herausfinden, ob Trachsel eine Funktion bei der Chiffre AG innehatte?«

»Ja, ich kann seinen Namen in der Suchmaske eingeben und die Dokumente durchstöbern. Es sind sehr viele Papiere. Allein die Unterlagen zu scannen kostete uns einige Tage.«

»Ich versuche in der Zwischenzeit etwas über seine militärische Laufbahn zu erfahren.«

»Vergiss nicht, die Chiffre AG ist meine Geschichte.«

»Schon klar.« Milla winkt ab. »Mir geht es einzig um Aaron Trachsel.«

Sie spricht nicht aus, dass *seine* Geschichte plötzlich sehr wohl zu *ihrer* Geschichte werden könnte – dann nämlich, wenn sich herausstellt, dass Aaron Trachsels Mörder bei der Chiffre AG oder den dahinterstehenden Geheimdiensten zu suchen ist. Doch so weit ist Milla noch nicht. Vorerst ist es nur ein vager Verdacht. Ein Verdacht indes, der zeigt, dass andere Personen ein viel größeres Interesse gehabt haben könnten als ihre Mutter, Aaron Trachsel umzubringen. Sie hat überhaupt kein Motiv.

Milla verabschiedet sich von Mario und greift zum Handy, um Sandro anzurufen und ihm von ihren Recherchen zu erzählen. Er muss ihre Mutter freilassen, jetzt, sofort. Bevor sie seine Nummer wählen kann, ertönt Heintjes Lied *Mama*. Mutters Klingelton. Milla zuckt zusammen, als hätte ihr gerade ein Geist ins Ohr geflüstert. Sie nimmt den Anruf an.

»Mutter, wo bist du?«

»Milla, wie gut, deine Stimme zu hören!«

»Sie haben dich gehen lassen!«

»Es war ganz schrecklich, ganz schrecklich war das, ich verstehe nicht, warum man mir das angetan hat.«

»Wo bist du jetzt? Brauchst du Hilfe?«

»Danke, es geht, ich bin jetzt wieder zu Hause.«

»Zum Glück. Ich bin sehr froh darüber. Bedeutet das, dass sie jemanden anderen verhaftet haben?«

»Nein, sie sagten, ich stehe noch immer unter Verdacht. Ich musste sogar meinen Pass abgeben. Eine Schande ist das. Ich verstehe es einfach nicht.«

»Mama, es wird alles gut, ich verspreche es dir. Erhole dich von dem ganzen Stress, nimm ein Bad, leg dich hin. Ich komme morgen nach Bern, dann kannst du mir alles erzählen.«

»Danke. Bis morgen.«

»Bis morgen.«

Statt zurück ins Büro zu gehen, stellt sich Milla an die Tramhaltestelle. Sie muss nicht lange warten. Als sie in den Elfer einsteigt, greift sie im Fach für die Gratiszeitungen nach dem erstbesten Papier. Es ist ein Teil der *Neuen Zürcher Zeitung,* den jemand zurückgelassen hat. Gedankenverloren blättert sich Milla durch die Seiten – bis sie auf jene mit den Todesanzeigen stößt.

Vier Inserate verkünden den Tod von Aaron Trachsel. Eins stammt von seiner Ehefrau und einigen Verwandten, eins vom Nationalrat und den Parlamentsdiensten des Bundeshauses, eins von seiner Partei und eins von einer militärischen Gesellschaft. Bingo, denkt Milla, manchmal findet man Antworten schneller als gedacht, man muss bloß mit offenen Augen durchs Leben gehen.

Dienen und schweigen, steht als Leitspruch über der Anzeige. Und weiter: *Unser Freund und Kamerad Aaron Trach-*

sel v/o Carlo hat uns für immer verlassen. Was folgt ist eine Auflistung seiner militärischen Funktionen und Ränge, die Milla überfliegt. Doch dann liest sie wieder konzentriert. *Der im eidgenössischen Militärdepartement tätige »Carlo« war Mitglied im Stab der geheimen Organisation K17 und bildete in der Anlage »Bernerhof« Absolventen von Spezialkursen in den Bereichen Information, Propaganda und psychologische Kriegsführung aus – bis zu jenem Moment, als das Schweizerische Radio die Geheimorganisation K17 verriet,* steht in der Todesanzeige geschrieben. Und zum Schluss: *Mit seinem jahrzehntelangen Wirken zugunsten der geheimen Widerstandsvorbereitungen hat Carlo für unser Land mehr geleistet, als die meisten von uns je zu leisten vermochten. Alle seine Freunde aus vergangenen Zeiten werden ihn deshalb in ihren Herzen bewahren.* Unterschrieben ist die Anzeige von einem Peter Klötzli von der *Organisation für den Widerstand im feindbesetzten Gebiet* und von einem Willy Berendt der *Organisation de Résistance in der Führungsanlage des K17.*

Milla fühlt sich augenblicklich in die Zeit des Kalten Krieges zurückversetzt, als die Schweizer Armee sich in den Bergen einbunkern wollte und die Bürger Konservendosen in ihren Luftschutzkellern horteten.

Die militärische Geheimorganisation K17 ist Milla ein Begriff, auch wenn nie öffentlich wurde, was die Gruppe genau gemacht hat. Allerdings meint Milla sich zu erinnern, dass die Sondereinheit nach ihrer Enttarnung in den späten Achtzigerjahren aufgelöst wurde und längst nur noch eine verstaubte Erinnerung an eine unrühmliche Vergangenheit ist. Dass sich deren ehemalige Mitglieder nun in einer Todesanzeige zu Wort melden, überrascht sie sehr. Die Tatsache, dass Aaron Trachsel selbst Mitglied der K17 war, passt allerdings nur zu gut zum Verdacht, dass er bei der Chiffre AG eine Funktion innegehabt haben könnte – was ihm sicherlich in den nächsten Wochen sein Amt gekostet hätte, wenn alles ans Licht gekommen wäre.

Vielleicht ging es hier aber auch um mehr als sein Amt, denkt Milla. Gut möglich, dass weitere hohe Politiker um ihre Stellung bangen, weil sie nicht wissen, inwieweit die Machenschaften der Chiffre AG aufgedeckt werden können. Milla ist sich sicher, auf der richtigen Spur zu sein, die sie zum Mörder oder zu den Mördern von Aaron Trachsel führen wird. Das wäre ein Coup; wenn sie in einer Reportage aufzeigen könnte, dass Trachsels Mörder unter seinesgleichen zu finden sind, womöglich saßen sie mit ihm im Parlament oder aber in den militärischen Führungsetagen. Gleichzeitig ist Milla klar, dass sie nicht umhinkommen wird, früher oder später Sandro über ihren Verdacht zu informieren. Sie entscheidet sich für später. Milla will die Seite mit den Todesanzeigen weiterblättern, da erstarrt sie. Ihr springt ein anderer Name ins Auge.

CLAUDE VOGELSANG
Wir trauern um unseren lieben Freund und herausragenden Anwalts-Kollegen.

Milla muss die Todesanzeige zweimal lesen. Doch es besteht kein Zweifel: Es handelt sich um jenen Claude Vogelsang, bei dem sie gerade erst im Büro gesessen hat. Sie blickt auf das Todesdatum: Er starb am Tag ihres Besuches.

Auf einmal ist Milla schrecklich kalt.

42

Der große Zeiger der Uhr springt auf die zwölf, als Felix Winter die Tür des Sitzungszimmers hinter sich schließen will. Er stoppt in der Bewegung, öffnet die Tür erneut und lässt seine Kollegin Malou Löwenberg hereinschlüpfen; er hat sich noch immer nicht daran gewöhnt, dass er nicht mehr der Letzte ist, der zu den Sitzungen erscheint. Anders als üblich steht Sandro nicht vor der Magnetwand vorne im Raum, er hat stattdessen auf einem der Stühle am langen Tisch Platz genommen. Er nickt Felix zu; er soll seine Stelle einnehmen und die Sitzung leiten. Sandro wird nur Zuhörer sein, solange es um den Fall Trachsel geht. Florence und Bettina sitzen zu Sandros Rechten, Malou lässt sich auf den Stuhl links von ihm fallen.

»Du musst nicht länger außen vor sein«, flüstert sie ihm zu. »Deine Schwiegermutter war es nicht, darauf wette ich ein Königreich.«

»Sie ist nicht meine Schwiegermutter«, raunt Sandro zurück. »Und selbst wenn sie es nicht war, ist sie doch zu sehr in die Sache involviert.«

Felix unterbricht die beiden Tuschelnden und eröffnet die Sitzung, indem er ein offizielles Bild von Aaron Trachsel an die Wand heftet. Es zeigt ihn, als er noch lebte, es ist eine Aufnahme aus dem Bundeshaus.

»Todesursache: Vergiftung mit Colchicin, dem Gift der

Herbstzeitlosen«, kommentiert Felix. Neben Trachsels Bild platziert er ein Foto der Pflanze. »Wann genau und wie ihm das Gift verabreicht wurde, wissen wir noch nicht. Je nach Menge führt Colchicin innert weniger Stunden zum Tod. Der Tod tritt meistens aufgrund einer Lähmung des Atmungszentrums ein. Davor können Vergiftungserscheinungen wie Kreislaufversagen, Koliken, Erbrechen oder auch blutiger Durchfall auftreten.«

Felix fasst noch einmal für alle zusammen, was sich in den letzten Tagen ereignet hat; von der Vermisstmeldung des Nationalratspräsidenten bis zum Auffinden seiner Leiche im Rechtsmedizinischen Institut, wo ihn der Bruder von Margret Nova abgeliefert hat – um den wahren Fundort des Toten zu verschleiern, der mit eben jener Margret Nova eine außereheliche sexuelle Beziehung führte. Lobend hebt Felix hervor, dass Malou Löwenberg das Buch über die Giftpflanzen mit dem Lesezeichen bei der fraglichen Blume sichergestellt hat.

»Trotz dieses Indizes haben wir Margret Nova heute Mittag entlassen, sie steht aber weiterhin unter Beobachtung. Sie leugnet, ihren Geliebten umgebracht zu haben.«

»Ist sie glaubwürdig?«, fragt Bettina.

»Nein.«

»Ja.«

Felix und Malou antworten in der gleichen Sekunde. Sie müssten darüber lachen, wenn die Lage nicht so ernst wäre.

»Jein«, räumt Felix ein. »Ihr Verhalten nach Trachsels Ableben ist höchst verdächtig, und dass sie bei sich ein Pflanzenbuch herumliegen hat, in dem die Herbstzeitlose markiert ist, erscheint mir ein allzu großer Zufall zu sein. In der Einvernahme hat sie allerdings stringent ausgesagt und sich in keinerlei Widersprüche verstrickt. Aber Margret Nova ist nicht unsere einzige Verdächtige. Florence, du hast das Wort.«

»Obwohl Hermine Trachsel-Von Grafenstadt gegenüber Malou und Sandro behauptete, ihr Mann habe keine außereheliche Affäre, hat sie sich in einem Mailaustausch mit einer Freundin über seine Untreue unterhalten, sie nannte sogar Margret Novas Name. Sie hat also gelogen.« Florence richtet ihre Worte eher an Sandro als an Felix, den sie bereits darüber informiert hat. »Überdies schrieb sie, dass sie ihrem Mann eher den Tod wünsche, als dass sie sich scheiden lassen würde.«

»Habt ihr sie bereits ein zweites Mal befragt?«, wirft Sandro ein, obwohl er weiß, dass er sich raushalten sollte.

»Wir haben sie für heute Nachmittag aufs Revier vorgeladen«, sagt Felix.

»Ich fürchte, dass ihr sie abholen müsst – bei ihrem Alkoholkonsum … Sie war bei unserem ersten Besuch ziemlich betrunken«, meint Sandro.

»Nach der Einvernahme werden wir sicher mehr wissen.« Felix wendet sich der Magnetwand zu und schreibt die beiden Frauennamen neben das Foto von Aaron Trachsel: Margret Nova und Hermine Trachsel-Von Grafenstadt.

»Bettina, hast du etwas gefunden?«, fragt er, während er sich ihr zuwendet.

»Gefunden habe ich vieles, aber wie viel es wert ist, weiß ich noch nicht.« Bettina erzählt, dass sie mit dem Parteisekretär sowie mit dem persönlichen Mitarbeiter von Aaron Trachsel die Drohungen durchgegangen ist, die in den letzten zwölf Monaten gegen ihn eingegangen sind. »Es sind unglaublich viele. Seit sich Trachsel während der Corona-Krise für strenge Maßnahmen, das Zertifikat und für eine Impfpflicht ausgesprochen hat, zog er den Hass einiger Bürger an wie ein Magnet. Deren Wut scheint noch nicht verraucht zu sein. Natürlich sind nicht alle eingegangenen Schreiben ernst zu nehmen. Viele haben wohl einfach ihren Frust abgelassen. Aber es sind doch auch etliche Todesdrohungen dabei. Die Herausforderung wird sein, die gefährlichen Absender von den Schwätzern zu unterscheiden. Es ist eine Herkulesaufgabe, aber wir werden allen Drohungen nachgehen. Wir konzentrieren uns dabei auf jene der vergangenen Monate. Sonst wäre der Aufwand nicht zu bewältigen. Es ist echt brutal, was sich Trachsel alles anhören und lesen musste – allerdings haben seine Mitarbeiter das meiste von ihm ferngehalten.«

»Aus welchem Spektrum stammen die Drohungen? Sind einige Absender bereits wegen Gewaltdelikten aufgefallen?«, fragt Felix.

»Ja. Etliche sind Mitglieder der verschiedenen Gruppierungen, die sich während der Pandemie im Kampf gegen die Maßnahmen und die Regierung formiert haben, daneben hat es zahlreiche Personen aus dem rechtsextremen Lager, aber auch einige Linksextreme und solche, die wohl am ehesten der Esoterik-Szene zugeordnet werden müssen. Einige von ihnen sind bereits strafrechtlich aufgefallen, die meisten aber nicht wegen Gewaltdelikten.«

»Wir legen die Drohschreiben dem Psychiatrischen Dienst vor, die Psychiater sollen uns mit der Gefährdungseinschätzung helfen.«

Bettina nickt und macht sich eine Notiz.

»Apropos Drohung und Psychiatrischer Dienst: Was ist eigentlich mit dem Schuh?«, fragt Malou unvermittelt.

»Welcher Schuh?«, fragt Felix zurück.

»Der Stöckelschuh.«

»Harmlos«, antwortet Sandro. Er ist der Einzige, der auf Anhieb weiß, worum es geht. Er hat die seltsame Drohung mit dem Stöckelschuh, dessen Absatz bei einer Fotografie durch das Gesicht eines DJs gestochen worden war, dem Psychiatrischen Dienst weitergeleitet. »Die Kollegen sagen, dass wohl eine Ex-Freundin oder eine verschmähte Verliebte ihrem Ärger Luft gemacht hat, sie stufen den Schuh in der Fotografie aber nicht als explizite Drohung ein.«

Allgemeines Nicken.

»Ich habe auch noch was, die Ergebnisse der Obduktion von Claude Vogelsang liegen vor«, fährt Sandro fort. Er schildert Florence und Felix, was Bettina und er im Büro des Rechtsanwalts vorgefunden hatten und dass sich der erste Eindruck bestätigt hat: Claude Vogelsang hat Suizid begangen. »Irena hat keine Hinweise auf eine Fremdtäterschaft gefunden. Claude Vogelsang wurde nicht betäubt, die Waffe war aufgesetzt, auch die Schmauchspuren an seinem Handschuh weisen darauf hin, dass er selbst geschossen hat. Wir werden die Akte schließen.«

»Handschuh?«, fragt Felix nach.

»Er trug einen gelben Gummihandschuh, wollte sich wohl die Hände nicht schmutzig machen.«

Felix schaut Sandro überrascht an, spart sich aber einen Kommentar. Auch Bettina wirkt irritiert, wenn auch aus einem anderen Grund. Sie erwartet, dass Sandro die anderen darüber informiert, dass und warum ausgerechnet seine Freundin Milla die letzte Besucherin des Rechtsanwalts war, bevor er sich das Leben nahm. Doch Sandro wendet den Blick ab und schweigt.

43

»Nathaniel, hier Gundula, bitte geh ans Telefon, ich mache mir langsam Sorgen.«

Gundula legt ihr Handy beunruhigt weg. Wieder nur die Mailbox. Sie setzt sich an den Computer und überprüft noch einmal die Koordinaten, die sie Nathaniel angegeben hat. Was, wenn er den alten Mann nicht gefunden und sich verirrt hat? Oder schlimmer, wenn er unglücklich gestürzt ist und nicht mehr weitergehen kann?

Gundula bemüht sich, sich keine Sorgen zu machen. Es sind erst etwas mehr als drei Stunden vergangen, seit sich Nathaniel auf den Weg gemacht hat. Wahrscheinlich sitzt er gerade jetzt gemütlich mit Balz Brecht zusammen und geht darum nicht ans Telefon.

Gundula verlässt ihre kleine Kammer, die sie ihr Büro nennt, und begibt sich nach vorne in den Laden. Sie muss sich ablenken. Sie wirft einen Blick auf Charles, ein Jemen-Chamäleon. Er dreht ein Auge in ihre Richtung, löst sich aus seiner Starre und bewegt sich im Zeitlupentempo in die rechte Ecke seines Terrariums; ein deutliches Zeichen dafür, dass er Hunger hat. Gundula nickt Charles zu, öffnet den Glasbehälter mit den Heuschrecken, fängt mit der langen Pinzette gekonnt eine ein, trägt sie hinüber zu Charles Terrarium, klettert auf den Schemel und lässt das Insekt über Charles Kopf zappeln. Im Bruchteil einer Sekunde schnellt dessen Zunge hervor. In einem Tempo, das Gundulas Auge nicht wahrnehmen kann, ist die Heuschrecke zu zwei Dritteln in seinem Rachen verschwunden. Nur noch die beiden Hinterläufe ragen träge zuckend aus seinem Maul.

Gundula schaut Charles zu, wie er das Tier an einem Stück verschlingt, doch ihre Gedanken schweifen schon wieder zu Nathaniel.

Es war das Erste, das sich Gundula vorgenommen hatte, als sie sich in Nathaniel verliebte: Dass sie sich nicht mehr Sorgen um ihn machen wird, nur weil er blind ist. Sie weiß, wie es sich anfühlt, wenn die Menschen einen überbehüten wollen, nur weil man ein bisschen anders ist. Als sie mit zwölf Jahren aufhörte zu wachsen, behandelten ihre Eltern sie auch weiterhin wie ein kleines Kind. Selbst heute muss sie sich immer wieder genügend Distanz zu ihren Eltern verschaffen, weil sie sie zu sehr umsorgen wollen. Dabei hat ihre Körpergröße rein gar nichts mit ihrer Selbstständigkeit zu tun. Sie kann sich sehr wohl ohne fremde Hilfe durchs Leben schlagen. Falls sie aufgrund ihrer kleinen Größe doch mal vor einem unüberwindbar scheinenden Hindernis steht, weiß sie sich immer zu helfen. Sie möchte behandelt werden wie alle anderen auch – und darum will auch sie Nathaniel behandeln wie einen Sehenden. Sie will sich keine Gedanken darüber machen, was ihm alles zustoßen könnte, weil er nichts sieht.

Nur ist das viel einfacher gesagt als getan.

»Noch eine Stunde«, sagt Gundula laut zu sich selbst. »Ich darf erst in einer Stunde beginnen, mir Sorgen zu machen.«

Zwanzig Minuten später ruft Gundula Nathaniels Mitbewohnerin und Schein-Ehefrau Carole an.

»Carole, Gundula hier. Hast du in den letzten vier Stunden etwas von Nathaniel gehört?«

»Nein, ist etwas passiert?«

»Nein, keine Sorge, ich wundere mich nur, weil er nicht ans Telefon geht.«

»Wo ist er?«

»In Zürich, er wollte einen Menschen besuchen, der im Wald lebt.«

»Er wollte *was*?«

»Er suchte einen der ehemaligen Terroristen, die er nach seinem Vater befragen will.«

»Wie bitte?«

Gundula realisiert, dass Nathaniel mit Carole nicht über seine Recherchen zu seiner Vergangenheit gesprochen hat. Sie schweigt betreten.

»Gundula, wovon redest du, was zum Geier ist hier los?«

»Du musst dir keine Sorgen machen, es ist keine große Sache. Der Mann ist ein harmloser alter Einsiedler, der in Zürich in einem Wald lebt. Nathaniel glaubt, dass es eine Verbindung der damaligen linksextremen Szene und seinem Vater gegeben haben könnte. Ich dachte, er hat dir davon erzählt.«

»Nein, hat er nicht. Aber er war seltsam in den letzten Tagen. Er wollte wohl, dass ich mir keine Sorgen mache. Nun, das ist ihm ja wieder mal hervorragend gelungen.«

Gundula entgeht der säuerlich-verärgerte Ton Caroles nicht.

»Es tut mir leid, ich hätte dich nicht damit belästigen sollen, wahrscheinlich gibt es überhaupt keinen Grund zur Sorge, es liegt an mir, dass ich mir einen Kopf mache.

Obwohl ich mir so sehr vorgenommen habe, keinen Unterschied zu machen, ob Nathaniel sehen kann oder nicht.«

»Ich weiß, was du meinst. Aber man kann es eben doch nicht ausschalten; das Gefühl, dass ihm jederzeit etwas zustoßen könnte. Sollten wir die Polizei alarmieren?«

»Nein. Lass uns noch abwarten.«

»Wir könnten Milla anrufen, sie wohnt in Zürich.«

Gundula könnte sich ohrfeigen, dass ihr das nicht selbst in den Sinn gekommen ist. Sie ärgert sich, dass sie stattdessen Carole beunruhigt hat. Die Beziehung zwischen ihr und Carole ist per se nicht die beste, da Carole immer wieder argwöhnt, dass Nathaniel bei ihr aus- und bei Gundula einziehen und sie mit Silas wieder allein dastehen könnte – obwohl eine gemeinsame Wohnung für Gundula und Nathaniel im Moment überhaupt kein Thema ist. Gundula genießt es zu sehr, ein unabhängiges Leben zu führen. Es würde frühestens dann ein Thema werden, wenn sie ein Kind bekämen – eine Idee, von der Nathaniel leider nicht begeistert ist. Gundula schiebt den Gedanken weg.

»Du hast recht. Ich melde mich bei Milla. Vielleicht kann sie rasch in den Wald fahren und nachschauen gehen. Mach dir keinen Kopf und entschuldige meinen Anruf, ich bin etwas überbesorgt, es ist bestimmt alles in Ordnung.«

»Hoffentlich«, meint Carole.

Kaum hat Gundula den Anruf beendet, wählt sie Millas Nummer.

Milla hält noch immer die Zeitung mit der Todesanzeige von Claude Vogelsang in der Hand, als ihr Handy den

Song von den Doors abspielt. Als sie zum Gerät greift, sieht sie, dass Gundula anruft. Gundula ruft sie nie an. Milla ist augenblicklich beunruhigt.

»Hallo Gundula, ist etwas mit Nathaniel?«, fragt sie sofort. Ihre Stimme klingt höher als sonst. Sie hört sich fast schon panisch an. Der tote Anwalt – und jetzt der Anruf von Gundula, das kann nichts Gutes bedeuten.

»Hallo Milla, nein, ich meine, ich weiß nicht, ich melde mich tatsächlich wegen Nathaniel. Aber es ist wahrscheinlich nichts. Ich meine, ich hoffe, dass nichts ist …«

»Gundula, wo ist Nathaniel?« Milla spricht ganz langsam, als müsse sie sich auf jedes Wort konzentrieren. In ihrem Kopf läuft gleichzeitig ein Film ab: Esmeralda Esposito, die Terroristin, ihre Fragen an Claude Vogelsang, der Anwalt, der wenige Stunden später tot ist. Und jetzt stimmt etwas nicht mit Nathaniel. Millas Magen zieht sich schmerzhaft zusammen.

»Nathaniel wollte einen alten Mann im Wald besuchen …«, erzählt Gundula stockend, Millas heftige Reaktion hat sie zusätzlich verunsichert.

»Was für einen Mann? In welchem Wald?«, hakt Milla nach.

»Einer der ehemaligen Terroristen. Er heißt Balz Brecht und lebt angeblich im Hönggerwald in Zürich.«

Die Waldmenschen, denkt Milla. Jeder weiß, dass dort oben im Wald ein paar Aussteiger leben, die nicht mehr in die Gesellschaft passen, die aber von der Stadt geduldet werden. Aber Balz Brecht? Der Terrorist?

»Willst du damit sagen, dass sich Nathaniel auf eigene Faust auf die Suche nach den alten Links-Terroristen gemacht hat? Ist er denn von allen guten Geistern verlassen? Und überhaupt: Wie will er den Mann denn finden?«

»Ich habe ihm die Koordinaten herausgesucht, wo Balz Brechts Lager im Wald liegen könnte. Ich dachte, er würde dort Antworten finden auf die Fragen, die ihn so sehr umtreiben.« Gundula klingt verschüchtert, ihre Stimme droht zu versagen, sie ist den Tränen nahe.

»Verflucht. Das sind Terroristen! Und der Anwalt ist tot, Gundula, tot!« Milla realisiert, dass die anderen Fahrgäste im Tram den Kopf nach ihr umdrehen. Sie versucht, wieder leiser zu sprechen, doch sie ist zu aufgebracht

»Welcher Anwalt ist tot?«

»Claude Vogelsang. Den wir besucht haben. Der uns die Namen der Terroristen genannt hat.«

»Was meinst du mit: Er ist tot? Was ist mit ihm passiert?«

»Das weiß ich nicht. Gundula, du musst mir sagen, wo du Nathaniel hingeschickt hast. Schick mir die Koordinaten, und ich fahre sofort hin. Diese Leute sind gefährlich!«

»In Ordnung«, sagt Gundula. »Ich schicke sie dir gleich. Es tut mir schrecklich leid, aber ich wusste nicht ...«

Bevor Gundula den Satz zu einem Ende bringt, hat Milla den Anruf bereits weggeklickt.

Nachdem sie die Koordinaten von Gundula erhalten und in die Navigations-App eingegeben hat, steigt Milla bei der nächsten Tramstation aus, um mit einem anderen Tram in die entgegengesetzte Richtung zwei Stationen zurückzufahren. Kaum ist sie am Bucheggplatz angekommen, beginnt sie zu rennen, doch das Sträßchen führt steil den Hügel hoch, sodass sie schon nach wenigen Minuten außer Atem ist. Innerlich schimpft sie mit sich selbst, dass sie in letzter Zeit ihr Lauftraining vernachlässigt hat. Als der steile Aufstieg hinter ihr liegt, verfällt sie in einen regelmäßigen Laufschritt. Während ihre Beine sie tragen wie eine gut geölte Maschine, jagt in ihrem Kopf ein Gedanke den anderen.

Wo ist Nathaniel? Vogelsang ist tot! Liegt es an ihrem Besuch? An den Fragen, die sie gestellt haben? Sind die Terroristen noch immer gefährlich? Ist Nathaniel einem von ihnen in die Falle gegangen? Ist ihm etwas zugestoßen?

Auf einmal hört sie Sandros Stimme in ihrem Kopf.

Worum es auch immer geht: Bitte lass die Finger davon. Ist zwar alles schon sehr lange her, aber das war gefährliches Terrain, es ist keine gute Idee in dieser alten Sache Staub aufzuwühlen.

Er hatte sie gewarnt, als sie ihn nach Esmeralda Esposito gefragt hatte.

Nicht deine Liga!

Sie hätte auf ihn hören sollen. Nicht nur wegen sich – wegen Nathaniel. Bitte lass ihm nichts zugestoßen sein.

Millas Herz schlägt ihr bis in den Hals, was nicht nur an der körperlichen Anstrengung liegt. Sie hat Angst. Angst, dass etwas Schlimmes passiert ist. Sie erhöht das Tempo, ihr wird schwindlig, sie ignoriert den stechenden Schmerz in ihrer Seite, die Baumstämme rechts und links von ihr verschmelzen zu einer hohen, braunen Mauer, sie blickt nach oben, Baumkronen ragen in den Himmel, wie still der Wald hier ist, denkt sie, während sie rennt und rennt und rennt.

Der Bach, der kleine Bach, hier muss es sein. Milla stoppt, ihre Kleidung ist trotz der lauen Temperaturen nass geschwitzt, sie greift nach ihrem Handy, in das sie die Koordinaten eingegeben hat. Hundertfünfzig Meter noch. Sie atmet tief durch, verlässt den Weg und geht in den Wald hinein. Sie zwingt sich nun langsam zu gehen, das Handy vor sich in der Hand, auf den blauen Punkt blickend, der sich der eingegebenen Markierung nähert. Als sie an der Stelle angekommen ist, schaut sie sich um, dreht sich um die eigene Achse. Nichts. Kein Zelt, kein Haus, kein Einsiedler und kein Nathaniel, kein Lebenszeichen.

»Nathaniel!«, ruft sie aufs Geratewohl. Doch sie hört nichts außer dem Zwitschern der Vögel und dem Rauschen des Windes in den Zweigen.

Ohne groß zu überlegen, beschließt Milla, dem Verlauf des Bächleins zu folgen. Angestrengt hält sie Ausschau nach einem Zelt, einem Dach, einem Menschen, irgendetwas zwischen den Baumstämmen und Ästen, doch da ist nichts.

»Nathaniel!«, ruft Milla wieder und wieder.

Da hört sie etwas.

Sie weiß nicht, was es ist. Ein Mensch? Ein Tier? Ein leises Wimmern, nur ganz kurz, einmal, zweimal, dann ist es wieder still. Sie ist nicht einmal sicher, aus welcher Richtung es gekommen ist.

»Nathaniel?«, ruft Milla etwas leiser jetzt.

Stille.

Sie geht weiter, noch langsamer als zuvor. Plötzlich schimmert etwas Beigefarbenes zwischen dem Braun und Grün des Waldes. Ein Zelt? Milla nähert sich und erkennt, dass es eine Jurte sein muss, ein paar Schritte noch. Das wird das Zuhause des Einsiedlers sein.

Milla steht vor einer Plane, die eine Art Vorraum abdeckt, sie will gerade etwas rufen, da schnellt sie herum, weil sie im Augenwinkel rechts von sich etwas wahrnimmt. Sie erstarrt, entsetzt weiten sich ihre Augen, sie wendet sich ab, würgt und muss sich übergeben.

44

Die Aufgaben sind nach der Sitzung klar verteilt: Felix und Malou werden Hermine Trachsel-Von Grafenstadt befragen, Florence wird sich wieder den digitalen Spuren zuwenden, die Trachsel hinterlassen hat und die zu einer möglichen Täterschaft führen könnten, und Bettina wird mithilfe von Sandro jene Personen überprüfen und allenfalls aufsuchen, die Aaron Trachsel in den letzten Wochen und Monaten mit Drohungen eingedeckt haben.

Es ist Punkt vierzehn Uhr, als sich Malou und Felix vor dem im Untergeschoss eingerichteten *Kino* einfinden. Doch die Vorstellung kann noch nicht beginnen; von der Witwe fehlt jede Spur.

»Sie war für vierzehn Uhr einbestellt?«, fragt Felix.

Malou nickt.

»Vielleicht hat sie sich nur verspätet.«

Malou schüttelt den Kopf. »Ich denke nicht, dass sie noch kommt.«

»Wir warten«, bestimmt Felix.

Eine halbe Stunde später fahren Felix und Malou im Einsatzwagen zur Bellevuestrasse in Spiegel bei Bern.

»Sieht nicht so aus, als ob sie zu Hause wäre«, meint Felix, als er neben Malou über den Kiesweg auf die Villa zugeht.

»Ich bin mir ziemlich sicher, dass sie doch da ist.« Malou blickt zu den Fenstern im ersten Stock hoch und sieht, dass sich ein Vorhang bewegt. »Respektive: Ich bin ganz sicher. Der Vorhang.«

Felix blickt hoch und nickt zustimmend. Er drückt energisch auf den übergroßen Klingelknopf neben dem goldenen Plättchen, auf dem der Name eines Mordopfers und jener seiner Witwe stehen, die vielleicht auch seine Mörderin ist.

Hinter der schweren Tür ist erst ein Rumpeln zu vernehmen, dann der Schlüssel, der sich im Schloss dreht. Hermine Trachsel-Von Grafenstadt öffnet nur einen Spalt weit und blickt mit einem Auge hinaus. Sie sieht noch übler aus als das erste Mal, als Malou mit Sandro hier gewesen ist. Die Augenlider sind gerötet, die schwarze Schminke ist verschmiert und lässt ihren Blick todtraurig erscheinen, die Haut ist fahl und ihr Atem riecht stark nach Alkohol.

»Sie!«, sagt Hermine Trachsel-Von Grafenstadt. Es ist nicht auszumachen, ob sie damit Malou oder Felix oder beide zusammen meint.

»Frau Trachsel, Felix Winter mein Name, Kantonspolizei Bern, bitte lassen Sie uns herein.« Felix hält seinen Polizeiausweis vor das eine Auge.

Er sieht es nicht kommen, aber Malou reagiert blitzschnell; sie hält rasch den Fuß dazwischen, als die alte Frau die Tür zuschlagen will. In der nächsten Sekunde drückt Felix die Tür ganz auf, Hermine Trachsel-Von Grafenstadt kreischt entsetzt auf, macht zwei Schritte rückwärts, strauchelt über ihre eigenen Beine, stürzt, knallt auf den Boden, schlägt mit dem Kopf auf und bleibt wimmernd liegen.

Malou rennt sofort zu ihr hin und hilft ihr wieder auf die Beine.

»Sie! Ich werde Sie wegen Polizeigewalt verklagen.« Hermine Trachsel-Von Grafenstadt zeigt mit dem Finger auf Felix Winter, als wolle sie ihn damit aufspießen. »Das wird Sie Ihre Stelle kosten. Sie wissen wohl nicht, mit wem Sie es hier zu tun haben!«

»Frau Trachsel, Sie sind hiermit vorübergehend festgenommen«, sagt Felix Winter unbeeindruckt. »Wir nehmen Sie mit auf das Präsidium, Sie sollten nun besser Ihren Anwalt anrufen.«

»Sie nehmen mich nirgendwo mit hin. Ich verbitte mir diesen Umgangston.«

»Frau Trachsel, wünschen Sie, dass wir das Sondereinsatzkommando aufbieten? Ich bin mir sicher, dass das im Quartier für einige Aufregung und kurz darauf in den Zeitungen für einige Schlagzeilen sorgen würde.« Felix Winter sagt es im freundlichsten Tonfall.

»Trachsel-Von Grafenstadt!« Sie schaut ihn böse an, zögert aber nun doch. Sowohl Malou wie auch Felix ist klar, dass sie einlenken und sie begleiten wird, noch bevor sie etwas sagt.

»Aber zuerst brauche ich einen Wodka.«

Eine Stunde später sitzen Malou und Felix Hermine Trachsel-Von Grafenstadt im Kino am Verhörtisch gegenüber. Malou hat die Witwe überzeugen können, statt eines weiteren Wodkas ein Glas Wasser zu trinken. Sie wirkt etwas weniger betrunken jetzt, ist aber noch weit entfernt davon, nüchtern zu sein. Felix fragt sich, ob es rechtlich überhaupt zulässig ist, jemanden in ihrem Zustand zu befragen – auf der anderen Seite fürchtet er, dass er die Frau nie in einem anderen Zustand wird sehen können, weil dies zu ihrem Normalzustand geworden ist. Trotz gutem Zureden hat sie auf einen Anwalt verzichtet. Sie werden sehen, wie weit sie kommen.

»Frau Trachsel, wir …«

»Mein Name ist Trachsel-Von Grafenstadt.«

»Frau Trachsel-Von Grafenstadt, wir befragen Sie heute als sogenannte Auskunftsperson und behalten uns damit vor, Sie später möglicherweise als Beschuldigte einzuvernehmen. Als Auskunftsperson sind Sie nicht zu einer Aussage verpflichtet. Haben Sie das verstanden?«

»Es ist eine Frechheit, dass Sie mich hierhergebracht haben.«

»Sie haben sich unserer Vorladung widersetzt, darum haben wir Sie abgeholt. Haben Sie verstanden, was ich gesagt habe?«

»Ich bin schließlich nicht schwerhörig.«

»Des Weiteren weise ich Sie darauf hin, dass Sie sich strafbar machen, wenn Sie falsche Anschuldigungen aussprechen, die Rechtspflege irreführen oder jemanden begünstigen. Haben Sie das auch verstanden?«

»Ich weiß nicht, was das Theater hier soll. Kann ich etwas zu trinken haben?«

»Ich hole Ihnen noch ein Wasser«, sagt Malou.

»Ich trinke kein Wasser mehr, ich meinte etwas anderes.«

»Wir können Ihnen nichts Alkoholisches geben«, erklärt Malou.

»Haben Sie verstanden, was ich gesagt habe?«, hakt Felix nach.

»Sie sind jetzt aber lästig.« Hermine Trachsel-Von Grafenstadt fächert sich Luft zu, als würde sie gleich in Ohnmacht fallen. »Aber ja, ja, ich habe verstanden.«

»Frau Trachsel-Von Grafenstadt. Warum haben Sie meiner Kollegin Frau Löwenberg und meinem Kollegen Herrn Bandini gesagt, dass Sie nichts von einer Affäre Ihres Mannes wussten?«

»Weil es keine Affäre gab.«

»Wir wissen alle, dass das nicht stimmt.«

»Dann wissen Sie mehr als ich.«

Felix greift in seine Mappe und legt ein paar ausgedruckte E-Mails auf den Tisch.

»Können Sie das da mal vorlesen?«

»Nein. Aber Sie sagen mir bestimmt gleich, worum es sich dabei handelt.«

»Es sind E-Mails, die Sie Ihrer Freundin Katharina Goldschmid geschickt haben.«

»Diese falsche Person. Hat Sie Ihnen unsere E-Mail-Korrespondenz gegeben? Was fällt ihr ein?«

»Wir haben die Mails nicht von Ihrer Freundin. Wir fanden sie in einem der Laptops, die wir in Ihrem Haus sichergestellt haben.«

»Sie waren in meinem Computer?«

»Wir ermitteln hier in einem Mordfall. Ihr Mann wurde ermordet. Verstehen Sie das? Er wurde von jemandem umgebracht. Da bleibt nichts geheim.«

»Diese Frau wird ihn umgebracht haben.«

»Sie wissen also doch, dass es eine andere Frau gibt?«

»Aber das war keine Affäre. Er hat wohl jemanden zum Jammern gebraucht. Weil ich mir sein Gejammere nicht länger angehört habe.«

»In den Mails an Ihre Freundin schreiben Sie von der Affäre und Sie nennen auch den Namen der Frau.«

»Na dann wissen Sie ja Bescheid.«

»Sie wussten, dass sich Ihr Mann mit Margret Nova getroffen hat. Sie wussten auch, dass für ihn die Scheidung ein Thema war.«

»Ha!«

Malou zuckt erschrocken zusammen, als Hermine Trachsel-Von Grafenstadt laut ausruft und umgehend in ein gackerndes Lachen verfällt.

»Aaron hätte mich nie verlassen. Nie! Verstehen Sie: Nie!«

»Warum sind Sie sich da so sicher?«, fragt Felix Winter.

»Weil er das nicht gewagt hätte. Es wäre auch gar nicht gegangen. Er hätte alles verloren. Ich bin diejenige, die das Geld in diese Ehe gebracht hat.«

Felix greift zu einem der Papiere. Einige Passagen sind mit Leuchtstift markiert. Eine davon liest er vor.

»Hier schreiben Sie: *Ich wünsche Aaron eher den Tod, als dass ich einer Scheidung zustimmen würde.*«

»Wer hat das geschrieben?« Hermine Trachsel-Von Grafenstadt klingt ehrlich überrascht.

»Sie. An Ihre Freundin Katharina. Vor nicht ganz zwei Wochen.«

»Da muss ich betrunken gewesen sein.«

»Das ist wohl nicht mal gelogen.« Felix erntet für seinen Kommentar einen Blick, der ihn tot umfallen ließe, wenn Blicke töten könnten. Doch er zeigt sich unbeeindruckt. »Warum haben Sie das geschrieben?«, bohrt er weiter nach.

»Wie soll ich das wissen? Ich weiß ja nicht einmal mehr, dass ich das jemals geschrieben haben soll.«

»Wollten Sie Ihren Mann töten?«

»Ich? Ihn töten? Wie kommen Sie denn darauf?«

Erneut entfährt ihr ein glucksendes Lachen, das fast wie ein Weinen klingt.

»Er hatte eine Affäre, er war verliebt, Sie wollten ihn nicht gehen lassen.«

»Das war keine Affäre, er war nicht verliebt! Und er wäre nie gegangen. Warum hätte ich ihn da töten sollen. Ich mache mir doch nicht die Finger mit so etwas schmutzig. Da irren Sie sich gewaltig. Kann ich jetzt gehen?«

»Vielleicht haben Sie sich die Finger nicht selbst schmutzig gemacht. Womöglich haben Sie jemanden engagiert, der das für Sie erledigt. Am Geld würde ein Auftragsmord in Ihrem Fall nicht scheitern.«

»Herr Polizist, auf dieses Niveau begebe ich mich nicht hinab. Es bringt nichts, diese Diskussion weiterzuführen. Ich bitte Sie nun ein letztes Mal, mich nach Hause zu bringen. Sonst muss ich mir rechtliche Schritte überlegen.«

»Frau Trachsel-Von Grafenstadt, sagt Ihnen die Herbstzeitlose etwas?«

»Ja, den habe ich gesehen?«

»Wen haben Sie gesehen?«

»Den Film *Die Herbstzeitlosen*. Von den alten Damen, die in einem kleinen Kaff eine Lingerie-Boutique eröffnen. War recht lustig, wenn Sie mich fragen.«

»Ich spreche nicht von einem Film. Ich spreche von einer hochgiftigen Pflanze mit diesem Namen.«

»Da kann ich Ihnen nicht weiterhelfen. Ich habe leider überhaupt keinen grünen Daumen.« Hermine Trachsel-Von Grafenstadt lehnt sich in ihrem Stuhl zurück. Ein süffisantes Lächeln legt sich auf ihre Lippen. »Können wir dieses Theater jetzt beenden?«

45

Millas Magen ist längst entleert, doch sie muss noch immer würgen. Um ein Haar wäre sie in ihn hineingelaufen. Sie hat den Mann erst wahrgenommen, als sie unmittelbar neben ihm stand. Es ist der schrecklichste Anblick, den sie je gesehen hat.

Milla zittert am ganzen Körper, stützt die Hände auf die Knie, atmet schwer und kann sich nicht überwinden, sich wieder umzudrehen. Ihr Magen brennt wie Feuer, ihre Kehle ist wie zugeschnürt. Sie weiß, was sie tun müsste. Sie müsste zu ihm hin. Sie müsste schauen, ob er noch lebt. Den Puls fühlen, das Herz. Sie müsste die Ambulanz alarmieren. Doch alles in ihr drin weigert sich, es zu tun. Sie kann da nicht mehr hin. Sie will nur eines: So schnell wie möglich weg von hier. Davonrennen, so tun, als ob sie das hier nicht gesehen hätte. Es vergessen, das Bild aus dem Gedächtnis löschen, nie mehr daran denken.

Sie macht drei Schritte zurück Richtung Bächlein, nur weg hier. Schon wieder muss sie würgen.

Wo ist Nathaniel?

Der Gedanke springt sie an und zwingt Milla innezuhalten. »Wo ist Nathaniel?«, sagt sie laut zu sich selbst. »Milla, reiß dich verdammt noch mal zusammen. Es geht um Nathaniel!«

Sie bemüht sich, drei Mal ganz langsam ein- und wieder auszuatmen. Dann richtet sie sich auf, und mit der äußersten Kraftanstrengung gelingt es ihr, sich wieder zu der Jurte umzudrehen.

Der Anblick ist grauenhaft.

Der Mann scheint an einem Baumstamm aufgespießt zu sein. Der Baum steht eingangs des überdeckten Wohnbereichs, an ihm ist die große Plastikplane festgemacht. Am Baumstamm ist aber fatalerweise noch etwas anderes befestigt, das Milla erst auf den zweiten Blick erkennt: ein Hirschgeweih, auf Kopfhöhe, womöglich eine Art Garderobe, denkt sie. Millas Gedanken sind auf einmal klar und analytisch. Sie funktioniert wieder, ist plötzlich ganz die distanzierte Journalistin und nicht mehr die schockierte Milla. An der Garderobe hängt kein Kleidungsstück, sondern eine Leiche: Das Hirschgeweih hat sich in den Kopf des Mannes gebohrt, ein Horn ist hinten in seinen Nacken eingedrungen und ragt vorne aus seinem Mund, Kinn und Kehle sind getränkt mit Blut. Ein kleineres Horn hat das Ohr erwischt. Milla muss nicht näher rangehen, um nach einem Puls zu tasten: Der Mann ist tot. Seine Augen starren sie leer und gleichzeitig anklagend an.

Was ist hier passiert? Er muss rückwärts in das Geweih gestürzt sein. Aber warum? Und wo ist Nathaniel?

Milla schaudert, gleichzeitig stellen sich ihre Nackenhaare auf. Die Angst überflutet sie wie eine unerwartete Welle. Sie schnellt herum, blickt hinter sich. Da ist nichts. Sie lauscht. Stille. Das friedliche Gezwitscher der Vögel ist ein gespenstischer Gegensatz zu dem brutalen Tod.

»Ist hier jemand?«, fragt Milla vorsichtig. »Hallo, ist hier noch jemand?«, wiederholt sie, lauter jetzt.

Sie blickt zur Jurte, die Eingangsplane ist zurückgeschlagen, doch sie sieht nicht ins Innere hinein, es ist zu dunkel, nichts als ein schwarzes Loch. Gleichzeitig wagt sie nicht, näher zu gehen. Also horcht sie, ob sie irgendetwas hört. Und plötzlich sind da überall Geräusche. Erneut wendet sie sich um, langsam jetzt, scannt mit ihren Augen die Umgebung, die Bäume, den Boden.

Da liegt etwas.

Ein Fell. Nein, kein Fell! Ein Tier. Ein Hund.

»Alisha!«

Das Fell bewegt sich, kaum wahrnehmbar, aber es bewegt sich! Milla stürzt zu Alisha hin, fällt auf die Knie, legt vorsichtig die Hand auf ihren Brustkorb, die Hündin atmet heftig und schnell. Milla hebt Alishas Kopf hoch, zuckt zusammen, als sie in etwas Nasses greift, es ist alles voller Blut, aber sie lebt, Alisha lebt.

»Alisha.« Milla drückt ihr Gesicht in ihr Fell. Sie beginnt zu weinen und kann nicht mehr damit aufhören, die Tränen strömen nur so aus ihr heraus. »Alisha.« Es dauert einen Moment, bis sich Milla losreißen kann, sie muss einen Tierarzt rufen, eine Tierambulanz, sie weiß gar nicht, ob es so etwas gibt. Und wo ist Nathaniel? »Wo ist Nathaniel, Alisha, wo ist Nathaniel?« Millas Herz fühlt sich an wie ein zentnerschwerer Stein. Es ist nicht gut. Nichts ist gut. Nathaniel ist weg. Vielleicht ist er tot. Was ist nur passiert?

Milla gibt sich einen Ruck, holt das Handy hervor, sie googelt *Tierambulanz Zürich,* stößt auf einen Link zu *Notfall – Tierspital* und klickt auf die angegebene Nummer.

»Sie müssen sofort kommen, ein Hund ist verletzt, sie stirbt, Sie müssen kommen!«, ruft sie ins Telefon.

»Beruhigen Sie sich, Frau …«

»Nova.«

»Können Sie das Tier zu uns bringen?«

»Nein, ich bin mitten im Wald, der Hund liegt da, ich habe kein Auto.«

»Was ist es für ein Hund und was hat er für eine Verletzung?«

»Ein Blindenhund, er ist am Kopf verletzt, er blutet.«

»Welche Rasse?«

»Ein deutscher Schäferhund.«

»Können Sie mir ganz genau beschreiben, wo Sie sind?«

Milla diktiert dem Mann am Telefon die Koordinaten, die sie von Gundula erhalten hat, und weist ihn an, dass der Hund etwa dreihundert Meter weiter oben liegt, wenn man dem Bach entgegen seines Laufs folgt.

»In Ordnung. Wir kommen. Bleiben Sie bei dem Tier. Wir werden laut rufen, wenn wir Sie nicht gleich finden.«

Der Anruf ist beendet. Milla zögert. Sie solle bei Alisha bleiben, hat der Mann gesagt. Sie will auch bei Alisha bleiben. Aber sie kann nicht. Sie muss Nathaniel suchen.

Immerhin ist sie klar genug im Kopf, um nicht einfach in irgendeine Richtung loszulaufen. Was auch immer hier passiert ist: Nathaniel hat bestimmt versucht zu fliehen. Vielleicht irrt er irgendwo in diesem Wald herum. Dann wird er früher oder später auf einen Menschen stoßen und gerettet sein. Womöglich ist er aber verletzt und nicht weit gekommen. Milla beschließt, kreisförmig um die Jurte herum mit ihrer Suche zu beginnen und den Radius mit jeder Runde zu erweitern.

»Alisha, sie werden gleich hier sein. Es wird alles gut«, flüstert sie der Hündin ins Ohr, bevor sie aufsteht. »Ich werde in der Zwischenzeit nach Nathaniel suchen.«

Es fällt ihr schwer, das Tier allein zurückzulassen. Ohne einen weiteren Blick auf den Toten am Baumstamm zu werfen, beginnt Milla ihre Runden um das Zeltgelage zu drehen. Eine Runde, zwei Runden, drei Runden, sie stapft zwischen Büschen und Bäumen hindurch, stets bemüht, die Jurte nicht aus den Augen zu verlieren, nicht, dass sie sich auch noch verirrt.

Da sieht sie ihn.

Nathaniel liegt bäuchlings am Boden, sein Gesicht im Laub und Moos. Trotzdem erkennt ihn Milla sofort. Sie will zu ihm hineilen, doch ihr Körper gehorcht ihr nicht. Zu groß ist ihre Furcht, dass er tot sein könnte. Es darf nicht sein. Nicht Nathaniel. Nicht er.

Wie in Zeitlupe nähert sich Milla. Die wenigen Schritte sind eine Kraftanstrengung. Dann geht sie in die Knie, greift nach seiner Hand, registriert die Körperwärme, drückt ihre Finger auf die Innenseite des Handgelenks.

Sie spürt seinen Puls.

Nathaniel lebt.

46

»Erstens ist das hier kein Theater, sondern todernst. Zweitens sind wir noch nicht fertig.« Felix Winter klopft bei jedem Wort mit dem Zeigefinger auf den Tisch, als wolle er es dadurch unterstreichen. »Frau Trachsel-Von Grafenstadt, es geht hier um den Tod Ihres Mannes. Denken Sie nicht auch, er hat mindestens den Respekt verdient, dass wir seinen Mord aufklären? Wenn Sie es nicht getan haben, war es jemand anderes. Es ist in Ihrem Interesse, dass wir herausfinden, wer es war.«

Hermine Trachsel-Von Grafenstadt ist anzusehen, dass etwas mit ihr passiert. Ihr Gesicht scheint in sich selbst zusammenzustürzen. Sie sieht auf einmal noch älter und schwer krank aus, als wäre auf einen Schlag alle Kraft aus ihr gewichen.

»Bitte reden Sie mit uns«, fügt Malou an, der die Veränderung nicht entgangen ist. »Wir möchten, dass Sie uns ganz genau erzählen, was in den letzten zwei Tagen geschehen ist, damit wir die Zeit vor dem Tod Ihres Mannes rekonstruieren können.«

Hermine Trachsel-Von Grafenstadt blickt erst Felix, dann Malou an. »Gut. Wir reden. Aber ich brauche wirklich etwas zu trinken.« Die alte Frau beugt sich schwer über den Tisch, legt den Kopf in die Arme und beginnt zu schluchzen.

Felix schiebt ihr eine Packung Papiertaschentücher hinüber und nickt Malou zu, die versteht.

»Ich bin gleich zurück.«

Das *gleich* zieht sich ein bisschen in die Länge, weil Malou im Polizeigebäude nirgends Spirituosen auftreiben kann. Also eilt sie rasch die Straße hinab, um im nächsten Supermarkt einen billigen Whisky zu kaufen.

Der muss genügen, denkt sie, als sie mit einem halb gefüllten Glas erneut das Verhörzimmer betritt. Es ist bestimmt das erste Mal, dass in diesem Raum einer befragten Person Alkohol ausgeschenkt wird. Doch Malou ist sich mit Felix einig: Es ist humaner, der süchtigen Frau Alkohol zu verabreichen, als sie auf dem Trockenen zu lassen.

Hermine Trachsel-Von Grafenstadt greift mit zittriger Hand nach dem Glas, setzt es sich an die Lippen, trinkt in langsamen, aber großen Schlucken. Als sie das Glas wieder absetzt, bleibt sie einige Sekunden lang mit zusammengepressten Lippen und geschlossenen Augen sitzen.

»Ich wusste, dass er eine Affäre mit Margret Nova hatte.« Hermine Trachsel-Von Grafenstadt hat die Augen noch nicht wieder geöffnet. »Aber es hat mich nicht gekümmert. Unsere Ehe ist seit Jahren kaputt. Aber eine Scheidung wäre nicht infrage gekommen. Wir wollten keinen Skandal. Darum hat er sein Leben geführt, und ich habe mein Leben geführt.«

Ein Leben, das nicht sonderlich glücklich zu sein scheint, denkt Malou. Doch sie unterbricht die alte Frau nicht. Auch Felix schweigt. Sie wollen die Befragte reden lassen.

»Natürlich habe ich mich mit meiner Freundin darüber ausgetauscht, aber das heißt nicht, dass ich nicht damit umgehen konnte. Sie sind jung, Sie verstehen das nicht, aber manchmal ist man einfach auch froh, in Ruhe gelassen zu werden.« Erst jetzt öffnet Hermine Trachsel-Von Grafenstadt ihre Augen wieder, sie schaut Malou direkt an. »Frau Nova war auch nicht Aarons erste Affäre, sie wäre wohl auch nicht seine letzte geblieben, aber eines ist sicher: Ganz bestimmt hätte ich ihn deswegen nicht umgebracht. Warum sollte ich? Riskieren, dass ich ins Gefängnis wandere? Wegen Aaron? Das wäre er mir nicht wert gewesen. Ich opfere meine Freiheit doch nicht wegen dieses Mannes. Ich versichere Ihnen: Ich habe Aaron nicht getötet.«

Es gibt Momente bei Einvernahmen, da weiß man ganz genau, dass das Gegenüber lügt. Aber manchmal tritt auch das Gegenteil ein, und man meint zu spüren, dass die befragte Person die Wahrheit sagt. Malou wendet ihren Blick von den rot geränderten Augen unter den schweren Lidern ab und schaut Felix an. Sie glaubt in seiner Mimik zu lesen, dass es ihm ebenso ergeht. Hermine Trachsel-Von Grafenstadt hat ihren Mann nicht umgebracht. Nur: Wer war es dann?

»Ich möchte mit Ihnen noch einmal die letzten Stunden im Leben Ihres Mannes durchgehen«, sagt Malou und denkt in der gleichen Sekunde, dass sie über die allerletzte Stunde nichts sagen wird. Der Beischlaf mit dem unschönen Ende kann der alten Dame erspart werden. »Sie haben uns bei der ersten Befragung bei Ihnen zu Hause gesagt, dass Sie zwar denken, Ihr Mann habe morgens um halb acht das Haus verlassen, dass Sie ihn aber nicht gesehen haben. Sie haben in Ihrem eigenen Zimmer geschlafen. Ist das korrekt?«

»Das ist richtig.« Hermine Trachsel-Von Grafenstadt greift zum Glas und nimmt erneut einen Schluck.

»Sie können demnach auch nicht sagen, in was für einer Verfassung Ihr Mann war, als er aufbrach. Oder haben Sie etwas Besonderes im Haus gesehen, nachdem er weg war? Lag etwa eine Packung Schmerz- oder Magentabletten herum?«

»Nein. Aaron ist ein sehr ordentlicher Mensch. Er würde nie etwas herumliegen lassen.«

»Gab es sonst ein Anzeichen, dass er sich womöglich nicht wohl gefühlt hat?«

»Nein. Mir ist nichts aufgefallen.«

»Wann haben Sie Ihren Mann denn das letzte Mal gesehen?«

»Am Abend zuvor. Er ist spät nach Hause gekommen, aber ich war noch wach.«

»Was hat er gemacht?«

»Wir haben nur kurz zusammen geredet. Dann ist er in seinem Arbeitszimmer verschwunden.«

»Er hat nicht gegessen?«

»Es war schon zu spät, er hat wohl auswärts zu Abend gegessen.«

»Wie spät war es?«

»Ich weiß nicht, halb elf? Halb zwölf?«

»Ist er immer so spät nach Hause gekommen?«

»Nein, aber oft.«

»Worüber haben Sie gesprochen?«

Hermine Trachsel-Von Grafenstadt dreht das Glas in ihren Händen. »Ich erinnere mich nicht. Wie gesagt, es war spät, ich war nicht mehr ganz nüchtern, ich nehme alles jeweils wie durch eine Wolke wahr. Die Konturen verlieren sich, die Erinnerungen auch.«

»Ist Ihnen an Ihrem Mann in den Tagen vor seinem Tod etwas aufgefallen? War er anders als sonst?«

»Nein. Also ... nein, ich glaube nicht. Ich habe nichts gemerkt.«

»Hat er in der letzten Zeit erzählt, dass er bedroht worden sei?«

»Drohungen gab es immer, während Corona war es allerdings heftig. Er wurde wegen seiner Haltung während der Pandemie von verschiedenen Seiten massiv bedroht. Da hat er sich zeitweise Sorgen gemacht. Aber das hat sich wieder etwas gelegt.«

»Hatten Sie das Gefühl, dass Ihr Mann Angst hatte?«

»Nein. Nicht Aaron. Da stand er immer drüber.«

»Sie haben uns erzählt, dass er seine Rituale pflegte: Immer zur gleichen Zeit aufstehen und so weiter. Was gehörte sonst noch zu seinen Morgenritualen?«

»Halt das, was alle so machen: Aufstehen, Zähne putzen, Frühstück.« Wieder nimmt Hermine Trachsel-Von Grafenstadt einen Schluck. Über den Glasrand schaut sie erst Malou dann Felix an, mit einem Blick, als wären sie minderbemittelte Schüler, die die dämlichsten Fragen stellen.

»Hat er das auch an diesem Morgen gemacht?«, fragt Felix.

»Ich habe doch geschlafen. Aber wie gesagt; er war ein Gewohnheitstier. Ohne Frühstück hat er nie das Haus verlassen.«

»Was aß er in der Regel zum Frühstück?«

»Er trank einen oder meist zwei Kaffee, stark, schwarz, ohne Zucker. Dazu aß er Eier. Rührei, jede Menge, mindestens vier mussten es sein. Er sagte immer, dass er den Tag ohne seine Frühstückseier nicht überstehen würde.«

Malou macht sich eine Notiz. »Haben Sie die angebrochene Eierpackung noch? Und den Kaffee? Die Spurensicherung wird später alles mitnehmen.«

»Sie denken, das Essen war vergiftet?«

»Gab er Milch an die Rühreier?«, fragt Malou zurück.

»Nein. Nur Eier. Weder Mehl noch Milch.«

»Haben Sie die Lebensmittel eingekauft?«

»Ja.«

»Wo?«

»Im Supermarkt.«

»Welcher Supermarkt?«

»Bei Coop, hier im Quartier gleich um die Ecke.«

Malou macht sich erneut eine Notiz.

»Den Müll haben wir schon konfisziert?«, fragt Felix.

Malou nickt. »Dort hat die Spurensicherung nichts gefunden.«

»Frau Trachsel-Von Grafenstadt«, Felix Winter hält seine Finger jetzt still, versucht aber den Blick der alten Frau mit seinen Augen zu fixieren, »ich frage Sie noch einmal: Haben Sie Ihren Mann vergiftet?«

»Nein. Ich habe nichts mit seinem Tod zu tun.«

»Können Sie sich vorstellen, wer dann Ihren Mann umgebracht haben könnte?«

»Nein, junger Mann, das ist Ihre Aufgabe, das herauszufinden. Kann ich jetzt gehen?«

Felix Winter entfährt ein tiefer Seufzer. Er steht auf, nickt und sagt: »Ja, Sie können gehen. Aber halten Sie sich bitte zu unserer Verfügung. Wir werden Ihren Pass einziehen, solange die Ermittlungen laufen. Es wird Sie jemand nach Hause bringen.«

Die Tür fällt zu. Malou und Felix bleiben allein im Verhörraum zurück. Felix setzt sich auf den Tisch, fährt sich mit der flachen Hand über die Stirn.

»Was denkst du?«, fragt Malou.

»Ich glaube nicht, dass sie es war.«

»Nein, sie war es nicht.«

»Wir müssen weitersuchen.«

»Ist es möglich, dass Aaron Trachsel ein Zufallsopfer war? Dass jemand aufs Geratewohl Lebensmittel vergiftet hat? Vielleicht, um eine Supermarktkette zu erpressen, und Trachsel hatte das Pech, die entsprechende Kaffeepackung zu erwischen.«

»Möglich. Wir müssen die toxikologische Analyse der Lebensmittel abwarten. Falls sich dort keine Spuren von Colchicin finden …«

»Dann was?«

»Dann wurde ihm das Gift erst später zugefügt.«

»Was bedeutet …«

»… dass es wohl doch Margret Nova war.«

47

»Er stirbt!« Milla brüllt in ihr Telefon. »Sie müssen sofort kommen! Er stirbt!«

»Bleiben Sie bei ihm, wir haben Sie lokalisiert, wir werden in zehn Minuten da sein. Ich bleibe am Apparat.«

Milla hat den Notruf über die App EchoSOS gewählt, mit der die Polizei ihren Standort sofort orten kann. Es ist das erste Mal, dass sie sie benutzt, und innerlich schickt sie einen kurzen Dank an Sandro, dass er sie sozusagen genötigt hat, die App zu installieren.

»Sie haben gesagt, Sie spüren den Puls. Prüfen Sie bitte, ob er noch atmet, und wenn ja, wie er atmet.«

»Ja, er atmet, ziemlich gleichmäßig. Aber er hat viel Blut verloren.«

»Wo blutet er?«

»Am Bauch. Ich glaube, an der Seite.«

»Liegt er auf dem Rücken?«

»Nein, auf dem Bauch.«

»Bewegen Sie ihn nicht. Ist er ansprechbar?«

»Nein, er reagiert nicht.«

»Bleiben Sie bei ihm, sprechen Sie mit ihm. Meine Kollegen werden gleich bei Ihnen sein.«

»Nathaniel, es wird alles gut«, flüstert Milla. »Sie sind unterwegs, sie werden dir helfen, gleich werden sie da sein.«

Sie streicht Nathaniel über die Haare und hofft, dass sie ihm nicht zu viel verspricht. Dass wirklich alles gut wird. Dass er nicht sterben wird.

»Du darfst nicht sterben. Silas wartet zu Hause auf dich. Und Gundula. Du darfst nicht gehen. Die Sanitäter werden dir helfen, sie werden …«

In dem Moment lässt ein Schrei Milla zusammenfahren. Er kommt aus der Richtung, wo die Jurte liegt. In der ersten Sekunde glaubt sie, dass der Angreifer zurückgekommen ist. Doch dann realisiert Milla, dass die Leute von der Tierrettung eingetroffen sein müssen. Sie hätte sie warnen sollen, vor dem Anblick, der sie vor der Jurte erwartete. Milla wirft einen Blick auf Nathaniel, sie will ihn nicht allein lassen. Aber was, wenn sie Alisha nicht finden? Sie können bestimmt auch Nathaniel erste Hilfe leisten.

Milla zieht ihre Jacke aus und hängt sie an den erstbesten Zweig, damit sie schnell zu Nathaniel zurückfinden wird, dann rennt sie zur Jurte.

»Hallo!«, ruft sie laut. »Hallo! Gehen Sie nicht weg, wir sind hier!«

Knapp zwei Stunden später lässt sich Milla erschöpft auf den Stuhl vor der Intensivstation des Zürcher Universitätsspitals sinken. Die Sanitäter haben Nathaniel hierhergebracht, er wurde sofort operiert. Die Tierretter kümmerten sich noch im Wald um Alisha, bevor sie sie ins Tierspital transportierten. Schließlich trafen auch die Polizei und die Spurensicherung bei der Jurte ein. Doch Milla war an Nathaniels Seite mit in den Rettungswagen gestiegen, sie wird ihre Zeugenaussage später nachholen. Gundula und Carole sind vor etwa einer halben Stunde aus

Bern eingetroffen, sie haben bereits mit den Ärzten gesprochen.

Nathaniel wird durchkommen.

Er hat eine tiefe Stichwunde im Bauch erlitten und viel Blut verloren, doch die Ärzte haben ihn mit einer Notoperation retten können. Auch Alisha wird überleben: Gundula hat in der Tierklinik angerufen und die gute Nachricht eben verkündet. Auch Alisha wurde mit einem Messer verletzt, am Kopf, die Tierärztin sagte, man habe das eine Auge nicht retten können. Aber sie wird leben. Beide werden leben, das ist das Wichtigste.

»Frau Nova?« Eine männliche Stimme reißt Milla aus ihren Gedanken.

»Das bin ich.«

Sie blickt auf. Vor ihr steht ein älterer Polizist, wohl um die sechzig. Stattlicher Bauch, nicht mehr allzu viele Haare auf dem Kopf, dafür einen Schnauzbart im Gesicht und klare, intelligente Augen.

»Wenger, Kantonspolizei Zürich. Sie haben die Leiche gefunden?«

»Das ist richtig.«

»Was haben Sie dort im Wald gesucht?«

Milla erzählt dem Polizisten fast die ganze Geschichte. Sie berichtet, dass sich ihr blinder Freund Nathaniel auf die Suche nach Balz Brecht gemacht habe, dass er auf einmal nicht mehr erreichbar war und dass sich seine Freundin Sorgen gemacht habe. Darum sei sie in den Wald gelaufen, um nach ihm zu suchen. Milla erzählt dem Polizisten jedoch nichts über die Gründe, warum Nathaniel Balz Brecht gesucht hat, sie verschweigt, dass sie nur kurz davor bei einem Anwalt waren, der ihnen den Namen von Balz Brecht genannt hat – und der jetzt ebenfalls tot ist.

»Warum hat Ihr Freund nach Balz Brecht gesucht?«, fragt Polizist Wenger prompt nach, als Milla ihre Ausführungen beendet hat.

»Ich weiß es nicht.« Milla denkt sofort hochkonzentriert an ein Glas voller Eiswürfel, um zu verhindern, dass sie ob der Lüge rot wird.

»Sie sind Journalistin, richtig?«

»Ja.«

»Waren Sie privat dort oder beruflich?«

»Privat. Nathaniel ist ein Freund.«

»Sie sind mit Sandro Bandini zusammen, richtig?«

Milla fragt sich, ob der Polizist nichts Besseres zu tun gehabt hat, als ihren Hintergrund zu recherchieren. »Ja, kennen Sie ihn?«

»Wir kennen uns, ja. Sie sagen also, dass Balz Brecht schon tot war, als Sie bei der Jurte eintrafen, und dass Sie danach den verletzten Hund und dann Herrn Brenner gefunden haben?«

»Das ist korrekt.«

»Was denken Sie, was dort oben im Wald passiert ist?«

Milla würde dem Polizisten Wenger am liebsten sagen, dass es sein Job sei, das herauszufinden, nicht ihrer. Tatsächlich hat sie sich aber in den unendlich erscheinenden Minuten, die sie vor dem Operationssaal ausgeharrt hat, selbst den Kopf darüber zerbrochen, was sich im Wald für eine schreckliche Szene abgespielt haben muss. Sie ist verschiedene Möglichkeiten durchgegangen und hat die meisten wieder verworfen. Übrig blieb ein einziges, irritierendes und nicht erklärbares Szenario.

»Bitte erzählen Sie, ich werde Sie nicht darauf festnageln, es interessiert mich bloß, was Sie darüber denken«, insistiert Wenger.

»Ich glaube, Balz Brecht hat Nathaniel angegriffen, wurde aber von dessen Blindenhündin daran gehindert.«

»Es hat bestimmt einen Kampf gegeben. Warum sind Sie sicher, dass nicht Nathaniel Balz Brecht angegriffen hat? Obdachlose sind immer wieder Opfer sinnloser Gewalt.«

»Ich kenne Nathaniel, er ist der friedliebendste Mensch, den man sich vorstellen kann.«

»Das kann täuschen.«

»Herr Wenger, jetzt mal ehrlich: Warum sollte ein Blinder auf einen Sehenden losgehen? Und wie stünden seine Chancen in diesem ungleichen Kampf? Das macht doch keinen Sinn. Und ich kenne auch Alisha: Sie hat Nathaniel immer verteidigt, sie hat ihm schon einmal das Leben gerettet.«

Und auch mir, denkt Milla, aber das spricht sie nicht laut aus. »Und überhaupt …«

»Und überhaupt was?«

»Ach nichts. Nathaniel würde nie von sich aus einen Menschen angreifen. Nie.«

Um ein Haar hätte Milla den Polizisten gefragt, ob er überhaupt wisse, wer Balz Brecht sei, ob ihm bewusst sei, dass sie es hier mit einem Linksterroristen zu tun hatten. Doch sie besinnt sich gerade noch rechtzeitig eines Besseren. Sie will nicht, dass Wenger weiß, dass sie es weiß, es würde alles nur komplizierter machen.

»Gut gut«, brummelt Wenger vor sich hin. »Tatsächlich passt Ihre Erklärung ziemlich gut zu der Spurenlage, die wir vor Ort angetroffen haben. Die Frage ist, ob Herr Brenner Balz Brecht in das Hirschgeweih gestoßen hat und ob er das mit Absicht getan tat.«

»Brecht ist gestolpert!« Millas Stimme wird lauter.

»Das wissen wir nicht.«

»Wie soll Nathaniel das mit Absicht getan haben – er ist blind!«

»Er hat das Geweih vorher ertastet?«

»Das ist absurd! Wahrscheinlich stolperte Brecht wegen Alisha, die ihn angegriffen hat, um Nathaniel zu schützen.«

»Ich denke, er wurde von einem Menschen gestoßen. Wenn es nicht Nathaniel war, gab es vielleicht noch eine dritte Person vor Ort.«

Milla erinnert sich an ihr Gefühl, als sie meinte, es sei noch jemand da. Als sie versuchte, in die Jurte hineinzuspähen und nichts als ein schwarzes Loch hinter der Plane sah. War dort jemand? Versteckte sich jemand, bis Milla sich auf die Suche nach Nathaniel machte, und verschwand danach im Wald?

»Sie haben wirklich niemanden sonst gesehen oder gehört?«, fragt Wenger, als könnte er Millas Gedanken lesen.

»Nein. Als ich dort ankam, war niemand sonst dort – außer einer Leiche, einer blutenden Hündin und mein schwer verletzter Freund.«

»Ich werde womöglich auf Sie zurückkommen. Bitte halten Sie sich zur Verfügung. Und richten Sie Sandro einen Gruß aus. Ihrem Freund wünsche ich gute Besserung. Sobald er wach ist, werden wir wohl mehr wissen.«

»Danke. Und den Gruß richte ich gerne aus.«

Nachdem sich Milla bei Carole und Gundula versichert hat, dass sie im Moment hier nichts mehr für Nathaniel tun kann, macht sie sich auf den Weg nach Bern. Sie hat ihrer Mutter versprochen, sie zu besuchen, nach allem, was sie durchmachen musste. Und es ist wohl auch an der

Zeit, mit Sandro zu reden; sie kann nicht ewig schmollen und schweigen. Zumal ihre Mutter entlassen worden ist. Doch erst will sie noch etwas anderes tun, etwas, das sie besser bleiben lassen sollte. Etwas, das ihr Ärger einbringen wird – falls jemand davon erfährt. Doch es wird niemand davon erfahren. Sie darf sich einfach nicht erwischen lassen.

48

Nathaniel spürt nichts. Als er aufwacht, hat er keine Schmerzen. Er realisiert aber sofort, dass er in einem Krankenhausbett liegt: Der fremde Geruch der Bettwäsche, die Infusionen an seinem Arm, das Piepsen des Überwachungsgeräts. In seiner Hand liegt eine Hand. Er wundert sich, wem sie gehört.

»Hallo?«, fragt er vorsichtig.

»Nathaniel, du bist wach!«

Die Hand gehört Gundula. Nathaniel lächelt, spürt, dass Gundula aufsteht und ihn so gut es geht in den Arm nimmt. Sie küsst ihn sanft auf seine Stirn.

»Ich hatte solche Angst um dich.«

»Ich auch«, sagt Nathaniel. »Ich auch.« Das Lächeln auf seinem Gesicht verschwindet so schnell, wie es erschienen ist. »Wo ist Alisha?« Sorge schwingt in seiner Stimme mit.

»Sie ist im Tierspital. Sie ist verletzt. Aber sie lebt.« Gundula verschweigt Nathaniel, wie schwer Alisha verletzt ist und dass sie womöglich nie mehr als Blindenhündin wird arbeiten können. Irgendwann wird sie es ihm erzählen müssen, aber nicht jetzt.

»Gott sei Dank. Und der Mann?«

»Balz Brecht?«

»Ja.«

»Du weißt es nicht?«

»Was?«

»Er ist tot.«

»Nein! Er ist tot?« Nathaniel erzittert am ganzen Körper. Ist er darum noch am Leben? Weil der andere gestorben ist? »Was ist passiert? Warum ist er tot?«

»Ich weiß es nicht genau. Milla sagte, er sei von einem aufgehängten Hirschgeweih aufgespießt worden.«

»Milla war da? Was sagt sie, aufgespießt?«

»Ja. Ich habe Milla angerufen, als ich dich nicht mehr erreichen konnte, sie ist sofort in den Hönggerwald gelaufen und hat nach dir gesucht.«

»Milla! Gott sei Dank. Und Brecht ist tot? Wegen eines Hirschgeweihs?« Nathaniel kann kaum fassen, was Gundula ihm erzählt.

»Wahrscheinlich ist er rückwärts gestolpert und unglücklicherweise in das Geweih gestürzt, das er irgendwo aufgehängt hatte.«

»Glücklicherweise«, korrigiert Nathaniel bitter. »Denn sonst wäre wohl ich jetzt tot.« Er erinnert sich an den Stich, an das Messer, das er durch die Luft sausen hörte, an Alisha, die an ihnen hochgesprungen ist. Alisha.

»Ich glaube, Alisha hat mir das Leben gerettet.«

»Alisha?«

»Sie ist dazwischengegangen, als er mich angegriffen hat. Er ist bestimmt wegen ihr gestolpert.«

»Warum hat er dich angegriffen?«

»Ich glaube, er ist irre. Er ist auf einmal völlig ausgetickt. Ich habe nicht verstanden warum.«

»Er ist einfach grundlos auf dich losgegangen?«

»Ich habe ihn nach meinem Vater gefragt. Er behauptete, dessen richtiger Name sei Stephan Kühnert. Und dann ging er plötzlich ohne Vorwarnung auf mich los.«

»Wie schrecklich. Ich bin so froh, dass du noch da bist. Stell dir vor, wenn dich Milla nicht rechtzeitig gefunden hätte … Ich mag gar nicht daran denken. Die Ärzte sagen, dass du ein paar Tage Ruhe brauchst, aber du wirst wieder ganz gesund.«

Während Gundula im Zürcher Universitätsspital an Nathaniels Bett sitzt und überglücklich ist, dass sie ihn nicht verloren hat, hängt Felix Winter in seinem Büro am Telefon. Fünf Warenhausketten hat er bereits kontaktiert und nach Erpressungsversuchen gefragt, als erste diejenige, die Hermine Trachsel-Von Grafenstadt ihm angegeben hat. Fehlanzeige: Nirgends ist ein Erpresserschreiben oder eine Drohung eingegangen. Auch gibt es keine Meldungen von weiteren Vergiftungen. Nach dem letzten Anruf legt er den Hörer weg. Vor ihm liegen die Befragungsprotokolle der beiden älteren Damen: Jenes von Hermine Trachsel-Von Grafenstadt, der Ehefrau von Aaron Trachsel, und jenes von Margret Nova, dessen Geliebte. Beide behaupten, nichts mit seinem Tod zu tun zu haben. Der einen glaubt Felix, bei der anderen hat er Zweifel. Doch was, wenn es jemand ganz anderes gewesen ist? Er checkt sein E-Mail-Postfach, schon zum dritten Mal in der letzten Viertelstunde. Auch hier Fehlanzeige: Die Resultate der toxikologischen Lebensmittel-Untersuchung aus Aaron Trachsels Küche stehen immer noch aus.

Im gleichen Moment im gleichen Gebäude telefoniert sich auch Bettina Flückiger die Ohren wund. Sie nimmt Kontakt auf mit all jenen Personen, die Aaron Trachsel in den letzten drei Monaten per Post, per E-Mail oder über die Sozialen Medien eine Drohung haben zukommen lassen.

Die Drohschreiber sind zu drei Vierteln männlich, die meisten sind zwischen dreißig und sechzig Jahre alt und fast alle reagieren ähnlich, sobald sie mit Bettina verbunden sind: Sie wirken eingeschüchtert und zeigen sich reuig. Sie hätten nicht ernst gemeint, was sie geschrieben hätten, versichern sie unisono. Warum sie es denn überhaupt geschrieben haben?, will Bettina jeweils wissen. Weil sie wütend gewesen seien.

Bettina streicht die Namen derjenigen durch, die sie als harmlos einstuft, als Polterer, die eine große Klappe haben, aber nie zur Tat schreiten würden. Sie verhalten sich wie kleine Kläffer, die sich die Seele aus dem Leib bellen – und die sich hinter den Beinen von Frauchen verstecken, wenn man einen Schritt auf sie zu macht und *Huh* sagt.

Einige Namen jedoch markiert Bettina mit einem orangenen Leuchtstift; jene, die sie unfreundlich abkanzeln wollen oder die hemmungslos drauflospoltern, Trachsel habe nichts anderes als den Tod verdient. So kämpft sie sich Name um Name durch die Liste, mittlerweile ist sie beim Buchstaben *K* angekommen.

Franz Koch. Der Name kommt ihr bekannt vor. Gab es da nicht mal einen Terroristen dieses Namens, der mit der RAF sympathisierte?, fragt sich Bettina. Nun, so heißen einige, es wird wohl jemand anderes sein. Sie wählt seine Nummer.

»Koch«, meldet er sich mit zackiger Stimme, als er ans Telefon geht.

»Guten Tag, Herr Koch, hier spricht Bettina Flückiger, Kantonspolizei Bern.«

»Von der Polizei bist du? Mit dir rede ich nicht!«

Zack, aufgehängt. Bettina zuckt mit den Schultern, streicht den Namen mit dem roten Leuchtstift an und schreibt sich die Adresse von Franz Koch heraus. Roter Leuchtstift heißt: Sie werden ihm einen Besuch abstatten.

Zur gleichen Zeit im selben Büro starrt Florence Chatelat hochkonzentriert auf den Bildschirm ihres Computers. Sie durchstöbert noch immer das digitale Vermächtnis von Aaron Trachsel, um auf mögliche Spuren zu stoßen. Es handelt sich dabei um tonnenweise Daten, die von den Festplatten seiner Computer, seines Geschäfts- und seines privaten Handys stammen. Um die Drohungen, die auf diesem Weg eingegangen sind, kümmert sich ihre Kollegin Bettina. Ihr Job ist es, sich durch die übrige Korrespondenz, durch Unterlagen und Dokumente zu lesen. Es sind deren viele.

Alles, was nach einem gewöhnlichen politischen Tagesgeschäft aussieht, klickt sie ungelesen weg. Auch die geschäftliche Korrespondenz mit den Unternehmungen und Vereinigungen, in deren Verwaltungsrat Aaron Trachsel einen Posten hatte, liest sie nur quer. Eine berufliche Verbindung hingegen hat ihr Interesse geweckt. Es geht aus den Unterlagen nicht klar hervor, in welcher Funktion Aaron Trachsel in dieser Firma tätig war. Doch allein schon ihr Name verspricht Brisanz – will man den Artikeln, die kürzlich über sie erschienen sind, Glauben schenken: Aaron Trachsel war in die umstrittene Chiffre AG involviert.

»Was weißt du über deren Geschäfte«, murmelt Florence leise vor sich hin, während sie die Schreiben studiert. »Wusstest du womöglich zu viel?« Ihr stilles Zwiegespräch mit einem Toten bleibt ein Monolog.

Im gleichen Haus, ein Stockwerk höher, sitzt Sandro in seinem Einzelbüro und fragt sich, warum in seinem Leben gerade alles schiefläuft. Im Bett seiner Beinahe-Schwiegermutter stirbt der Nationalratspräsident, seine Freundin hilft mit, die Leiche illegal zu beseitigen und verliert dabei sein Kind. Sein Kind, das er sich so sehr gewünscht hat. Doch statt nun zusammen zu sein, um die Trauer um das verlorene Kind gemeinsam zu bewältigen, haut Milla einfach ab. Weil sie ihm vorwirft, er sei daran schuld, dass ihre hochverdächtige Mutter verhaftet worden ist – obwohl er den Fall sofort abgegeben hat, nachdem er in diese unangenehme Situation hineingeraten war. Er versteht die Welt nicht mehr und Milla schon gar nicht. Sandro fragt sich, warum sein Leben nicht ein einziges Mal normal verlaufen kann.

Da klopft es an der Tür.

»Herein.«

Kollege Schmid steckt den Kopf durch den Türspalt.

»Sandro, wir haben wieder einen Schuh.«

Nein, normal ist dieses Leben nicht, denkt Sandro. »Wieder im Paketfach, wieder mit Foto?«

»Ja, genau das gleiche, der Absatz des Stöckelschuhs steckt zielgenau im Gesicht des fotografierten Mannes.«

»Wer ist es?«

»Er heißt Bendicht Kerner, Besitzer einer Spielhalle. Polizeilich nicht bekannt.«

»Die Frau scheint einige Beziehungsprobleme zu haben.« Sandro erhebt sich und nimmt den durchsichtigen Plastikbeutel mit Fotografie und Stöckelschuh entgegen. »Ich geb den mal ins Labor, um zu sehen, ob er von der gleichen Absenderin stammt.«

Kaum hat Schmid die Tür wieder hinter sich geschlossen, klingelt Sandros Handy.

Milla, denkt er im ersten Moment. Als er sieht, dass es

eine unbekannte Nummer aus der Polizeizentrale in Zürich ist, spürt er seine Enttäuschung. Er wird sie anrufen, sie müssen reden, gleich, doch vorher nimmt er den Anruf entgegen.

»Fred Wenger hier, guten Tag Sandro.«

»Fred, lange nicht voneinander gehört.«

»Wem sagst du das.«

»Alles gut bei euch in Zürich? Was läuft denn so?«

»Die üblichen Verrücktheiten. Ich rufe an, weil ich heute deine Freundin kennengelernt habe.«

Sandro schließt die Augen. Bitte nicht, denkt er, das kann nichts Gutes bedeuten.

»Wo und warum?«, fragt er leise.

»Sie hat im Wald einen Toten gefunden und einen Schwerverletzten und einen Hund.«

»Das darf nicht wahr sein. Aber ihr geht es gut?«

»Ja, sie machte einen recht munteren Eindruck. Ihr ist nichts passiert.«

Einmal mehr fragt sich Sandro, ob er erleichtert oder wütend auf Milla sein soll.

49

In Millas Tasche singt Jim Morrison *This is the end*. Innerlich fluchend sucht sie eine gefühlte Ewigkeit nach dem Handy, sieht, dass Sandro anruft, klickt ihn weg und schaltet den Ton aus. Schwer atmend lehnt sie sich an die Hausmauer und wartet, ob etwas passiert. Sie ärgert sich sehr über ihren Anfängerfehler; den Ton eingestellt lassen! Dabei sollte sie wissen, dass Mobiltelefone die Eigenart besitzen, immer im ungünstigsten Moment zu klingeln. Milla horcht. Sie hört nichts. Also stößt sie die schwere Holztür des alten Hauses auf. Sie ist auch heute nicht abgeschlossen.

Milla steigt im Tempo einer Gottesanbeterin, deren Bewegungen mit bloßem Auge kaum zu erkennen sind, in den obersten Stock hinauf. Zu gut erinnert sie sich an das Knarren der Stufen. Es ist auch so nicht zu vermeiden, dass das Holz unter ihren Füßen stöhnt und ächzt. Doch im Haus scheint es niemand zur Kenntnis zu nehmen. Man ist es wohl gewohnt, dass das Gebäude voller Geräusche ist, selbst wenn keiner da ist.

Zuoberst angekommen sieht Milla, dass die Tür, die in das kleine Büro von Claude Vogelsang führt, mit einem gelben Aufkleber gesichert ist. Die Aufschrift warnt davor, das Siegel zu zerstören, der Zutritt ist polizeilich untersagt. Vogelsang ist also keines natürlichen Todes gestorben, denkt Milla und fragt sich, ob der Anwalt in seinem Büro getötet wurde oder ob sein Büro einzig zur Beweissicherung von Unterlagen versiegelt wurde. Milla stößt ein stilles Kurzgebet aus, dass Sandro nie in seinem Leben erfahren wird, was sie hier gerade tut. Dann zückt sie das kleine Sackmesser, das sie an ihrem Schlüsselanhänger trägt, und durchtrennt das Siegel. Vorsichtig drückt sie auf die Klinke, damit rechnend, dass genau jetzt ihr Vorhaben ein vorschnelles Ende finden wird. Doch zu ihrer Überraschung lässt sich die Tür öffnen: Sie ist nicht abgeschlossen. Milla schlüpft rasch hinein und zieht die Tür hinter sich zu. Auch innen steckt kein Schlüssel. Vielleicht hat ihn die Polizei nicht gefunden und einfach offen gelassen.

Als sich Milla dem Raum zuwendet, muss sie schwer schlucken: Der Tisch, an dem sie vor wenigen Tagen Claude Vogelsang gegenübergesessen hat, ist verschmutzt mit eingetrocknetem Blut. Viel Blut. Auch auf dem Teppich befinden sich Flecken. Es ist hier passiert. Sie denkt sofort an eine Schusswaffe. Wurde der Anwalt hinterrücks erschossen? Von wem? Ein kaum erträglicher, bleierner Geruch füllt den Raum. Die Luft ist zum Schneiden dick. Milla wird übel, sie würde am liebsten das Fenster aufreißen, damit sie atmen kann, doch sie unterdrückt den Impuls.

Sie sieht sich um. Schaut zum kleinen, ausgestopften Krokodil hoch, das sie aus gläsernen Augen zu mustern scheint. Sie betrachtet die Regale, die Aktenordner, die Schubladen. Was sucht sie eigentlich? Sie weiß es nicht. Sie hat diesen starken Drang verspürt zurückzukommen. Weil sie denkt, dass Vogelsang ihnen etwas verschwiegen hat. Etwas, das von Bedeutung ist. Etwas, das ihn womöglich das Leben gekostet hat und auch Nathaniel vielleicht beinahe. Etwas, das sie selbst in Gefahr bringen könnte. Nur hat Milla keine Ahnung, was das sein könnte.

Sie beginnt, die Aktenordner aus dem Regal zu ziehen und durchzublättern. Sie erkennt schon nach wenigen Minuten, dass sie das nicht schafft. Es ist eine Arbeit von Tagen, sich durch die Akten des Rechtsanwalts zu lesen, nicht von Stunden. Sie kann unmöglich jeden Ordner sichten. Also muss sie sich auf die Aufschriften der Ordner verlassen.

Akte Brahms I bis III, Akte Djemali, Akte Galli I bis IV … Milla liest Etikett um Etikett, die Fallakten sind alphabetisch geordnet. Sie gelangt zum Buchstaben *R. Akte Ramseier I und II,* liest sie, *Akte Roberta Am Feuer I bis III.* Beinahe hätte sie den Namen überlesen. Dass er ihr dennoch auffällt, liegt nicht am sonderbaren Nachnamen, sondern daran, dass auch ein Vorname dasteht, während der auf allen anderen Ordnern fehlt: *Roberta Am Feuer.* Milla kennt den Nachnamen Amherd. So heißt eine Schweizer Bundesrätin. Am Feuer ist ihr noch nie … Milla lacht leise auf, als sie begreift. Um ein Haar wäre sie darauf hereingefallen. Roberta am Feuer, abgekürzt RAF wie Rote Armee Fraktion. Und dann noch Ro*berta* – ein versteckter Hinweis auf die Gruppe Bertastrasse! Sie hat die Akten zum Fall von Esmeralda Esposito gefunden.

Milla stopft zwei der Ordner in ihre Tasche, der dritte findet keinen Platz darin, sie wird ihn sich unter den Arm klemmen müssen. Unauffällig geht anders. Im Eiltempo liest sie die Etiketten der restlichen Ordner durch. Nur ein weiterer fällt aus der Reihe, *K17* steht auf dem Etikett. Hätte Milla nicht gerade erst die Todesanzeige von Aaron Trachsel gelesen, hätte sie nicht realisiert, worum es dabei gehen könnte. Milla fragt sich, ob womöglich auch Claude

Vogelsang Mitglied der geheimen Kampftruppe der Schweizer Armee gewesen sein könnte. Doch sie verwirft den Gedanken gleich wieder; unmöglich, nicht der radikale linke Staatskritiker. Sie zieht auch diesen Ordner aus dem Regal und sucht nach einer Tragetasche. Zu ihrer Erleichterung entdeckt sie in einer Schublade eine Supermarkt-Papiertüte. Sie schaut hinein, nur ein paar Papiere liegen darin, also stopft sie kurzentschlossen die zwei Ordner hinein. Rasch zieht sie auch noch die anderen Schubladen heraus, Schreibstifte, Briefpapier, Umschläge, nichts, das ihre Aufmerksamkeit erregt. Sie hängt sich ihre Tasche um, greift zur Papiertüte und versucht, ebenso leise wieder hinauszuschleichen, wie sie hereingekommen ist. Es wäre fatal, wenn sie erwischt würde; sie ist bereits wegen Hausfriedensbruch vorbestraft. Unten an der Treppe drückt sie auf die Klinke, zieht die Tür auf, ein Knarren lässt sich nicht vermeiden, gleich hat sie es geschafft. Sie kreischt auf, als sie fast in einen Mann knallt, der direkt vor der Tür steht. Er ist bestimmt zwei Meter groß und ganz in Schwarz gekleidet. Nicht nur Milla, auch der Mann zuckt erschrocken zusammen. Würde jemand die beiden beobachten, hielte er die Zuckungen womöglich für einen fremdländischen Begrüßungstanz.

»Entschuldigung«, sagt Milla laut. »Sie haben mich zu Tode erschreckt.«

»Tschuldigung«, murmelt der Lange gleichzeitig, dann drängt er an Milla vorbei ins Haus.

Erleichtert packt Milla die Papiertüte fester und eilt die Straße hinab, um in den nächsten Bus zu steigen.

Milla steigt am Bahnhof Bern aus und legt den letzten Teil des Weges zu Fuß zurück. Als sie bei ihrer Mutter vor der

Tür steht, zögert sie kurz. Das letzte Mal, als sie ihre Mutter gesehen hat, trug sie noch ein winziges Kind im Bauch, denkt Milla traurig. Wie viel in den wenigen Tagen passiert ist. Auch darum hat sie den Besuch bei ihrer Mutter hinausgezögert; weil sie es noch nicht geschafft hat, ihr zu sagen, dass sie nun doch nicht Großmutter wird. Für die schlechte Nachricht gab es in den letzten Tagen keinen Platz. Milla gibt sich einen Ruck und drückt auf den Klingelknopf, einmal kurz, einmal lang, einmal kurz. Sie will gerade ein viertes Mal klingeln, da hört sie das vertraute Schaben hinter dem Türgucker. Sie macht einen Schritt zurück und winkt, was ihr sofort seltsam vorkommt. Ihre Mutter öffnet die Tür.

»Milla, zum Glück bist du da!«

Margret Nova ruft es mit einer so großen Begeisterung, dass Milla unwillkürlich noch einen Schritt zurückmacht, sie erwartet gleich die nächste Katastrophe. Doch die folgt nicht. Stattdessen umarmt ihre Mutter sie mit festem Griff, klammert sich regelrecht an sie und will sie nicht mehr loslassen, bis Milla sich vorsichtig aus der Umarmung löst.

»Lass uns reingehen.«

Bei einer Tasse Beruhigungstee schildert Margret Nova Milla ihre Erlebnisse bei der Polizei, die Befragungen, die beängstigende Nacht in der Untersuchungshaft. »Wenn du mir vor einer Woche gesagt hättest, dass ein Mann in meinem Bett stirbt und ich im Gefängnis lande – ich hätte dich für verrückt erklärt!« Auf einmal muss Margret Nova hysterisch kichern, zu absurd kommt ihr ihr Leben im Moment vor.

»Du weißt nicht, ob die Polizei eine andere Spur verfolgt?«, fragt Milla.

»Nein, ich muss mich zur Verfügung halten. Sie haben mir sogar meinen Reisepass weggenommen! Es ist eine Frechheit!«

»Ich hoffe, dass sie den Täter bald kriegen.«

»Denkst du wirklich, dass Ronnie getötet wurde? Ich war mir sicher, es war ein Herzinfarkt. Vielleicht haben sie das mit dem Gift nur erfunden.«

»Mama, die Polizei erfindet nicht einfach einen Giftmord, nicht einmal wenn es um den Nationalratspräsidenten geht. Warum sollten sie auch?«

»Wer weiß, vielleicht wollen Sie es den Verschwörungstheoretikern in die Schuhe schieben, die Ronnie das Leben so schwer gemacht haben.«

»Du weißt schon, dass du jetzt gerade selbst wie eine Verschwörungstheoretikerin klingst?«

»Tu ich das?«

Millas Mutter klingt ehrlich überrascht.

»Mama, ich muss dir etwas sagen.«

Margret Nova wirkt augenblicklich ernst. Wenn ihre Tochter diesen Satz ausspricht, hat es nie etwas Gutes zu bedeuten, im Gegenteil.

»Ist etwas mit dem Kind?«

»Ich habe es verloren.«

»Oh nein, Milla, das tut mir leid.« Margret Nova erhebt sich, geht zu Milla und nimmt sie in die Arme. Milla beginnt zu weinen und merkt, wie gut es ihr tut, das alles endlich rauszulassen, sich von der Mutter trösten zu lassen.

Eine Zeit lang halten sich die Frauen einfach stumm fest.

»Ist es meine Schuld?«, fragt Margret Nova plötzlich. »War es der Stress wegen Ronnies Tod?«

»Nein. Ich hatte schon zuvor Blutungen. Es bringt nichts, nach einem Grund zu suchen.«

»Es hat wohl nicht sein sollen.«

»Es hat wohl nicht sein sollen«, wiederholt Milla.

»Milla, um ehrlich zu sein: Ich hätte mich sehr auf ein Enkelkind gefreut – aber ich bin nicht sicher, ob du eine gute Mutter wärest.«

»Mama!«

»Das Leben mit einem Kind ist anders. Es wäre nicht mehr dein Leben gewesen, wie du es führen willst.«

Obwohl Milla im ersten Moment die Bemerkung ihrer Mutter deplatziert findet, erkennt sie in der nächsten Sekunde, dass sie es nur ehrlich mit ihr meint – und dass sie wohl recht hat.

»Lass uns Kekse backen«, schlägt Margret Nova vor.

»Kekse backen?«

»Weißt du nicht mehr? Wenn du als Kind traurig warst, haben wir immer Kekse gebacken, mir würde es heute auch guttun.«

So kommt es, dass Milla und ihre Mutter Margret wenig später nebeneinander in der Küche stehen und Teig anrühren. Nach einer Weile beginnt Margret von Ronnie zu erzählen. Sie schildert ihrer Tochter, wie sie sich kennengelernt haben. Dass sie ihre Gefühle zunächst unterdrückt hatte – sich in den verheirateten Nationalratspräsidenten zu verlieben, einer von der liberalen Partei, die sie nie im Leben gewählt hatte oder wählen würde, das ging doch nicht. Und irgendwie sei es dann doch gegangen. Und schön gewesen. Das noch einmal zu erleben. Ein letztes Mal.

Milla ist gerührt von den Schilderungen ihrer Mutter. Sie windet sich, ob sie das Thema anschneiden oder es einfach ruhen lassen soll. Sie stellt die Frage dann doch.

»Mama, wusstest du, dass Aaron, oder Ronnie, Mitglied der geheimen Armee-Gruppe K17 gewesen ist?«

»Ja. Er hat es mal erwähnt. Aber er sprach nicht gerne darüber. Er hat sich furchtbar geschämt.«

»Er hat sich geschämt?«

»Ja. Das hat er mir gesagt. Er schäme sich und er bereue.«

»Was bereute er?«

»Das weiß ich nicht. Er konnte nicht darüber sprechen.«

50

Sie hat Angst. Sie sind wieder da. Sie werden auch sie finden.

Die Sonne zeichnet ein Abbild des Fensters an die Wand und funkelt in den Glasperlen des Kronleuchters. Staubkörner tanzen im orangeroten Schein. Noch eine Viertelstunde, dann wird sie weg sein, die Sonne, das Licht, die Wärme. Alles erlischt.

Sie legt ihre zitternden Hände in den Schoß. Beethovens Mondschein-Sonate füllt den hohen Raum und macht ihr wundes Herz doppelt schwer. Es tut ihr so weh. Alles in ihrem Inneren brennt. Ein Feuer, das sie versengt. Nur noch ein einziger, riesiger Schmerz. Tränen überströmen ihr Gesicht, sie kann nicht aufhören zu weinen.

Balz ist tot. Und nicht nur er, auch Claude. Warum Claude?, fragt sie sich, sie versteht nicht.

Die Gefahr kommt näher und wird sie fressen. Aber vielleicht ist das ganz gut so. Dann wird es endlich vorbei sein. All das Leid. Wie nur hat es so weit kommen können?

Sie fühlt sich unsagbar alt und verletzt und verletzlich und allein. So hatte sie nie sterben wollen. Doch jeder, der meint, man habe eine Wahl, der irrt.

Die Türklingel schrillt. Sie zuckt zusammen und blickt auf die Uhr. Maria, wie immer zu spät. Sie wischt sich die

Tränen aus dem Gesicht und fragt sich, warum sie das tut. Warum noch immer die Fassung wahren, wo doch alles keine Rolle mehr spielt?

Sie hört den Schlüssel im Schloss.

»Frau Rosso?«

»Ich bin hier.«

Die unverkennbaren schlurfenden Schritte auf dem Marmorboden.

»Wie geht es Ihnen heute?«

»Nicht gut.«

»Ich bringe Ihnen Suppe. Danach wird es Ihnen gleich besser gehen.«

Lügnerin, denkt sie, sagt aber kein Wort. Die ganze Welt ist voller Lügen. Das Leben selbst ist eine einzige Lüge. All die vielen Versprechungen und Hoffnungen, wenn man jung ist – und am Ende bleibt: nichts. Nur Schmerz und Leid und Einsamkeit, bis der Tod sich endlich dazu herablässt, einen zu holen. In ihrem Fall lässt er sich verdammt viel Zeit.

»Wie geht es mit den Schmerzen?« Maria stellt die immer gleichen Fragen.

»Schlechter.«

»Ich sortiere Ihnen gleich die Medikamente vor.«

Ein Medikamentencocktail Tag für Tag. Aber doch nicht genug Tabletten im Haus, um dem Ganzen ein Ende zu setzen.

»Haben Sie heute Radio gehört?«

»Nein.«

»Sie streiken wieder.«

»Das tun sie doch immer.«

»Die Koalition ist geplatzt. Es könnte Neuwahlen geben.«

»Auch das ist nur eine Wiederholung der immer gleichen Geschichte.«

»Möchten Sie morgen einen Spaziergang machen? Ich könnte früher kommen.«

»Nein.«

»Nein?«

»Nein.«

Sie sagt sonst immer Ja. Nicht heute. Und auch nicht morgen und auch nicht übermorgen. Hinauszugehen wäre ein zu großes Risiko. Noch bleibt die Hoffnung, dass sie nicht wissen, wo sie sie finden. Es gibt kein Verzeichnis, sie hat keine Adresse, an der Tür und am Briefkasten steht ein fremder Name. Niemand weiß, wer sie wirklich ist. Auch nicht sie selbst. Sie ist schon lange nicht mehr, wer sie einmal war. Sie ist nur noch diese Hülle, die nach und nach ihre Funktionen aufgibt und die einen verkümmerten Geist gefangen hält. Sie kennt sich selbst nicht mehr. Das Einzige, das sie noch am Leben hält, ist die verblassende Erinnerung daran, was sie mal war.

Wenn sie kommen, wird sie nicht ihr Heil in der Flucht suchen. Sie wird sich ihnen aufrecht entgegenstellen und das Schicksal annehmen. Nur einen Wunsch hat sie noch: Sie hofft auf einen schnellen und schmerzfreien Tod.

51

Es ist an der Zeit. Milla wählt Sandros Nummer, doch sie kommt nicht durch, sondern wird sofort weggeklickt. Sie kann nicht einmal eine Sprachnachricht hinterlassen. Also versucht sie es mit einer Textnachricht.

Ich versuche dich anzurufen. Kannst du dich melden, sobald du frei bist?

Im gleichen Bruchteil der Sekunde, in dem Milla auf *Senden* drückt, geht bei ihr eine Meldung ein, von Sandro.

Ich habe versucht, dich anzurufen. Ich möchte mit dir reden.

Der Versand ihrer Nachrichten hat sich überkreuzt. Ihre Anrufe auch, darum ist sie nicht durchgekommen. Milla muss darüber schmunzeln. Sie wartet, ob Sandro noch einmal versucht, sie anzurufen, doch offenbar scheint er genau dasselbe zu tun; das Telefon bleibt stumm.

Ruf du an, schreibt Milla.

In dem Moment klingelt ihr Telefon.

»Hey, Sandro.«

»Milla, können wir uns sehen?«

»Ja, gerne, ich bin in Bern.«

»Ich koche uns was.«

»Lass mich raten. Lasagne?«

»Die Kandidatin erhält hundert Punkte.«

In der Regel würden sie in dieser Situation miteinander lachen. Doch das hier ist entgegen jeder Regel: Die Stimmung ist zu angespannt. Zumindest besteht angesichts der Lasagne die Hoffnung, dass sich das nach dem Abendessen ändern wird. Dass Sandro Milla erneut mit dem Versöhnungsmenü bekocht, ist ein Friedensangebot.

Als Milla eine Dreiviertelstunde später bei Sandros Wohnung in der obersten Etage eines Altstadthauses anklopft und die unverschlossene Tür gleich selbst öffnet, weht ihr der Duft der Lasagne schon entgegen. Unwillkürlich beginnt ihr Magen zu knurren. Das Sprichwort, dass Liebe durch den Magen gehe, würde Milla ohne Zögern unterschreiben; ihr Ärger über Sandro, der sie seit zwei Tagen belastet, fühlt sich schon viel leichter und unbedeutender an.

Sandro steht in der Küche am Herd und wendet der Tür den Rücken zu, er muss ihr Klopfen überhört haben. Sie lehnt sich an den Türrahmen und beobachtet ihn eine Weile. Dabei spürt sie eine Wärme in sich hochsteigen, die Gefühle, die sie für diesen Mann empfindet, fluten ihren Körper, und sie weiß auf einmal mit einer unverrückbaren Sicherheit, dass sie ihn nicht verlieren will. Ärger hin oder her.

»Ich bin hier.«

Sandro dreht sich um, macht die paar Schritte auf Milla zu und nimmt sie ohne ein Wort in die Arme. Sie halten sich fest, halten sich lange fest, er küsst ihren Nacken, sie sein Ohr, sie küssen sich auf den Mund, erst schüchtern, dann lang und innig.

»Was habe ich dich vermisst.« Sandro löst sich und gibt Milla einen Kuss auf die Stirn. »Wie geht es dir?«

»Danke. Den Umständen entsprechend. Ich bin froh, hier zu sein.«

»Die Lasagne ist gerade fertig, ich bereite alles vor, wir essen zuerst.«

»Und danach?«

»Danach … danach schauen wir, was passiert.«

Jetzt müssen sie beide lachen. Denn nebst der Lasagne gibt es ein zweites langjähriges Ritual: Auf das Versöhnungsmenü folgt der Versöhnungssex. Wobei die Reihenfolge variabel ist.

»Aber vorher sollten wir reden.« Sandro stellt die Schale mit der Lasagne auf den Tisch, schneidet ein stattliches Stück ab, und Milla hält ihren Teller hin.

»In Ordnung. Tatsächlich gibt es viel zu erzählen.« Milla streckt Sandro nun seinen eigenen Teller hin. »Sie riecht großartig.«

»Darf ich mit einer Frage beginnen?«

Milla nimmt den ersten Bissen und nickt.

»Warum warst du bei Claude Vogelsang?«

Millas Kiefer erstarrt mitten in der Kaubewegung. Sie spürt, wie ihr die Röte ins Gesicht schießt und sich ihr Puls beschleunigt. Wie kann es sein, dass Sandro über ihren Einbruch in Vogelsangs Büro Bescheid weiß? Überwachungskameras, schießt es ihr durch den Kopf. Die Polizei muss in Vogelsangs Büro Kameras installiert haben! Weil sie vermuten, dass der Täter an den Tatort zurückkehren könnte. Scheiße, denkt Milla, Scheiße, Scheiße, Scheiße. Sie ist in eine Falle getappt.

»Woher weißt du das?«, fragt sie vorsichtig, nachdem sie den Bissen ohne zu kauen hörbar runtergeschluckt hat.

»Dein Name stand in seiner Agenda.«

Milla braucht ein paar Sekunden, bis sie realisiert, dass Sandro nicht von ihrem Einbruch spricht. Er muss auf ihren Besuch bei Claude Vogelsang vor dessen Tod anspielen. Die Anspannung fällt von ihr ab wie ein zu schweres Gewicht, und sie hofft, dass Sandro ihr die Erleichterung nicht ansieht.

»Er hat meinen Besuch in die Agenda eingetragen?«

»Gemäß dem Eintrag warst du an jenem Tag bei ihm, an dem er sich erschossen hat. Warum warst du da?«

»Er hat sich erschossen? Du sprichst von Suizid?«

»Ja.«

Milla kann nicht glauben, was sie hört. Vogelsang? Suizid? Er hat doch ganz normal gewirkt.

»Er hat ganz normal gewirkt«, sagt sie laut.

»Milla, warum warst du bei ihm?«

»Er war auch nicht aufgewühlt oder so. Bist du sicher, dass es kein Tötungsdelikt war?«

»Warum glaubst du, dass er getötet worden sein könnte? Sag mir jetzt bitte, weshalb du da warst.«

»Wegen Nathaniel.«

Milla erzählt Sandro von Nathaniels Spurensuche in der Vergangenheit, dass er versucht, mehr über seinen Vater zu erfahren. Sie berichtet in groben Zügen, auf welche Informationen sie gestoßen sind, während sie einzelne Punkte in ihrer Schilderung bewusst auslässt. »Es ist denkbar, dass es einen Zusammenhang gab zwischen der Links-Terroristin Esmeralda Esposito und Nathaniels Vater – und da Claude Vogelsang die Terroristin damals verteidigt hatte, haben wir ihn aufgesucht.«

»Und was hat er euch erzählt?«

»Nicht viel. Aber er hat uns einige Namen von ihren Weggefährten genannt. Und damit kämen wir zur anderen Geschichte.«

»Du meinst zu deinem Leichenfund in Zürich.«

Zum zweiten Mal an diesem Abend hält Milla mitten in einer Bewegung inne.

»Du weißt auch davon?«

»Mein Kollege Fred Wenger hat mich angerufen.«

Milla hätte es sich denken können. Polizisten sind noch größere Plaudertaschen als Journalistinnen.

»Ja, der Leichenfund.«

Milla blickt auf die Lasagne und es geschieht etwas, das ihr sonst nie passiert: Sie verliert den Appetit. Das Bild des toten Balz Brecht taucht wieder vor ihrem inneren Auge auf, zu grässlich war der Anblick. Milla legt die Gabel weg und erzählt Sandro von Nathaniels Besuch bei dem gealterten Terroristen, dass Gundula Alarm geschlagen habe, als sie Nathaniel nicht mehr erreichen konnte, und dass sie losgerannt sei, um nach Nathaniel zu suchen. Und Milla beschreibt, was sie im Hönggerwald bei Balz Brechts Jurte vorgefunden hat, den schrecklichen Anblick von dessen Leiche. Sie berichtet von Alisha und Nathaniel, die beide von Balz Brecht schwer verletzt worden sind.

»Wie geht es Nathaniel?«

»Er wird durchkommen, durch die Operation konnte er gerettet werden.«

»Und Alisha?«

»Auch sie hat überlebt. Aber sie hat ein Auge verloren. Ich bin nicht sicher, ob ein einäugiger Hund noch als Blindenhund eingesetzt werden kann.«

»Weiß man, warum Balz Brecht auf die beiden losgegangen ist?«

»Ich habe keine Ahnung. Ich habe noch nicht mit Nathaniel sprechen können.«

»Milla.« Sandro dehnt Millas Namen in die Länge und verleiht ihm mit seiner Stimme eine gewisse Schwere.

»Was ist?«

»Du hast schon ein einzigartiges Talent, dich immer von Neuem in die katastrophalsten Situationen hineinzumanövrieren.«

Zum zweiten Mal innert weniger Minuten geschieht etwas, das Milla sonst nie passiert: Sie weiß nicht, was sie sagen soll. Widersprechen kann sie Sandro jedenfalls nicht.

»Darf jetzt ich eine Frage stellen?« Milla versucht, das Thema zu wechseln. »Warum wurde meine Mutter freigelassen? Habt ihr eine neue Spur?«

»Ich habe den Fall abgegeben. Und du weißt, dass ich darüber nichts sagen kann.«

»Sandro, bitte, es geht um meine Mutter.«

»Eben darum.«

Milla spürt, dass der Ärger erneut anklopft. Sie versucht, ihn zu unterdrücken. Sie will nicht schon wieder mit Sandro streiten.

»Ich aber habe eine Spur gefunden«, sagt sie deshalb.

»Eine Spur? Im Mordfall Trachsel? Was für eine Spur?«

»Ich dachte, du seist in dieser Sache nicht mehr in die Ermittlungen eingebunden …« Milla sagt es mit einem Lächeln.

»Ich werde die Information natürlich sofort an meine Kollegen weiterleiten.«

»Und was bist du bereit, für die Information zu bezahlen?« Millas Lächeln wird noch etwas breiter.

»Denkst du jetzt an Geld oder an Naturalien?«, fragt Sandro zurück.

»Ich denke, ich würde mich mit Naturalien zufriedengeben.«

Milla und Sandro erheben sich genau gleichzeitig von ihren Stühlen.

In dem Moment klingelt Sandros Telefon. Er schaut auf das Display. »Felix Winter.« Er will das Handy weglegen und nimmt Milla bei der Hand.

»Du solltest rangehen.«

»Nicht jetzt.«

»Vielleicht ist es wichtig.«

Widerwillig greift Sandro erneut zum Handy und nimmt den Anruf entgegen. Er lauscht, nickt zwei Mal, sagt dann: »In Ordnung. Ich komme morgen zur Besprechung.«

»Was ist?«, fragt Milla, als er das Gespräch beendet hat.

»Ich bin wieder im Team. Deine Mutter ist nicht mehr verdächtig.«

52

»Es ist null drei Uhr siebenundfünfzig«, sagt die Frauenstimme aus Nathaniels Handy im Knopf in seinem Ohr. Gundula hat ihm die Kopfhörer mitgebracht, damit er den Mann, der im anderen Bett in seinem Zimmer liegt, nicht stört. Von dessen Seite her ist nur ein leises Schnarchen zu vernehmen. Nathaniel ist todmüde, vollgepumpt mit Medikamenten und kann doch nicht schlafen. Er kann sich nicht einmal von der einen auf die andere Seite wälzen, weil erst noch die Infusion durchlaufen muss. Etwa eine Stunde lang hat er versucht, wieder einzuschlafen, er rief sich Bilder ins Gedächtnis, die er in seiner Erinnerung bewahren konnte, um sich abzulenken, zu beruhigen. Ein Weg im Wald, Bäume, das helle Grün der Blätter im Frühling, Wasser, ein See, Wellen, die das Licht der Sonne auf der Wasseroberfläche tanzen lassen. Verschwommene Bilder zwar, sie haben mit den Jahren die Konturen verloren, aber es sind doch die Bilder eines Sehenden – des sehenden Kindes, das er einmal war.

Es hat nicht funktioniert. Er fand keine Ruhe, der Schlaf blieb fern. Immer wieder drängten sich die Geräusche und die Gefühle der Szene im Wald in den Vordergrund, die hasserfüllte Stimme von Balz Brecht, sein schrecklicher Schrei, der Klang der Klinge des Messers in der Luft, Alishas Bellen.

Alisha.

Nathaniel möchte bei ihr sein. Er vermisst sie. Es zerreißt ihm das Herz, dass sie jetzt ganz allein ist. Hoffentlich geht es ihr gut.

Er seufzt, der Schlaf rückt immer weiter weg. Nathaniel tastet nach dem Kästchen rechts an seinem Bett, sucht nach der runden Taste, die zweite von oben, drückt sie und lässt das Kopfende des Bettes hochfahren. Ein leichter Stich in seiner Flanke lässt ihn zusammenzucken. Er atmet tief ein, greift zum Handy, tippt auf die App in der ersten Reihe an der dritten Stelle – seine Finger wissen genau, wo das Icon auf dem Display positioniert ist – und flüstert »Stephan Kühnert«, unsicher, ob sein Smartphone den Suchauftrag per Sprachbefehl im Flüsterton versteht. Es klappt. In seinem Kopfhörer liest eine Frauenstimme die gleichen Suchresultate vor, die das Programm bereits bei seiner letzten Recherche ausgespuckt hatte. Er stößt erneut auf das Fahndungsplakat und auf den Artikel über den Raubüberfall, in dem geschrieben steht, dass Kühnert danach von der Bildfläche verschwand.

Andreas Brenner ist Stephan Kühnert, hatte Balz Brecht gesagt. Sprach er die Wahrheit oder hat er in seinem Wahn Unsinn geredet? Nathaniel würde viel dafür geben, zu erfahren, wie viel die Worte Brechts wert sind.

Was hat er damit gemeint?

Andreas Brenner ist Stephan Kühnert.

Ist es möglich, dass der Terrorist Kühnert nach dem fehlgeschlagenen Banküberfall einen neuen Namen angenommen hat? Den Namen eines Toten? Hat sich Kühnert die Identität des verstorbenen Andreas Brenner ergaunert und fortan ein Leben unter dessen Namen geführt – ohne dass jemand ahnte, wer er wirklich war?

Hat er als Andreas Brenner geheiratet, einen Sohn und eine Tochter bekommen – und diese Familie schließlich ermordet? Alle bis auf seinen Sohn, der den Angriff schwer verletzt überlebte und dabei das Augenlicht verlor?

Bin ich der Sohn eines Terroristen?

Der Gedanke setzt sich wie eine Leuchtschrift in Nathaniels Kopf fest. Er versucht ihn auszublenden. Keine seiner Überlegungen hört sich realistisch an. Alle klingen wie das Drehbuch eines Thrillers, der mit der wirklichen Welt nichts zu tun hat.

Hieß mein Vater in Wahrheit Stephan Kühnert und war ein kaltblütiger Terrorist?

Der Gedanke geht nicht weg. Die Frage wiegt zu schwer, ihr Klang ist zu bedrohlich. Nathaniel versucht, sie von einer anderen Seite her zu betrachten: Wenn die Antwort darauf Ja lauten würde – würde das etwas ändern? Wäre es dann nicht sogar leichter zu erklären, warum sein Vater seine ganze Familie umgebracht und seinen ältesten Sohn schwer verletzt hat – weil er ein gewalttätiger Krimineller war? Weil er schon früher getötet hatte?

Nathaniel weiß: Erinnerungen trügen. Er war erst elf, als das Unglück geschah, oder eher: das Verbrechen. Trotzdem stimmt nichts von alledem mit dem Bild überein, das er von seinem Vater in sich trägt. Sein Vater war nicht gewalttätig. Er hat nie jemanden geschlagen. Im Gegenteil: Er war – bevor es passierte – ein guter Vater, warmherzig, hilfsbereit. Hatte jemand ein Problem, war sein Vater immer der Erste, der seine helfende Hand reichte. Auch bei Nathaniels Freunden war er beliebt gewesen. Nathaniel erinnert sich, dass er stolz auf seinen

Vater war, er hätte mit keinem seiner Freunde tauschen wollen.

Sein Vater war immer fair gewesen. Und lustig! Nathaniel liebte es, mit ihm und der Schwester draußen unterwegs zu sein. Er erinnert sich, wie sie im Wald Indianer spielten. Wie sie aus den Ästen von Haselsträuchern Bogen bauten und sich Federn suchten, um sie sich in die Haare zu stecken. Wie sich sein Vater von ihnen an einen Baum fesseln ließ, und egal wie gut Nathaniel und seine Schwester ihn an dem Stamm festgebunden hatten – er konnte sich immer selbst befreien. Einmal, da hatten sie ein verwundetes Reh gefunden. Sein Vater konnte es nicht einfach liegen lassen. Also hat er es geschultert und das verletzte Tier kilometerweit zum nächsten Tierarzt getragen. An diesem Tag war Vater Nathaniels größter Held gewesen.

Sechs Monate später war sein Vater plötzlich nur noch der Mörder, der die ganze Familie zerstört hatte. Und niemand konnte es sich auch nur im Ansatz erklären.

Nathaniel spürt eine Träne, die sich einen Weg über seine Wange sucht. Er wischt sie energisch weg. Er will nicht um seinen Vater weinen, der ihm seine Familie genommen hat. Das gestattet er sich nicht. Um seinen Vater, der womöglich ein Terrorist gewesen ist, der vielleicht schon früher getötet hatte, auf der Flucht nach einem Banküberfall, bevor er sich den Namen eines Toten angeeignet hat.

Kann das wirklich sein? Oder spielt ihm seine Fantasie gerade einen unlustigen Streich? Steigert er sich in etwas hinein? Nathaniel hört erneut Balz Brechts Stimme.

Andreas Brenner! Du meinst wohl eher Stephan Kühnert! Der Verräter!, hatte Balz Brecht geschrien. *Er war ein*

Schweinehund der übelsten Sorte. Ein riesengroßes feiges Arschloch! Nathaniel hört die Worte, als würde Balz Brecht sie in seinem Kopf wiederholen. *Und du … ja, jetzt fällt's mir auf: Du siehst ihm verdammt ähnlich!*

Nathaniel weiß nicht, wie er aussieht. Er hat sich nicht mehr gesehen, seit er elf Jahre alt war. An das Gesicht des Jungen, der er einmal war, kann er sich nicht mehr erinnern. Nathaniel weiß auch nicht, wie Stephan Kühnert ausgesehen hat – das Fahndungsplakat nützt ihm als Blinden nichts. Er wird Gundula und Milla und Veronika fragen, ob er mit dem Mann auf dem Fahndungsplakat Ähnlichkeit aufweist. Im gleichen Moment, als Nathaniel diesen Gedanken in seinem Kopf formt, spürt er, dass er sich vor dem Vergleich fürchtet. Er kann nicht sagen warum – aber irgendwie glaubt er die Antwort darauf bereits zu kennen.

53

Der Kaffee dampft aus Millas Tasse. Sie hat ihn dringend nötig. Über den Tassenrand schielt sie zu Sandro, der sich gerade seine »Slow-Eier« rührt, wie er sie nennt. Auch ihm ist anzusehen, dass er nicht zu viel Schlaf gekommen ist letzte Nacht. Sie sind über sich hergefallen wie frisch Verliebte und konnten nicht genug voneinander bekommen. Manchmal hat ein Streit durchaus seine positiven Seiten.

Sie scrollt sich durch die Nachrichten in ihrer Mailbox. Öffnen tut sie nur die eine, die ihr Kollege Mario vom Recherche-Pool mitten in der Nacht geschickt hat. Er bestätigt, was sie schon wusste, und noch mehr. Sie überlegt, wie sie die Information in ihren Bericht über den Mord an Aaron Trachsel einfließen lassen kann.

»Du schuldest mir noch was«, sagt Sandro, ohne sich umzudrehen.

Im ersten Moment weiß Milla nicht, wovon er spricht.

»Ich denke, meine Bezahlung in Naturalien war nicht zu beanstanden, nun musst du liefern«, hilft er ihr auf die Sprünge.

Erst jetzt fällt bei Milla der Groschen: ihr Verdacht. »Ich habe recherchiert.«

Sandro reagiert nicht, er wartet auf mehr.

»Und bin auf eine mögliche Spur gestoßen.«

Wieder legt Milla eine Pause ein.

»Na los, ich habe nicht ewig Zeit«, meint Sandro ungeduldig.

»Aaron Trachsel war Mitglied der geheimen Sondergruppe der Schweizer Armee, der K17.«

»Das weiß jeder, der die Todesanzeigen gelesen hat. Hast du auch etwas Neues zu bieten?«

»Ja, das ist noch nicht alles. Er war gleichzeitig in die Geschäfte der Chiffre AG involviert. Ein Kollege von mir, der zu der Affäre recherchiert, hat herausgefunden, dass Trachsel Mitspracherecht im Verwaltungsrat hatte, obwohl er offiziell nirgends als Verwaltungsratsmitglied aufgeführt war.« Milla sieht, dass sie nun Sandros volle Aufmerksamkeit gewonnen hat. »Rund um die Chiffre-Affäre ist noch lange nicht alles ans Licht gekommen. Es wird weitere Enthüllungen geben. Vielleicht wollte jemand verhindern, dass Trachsel sein Schweigen bricht.«

Sandro nickt. »Du hast recht. Das könnte eine Spur sein.«

»Ich weiß.«

Sandro muss über Millas Selbstbewusstsein grinsen. »Manchmal frage ich mich, warum du Journalistin und nicht Polizistin geworden bist.«

Jetzt ist es Milla, die lachen muss, doch gleichzeitig freut sie sich über Sandros Kompliment, ein größeres ist für ihre Arbeit aus seinem Mund nicht zu kriegen.

»Erhalte ich als Gegenleistung eine Antwort auf meine Frage von gestern?«

»Auf welche Frage?«

»Warum ist meine Mutter nicht mehr verdächtig?«

Sandro schaut Milla warnend an. »Du behältst die Information für dich? Du wirst sie nicht verwenden?«

»Versprochen.«

»Aaron Trachsel wurde zwar vergiftet, aber *bevor* er bei deiner Mutter war. Sie kann es nicht gewesen sein.«

»Wir wissen noch nicht, auf welche Art und Weise Aaron Trachsel das Gift verabreicht worden ist«, sagt Felix Winter eine Stunde später vor der versammelten Sonderkommission im Sitzungszimmer der Kantonspolizei. »Wir wissen aber mit großer Wahrscheinlichkeit, wo er das Gift eingenommen hat.« Felix schildert der versammelten Truppe, zu welchem Schluss die Kollegen des Toxikologischen Instituts gekommen sind. »Im Kaffee fanden sich keine Spuren von Colchicin – aber auf der Innenseite der Eierpackung konnten sie kleinste Partikel des Gifts sicherstellen. Ich bin mir noch nicht sicher, was das zu bedeuten hat. Es ist unwahrscheinlich, dass rohe Eier mit der Substanz versetzt worden sind. An der Eierschachtel befanden sich die DNA und die Fingerabdrücke von Aaron Trachsel selbst wie auch von einer nicht identifizierten Person. Keine Spuren von seiner Frau, obwohl sie sagt, dass sie in der Regel die Lebensmittel einkauft. Klar scheint: Aaron Trachsel wurde vergiftet, bevor er bei Margret Nova an der Tür geklingelt hat. In deren Wohnung setzte dann die tödliche Wirkung ein. Ich denke, wir können sie daher als Täterin ausschließen. Deshalb schlage ich vor, dass Sandro nicht außen vor bleibt und uns bei der Ermittlung unterstützen kann – natürlich nur, solange es nicht Margret Nova betrifft. Wir wollen die Täterschaft so schnell als möglich finden und können jede Frau und jeden Mann gebrauchen. Hat jemand etwas dagegen einzuwenden?«

»Mir ist nach wie vor suspekt, dass in Novas Pflanzenbuch das Lesezeichen just bei der Herbstzeitlosen steckte«, wendet Bettina ein. »Und dann wird Trachsel mit eben deren Gift ins Jenseits befördert. Das kann doch nicht Zufall sein. Ich finde, wir können sie noch nicht als Täterin ausschließen. Vielleicht hat sie ihm die Eier gekauft?«

»Und die bringt er dann zu sich nach Hause? Ich weiß nicht. Zeitlich sieht es auf jeden Fall nicht danach aus, dass sie es gewesen sein kann. Aber wir behalten sie in jedem Fall im Auge. Wir haben auch ihren Pass einstweilen sichergestellt. Ich denke, dass Sandro uns bei den anderen Spuren, die wir verfolgen, behilflich sein kann. Oder hat jemand etwas dagegen?«

Felix Winter blickt zu seinen Kolleginnen, allgemeines Kopfschütteln. Er nickt Sandro zu.

»Die neuen Erkenntnisse rücken natürlich Trachsels Ehefrau erneut in den Fokus«, fährt Felix fort. »Sie hätte ein Motiv oder gleich mehrere, wie Eifersucht, Rache wegen des Betrugs, Vermeidung des Gesichtsverlusts durch eine Scheidung et cetera. Ich schätze ihre Aussage allerdings trotz – oder vielleicht gerade wegen – ihres Zustandes als glaubhaft ein. Nachdem sie zuerst zwar geleugnet hatte, von der Affäre ihres Mannes gewusst zu haben, kooperierte sie schließlich und schien reinen Tisch machen zu wollen. Sie gab zu, dass sie von der Affäre wusste – sie bestritt aber, etwas mit seinem Tod zu tun zu haben. Falls sie es nicht gewesen ist, gibt es zwei Möglichkeiten: Entweder wurde das Gift in Trachsels Haus von einem Dritten den Lebensmitteln beigefügt – oder es geschah, bevor die Eier im Haus waren. Ich habe die Spurensicherung noch einmal losgeschickt, um zu prüfen, ob in Trachsels Haus eingebrochen worden ist, die Resultate stehen noch aus. Meine Umfrage bei den Warenhausketten blieb ergebnislos; es gab keine Drohungen und keine Erpressungsversuche. Ich persönlich erachte diese These derzeit als falsche Spur – es wäre ein zu großer Zufall, dass eine Vergiftung von Lebensmitteln in einem Supermarkt ausgerechnet und einzig den Nationalratspräsidenten unseres Landes treffen würde. Und vor allem: Wie hätte das Gift in die Eier kommen sollen?«

»Es gibt nichts, das es nicht gibt«, wirft Malou ein. »Vielleicht mit einer ganz dünnen Nadel injiziert?«

»Kannst du dich mal um die Frage kümmern?«

Malou nickt.

»Bettina, bist du auf etwas gestoßen?«, fragt Felix.

»Ich habe eine erste ... nennen wir es Triage der Drohungen vorgenommen, die in den letzten drei Monaten gegen Trachsel eingegangen sind, und daraufhin eine Liste von fünf Personen zusammengestellt, die wir uns etwas genauer anschauen werden. Eine Person ist mir besonders aufgefallen: Franz Koch, radikaler Maßnahmengegner während der Covid-Krise, mittlerweile Präsident der staatskritischen Vereinigung Frei-Seelen. Hat einen gewaltgeprägten Hintergrund; in seiner Jugend war er Mitglied des Schweizer RAF-Ablegers.«

Sandro blickt bei den drei Buchstaben unwillkürlich hoch. Wie kommt es, dass er in den letzten vierundzwanzig Stunden mehrmals mit dem Thema Rote Armee Fraktion konfrontiert ist – nachdem er zuvor seit über zehn Jahren keinen Gedanken an die Terrororganisation verschwendet hatte?

»Koch hat während der Pandemie Aaron Trachsel über seine Kanäle öffentlich bedroht«, fährt Bettina fort.

»Hast du mit ihm sprechen können?«, will Felix wissen.

»Er hat das Gespräch abrupt beendet, als ich sagte, dass

ich von der Polizei bin. Wir werden ihn zu Hause aufsuchen. Oder, wenn er dort nicht anzutreffen ist, ihn nach seinem Vortrag heut Abend abfangen. Er tourt gerade durch die Schweiz. Wäre bestimmt interessant zu hören, was er da alles predigt.«

Felix nickt zustimmend.

»Florence?«

»Ich bin auf eine andere Spur gestoßen. Aaron Trachsel hatte in seinem Computer Dokumente der Chiffre AG gespeichert.«

Wieder denkt Sandro an Milla. Ein Lächeln streift seine Lippen. Sie wäre wirklich eine gute Polizistin geworden.

»Dokumente, die für die Presse, die an diesem Fall dran ist, ein gefundenes Fressen wären«, fährt Florence fort. »Den Schreiben nach zu urteilen war Trachsel in die Geschäfte mit den manipulierten Codierungsmaschinen involviert, die als sicher verkauft worden sind, tatsächlich aber für den BND und die CIA leicht zu knacken waren. Trachsel hat von dem Betrug gewusst. Vielleicht wusste er zu viel, das macht ihn natürlich für gewisse Personen gefährlich. Bis heute ist unklar, inwieweit die Regierung über die Machenschaften der Chiffre AG und die Verbindungen zum deutschen und amerikanischen Geheimdienst informiert war.«

»Ein Geheimdienst, der mit dem Giftstoff einer Pflanze mordet …« Bettina, die Lautdenkerin, die mit ihren Gedanken schon manche Diskussion angestoßen hat, die sie letztlich auf die richtige Spur brachte. »Gift wird typischerweise von Geheimdiensten verwendet.«

»Es könnte ein Geheimdienst gewesen sein, dem Trachsel ein Dorn im Auge war. Ich denke aber auch an einen politischen Mitstreiter, der fürchtete, dass sein Name im

Zusammenhang mit der Affäre fallen könnte, wenn Trachsel zu reden beginnt«, wirft Florence ein.

»Auf jeden Fall müssen wir die Chiffre AG auseinandernehmen, und zwar gründlich«, meint Sandro.

»Das ist eine große Kiste. Können wir das stemmen?« Felix schaut Sandro fragend an.

»Uns bleibt nichts anderes übrig. Vielleicht kann uns das Recherche-Team des Journalistenpools Informationen liefern, das seit mehreren Wochen an der Geschichte dran ist.« Sandro sieht seinen Kollegen an, dass sie seine Idee für Unsinn halten – weil kein Journalist seine Informationen freiwillig mit der Polizei teilt. »Wir könnten einen Deal schließen«, fügt er deshalb an. Jetzt blicken seine Kollegen noch skeptischer. Sandro zuckt mit den Schultern. In der Tat hat er selbst keine Ahnung, wie ein solcher Deal aussehen könnte.

»Das wird nicht nötig sein.« Florence sagt es mit einem Grinsen im Gesicht. »Ich habe mir bereits Zugriff auf die Chiffre-Papers verschafft, die den Journalisten zugespielt worden sind.«

»Auf legale Weise?«

Florence Schweigen verrät den anderen mehr, als sie wissen möchten.

»Und?«, fragt Bettina nach.

»Ich brauche Zeit. Es sind Hunderte Papers, und etliche sind verschlüsselt. Es wird eine Weile dauern, bis ich die relevanten Namen herausgefiltert habe.«

»Na, dann wissen wir ja alle, was wir zu tun haben. Bettina und ich werden uns die Absender der Drohungen vorknöpfen, Sandro und Florence nehmen sich der Chiffre AG an, und Malou, du kümmerst dich um das Gift und um die Eier.«

54

»Morgen können Sie nach Hause gehen«, sagt die tiefe Stimme, die Nathaniel schon kennt. »Aber Sie müssen sich schonen. Bleiben Sie noch mindestens drei Tage im Bett.«

Seltsamerweise hat Nathaniel ein konkretes Bild von dem Mann vor seinem inneren Auge, ein Bild, das aus seinen tiefsten Erinnerungen den Weg an die Oberfläche geschafft hat. Kein fotografisches Bild, nein, eine Zeichnung. Er muss ein kleiner Bub gewesen sein, als er ein Büchlein mit Ärzte-Witzen geschenkt bekommen hat. Er hatte einen Lieblingswitz, den Nathaniel zwar vergessen hat, doch er erinnert sich an die Zeichnung des Mediziners: Ein untersetzter, viereckiger Mann in einem weißen Kittel, rote Krawatte, einen Stift in der Kitteltasche, eine Lampe auf dem Kopf und eine kleine, runde Brille auf der überzeichnet großen Nase. Unter dem quadratischen Kittel ragten zu dünne Beine in blauen Hosen und spitze, schwarze Schuhe hervor. In der Hand hielt er einen Koffer mit einem roten Kreuz darauf.

Genau so stellt sich Nathaniel den Arzt vor, Beat Bircher ist sein Name. Er ist der Chirurg, der ihn wieder zusammengeflickt hat.

»Danke. Ich bin froh, dass ich nach Hause darf. Und danke, dass Sie mir geholfen haben.«

»Gerne, gerne«, sagt der Comic-Arzt fröhlich. »Das ist

schließlich mein Beruf. Ich schaue morgen vor Ihrer Entlassung noch einmal herein.«

Der Arzt drückt ihm zum Abschied kurz den Arm, eine Geste, die Nathaniel zu schätzen weiß. Er hört, wie sich seine Schritte entfernen, wie er die Tür öffnet, wie er etwas murmelt, wie die Tür geschlossen wird. Und wie sich Schritte nähern, viele Schritte, mehrere Personen. Und Hundetatzen auf dem Linoleumboden.

»Wer ist da?«, fragt Nathaniel. »Alisha?«

»Ich.«

»Wir.«

»Gundula, Carole und Veronika.«

In der gleichen Sekunde legt sich ein Gewicht auf Nathaniels Bett, und ehe er es sich versieht, hat er etwas Nasses im Gesicht. Alishas Zunge.

»Alisha!«

Nathaniel umarmt die Hündin, die mit den Vorderpfoten aufs Bett gesprungen ist, will ihr durch das Fell wuscheln und hält sofort inne, als er den Kragen und den Verband spürt.

»Wie geht es ihr?«, fragt er.

»Das Wichtigste ist, dass sie überlebt hat«, meint Carole unverbindlich.

»Sie hat ein Auge verloren«, spricht Gundula Klartext.

»Aber sonst wird sie wieder ganz gesund«, ergänzt Veronika.

Nathaniels Gesicht verändert sich auf einen Schlag. »Sie hat ein Auge verloren? Wegen Brecht? Er hat sie mit dem Messer getroffen? Sie ist blind?«

Augenblicklich treten Nathaniel die Tränen in die Augen. Alisha spürt sofort, dass mit ihm etwas nicht stimmt und beginnt zu winseln.

»Alisha, Alisha. Es tut mir so leid.« Nathaniel umarmt seine Hündin und drückt sein Gesicht in ihr Fell.

»Er hat sie mit dem Messer verletzt. Sie mussten ihr Auge operieren und konnten es nicht mehr retten.« Gundula setzt sich auf die andere Seite des Bettes.

»Aber sie wird mir erhalten bleiben, oder?«

»Es ist nicht sicher, ihr Sehfeld ist sehr stark eingeschränkt«, wendet Carole vorsichtig ein.

»Es tut mir leid, aber ich fürchte, sie wird nie mehr als Blindenhund arbeiten können«, stellt Gundula klar.

Ihre unverblümte Direktheit ist das, was Nathaniel an Gundula schätzt. Doch in diesem Moment hätte er sich gewünscht, dass sie ihm die Nachricht schonender beibringt. Sich von Alisha trennen zu müssen ist unmöglich, er will nicht, er kann nicht, er braucht diesen Hund. Er liebt Alisha zu sehr, als dass er sie weggeben könnte.

»Aber wir werden eine Lösung finden.« Nathaniel spürt Veronikas betagte Hand in seiner.

Er weiß, dass sie ihn trösten will. Doch es nützt nichts. Verzweifelt wischt er sich die Tränen weg. Wie gemein das Schicksal ist, wie hinterhältig das Leben. Seinem Blindenhund teilweise das Augenlicht zu nehmen. In seine Trauer mischt sich Wut. Wut darauf, dass es immer ihn trifft, dass er nie verschont bleibt von den Gemeinheiten des Daseins, Wut auch auf sich selbst, dass er Alisha in Gefahr gebracht hat. Er ist schuld, dass sie jetzt leidet.

»Ich hätte sie nicht mitnehmen dürfen.«

»Nathaniel, du musstest sie mitnehmen, du hast sie immer bei dir.« Gundula küsst Nathaniel eine Träne weg.

»Ich hätte niemals in den Wald fahren dürfen.«

»Du konntest nicht ahnen, dass Brecht euch angreifen wird.«

»Trotzdem.«

»Mach dir keine Vorwürfe, dich trifft keine Schuld«, meint Carole.

»Hätte ich doch nie mit dieser Suche angefangen. Das bringt doch alles nichts.«

»Hat dir Balz Brecht eigentlich etwas erzählt?«, fragt Veronika, um Nathaniel auf andere Gedanken zu bringen. »Wusste er etwas über Esmeralda?«

Nathaniel schildert nun auch Veronika und Carole, was er zuvor Gundula berichtet hat. Dass Balz Brecht durchgedreht und wie ein Wahnsinniger auf ihn losgegangen sei, ohne dass er wisse, warum. »Er behauptete, Andreas Brenner sei in Wirklichkeit der Terrorist Stephan Kühnert, ich weiß nicht, was ich damit anfangen soll.« Erneut hallen die Worte des Toten in Nathaniels Innern nach. »Und er behauptete, ich sehe ihm ähnlich. Danach ist er völlig ausgetickt. Gundula, hast du das Tablet dabei?«

Nathaniel spürt, wie Gundula sich vom Bett erhebt und hört sie in ihrer Tasche wühlen. Er hatte sie gebeten, sein Tablet mitzubringen, bevor er wusste, dass er morgen schon wieder entlassen würde. Sie reicht ihm das Gerät, per Sprachbefehl lässt er nach der Webseite mit dem alten Fahndungsplakat suchen. Dann reicht er Gundula das Tablet zurück.

»Es sollte nun ein Fahndungsplakat der Schweizer RAF-Zelle zu sehen sein, mit Fotografien der Terroristen. Ich glaube, das Bild von Stephan Kühnert befindet sich in der zweiten oder dritten Reihe.«

»Jesses!«

»Gundula, was ist?«

Die drei Frauen im Raum schweigen. Nur das Hecheln von Alisha ist zu hören.

»Redet mit mir! Was ist los?«

Nathaniel hasst es, wenn etwas passiert und niemand mit ihm spricht.

»Es ist nicht eine besonders gute Aufnahme.« Gundula wägt ihre Worte ab, was für sie untypisch ist. »Auch ist sie in Schwarz-Weiß gehalten.«

»Sagt bitte einfach, was los ist.«

»Du siehst Stephan Kühnert ähnlich«, erklärt Carole.

»Er sieht genauso aus wie du«, meint Gundula.

»Nathaniel, er muss einfach dein Vater sein«, sagt Veronika mit zittriger Stimme.

55

Wie es ist, sich den Hodensack aufpumpen zu lassen.

»Bitte was?« Malou lacht laut auf, als sie den Titel des ersten Treffers liest, den ihr die Suchmaschine ausspuckt. Aus reiner Neugier klickt sie den Artikel an. Doch nach zehn Zeilen mag sie den Selbsterfahrungsbericht des Journalisten, der sich mit Kochsalzlösung eine stattlichere Männlichkeit hat spritzen lassen, nicht mehr weiterlesen. Allein der Gedanke an die Prozedur bereitet ihr körperliche Schmerzen.

Sie hat mit dem Satz *Flüssigkeit in Eier injizieren* nach Möglichkeiten gesucht, ein rohes Ei zu vergiften. Doch ausnahmsweise weiß das Internet darauf keinen Rat. Sie stößt einzig auf *Kinderwunsch-Behandlungen*, auf *Influenza-Virusvermehrung in embryonierten Hühnereiern*, und, eben, auf *Hodensackinfusionen*, von deren Existenz sie bis anhin nichts ahnte. Insofern kann sie die Internet-Recherche als persönliche Horizonterweiterung betrachten, doch bei ihrem Problem hilft sie ihr nicht weiter.

»Wie kriege ich das Gift in ein rohes Ei?«, überlegt Malou halblaut. Sie fragt sich, ob man ein Loch in ein Ei stechen kann, ohne dass dessen Inhalt ausfließt. Eigentlich müsste es möglich sein. Malou will gerade aufstehen, um im Lebensmittelladen Eier für einen Selbsttest zu besorgen, da fällt ihr jemand ein, der ihr die Antwort liefern könnte. Es ist sowieso an der Zeit, sich wieder mal bei ihr zu melden. Malou greift zum Telefon. Sie muss es nicht lange klingeln lassen.

»Clarissa, hier ist Malou«, meldet sie sich, als ihre Adoptivmutter rangeht. Malou weiß, dass Clarissa sich wünschte, dass sie sie *Mutter* nennen würde, doch das hat sie sich in dem Moment abgewöhnt, als sie erfuhr, dass Clarissa nicht ihre leibliche Mutter ist. Dass es wahrscheinlich irgendwo auf dieser Welt eine leibliche Mutter gibt, die sie so nennen wird, sobald sie sie gefunden hat.

»Malou, endlich meldest du dich mal wieder!«

Malou entgeht der vorwurfsvolle Ton in der Stimme ihrer Adoptivmutter nicht.

»Es tut mir leid, ich habe sehr viel Arbeit.« Zwei Notlügen auf einmal, denkt Malou, es tut ihr weder leid noch hat sie so viel zu tun, dass nicht einmal mehr ein Anruf zu Hause drin wäre. »Ich sitze auch jetzt im Büro und habe nur ein paar Minuten. Aber ich wollte dich was fragen.«

»Ist etwas passiert?«

»Nein, nein, alles gut, es geht um eine berufliche Recherche.«

»Ah so.«

Wieder dieser leicht vorwurfsvolle Unterton, denkt Malou, und sie fragt sich, warum Clarissa nicht ganz normal mit ihr reden kann, dann würde sie sich nämlich vielleicht freiwillig öfter melden.

»Du hast doch immer an Ostern die Eier ausgeblasen und damit den Osterbaum geschmückt?«

»Ja. Deswegen rufst du mich an?«

»Wie machst du die Löcher in die Eier?«, fährt Malou unbeirrt fort. »Ist es möglich, ein Loch in das Ei zu machen, ohne dass der Inhalt rausfließt?«

»Warum stellst du so seltsame Fragen?«

»Es geht um einen Mordfall. Ich kann dir deshalb nicht mehr dazu sagen.«

»Ah so.«

Malou weiß, dass ihre Adoptivmutter sie lieber als Anwältin gesehen hätte, oder noch besser als Ärztin. Wahrscheinlich wäre ihr alles lieber gewesen als Polizistin. Sie hat sich noch immer nicht mit Malous Berufswahl abgefunden.

»Wie ist das jetzt mit den Eiern?«, legt sie nach. »Wie gehst du da vor?«

»Also, wenn du das unbedingt wissen willst ... Um ein kleines, aber gleichmäßig rundes Loch ins Ei zu machen, benutze ich immer Vaters kleinsten Kreuzschlitz-Schraubenzieher. Ich setz ihn zuerst am spitz zulaufenden Ende des Eis an und drücke sanft, bis sich ein Loch gebildet hat. Das Ganze muss ich dann auf der anderen Seite des Eis wiederholen, denn mit nur einem Loch passiert noch nichts. Mit einer langen Nadel stochere ich dann im Ei herum, um den Dotter aufzustechen. Erst dann kann ich das Ei ausblasen.«

»Wenn du sagst, bei einem Loch passiert noch nichts: Das Ei läuft also nicht automatisch aus, wenn du das erste Löchlein gemacht hast?«

»Du hättest in Physik besser aufpassen müssen, Liebes. Wenn man in das Ei nur ein winziges Loch macht, kann es nicht ausfließen, weil dann im Inneren des Eis ein Vakuum entstehen würde – dafür ist aber der Druck zu gering. Erst mit dem zweiten Loch kann Luft einströmen. Wenn du allerdings ein großes Loch machst, ist das natürlich anders.«

»Es wäre demnach möglich, mit einer Spritze eine Flüssigkeit in ein rohes Ei zu spritzen.«

»Die Schale ist hart, da muss man schon aufpassen, dass man nicht zu viel Kraft anwendet und sie zerbricht. Aber ich denke, dass das machbar wäre. Das Loch lässt sich mit Kalk und Kleber auch gut wieder verschließen.«

»Danke, Clarissa, du warst mir eine große Hilfe. Hab einen guten Tag.«

Noch bevor ihre Adoptivmutter etwas erwidern kann, klickt Malou das Gespräch weg. Sie macht sich ein paar Notizen in ihr Heft, liest noch einmal durch, was sie gerade geschrieben hat, und klopft dabei mit dem Stift nervös auf das Pult. Falls jemand die Giftstoffe der Herbstzeitlosen in die rohen Eier injiziert hat, muss er sie zuerst verflüssigt haben. Das ist aufwendig, aber machbar. Gerade erst hat sie in einem Fachmagazin von einem Fall aus Deutschland gelesen: In Köln wurde ein islamistischer Terrorist verhaftet, der bei sich zu Hause aus im Internet bestellten Rizinussamen das tödlich wirkende Rizin gewonnen hatte. Mit dem biologischen Kampfstoff hatte er einen Anschlag geplant.

Malou prüft, ob die Samen der Herbstzeitlosen ebenso einfach im Internet zu kaufen sind. Sie stößt auf zwei Adressen, wo die Samen online bestellt werden können, bei einer steht allerdings: *Derzeit nicht lieferbar.* Leichter zu kriegen sind offensichtlich die Blumenzwiebeln; hier findet Malou etliche Anbieter. Man kauft sich also die Zwiebel der Herbstzeitlosen, die sind für weniger als zehn Franken zu haben, oder gleich die Pflanze im Topf.

Wie der Name verrät, blüht die Blume im Herbst, etwa bis November, liest Malou in einem Online-Beitrag über die Herbstzeitlose. *Nach der Blüte zieht sich die Pflanze zum Überwintern in den Boden zurück. Im Frühjahr schiebt die Pflanze ihre grünen Blätter inklusive Fruchtkapsel aus dem Boden. In der Fruchtkapsel befinden sich die Samen.*

Neben dem Artikel ist ein Bild der kleinen, schwarzbraunen Samenkörner platziert. Als Größenvergleich hat der Fotograf ein Lineal neben die Körner gelegt, sie weisen einen Durchmesser von einem bis knapp drei Millimeter auf.

Malou studiert das Bild. Sie versucht, sich in den Kopf des Täters oder der Täterin zu versetzen. Würde sie den Aufwand auf sich nehmen, das Pflanzengift erst zu destillieren, um eine Flüssigkeit zu erhalten, und sie dann in ein rohes Ei zu injizieren? Dass Hermine Trachsel-Von Grafenstadt so vorgegangen wäre, erachtet Malou als höchst unwahrscheinlich – sie bezweifelt, dass die betagte Alkoholikerin dazu überhaupt imstande wäre, so sehr zittern ihre Hände. Wenn sie es nicht gewesen ist, muss der Täter in die Villa eingebrochen sein, um die Eier aus dem Kühlschrank zu bearbeiten. Oder aber es ist bereits im Ladenlokal oder auf dem Weg dorthin geschehen – dann wäre Trachsel ein Zufallsopfer: Es lässt sich unmöglich steuern, welche Eierpackung bei ihm zu Hause landet. Aber warum der Aufwand mit den Eiern – wenn man doch auch einfach die zu Pulver zerriebenen Samen ins Essen mischen könnte?

Malou geht ihren letzten Gedanken noch einmal durch. Dann schaut sie sich erneut das Bild der Herbstzeitlosen-Samen an. Mit einem Ruck erhebt sie sich vom Stuhl, sie greift nach der Jacke.

»Ich muss noch mal los«, ruft sie Felix zu, der am anderen Ende des Großraumbüros sitzt.

»Hast du was?«

»Ich weiß es nicht. Ist nur so eine Idee. Bin gleich wieder zurück.«

56

Milla rennt. Sie will den Zug zur vollen Stunde nach Zürich erwischen, doch sie ist knapp dran, sie hat vergessen, dass sie zuerst noch bei den Schließfächern vorbei muss. Sie war gestern schlau genug, die Akten, die sie im Anwaltsbüro von Claude Vogelsang gestohlen hat, nicht mit zu Sandro zu nehmen. Er hätte im Nu erkannt, worum es sich handelt und wohl auch, woher sie stammen. Darum hat sie sie wohlweislich über Nacht dem Schließfach Nummer 053 anvertraut. Mit einem Klicken springt das Fach auf, sie packt die Papiertüte, stopft die anderen zwei Ordner, die darin keinen Platz fanden, wiederum in ihre Umhängetasche, dann spurtet sie erneut los. Als der Sekundenzeiger auf die zwölf springt, erwischt sie mit einem beherzten Sprung auf den Trittsteig noch den Zug, während sich die Türen gerade schließen. Milla lässt sich außer Atem auf den erstbesten Sitz fallen und fragt sich, warum sie jedes Mal, wenn sie den Zug nimmt, rennen muss, warum sie es nicht einmal schafft, fünf Minuten früher loszugehen und genügend Zeit zu haben. Nun, immerhin hält sie sich durch ihre Spurts an die Bahnhöfe körperlich fit, redet sie sich ein. Ein kläglicher Versuch, dem Ganzen etwas Gutes abzugewinnen.

Sie will die Bahnfahrt nutzen, um im Fall Trachsel weiter zu recherchieren. In drei Tagen muss sie mit ihrem Bericht auf Sendung, und sie hat noch keine Ahnung, was sie darin erzählen wird. Sie sucht nach dem Ordner, der mit *K17* beschriftet ist. Vielleicht findet sie darin etwas über die Verbindungen der geheimen Kampftruppe der Armee, das ihr im Fall Trachsel weiterhilft. Sie zieht einen Ordner aus der Tragtasche, liest das Etikett. *Roberta am Feuer*. Der falsche Ordner. Milla schlägt ihn trotzdem auf, sie will nur einen kurzen Blick reinwerfen. Über hundert Seiten, in kleiner Schreibmaschinenschrift vollgeschrieben. Es graust ihr vor der Arbeit, wenn sie das alles durchgehen muss – ohne zu wissen, ob es überhaupt etwas bringt. Es ist völlig unklar, ob es zwischen der Terroristin Esmeralda und Nathaniels Vater wirklich einen Zusammenhang gibt. Milla blättert sich im Schnelllauf durch die Seiten. Ganz hinten im Ordner stößt sie auf eine Klarsichthülle, in der eine vergilbte Ansichtskarte steckt. Seltsam, denkt Milla, und klaubt sie heraus. Das Bild zeigt eine Stadt am Meer, hinter dem Hafen ragt ein Berg empor. Er sieht aus wie ein Vulkan. Neapel?, fragt sich Milla. Sie wendet die Karte, liest zuerst die kleingedruckte Schrift: *Napoli*. Auch die Briefmarken stammen aus Italien. Obwohl Milla den Poststempel nicht entziffern kann, erkennt sie auf einen Blick, dass die Karte vor dem Jahr 2000 verschickt worden sein muss: Die Zahl 500 auf der einen Marke steht für Lire und nicht für Euro oder Cent. Milla betrachtet den handgeschriebenen Text. Sie versteht ihn nicht. Nebst der Adresse von Claude Vogelsang stehen drei Sätze auf der Karte geschrieben, zusammengehängte, regelmäßige Schrift. Milla erkennt nicht mal die Sprache; es ist weder Deutsch noch Italienisch. Sie wundert sich, was es sonst sein könnte. Die Wörter lassen sich kaum aussprechen. Sie sehen aus wie Kauderwelsch.

Die Karte ist codiert, denkt Milla.

Der seltsame Text schließt mit einem einzelnen Buchstaben: *E.*

E wie Esmeralda.

Milla greift zum Handy.

Zur gleichen Zeit, als Milla ihrem Cousin Kaspar ein Foto der mysteriösen Postkarte schickt, weil der nicht nur ein begnadeter Hacker ist, sondern auch Codes ausgezeichnet entschlüsseln kann, stützt Sandro verzweifelt den Kopf auf seine Hände. Er kommt einfach nicht weiter. Über offizielle Wege an Informationen über die Chiffre AG zu kommen, ist wie immer von Neuem gegen eine Wand zu laufen. Kaum erwähnt er den Namen der umstrittenen Firma, haben es die Gesprächspartner auf einmal schrecklich eilig, verweisen ihn an andere Personen, die ihm ebenso wenig weiterhelfen können, oder sie behaupten, nicht das Geringste über die Chiffre AG zu wissen. Niemand will den Namen Aaron Trachsel je in Zusammenhang mit der Firma gehört haben – weder die namentlich bekannten Mitarbeiter der Chiffre AG noch seine politischen Weggefährten. Wüsste Sandro es nicht besser, würde er das bald selbst glauben. Doch die Dokumente, die Florence gefunden hat, erzählen eine andere Geschichte.

Je öfter Sandro bei seiner Recherche abgewimmelt wird, desto überzeugter ist er, dass er bei der Suche nach dem Mörder von Aaron Trachsel auf der richtigen Spur ist. Es ist offensichtlich, dass hier noch mehr unter den Teppich gekehrt werden soll, als bis jetzt an die Öffentlichkeit durchgesickert ist. Obwohl noch mehr Skandal fast nicht geht.

Sandro notiert sich drei Fragen:

Welche Funktion übte Aaron Trachsel in der Chiffre AG aus?
Wer hat ein Interesse daran, dass Trachsel schweigt respektive wem hätte Trachsel gefährlich werden können?
Was wusste Aaron Trachsel?

Und wie komme ich an Informationen heran, wenn sich jeder in Schweigen hüllt und nichts gesehen oder gehört haben will?, denkt Sandro frustriert. Er ist nahe dran, Milla anzurufen und sie um Hilfe zu bitten. Einer Journalistin wird oft mehr erzählt als einem Polizisten. Doch sein Stolz lässt den Anruf nicht zu. Zumindest noch nicht …

Sandro greift erneut zum Kugelschreiber:

Wer würde für den Mord Pflanzengift verwenden?
Warum zum Teufel steckte das Lesezeichen in Margrets Pflanzenbuch bei der Herbstzeitlosen?

Sandro umkreist Margrets Name und malt eine Blume aus dem Kreis. Dann schreibt er:

Hat Margret doch etwas mit dem Mord zu tun?

Sandro schüttelt den Kopf, obwohl er genau weiß, dass selbst das nicht ganz auszuschließen ist.

Am Anfang der Ermittlungen steht Sandro immer vor hundert Möglichkeiten und vor tausend Fragen. Doch nachdem er sich eine erste Übersicht verschafft hat, zeichnen sich in dem Knäuel jeweils einzelne Fäden ab, denen er folgen kann. Doch in diesem Fall … in diesem Fall sieht er einzig ein Gewirr aus Knoten, die sich nicht lösen lassen.

Das Klingeln des Telefons lässt ihn erschrocken zusammenfahren, auf dem Display eine Nummer der Bundesverwaltung. Er greift zum Hörer.

»Bandini, Abteilung Leib und Leben, Kantonspolizei Bern.«

»Guten Tag, Herr Bandini, hier Bundesanwalt Specht.«

»Guten Tag, Herr Specht«, sagt Sandro reflexartig. Erst als er den Namen ausspricht, realisiert er, wen er da am Draht hat. Es kommt nicht jeden Tag vor, dass einen der höchste Anwalt des Landes persönlich anruft. Sandro ist es noch nie passiert, bis gerade jetzt. Er ist so überrumpelt, dass er mehr als die Begrüßung nicht zustande bringt. Weitere Small-Talk-Floskeln sind auch gar nicht nötig, Bundesanwalt Specht kommt gleich auf den Punkt.

»Ich habe gehört, dass Sie in Sachen Chiffre AG recherchieren.«

»Das ist richtig.«

»Sie werden das sofort unterlassen. Die Chiffre AG fällt in unsere Zuständigkeit.« Die Stimme des Bundesanwalts klingt irritierend scharf. Es ist klar, dass er keinen Widerspruch duldet.

Doch Sandro lässt sich nicht so schnell von seiner Arbeit abhalten, nicht einmal von der Bundesanwaltschaft.

»Es muss sich um einen Irrtum handeln – ich ermittle nicht gegen die Chiffre AG. Ich ermittle im Mordfall Trachsel, eine Spur führt zu dieser Firma. Wir …«

»Sie haben mich nicht richtig verstanden. Stoppen Sie sofort Ihre Ermittlungen, die mit der Chiffre AG zu tun haben. Alle.«

»Aber das kann ich nicht!« Auch Sandros Stimme klingt jetzt schärfer. »Wenn mich die Spur zu Trachsels Mörder führt, muss ich sie verfolgen.«

»Sie können nicht nur, Sie *müssen* die Ermittlungen zur Chiffre AG einstellen. Ich versichere Ihnen, die Spur versandet im Nichts. Andernfalls drohen Konsequenzen. Auf Wiederhören.«

Zack, die Leitung ist tot. Sandro schaut entgeistert auf sein Telefon. Die Bundesanwaltschaft hat ihn gerade ausgebremst. Aber stoppen lassen wird er sich nicht. Der Anruf ist ihm Beweis genug, dass er auf der richtigen Fährte ist.

Im gleichen Haus, ein Stockwerk tiefer, klingelt in dem Moment ein anderes Telefon.

»Winter, Abteilung Leib und Leben, Kantonspolizei Bern.«

»Guten Tag, Herr Winter, hier ist noch einmal Nathaniel Brenner, ich war kürzlich bei Ihnen, wegen der Akten zum Fall meines Vaters. Ich bin der Blinde.«

»Guten Tag, Herr Brenner. Ich weiß, wer Sie sind. Hier ist gerade einiges los, ist es eine dringende Angelegenheit, wegen der Sie mich anrufen?«

»Ja. Es geht um meinen Vater.«

Felix Winter schließt genervt die Augen. Er hätte wirklich Besseres zu tun, als sich um einen Fall zu kümmern, der seit dreißig Jahren abgeschlossen ist.

»Rufen Sie noch einmal an wegen der Akten? Ich habe sie nicht gefunden. Wahrscheinlich sind sie wegen der langen Zeit, die inzwischen vergangen ist, vernichtet worden. Der Fall ist schließlich abgeschlossen.« Felix Winter versucht, nicht ungeduldig zu klingen. Er hat noch immer

Mitleid mit Nathaniel, der in seinem Leben zu viel Unrecht erfahren hat.

»Nein, ich rufe nicht wegen der Akten an.«

Felix registriert das Zögern, die Pause dauert unnatürlich lange.

»Ich wollte Sie fragen, ob die Polizei damals, als es passierte, wusste, wer mein Vater wirklich war«, fährt Nathaniel fort.

»Was meinen Sie?«, fragt Felix verunsichert.

»Wusste die Polizei, dass mein Vater in Wirklichkeit höchstwahrscheinlich Stephan Kühnert war?«

»Ich verstehe nicht, worauf Sie hinauswollen.«

Felix Winter wird zunehmend ungeduldig. Er will diese Diskussion nicht führen, er hat weder die Nerven noch die Zeit dafür.

»Ich glaube, mein Vater war Stephan Kühnert, ein der RAF nahestehender Terrorist, der nach einem Banküberfall, bei dem zwei Menschen getötet wurden, untergetaucht ist. Ich denke, er hat einen falschen Namen respektive eine neue Identität angenommen – die Identität eines Toten.«

»Langsam, langsam, langsam. Was erzählen Sie da? Wie kommen Sie auf all diese verrückten Ideen?«

Nathaniel erzählt Felix Winter, dass er versucht habe, mehr über seinen Vater zu erfahren – und dass er dabei auf die Spur der RAF-Unterstützer in der Schweiz gestoßen sei.

»Ich habe erfahren, dass Andreas Brenner und Stephan Kühnert dieselbe Person gewesen sein sollen. Und offenbar ist zwischen mir und Kühnert eine sehr große äußere Ähnlichkeit erkennbar.«

Felix Winter hält den Hörer an sein Ohr und nickt langsam, während er zuhört. Er weiß um Nathaniels Ähnlichkeit mit Stephan Kühnert. Wie hätte sie ihm nicht auffallen können. Doch es ist nicht gut, dass er solche Schlüsse zieht. Es darf kein Staub aufgewirbelt werden, nicht nach all den Jahren.

»Herr Brenner, von all dem, was Sie hier berichten, ist mir nichts bekannt. Sind Sie sicher, dass Ihre Informationen korrekt sind? Ich kann mir nicht vorstellen, dass ein Terrorist wie Stephan Kühnert so leicht eine neue Identität hätte annehmen können – nicht, ohne dass wir es gemerkt hätten. Das ist absolut unwahrscheinlich. Ihr Vater war Andreas Brenner.«

»Aber warum dann diese Ähnlichkeit? Warum sehe ich aus wie er?«

»Vielleicht sind Sie mit Stephan Kühnert verwandt, ein entfernter Cousin ihres Vaters, was weiß ich. Ich kann Ihnen einzig versichern: Wenn Ihr Vater Stephan Kühnert gewesen wäre, dann hätten wir das gewusst. Sie sind da jemandem aufgesessen, der sich einen üblen Scherz mit Ihnen erlaubt.«

»Aber ich glaube …«

»Herr Brenner, es tut mir leid, ich muss jetzt wirklich zurück an die Arbeit. Ich kann Ihnen beim besten Willen nicht helfen.«

»In Ordnung. Entschuldigen Sie die Störung. Auf Wiederhören.«

»Auf Wiederhören.«

Felix Winter beendet den Anruf, legt das Telefon auf den Tisch, atmet hörbar ein, greift wieder zum Telefon. Er sucht nach einer Nummer, findet sie.

Er müsste anrufen.

Doch er tut es nicht.

Im selben Moment drückt Malou in einer ganz anderen Ecke der Stadt auf den riesigen Klingelknopf aus Gold. Hermine Trachsel-Von Grafenstadt ist zu Hause; Malou hat die Bewegung hinter dem Vorhang wahrgenommen und provokativ gewinkt, um zu signalisieren, dass es keinen Sinn macht, sie glauben zu machen, dass niemand zu Hause ist. Kurz darauf hört sie die Türkette rasseln.

Hermine Trachsel-Von Grafenstadt sieht viel besser aus als beim letzten Mal auf dem Revier.

»Sie schon wieder«, sagt sie, während sie die Tür öffnet. Malou riecht sofort, dass der Schein täuscht. Der Atem der alten Frau verrät, dass sie nicht nüchtern ist. Vielleicht ist der erhöhte Alkoholpegel in ihrem Blut der Grund, warum sie frischer wirkt.

»Entschuldigen Sie die erneute Störung, aber ich möchte mich noch einmal in Ihrer Küche umsehen.«

»Ihre Kollegen waren doch schon hier. Wollen Sie mir jetzt täglich einen Besuch abstatten?«

»Es tut mir leid, es ist wirklich wichtig.«

»Kommen Sie rein. Wollen Sie einen Drink?«

Dankend lehnt Malou ab. Kaum ist sie im Haus, schlägt sie den direkten Weg Richtung Küche ein.

»Sie haben uns erzählt, dass sich Ihr Mann jeden Morgen Eier kochte. Mochte er sie gerne mit Pfeffer?«

Die alte Frau ist Malou in die Küche gefolgt. Sie ist etwas unsicher auf den Beinen und stützt sich am Herd ab.

»Ja. Er hat über alles Pfeffer gestreut. Viel Pfeffer. Selbst wenn ich das Essen schon scharf gewürzt hatte. Er pfefferte nach, ohne vorab zu kosten. Ist das wichtig?«

»Was war das für Pfeffer, können Sie mir ihn zeigen?«

»Er hatte seine Pfeffermühle.« Hermine Trachsel-Von Grafenstadt öffnet den Gewürzschrank über dem Herd und greift mit zitternder Hand zur hölzernen Pfeffermühle. Sie reicht sie Malou, die sich erst einen Plastikhandschuh überstreift, bevor sie sie anfasst.

»Kann ich mir einen Teller nehmen?«

»Sie machen ja sowieso, was sie wollen.«

Malou greift sich einen Teller, schraubt die Pfeffermühle auf, schüttet den Inhalt aus. Schwarzbraune Körner ergießen sich in den Teller und verursachen dabei ein leises Geräusch. Sie sind ein bis drei Millimeter groß. Malou greift zum Handy, sucht nach dem Bild, das sie heute gefunden hat, und hält die Fotografie neben den Teller mit den Körnern.

»Das sind keine Pfefferkörner.« Malou greift nach einem, reibt es zwischen zwei Fingern hin und her, riecht daran. »Das sind hochgiftige Samen der Herbstzeitlosen.«

Hermine Trachsel-Von Grafenstadt kreischt erschrocken auf und zuckt zurück, als habe sie sich verbrannt. Um ein Haar verliert sie das Gleichgewicht.

Malou fasst sie blitzschnell am Arm, um sie zu stützen. »Wissen Sie, wie die hier reingekommen sein könnten?«

Hermine Trachsel-Von Grafenstadt zittert am ganzen Körper. Sie nickt langsam und wirkt auf einmal noch blasser als sonst.

»Ich war das«, flüstert sie kaum hörbar. »Ich habe die Pfeffermühle aufgefüllt.«

57

In seinem Zimmer brennt kein Licht. Es brennt hier nie Licht, obwohl die Fensterläden immer geschlossen sind. Einzig das Flimmern des Bildschirms taucht den Raum in einen bläulichen Schein. Kaspar hat sich in der Küche mit einer Dose Cola eingedeckt, nun versucht er sich in seinem düsteren, völlig zugestellten Zimmer einen Weg zum Schreibtisch zu bahnen. Vorsichtig balanciert er zwischen den Stapeln von DVDs, CD-ROMs, leeren Keksschachteln und Tetrapacks hindurch, die an die Silhouette einer Miniatur-Großstadt erinnern. Er selbst sieht sich als riesiger King Kong mittendrin, nur besteht seine Mission nicht aus der Eroberung einer menschlichen Blondine, sondern aus einem Einsatz für seine Cousine Milla, einmal mehr. Doch dieses Mal hat er auf den ersten Blick erkannt, dass keine Herkulesaufgabe auf ihn wartet. Das war auch schon anders. Wegen seiner *kleinen Gefallen* für Milla wäre er schon mehrmals direkt ins Gefängnis gewandert, wenn sie ihn erwischt hätten. Aber ihn erwischen sie nicht.

Kaspar schafft es bis zu seinem Arbeitstisch, ohne dass er etwas zum Einstürzen bringt, er legt das Handy mit dem Foto der Postkarte neben die Tastatur und tippt die Buchstabenfolge ab. Milla hat ihn darum gebeten, den Text zu entschlüsseln. Für jede Codierung braucht man einen bestimmten Schlüssel, um sie zu knacken; findet man den nicht, bleibt der Text unlesbar. Kaspar bezweifelt jedoch, dass es sich bei dem Postkartentext um eine hochkomplexe Geheimschrift handelt. Er speist ihn in sein Dechiffrierprogramm LittleEnigma ein. Das Programm ist nicht auf dem freien Markt erhältlich und hatte seinen Preis – doch die Investition hat sich längst gerechnet.

Hätte er mehr Zeit, würde er versuchen, die Geheimschrift ohne das Programm zu entschlüsseln. Macht mehr Spaß als Sudoku, doch Zeit hat er nie genug. Also drückt er auf Enter, das Wartebild erscheint; ein grafischer Tanz von Zahlen und Buchstaben. Wie lange das Programm brauchen wird, ist unberechenbar. Kaspar will nicht rumsitzen und auf das Resultat warten, sondern die Zeit zum Einkaufen nutzen, denn in seinem Kühlschrank inklusive Tiefkühlfach herrscht in etwa dieselbe Leere wie in seinem Magen. Er findet die Nahrungsaufnahme nichts als lästig, eine reine Zeitverschwendung. Auch hasst er es, einkaufen zu gehen. Zu anstrengend, zu hektisch, zu viele Leute. Doch manchmal kann er es nicht weiter hinausschieben. Er balanciert auf dem gleichen Weg zurück aus dem Zimmer, greift zur Jacke, die im Flur auf einem zugemüllten und nicht mehr sichtbaren Stuhl liegt, und schlüpft hinein. Er drückt gerade die Klinke der Wohnungstür, als hinter ihm ein »Pling« ertönt. Das Resultat liegt vor.

Kaspar zögert, seufzt, zieht die Jacke wieder aus und tänzelt zurück zum Schreibtisch. Der Wille zum Einkaufen wäre vorhanden gewesen, aber das Schicksal war dagegen … Er lässt sich auf den Bürostuhl sinken, liest den Klartext, der auf dem Bildschirm erschienen ist, liest ihn ein zweites Mal, und greift zum Telefon.

»Meine herzallerliebste Cousine, ich habe, was du suchtest«, flötet er zur Begrüßung in den Hörer, als Milla rangeht.

»Kaspar, du bist mein Held!«

»Ich weiß, für dich immer wieder gerne.« Kaspar muss lachen. Er mag Milla sehr, auch wenn sie mit ihren Wünschen manchmal etwas anstrengend sein kann.

»Was steht auf der Karte?«

»Ich finde, ich habe für meinen uneigennützigen Großeinsatz eine saftige Belohnung verdient.«

»Du kriegst meine uneingeschränkte Liebe.« Jetzt ist es Milla, die lacht. »Und du hast natürlich ein paar Drinks bei mir gut.«

»Dann ist ja gut. Ich muss sagen: Auf der Karte steht nichts Erfreuliches, ich hoffe, dass es dabei um eine berufliche Recherche geht und das Ganze nichts mit dir persönlich zu tun hat.«

»Jetzt rück schon raus damit.«

»Der Klartext lautet: *Lieber Freund. Ich bin tief dankbar für Stephans Adresse. Der Verräter wird bezahlen. Damit kommt er nicht davon. E.*«

»Der Name Stephan steht da?«, fragt Milla nach.

»Ja, klingt nach einer Drohung. Muss aber schon eine Weile her sein. Das Datum des Poststempels ist zwar nicht mehr zu entziffern, aber ich habe in einem Verzeichnis die Briefmarke gefunden, sie kam im Jahr 1991 in Italien in den Verkauf und wurde 1993 von einer neuen abgelöst. Hilft dir das weiter?«

»Danke, ich denke schon, du bist super.«

»Weißt du, wer der Absender ist? E.?«

»Ich glaube, es ist eine Absenderin. Eine Terroristin, die in den Achtzigerjahren einen Ableger der RAF in der Schweiz führte.«

»Und ich dachte, du recherchierst in einer dramatischen Liebesgeschichte um eine verlassene Geliebte, die Rache an ihrem untreuen Liebhaber schwört!«

»Ha! Du solltest mich besser kennen! Für die Romantik und enttäuscht zurückgelassene Liebschaften bist du zuständig, das ist nicht mein Ding.«

Milla kann es nicht lassen, ihn zu necken, doch Kaspar weiß, dass sie es nicht böse meint. Tatsächlich führt er ein ungleich abwechslungsreicheres Liebesleben als seine Cousine, und er wird den Verdacht nicht los, dass sie etwas eifersüchtig ist, wenn er ihr von seinen neuesten Eroberungen und Abenteuern erzählt.

»Und wer ist Stephan?«

»Das, mein Lieber, ist eine gute Frage«, sagt Milla. »Eine sehr gute Frage sogar. Danke für deine Hilfe.«

»You're always welcome, my dear. Pass auf, wenn du über die RAF und ihre Sympathisanten recherchierst, es gibt immer noch Leute von damals, die heute aktiv sind.«

Als Kaspar das Telefongespräch beendet hat, schüttelt er besorgt den Kopf.

Nathaniel schüttelt ratlos den Kopf, nachdem er den Anruf mit Felix Winter beendet hat.

»Was hat er gesagt?« Veronika fasst Nathaniel mit der Hand am Arm.

»Er meinte, ich hätte bloß verrückte Ideen.«

»Das hat er wortwörtlich so gesagt?«

»Ja. Er behauptete, die Polizei hätte bestimmt gewusst, wenn mein Vater in Wirklichkeit der Terrorist Kühnert gewesen wäre. Ich fürchte, Felix Winter hat mich gar nicht ernst genommen.«

»Was meinte er, als du ihm von eurer Ähnlichkeit erzählt hast?«, bohrt Veronika nach.

»Er hat mir erklärt, dass Kühnert vielleicht ein entfernter Verwandter von mir sei, ohne dass ich es wisse.«

Veronika gibt ein missbilligendes Murmeln von sich. Sie ist mit Alisha bei Nathaniel im Krankenhaus geblieben, während Carole und Gundula zurück nach Bern gefahren sind, weil sie nicht länger als einen halben Tag freimachen konnten. Veronika hingegen hatte heute keine festen Termine und wollte Nathaniel unbedingt Gesellschaft leisten.

»Ich traue diesem Winter nicht«, sagt sie unvermittelt.

»Ich weiß – auch wenn ich nicht genau weiß, wieso.«

»Ich kann es nicht erklären. Ist einfach so.«

»Hältst du es wirklich für möglich, dass mein Vater gar nicht Andreas Brenner hieß, sondern Stephan Kühnert war, der Terrorist?«

»Ich denke ja. Bei allem, was du bis jetzt erfahren hast, bei dieser Ähnlichkeit und den vielen Ungereimtheiten …«

»Und die Polizei hat nichts davon mitgekriegt?«

»Sie behauptet zumindest, nichts davon mitgekriegt zu haben. Das will aber noch nichts heißen.«

»Felix Winter würde doch nicht lügen.«

»Ich traue ihm nicht.«

»Wenn du recht hast, dann würde eigentlich auch ich Kühnert heißen.« Nathaniel ist nicht anzuhören, ob das eine Feststellung oder eine Frage ist. »Dann wäre ich der Sohn eines Terroristen.«

»Du wärest immer noch Nathaniel.«

»Aber das würde doch alles ändern. Ich wäre nicht der, der ich meinte, zu sein.«

»Unsinn. Was sollte sich denn ändern? Du bleibst du, ganz egal, wer deine Eltern waren. Du bist für dein Leben selbst verantwortlich. Auch wenn du jetzt im Nachhinein erfährst … das ändert doch nichts.«

»Hm.« Jetzt ist es Nathaniel, der etwas Undefinierbares grummelt. Abgesehen vom Surren der Geräte ist es einen Moment lang still im Krankenzimmer. Da klopft es. Drei harte Knaller, als hämmere jemand mit einem Hammer gegen die Tür. Veronika und Nathaniel zucken beide zusammen. Bevor Nathaniel »Herein« rufen kann, öffnet sich die Tür. In der gleichen Sekunde springt Alisha auf, um in ein ohrenbetäubendes Freudengeheul auszubrechen. Nathaniel weiß sofort, wer hereingekommen ist. Seine Hündin führt sich jedes Mal auf wie eine wahnsinnig gewordene Feuertänzerin, wenn sie Milla begrüßt. Er hört, wie sie an Milla hochspringt, stellt sich vor, wie sie versucht mit ihrer Zunge Millas Gesicht zu erreichen, wie sie sich wieder duckt, um sich selbst dreht, um gleich darauf erneut an Milla hochzuspringen.

»Alles gut, Alisha, ruhig, ruhig, alles ist gut«, flüstert Milla. Doch dieses Mal scheint sich Alisha nicht beruhigen zu wollen, fast so als wisse sie, dass sie Milla ihr Leben zu verdanken hat. »Wie siehst du denn aus, du Piratin«, sagt Milla liebevoll zu dem Tier mit dem Plastikkragen um den Hals und dem abgeklebten Auge.

Nathaniel merkt Milla an, dass sie sich bemüht, zuversichtlich zu klingen, obwohl sie hörbar berührt ist, Alisha in diesem Zustand zu sehen. Erst nachdem sie die Hündin ausgiebig gestreichelt hat, richtet sich Milla wieder auf, um auch Nathaniel und Veronika in Ruhe zu begrüßen.

»Wie geht es dir?«, fragt sie Nathaniel. »Du siehst viel besser aus als das letzte Mal, als ich dich gefunden habe.«

Sofort drängt sich nicht nur der Anblick von Nathaniel in ihren Kopf, wie er reglos und blutend auf dem Waldboden liegt, sondern auch das Bild von Balz Brecht, aufgespießt an einem Hirschgeweih.

»Es muss schrecklich gewesen sein für dich, uns so zu finden, Alisha, mich, und dann den toten Brecht. Gundula hat mir erzählt, was mit ihm geschehen ist. Alisha hat ihn angesprungen, als er mich angegriffen hat. Sie muss ihn dabei zu Fall gebracht haben. Danke Milla, dass du uns gerettet hast.«

»Ich habe gar nichts getan, ich habe bloß nach dir gesucht, als mich Gundula angerufen hat.«

»Zum Glück hast du uns gefunden.«

»Ja, zum Glück.«

»Zum Glück.«

Veronika und Milla pflichten ihm gleichzeitig bei.

»Jetzt sind wir quitt.«

Nathaniel versteht nicht auf Anhieb, worauf Milla hinauswill.

»Im Keller. Als ich bewusstlos war. Als du die Polizei gerufen hast.«

»Ach das.«

»Damals hast du mir das Leben gerettet.«

»Siehst du: Alles, was man gibt, kriegt man irgendwann zurück.«

Nathaniel versucht zu lächeln, doch er spürt Tränen in seinen Augen. Erst jetzt wird ihm wirklich bewusst, wie nahe er dem Tod gekommen ist. Er wäre wohl nicht mehr hier, wenn ihn Milla nicht so schnell gefunden hätte. »Auf jeden Fall: Danke! Es geht mir auch besser, morgen bin ich hier raus.«

»Aber er muss sich noch schonen«, mahnt Veronika.

»Warum ist Brecht auf dich losgegangen? Hatte das etwas mit den Fragen zu deinem Vater zu tun?«, erkundigt sich Milla.

Erneut erzählt Nathaniel die ganze Geschichte seines dramatischen Treffens mit Balz Brecht.

»Und auf einmal ist er völlig ausgetickt und behauptete, dass Andreas Brenner in Wirklichkeit Stephan Kühnert sei, und ...«

»Er sagte Stephan?« Milla fällt Nathaniel ins Wort.

»Ja, Stephan Kühnert«, bestätigt Nathaniel, und er hängt die Neuigkeiten gleich mit an: Dass er erneut mit Felix Winter gesprochen habe, der aber nichts von der Theorie wissen will, sein Vater könnte Stephan Kühnert gewesen sein.

»Dabei haben Veronika, Gundula und Carole eine große Ähnlichkeit zwischen mir und Stephan Kühnert erkannt.«

»Er sieht genauso aus wie er, ich bin sicher, dass er sein Sohn ist, respektive dass Nathaniels Vater Andreas Brenner in Wirklichkeit Stephan Kühnert war«, bestätigt Veronika.

»Ihr habt ein Bild?«

»Es gab ein Fahndungsplakat. Du kannst nach ihm googeln.«

Das tut Milla sofort. Als die leicht unscharfe Schwarz-Weiß-Fotografie auf ihrem Handy erscheint, zoomt sie sie mit zwei Fingern größer und studiert sie lange, und tatsächlich: Es könnte in der Tat ebenso gut eine schlechte Aufnahme von Nathaniel sein. Stephan Kühnert ist auf dem Bild etwa im gleichen Alter. Trotzdem; es kann auch an der Aufnahme liegen, am Winkel, am Licht – auf einem besseren Bild könnte es anders wirken.

»Ja, eine gewisse Ähnlichkeit ist vorhanden ...«, sagt Milla vage.

»Was ist?«, fragt Nathaniel, er merkt, dass sie noch etwas anfügen will, aber zögert. »Ist etwas?«

»Der Anwalt, den wir besucht haben ...«

»Claude Vogelsang.«

»Er ist tot.«

»Was?« Nathaniel richtet sich mit einem Ruck auf. Ein Schmerz sticht ihn in die Flanke.

»Um Himmels willen!« Veronika hält sich die Hände vor den Mund.

»Warum?«, fragt Nathaniel. »Ich meine ... wie?«

»Die Polizei sagt, er habe Suizid begangen.«

Milla und Nathaniel denken in diesem Moment das Gleiche.

»Wie der Journalist Paul Dunkel.« Nathaniel spricht es aus. »Hat er sich erschossen? Kopfschuss?«

»Ich glaube ja. Aber die Polizei ist sich sicher, dass es ein Selbstmord war.«

»Die Polizei ...«, kommentiert Veronika zweifelnd.

»Sandro hat es mir erzählt. Aber das ist noch nicht alles.«

»Was noch?«

»Ich war erneut in Vogelsangs Büro und habe die Akten zum Fall Esmeralda Esposito gestohlen.«

»Du hast *was*?«, fragt Veronika.

Nathaniel hingegen ist nicht überrascht. Er kennt Milla schon lange und zu gut. »Hast du etwas gefunden?«

»Ich bin auf eine alte Postkarte gestoßen, unterzeichnet mit E. Sie war in Geheimschrift verfasst.«

»Von Esmeralda?«, ruft Veronika.

»Ich denke ja.«

»Hast du entschlüsseln können, was sie geschrieben hat?« Nathaniels Puls beschleunigt sich. Er kann nicht sagen warum, aber er ist sich sicher, dass diese Postkarte wichtig ist.

»Nicht ich selbst, aber ja, wir haben den Text entschlüsselt. Sie hat sich mit der Karte bei Vogelsang für eine Adresse bedankt und angekündigt, dass sie sich rächen werde.«

»Was meinst du mit *rächen*?«

»Warte einen Moment.« Milla sucht nach dem Mobiltelefon, öffnet die Mail, die Kaspar ihr nach dem Gespräch geschickt hat, und liest Nathaniel die Zeile vor: »Der Verräter wird bezahlen. Damit kommt er nicht davon.«

»Wer ist mit *Verräter* gemeint?«, fragt Nathaniel.

Milla zögert mit der Antwort. »Die Unterzeichnende namens E. bedankte sich für die Anschrift eines *Stephans.*«

»Stephan Kühnert!«, ruft Nathaniel erschrocken aus. »Sie suchte nach Kühnert, der vielleicht mein Vater war!«

»Eine Terroristin, die einen Terroristen jagt.« In Millas Stimme schwingt Sarkasmus mit. »Aber ehrlich gesagt weiß ich nicht, was das alles zu bedeuten hat.«

»Wann wurde die Karte geschrieben?«

»Der Poststempel ist nicht mehr zu entziffern. Aber die Briefmarken stammen aus dem Jahr 1991.«

»Dann hat sie die Karte kurz vor der Tat geschickt«, sagt Nathaniel leise.

»Kurz bevor deine Familie und dein Vater starben«, flüstert Veronika.

»Das kann Zufall sein. Mein Vater wurde nicht ermordet, er war der Täter. Er hat meine Familie ausgelöscht. Das alles bringt mich durcheinander, das kann nichts mit mir und meiner Familie zu tun haben.« Nathaniel spricht wieder lauter und immer schneller. »Ich höre hier auf. Es bringt nichts. Ich will das alles gar nicht wissen. Es fühlt sich an, als hätte ich freiwillig ein Tor geöffnet, um das Böse erneut in mein Leben zu lassen, nachdem ich es doch so erfolgreich ausgesperrt hatte.«

»Nein.« Veronikas Widerspruch klingt scharf. Ihre Stimme kommt Nathaniel fremd vor. »Du hörst nicht auf, nicht nachdem du so weit gekommen bist. Mach dir nicht zu schnell ein Bild, von dem du nicht weißt, ob es das richtige ist. Es gibt nicht nur Gut und Böse, nicht nur Schwarz und Weiß. Du bist vorschnell mit deinem Urteil.«

»Aber was soll ich denn tun?«, fragt Nathaniel verzweifelt. »Du hast doch selbst gesagt, dass es nichts ändern wird, selbst wenn ich die Wahrheit herausfinden sollte.«

»Du darfst jetzt nicht aufgeben.«

»Aber wir kommen nicht mehr weiter.«

»Du solltest sie suchen.«

»Die Wahrheit?«

»Nein, Esmeralda.«

»Warum?«

»Weil vielleicht alles ganz anders ist, als du meinst.«

Sowohl Nathaniel wie auch Milla erwidern kein Wort.

»Ich weiß, wovon ich spreche.« Jetzt zittert Veronikas Stimme. »Ich weiß, wie es ist, wenn man sich vorschnell ein falsches Bild macht.«

»Was meinst du?«

»Ich kannte jemanden, der von allen verurteilt wurde. Aber sie war kein böser Mensch, das war sie nicht.«

»Von wem sprichst du?«, hakt Nathaniel nach.

»Ich rede von meiner Tochter.«

58

»*Sie* waren das? *Sie* haben die Samen in die Pfeffermühle getan? *Sie* haben Ihren Mann vergiftet?« Malou Löwenberg lässt um ein Haar die Pfeffermühle fallen.

Sie ist total überrumpelt von Hermine Trachsel-Von Grafenstadts Geständnis. Nicht nur, weil es so plötzlich kommt, sondern vor allem auch, weil es sich überhaupt nicht wie ein Geständnis anhört. Die ganze Situation hier fühlt sich surreal an; sie in dieser Küche, gemeinsam mit der Alkoholikerin, die ihr gerade erzählt, dass sie ihren Mann, den ranghöchsten Politiker des Landes, vergiftet hat.

»Ja, ich war das! Ich habe Aaron umgebracht!« Hermine Trachsel-Von Grafenstadt beginnt zu weinen. »Ich wollte doch nicht … ich hatte keine Ahnung … wie …?« Ihre Worte sind nur mehr ein Schluchzen.

»Warum haben Sie das getan? Warum haben Sie die giftigen Samen in die Pfeffermühle gefüllt?«

»Na, weil, weil …«

Malou würde die Frau am liebsten an den Schultern packen, um die Worte aus ihr rauszuschütteln. Stattdessen holt sie den nächstbesten Küchenstuhl und stützt Hermine Trachsel-Von Grafenstadt, während sie sich zitternd setzt.

»Weil sie leer war.« Geräuschvoll zieht sie die Nase hoch, mit dem Handrücken wischt sie über die nassen Augen, wobei sie den Kajal über ihr gesamtes Gesicht verschmiert. »Er hat es gehasst, wenn sie leer war. Ich wollte doch nur, dass er zufrieden ist.«

»Sie meinen …?« Langsam dämmert es Malou, dass sich das Geständnis nicht nur wie kein Geständnis anhört, sondern dass es wohl auch keines ist. »Frau Trachsel-Von Grafenstadt, wussten Sie, was Sie da in die Pfeffermühle füllten?«

»Nein!«, weint die Alte. »Nein, was denken Sie denn? Ich bin doch keine Mörderin! Ich dachte, das sei Pfeffer!«

Jetzt setzt sich auch Malou auf einen der Stühle. »Lassen Sie uns etwas zusammen trinken. Und dann erzählen Sie mir, was ganz genau passiert ist.«

Darum lässt sich Hermine Trachsel-Von Grafenstadt nicht zweimal bitten. Sie erhebt sich, verschwindet kurz im Salon und kommt mit einem Tablett mit einer Flasche und zwei Gläsern zurück, die sie großzügig mit Wodka füllt. Malou trinkt sonst nie im Dienst. Doch den Wodka pur kann sie gerade gut gebrauchen. Und bei Hermine Trachsel-Von Grafenstadt scheint der Alkohol die gewünschte Wirkung zu zeigen: Sie beruhigt sich. Sie verschließt ihre Hände ineinander, krallt sie zusammen, damit sie nicht unkontrolliert loszittern, und beginnt stockend zu erzählen – vom Abend vor Aarons Tod, dem letzten seines Lebens.

Sie war allein zu Haus, wie nahezu immer. Als der Alkohol den Hunger nicht länger verdrängen konnte, schob sie sich eine Fertigpizza in den Ofen. Kochen tut sie schon lange nicht mehr. Um ein Haar hätte sie die Pizza vergessen. Erst als es nach Verbranntem roch, fiel sie ihr wieder ein. Der Rand war schon verkohlt. Doch das kümmerte sie nicht. Das Fertigprodukt schmeckte fad, sie hätte ebenso gut auf Karton herumkauen können. Also griff sie zur Pfeffermühle und würzte ordentlich nach. Bis die Mühle leer war.

»Ich wusste, dass Aaron am Morgen wütend werden würde, wenn er seine Rühreier nicht pfeffern konnte. Ich wollte keinen Ärger, nicht so früh morgens, das ertrage ich nicht.«

Also suchte sie nach einer Nachfüllpackung, aber da war keine, der Pfeffer war ihnen ausgegangen. Doch da fiel ihr ein, dass sie ihren Szechuan-Pfeffer opfern könnte. Sie griff zu ihren Gewürzgläsern, die auf einem Regal über dem Küchentisch bereitstehen, um ihre Drinks zu würzen, die Bloody Mary zum Beispiel oder ihren Standard-Drink: den Spiced Gin Tonic.

»Sie müssen wissen, ich bin nicht einfach eine Säuferin. Ich bin eine Edeltrinkerin.« Hermine Trachsel-Von Grafenstadt sagt es in einem Tonfall, als wäre sie stolz darauf. »Für einen Spiced Gin Tonic brauchen Sie Tonic Water, Granatapfelkerne, Granatapfelsirup, Eiswürfel, Zitrone und Pfeffer, rosa Pfeffer eigentlich, der Szechuan-Pfeffer ist mein Geheimrezept, und guten Gin natürlich, der sollte nicht fehlen.«

Plötzlich beginnt die alte Frau zu kichern wie ein Teenager, bis ein lautes Lachen aus ihr ausbricht, es schüttelt sie, doch plötzlich sind da wieder Tränen, und das Lachen geht in ein Schluchzen über. Malou legt behutsam die Hand auf die Schulter der alten Frau. Sie würde sie am liebsten in die Arme nehmen, aber sie spürt, dass sie zu viel Nähe nicht akzeptieren würde. Also verharrt Malou in dieser vagen Berührung, bis Hermine Trachsel-Von Grafenstadt sich wieder beruhigt. In Malous Kopf fügen sich die Worte der Witwe langsam zu einem vagen

Bild zusammen, wie es zur Tragödie hat kommen können.

»Sie sagen also, die Samen waren in einem Gewürzglas, in dem Sie normalerweise Ihren Szechuan-Pfeffer für Ihren Spiced Gin Tonic aufbewahren?«

»Und für meine Bloody Mary.«

»Können Sie mir das Glas zeigen?«

Mühsam erhebt sich Hermine Trachsel-Von Grafenstadt, sie wirkt zwanzig Jahre älter als sie ist, neunzig statt siebzig, und begibt sich zu dem Regal. Sie reicht Malou ein Glas mit einem Deckel, darin befinden sich die gleichen Samen wie jene, die Malou aus der Pfeffermühle geschüttet hat. Die Samen der Herbstzeitlosen. Malou streift sich einen neuen Handschuh über, greift nach dem Glas, zieht eine durchsichtige Plastiktüte aus der Tasche und steckt es hinein.

»Können Sie sich vorstellen, wie die in das Glas gekommen sind?«, fragt Malou.

»Ich weiß nicht. Ich fülle das Glas immer selbst auf. Mit Szechuan-Pfeffer. Ich verstehe es nicht.«

Malou hingegen glaubt zu verstehen.

»Frau Trachsel-Von Grafenstadt, gibt es jemanden, der ein Interesse daran hat, *Sie* umzubringen?«

Die beiden Frauen blicken sich an. Sie erkennen gegenseitig in ihren Augen, dass sie dasselbe denken.

»Vielleicht müsste ich eher fragen: *Gab* es jemanden, der Sie vergiften wollte?«

59

Milla hat sich von Veronika und Nathaniel verabschiedet. Sie hätte zwar gerne mehr über Veronika und ihre Tochter erfahren, über die sie bis heute noch nie ein Wort verloren hat, aber sie wollte offensichtlich nicht darüber reden. Sie hat dann schnell das Thema gewechselt, und plötzlich haben sie über alles Mögliche gesprochen. Jetzt ist Milla knapp dran. Sie müsste endlich mit dem Dreh beginnen, den Beitrag über den Tod von Aaron Trachsel. Doch im Moment hat sie noch immer nichts in der Hand, nichts als Spekulationen. Dünn, dünn, dünn, würde ihr Chef Wolfgang sagen, wenn sie ihm aufzeigen würde, wie wenig sie bis jetzt herausgefunden hat. Das macht noch keine Geschichte.

Für Umwege hat sie eigentlich keine Zeit, trotzdem fährt Milla vom Zürcher Universitätsspital nicht direkt in ihr Büro im Leutschenbach, sondern schlägt einen anderen Weg ein. Sie wird nicht viel Zeit verlieren. Und es ist besser, persönlich anzuklopfen, wenn sie innerhalb von einem Tag um zwei Gefallen bittet.

Milla drückt auf die Klingel unten beim Eingang des alten Backsteinhauses, das wie durch ein Wunder noch immer steht, obwohl es schon seit Jahren aussieht, als würde gleich morgen die Abrissbirne geschwungen. Sie wartet, der elektrische Türsummer bleibt stumm. Milla ist sich trotzdem sicher, dass ihr Cousin zu Hause ist, alles andere wäre eine Überraschung. Kaspar ist immer zu Hause. Der Türsummer muss kaputt sein, er funktioniert schon lange nicht mehr richtig, meist klemmt auch die Tür, weil das Holz derart verzogen ist. Milla blickt sich kurz um, keiner zu sehen, sie zieht ein Bein zurück und will die Tür mit einem gezielten Stoß aufkicken. Zu ihrem Erstaunen öffnet sie sich in genau diesem Moment, allerdings nicht wegen ihres Einsatzes, sondern weil Kaspar sie von innen öffnet. Milla strauchelt, droht das Gleichgewicht zu verlieren und tritt ihrem Cousin um ein Haar in den Bauch.

»Hohoho!«, ruft er erschrocken, während er einen Satz zurück macht. »Ist das ein neuer Begrüßungstanz?«, fragt er belustigt, als er realisiert, wer sich da so ungelenk anstellt.

»Ich wollte zu dir. Die Tür klemmt, ich dachte, der Summer ist kaputt.«

»Sie haben ihn letzte Woche repariert.«

»Oh.«

»Wahrscheinlich ist er jetzt wieder kaputt.«

»Entschuldige.«

»Keine Sorge, meine Liebe, wie könnte ich dir böse sein.« Kaspar ist wieder in seinen Singsang verfallen, der für ihn so typisch ist.

»Was machst du hier?« Milla wirft einen skeptischen Blick auf seine Einkaufstasche.

»Ich gehe einkaufen.«

»*Du* gehst einkaufen?«

»Ja, alle Menschen müssen hin und wieder einkaufen. Was verschafft mir die Ehre zum zweiten Mal an diesem Tag? Ist es möglich, dass mein Cousinchen schon wieder meine Hilfe braucht?«

»Ehm …« Milla spürt, dass ihr die Röte ins Gesicht schießt. Sie hasst es, rot zu werden. Und je mehr sie sich darüber ärgert, desto röter werden ihre Wangen. »Kann ich dich noch einmal um einen Gefallen bitten? Ich hab dir dafür was mitgebracht!« Sie greift in die Tasche und wedelt mit einer Packung Schoko-Kugeln vor seinem Gesicht herum, die sie am Kiosk neben dem Krankenhaus gekauft hat. Kaspar zieht die Tür ganz auf und bittet Milla herein. Gemeinsam stapfen sie die Treppe hoch.

Oben angekommen stellt Milla fest, dass das Chaos in Kaspars Wohnung nicht weniger geworden ist, im Gegenteil, doch sie sagt kein Wort, es würde eh nichts ändern. Kaspar bittet sie in die Küche, sie schaut sich um, jeder Stuhl ist belegt, also bleibt sie stehen.

»Es geht um die Postkarte«, stellt Kaspar fest.

»Genau. Noch genauer: Um die Absenderin der Postkarte.«

»E., die Terroristin.«

»Esmeralda Esposito. Wir vermuten aufgrund der Karte, dass sie in Napoli lebt oder zumindest gelebt hat. Wir möchten herausfinden, wo sie sich heute aufhält.«

»Wer ist *wir*?«

»Nathaniel und ich.«

»Dein blinder Freund? Was hat der denn mit einer Terroristin zu schaffen?«

Womöglich war sein Vater ein Terrorist, denkt Milla, aber sie spricht es nicht laut aus. »Das wissen wir noch nicht«, sagt sie stattdessen unbestimmt.

»Hast du Esmeralda Esposito schon mal gegoogelt, vielleicht steht sie im neapolitanischen Telefonbuch?«

Nein, hat sie nicht, denkt Milla, und sie ärgert sich darüber, dass ihr das nicht selbst in den Sinn gekommen ist.

»Ich habe nichts gefunden, aber auch nicht wirklich lange gesucht«, schwindelt sie, um nicht zugeben zu müssen, dass sie im Moment zu zerstreut ist, um an das Naheliegendste zu denken.

»Dann schauen wir mal nach.«

Kaspar steht auf und bahnt sich einen Weg durch das Arbeitszimmer zu seinem Computer. Milla folgt ihm bis zur Tür und bleibt sicherheitshalber dort stehen.

»Esmeralda Esposito«, buchstabiert Kaspar, während er den Namen in die Suchmaske eingibt. »Napoli. Numero di Telefono.«

Er blickt auf den Bildschirm, schüttelt den Kopf, tippt erneut auf der Tastatur herum, versucht es mit dieser Suchmaschine und in jenem Verzeichnis, doch er findet nichts.

»Nichts«, ruft er in Richtung Tür.

»Mist«, antwortet Milla. »Gibt es einen anderen Weg, wie du sie aufspüren könntest?«

Auch ohne dass sie es direkt ausspricht, ist klar, dass sie an illegale Methoden denkt.

»Durchaus, ich muss nur genau wissen, wonach ich suchen soll. Was weißt du sonst noch über diese Esmeralda?«

»Sie hat zwar italienische Wurzeln, ist aber in der Schweiz aufgewachsen.«

»Wie alt ist sie heute?«

»Etwas über sechzig.«

»Hat sie mal in der Schweiz gearbeitet?«

»Wahrscheinlich. Falls sie überhaupt mal gearbeitet hat. Sie lebte bis zu ihrer Auslieferung in der Schweiz.«

»Wenn sie hier gearbeitet hat, finde ich sie. Dann bezieht sie bestimmt ihre Rente aus der hiesigen Alters- und Hinterlassenenversicherung.«

»Das heißt?«

»Da komm ich rein.« Kaspar blickt rüber zu Milla, die noch immer im Türrahmen steht. »Ich meine: Ich komme ins System der AHV rein, da war ich in einer anderen Angelegenheit kürzlich schon drin.«

Milla fragt nicht genauer nach, sie will gar nicht wissen, was ihr Cousin im System der staatlichen Rentenversicherung zu suchen hatte.

»Das bedeutet, dass du Esmeraldas Aufenthaltsort ausfindig machen kannst?«

»Bingo, die charmante Kandidatin mit dem gelockten Haar erhält hundert Punkte!«, ruft Kaspar Richtung Milla. »Ich finde sie allerdings nur, wenn sie ihre Rente auch wirklich bezieht. Sie wäre aber ziemlich blöd, wenn sie das nicht tun würde.«

»Kannst du das für mich rausfinden?«

»Für dich doch immer«, schnurrt Kaspar.

»Jetzt gleich?«

»Sobald du weg bist.« Kaspar setzt ein breites Grinsen auf. Es ist nicht falsch zu verstehen.

»Gut, ich geh dann mal«, sagt Milla. »Wie lange brauchst du?«

»Es wird schon einen Moment dauern. Aber ich kann es dir vielleicht heute noch sagen.«

»Kaspar?«

»Ja?«

»Danke.«

60

Der große Zeiger der Uhr über der Tür springt auf die zwölf, der kleine steht bei der fünf. Während andere schon Feierabend machen, trifft sich die Soko Herbstzeitlose im Sitzungszimmer auf dem Polizeikommissariat. Heute ist Malou Löwenberg mal nicht die Letzte, sondern die Erste, die da ist. Sie ist es auch, die die außerordentliche Sitzung hat einberufen lassen, und zwar so kurzfristig, dass außer ihr jede und jeder ein paar Minuten zu spät kommt. Es ist zehn nach fünf, als Felix die Sitzung eröffnen kann, er übergibt das Wort sofort seiner Kollegin.

»Es gibt eine neue Entwicklung im Todesfall Aaron Trachsel«, erklärt Malou. »Um es gleich vorwegzunehmen: Ich glaube, es handelt sich nicht um ein Tötungsdelikt, sondern um ein Versehen. Und um einen Mordversuch – allerdings mit einem anderen Opfer.« Sie blickt in die Runde und erkennt in den Augen der anderen, dass sie keine Ahnung haben, worauf sie hinauswill. »Ich bin heute noch einmal zu Hermine Trachsel-Von Grafenstadt gefahren«, beginnt sie zu erzählen. Sie berichtet vom Bild der Samen der Herbstzeitlosen, von deren Ähnlichkeit mit Pfefferkörnern, vom Gewürzregal in Trachsels Küche, von den Bloody Marys, den Spiced Gin Tonics, von der Pfeffermühle, und von dem Geständnis, das kein Geständnis war. Als sie ihre Ausführungen beendet hat, ist es einen Moment lang totenstill im Raum. Einzig das Ticken der Uhr ist zu hören. Es ist Bettina, die das Schweigen beendet.

»Du denkst, das Gift war für Hermine Trachsel bestimmt?«

»Für Hermine Trachsel-Von Grafenstadt«, korrigiert Malou reflexartig.

»Trachsels Frau sollte vergiftet werden, nicht er selbst«, stellt Sandro fest.

»Und als Täter käme dann wohl einzig der unglücklich verstorbene Herr Gemahl infrage.« Felix kann nicht anders, er muss auf einmal lachen, was völlig deplatziert wirkt. »Er wollte sie umbringen, doch sie tat die giftigen Samen nicht in ihren Drink, sondern in seine Pfeffermühle! Wie absurd ist das denn?«

»Aber es ergibt Sinn. Das Buch bei Margret Nova über die Gift- und Heilpflanzen … das Lesezeichen bei der Herbstzeitlosen, die markierte Textstelle. Nicht Margret Nova, sondern Aaron Trachsel hat sich mithilfe des Buches über das tödliche Gift der Herbstzeitlosen schlaugemacht.« Malou spricht mit ruhiger Stimme. Sie will das Ganze nicht ins Lächerliche ziehen. Immerhin geht es um versuchten Mord und einen Toten.

»Du hast recht«, stimmt Sandro ihr bei. »Plötzlich geht alles auf. Aaron Trachsel hat eine Affäre mit Margret Nova, er verspricht ihr, er werde frei sein, er will sich von seiner wohlhabenden Frau trennen und merkt, dass das nicht so einfach ist, zumindest nicht, ohne dabei viel Geld und einen guten Ruf zu verlieren. Da erscheint es ihm einfacher, wenn sie stirbt. Ein plötzlicher Tod einer alten Alkoholikerin wirkt unverdächtig. Damit wäre er fein raus: Er erbt das gesamte Vermögen und kann sich als trauernder Witwer flugs frisch verlieben, was ihm jeder gönnen würde.«

»Er füllt das Gewürzglas seiner Frau, in dem sie ihren Szechuan-Pfeffer aufbewahrt, mit den giftigen Pflanzensamen. Er ist sich sicher, dass sie in ihrem dauerberauschten Zustand den Unterschied nicht bemerken wird. Doch dann landet das Gift, das sich seine Frau in ihre Drinks hätte streuen sollen, versehentlich in seiner Pfeffermühle«, ergänzt Bettina.

»Und er vergiftet sich beim Pfeffern seiner Rühreier selbst«, schließt Florence.

»Was für eine Geschichte«, kommentiert Felix. Wieder muss er als Einziger lachen.

»Haben wir einen Beweis?«, fragt Sandro.

»Nein, noch nicht.« Malou streckt ihre leeren Handflächen von sich. »Aber die Indizien zeichnen ein klares Bild.«

»Lässt sich feststellen, ob Trachsel die Samen bestellt hat?« Sandro richtet die Frage an Florence.

»Ich kann es versuchen. Aber … wir ermitteln nicht gegen Tote, oder?«

»Solange wir nicht wissen, ob der Tote der Täter war, ermitteln wir.« Sandro denkt noch einmal über das gerade Gesagte nach. Es hört sich schräg an. »Ich meine: Wir ermitteln nicht gegen Aaron Trachsel wegen versuchter Tötung an seiner Ehefrau. Aber wir müssen sicher sein, dass er und kein anderer es war, der das Gift in das Glas getan hat, bevor wir die Ermittlungen einstellen können. Florence, kannst du noch einmal all seine Kreditkartendaten prüfen? Oder Kontoauszüge? Vielleicht stößt du auf etwas.«

»Mach ich.«

Als die Sitzung beendet ist, bittet Sandro Felix in sein Büro.

»Wer hätte das gedacht?« Felix lässt sich schwer in den Stuhl fallen, der beim Besprechungstisch steht. »Ein Glück, dass deine Schwiegermutter nichts mit Trachsels Tod zu tun hat. Sich selbst vergiftet, obwohl er seine Frau vergiften wollte, wo gibt's denn so was? Dümmer geht fast nicht mehr.«

»Noch haben wir keinen Beweis.«

»Klar doch, aber plötzlich ergibt alles einen Sinn.«

Sandro nickt. »Darum will ich mit dir sprechen. Ich denke auch, dass wir die Lösung gefunden haben.«

»Aber?«

»Wie werden wir das der Öffentlichkeit vermitteln? Liebe Medienschaffende – hiermit teilen wir Ihnen mit, dass der Nationalratspräsident nicht getötet wurde, sondern dass er selbst jemanden töten wollte? Dass er aus Versehen das Gift geschluckt hat, das er seiner Gemahlin in den Drink mischen wollte? Wir reden hier immerhin vom höchsten Politiker der Schweiz. Wir würden posthum seinen Ruf zerstören.«

»Zu Recht.« Felix Winter klingt auf einmal nicht mehr belustigt, sondern bitter. »Du willst den Ruf eines Mannes schützen, der seine Frau töten wollte?«

»Er ist tot. Er wird nie verurteilt werden, er wird sich nie verteidigen können. Das können wir natürlich genau so kommunizieren, aber du kennst die Medien. Ich sehe die Schlagzeilen schon vor mir … Sie werden nicht differenzieren.«

»Du hast recht, es ist eine heikle Frage. Aber was willst du ihnen denn sonst sagen? Sie verlangen nach einer Lösung des Falles, sie wollen einen Täter sehen. Sie werden sich nicht mit vagen Erklärungsversuchen zufriedengeben.«

Felix schaut Sandro an, und der erkennt am Blick seines Kollegen, dass auch er an Milla denkt.

»Wir werden eine Pressekonferenz einberufen und erklären, dass Aaron Trachsel an einer Vergiftung gestorben ist, die aufgrund einer fatalen Verwechslung zustande gekommen ist. Und dass wir explizit ausschließen können, dass es sich dabei um ein Tötungsdelikt handelte. Es war nichts Weiteres als ein Unfall. Ein Missgeschick, das ist noch nicht einmal gelogen.«

»Werden sie uns das glauben? Ein Missgeschick?« Felix ist skeptisch. »Musst du das nicht näher erläutern? Sie werden nachbohren, bis sie genau wissen, was er eingenommen hat und wie es zu dieser Verwechslung gekommen ist.«

»Wir bleiben einfach nahe an der Wahrheit. Er verwendete selbst gesammelte, getrocknete Kräuter zum Würzen, die Blätter der Herbstzeitlosen enthielten. Es kommt immer wieder zu solch tragischen Verwechslungen. Die Blätter der Blume sehen dem Bärlauch ähnlich.«

Felix wirkt noch immer nicht überzeugt, doch er nickt langsam. »Das könnte vielleicht funktionieren. Und auch Milla wird nur diese Version und nichts Weiteres erfahren?«

»Kein weiteres Wort.«

61

Draußen hat die Nacht die Stadt bereits in tiefes Schwarz getaucht. Drinnen brennt im Großraumbüro im elften Stock in der Zentrale des Schweizer Fernsehens ein einziges Licht. Vor Milla liegt ein Stapel Blätter, Unterlagen, die sie von ihrem Kollegen Mario erhalten hat, die Recherche-Ergebnisse zum Skandal um die Chiffre AG. Daneben der Bundesorder, den sie in Vogelsangs Büro gestohlen hat und der mit einem Code-Namen beschriftet ist: K17. Die geheime Kampftruppe der Schweizer Armee, deren Mitglied Aaron Trachsel war.

Milla ist überzeugt, dass sein Mörder entweder in den Kreisen der Chiffre AG oder der K17 zu suchen ist. Dort haben etliche Mitglieder sicherlich viel zu verheimlichen – und Aaron Trachsel hat ohne Zweifel viel gewusst. Womöglich zu viel, sodass jemand das Gefühl hatte, er müsse zum Schweigen gebracht werden. Nur fragt sich Milla, wie sie denjenigen finden soll. Aus praktischen Gründen nimmt sie sich zunächst den Ordner zur K17 vor – weil der weit weniger Seiten enthält als der andere Stapel. Vielleicht hat Vogelsang etwas über die geheime Spezialeinheit herausgefunden, womöglich stößt sie darin auf Namen anderer Mitglieder, die sie kontaktieren und zu Trachsel befragen kann.

Der erste Teil des Ordners enthält Dokumente der

Parlamentarischen Untersuchungskommission, die die Schweizer Armee in den Neunzigerjahren durchleuchtete. Im Rahmen der Fichenaffäre, bei der unbedarfte Bürger von der Bundespolizei ausspioniert wurden, war ruchbar geworden, dass auch das Militär intensiv beim Aufbau des Überwachungsapparates mitgewirkt hatte. Als erste Zeitung berichtete *Der Bund* über eine »Geheimarmee der Agenten«, woraufhin die Parlamentarische Untersuchungskommission ins Leben gerufen wurde. Noch bevor deren Ergebnisse vorlagen, räumte die Regierung die Existenz einer geheimen Kampftruppe namens K17 ein.

Milla blättert durch die Unterlagen, das ist für sie alles nichts Neues, hat sie alles schon in der Schule im Geschichtsunterricht gehört.

Sie schlägt das nächste Kapitel auf. Es trägt den Titel T17 und enthält nur zwei Seiten mit Handnotizen. Vogelsangs Schrift.

Todesgruppe T17. Ziel: Auslöschung von Gefährdern der Inneren Sicherheit. Mitgliederzahl: Unbekannt.

Und etwas weiter unten: *Esmeralda mögliche Zielperson. Schutzmaßnahmen ergriffen.*

Milla versteht nicht, worüber Vogelsang hier schreibt. Eine Todesgruppe als Teil der Armee, die Menschen tötete? Weil sie dem Staat gefährlich werden konnten? Unmöglich. Niemals hätte eine derartige Organisation in der Schweiz existieren dürfen oder können. Und hätte es doch so etwas gegeben, wäre das längst aufgedeckt worden.

Oder? Und was, wenn Vogelsang doch recht hatte? Würde die Todesgruppe dann vielleicht auch einen untergetauchten Links-Terroristen wie Stephan Kühnert eliminieren und dabei die ganze Familie erschießen? Das kann sie sich kaum vorstellen.

Milla blättert zur zweiten Seite.

Existenz der T17 bis heute nie bestätigt.

Auflösung der Gruppe? Nicht bekannt.

Es ist möglich, dass sie noch immer existiert.

Oder dass sie gar nie existiert hat, fügt Milla in Gedanken an. Trotzdem schaudert sie. Vogelsangs Zeilen lesen sich nach seinem Tod wie eine Botschaft, oder eher: Wie eine Warnung. Sie klappt den Ordner zu. Wahrscheinlich handelt es sich hier bloß um das Hirngespinst eines alten Linksaktivisten, der von Verfolgungswahn geplagt wurde. Auf jeden Fall bringt sie das alles im Fall Trachsel nicht weiter. Milla schiebt den Ordner zur Seite und wendet sich widerwillig den Unterlagen über die Chiffre AG zu. Das wird eine lange Nachtschicht werden.

Zur gleichen Zeit, in einer anderen Stadt, in einem anderen Großraumbüro, brennt ebenfalls nur noch ein einziges Licht. Auch Felix Winter sitzt vor einem Bundesordner und blättert durch die Seiten. Sie sind ähnlich vergilbt wie jene, die Milla gerade in den Händen hatte. Oben rechts ist jedes einzelne Blatt mit einem roten Stempel versehen: *Streng vertraulich.*

Felix Winter reibt sich die Augen, dann presst er zwei Finger gegen die Nasenwurzel. Wie müde er ist. Noch sieben Monate, dann kann er das alles hinter sich lassen. Nie hätte er gedacht, dass ihm die letzten sieben Monate so lange vorkommen würden. Auch hatte er nicht damit gerechnet, dass ihn auf einmal die Vergangenheit einholen könnte. Nach all den Jahren. Warum gerade jetzt? So kurz vor der Pension?

Er blättert weiter. Seite um Seite überfliegt er, alles kommt wieder hoch. Heute weiß er, dass es falsch war.

Aber was hätte er tun sollen? Es gab keinen anderen Weg. Oder würde er heute nach über dreißig Jahren im Dienst anders handeln? Winter hat sich die Frage nie gestellt, hat sie sich nie stellen müssen. Er denkt sich zurück in jenen Moment; der Befehl, sein kurzes Zögern, doch dann war klar, dass er ihn befolgen würde. Keine Zweifel daran, dass er tun musste, was man ihm sagte.

Wie jung er damals war. Was alles dazwischenliegt. Die vielen Fälle, die er hat lösen können. Die Täter, die er gefasst hat. Ein ganzes Leben, das auf einmal in der Vergangenheit zu liegen scheint. Seine Frau, seine einzige Liebe. Die schon vor langer Zeit hat gehen müssen. Scheißkrebs. Wie gerne er mit ihr jetzt darüber geredet hätte. Keine Kinder. Doch an das Alleinsein hat er sich längst gewöhnt. Es ist nur … es fühlt sich so sehr nach dem Ende an. Er weiß, dass nicht alles falsch war. Nur zwei, drei dunkle Schatten. Er hatte eine erfolgreiche Karriere. Und doch … er spürt eine Unzufriedenheit mit sich selbst. Kann es wirklich sein, dass es das schon gewesen ist? Dass jetzt nichts mehr kommt? Er sehnt seine Pensionierung herbei und fürchtet sich zugleich vor dem Danach. Was wird auf ihn warten? Leere? Weil es ihn nicht mehr braucht? Woher nur diese Unzufriedenheit, diese Unrast? Ist es dieser eine Fall, der ihm die Ruhe verweigert, die er verdient hat? Was soll er tun? Was ist das Richtige? Die Zeit birgt nicht für alle Fragen eine Antwort.

Felix Winter streicht mit der Handfläche über das Papier. Noch ist es nicht zu spät, denkt er, um sich gleich selbst zu korrigieren: Doch, ist es. Viel zu spät.

Er löst die Seiten aus dem Ordner, begibt sich hinüber in den Kopierraum, wo auch der Schredder steht, und schaltet ihn ein. Blatt um Blatt füttert er die Maschine. Sie verursacht ein unangenehm sirrendes Geräusch.

Auch eine Etage höher brennt in einem Büro ein einsames Licht. Sandro ist noch immer auf der Suche nach einem Beweis. In Trachsels Kreditkartenabrechnungen hat Florence keinen Hinweis auf eine Bestellung von giftigen Pflanzensamen gefunden, zumindest nicht in den letzten zwölf Monaten. Wahrscheinlich hat er bar bezahlt. Dennoch gibt Sandro die Hoffnung nicht auf, etwas in Trachsels Unterlagen zu finden, das ihnen Gewissheit bringt. Während sich Florence um die Bankunterlagen kümmert, hat sie ihm alle anderen Dokumente geschickt, die sie auf Trachsels Festplatten sichern konnte. Sandro durchsucht sie gerade nach verschiedenen Schlagworten – *Herbstzeitlose, Gift, Samen, Hermine, Blumen,* doch erfolglos. Erst als er *Pflanze* eintippt, erscheint auf der Liste ein Dokument. Eine Spesenrechnung. Sandro klickt sie an.

Als Erstes fällt sein Blick auf die Gesamtsumme: 4230 Franken. Nationalratspräsident sollte man sein, denkt er bitter. Würde er Ende des Monats Spesenforderungen in dieser Höhe einreichen, würde er umgehend entlassen. Er gibt nun auch im Dokument selbst das Suchwort *Pflanze* ein und findet den Eintrag: *Pflanzenparadies Wyss, Samen und Setzlinge. Betrag: 33,60 Franken.* Sandro starrt auf den Eintrag. Er kann es nicht fassen: Trachsel hat sich das Gift für seine Frau tatsächlich vom Schweizer Steuerzahler bezahlen lassen, auf Spesen! Dreister geht es nicht, denkt Sandro. Und dümmer auch nicht. Gut möglich, dass ihm der Fehler unbewusst unterlaufen ist; wahrscheinlich setzt er jeden Einkaufszettel automatisch auf die Spesenliste, ohne groß weiter darauf zu achten. Aus lauter Gewohnheit ist auch dieser verräterische Beleg darauf gelandet. Sandro scrollt auf dem Dokument weiter nach unten, ganz am Schluss hat Trachsel die abfotografierten Spesenzettel in das Dokument hineinkopiert. Es herrscht ein ziemliches Durcheinander, Sandro muss einen Moment lang suchen. Als er den passenden Kassenbon findet, klatscht er in die Hände.

»Yessss!«

Er hat ihn! Das ist der Beweis. Auf dem abfotografierten Beleg steht:

Samen Herbstzeitlose. 11.20.- 3x

Ganz unten ist der Name der Verkäuferin vermerkt:

Sie wurden bedient von Jana Kracht.

Sandro zweifelt keine Sekunde daran, dass die Verkäuferin Aaron Trachsel als Kunde identifizieren kann – spätestens, sobald er ihr dessen Bild zeigt.

Sandro öffnet das E-Mail-Programm, tippt den Namen Livingstone ins Adressfeld und bittet den Pressesprecher, gleich morgen früh die Einladungen für eine kurzfristige Pressekonferenz um halb zehn zu verschicken. Betreff: Fall Aaron Trachsel.

Während Sandro seinen Computer hinunterfährt und sich fragt, ob es richtig ist, was er tut, oder ob er gerade dabei ist, einen Fehler zu machen, klatscht in einem alten Backsteinhaus in Zürich auch ein anderer Mann in die Hände.

»Mission accomplished«, sagt Kaspar zu sich selbst, als er sich erneut Zugang zur Datenbank der Schweizerischen Altersversicherung verschafft hat. Jetzt ist es nur noch ein Kinderspiel: Er gibt den Namen Esmeralda Esposito ins System ein. Im Bruchteil einer Sekunde erscheint ein Eintrag auf seinem Bildschirm: *Esmeralda Esposito, aktiv. Via Filippo Agresti 22, 80142 Napoli NA Italien.*

Kaspar greift zu seinem Handy, fotografiert den Bildschirm ab und sendet das Bild an Milla. *Esmeralda lebt,* schreibt er darunter, *und hier kannst du sie besuchen. Aber nimm bitte eine kugelsichere Weste mit.*

Kaspar meint es als Scherz. Doch als er auf *Senden* drückt, realisiert er, dass es ihm todernst ist.

62

Der Song *Wrong* von Depeche Mode reißt Milla aus einem wilden Traum. Einige Fetzen bleiben hängen; ein Flugzeugabsturz, ein Chaos, viele Tote, sie ist die einzige Zeugin und will den Notruf wählen, doch das Handy funktioniert nicht, so sehr sie auch darauf herumdrückt. »Wrong«, singt Dave Gahan. »Wrong!« Das Handy, sagt Millas halb waches Hirn, es läutet. Sie greift zuerst ins Leere, dann öffnet sie die Augen, findet es und entnimmt dem Display, dass es Wolfgang ist. Wenn ihr Chef sie sucht, bevor der Wecker losgegangen ist, ist das kein gutes Zeichen. Nicht rangehen, sagt Millas innere Stimme, aber das geht nicht, dafür ist sie zu neugierig, es muss etwas passiert sein.

»Wolfgang, du hast mich geweckt!«, beschwert sie sich zur Begrüßung.

»Milla, wie geht es dir? Ich hoffe, wieder gut. Ich weiß, dass du heute eigentlich noch krankgeschrieben bist, aber das hier ist ein absoluter Notfall. Bist du in Bern? Bitte sag mir, dass du in Bern bist, sonst musst du fliegen, warum überhaupt bist du nicht informiert?«

Milla hat keine Ahnung, wovon Wolfgang spricht, und die Hektik in seinen Worten macht ihr deutlich, dass sie es lieber gar nicht wissen will.

»Wovon sprichst du?«, fragt sie trotzdem.

»Von der außerordentlichen Pressekonferenz, die dein Freund kurzfristig einberufen hat. Sie beginnt in neunzig Minuten.«

»Mist.«

»Ruf Ivan an, er ist schon unterwegs, er soll dich abholen, dann schafft ihr das.«

»Nein, er soll direkt dorthin fahren, ich komme nach, es ist wichtiger, dass er den Anfang auf Band hat. Ich schleich mich rein, zur Fragerunde bin ich spätestens da.« Milla hat sich das Handy zwischen Schulter und Wange geklemmt und versucht, während des Telefonierens mit akrobatischen Bewegungen den BH hinter dem Rücken zu schließen. Sie schlüpft in die Jeans, bittet Wolfgang, kurz zu warten, sie muss das Telefon ablegen, um sich Shirt und Pullover anzuziehen.

»Ich bin wieder da. Worum geht es?«

»Den Fall Trachsel.«

Milla sollte dringend pinkeln, doch das muss warten, sie will sich dabei nicht von ihrem Chef belauschen lassen.

»Mehr weißt du nicht?« Sie greift zur Wimperntusche, ohne das Telefon vom Ohr zu nehmen, und versucht, sich mit dem Eyeliner zu schminken, doch sie kriegt den Strich nicht gerade hin, so wird das nichts.

»Ich dachte eigentlich, dass du mir mehr darüber sagen könntest.«

Im ersten Augenblick meint Milla, dass Wolfgang sie auf ihre Mutter anspricht, doch er kann unmöglich von deren Affäre mit dem Mordopfer und ihrer illegalen Leichenentsorgungsaktion wissen. Es muss um Sandro gehen.

»Hat dir dein Freund kein Wort gesagt?«

»Nein«, antwortet Milla, während sie Zahnpasta auf ihre Zahnbürste presst.

Wolfgang erwidert nichts, aber Milla kann förmlich hören, was er denkt.

»So oder so, du musst dahin, wahrscheinlich präsentieren sie den Täter.«

»Ich bin fast schon unterwegs.«

»Halte mich auf dem Laufenden.«

»Das tue ich doch immer.«

Kaum hat Wolfgang aufgelegt, erleichtert Milla endlich druckvoll ihre Blase.

Eine Stunde und zwanzig Minuten später rollt Millas Zug über die Eisenbahnbrücke in Bern ein. Tief unten das grüne Band der Aare, vor ihr der Münsterturm, der vor den verschneiten Bergen spitz zwischen den rot-braun gesprenkelten Dächern der Altstadt herausragt. Darüber steht stahlblau der Himmel. Milla hat einige ihrer Kontakte bemüht, um in Erfahrung zu bringen, was genau auf der Pressekonferenz bekanntgegeben werden soll. Doch selbst diejenigen, die immer alles wissen, bevor man es wissen darf, wissen dieses Mal nichts, was erstaunlich ist. Sandro zu fragen hat sich Milla wohlweislich verkniffen, von ihm wäre sowieso keine Antwort zu erwarten. Es scheint klar zu sein, dass sie den Täter haben – oder die Täterin –, und es muss ein Ermittlungserfolg mit besonderer Brisanz sein, sonst wäre schon das eine oder andere durchgesickert. Drei Minuten noch, dann wird sie am Hauptbahnhof eintreffen. Milla nutzt die Zeit, um Nathaniel noch kurz ein Update zu schicken.

»Es ist immer gut, einen Draht zur Hackerszene zu haben«, diktiert sie leise als Sprachnachricht in ihr Telefon.

Sie blickt kurz nach links und nach rechts, keiner beachtet sie, alle halten die Welt um sich herum mit Stöpseln in den Ohren von sich fern. »Ich habe eine Adresse. Von Esmeralda.« Milla diktiert Nathaniel die Adresse, die sie von Kaspar erhalten hat. Dann packt sie ihre Sachen, und sobald der Zug mit einem Ruckeln anhält und sich die Waggontüren öffnen, rennt sie los. Wenn sie sich sputet, verpasst sie nur die ersten Minuten der Pressekonferenz.

Sandro sitzt schon viel zu früh auf dem Podium. Er hat schlecht geschlafen. Bis spät in die Nacht, oder eher bis in den frühen Morgen hinein hat er am Text gearbeitet, den er heute vortragen will, hat ihn gelesen, laut, einmal, zweimal, dreimal, dann wieder leise für sich, hat sich eingeprägt, was er behaupten wird und was er um keinen Preis verraten will. Als er dann endlich doch ins Bett ging, kam der Schlaf nicht, obwohl Sandro todmüde war. Kaum war er dann doch endlich eingenickt, schrillte der Wecker los. Die Person, die ihm aus dem Spiegel entgegenblickte, sah aus wie ausgekotzt. Jetzt fühlt er sich nicht viel besser. Aber vielleicht schadet es nicht, wenn er überarbeitet aussieht. Dann wird zumindest keiner sagen können, er habe nicht genug Einsatz gezeigt.

Sandro blickt auf die Uhr, zehn Minuten noch, der Saal füllt sich langsam, das Geschnatter der Journalisten verschmilzt zu einem Klangteppich, in dem sich Worte und Sätze in einem eintönigen Rauschen auflösen. Erneut geht Sandro den Text in seinem Kopf durch, die »Tatsachen«, die er gleich präsentieren wird. Fake News, denkt er, oder wie es Donald Trumps Pressesprecherin genannt hätte: Alternative Fakten. Sandro kommt sich vor wie ein Straftäter vor der polizeilichen Einvernahme, der einiges preisgeben will, nur nicht die Wahrheit. Links von ihm sitzt Felix Winter, das beruhigt ihn. Er wird einspringen, sollte er ins Straucheln geraten. Felix kann das besser, er wirkt immer souverän, in jeder Situation, selbst wenn er maßlos überfordert ist; man merkt es ihm niemals an. Er ist stoisch, ruhig, wie ein schwerer, unverrückbarer Felsklotz. Rechts von Sandro hat Emilio Livingstone Platz genommen. Seine Laune war auch schon besser. Er scheint es Sandro übel zu nehmen, dass er die Pressekonferenz ohne Rücksprache mit der Medienabteilung einberufen hat. Sandro hat ihm gesagt, es sei zu eilig gewesen, darum habe er auch den Text selbst verfasst. Doch er wird das Gefühl nicht los, dass Emilio ahnt, warum seine Abteilung umschifft worden ist: Weil etwas nicht ganz sauber ist. Nach außen hin lässt sich der Medienverantwortliche indes nichts anmerken, da ist er hochprofessionell. Außer Sandro fällt niemandem auf, dass Livingstone dieses Mal nicht wie sonst nur die Journalistenschar vor sich mit kritischer Miene mustert, sondern auch die beiden Polizisten neben sich, denen er nicht so recht zu trauen scheint. Nicht heute. Sandro streckt sich noch einmal durch, macht den Rücken ganz gerade und rückt den Stuhl zurecht, um sich für etwas zu wappnen, von dem er nicht genau weiß, was es sein wird.

Alles wird gut gehen, versucht Sandro sich selbst zu beruhigen. Nur nicht die Nerven verlieren, doch das ist leicht gesagt.

Um Punkt halb zehn klopft Emilio Livingstone mit dem Bleistift an das Mikrofon. Sofort wird es still im Saal. Die Spannung ist spürbar, sie bringt die Luft zum Schwingen. Jeder will wissen, ob die Polizei den Täter erwischt hat und wer den höchsten Politiker der Schweiz ermordet hat.

»Wir informieren heute über den Todesfall Trachsel«, eröffnet Emilio Livingstone die Medienkonferenz. Sandro hat ihm eingebläut, dass er nicht mehr von einem Tötungsdelikt sprechen darf, hat es dreimal betont, als wäre er schwer von Begriff. »Im Anschluss an die Medienkonferenz werden keine – ich betone – keine Einzelinterviews gegeben. Ich übergebe das Wort an Sandro Bandini, Chef Leib und Leben, Kantonspolizei Bern.«

Sandro räuspert sich. Auf einmal fühlt sich sein Hals unterhalb der Ohrläppchen feurig an. Er fragt sich, ob er gerade rot wird, doch das kann nicht sein, das ist Millas Part, er wird niemals rot. Los jetzt.

»Im Todesfall Aaron Trachsel ist die Polizei nach aufwendigen Ermittlungen zum eindeutigen Ergebnis gekommen, dass es sich hierbei um kein Tötungsdelikt handelt.«

Ausrufe des Erstaunens und überraschtes Gemurmel sind zu vernehmen. Livingstone klopft erneut mit dem Bleistift ans Mikrofon, damit Sandro fortfahren kann.

»Da bei der Obduktion der Leiche das Gift Colchicin gefunden wurde, ging die Polizei zunächst von einem Tötungsdelikt aus. Der Anfangsverdacht hat sich aber nicht erhärtet. Im Gegenteil: Heute steht fest, dass es keine Fremdeinwirkung gab. Aaron Trachsel ist zwar tatsächlich einen Vergiftungstod gestorben – der aber auf eine unglückliche Verwechslung und die Verknüpfung unglücklicher Umstände zurückzuführen ist, für die niemand eine Schuld trägt. Beim Kräutersammeln im Wald hat Aaron Trachsel die hochgiftige Pflanze Herbstzeitlose mit den Blättern des Bärlauchs verwechselt. Er hat die Blätter getrocknet und sie am Abend vor seinem Tod als Gewürzmischung einem Salat beigefügt.« Sandro ist überrascht, wie einfach ihm der ganze Schwindel fällt. Er hätte es sich schwieriger vorgestellt. »Am Morgen danach erlitt er aufgrund der Vergiftung einen Kollaps und multiples Organversagen. Wir bedauern seinen Tod außerordentlich und sprechen den Angehörigen unser Beileid aus.«

Sandro blickt von seinem Blatt auf. Die Menschen vor ihm bleiben still, die Worte brauchen einen Moment, um anzukommen. Da erkennt er ganz hinten im Saal einen Schatten, der durch die Tür hereinhuscht. Obwohl Sandro vom Hellen ins Dunkle schaut und nur die Umrisse erkennen kann, weiß er sofort, wer es ist. Er würde Millas Gang und ihre Silhouette aus tausend anderen Frauen heraus erkennen.

»Mehr«, Sandro blickt in Millas Richtung, »gibt es hierzu nicht zu sagen. Ich danke Ihnen für Ihre Aufmerksamkeit.«

Milla schaut verständnislos auf die Bühne, Sandro scheint sie direkt anzublicken. Sie tippt auf das Display des Handys, um die Uhrzeit zu checken. Sie ist bloß fünf Minuten zu spät, und die Medienkonferenz ist schon vorbei? Was zum Teufel …? Sie wendet sich an den erstbesten Journalisten, Berger, der schmierige Polizeireporter, den sie seit vielen Jahren kennt und der seit vielen Jahren ein Auge auf sie geworfen hat, was sie seit ebenso vielen Jahren ignoriert.

»Steve«, raunt sie ihm zu. »Wer ist der Täter?«

Steve Berger schaut sie an, als käme sie von einem anderen Planeten. »Milla, geht es dir gut? Hast du nicht zugehört?«

»Ich bin gerade erst gekommen. Aber es ist schon vorbei.«

»Es gibt keinen Täter.« Steve Berger verdreht theatralisch die Augen. »Der Idiot hat sich selbst vergiftet. Konnte Bärlauch nicht von der Herbstzeitlosen unterscheiden.«

Milla versteht nicht. Sie denkt an die Chiffre AG. An Trachsels dubiose Rolle in der geheimen Truppe K17. An Vogelsangs Notizen über eine T17. Die vielen möglichen Spuren … und jetzt das? Kein Mord, sondern ein völlig unsinniger Tod? Weil er das falsche Grünzeug gepflückt hat, starb Trachsel, während er mit ihrer Mutter geschlafen hat? Milla verdrängt den Gedanken an ihre Mutter beim Sex mit Trachsel gleich wieder. Im gleichen Moment entdeckt sie ihren Kameramann Ivan direkt vor der Bühne, der gerade seine Kamera vom Stativ schraubt. Ohne ein weiteres Wort lässt sie Berger stehen.

Milla zwängt sich gegen den Strom der aufbrechenden Journalisten nach vorne – Sandro, Winter und Livingstone sind längst von der Bühne verschwunden – und zupft Ivan am Ärmel.

»Milla! Das war ein kurzer Einsatz. Ich denke, unsere Geschichte ist somit gestorben.«

»Das denke ich nicht.« Milla weiß nicht, warum sie das sagt. Die Worte verlassen ihren Mund, ohne dass sie sie sich zurechtgelegt hat. »Wir sind noch nicht fertig.«

»Sind wir nicht?«

»Nein.«

Ivan muss schmunzeln. Milla ist anders. Er mag das.

»Wohin geht es denn als Nächstes?«

»Wir fahren zu Trachsels Witwe, vielleicht hat sie uns was zu erzählen.«

63

»Und vergessen Sie nicht, Sie müssen sich noch schonen.« Nathaniel hört die Besorgnis in der Stimme des Arztes Beat Bircher, als er ihm die Hand schüttelt. »Passen Sie auf sich auf!«

»Das mache ich.« Wie bedankt man sich bei jemandem, der einen zusammengeflickt und einem das Leben gerettet hat?, fragt sich Nathaniel. »Danke für alles.« Mehr fällt ihm nicht ein. »Danke.«

»Sonst passe ich auf ihn auf.« Veronikas Tonfall lässt keinen Zweifel, dass sie es ernst meint.

Mit einem leisen Japser gibt auch Alisha einen Kommentar ab. Alle drei müssen lachen, weil es klingt, als wolle sie sagen, sie sei schließlich auch noch da. Automatisch sucht Nathaniels Hand den Kopf seiner Hündin, um sie zu kraulen. Er zuckt zurück, als er den Verband berührt, der eine leere und zugenähte Augenhöhle verdeckt. Augenblicklich wird er traurig, weil ihm bewusst wird, dass Alisha womöglich nicht mehr für ihn da sein wird. Er kann sich das nicht vorstellen. Sie müssen es irgendwie gemeinsam schaffen.

Nachdem sich Beat Bircher verabschiedet hat, greift Veronika nach Nathaniels Tasche; er selbst hält mit der einen Hand Alishas Geschirr und sucht mit der anderen nach Veronikas Ellenbogen. Sie ist heute Morgen extra angereist, um ihn abzuholen; sie werden im Taxi zum Bahnhof und mit dem Zug von Zürich zurück nach Bern fahren.

»Kleine Schritte, wir haben es nicht eilig«, mahnt Veronika, als sie das Krankenhaus verlassen.

»Es geht mir gut, ich spüre praktisch keine Schmerzen mehr.«

Trotzdem bewegt sich die ungewöhnliche Gruppe – der blinde Mann und die alte Frau, begleitet von einem Blindenhund mit einem Kragen um den Hals und einem mächtigen Verband um den Kopf – viel langsamer als gewöhnlich, was nicht zuletzt an Alisha liegt. Sie, die sonst immer an ihrem Geschirr zerrte, als ob sie ganz dringend beim nächsten Gebüsch austreten müsste, bewegt sich auf einmal langsam und unsicher. Nathaniel spürt, dass sie auch ständig versucht, den Kopf zu drehen – wahrscheinlich, weil sie auf der einen Seite nichts sieht. Sein Griff um Veronikas Ellenbogen wird automatisch fester. Obwohl beide die Verunsicherung Alishas spüren, sagt niemand ein Wort.

Erst später im Zug, als Alisha eingenickt ist, spricht Veronika das heikle Thema an.

»Du brauchst einen neuen Hund.«

Nathaniel zuckt bei den Worten unweigerlich zusammen.

»Ich will keinen neuen Hund, ich habe Alisha.«

»Sie schafft das nicht. Es ist zu gefährlich. Hast du gemerkt, wie sie ständig versuchte, den Kopf zu drehen? Ihr Sichtfeld ist zu stark eingeschränkt, sie kann nicht schnell genug reagieren, alles, was links von ihr passiert, sieht sie nicht.«

»Aber sie ist Alisha.«

»Sie ist eine versehrte Alisha. Nathaniel, sei ehrlich:

Eine halb blinde Blindenhündin, wie soll das denn gehen?«

»Aber ich kann doch nicht einfach einen neuen Hund kaufen und Alisha weggeben, nach all den Jahren. Das ist Hochverrat.«

»Ich werde sie nehmen.«

»Du?«

»Ja, dann bin ich weniger allein. Und sie liebt mich. Eine Blindenhündin im Ruhestand bei einer Rentnerin macht doch viel mehr Sinn. Gönn ihr die Ruhe.«

»Ich weiß nicht, vielleicht …« Nathaniel muss sich erst an den Gedanken gewöhnen. Zehn Jahre war Alisha an seiner Seite. Ein Viertel seines Lebens. »Gib uns noch etwas Zeit. Gib *mir* noch etwas Zeit.«

»Ich habe übrigens recherchiert.« Veronika wechselt abrupt das Thema.

»Recherchiert?«

»Wegen deines Vaters. Ich habe auf der Gemeindeverwaltung von Weinfelden angerufen, deinem Heimatort, und mich nach deiner Geburtsurkunde erkundigt. Aber dort sagten sie mir, die Geburtsurkunde müsse man am Geburtsort beantragen. Also rief ich in Langenthal an, das ist doch korrekt, dort bist du geboren?«

»Ja.«

»Zuerst wollte sie gar nicht danach suchen, weil ich nicht du bin, aber dann habe ich behauptet, ich sei deine Großmutter, und die Frau von der Verwaltung gab deinen Namen ins System ein. Aber sie fand nichts.«

»Wie meinst du das?«

»Sie fand dich nicht im System und auch nicht deine Familie. Nichts. Nathaniel, das ist nicht normal, etwas stimmt hier nicht.«

»Wahrscheinlich ist es bloß eine Verwechslung. Ich habe ja auch meine Ausweispapiere, meinen Pass, es kann nicht sein, dass ich dort nicht mehr verzeichnet bin.«

»Doch. Sie fand nichts. Plötzlich wurde die Frau am Telefon sehr freundlich, weil sie dachte, sie habe eine verwirrte, alte Frau am Apparat, die nicht weiß, wovon sie spricht, die womöglich die Namen durcheinanderbringt. Eine Unverschämtheit! Ich bin noch immer ganz klar im Kopf! Aber eins ist sicher: Hier wird etwas vertuscht.«

»Du meinst, dass mein Vater eben doch nicht Andreas Brenner war, sondern Stephan Kühnert?«

»Für mich ist der Fall klar. Hat Milla etwas über den Aufenthaltsort von Esmeralda herausgefunden?«

Erst jetzt fällt Nathaniel ein, dass heute Morgen eine Nachricht von Milla eingegangen ist, die er noch nicht abgehört hat. Er greift zum Telefon, öffnet per Sprachbefehl die App und lässt die Nachricht abspielen.

»Es ist immer gut, einen Draht zur Hackerszene zu haben«, hören sie Millas Stimme sagen, bevor sie die Adresse diktiert: »Esmeralda Esposito, Via Filippo Agresti 22, 80142 Napoli.«

Nathaniel fährt erschrocken zusammen, als Veronika begeistert in die Hände klatscht.

»Du hast eine Adresse! Sie lebt in Napoli! Wir fahren hin!«

»Du willst mit mir nach Neapel?« Das alles geht Nathaniel zu schnell. Zu vieles ist unsicher. Nichts ist klar. Sie wissen noch nicht einmal, ob diese Esmeralda etwas mit seinem Vater zu schaffen hatte. »Was soll das bringen, wenn wir hinfahren?«

»Wir werden endlich die Antworten kriegen, nach denen wir suchen.«

»Oder es werden sich noch einmal mehr Fragen ergeben … Aber wir können anrufen. Vielleicht spricht sie ja mit uns.«

»Ich kann mir nicht vorstellen, dass sie das Gespräch annehmen und sagen wird: ›Genau, ich bin die Terroristin, die in Zürich um sich geballert hat und die sich an deinem Vater, diesem Verräter, gerächt hat.‹ Wir müssen sie überraschen. Sie muss dich sehen. Deine Ähnlichkeit mit Kühnert! Dann haben wir eine Chance, dass sie mit uns spricht.«

Nathaniel hört zwischen Veronikas Worten, was sie nicht sagt: Dass er seinen Mitleidsbonus einsetzen soll – wer schlägt schon einem Blinden einen Wunsch ab? Am Telefon wäre sein Handicap nicht erkennbar. Trotzdem … extra hinfahren, ohne zu wissen, ob das was bringt?

»Lass mich darüber nachdenken«, lenkt er ein. »Es eilt ja nicht.«

In Bern angekommen, muss Nathaniel erkennen, dass Veronika womöglich doch recht hat, was Alisha anbelangt. Unsicher klebt die Hündin an seiner Seite, statt ihn zielsicher durch das Getümmel von Menschen zu dirigieren. Wenn er Veronikas Ellenbogen nicht hätte, wäre es für ihn schwierig, durch den unterirdischen Teil des Bahnhofs zu kommen.

»Kannst du rasch fünf Minuten hier warten?«, fragt Veronika.

Zögerlich nimmt Nathaniel seine Hand von ihrem Ellenbogen. Er merkt, dass er neben einer Wand steht. Macht einen Schritt zurück, sodass er sie im Rücken spürt.

»Okay, ich warte hier.«

Alisha setzt sich neben ihn, ihr Körper warm an seinem Bein. Nathaniel tastet vorsichtig die Stelle an seinem Bauch ab, an der er getroffen worden ist, spürt den Verband unter seiner Kleidung, aber keinen Schmerz. Alles gut. Um sich herum hört er Schritte Hunderter Füße, Worte und Satzfetzen von Vorbeieilenden, die in der Luft hängen bleiben. Er vernimmt das Lachen von Fremden und schweres Atmen von rennenden Leuten, die zum Zug hetzen.

»Hast du mal 'nen Franken für mich?« Die Stimme eines Mannes ist direkt vor ihm. Er kann seinen Atem riechen, eine Mischung aus Alkohol, Rauch und leichtem Moder. Er will zurückweichen, aber er kann nicht, die Wand in seinem Rücken.

»Nein.« Eine Lüge, aber Nathaniel getraut sich nicht, zur Geldbörse zu greifen. Es ist zu schwierig für ihn abzuschätzen, ob er dem Bettler trauen kann oder ob der seine Blindheit ausnutzen, das Portemonnaie packen und damit davonrennen würde. Nathaniel hat früh gelernt, dass er ein leichtes Opfer ist. Zu seiner Erleichterung entfernt sich der Mann ohne ein weiteres Wort.

Die fünf Minuten ziehen sich in die Länge. Doch plötzlich ist Veronika wieder da.

»Wo warst du?«

»Ich habe Zugtickets gekauft.«

»Wohin fährst du?«

»Nicht ich, sondern wir fahren. Nach Napoli.«

»Ist das ein Scherz? Ich wollte doch erst darüber nachdenken.«

»Ich dachte, ich erspare dir das Grübeln. Manchmal muss man etwas einfach tun, weil es sonst plötzlich zu spät ist, wenn man zögert. Immer die Dinge, die man *nicht* getan hat, bereut man später.«

Nathaniel muss lächeln. Er kann Veronika nicht böse sein, selbst wenn er sich ein wenig übergangen fühlt.

Wahrscheinlich hat sie auch dieses Mal recht. Man sollte öfter auf die Alten hören.

»Wir fahren also zusammen?«

»Alleine lasse ich dich nicht reisen.«

»Für wann hast du die Tickets gebucht?«

»Morgen um halb acht. Einmal umsteigen in Mailand, und kurz nach vier sind wir in Napoli.«

»Morgen schon?«, ruft Nathaniel laut aus. »Ich sollte mich doch schonen ...«

»Das kannst du, wir sitzen bloß im Zug.«

64

Milla hat die Adresse schnell herausgefunden: Hermine Trachsel-Von Grafenstadt steht im Online-Telefonbuch. Ivan steuert den weißen Kastenwagen von der Bellevuestrasse auf den Kiesplatz vor der Villa der Trachsels. Er schaltet den Motor aus.

»Warum sind wir hier?«, fragt er Milla. »Wenn es *kein* Tötungsdelikt war, wird Wolfgang keine Reportage über Trachsels Tod in der Sendung bringen wollen. Nicht spektakulär genug. Es macht keinen Sinn, die Witwe zu belästigen, wenn wir gar keinen Beitrag machen.«

»Ich möchte nur hören, ob sie uns etwas zu erzählen hat. Ich habe das Gefühl, dass hier etwas nicht stimmt. Wenn ich unrecht habe, sind wir ganz schnell wieder weg.«

»Was lässt dich vermuten, dass etwas nicht stimmt? Nur zu deiner Erinnerung: Der Mann, der vorne auf der Bühne saß und die Journalisten aus der ganzen Schweiz über den Todesfall Trachsel informierte, war dein Freund. Dein Lebenspartner. Traust du ihm nicht?«

»Das ist genau der Punkt.« Milla wirkt nachdenklich und klingt sehr ernst, als sie fortfährt. »Warum hat mich Sandro nicht angerufen und mir davon erzählt, als er herausgefunden hat, dass Trachsel durch ein lächerliches Missgeschick ums Leben gekommen ist? Das ist doch etwas, das man mit seiner Freundin teilt. Normalerweise hätte er spätestens nach Feierabend zum Handy gegriffen und mir davon berichtet. So etwas passiert schließlich nicht jeden Tag. Aber nichts dergleichen, kein Anruf, kein Wort. Er hat mich nicht einmal über die anstehende Pressekonferenz informiert.«

»Und das macht ihn verdächtig?«

»Irgendwie ja.«

»Du meinst, er hat die Journalisten angelogen? Das kann nicht dein Ernst sein.«

»Ich kann es mir auch nicht vorstellen. Nicht Sandro. Aber vielleicht hat er nicht alles gesagt ...«

Milla öffnet die Tür und steigt aus, Ivan folgt ihr. Ihre Schritte verursachen auf dem Kies ein knirschendes Geräusch. Aus dem Augenwinkel nimmt Milla eine Bewegung wahr, im Fenster über der Tür. Der Vorhang.

»Es ist jemand zu Hause«, sagt Milla und drückt auf den goldenen Klingelknopf.

Sie warten eine Weile, nichts passiert. Milla will gerade ein zweites Mal klingeln, als sie aus dem Inneren des Hauses Schritte vernehmen. Die Tür öffnet sich einen Spalt breit. Milla blickt in zwei müde Augen mit schweren Lidern und dunklen Augenringen. Das ist also die Frau, die vom Liebhaber ihrer Mutter betrogen wurde, denkt sie. Doch sie schüttelt den Gedanken an ihre Mutter rasch wieder ab, das Private hat hier und jetzt keinen Platz.

»Frau Trachsel?« Sie schlägt den freundlichsten Tonfall an.

»Trachsel-Von Grafenstadt«, korrigiert die alte Frau.

Milla schlägt der Geruch von Alkohol entgegen. Sie muss sich überwinden, ihr Gesicht nicht wegzudrehen.

»Ich möchte Ihnen mein Beileid aussprechen. Wir sind vom Schweizer Fernsehen und wir würden uns gerne kurz mit Ihnen unterhalten.«

»Das Beileid können Sie sich sparen.«

Milla stutzt. Mit dieser Antwort hat sie nicht gerechnet.

»Können wir kurz reinkommen?«

»Nehmen Sie mit mir einen Drink?«

Auch diese Frage kommt für Milla überraschend, aber sie ist schlagfertig genug, um Ja zu sagen. Nicht selten hat sie ihre Interviews gekriegt, weil die Menschen, die sie befragte, schlicht und einfach einsam und froh darüber waren, endlich jemanden gefunden zu haben, der ihnen zuhörte. »Ja, ein Drink wäre jetzt genau das Richtige.«

Hermine Trachsel-Von Grafenstadt serviert den beiden Gästen Wodka pur. Während ihr Glas noch halb gefüllt ist, schenkt sie ihnen großzügig ein. Ivan wirft Milla einen verzweifelten Blick zu, er muss noch fahren. Sie wedelt mit der Hand in seine Richtung, was bedeuten soll: keine Panik.

»Warum sind Sie hier?«, fragt Hermine Trachsel-Von Grafenstadt, als sie die Gläser auf den Tisch stellt.

»Heute hat die Polizei eine Pressekonferenz gegeben, auf der sie darüber informiert hat, dass Ihr Mann nicht Opfer eines Tötungsdelikts wurde, sondern Opfer einer fatalen Verwechslung.«

»Opfer!« Die alte Frau speit das Wort aus als wäre es giftig. »Aaron ein Opfer? Dass ich nicht lache!«

Tatsächlich muss sie jetzt lachen, aber es klingt nicht echt, sondern bitter und verzweifelt.

»Sie sind damit nicht einverstanden?«, fragt Milla vorsichtig.

»Nein, das bin ich nicht.« Hermine Trachsel-Von Grafenstadt leert ihr Glas in einem Zug, und Milla nippt aus Höflichkeit ebenfalls an ihrem Wodka.

»Ich möchte mit Ihnen darüber reden. Dürfen wir das Gespräch aufnehmen?«, fragt Milla vorsichtig.

»Wie heißen Sie noch mal?«

»Ich bin Milla, und das ist Ivan.« Entgegen ihrer Gewohnheit nennt Milla einzig ihren Vornamen. Sie hütet sich das Wort *Nova* in den Mund zu nehmen. Wahrscheinlich kennt Hermine Trachsel-Von Grafenstadt den Namen der Geliebten ihres Mannes, in deren Armen er gestorben ist.

»Für das Schweizer Fernsehen arbeiten Sie?«

»Ja, für die Sendung *Wochenthemen*.«

Hermine Trachsel-Von Grafenstadt scheint zu überlegen, sie starrt in ihr leeres Glas, das sie langsam in den Händen dreht. Dann schaut sie Milla direkt in die Augen, und ihr Blick ist auf einmal überraschend klar.

»Ja. Filmen Sie. Das Volk, das ihn gewählt hat, soll die Wahrheit kennen.«

Ivan braucht zehn Minuten, dann ist alles bereit. Die Kamera steht auf dem Stativ, der Hintergrund passt. Hermine Trachsel-Von Grafenstadt hat sich kurz entschuldigt, um ihr Gesicht zu »renovieren«, wie sie sich ausdrückte, und in der Tat hat etwas Schminke und Puder sie gleich viel ansehnlicher gemacht.

»Läuft«, sagt Ivan, als sie sich auf den Stuhl vor der Kamera gesetzt hat.

»Frau Trachsel-Von Grafenstadt. Die Polizei spricht von einer fatalen Verwechslung, wegen der Ihr Mann gestorben ist. Können Sie uns erzählen, was wirklich geschehen ist?«

»Es ist richtig, mein Mann starb aufgrund einer Verwechslung. Wäre das nicht passiert, wäre jetzt ich an seiner Stelle tot.«

»Wie meinen Sie das?«, fragt Milla überrascht.

»Das Gift hat mir gegolten. Mein Mann wollte mich mit Blumensamen vergiften, um frei zu sein. Sie müssen wissen: Er pflegte eine außereheliche Affäre. Er wollte mich loswerden! Die Samen sahen aus wie Pfeffer. Er tat sie mir in mein Gewürzglas, in dem ich für gewöhnlich den Szechuan-Pfeffer für meine Bloody Mary aufbewahre. Ich sollte elendiglich daran zu Grunde gehen! Doch es kam anders: Ohne etwas zu ahnen, füllte ich die Blumensamen, die ich natürlich für Pfeffer hielt, in unsere Pfeffermühle, die leer war. Er hat damit sein Rührei gewürzt. Kurz darauf ist er bei seiner Geliebten an seinem eigenen Gift verreckt. Und wissen Sie was: Es ist mir egal. Nein, mehr noch: Ich bin froh! Um jemanden, der mich töten wollte, trauere ich nicht. Er hat es nicht anders verdient.«

Milla atmet tief durch. Es gibt keinen Grund, der Frau nicht zu glauben, so eine Story erfindet man nicht. Was gleichzeitig bedeutet, dass Sandro doch gelogen hat, vor der gesamten Presse. Sie schließt die Augen.

Was soll sie jetzt mit dieser Aussage der alten Witwe machen? Es gibt nur zwei Möglichkeiten: Den eigenen Freund öffentlich zur besten Sendezeit als Lügner zu entlarven – oder auf die Geschichte ihres Lebens zu verzichten.

65

Sandro sitzt in seinem Büro und starrt gedankenverloren auf den Bildschirmschoner. Animierte Bilder von fernen Stränden. Doch er nimmt sie nicht wahr, er ist zu sehr in Gedanken.

Alles ist gut gegangen. Auch im Nachgang der Pressekonferenz konnte Emilio Livingstone alle kritischen Fragen abblocken. Die Journalisten scheinen ihm die fingierte Geschichte abgekauft zu haben. Sandro meint auch den Grund dafür zu kennen: Ein Nationalratspräsident, der sich aus Versehen selbst vergiftet, ist eine zu quotenträchtige Geschichte, als dass man sie genauer hinterfragen würde. Sie ist fast schon zu gut, um wahr zu sein, denkt Sandro sarkastisch. Immerhin ist er nahe bei der Wahrheit geblieben. Dass der Mann, der tot ist, mit dem Gift eigentlich seine Frau hat umbringen wollen, muss die Öffentlichkeit nicht wissen, es würde sich nichts ändern.

Wirklich nicht? Sandro hadert trotzdem mit seiner Entscheidung. Das, was er heute Morgen getan hat, widerspricht all seinen Prinzipien. Es war, als säße dort nicht er selbst, sondern ein ihm fremder Polizist, der zum Schutz des höchsten Politikers die Wahrheit verfremdet. Sein Handeln entspricht nicht seiner Persönlichkeit. Und doch sah er keinen anderen Weg.

Was, wenn es rauskommt?

Es wird nicht herauskommen, versucht Sandro sich selbst zu beruhigen. Nur sein Team weiß Bescheid, sie werden dichthalten, da ist er sich sicher. Für die Journalisten gibt es keinen Grund, tiefer zu graben, sie haben ihre Geschichte.

Doch da ist etwas, das ihn beunruhigt, ein fieser Stachel, der sich in seine Haut bohrt, zu klein, als dass er ihn einfach wieder herausziehen könnte: Er wundert sich, warum sich Milla noch nicht bei ihm gemeldet hat. Das kann nichts Gutes bedeuten. Er wird sie anrufen. Auch wenn er sich vor ihren Fragen fürchtet – alles ist besser als dieses Schweigen. Sandro greift zum Telefon, zögert, und entscheidet sich, zunächst nur eine Nachricht zu schreiben, um vorsichtig die Stimmung zu sondieren:

Alles okay bei Dir? Kuss, S.

In der gleichen Sekunde, als Sandro auf *Senden* drückt, öffnet Nathaniel bei sich zu Hause die Tür.

»Nathaaaaanieeeellll!« Silas brüllt aus vollem Halse und stürzt auf Nathaniel, um an ihm hochzuspringen, wie es sonst nur Alisha zu tun pflegt.

Carole hechtet hinter ihrem Sohn her und erwischt ihn in letzter Sekunde. »Nicht! Nathaniel ist verletzt!«

»Alles gut, ich bin in Ordnung, ich hab auch praktisch keine Schmerzen mehr.«

Nathaniel wuschelt Silas zur Begrüßung durch die Haare, was er sich heute ausnahmsweise mal gefallen lässt.

Carole nimmt Nathaniel kurz und vorsichtig in die Arme. »Schön, dass du wieder hier bist.«

Alisha zieht mit einem Bellen die Aufmerksamkeit auf sich.

»Und du natürlich auch«, meint Carole, während sich Silas vorsichtig an Alishas Fell schmiegt und eingehend den Verband um ihren Kopf studiert.

»Arme Alisha!«

Obwohl niemand es anspricht, fühlt Nathaniel, dass sich noch eine vierte Person im Raum befindet.

»Du hast Besuch«, sagt Carole, als sie sieht, wie Nathaniel den Kopf dreht und in den Raum hineinhorcht.

»Ich bin so glücklich, dass du wieder da bist.« Gundulas Stimme.

Nathaniel geht automatisch ein wenig in die Knie und streckt die Arme aus, sie umarmen sich lange.

»Wo ist eigentlich Veronika?«, fragt Gundula, als sie Nathaniel wenig später hilft, die Tasche, die sie ihm für das Krankenhaus gepackt hatte, wieder auszuräumen.

»Sie wollte nicht mit hochkommen, sie sagte, sie habe keine Zeit, sie müsse packen gehen.«

»Sie verreist?«

»Wir verreisen.«

»Wie meinst du das?«

Nathaniel erzählt Gundula, was Milla herausgefunden hat und dass Veronika sofort Zugtickets für morgen gebucht hat, um Esmeralda Esposito in Napoli aufzusuchen.

»Ihr fahrt morgen schon?«, fragt Gundula ungläubig.

»Ich finde auch, dass es nicht eilen würde. Aber ja, wir fahren morgen.«

Gundula schweigt einen Moment, und Nathaniel fragt sich, ob sie womöglich beleidigt ist, weil sie gerne selbst mitgefahren wäre.

»Komm doch mit!«, sagt er deshalb.

»Nein, ich kann den Laden nicht so lange dichtmachen.

Es ist total lieb, dass Veronika dich begleitet. Aber warum so überstürzt?«

»Ich weiß es nicht. Sie meinte, man müsse Dinge sofort erledigen, weil es, wenn man zu lang zögert, auf einmal zu spät sein könnte.«

»Na ja«, grummelt Gundula. »Ich finde es nicht die beste Idee, in deinem Zustand stundenlang in einem Zug zu sitzen.«

»Ich fühle mich gut. Ehrlich, das ist kein Problem.«

»Und danach eine Terroristin zu besuchen!«

»Sie war mal Terroristin. Heute ist sie eine ältere Dame. Sie ist bestimmt nicht mehr gefährlich.«

»Das hast du bei Balz Brecht auch gedacht.«

Allein der Name löst bei Nathaniel einen Gänsehautschauer aus. Hoffentlich, denkt er, verwandelt sich ihr Trip nach Napoli nicht auch zu einem Albtraum.

Während Nathaniels Zweifel wachsen, ob es das Richtige ist, nach Neapel zu fahren und unangemeldet an die Tür einer Terroristin zu klopfen, fragt sich Malou Löwenberg, was sie hier eigentlich macht. Vor ihr auf dem Arbeitstisch liegen drei Stapel Akten, die Papiere sind vergilbt, die Schreibmaschinenschrift ist zum Teil kaum mehr lesbar. Es sind die Dokumente, die sie in Aaron Trachsels Schreibtisch bei ihm zu Hause sichergestellt haben. Sie liest sich quer durch die Papiere, obwohl sie weiß, dass der Fall abgeschlossen ist und es hier nichts mehr zu lösen gibt.

Gegen Tote wird nicht ermittelt, hat Sandro ja so schön gesagt.

Malou hat die ersten Online-Artikel über die Pressekonferenz gelesen, hat zur Kenntnis genommen, dass Sandro kein Wort darüber verloren hat, dass Aaron Trachsel seine Frau hatte vergiften wollen. Überrascht hat sie das nicht. Der Ruf des toten Politikers sollte nicht posthum zerstört werden, zumal er nicht mehr für sein geplantes Tötungsdelikt verurteilt werden kann, schon klar.

Dennoch lässt ihr die Geschichte keine Ruhe. Es gab so viele Spuren. Auch, dass Sandro von der Bundesanwaltschaft zurückgepfiffen wurde, als sie über die Chiffre AG recherchierten, findet sie im höchsten Maße verdächtig. Hier stimmt doch etwas nicht.

Malou ist zwar überzeugt, dass sie den Fall um Trachsels Tod gelöst haben – dass er seine Frau umbringen wollte und aus Versehen die Samen der Herbstzeitlosen selbst eingenommen hat. Trotzdem bleibt ein ungutes Gefühl. Sie ist sicher, dass Trachsel noch ein anderes Geheimnis hatte. Seine Verbindungen zur Chiffre AG, die Intervention der Bundesanwaltschaft, die Todesanzeige, unterzeichnet von den Mitgliedern der geheimen Armeegruppe K17 …

Sie öffnet eine weitere Mappe. Die Dokumente darin sehen aus wie alte Polizeirapporte, sind aber mit dem Signet der Schweizer Armee versehen. Es geht um Observierungsaufträge. Sofort denkt Malou an die Fichenaffäre. Es ist kein Geheimnis, dass die Armee beim Aufbau des Überwachungsapparates mitbeteiligt gewesen war. Gut möglich also, dass Trachsel als Mitglied der K17 in die Aktion involviert war. Etliche der Dokumente sind mit einem schlichten *Carlos* unterzeichnet, Trachsels Code-Namen bei der K17. Das hier, denkt Malou, wäre Material für einen Historiker. Doch für sie als Ermittlerin haben die Dokumente nach Trachsels Tod keinen Wert mehr. Sie will die Papiere gerade weglegen, da fällt ihr Blick auf ein weiteres Kartonmäppchen. Es ist mit einem roten Stempel versehen: *Streng geheim.*

66

Danke, hier alles in Ordnung. Können wir reden?

Sandro blickt auf Millas Antwort. Sie liest sich wie ein Widerspruch in sich. Wenn Milla fragt, ob sie reden könnten, bedeutet das in der Regel, dass etwas nicht in Ordnung ist.

Ja, heut Abend, Zürich oder Bern?

Sandro sieht, dass Milla tippt.

Zürich wäre gut.

Gut, schreibt Sandro zurück.

Gut, antwortet Milla, *um acht?*

Sandro schickt das Emoticon mit dem erhobenen Daumen zurück.

Ich hole dich am Bahnhof ab.

Kein persönliches Wort. Das macht Sandro nervös. Ob sie etwas ahnt? Hat sie ihm angemerkt, dass er während der Pressekonferenz etwas verheimlicht hat? Das kann nicht sein. Er blickt auf die Uhr, er muss sich beeilen, damit er alles erledigt kriegt und den Zug noch rechtzeitig erwischt.

Milla geht nervös auf dem Bahnsteig auf und ab. Ausgerechnet jetzt, wo sie und Sandro sich wieder versöhnt haben, hat sie sich in ein Dilemma hineinmanövriert, aus dem sie keinen Ausweg sieht. Auf jeden Fall keinen, der ihr gefällt. Sie sucht nach den richtigen Worten, wie sie Sandro auf seine Lüge ansprechen soll, doch sie findet sie nicht.

So bleibt im ersten Moment unausgesprochen, was los ist, als Sandro aus dem Zug steigt. Milla und er umarmen sich, und obwohl die Begrüßung herzlich ist, spüren beide, dass da etwas ist, etwas Großes, das sich zwischen sie drängt.

»Gehen wir zu mir? Wir können unterwegs etwas beim Italiener holen oder beim Syrer. Und es uns dann gemütlich machen.«

Noch während Milla es ausspricht, denkt sie, dass es nicht gemütlich werden wird, im Gegenteil.

Eingedeckt mit mehreren Portionen Mezze steigen sie schließlich die knarrenden Stufen zu Millas Wohnung hoch. Schon ein Stockwerk weiter unten hören sie oben Iggy maunzen, doch kaum öffnet Milla die Tür, verstummt der Kater. Er blickt Sandro an, streckt den Schwanz in die Höhe, wendet sich ab und stolziert Richtung Katzenklappe, um über den Balkon und die Katzenleiter zu verschwinden. Obwohl er Sandro seit vielen Jahren kennt, hat er seinen Nebenbuhler immer noch nicht akzeptiert.

Die Mezze schmecken fader als sonst, denkt Milla, als sie zu essen beginnen. Die Spannung zwischen ihr und Sandro wiegt schwer und nimmt ihr den Appetit.

»Also, was ist los?« Sandro setzt dem Schweigen ein Ende.

Milla legt den Löffel beiseite, mit dem sie gerade Baba Ganoush auf ihren Teller schöpfen wollte.

»Ich war bei Hermine Trachsel. Trachsel-Von Grafenstadt.«

Sandro schließt ein paar Sekunden lang die Augen. Er ahnt, was folgen wird.

»Sie hat mir ein Interview gegeben«, fährt Milla fort. »Ihre Geschichte war nicht dieselbe, die du bei der Pressekonferenz zum Besten gegeben hast.«

»Was hast du jetzt vor?« Sandros Frage klingt aggressiver als beabsichtigt.

»Warum hast du gelogen?«, fragt Milla zurück.

»Ich habe nicht gelogen. Ich habe nur nicht alles gesagt.«

»Alternative Fakten also? Du hörst dich an wie Donald Trump.«

»Milla, du musst verstehen …«

»Erklär es mir«, unterbricht sie Sandro barsch.

Doch sie schweigen und sehen sich an. Sie erkennen im gleichen Moment, dass streiten jetzt nichts bringt. Dass sie versuchen müssen, in einem Ton miteinander zu reden, der die Möglichkeit offenlässt, in dieser Angelegenheit eine einvernehmliche Lösung zu finden.

»Ich werde versuchen, es zu erklären.« Sandro spricht ruhiger jetzt.

»Ich werde dir zuhören«, versichert Milla.

Sandro erzählt Milla, wie sie den Fall haben lösen können, berichtet von Hermine Trachsel-Von Grafenstadt, wie sie realisierte, dass sie unwissentlich das Gift in die Pfeffermühle getan hat, das eigentlich ihr gegolten hätte. Dieses Mal schildert er die Geschichte genau so, wie Milla sie auch von Hermine Trachsel-Von Grafenstadt gehört hat.

»Die Situation ist folgende: Hier liegt ein versuchtes Tötungsdelikt vor, begangen von einem mutmaßlichen Täter, der bereits verstorben ist. Der deswegen nie einen fairen Prozess erhalten wird, der sich nicht mehr verteidigen und der nie strafrechtlich verurteilt werden kann. Das Urteil über ihn würden die Medien fällen – und du weißt, was das bedeutet. Der Mann würde im Nachhinein zerstört. Ginge es in diesem Fall um ein unbekanntes Ehepaar, würden wir gar nicht darüber informieren. Das kam bei Trachsel nicht infrage, er war eine öffentliche Person. Aber nur, weil er Politiker war, ist das kein Grund, seinen Ruf nach seinem Tod zu ruinieren. Doch wir mussten den Medien eine Lösung des Falles präsentieren, und darum haben wir – nun ja, haben wir ein bisschen geschummelt. Und das ist ja wohl auch in deinem Interesse – oder wärest du glücklich, wenn wir alles gesagt hätten, zum Beispiel auch, bei wem und unter welchen Umständen Trachsel genau gestorben ist?«

Milla nickt bedächtig mit dem Kopf. Auf einmal versteht sie Sandros Handeln. Aber richtig findet sie es nicht.

»Was denkst du, wäre passiert, wenn ihr über seinen Tötungsversuch berichtet hättet?«

»Kannst du dir das nicht vorstellen? *Nationalratspräsident ein kaltblütiger Mörder!* So und ähnlich hätten die Schlagzeilen gelautet. Dabei wäre Trachsel selbst zu Lebzeiten niemals wegen Mordes verurteilt worden – höchstens wegen Mordversuchs oder versuchter vorsätzlicher Tötung. Aber es gäbe niemand mehr, der ihn verteidigen könnte, vor allem nicht er sich selbst.«

»Habt ihr einen Beweis dafür, dass er das war? Oder hat er sich allein dadurch verraten, weil er im Buch meiner Mutter die Seite mit der Herbstzeitlosen markiert hatte?«

»Wir haben mehr als das, wir wissen, dass er die Samen gekauft hat«, erklärt Sandro. »Aber wir ermitteln nicht gegen Verstorbene, weil ihnen eben kein Prozess mehr gemacht werden kann.«

Milla stochert mit ihrem Chapati im Baba Ganoush herum.

»Was hast du jetzt vor?«, fragt Sandro erneut.

»Ich weiß es nicht. Es wäre die Geschichte meines Lebens: Die Witwe des höchsten Schweizer Politikers erzählt, dass ihr Mann sie hat vergiften wollen und sich dabei aus Versehen selbst umbrachte – während die Polizei die versuchte Tötung vertuscht.«

»Wir vertuschen sie nicht. Wir haben einzig nicht darüber informiert – aus den Gründen, die ich gerade offengelegt habe.«

»Trotzdem.«

»Bitte tu es nicht, um des lieben Friedens willen.«

»Unserem Frieden zuliebe?«, fragt Milla.

»Und dem Frieden in unserem Land zuliebe. Wir brauchen keinen aufgeputschten Skandal über einen toten Nationalratspräsidenten.«

»Den er durchaus selbst verursacht hätte.«

»Ich weiß. Es geht hier aber auch um mich. Ich werde jeden Rückhalt verlieren, wenn meine eigene Partnerin mich öffentlich als Lügner abstempelt.«

»Würde es dich deinen Job kosten?«

»Ich könnte bestimmt nicht mehr in meiner Position weiterarbeiten. Hast du deinem Chef schon davon erzählt?«

»Nein.«

»Wer weiß sonst noch Bescheid?«

»Nur Ivan.«

»Würde er schweigen, wenn du ihn darum bittest?«

»Ja.«

»Milla, du möchtest doch auch nicht, dass die Sache mit deiner Mutter herauskommt. Ich bitte dich von ganzem Herzen: Mach diese Geschichte nicht. Sie würde nur Unheil bringen.«

67

Kurz bevor der nächste Tag anbricht, betritt Felix Winter das Gebäude der Kantonspolizei. Draußen herrscht noch Dunkelheit, doch der Flur ist in grelles Licht getaucht, das ohne Unterbrechung eingeschaltet ist. Weil hier immer jemand Dienst schiebt, da auch das Verbrechen niemals Pause macht. Doch die Gänge sind leer, die Schritte hallen noch lauter als sonst, es kommt ihm vor, als schlafe das Haus, bevor sich wieder Hektik breitmacht. Felix Winter mag diese Ruhe. Er ist zwar nicht der Pünktlichste und erscheint immer erst kurz bevor es losgeht zu den Sitzungen – doch frühmorgens sieht es anders aus. Die senile Bettflucht hat ihn schon vor Jahren befallen, und zu Hause hält ihn nichts. Er ist stets einer der Ersten im Büro.

Felix drückt auf den Lichtschalter, als er das Großraumbüro betritt, mit einem leichten Flackern springen die Neonröhren an. Er fährt erschrocken zusammen, als schon jemand auf seinem Bürostuhl sitzt.

»Himmel, willst du, dass ich an einem Herzinfarkt zugrunde gehe?«, ruft er erschrocken aus. »Was zum Teufel machst du hier?«

Malou sagt kein Wort. Stattdessen weist sie auf die Unterlagen vor sich auf Felix Winters Arbeitstisch.

Er tritt näher, schaut auf die Papiere und ahnt sofort, worum es geht. Nur weiß er nicht, wie viel in den geheimen Akten steht und wie viel seine Kollegin weiß oder zu wissen meint.

»Was ist damit?«, fragt er mit ruhiger Stimme, die nicht erkennen lässt, dass er beunruhigt ist.

»Ich habe die Akten in Trachsels Schreibtisch gefunden.«

»Sie sind streng geheim.«

»Ich habe sie gelesen.«

»Was steht drin?«

»Es geht um die geheime Armeegruppe und ihre Funktion in den Achtziger- und in den Neunzigerjahren.«

»Du meinst die K17?«

»Auch. Und die T17.«

»T17? Was soll das sein?«

»Die Elitetruppe des Geheimkommandos. Sie nannten sich Tiger. 1978 lehnte das Volk die Gründung einer Antiterroreinheit ab – offensichtlich wurde danach klammheimlich die Tiger-Gruppe ins Leben gerufen. Ohne, dass es jemand wusste. Ohne, dass es ein Kontrollorgan gab. Und ohne, dass es jemals aufgedeckt wurde.«

»Wovon sprichst du da? Das sagt mir alles nichts.«

»Bist du sicher, dass dir das nichts sagt?«

»Ja, was soll das?«

»Die T17 wurde in jener Zeit gegründet, als der Staat in Massen Dossiers über seine Bürger anlegte. Ihr Ziel war, Personen, die als staatskritisch galten – wie wir heute wissen, brauchte es nicht viel dazu –, nicht nur zu observieren, sondern sie auch auszuspionieren und wenn nötig aus dem Verkehr zu ziehen.«

»Aus dem Verkehr zu ziehen?«

»Wenn ich die Akten richtig deute, erfanden die Armeepolizisten Anklagepunkte, die es nicht gab, um Aufmüpfige monatelang in Untersuchungshaft zu sperren.«

»Tatsächlich?«

»Linksautonome, die Aufständischen der Jugendunruhen, jeder, der ihnen suspekt erschien. Sie führten zahlreiche Undercover-Aktionen durch. Sie schleusten die eigenen Leute als Agenten in die Organisationen ein, die ihnen suspekt vorkamen.«

»Das machen auch wir hin und wieder, was ist daran so schlimm?«

»Es scheint, dass es in einem Fall zu … ich nenne es mal: Komplikationen gekommen ist. Ich denke, du weißt, von welchem Fall ich spreche.«

»Nein. Wie kommst du darauf?«

»In dem Bericht hier steht dein Name.«

Malou streckt Felix die Akten hin. Er greift nach ihnen, schlägt das Dossier auf.

»Es ist eine Kopie«, sagt Malou. »Das Original habe ich behalten.«

»Ist das eine Drohung?«

»Nein, nur eine Vorsichtsmaßnahme. Lies es durch. Und dann entscheide du, was du zu tun hast.«

Mit einem Ruck steht Malou auf und verlässt den Raum. Kaum ist sie draußen, begibt sie sich auf die Damentoilette. Sie schließt die Tür hinter sich ab, setzt sich auf den geschlossenen Klodeckel, legt den Kopf in die Hände und beginnt lautlos zu weinen. Einen Kollegen zu verraten, ist die übelste Sünde, die ein Bulle begehen kann. Sie will nicht tun, was sie zu tun bereit ist. Aber manchmal hat man keine Wahl.

Während Malou auf der Damentoilette sitzt und damit hadert, dass sie den geheimen Bericht überhaupt in die

Finger genommen und sich damit erst in diese Situation gebracht hat, brüht Sandro für sich und Milla Kaffee auf.

Sie waren früh zu Bett gegangen, gestern, sie brauche Zeit zum Nachdenken, hatte Milla gesagt, sie hatten sich einen Gutenachtkuss gegeben, mehr nicht, und irgendwann waren sie eingeschlafen, sie auf der rechten Seite des Bettes, er auf der linken. Heute Morgen ist er als Erster aufgestanden, darum ist er derjenige, der den Kaffee kocht. Er wird nichts Weiteres sagen. Er hat seine Argumente vorgebracht. Zwingen kann er Milla zu nichts. Er hört die Spülung im Badezimmer rauschen, hört ihre Schritte, weiß, dass sie hinter ihm im Türrahmen steht. Er kann sich nicht überwinden, sich umzudrehen. Er fürchtet sich vor dem, was sie ihm sagen wird.

»Ich habe mich entschieden.«

Sandro dreht sich trotzdem zu ihr um.

»Ich werde den Beitrag nicht bringen, dafür steht zu viel auf dem Spiel. Ich will weder deine berufliche Karriere ruinieren noch will ich dich verlieren.«

Sandro atmet aus. Sein gesamter Körper reagiert auf die Erleichterung, die Anspannung löst sich auf einen Schlag.

»Bist du sicher?«, fragt er nach.

»Nein, ich bin nicht sicher, ob es das Richtige ist – aber ich habe so entschieden. Nicht wegen Trachsel. Wegen dir und wegen uns. Und vielleicht auch noch ein wenig wegen meiner Mutter.«

»Danke.«

»Du musst dich nicht bedanken.«

»Was wirst du Ivan sagen?«

»Ich werde es ihm erklären. Er wird es verstehen und den Mund halten.«

Sandro geht auf Milla zu, sie umarmen sich. Er küsst sie in den Nacken, dann auf die Stirn, schließlich auf den Mund. Er spürt ihre Unsicherheit, fühlt, dass sie nicht überzeugt ist.

»Es ist das Richtige«, flüstert er ihr ins Ohr.

Milla nickt kaum merklich. »Ich hoffe es«, sagt sie leise, während sie sich fragt, ob sie gerade sich selbst verrät.

68

Achteinhalb Stunden Zugfahrt. Nathaniel hat fast die ganze Zeit geschlafen, nur unterbrochen vom Umsteigen in Mailand. Die Erschöpfung nach dem Messerangriff und der Notoperation ist doch größer, als er gedacht hat, sie steckt ihm noch in den Knochen und macht ihn müde und träge. Auch seine Moral war schon besser; er glaubt, es ist ein Fehler, nach Neapel zu fahren. Er hätte mehr Zeit gebraucht. Doch jetzt sind sie hier. Der Schaffner hat Napoli als nächsten Halt angekündigt, der Zug verlangsamt bereits die Fahrt.

»Veronika, ich fürchte, wir machen einen Fehler.«

Nathaniel versteht noch immer nicht, warum Veronika es auf einmal so eilig hatte, warum sie darauf drängte, Esmeralda einen Überraschungsbesuch abzustatten. Vielleicht hat sie an ihrer Rolle als detektivische Miss Marple allzu viel Gefallen gefunden.

»Es wird schon gut ausgehen. Es ist ein Versuch. Wenn es nicht klappt, machen wir einfach eine Städtereise draus und sehen uns Neapel … oh.«

»Schon gut.«

Nathaniel ist nicht viel gereist, weil er eben genau das nicht kann: sich eine Stadt ansehen. Dennoch ist er gespannt auf den fremden Ort, denn auch ohne zu sehen liebt er es, neue Gerüche zu entdecken, ungewohnte Sprachen und Klänge zu hören, fremdes Essen zu genießen. Er würde allerdings bevorzugen, wenn auf ihrem Reiseprogramm der Besuch einer Terroristin gestrichen werden könnte.

»Die Adresse liegt nur wenige Minuten vom Bahnhof entfernt«, sagt Veronika, als würde diese Info Nathaniel beruhigen, doch das Gegenteil ist der Fall. Er spürt, wie seine Hände feucht werden und sich sein Puls beschleunigt. Es ist mehr als Nervosität; er hat Angst. Zu nah sind die Erinnerungen an die Begegnung mit Balz Brecht im Wald.

»Ich habe Angst.«

»Das brauchst du nicht. Ich bin bei dir.«

Nathaniel spricht es nicht laut aus, doch er bezweifelt, dass die über achtzigjährige, winzig kleine Veronika ihm eine große Hilfe sein wird, wenn es zu einer unliebsamen Konfrontation kommt.

Mit einem kräftigen Ruck stoppt der Zug. Nathaniel zieht seinen Rucksack an, lässt den Blindenstock ausfahren und klettert tastend hinter Veronika aus dem Waggon. Kaum hat er italienischen Boden unter den Füßen, fühlt er die Wärme und die höhere Luftfeuchtigkeit auf der Haut. Seine Hand liegt auf Veronikas Unterarm – Alisha haben sie in Gundulas Obhut gelassen –, und er versucht, sich dicht an sie zu halten. Der Bahnhof ist für ihn die reine Reizüberflutung. Laute Stimmen, Dutzende Gerüche, nicht nur angenehme, auch Urin und verkohlter Pizzateig mischen sich darunter, ein Parfümschwall, als jemand an ihm vorbeieilt, da sind hektische Bewegungen zu seiner Rechten und zu seiner Linken.

Er spürt, wie sie aus einer Halle ins Freie treten. Erschrocken springt er einen Schritt zurück, als ein Wagen aggressiv hupt.

»Affanculo«, brüllt jemand.

Nathaniel hört das hohe Scheppern eines Motors und die Flüche leiser werden, der Mann muss auf einem Roller sitzen.

»Der hat ihn um ein Haar gerammt«, kommentiert Veronika die Szene. »Der Verkehr hier ist krasser als in Indien. Halt dich gut an mir fest, ich suche uns einen menschlichen Schutzschild, neben dem wir die Straße sicher überqueren können. Am besten hält man sich dabei an einen Einheimischen, die wissen, wie das geht.«

Auf einmal ist Nathaniel dankbar dafür, dass er Veronika an seiner Seite hat und nicht Alisha. Allein mit ihr würde er niemals unversehrt über diese Straße kommen, selbst wenn sie nicht ein Auge verloren hätte.

»Man muss immer rechts von einem Einheimischen über die Straße gehen, dabei stets in Richtung des anbrausenden Verkehrs schauen, und böse blicken«, erklärt Veronika.

Nathaniel weiß nicht, wie man böse blickt, er nickt und klammert sich etwas fester an Veronikas Arm.

Als sie über die Straße sind, halten sie sich links, hier ist es kühler, eine Gasse mit hohen Häusern und wenig Verkehr. Sie nimmt eine Abzweigung nach rechts, dann wieder nach links. Und bleibt stehen.

»Moment.«

Nathaniel hört Veronika laut atmen. Er fragt sich, ob sie zu schnell gegangen sind, oder ob sie womöglich ebenso nervös ist wie er, ohne es zuzugeben.

Veronika zittert am ganzen Körper. Sie ist froh, dass Nathaniel es nicht sehen kann. Noch einmal holt sie tief Luft. Dann stellt sie sich auf die Zehenspitzen, um die

Namen neben den Türklingeln zu studieren. Der Eingang führt zu mehreren Häusern, es hat mindestens dreißig Klingelknöpfe. Sie geht Namen um Namen durch, hakt einen nach dem anderen ab. Nirgends steht Esposito. Ist es möglich, dass die von Milla ermittelte Adresse falsch ist? Veronika wendet sich den in die Mauer eingelassenen Briefkästen auf der anderen Seite des Eingangs zu.

»Hier ist es!«, ruft sie aus, als sie den Namen Esposito entdeckt. »Aber das ist seltsam …«

»Was ist seltsam?«

»Ich finde zwar einen Briefkasten mit dem Namen Esposito, aber kein Klingelschild.«

»Bist du sicher, dass du sie nicht übersehen hast?«

Veronika antwortet mit einem Schnauben.

»Vielleicht wohnt sie gar nicht hier. Womöglich hat sie jemanden bezahlt, damit sie hier eine Postanschrift hat, weil sie eine für die Rente angeben musste«, mutmaßt Nathaniel, während sich Veronika noch einmal den Türklingeln widmet. Sie stellt sich auf die Zehenspitzen und fährt mit dem Finger die Namensschilder entlang, langsamer jetzt, sie liest jeden Namen leise flüsternd vor. Da sticht ihr einer ins Auge, er zieht ihren Blick an wie ein Magnet: *Zora Rosso.*

Veronika weiß, dass sie sie gefunden hat. Die Rote Zora. Es war die Haarfarbe, die ihr diesen Spitznamen eingetragen hat. Veronika drückt nicht auf die Klingel von Zora Rosso, sondern auf die umliegenden der Nachbarwohnungen. Sie lehnt sich gegen die Tür, drückt sie auf, als der Summer ertönt.

»Wir können rein«, sagt sie zu Nathaniel und hält ihm ihren Ellenbogen hin. Sie hat diesen Moment so lange herbeigesehnt. Doch jetzt, so kurz vor dem Ziel, drohen ihre Knie zu versagen. Sie stützt sich auf Nathaniel.

»Bist du in Ordnung?« Nathaniel ist besorgt. Mit Veronika stimmt etwas nicht.

»Es ist nur der abrupte Klimawechsel. Ich muss mich kurz setzen.«

Veronika setzt sich auf eine Stufe im Treppenhaus. Nathaniel tastet danach und nimmt neben ihr Platz.

»In dem Haus riecht es so, wie ich es noch nirgends gerochen habe«, sagt er. »Es ist ein schwerer Geruch nach alten Mauern, sie müssen feucht sein, modrig fast, doch darunter zieht sich der Duft frisch gewaschener Wäsche.«

»Die Wäsche hängt an Leinen im Innenhof. Als würden sie Fahnen aufhängen, das ist typisch für Italien«, erklärt Veronika.

Nathaniel spürt ein Vibrieren unter sich. Ob seine Beine zittern?

»Spürst du das auch?«

»Die Metropolitana, die U-Bahn. Die braust hier in der Nähe untendurch.« Veronika erhebt sich unsicher von den Stufen. »Lass mich die Wohnung suchen, während du hier wartest. Es gibt zwei Treppenhäuser, eines links und eines rechts, und ich weiß nicht, welches das Richtige ist.«

»Hat uns nicht Esmeralda die Tür geöffnet, sie erwartet uns bestimmt?«

»Nein, das war jemand anderes.«

Nathaniel versteht nicht. Aber Veronika ist schon weg, Nathaniel hört sie die Treppe hochgehen.

»Okay, ich warte hier.« Seine Stimme hallt nach und lässt ihn die Leere spüren.

Es dauert eine Weile, bis Nathaniel hört, dass Veronika nicht mehr hoch-, sondern die Treppe heruntersteigt, ihre Schritte werden wieder lauter.

»Sie wohnt im dritten Stock, lass uns klingeln gehen.«

Nathaniel richtet sich auf und steigt neben Veronika die Stufen hoch.

»Denkst du nicht, dass es gefährlich sein könnte, die Terroristin mit unserem Besuch zu überraschen?«, fragt Nathaniel schon zum x-ten Mal.

»Es wird nichts passieren.« Veronika sagt es mit einer Überzeugung, sodass Nathaniel nicht an ihren Worten zweifelt.

Vor einer Tür halten sie inne. Veronika drückt auf die Klingel, worauf im Inneren der Wohnung eine altmodische Glocke schrillt. Danach herrscht wieder Stille. Nathaniel spürt, dass sich Veronika nach vorne lehnt, womöglich lauscht sie an der Tür.

»Esmeralda, öffne die Tür«, ruft Veronika in diesem Moment. »Hier ist deine Mutter!«

69

Felix Winter hat etwas getan, das er in seiner gesamten Karriere nie gemacht hat: Er hat sich per E-Mail bei Sandro krankgemeldet und ist nach Hause gefahren. Jetzt sitzt er hier, auf seinem Sofa, das in die Jahre gekommen ist, genau wie er. Er hat sich einen Whisky eingeschenkt, obwohl er nicht trinkt. Lagavulin, ein schottischer Single Malt, der Lieblingswhisky seiner Frau. Er hat die Flasche seit ihrem Tod nie angefasst.

Wie froh er wäre, wäre sie jetzt hier – oder er bei ihr.

Es müssen genau solche Momente sein, in denen Menschen beschließen, dem Leben ein Ende zu setzen. Weil klar ist, dass das Leben, wie man es kannte, vorbei ist. Weil nichts mehr sein wird wie zuvor. Oder weil das Leben zu schwer zu ertragen ist. Wie einfach es wäre, jetzt einfach Schluss zu machen, und wie unglaublich schwierig es sein muss, es wirklich zu tun. Er weiß, dass die Gedanken daran überflüssig sind. Er wäre zu feige, sich selbst zu richten.

Er denkt an Lisa, seine einzige Chefin in seiner langen Karriere. Lisa, die gegangen ist, ohne es selbst zu machen. Er denkt an seine Frau, die auf dem Sterbebett lag und ihn bat: »Halte am Leben fest, es ist so wertvoll, lebe auch für mich weiter. Du musst jetzt doppelt intensiv leben.«

Er hat es seiner Frau nie erzählt, nicht mal ihr, er hat

genau das getan, was man von ihm verlangte: Er hat geschwiegen. Nie hat er mit jemandem über die Sache gesprochen, auch nicht mit den Kollegen, die dabei waren. Er wünschte, er hätte es getan.

Ein Feigling ist er. Bis zuletzt.

Er fragt sich warum – warum ihn das alles einholt, so kurz vor dem Zieleinlauf. Eine Strafe? Er hatte gedacht, dass er es noch verhindern könnte. Er sah die Gefahr, die von Nathaniel ausging, als er anfing, Fragen zu stellen.

Aber wie hätte er ahnen sollen, dass ihn ausgerechnet Aaron Trachsels Tod in Schwierigkeiten bringen könnte – und seine eigene Kollegin?

»Scheiße«, sagt Felix laut. »Scheiße! Scheiße, Scheiße!« Er brüllt jetzt, greift nach dem Glas, schmeißt es mit voller Kraft gegen die Wand. Der Whisky hinterlässt einen kunstvollen, gelblichen Flecken.

Winter steht auf, begibt sich hinüber in sein Arbeitszimmer, bleibt vor dem Schreibtisch stehen. Atmet langsam aus und wieder ein. Beruhigen, er muss sich beruhigen. Einatmen. Ausatmen. Ruhig werden. Er setzt sich an den Tisch und legt ein leeres Blatt Papier vor sich hin. Er braucht jetzt genau das, woran er sich sein Leben lang festgehalten hat, wenn er ein Problem zu lösen hatte: Eine Übersicht und eine Strategie.

Darum macht er, was er sonst immer tut, wenn er am Anfang einer Ermittlung steht. Doch dieses Mal ist alles anders. Dieses Mal kennt er die Lösung des Falls – aber noch immer nicht das Ende. Er zeichnet zwei Kreise in die Mitte des Blattes. In den einen schreibt er den Namen Esmeralda, in den anderen die Namen Stephan und Andreas. Die beiden Kreise überschneiden sich. In einen weiteren Kreis, den er über den anderen platziert, schreibt

Felix den Namen Nathaniel. In einen Kreis unten auf dem Blatt schreibt er in Großbuchstaben: *ICH.* Dahinter malt er ein Fragezeichen. Und noch eines, und noch eines, und noch eines. Wie manisch beginnt er, das gesamte Papier mit Fragezeichen vollzukritzeln. Er zwingt sich, innezuhalten, greift nach dem Blatt und zerknüllt es. Felix Winter schlägt mit der Faust auf den Tisch und beginnt zu weinen.

70

»Du bist … bist du … du bist Esmeraldas Mutter?«

Nathaniel ist völlig perplex.

»Psssst!« Veronika greift nach seinem Handgelenk und drückt fest zu, als wolle sie ihn dadurch zum Schweigen bringen.

Es ist ein Trick, denkt Nathaniel. Veronika will Esmeralda Esposito glauben machen, dass ihre Mutter vor der Tür steht, damit sie öffnet. Doch das, Nathaniel ist sich sicher, wird niemals funktionieren. Woher will Veronika wissen, dass Esmeraldas Mutter nicht schon lange tot ist? Und selbst wenn sie noch lebt: Man erkennt auch durch eine geschlossene Tür die Stimme der eigenen Mutter. Nathaniel will gerade etwas einwenden, da vernimmt er in der Wohnung ein schleifendes Geräusch. Er will weg hier, nichts stimmt in dieser Situation, alles fühlt sich falsch an. Doch als er sich wegdreht, packt ihn Veronika noch fester am Handgelenk, sie lässt ihn nicht entkommen.

»Esmeralda. Ich bin es. Mama.«

Ein quietschendes Geräusch nähert sich auf der anderen Seite der Tür. Nathaniel denkt irritierenderweise an ein altes, verrostetes Fahrrad. Dann hört er den Schlüssel im Schloss. Die Klinke wird gedrückt, eine Kette klimpert, die Tür wird aufgezogen, ein Windhauch streicht Nathaniel ums Gesicht.

»Du bist es.«

Die Frauenstimme kommt von unten. Die Person muss im Rollstuhl sitzen.

»Esmeralda!«

Nathaniel hört das Reiben von Stoff, ein ersticktes Schluchzen, gemurmelte Worte, die er nicht versteht, er glaubt, dass sich die Frauen umarmen, seine alte Freundin und die Terroristin, die in einem Rollstuhl sitzt.

Doch das kann nicht sein, das ergibt alles keinen Sinn. Nathaniel versteht nicht.

»Und wer ist das?«, fragt die fremde Frauenstimme. Skepsis und eine Spur von Angst sind darin hörbar.

»Ich denke, du weißt, wer er ist«, antwortet Veronika.

»Ich bin Nathaniel Brenner.«

Schweigen. Nathaniel glaubt zu spüren, dass sie ihn anstarrt. Aber da ist noch mehr. Überraschung, Unglauben?

»Was macht er hier?« Die Stimme klingt anders, unsicher, dünner.

»Er war auf der Suche nach seinem unbekannten Vater und findet nun seine eigene Geschichte.«

Wieder schweigt die Frau. Auch Nathaniel und Veronika schweigen. Irgendwo weit weg vernehmen sie hinter einer der vielen Türen eine Männerstimme, die eine Arie singt. Verdi. Ein trauriges Stück.

»Willst du uns nicht reinlassen? Wir haben eine lange Reise hinter uns«, sagt Veronika.

»Ist euch jemand gefolgt?«

»Nein, niemand.«

»Bist du sicher?«

»Ja.«

Wieder vernimmt Nathaniel das Quietschen, nur weiß er jetzt sicher, um was es sich dabei handelt. Kein Fahrrad, ein Rollstuhl. Esmeralda fährt ein Stück zurück, um ihnen Platz zu machen. Veronika zieht Nathaniel am Handgelenk hinter sich in die Wohnung hinein.

»Veronika, was hat das zu bedeuten?«

»Lass uns erst mal Platz nehmen.«

Nathaniel fühlt sich unsicher. Er weiß nicht mehr, ob er Veronika vertrauen kann, seiner Freundin, die in den letzten Jahren immer für ihn da war, die ihm wie eine Großmutter war, ihm, der keine Familie mehr hat. Das Gefühl der Unsicherheit überträgt sich auf seinen gesamten Körper. Er macht kleinere Schritte als üblich und stolpert trotzdem über die Türschwelle, als Veronika ihn in ein Zimmer führt.

»Vorsicht.«

Nathaniel hört dem Klang ihrer Stimme an, dass sie sich in einem hohen Raum befinden.

»Hier kannst du dich setzen.«

Er tastet, fühlt einen groben Stoff mit aufgeprägtem Muster, und setzt sich vorsichtig hin. Es riecht nach Staub und abgestandener Luft. Ein Geruch, der Wohnungen von alten Menschen anhaftet – oder solchen, in denen schon lange niemand mehr gelebt hat.

»Ich mache uns Kaffee«, sagt Veronika, als sei sie hier die Gastgeberin.

Nathaniel hört sie hinausgehen, vernimmt die Geräusche von Tassen und Pfannen, die aus dem Schrank geräumt werden.

»Sie sind Esmeralda Esposito?«, fragt Nathaniel in den Raum hinein.

»Ja«, sagt die Frau, sie ist näher, als Nathaniel gedacht hat, sie muss rechts neben ihm sitzen. Er wendet den Kopf nach rechts, um ihr das Gefühl zu geben, dass er sie anblickt.

»Ist Veronika wirklich Ihre Mutter?«

»Sie ist das, was man gemeinhin als Mutter bezeichnen würde. Sie hat mich zur Welt gebracht.«

Nathaniel versucht, seine Gedanken zu ordnen, er möchte verstehen, was hier gerade passiert. Aber er schafft es nicht. Jetzt, im Nachhinein, erkennt er, wie sehr ihn Veronika dazu gedrängt hat, nach Neapel zu fahren, es konnte ihr ja gar nicht schnell genug gehen. Veronika war es auch, die ihn ermutigt hatte, überhaupt mit seinen Nachforschungen zu beginnen. Aber warum? Warum hat sie nicht einfach gesagt, dass sie Esmeraldas Mutter ist? Und warum scheint sie von Anfang an geahnt zu haben, dass seine Recherche zu Esmeralda Esposito führen wird? Was hatte sie kürzlich gesagt, als sie zum ersten Mal erwähnte, dass sie eine Tochter hat?

Ich kannte jemanden, der von allen verurteilt wurde. Aber sie war kein böser Mensch, das war sie nicht.

»Wann haben Sie Ihre Mutter das letzte Mal gesehen?«, fragt Nathaniel.

»Vor vielen Jahren, ich weiß gar nicht genau. Es muss über dreißig Jahre her sein.«

»Warum so lange?«

»Ich musste weggehen.«

»Wusste Veronika, dass Sie hier wohnen?«

»Offensichtlich hat sie es herausgefunden.«

Nathaniel stutzt. Ist es möglich, dass Veronika ihn dazu benutzt hat, ihre Tochter aufzuspüren? Doch das ist unmöglich. Sie konnte schließlich nicht wissen, dass er nach ihr suchen würde. Oder doch?

»Sitzen Sie in einem Rollstuhl?«, fragt Nathaniel.

»Ja. Ich kann nur noch wenige Schritte gehen. Ohne den Rollstuhl käme ich nicht weit.«

»Was ist passiert?«

»Eine alte Verletzung. Und du? Bist du vollständig blind?«

»Ja. Auch eine alte Verletzung.«

»Ein Unfall?«

»Nein. Das war mein Vater.« Nathaniel weiß nicht, warum er der fremden Frau das anvertraut. Das kurze Gespräch mit ihr fühlt sich ehrlich an und seltsam vertraut. Es käme ihm falsch vor zu lügen. »Er hat auf mich geschossen.«

»Nein, da irrst du dich.« Esmeraldas Stimme klingt fest. »Das war nicht dein Vater.«

71

Aus den Tassen dampft der Tee. Veronika hat neben Nathaniel auf dem Sofa Platz genommen. Nathaniels Hand fährt nervös dem gedrechselten Holz der geschwungenen Sofalehne nach. Auf und ab, auf und ab.

»Es tut mir leid, ich konnte es dir nicht früher sagen.« Veronika legt ihre Hand auf Nathaniels Hand und hält sie fest. »Du wirst es verstehen. Jetzt wird alles gut. Jetzt werden wir beide die Wahrheit hören.«

Veronika blickt ihre Tochter an. Esmeralda nickt und beginnt zu erzählen.

1992

Die Nacht ist schon fast vorbei und der neue Tag hat gerade noch nicht begonnen. Weit weg hinter der Stadt, wo ein Horizont liegen muss, verspricht ein erster heller Schimmer ein neues Erwachen.

Esmeralda presst sich mit dem Rücken an die Hausfassade. Sie ist ganz in Schwarz gekleidet, über den Kopf hat sie sich einen Strumpf gezogen. Das Gewehr mit dem gekürzten Lauf hält sie vor ihrer Brust. Balz Brecht, auch nicht mehr als ein unscheinbarer Schatten, macht sich an der Tür zu schaffen.

Es dauert ihr zu lange. Sie war schon immer ungeduldig. Sie möchte ihn drängen, schneller zu machen, doch

Esmeralda schweigt. Sie sind viel zu spät dran. Alles hat wieder mal länger gedauert. Auch fürchtet sie, dass ihnen doch jemand gefolgt sein könnte. Es ist nur eine Ahnung. Aber sie weiß, dass sie auf ihr Bauchgefühl achten muss. Das hat sie schon als Kind von ihrer Mutter gelernt. Esmeralda lauscht in die Nacht. Eine erste Amsel singt. Es ist zu still.

Ein Klicken verrät, dass das Schloss geknackt ist. Balz winkt mit der Hand, Esmeralda schleicht zur Tür und betritt hinter ihm das Treppenhaus. Sie verursachen kein Geräusch. Sie haben gelernt, auf leisen Sohlen zu gehen. Sie müssen hoch in den dritten Stock.

Andreas Brenner steht an der Klingel neben der Tür. Esmeralda hat Jahre gebraucht, bis sie ihn gefunden hat. Endlich ist sie hier. Ein Schauer durchfährt sie. Konzentration, sagt sie zu sich selbst, fokussieren jetzt. In Momenten wie diesen lässt sie keine Gefühle zu; zu gefährlich. Sie blickt durch den Türspion und sieht einen stecknadelkopfkleinen, hellen Punkt. Verflucht! Da drinnen brennt schon Licht. Es ist jemand wach.

Esmeralda zögert nur kurz. Es ist zu spät, es gibt kein Zurück, sie müssen es trotzdem tun. Vielleicht ist es sogar besser so, denn jetzt wird er ihr ins Gesicht sehen müssen, der Verräter.

Einen Moment lang überlegt sie, ob sie einfach klingeln soll. Vielleicht würde er ihr öffnen. Wahrscheinlich ist er unvorsichtig geworden, nach all den Jahren, in denen nichts passiert ist. Doch sie wagt es nicht. Stattdessen deutet sie Balz mit einem Handzeichen an, das Schloss zu öffnen. Sie legt den Zeigefinger auf die Lippen, und er geht vor dem Türschloss auf die Knie.

Balz benötigt beinahe zehn Minuten, doch dann öffnet

sich mit einem kaum wahrnehmbaren Schaben das Schloss. Er richtet sich auf, nimmt das Gewehr in Anschlag, drückt sanft die Klinke hinunter und öffnet die Tür. Der Geruch von gebratenen Zwiebeln und Rühreiern schlägt ihnen entgegen. Esmeralda betritt die Wohnung. Sie blickt in die Küche: leer. Drei Schritte, dann das Wohnzimmer. Sie bleibt im Türrahmen stehen.

Der Junge sieht sie als Erster. Er schaut sie an, mit großen Augen, sein Mund klappt auf und bleibt offen stehen, doch er macht keinen Mucks und nicht die kleinste Bewegung, sondern starrt sie an. Seine Mutter merkt, dass mit ihm etwas nicht stimmt, sie wendet sich zur Tür und lässt die Tasse fallen. Ein Schrei. Da bewegt sich etwas, noch ein Kind, ein Mädchen, es rennt unter den Tisch, um sich zu verstecken.

»Ruhe!«, brüllt Esmeralda und zielt auf die schreiende Mutter, die sofort verstummt. Nicht gut, gar nicht gut, denkt sie. Das hier läuft gerade gewaltig schief. Wo ist Stephan? Warum sind die alle schon auf? Esmeralda fragt sich, ob sie sich geirrt haben. Ist es die falsche Familie? Sie schaut dem Jungen ins Gesicht und erkennt in seinen Zügen, dass sie richtig sind.

»Wo ist dein Vater?« Esmeraldas Stimme klingt ruhig, sie bemüht sich um einen freundlichen Ton.

Der Junge starrt sie noch immer mit offenem Mund an, bewegt den Kopf kaum merkbar in Richtung der Tür rechts von ihm.

Esmeralda weiß, was sie tun müsste, schnell müsste es gehen, sie sollten längst schon wieder draußen sein. Sie sollte den Jungen packen und abhauen, das sagt ihr Verstand, aber ihr Körper funktioniert nicht.

Weil sie ihn sehen will.

Sie will Stephan sehen. Ein letztes Mal. Stephan, der jetzt Andreas heißt und ein anderes Leben führt, ein Leben ohne sie.

Ein Knall lässt sie zusammenfahren. Die Tür ist gegen die Wand gekracht. Sie reißt das Gewehr hoch, nimmt eine Bewegung wahr, schon fällt der erste Schuss.

Die Verrätersau schießt!

Balz feuert sofort zurück. Die Frau beginnt wieder zu schreien, fast zeitgleich sackt sie getroffen zusammen und verstummt. Auch Esmeralda drückt jetzt ab. Ein Kugelhagel donnert durch das Zimmer. Balz hechtet in Deckung, er schreit ihr etwas zu, doch sie versteht nicht, aus dem Augenwinkel registriert sie, dass auch das Mädchen getroffen ist, es krümmt sich wimmernd zusammen und blutet aus dem Ohr. Stephan brüllt verzweifelt auf.

Für den Bruchteil einer Sekunde treffen sich ihre Blicke. Esmeralda sieht in seinen Augen Angst und Wut und Schmerz, auch Verwunderung. Dann schießt er wieder. Sie hört Balz ihren Namen rufen, der Junge, denkt sie, der Junge, auch sie schreit jetzt, da spürt sie den Schmerz, ein Feuerstrahl, der ihre Wirbelsäule hochjagt. Sie ist getroffen und geht zu Boden. Balz schießt und schießt, Holz splittert, ein Schrei, Stephan krümmt sich, fällt, versucht sich auf der Türschwelle aufzustützen, doch seine Arme halten ihn nicht mehr, er bricht zusammen. Als auch er getroffen auf dem Boden liegt, schaut er Esmeralda an, nur wenige Meter trennen sie. Seine Lippen formen ein lautloses Wort: *Warum?*

Wie oft in den letzten elf Jahren hat sie ihn in Gedanken genau dasselbe gefragt?

Weit weg ist eine Sirene zu hören. Jemand zerrt an ihr. Sie sucht noch einmal Stephans Augen, doch sie schauen sie nicht mehr an, starren tot ins Leere. Esmeralda spürt, wie jemand sie hochhebt.

»Ich bring dich hier weg«, flüstert Balz, »alles wird gut.«

Esmeralda weiß, dass das eine Lüge ist.

72

Während Nathaniel Esmeraldas ruhig vorgetragener Erzählung lauscht, erscheinen in seinem Kopf Bilder, die schon lange nicht mehr da waren. Der Albtraum, der ihn fast dreißig Jahre seines Lebens verfolgt hat, der ihn so oft hat schreiend im Bett hochfahren lassen. Und der verschwunden ist, seit ihm der Polizist Felix Winter vor drei Jahren die Tatnacht im Detail geschildert hatte, seit dem Moment, als Nathaniel meinte, endlich die Wahrheit zu kennen – die, wie sich jetzt zeigt, nur eine weitere Lüge war.

Bilderfetzen seines Traums tauchen vor seinem inneren Auge auf. Das Blut auf dem beigefarbenen Teppich. Seine Schwester, zusammengerollt unter dem Tisch. Die Augen seiner Mutter, die ins Leere starren. Und der Schatten in der Tür, eine Gestalt, umgeben von einem weltfremden Licht. Er hat sich dieses Bild nie erklären können. Bis eben gerade jetzt.

Sein Gehirn hat die Erinnerung an die Geschehnisse jenes frühen Morgens gelöscht, an dem er seine gesamte Familie und sein Augenlicht verlor. Doch das Gefühl in seinem Traum war echt: Es war noch jemand da. Es stand jemand in der Tür. Und vor allem: Sein Vater war nicht der Mörder. Balz und Esmeralda haben das Blutbad angerichtet und seine Familie ausgelöscht.

»Warum?«, flüstert Nathaniel. »Warum haben Sie meine Familie umgebracht? Was haben wir Ihnen getan?«

»Ich habe deinen Vater geliebt.«

Es dauert einen Moment, bis Nathaniel begreift, was Esmeralda ihm sagt. Verstehen tut er trotzdem nicht. Man tötet doch niemanden, den man liebt. Und warum liebte die Terroristin seinen Vater?

»Sie meinen wohl Stephan Kühnert? Den Terroristen? Dann stimmt es also: Mein Vater war tatsächlich Stephan Kühnert, der einen anderen Namen angenommen hatte?«

Wie seltsam ihm dieses Gespräch vorkommt, denkt Nathaniel, als gehe es hier nicht um ihn selbst, sondern um jemanden, den er nur vom Hörensagen kennt.

»Ja, Andreas Brenner war in Wirklichkeit Stephan Kühnert. Und gleichzeitig auch nicht. Denn geboren wurde er noch einmal unter einem anderen Namen. Er war ein Chamäleon – aber eins war er sicher nicht: Dein Vater war kein Terrorist.«

»Wie meinen Sie das?«

»Er war ein Verräter.«

»Weil er nach dem Banküberfall untergetaucht ist und Sie allein gelassen hat?«

»Nein. Weil er ein Spitzel war. Sein Geburtsname war Stefan Kästner, er war Mitglied der Militärpolizei und arbeitete für die streng geheime Gruppe T17. In deren Auftrag hat er sich in Stephan Kühnert verwandelt und sich bei uns eingeschleust. Er hat uns alle getäuscht, hat getan, als sei er einer von uns, hat laut unsere Ideologien gepredigt. Dabei war er der Feind! Die geheime Spitzeltruppe des Militärs wusste über alles Bescheid. Darum kannte sie auch unseren Plan, die Bank zu überfallen, bis ins letzte Detail. Wäre dein Vater nicht gewesen, wäre nicht alles schiefgelaufen, wir hätten nicht flüchten müssen, es hätte nie eine Schießerei und keine Toten gegeben und ich wäre nie im Gefängnis gelandet.«

»Er trug keine Schuld, dass Sie im Gefängnis waren. Sie haben ein Verbrechen begangen und Unschuldige getötet!« Nathaniel spürt die Wut in sich hochbrodeln. Vorher war da nur Unglauben und Erstaunen gewesen, doch jetzt merkt er, wie der Hass ihn einnimmt, der Hass auf diese Frau, die ihm alles genommen hat, alles was er liebte, alles, was er war. »Sie sind eine Verbrecherin. Eine Mörderin! Nicht mein Vater trägt die Schuld, sondern Sie allein!«

»Nein. Das stimmt nicht. Es war seine Schuld. Wegen ihm kam ich ins Gefängnis. Er hat mein Leben zerstört.«

»Nein, Sie haben mein Leben zerstört. Wollten Sie sich deshalb rächen? Haben Sie deshalb meine Familie ausgelöscht?« Nathaniel muss sich zusammenreißen. Er möchte aufstehen und die Frau am Hals packen, sie hochzerren und sie schütteln und sie würgen. Wie kann es sein, dass sie so ruhig in ihrem Rollstuhl sitzt und ein so schreckliches Geständnis ablegt?

»Ich wollte nicht, dass jemand stirbt.«

Nathaniel lacht laut auf. »Und am Ende sind alle tot?«

»Es hätte nie zu einer Schießerei kommen dürfen, aber dein Vater hat das Feuer eröffnet. Du und deine Schwester und seine Frau standen genau in der Schussbahn. Die Situation ist völlig eskaliert. Es hat Jahre gedauert, bis ich herausgefunden habe, unter welchem Namen Stephan wo lebte. Ich habe alles getan, um das in Erfahrung zu bringen. Ihn zu finden war die ganze Zeit mein einziges Ziel. Aber was dann passierte … wenn ich das gewusst hätte … ich hätte ihn nie suchen dürfen. Das war mein größter Fehler. Ich bereue ihn sehr.«

»Sie wollten sich an meinem Vater rächen und ihn töten.«

»Nein. Ich war nicht gekommen, um deinen Vater zu töten.«

»Warum dann?«

»Ich war gekommen, um dich zu holen.«

»Mich? Um mich zu entführen? Warum?«

»Weil du …«, Esmeralda ringt um Worte, ihre Stimme droht zu brechen. »Weil du … mein Sohn bist.«

»Nein!« Nathaniel schreit. Gleichzeitig hält er sich die Ohren zu. »Nein! Das kann nicht sein!«

Es ist zu viel. Nathaniel will weg von hier, er kann nicht mehr. Er schnellt hoch, doch er hat die Orientierung verloren, in welcher Richtung liegt die Tür? Warum bloß ist Alisha nicht hier? Er fühlt sich völlig ausgeliefert. Nathaniel weiß nicht mehr was Wahrheit und was Lüge ist. Esmeralda seine Mutter? Er glaubt ihr nicht. Das kann nicht sein. Das kriegt er nicht in seinen Kopf hinein.

Nathaniel spürt Veronikas Hand auf seinem Arm, mit sanftem Druck bringt sie ihn dazu, sich wieder hinzusetzen.

»Esmeralda hat recht. Ich habe es vom ersten Moment an gewusst, als ich dich gesehen habe. Deine Gestik, die Art, wie du lachst … ich habe darin immer meine Tochter wiedererkannt.«

»Und du hast nie etwas gesagt?«

»Was hätte ich denn sagen sollen? Hallo, ich bin übrigens deine Großmutter, meine Tochter und deine Mutter ist eine Mörderin und Terroristin. Du hättest mir doch niemals geglaubt. Ich wollte nicht, dass du den Halt verlierst, ich wollte nur, dass es dir gut geht. Und ich wollte da sein, für den Fall, dass du beginnst, Fragen zu stellen.«

»Aber wie hast du … ich war doch bloß dein Nachbar.« Noch während Nathaniel redet, realisiert er, dass auch das kein Zufall gewesen sein kann. »Oder hast du dir bewusst die Wohnung eine Etage unter mir ausgesucht, bist du damals wegen mir in das gleiche Haus gezogen?«

»Ich wollte dich kennenlernen und dir nahe sein. Es war ein absoluter Glücksfall, dass die Wohnung in deinem Haus frei wurde.«

»Du hast mich gesucht, damit ich dich zu deiner Tochter führe.«

»Nein, ich habe dich gesucht, weil Esmeralda mir von dir erzählt hatte, bevor sie untertauchte und den Kontakt abbrach. Du bist mein Enkel. Ich dachte, wenn ich deine Freundin werde, kann ich dir vielleicht hin und wieder etwas Gutes tun – nach allem, was dir meine Tochter angetan hat.«

»Ich hab immer gesagt, du bist die beste Großmutter der Welt – die Großmutter, die ich nie hatte. Und jetzt sagst du, dass du wirklich meine Großmutter bist?«

»Eine Großmutter, die ihren Enkel über alles liebt.«

Nathaniel weiß nicht, was er denken soll. In ihm drin herrscht ein einziges Chaos, er ist total überfordert.

»Warum haben Sie mich weggegeben?«, fragt er Esmeralda.

»Ich habe dich nicht weggegeben. Nie hätte ich dich freiwillig losgelassen. Sie haben dich mir weggenommen.«

»Das ist nicht möglich.«

Plötzlich fällt Nathaniel Millas Frage ein. Ob es stimme, dass Esmeralda schwanger gewesen sei, als sie ins Gefängnis kam, wollte sie von Anwalt Claude Vogelsang wissen. Und was mit dem Kind geschehen sei. *Ich weiß nicht, was mit dem Kind passiert ist,* hat Vogelsang gesagt. Vogelsang, der nun tot ist.

»Ich habe dich im Gefängnis geboren. Was meinst du, wem das Kind zugesprochen wird: Dem properen Militärpolizisten mit seinem neuen Leben im Zeugenschutzprogramm oder der Terroristin im Knast? Ich hatte keine Chance. Sie haben mich angelogen, haben mir gesagt, das Kind sei kurz nach der Geburt gestorben, aber das habe ich ihnen nie geglaubt. Ich wusste, dass du am Leben bist. Und ich wusste, wer dein Vater ist. Als ich Stephans neue Identität und seine Adresse endlich herausgefunden hatte, als ich das erste Mal zu euch fuhr, um ihn zu beobachten – da habe ich dich gesehen. Da war die Frage beantwortet: Du bist mein Sohn.«

»Und danach, als ihr alle getötet habt, da hast du mich einfach allein gelassen? Nachdem du mich so lange gesucht hast und mich entführen wolltest? Du widersprichst dir selbst, warum sollte ich dir glauben?« Nathaniel merkt nicht, dass auch er jetzt zum Du gewechselt hat.

»Ich war schwer verletzt, und als ich wieder halbwegs hergestellt war, konnte ich nicht mehr zu dir zurück. Ich habe mich geschämt. Ich dachte, dass du mich hassen und mir das nie verzeihen würdest.« Esmeraldas Stimme bricht, sie beginnt zu weinen.

In dem Moment spürt Nathaniel, dass es keine Lüge ist.

73

Felix Winters Tränen sind getrocknet. Er sitzt noch immer an seinem Schreibtisch, vor sich das zusammengeknäuelte Blatt Papier. Doch die Verzweiflung lähmt ihn nicht mehr, seine innere Ruhe, die ihn erst zu einem guten Polizisten gemacht hat, ist wieder eingekehrt. Und mit ihr die Gewissheit, dass er nicht länger mit der Lüge leben wird. Er hat keine Wahl. Felix zweifelt nicht daran, dass Malou Meldung erstatten wird über den geheimen Bericht, den sie gefunden hat. Nicht, um ihm zu schaden. Sondern weil sie integer ist, mehr als er es jemals war. Es ist besser, wenn Sandro es von ihm erfährt.

Eine halbe Stunde später steigt Felix die Stufen im Polizeigebäude zu Sandros Büro hoch. Noch nie hat ihn die Treppe außer Atem gebracht. Heute jedoch erscheint sie ihm wie ein steiler Berg, ihn zu besteigen kostet ihn die letzten Kraftreserven.

Er klopft an Sandros angelehnte Tür.

»Herein.«

Felix tritt ein und setzt sich ungefragt.

»Felix, ich dachte, du bist krank?«

Seit *krank* nicht mehr nur *krank* bedeutet, sondern auch *hoch ansteckend* meinen kann, legt Sandro Wert darauf, dass seine Mitarbeiter schon bei den geringsten Symptomen zu Hause bleiben. Er kann es sich nicht leisten, dass auf einen Schlag ein ganzes Team ausfällt. »Fühlst du dich wieder gesund?«

»Ich war nicht krank«, sagt Felix. »Wir müssen reden.«

Sandro erhebt sich aus seinem Bürostuhl und nimmt neben Felix am Besprechungstisch Platz.

»Es ist eine lange Geschichte«, beginnt Felix. »Ich habe einen Fehler gemacht.«

1992

Noch ist der Tag nicht ganz erwacht, als Felix Winters Pager losschrillt. Er ist auf einen Schlag voll da, hetzt aus dem Bett, zieht sich hastig an. Nur wenige Minuten später sitzt er im Wagen und rast los. Vor ein paar Tagen erst hat er zur Abteilung Leib und Leben gewechselt, die sich mit den schweren Verbrechen befasst. Und jetzt sein erster Einsatz. Es wurden Schüsse gemeldet, in einem Mehrfamilienhaus in Langenthal. Eine Polizeistreife ist schon vor Ort. Nach ersten Informationen soll es Tote gegeben haben. Obwohl er weiß, dass seine Gefühle völlig fehl am Platz sind: Felix ist freudig aufgeregt und höchst gespannt, was ihn erwartet.

Als er am Tatort eintrifft, sind Spurensicherung und Rettungsdienst bereits vor Ort. Felix zieht die Schutzkleidung über und betritt das Haus. Da hört er oben in der Wohnung jemanden rufen.

»Das Kind lebt! Es lebt!«

Hektik bricht aus. Der Notarzt hetzt die Stufen hoch, er nimmt zwei auf einmal, die Sanitäter eilen mit einer Trage hinterher. Felix presst sich an die Wand, um ihnen Platz zu machen. Jemand befiehlt, dass die Rettung einen Hubschrauber schicken soll. Kein gutes Zeichen. Als Felix über die Türschwelle tritt, hört er im Wohnzimmer die ruhige Stimme des Arztes, der die Sanitäter mit knappen Worten anweist, was zu tun ist. Wenig später tragen sie einen auf der Trage fixierten Jungen an ihm vorbei. Er ist erst etwa zehn, elf Jahre alt, denkt Felix, doch dann muss er den Blick abwenden. Der Kopf des Jungen sieht schrecklich aus.

Felix wird auf einmal übel. Seine Euphorie über seinen ersten Einsatz ist weg, stattdessen sind da Zweifel: Er fragt sich, ob er sich überschätzt hat, ob ihn das hier überfordert. Er sieht sich in der Wohnung um. Verkohlte Rühreier in der Pfanne. Kinderzeichnungen am Kühlschrank. Und vor dem Fenster die aufgehende Sonne, die einen schönen Tag verspricht.

Lügnerin, denkt Felix.

Er zwingt sich weiterzugehen. Im Wohnzimmer: die Leichen. Eine Frau liegt neben dem Tisch in ihrem Blut. Unter dem Tisch: ein Mädchen, zusammengerollt, als würde es schlafen. In der Türschwelle zum Nebenzimmer ein toter Mann. Er hat mehrere Schüsse abbekommen, das sieht Felix auf einen Blick. Was ist hier bloß passiert? Wer hat hier wen erschossen? Es sieht nicht nach einem Familienmord mit anschließendem Suizid aus, sondern nach einem Gemetzel. Eine Abrechnung? Felix blickt nach unten, geht in die Knie. Auch vor seinen Füßen ist der Teppich vom Blut braunrot verfärbt, als habe hier noch jemand gelegen, der verletzt worden ist.

»Gibt es ein fünftes Opfer?«, fragt er den Kollegen von der Spurensicherung.

»Nein, vier. Drei Tote und der schwerverletzte Junge.«

Felix mustert die zahlreichen Patronenhülsen auf dem Wohnzimmerboden. Die Spurensicherung hat sie markiert. Er blickt auf die mit einem gelben Schildchen gekennzeichnete Waffe, die neben dem toten Mann liegt, der wohl der Vater ist. Eine Armeepistole. Felix erkennt, dass die meisten Hülsen von einer anderen Waffe stammen müssen, von einem Gewehr. Oder von mehreren Gewehren. Unwillkürlich denkt Winter an die Mafia. Der Mann, der tot hier liegt, kann das nicht allein getan haben. Der oder die Täter, die das angerichtet haben, sind flüchtig – und wahrscheinlich verletzt.

»Der Junge wird wohl die nächsten vierundzwanzig Stunden auch nicht überleben«, sagt der Kollege, obwohl Felix gar nicht danach gefragt hat.

Auf einmal muss er würgen. Er rennt die Stufen hinab, hinaus aus dem Haus, und übergibt sich hinter einem Gebüsch. So hat er sich seinen ersten Einsatz in der Abteilung Leib und Leben nicht vorgestellt. Zweifel kriegen ihren Raum. Ob es ein Fehler war, die Abteilung zu wechseln?, fragt er sich – nicht ahnend, dass er den wahren Fehler erst noch begehen wird. Und dass es Jahrzehnte dauern würde, bis er das erkennt.

Der Anruf erfolgt noch am gleichen Tag, nur wenige Stunden später: Sein Chef ist am Apparat und teilt ihm mit, dass er um vierzehn Uhr in der Militärkaserne im Breitenrainquartier erwartet wird.

»Warum?«, fragt Felix.

»Das kann ich nicht sagen. Es ist ein Befehl von ganz oben. Der Fall von heute Morgen wurde uns entzogen und zur geheimen Kommandosache erklärt. Da können wir nichts machen. Der Termin ist wichtig, verpass ihn nicht.«

Felix weiß nicht, was das zu bedeuten hat. Aber er hinterfragt nichts. Womöglich ist das normal in manchen Fällen.

Er ist pünktlich vor Ort. Als er am Empfang der Kaserne seinen Namen und seine Funktion nennt, wird er in ein Büro geführt. Am Tisch sitzt ein Mann in Uniform, er erhebt sich nicht, er stellt sich nicht vor, er weist einzig mit der Hand auf den freien Stuhl. Felix wähnt sich in einer Verhörsituation. Unsicher setzt er sich hin. Als er an den Streifen der Uniform den militärischen Grad seines Gegenübers abliest, wird ihm bewusst, dass das hier nicht normal ist. Dass das hier etwas Besonderes ist – und etwas von hoher Wichtigkeit.

»Sie sind noch nicht lange dabei«, stellt der Oberst fest.

»Ich bin seit drei Jahren bei der Polizei. In der Abteilung Leib und Leben ist das mein erster Fall.«

»Das ist nicht mehr Ihr Fall. Sie werden nicht weiter ermitteln.«

»Aber ...«

»Es gibt kein Aber.« Die Stimme des Mannes ist messerscharf und bringt Felix augenblicklich zum Schweigen. »Es liegt hier folgender Sachverhalt vor: Andreas Brenner, der Vater, hat aus Eifersucht seine Familie auslöschen wollen. Nur sein Sohn Nathaniel hat schwer verletzt überlebt. Der Täter hat sich danach selbst gerichtet. Akte geschlossen.«

»Aber die Patronenhülsen ...«

»Ruhe! Ich habe gesagt, dass Sie in diesem Fall nicht ermitteln. Das hier ist eine Staatsangelegenheit von höchster Wichtigkeit. Sie sind zu strengster Geheimhaltung verpflichtet. Wenn Sie jemals ein Wort über unser Treffen verlieren oder über die Situation am Tatort, wenn Sie jemals über unser Treffen hier sprechen und die offizielle Version in Zweifel ziehen, sind Sie Ihren Job auf der Stelle los, und zwar für immer. Auch müssten Sie mit einer Strafverfolgung rechnen. Haben Sie das verstanden?«

»Ich habe verstanden«, sagt Felix Winter.

»Höchste Geheimhaltung bedeutet: Sie verlieren darüber kein einziges Wort. Zu niemandem.«

»Zu Befehl. Ich werde mich daran halten.«

Felix Winters Zweifel sind weg. Er ist sicher, dass er das Richtige tut, wenn er diesen Befehl befolgt. Weil es von höchster Wichtigkeit für den Staat ist.

Felix blickt auf. Er hat die ganze Zeit auf die Tischplatte gestarrt, während er berichtete. Jetzt schaut er Sandro direkt in die Augen.

»Bis heute habe ich geschwiegen, aber ich kann nicht länger mit der Lüge leben. Es ist zu viel in Bewegung geraten. Darum bin ich hier, um meinen Dienst zu quittieren. Weil ich damals die Ermittlung eingestellt, einen Mann wider besseres Wissen als Täter hingestellt und wichtige Erkenntnisse nicht weitergegeben habe. Und weil ich nicht den Mut hatte, all das aufzudecken, als Nathaniel begann, Fragen zu stellen.«

Sandro starrt seinen Kollegen an. »Du quittierst den Dienst?«

»Ich hätte niemals so lange schweigen dürfen. Das war ein Fehler.«

»Wann ist das alles passiert?«

»Im Frühling 1992, in knapp zwei Wochen sind es dreißig Jahre. Du weißt, was das heißt; dann ist die Tat verjährt. Niemand wird je dafür zur Rechenschaft gezogen werden. Hätte ich doch bloß früher …«

»Hast du einen Verdacht, wer hinter den Morden stehen könnte?«

»Es ist nur eine Vermutung. Andreas Brenner, Nathaniels Vater, hieß eigentlich Stefan Kästner. Er befand sich seit elf Jahren in einem Zeugenschutzprogramm, nachdem er von der K17 als Spitzel unter dem Namen Stephan Kühnert in die Gruppe Bertastrasse eingeschleust worden war, eine Bande von Links-Terroristen. Die Täter dürften aus diesem Umfeld stammen; sie haben wohl den Verrat gerächt.«

»Aber warum das Schweigen? Warum die Geheimnistuerei? Wurde gegen die Terroristen-Gruppe ermittelt?«

»Ich weiß nicht, ob überhaupt je ermittelt worden ist. Die Armee hatte nur ein Ziel: Es durfte nicht öffentlich werden, dass sie undercover Spitzel einsetzte – das hätte viele ihrer Einsätze gefährdet. Auch wollten sie verschweigen, dass sie nicht einmal imstande waren, die eigenen Leute zu schützen. Der Einsatz von militärischen Agenten unterstand der höchsten Geheimhaltung. Sie gingen dafür wortwörtlich über Leichen.«

»Wie meinst du das?«

»Ich weiß nichts Konkretes. Aber es gab einen weiteren Toten.«

»Von wem sprichst du?«

»Ein Journalist war an der Geschichte dran. Paul Dunkel. Er hatte in der Vergangenheit von Andreas Brenner herumgestochert und herausgefunden, dass es keine Vergangenheit gab.«

»Deshalb ist er gestorben?«

»Angeblich Suizid.«

»Angeblich? Du glaubst nicht daran? Ist dir klar, was du da gerade andeutest?«

»Sandro, ich weiß es nicht. Ich weiß nicht, was passiert ist, ich weiß nicht, ob sich der Mann selbst umbrachte oder ob er getötet wurde, weil er zu viel herausgefunden hatte.«

»Getötet von wem?«

»Es gab nicht nur die K17. Es gab auch eine T17. Die Tiger, die sich ums Grobe kümmerten.«

»Du denkst, dass die Armee den unliebsamen Journalisten hat umbringen lassen? Wir leben hier in der Schweiz ...«

»Es waren andere Zeiten. Und wie gesagt: Ich habe keine Beweise. Ich finde aber: Es ist ein zu großer Zufall, dass sich ein Journalist erschießt, der gerade dabei ist, ein Geheimnis der Militärpolizei aufzudecken.«

»Er hat sich erschossen?«

»Ja. Er tötete sich mit einer Armee-Pistole. An der Schläfe aufgesetzt. Seine eine Hand steckte in einem gelben Gummihandschuh – und der wies Schmauchspuren auf.«

»Nein! Ein gelber Handschuh, wie bei Claude Vogelsang. Bedeutet das ... glaubst du, dass es die Tiger noch immer gibt?«

Felix zuckt resigniert mit den Schultern. »Ich glaube nicht, dass die Gruppe noch aktiv ist. Doch wer weiß, in dieser Geschichte stecken zu viele Geheimnisse. Es ist jedoch schwer vorstellbar, dass die Armee einen Mörder vorbeischickt, um einen unliebsamen, alten Anwalt aus dem Weg zu räumen, nicht in der Schweiz, nicht in der heutigen Zeit. Ich vermute eher, Vogelsang wusste mehr, als wir meinen. Seine Art, sich selbst das Leben zu nehmen, war ein sarkastischer Fingerzeig. Oder ein letzter Hinweis, dass man genauer hinschauen sollte. Darum der Handschuh – die Verbindung zum Tod von Paul Dunkel.«

Sandro blickt seinen älteren Kollegen skeptisch an. »Ich werde Vogelsangs Handschuh noch einmal genauer untersuchen lassen«, sagt er schließlich.

»Mach das. Und ich trete ab in den vorzeitigen Ruhestand.«

Felix erhebt sich, legt seinen Ausweis und seine Waffe auf den Tisch. Sandro will etwas erwidern, doch er sagt nichts, nickt einzig und schüttelt seinem Kollegen zum Abschied die Hand.

Felix Winter steht schon in der Tür, als Sandro ihm die letzte Frage stellt.

»Weißt du heute, wer der Oberst war, der dir die Geheimhaltung befahl?«

Felix hält inne, wendet sich noch einmal Sandro zu. »Er nannte sich Carlo.«

»Aaron Trachsel?«

Felix nickt und schließt hinter sich die Tür.

74

Nathaniel liegt wach im Bett. Es riecht nach Waschmittel und Seife. Veronika hat ihnen zwei Hotelzimmer gleich um die Ecke von Esmeraldas Wohnung reserviert. Sein Kopf kommt nicht zur Ruhe, zu viel ist heute passiert. Sein Leben, so wie er es sich eingerichtet und aufgebaut hat, ist in sich zusammengestürzt wie ein Kartenhaus, das von einem Orkan weggefegt wird. Nichts ist so, wie er gedacht hat. Er verliert sich selbst und weiß nicht mehr, wer er ist.

Er hat seine Mutter gefunden, eine Mutter, die er wohl lieber nicht haben möchte, aber dennoch: eine Mutter. Und eine Großmutter noch dazu, eine, die er schon eine Weile hatte, ohne zu ahnen, wer sie wirklich ist. Und sein Vater war nicht der Bademeister Andreas Brenner, wie er meinte, sondern ein Militärpolizist und Agent. Er war Stefan Kästner, der sich Stephan Kühnert nannte, sich als falscher Terrorist ausgab und als Spitzel die Gruppe Bertastrasse ausspionierte, die Esmeralda Esposito anführte.

Sie wurden zum Liebespaar, wobei die Liebe wohl einseitiger Natur gewesen ist, doch wer weiß, vielleicht hat sich auch der junge Polizist in die unerschrockene Terroristin verliebt, auf jeden Fall haben sie ein Kind gezeugt. Ihn. Nathaniel. Ein Akt der Liebe oder der ultimative Einsatz des Spitzels, um an Informationen zu gelangen?

Nathaniel dachte, dass er vor der Tat ein ganz normales Leben in einer ganz normalen Familie führte. Doch nichts davon ist wahr. Er ist das Kind einer Terroristin und eines Agenten, das seiner Mutter im Knast entrissen wurde und das der Vater in sein neues Leben unter fremder Identität mitgenommen hat.

Und dann: die Tat. Die Terroristin sucht den verlorenen Geliebten, der sie verraten hat, und sieht ihn zusammen mit dem Kind, das ihres ist. Sie will ihr Kind zurück, die Lage gerät außer Kontrolle, im Kugelhagel sterben fast alle oder werden schwer verletzt.

Ob er ihr das glauben soll? War es nicht doch eher so, dass sie das Gemetzel wollte? Die kalte Terroristin, die Rache schwor an jenem Mann, der nicht nur ihre Liebe, sondern all ihre Ideale verriet? Der dafür sorgte, dass sie ins Gefängnis kam, wo sie ein Kind gebar, das ihr weggenommen wurde?

Nathaniel weiß es nicht. Nichts weiß er mehr. Er weiß nur, dass alles anders ist, als er gemeint hat.

Noch ist die Tat seiner Mutter nicht verjährt. Noch könnte sie dafür belangt werden. Sie käme wieder ins Gefängnis, diesmal für viel länger. Will er das?

Schließlich ist sie seine Mutter – auch wenn sie eine Fremde ist.

In einem anderen Land in einer anderen Stadt, die rund tausend Kilometer weiter nördlich liegt, wartet auch Sandro vergebens auf den Schlaf. Er wälzt sich ruhelos von der einen auf die andere Seite, bis er merkt, dass es sinnlos ist. Der Schlaf wird nicht kommen. Also steht er auf, stellt den Espressokocher auf die Herdplatte und setzt sich an den Küchentisch. Er legt die Hände vor sich auf die Tischplatte, sitzt reglos da und macht nichts anderes, als dem leisen Blubbern des kochenden Wassers zuzuhören, das vom unteren Teil der Kanne in die obere Hälfte steigt. Schon breitet sich der Kaffeeduft in der Küche aus. Noch immer weckt er in Sandro Kindheitserinnerungen, ebenso wie das unverkennbare Blubbern – so klang und roch es in der Küche seiner sizilianischen Großmutter in Trapani.

Felix Winters Geschichte hat Sandro erschüttert. Im ersten Moment wollte er seinen Kollegen, der ihm eine der wichtigsten Stützen ist im Team, zum Bleiben bewegen. Doch gleichzeitig wusste er, dass es das Beste ist, wenn er sofort abtritt. Also schwieg er, auch wenn er Felix nach über dreißig Jahren im Dienst einen besseren Abgang gewünscht hätte. Sein zweiter Reflex war, sofort die Ermittlungen in dem längst geschlossenen Fall um den Familienmord und Nathaniel wieder aufzunehmen. Doch ein Blick auf das Datum hat ihm gezeigt, dass das nichts bringt. In zehn Tagen ist die Tat verjährt. Das reicht nicht in einem so verwickelten Fall, nach so langer Zeit, zu spät.

Doch das Gespräch mit Felix treibt Sandro noch aus einem anderen Grund um. Er fragt sich, ob er im Moment nicht genau dasselbe tut: Er verhindert zwar keine Ermittlung, aber er hat eine Wahrheit verfälscht – oder wie Milla es nennt: Er hat die Öffentlichkeit belogen. Milla hat ihm zwar versichert, dass sie das Interview mit Trachsels Witwe nicht bringen und den Beitrag nicht machen wird. Aber er konnte spüren, dass sie dabei ein schlechtes Gefühl hat. Womöglich zu Recht.

Sandro erhebt sich, schüttet den Kaffee in seine Tasse und setzt sich wieder hin. Mit einem leisen Schlürfen nimmt er den ersten Schluck.

Was, wenn ein anderer Reporter dahinterkommt? Was, wenn sich Hermine Trachsel-Von Grafenstadt an die Medien wendet, weil das TV-Interview nie ausgestrahlt wird? Oder es sonst wo herumerzählt und einer von Aaron Trachsels politischen Gegnern davon hört? Im Bundeshaus verbreiten sich Gerüchte in Windeseile. Wie sollte er hinterher seine Aussagen erklären, ohne dabei seine Glaubwürdigkeit zu verlieren? Und wenn es nicht herauskommt – wird auch er jahrelang mit der Lüge leben, wie das Felix tat?

Es ist nicht das Gleiche, sagt sich Sandro. Beim Tötungsversuch an Hermine Trachsel-Von Grafenstadt ist klar, wer der Täter war – und der ist tot. Im Fall um Nathaniels Familie ließ man es drauf ankommen und den oder die Täter entkommen – obwohl klar war, dass sein Vater das nicht getan hatte.

Trotzdem.

Sandro fasst einen Entschluss. Er leert die Tasse und blickt auf die Uhr. Halb fünf. Ins Bett gehen bringt nichts mehr. Er greift zum Handy und tippt Milla eine Nachricht.

Können wir uns morgen sehen? Um zehn? In meinem Büro? Und nimmst du deinen Kameramann Ivan mit?

Das Häkchen hinter der gesendeten Nachricht wird sofort blau. Offensichtlich tut sich auch Milla schwer mit dem Schlaf heute Nacht.

Während Milla Sandros Nachricht beantwortet und eine andere an ihren Kameramann schickt, brennt auch in Malou Löwenbergs Wohnung ein Licht. Sie liegt auf dem Sofa und zieht sich die Netflix-Doku *Don't fuck with cats* rein, doch sie ist nicht bei der Sache. Sie wird die Folge ein zweites Mal schauen müssen, weil sie nicht wahrnimmt, was im Film geschieht. Ihre Gedanken sind bei den Akten, die sie gefunden, gelesen, kopiert und deren Kopie sie Felix Winter auf den Tisch gelegt hat. Geschlossene Akten eines Falles, in dem nie ermittelt wurde – obwohl von der ersten Sekunde an klar war, dass es sich hier nicht um eine Familientragödie gehandelt hatte. Malou konnte den Papieren nicht alle Details zur Tat entnehmen – doch sie enthielten Bilder des Tatorts, Fotos der sichergestellten Patronen wie auch die Geheimhaltungsvereinbarungen, die mit den Beteiligten abgeschlossen wurden. Es ist aus den Unterlagen klar ersichtlich, dass nicht der Vater, sondern ein oder mehrere Täter vor Ort waren – und dass man sie entkommen ließ. Aus Staatsschutzgründen. Um ein anderes Geheimnis zu bewahren.

Jedem Beamten, der vor Ort war, wurde verboten, jemals über das Gesehene zu reden. Einer von ihnen war Felix Winter. Malou ist sich bewusst, dass die Neunzigerjahre eine andere Zeit waren. Eine Zeit, in der der Staat Observierungsberichte über Hunderttausende unbescholtene Bürger angelegt hatte, in der Transparenz und Öffentlichkeitsarbeit Fremdwörter waren und Journalisten und Linke als Staatsfeinde galten, die man beobachten oder gar zum Schweigen bringen musste. Sie fragt sich, wie sie selbst gehandelt hätte, als junge Polizistin, wenn die Armee-Obersten sie aufgefordert hätten, etwas unter den Teppich zu kehren und ein Leben lang zu verschweigen. Die Frage ist aus heutiger Sicht schwierig zu beantworten – dennoch kann sich Malou nicht vorstellen, dass sie geschwiegen hätte. Sie wäre wohl eher gegangen, als bei so einem miesen Spiel mitzumachen. Einen Mörder laufen zu lassen … dem einzigen überlebenden Kind glaubhaft zu machen, dass der Vater der Täter war, nur um zu vertuschen, dass eine offiziell nicht existierende Gruppe des Militärs seine Leute undercover als Agenten einsetzte. Das sollte das Volk nie erfahren. Was sogar aufgegangen ist – bis jetzt, bis sie die Akten in Aaron Trachsels Schreibtisch fand, in Carlos' Schreibtisch. Nur – was wird sie tun, wenn Felix nicht von sich aus reinen Tisch macht? Eines ist sicher: Schweigen wird sie nicht.

75

Die Sonne schiebt sich hinter dem Vesuv hervor, um sich an den stahlblauen Himmel zu setzen. Der Wind zerzaust Nathaniels Haare. Er riecht das Meer und spürt das Salz in der feuchten Luft auf seinem Gesicht. Er hält sich am Ellenbogen von Veronika fest, die den Rollstuhl ihrer Tochter schiebt.

Sie benötigten fast fünfzehn Minuten, um die Treppe in Esmeraldas Haus hinunterzusteigen. Aufgrund ihrer Rückenverletzung, die sie sich bei der Schießerei in der folgenschweren Nacht zugezogen hatte, kann sie ihre Füße kaum mehr bewegen, selbst kleinste Schritte sind nur unter Schmerzen möglich. Ein Nachbar hat ihr den Rollstuhl nach unten getragen. Sie wollten draußen sein, ein Abschiedsspaziergang, bevor Nathaniel und Veronika zurück in die Schweiz reisen.

Zunächst gehen sie schweigend nebeneinander her, weil es schlicht zu viele Worte sind, die noch ausgesprochen werden wollen, so viele, dass sie sich gegenseitig im Weg stehen und zuerst geordnet werden müssen.

Esmeralda räuspert sich.

»Ich möchte mich bei euch entschuldigen und um Verzeihung bitten.«

Veronika stoppt, dreht den Rollstuhl so, dass sie ihrer Tochter in die Augen blicken kann.

»Ich möchte mich bei dir entschuldigen, Nathaniel, dass ich so viele Fehler gemacht habe«, fährt Esmeralda fort. »Dafür, dass deine Familie bei der Schießerei zwischen deinem Vater und Balz und mir umgekommen ist und du schwer verletzt worden bist. Auch dafür, dass ich danach nicht weiter um dich gekämpft habe, um meinen Sohn, dessen Leben ich zerstört habe. Bei dir, Mama, möchte ich mich dafür entschuldigen, dass ich einfach gegangen bin und ich mich nie aus meinem Versteck gemeldet habe. Es war zu unsicher. Ich wollte dich nicht in Gefahr bringen. Es ist möglich, dass sie noch immer hinter mir her sind. Die Polizei, die Armee, ich habe stets gefürchtet, dass sie mich nie in Ruhe lassen. Vieles, was damals richtig erschien, erachte ich heute als falsch. Aber ich habe daran geglaubt. Ich war überzeugt, dass nur der bewaffnete Kampf den Kapitalismus würde beenden können. Ich musste aufstehen und gegen die Unterdrückung durch den Staatsapparat kämpfen, sonst hätte ich mich selbst verraten. Im Nachhinein … ja, ich würde einiges anders machen. Es tut mir sehr leid, verzeiht mir.«

»Ich verzeihe dir.« Veronika streicht ihrer Tochter über das grau gewordene Haar. »Es war eine lange Zeit, aber ich bin glücklich, dass ich dich wiedergefunden habe.«

Nathaniel zögert. »Ich weiß nicht, ob ich dir verzeihen kann. Ich kann nicht einmal sagen, ob ich glücklich bin, meine leibliche Mutter gefunden zu haben. Aber ich bin froh, dass ich eine richtige Großmutter habe.«

Veronika drückt Nathaniel an sich. Er sieht die Tränen nicht, die ihr über die Wangen laufen.

»Wirst du mich anzeigen?«, fragt Esmeralda. »Du kannst dafür sorgen, dass ich ins Gefängnis muss.«

»Nein, ich verrate dich nicht.« Nathaniel sagt es mit klarer Stimme. »Ich habe darüber nachgedacht, aber ich werde es nicht tun. Weißt du, wessen Kugeln meine Mutter, meinen Vater, meine kleine Schwester getroffen haben? Und wer auf mich geschossen hat? Warst das du oder war es Balz Brecht?«

»Ich weiß es nicht. Selbst wenn ich wollte, ich könnte es dir nicht sagen. Es war ein Kugelhagel.«

»Balz Brecht ist tot, du bist gezeichnet. Es würde niemandem etwas bringen, wenn ich dich verraten würde. Ob du aber einen Platz in meinem Leben haben wirst, das kann ich nicht sagen. Vielleicht irgendwann, nicht jetzt, es ist zu früh. Ich brauche Zeit.«

»Danke.« Auch Esmeralda hat jetzt Tränen in den Augen. »Danke, dass du nicht zur Polizei gehst. Und du hast alle Zeit der Welt. Ich habe mich zwar der Strafe entzogen – aber mein Körper ist mir zum Gefängnis geworden.«

Als sie den Weg zurückspazieren, um Esmeralda wieder in ihre Wohnung zu bringen, bevor sie den Zug zurück nach Bern nehmen, spürt Nathaniel etwas, das er so nicht kennt: Eine tiefe Verbundenheit zu den beiden Frauen, zu Veronika, seiner Großmutter, die seit Jahren seine Freundin ist und die er so gut kennt, aber ebenso zu Esmeralda, die er erst gestern getroffen hat und von der er nun weiß, dass sie nicht nur eine Terroristin war, sondern auch seine Mutter ist. Und wohl auch verantwortlich für den Tod seines Vaters und seiner Familie. Auch wenn nicht mehr genau zu ermitteln ist, wer welche Kugel abgefeuert hat, wiegt ihre Schuld schwer.

Aber sie ist seine Mutter.

Auch sie hat eine Ungerechtigkeit erfahren: Man hat ihn ihr weggenommen, als sie im Gefängnis war. Ihr Kind. Sonst wäre alles anders gekommen. Was hätte er wohl für ein Leben, wenn er bei ihr aufgewachsen wäre?, fragt sich Nathaniel. Er würde wohl hier in Neapel leben. Er könnte sehen. Er wäre ein anderer Mensch und wäre irgendwie trotzdem er selbst.

Er will nicht daran denken. Es bringt nichts. Die Frage *Was wäre, wenn?* verstellt ihm einzig den Blick auf das, was ist. Er ist Nathaniel, und zu Hause warten Menschen, die ihn lieben.

Als sich Nathaniel von Esmeralda verabschiedet, umarmt er sie im Rollstuhl. Mutter wird er sie nicht nennen. Niemals. Aber wiederkommen wird er, das bestimmt.

76

»Darf ich die Bücher und die Ordner etwas zur Seite schieben?« Ivan ist wieder einmal daran, ein Zimmer umzubauen, um eine Person ins beste Licht zu rücken.

»Klar, kein Problem.« Sandro fingert nervös am winzigen Mikrofon herum, das Ivan ihm angesteckt hat, was ihm einen kritischen Blick des Kameramanns einträgt.

Als Ivan den Hintergrund nach seinem Geschmack drapiert hat, prüft er erneut, ob das Mikrofon richtig sitzt. Er richtet die Kamera auf dem Stativ aus, sagt Milla, auf welche Seite sie sich setzen soll.

»Kamera läuft.«

Sandro und Milla verhalten sich professionell. Einzig der Begrüßungskuss verriet, dass sie sich kennen, jetzt aber ist er ganz der Polizist und sie die Journalistin. Zu wichtig ist dieser Moment – für beide.

Sandros Handy piepst.

»Kannst du es auf lautlos stellen?«, bittet ihn Milla.

»Ja, Moment.« Sandro öffnet die Nachricht. Sie stammt von der Rechtsmedizinerin Irena Jundt. »Ich muss das noch rasch lesen.«

Lieber Sandro. Wir haben im Inneren des Gummihandschuhs ausschließlich die DNA von Claude Vogelsang sichergestellt. Keine Fremd-DNA. Daher bleibe ich dabei, dass es sich um einen Suizid gehandelt hat. Irena.

Sandro klickt die Nachricht weg und schaltet das Gerät aus.

»Ich werde dich siezen«, sagt Milla, bevor sie mit dem Interview beginnt. »Wir siezen die Interviewpartner immer, auch wenn wir sie kennen, geht das in Ordnung für dich?«

Sandro nickt. Er reibt sich die Hände, räuspert sich zweimal.

»Bist du bereit?«

»Ich bin bereit.«

»Herr Bandini, Aaron Trachsel kam durch eine Vergiftung durch die Pflanze Herbstzeitlose ums Leben. Was genau ist passiert?«

»Es handelte sich um eine fatale Verwechslung, wie wir das bereits Anfang der Woche kommuniziert haben. Jetzt liegen uns allerdings neue Erkenntnisse darüber vor, was genau in den letzten Stunden im Leben von Aaron Trachsel geschehen ist.«

Milla stockt der Atem. Sandro wird doch nicht etwa ihre Mutter ins Spiel bringen? Er hat ihr zuvor bloß gesagt, dass er die Wahrheit offenlegen möchte – aber das wäre selbst ihr zu viel Wahrheit. Wie schmal der Grat manchmal ist.

»Aaron Trachsel hat beim Frühstück aus Versehen die Samen der giftigen Pflanze verzehrt, ohne es zu bemerken«, fährt Sandro fort. »Die Ermittlungen haben nun ergeben, dass er selbst das Gift in einem Pflanzengeschäft gekauft hat. Mit großer Wahrscheinlichkeit beabsichtigte er, das Gift seiner Frau zu verabreichen, in der Absicht, ihren Tod herbeizuführen.«

»Er wollte seine Frau umbringen?« Milla fällt Sandro ins Wort. Sein Beamtendeutsch erscheint ihr unerträglich, sie wünscht sich, er würde nicht so geschwollen daherreden.

»Wir haben Indizien, die darauf hinweisen, dass er seine Frau vergiften wollte. Das ist richtig. Aber ich weise ausdrücklich darauf hin, dass auch in diesem Fall die Unschuldsvermutung gilt.«

»Können Sie etwas zu diesen Indizien sagen?«

»Dazu kann ich mich nicht äußern.«

Macht nichts, denkt Milla. Genau hier wird sie das Zitat von Hermine Trachsel-Von Grafenstadt in den Beitrag schneiden, in dem sie schildert, auf welche Art und Weise ihr Mann sie zu töten versuchte.

»Wird in dem Fall wegen versuchter vorsätzlicher Tötung ermittelt?«, fragt Milla weiter.

»Nein. Wir ermitteln nicht gegen Tote – nicht zuletzt, weil einem Toten kein fairer Prozess gemacht werden und niemand post mortem wegen eines Verbrechens verurteilt werden kann. Darum wird nie abschließend geklärt werden, ob und warum Aaron Trachsel seine Frau töten wollte. Der Verdacht bleibt ein Verdacht, die Unschuldsvermutung bleibt bestehen.«

»Und damit ist die Akte geschlossen.« Milla lässt ihr Mikrofon sinken und dreht sich zu Ivan, ihr automatischer Kontrollblick, um sich zu vergewissern, dass er alles aufgenommen hat.

»In diesem Fall ja. Aber da ist noch etwas.«

Milla wendet sich wieder Sandro zu.

»In Zusammenhang mit Aaron Trachsels früherer Funktion in der Armeegruppe K17 werden wir an die politischen Prüfungsorgane herantreten. Es gibt Hinweise darauf, dass er eine geheime militärische Spezialeinheit namens T17 leitete und in den Neunzigerjahren die polizeilichen Ermittlungen in einem Mordfall verhinderte. Wir sind der Auffassung, dass die rechtsstaatlich höchst bedenklichen Ereignisse von damals politisch aufgearbeitet werden müssen, damit sie sich nicht wiederholen können. Wir wünschen uns, dass eine Parlamentarische Untersuchungskommission die Vorfälle genauer unter die Lupe nimmt.«

Milla, die sonst an Schlagfertigkeit nicht zu überbieten ist, reagiert perplex. Sie hat keine Ahnung, wovon Sandro spricht.

»Wovon redest du … äh … wovon reden Sie? Können Sie das etwas genauer erklären?«

»Es geht um ein Verbrechen, das sich zu Beginn der Neunzigerjahre ereignet hat. Die geheime militärische Spezialeinheit T17 hat die kantonale Polizei angewiesen, in diesem Fall nicht zu ermitteln. Der oder die Täter wurden nie zur Rechenschaft gezogen. Alles, was damit in Zusammenhang stand, wurde als streng geheim klassifiziert. Aus heutiger Sicht handelte es sich dabei um einen höchst bedenklichen oder besser gesagt illegalen Vorgang.«

»Um was für ein Delikt handelte es sich?«

»Es geht um eine Familientragödie, bei der mehrere Menschen starben. Mehr kann ich dazu im Moment nicht sagen.«

Sandro blickt Milla in die Augen und sie weiß, dass das Interview damit beendet ist. Gleichzeitig erkennt sie in seinem Blick, von welcher Familientragödie er spricht.

»Herr Bandini, ich danke Ihnen für das Gespräch.«

Milla steht auf. Ivan schaltet die Kamera aus.

»Es geht um Nathaniels Familie«, stellt Milla fest.

»Ja.«

»Dann stimmt die offizielle Version also nicht? Es war nicht Nathaniels Vater, der die Familie ausgelöscht hat?«

»Es war noch jemand anders vor Ort.«

»Wer?«

»Das wissen wir nicht.«

»Es wurde einfach nichts unternommen? Wirst du die Ermittlungen jetzt wieder aufnehmen?«

»Nein. Die Tat verjährt in neun Tagen. Es käme einem Wunder gleich, wenn wir nach der langen Zeit in dieser kurzen Frist den Fall noch klären könnten. Zudem haben wir nichts in der Hand: Die Asservate wurden vernichtet, es gibt kein Beweismaterial, nichts, mit dem wir arbeiten könnten.«

»Bist du sicher? Nathaniel hat zu seinem Vater recherchiert und ist auf Verbindungen zur linken Terrorgruppe Bertastrasse gestoßen, die die RAF unterstützte. Vielleicht ist deren Anführerin Esmeralda Esposito in die Sache involviert. Wir haben ihre Adresse herausgefunden, sie wohnt heute in Neapel. Du musst mit Nathaniel reden!«

»Selbst wenn wir die Ermittlungen wieder aufnehmen: Wie sollen wir es in ein paar Tagen bewerkstelligen, jemandem eine Tat nachzuweisen, die sich vor dreißig Jahren ereignet hat, in einem Fall, in dem alle Asservate vernichtet worden sind? Das ist nicht zu schaffen.«

Milla nickt nachdenklich. Wenn Sandro nicht mit Nathaniel reden will, dann wird sie das tun. Als Journalistin muss sie sich an keine Verjährungsfristen halten.

»Was genau war Aaron Trachsels Rolle in der ganzen Geschichte?«, erkundigt sich Milla.

»Ich kann dir dazu wirklich nicht mehr sagen. Ich bin schon sehr weit gegangen, lassen wir die Untersuchungskommission ihre Arbeit tun, sofern es denn eine gibt.«

»In Ordnung.« Milla macht einen Schritt auf Sandro zu und umarmt ihn. »Danke, dass du mir die Wahrheit gesagt hast und dass wir das in unserer Sendung bringen können. Ich denke, das ist der beste Weg.«

»Ich sage Emilio Livingstone, dass er die Mitteilung erst heute Abend rausgeben soll, kurz bevor eure Sendung beginnt, dann habt ihr das exklusiv. Es war ein geschickter Schachzug von dir, mit Hermine Trachsel-Von Grafenstadt zu reden.«

Milla hört Sandro nicht an, ob er dies kritisch oder anerkennend meint.

»Danke, dass du mir die Gelegenheit gegeben hast, auf diese Weise Stellung zu nehmen. Aber nicht, dass das jetzt zur Gewohnheit wird!« Sandro sagt es mit einem Lachen.

Wie gut das tut, denkt Milla. Sie ist froh, dass die Geschichte nicht länger zwischen ihnen stehen wird. Sie umarmt Sandro noch einmal und küsst ihn auf den Mund.

»Schon gut, schon klar, dass du jetzt zufrieden bist«, neckt Sandro seine Freundin.

Womit er durchaus recht hat. Milla ist zufrieden. Mehr als das. Denn das hier wird ihre beste Reportage seit Langem werden.

77

Der große Zeiger der Uhr über der Tür springt auf die zwölf, der kleine steht bei der elf.

An diesem Vormittag kommt niemand zu spät zur Besprechung, die Sandro einberufen hat. Dennoch bleibt ein Stuhl leer: Felix Winters Platz.

»Ich begrüße euch zu dieser etwas besonderen Sitzung.« Obwohl sich Sandro die Worte zuvor zurechtgelegt hat, mit denen er beginnen wollte, findet er jetzt doch nicht die passenden. »Ich möchte euch über … über die jüngsten Ereignisse informieren.«

Malou liegt schon eine Bemerkung auf der Zunge. Sie hat Sandros Auftritt in der gestrigen Sendung *Wochenthemen* mitverfolgt, doch sie schweigt.

»Vielleicht hat jemand von euch gestern die *Wochenthemen* gesehen«, sagt Sandro im gleichen Augenblick. »Ich weiß, dass es womöglich seltsam anmutet, dass ich in der Sendung etwas anderes erzählt habe als tags zuvor bei der PK. Wir hatten zunächst geplant, den mutmaßlichen Tötungsversuch von Aaron Trachsel an seiner Frau nicht zu kommunizieren, um Vorverurteilungen zu verhindern. Es waren persönliche Gründe, die mich dazu bewogen haben, meine Meinung zu ändern. Einerseits hat meine Partnerin Milla, die bekanntlich Journalistin ist, von Hermine Trachsel-Von Grafenstadt persönlich erfahren, dass ihr

Mann versucht hat, sie umzubringen. Milla hat mir jedoch versichert, dass sie das Interview nicht verwenden und auf den Bericht verzichten würde. Trotzdem habe ich mich entschieden, reinen Tisch zu machen. Ich habe realisiert, dass ich nicht nur halbe Wahrheiten kommunizieren will, oder mit anderen Worten: Dass ich nicht mit halben Lügen leben will. Mit ein Grund für meinen Meinungswechsel war die Geschichte, die mir Felix gestern erzählt hat – und wegen der er seinen Dienst vorzeitig quittiert hat.«

»Was hat er?«, ruft Bettina laut aus.

»Ist das dein Ernst?«, fragt Florence.

Einzig Malou schweigt und nickt. Sie ist froh, dass Felix ihr die Entscheidung abgenommen hat.

Sandro erzählt seinen Kolleginnen so genau wie möglich, was er von Felix erfahren hat. Keine der drei Frauen erinnert sich an den Fall um Nathaniels Familie. Sandro berichtet, wie die Polizei vor fast dreißig Jahren die Ermittlungen auf Befehl von Trachsel einstellen und den Fall als abgeschlossen zu den Akten legen musste. »Berichte wurden verfälscht, mögliche Beweismittel zerstört, es wurde verschwiegen, dass Dritte an der Tat beteiligt gewesen sein müssen, stattdessen wurde die Schuld einem der Opfer zugeschoben und die Akte geschlossen.«

»Warum?« Bettina schüttelt verständnislos den Kopf.

»Niemand sollte erfahren, dass es ein streng geheimes Militärkommando gab, das Undercover-Agenten einsetzte – und dass einer davon getötet wurde. Alles sollte unter dem Deckel gehalten werden. Darum wurden sämtliche Beteiligte – darunter Felix Winter – zur Verschwiegenheit verpflichtet.«

»Warum hat Felix sein Schweigen jetzt doch noch gebrochen?«, erkundigt sich Florence.

»Womöglich, weil Nathaniel Brenner zu recherchieren begonnen hat. Und wegen des Todes von Aaron Trachsel. Felix hat bestätigt, dass Trachsel involviert war: Er persönlich hat ihn zum Schweigen verdonnert.«

»Ich habe in Trachsels Schreibtisch alte Akten gefunden, die in Zusammenhang mit der K17 stehen«, wirft Malou ein. »Die werden helfen, die Geschehnisse aufzuarbeiten.« Mehr sagt sie nicht. Kein Wort darüber, dass sie ihren Kollegen mit dem Bericht konfrontiert und ihn damit erst zu seinem Schritt bewogen hat. »Was machen wir jetzt?«, fragt sie. »Nehmen wir die Ermittlungen wieder auf?«

»In wenigen Tagen ist die Tat verjährt. Die Zeit ist zu knapp.«

Sandro überlegt, ob er den verdächtigen Suizid des Journalisten Paul Dunkel erwähnen soll. Der gelbe Handschuh. Doch er hat im Archiv nichts über Dunkel gefunden. Weder Akten noch Asservate wurden aufbewahrt. Auch hier wird sich kein Beweis mehr finden lassen, falls es kein Suizid gewesen ist. Auch in Zusammenhang mit Claude Vogelsangs Suizid bleibt ein schaler Nachgeschmack – selbst wenn Irena aufgrund der Untersuchungen sicher ist, dass bei Vogelsangs Tod eine Fremdeinwirkung ausgeschlossen werden kann. Wer weiß, vielleicht wollte der alte Anwalt tatsächlich ein Zeichen setzen, indem er den gelben Gummihandschuh anzog – oder es war ein letzter makabrer Scherz?

»Ich fürchte, dass es in diesem Fall nie auf alle Fragen eine Antwort geben wird«, räumt Sandro ein.

»Und was ist mit Felix?«

»Ich hätte ihm ein anderes Karriereende gewünscht. Aber ich akzeptiere und unterstütze seinen Entscheid.«

»Er kann doch nicht einfach so gehen, ohne ein Wort.«

»Wir werden ihn im Team zu gegebener Zeit verabschieden. Ganz ohne Abschiedsfeier kommt er uns nicht davon.«

Es klopft an der Tür. Kollege Schmid steckt den Kopf herein. In der einen Hand hält er einen roten Stöckelschuh, in der anderen eine zerstörte Fotografie.

»Schon wieder bei mir gelandet«, kommentiert Schmid. »Könntet ihr euch bitte mal darum kümmern, ich will schließlich kein Schuhgeschäft eröffnen.«

»Wir hatten gerade anderes zu tun. Malou?«, fragt Sandro.

»Ich kümmere mich drum, jetzt habe ich ja Zeit.«

78

Die Uhr des Zytgloggeturms schlägt die volle Stunde. Milla sitzt unter einer Wolldecke vor der Berner Café-Bar *Adriano's* und nippt vorsichtig an einer übervollen Kaffeetasse. Sie hört das leise Klacksen des Blindenstocks schon, bevor sie Nathaniel um die Ecke kommen sieht.

»Nathaniel, ich bin hier!«, ruft sie laut, während sie sich erhebt, um ihn an den Tisch zu führen.

»Du sitzt draußen?«

»Es hat Wolldecken. Es ist Frühling! Wo ist Alisha?«

»Sie ist bei Veronika, immer noch sehr schwach. Und ihr hattet recht: Wahrscheinlich ist es zu gefährlich, wenn ich mich auf sie verlasse, ihr Gesichtsfeld ist sehr stark eingeschränkt.«

»Das tut mir sehr leid. Kaffee? Ich hol dir einen.«

»Danke, gerne.«

Milla hat Nathaniel angerufen und ihm davon berichtet, dass Felix Winter zurückgetreten ist und dass damals die Ermittlungen zu seinem Fall unterbunden worden sind. Nathaniel seinerseits hat Milla am Telefon nur ansatzweise erzählt, was sich in seinem Leben in den letzten Tagen ereignet hat, einzig dass er nach Neapel gefahren ist und dort Esmeralda Esposito tatsächlich gefunden hat, mehr aber hat sie von ihm noch nicht erfahren. Nathaniel hat darauf bestanden, dass sie sich persönlich treffen, dass sie unter vier Augen reden, was seltsam klang aus dem Mund eines Blinden.

Als Milla wieder nach draußen tritt, sitzt Nathaniel zu ihrem Erstaunen an einem anderen Tisch. Sie stellt seine Tasse vor ihm ab und holt dann die ihre, die er stehen gelassen hat.

»Hier klang es ruhiger, weniger Leute«, erklärt Nathaniel. »Ich will nicht, dass man uns hört.«

Milla blickt sich um. »Man wird uns hier nicht hören.«

»Ich möchte, dass das, was ich dir heute sage, unter uns bleibt. Versprochen?«

»Versprochen.«

Erst jetzt beginnt Nathaniel zu erzählen; von der langen Zugreise nach Neapel, von Veronika, die behauptete, Esmeraldas Mutter zu sein, was er zuerst für einen Trick hielt, was sich dann aber als Wahrheit herausstellte. Und mehr noch: Dass Esmeralda seine leibliche Mutter sei – und wohl auch die Mörderin seines Vaters, seiner Schwester und seiner anderen Mutter, zusammen mit Balz Brecht. Milla hört Nathaniel erst ungläubig, dann überrascht und schließlich schockiert zu. Mehrere Male will sie ihn unterbrechen, nachfragen, weil sie es kaum fassen kann, weil das, was Nathaniel erzählt, nicht real, sondern eher wie das Drehbuch eines Dramas klingt. Doch sie schweigt und lässt ihn zu Ende reden.

»Das also ist meine Geschichte. Ich bin der Sohn eines Spitzels und einer Terroristin, die meine Familie ausgelöscht hat.«

»Das ist … ich weiß nicht, was ich sagen soll, das ist unglaublich. Und doch geht plötzlich alles auf. Aber warum? Warum hat sie alle getötet?«

»Esmeralda behauptet, dass sie niemanden töten wollte.

Sie sagt, sie wollte mich zurückholen, das Kind, das ihr im Gefängnis weggenommen worden war. Doch dann habe mein Vater zur Waffe gegriffen, und es sei zur fatalen Schießerei gekommen.«

»Wie geht es dir jetzt?«

»Es ist erstaunlich: Ich dachte zuerst, dass sich etwas ändert, aber das ist nicht passiert. Ich fühle mich nicht anders als vorher – doch es tut gut, die Wahrheit zu kennen. Obwohl ich mich nicht mehr an die Tat erinnere – ich wusste immer, dass etwas nicht stimmte. Meine Albträume … darin war mein Vater niemals der Täter. Diese Ungewissheit, das Gefühl, mit einer falschen Wahrheit zu leben – es ist gut, dass das vorbei ist. Es ist, als wäre ich angekommen. Ich fühle mich ruhiger, tief in mir drin.«

»Ich muss dir auch etwas erzählen. Rate mal, wer den Agenteneinsatz deines Vaters leitete?«

»Keine Ahnung.«

»Aaron Trachsel. Es wird wohl eine Untersuchung der Vorfälle geben.«

»Sie wollen wieder ermitteln?«

»Sandro sprach von einer Parlamentarischen Untersuchungskommission. Die Tat ist fast verjährt. Aber jetzt, wo wir die Täterin kennen, kann der Fall sofort wieder aufgenommen werden. Du musst zur Polizei gehen. Sie werden Esmeralda verhaften.«

»Nein.«

»Nein?«

»Ich werde meine Mutter nicht anzeigen, sie ist schon genug gestraft. Sie wurde bei der Schießerei am Rücken verletzt. Balz Brecht hat sie nach Italien gefahren und in ein Spital gebracht. Seither kann sie kaum mehr gehen und ist auf einen Rollstuhl angewiesen. Und man hat ihr

ihr Kind weggenommen! Sie haben ihr gesagt, das Kind sei tot. Stell dir das vor! Hätte sie mich behalten können, wäre das alles nie passiert.«

Milla schaut Nathaniel nachdenklich an. »Es ist natürlich deine Entscheidung. Aber bist du sicher, dass es die richtige ist?«

»Ja, ich habe mich entschieden. Ich werde meine Mutter nicht verraten. Und ich bitte dich, niemandem davon zu erzählen. Auch nicht Sandro.«

»Ich schweige wie ein Grab.« Milla hält inne. »Aber sobald die Tat verjährt ist ... dann werde ich dich fragen, ob ich über dich und deine Geschichte berichten darf. Wir werden aufdecken, was damals vertuscht worden ist. Und wir werden anprangern, dass einer Frau im Gefängnis das Kind weggenommen wurde. Wir werden einen Dokumentarfilm dazu machen, um den ganzen Skandal aufzudecken.«

»Einverstanden. Das machen wir. Aber erst, wenn Esmeralda nicht mehr belangt werden kann.«

Milla greift nach Nathaniels Hand. Die Abmachung gilt.

»Nathaniel«, sagt in dem Moment eine Stimme hinter seinem Rücken.

»Gundula, ist es schon Zeit?«

»Ja. Wir sollten los.«

»Ich habe Gundula gebeten, mich hier abzuholen. Wir bekommen Nachwuchs.«

Milla blickt auf Gundulas Bauch, die abwehrend die Hände hebt und laut auflacht.

»Nicht solchen Nachwuchs, das hat noch Zeit«, meint Gundula. »Wir fahren zur Blindenschule, Nathaniel kriegt einen neuen Hund.«

Als Gundula und Nathaniel eine halbe Stunde später bei der Blindenschule ankommen, wo die Hunde ausgebildet werden, wird Nathaniel plötzlich speiübel. Am liebsten würde er sich übergeben. Er will keinen Ersatz für Alisha besorgen. Er will sie behalten, oder eher – er möchte seine alte Alisha zurück, die gesunde, sehende, unverletzte Alisha, die ihn durchs Leben führt. Doch das geht nicht. Die Veränderungen im Leben lassen sich nicht aufhalten. Trotzdem fühlt er sich schrecklich bei dem Gedanken, Alisha zu ersetzen.

»Guten Tag, herzlich willkommen. Ich bringe Sie gleich zu unseren Tieren«, sagt der Mann vom Empfang, nachdem Gundula sie vorgestellt hat. Sie folgen ihm über einen Pfad um das Haus herum in einen Garten. Plötzlich spürt Nathaniel etwas an seiner Wade, er gerät beinahe ins Stolpern. Er hört ein leises, aber begeistertes Winseln, ein junger Hund springt an ihm hoch. Nathaniel geht in die Knie, um nach dem kleinen Wuschel zu greifen, der schwanzwedelnd um seine Beine herumtanzt. Wie weich sein Fell ist. Da wischt etwas Nasses über Nathaniels Gesicht.

»Kleiner Frechdachs«, lacht Nathaniel.

»Das ist James«, sagt der Ausbildner. »Er ist der Vorlauteste in diesem Kindergarten.«

Nathaniel krault James hinter dem Ohr, der Hund wackelt mit dem gesamten Hintern, so sehr wedelt er mit dem Schwanz. Gundula weiß, was Nathaniel gleich sagen wird, schon bevor er die Worte ausspricht.

»Ich habe mich bereits entschieden. James, ich bin sicher, wir werden ein gutes Team.«

Epilog

»So I say: Thank you for the music, the songs I'm singing. Thanks for all the joy they're bringing.«

Hermine Trachsel-Von Grafenstadt stimmt zu Abbas Lied mit ein und tanzt in der leeren Villa mit wiegenden Bewegungen durch den Salon. In der einen Hand ihren alkoholfreien Drink; einen Ingwersaft mit Limetten und Szechuan-Pfeffer-Körnern, den richtigen. Mit dem Trinken hat sie schon lange aufgehört. Aaron hatte sie vor einem Jahr gegen ihren Willen in die Klinik geschickt, doch im Nachhinein muss sie sagen, dass ihr nichts Besseres hätte passieren können. Ein Neustart. Der Beginn ihres zweiten Lebens.

Als sie den Ausstieg aus der Sucht geschafft hatte, ist es ihr von Tag zu Tag besser gegangen, auch das Zittern war verschwunden – doch mit der Nüchternheit war auch die Erkenntnis gekommen, dass sie so nicht mehr weiterleben wollte, nicht in dieser Beziehung, nicht mit diesem Mann, der sie belog und betrog und der ihr ein Fremder geworden war. Sie wollte weg von ihm. Ihr war von Anfang an klar, dass es nur einen Weg gab und dass er nicht einfach werden würde. Sie wusste, sie brauchte einen perfekten Plan und sie musste gut sein.

Sie war gut. Mehr noch: Sie war fantastisch!

Im Nachhinein war es ein Fehler von Aaron gewesen,

sie als junge Frau für die T17 zu rekrutieren und sie als Agentin auszubilden. Dort hat sie das Schauspielern gelernt. Wer nicht spielen kann, fliegt auf – das war damals so, und so ist es auch heute noch.

Sie ist nicht aufgeflogen.

Die Rolle der Alkoholikerin war für sie ein Leichtes. Sie war bereit, als die Polizei das erste Mal bei ihr klingelte. Sie hatte sich geschminkt. Wie einfach es ist, sich einen blass-grauen Teint und Augenringe anzueignen, unglaublich, welche Wirkung ein rosaroter Lidstrich unterhalb des Auges erzeugt! Um die Fahne hinzukriegen, hatte sie ausgiebig mit Schnaps gegurgelt. Auch das Zittern bekam sie gekonnt hin, schließlich hatte sie damit jahrelang Erfahrung. Sie haben ihr die Alkoholikerin sofort abgekauft, obwohl sie einzig und allein zwei Mal Alkohol getrunken hat: einmal auf dem Polizeirevier, und dann mit dieser Malou Löwenberg, das ließ sich nicht vermeiden. Sie muss so überzeugend gewesen sein, dass sie nicht einmal an ihrem Glas gerochen haben. Gleichzeitig war sie vorsichtig darauf bedacht, nicht allzu unverdächtig zu erscheinen, weil das zu auffällig gewesen wäre. Deshalb streute sie die kleinen Verdachtsmomente gegen sich ein. Danach blieb ihr nur noch abzuwarten.

Es dauerte länger als gedacht, bis jemand auf den Pfeffer stieß, doch dann lief alles genau so, wie es in ihrem persönlichen Drehbuch stand. Nein, besser noch: Die Journalistin, die nach einem Interview fragte und die große Geschichte witterte, die die Polizei nicht an die Öffentlichkeit tragen wollte, die hatte sie nicht eingeplant. Frohlockend hat sie sich den Beitrag angeschaut. Jetzt ist offiziell *sie* das Opfer, und Aaron bleibt als das in Erinnerung, was er wirklich war: Ein kaltblütiges Ekel – das zum

Glück keine Ahnung von Pflanzenkunde hat. Sie war es, die ihn in die Blumenhandlung geschickt hat, um die Samen der Herbstzeitlosen zu kaufen. Sie war es auch, die all seine Spesenrechnungen erledigte – es war ein Leichtes, den Kassenzettel dort aufzuführen. Wenn die Polizei ihn nicht selbst gefunden hätte, hätte sie einfach ein bisschen nachgeholfen. Doch das war gar nicht nötig. Zur Sicherheit hatte sie ein weiteres Indiz fingiert: Sie war bei Margret Nova eingebrochen und hatte in ihrem Müll die leere Verpackung der Pflanzensamen platziert. Warum die Polizei sie nicht gefunden hat, ist ihr schleierhaft. Zum Glück stieß sie in Margrets Wohnung auf die Pflanzenbücher. Welch herrliche Fügung! Sie markierte kurzerhand den Text zur Herbstzeitlosen und steckte bei der betreffenden Seite das Lesezeichen rein. Ein Fingerzeig, den die Polizei dankend entgegennahm.

Sie hat an alles gedacht, und alles ist perfekt aufgegangen. Man sollte sich nie mit einer ehemaligen Agentin anlegen, das kann gefährlich werden. Schade eigentlich, dass sie ihren Erfolg mit niemandem feiern kann. Sie findet, sie hätte einen Orden verdient.

»So I say: Thank you for the freedom …« Hermine Trachsel-Von Grafenstadt singt ihren eigenen Text, als der Refrain wieder einsetzt. »Auf die Freiheit«, ruft sie in den Raum und dreht sich einmal um sich selbst. Sie tanzt am Spiegel vorbei und prostet ihrem lachenden Spiegelbild mit dem alkoholfreien Drink zu. Ganz ohne dabei zu zittern.

Ende

Nachwort und Dank

Eine Frage wird mir immer wieder gestellt: »Wie kommst du auf deine Ideen?« Tatsächlich ist es so, dass mir die Ideen meist in ganz banalen Alltagssituationen unerwartet zufliegen, begleitet vom Gedanken: *Was wäre, wenn in diesem Moment das oder jenes geschehen würde?* Schon ist das Fantasiegetriebe in meinem Kopf in Gang gesetzt. Gleichzeitig stehle ich manche Ideen für meine Geschichten ungeniert bei der Realität, die immer noch den größten Fundus bietet; ich schmuggle echte Kriminalfälle zwischen die Buchdeckel, stütze mich auf wirkliche politische oder sozial-gesellschaftliche Begebenheiten, bediene mich an historischen oder aktuelleren Ereignissen, die genauso oder leicht anders tatsächlich stattgefunden haben.

Auch in diesem Roman. So gab es in den Siebzigerjahren in der Schweiz tatsächlich eine linksterroristische Gruppierung, die die Rote Armee Fraktion RAF in Deutschland mit Waffen und Munition belieferte, gestohlen in schlecht oder unbewachten Depots der Schweizer Armee und anschließend über die grüne Grenze geschmuggelt. Auch die Figur der Esmeralda Esposito ist nicht meiner reinen Fantasie entsprungen, und selbst der geplante Anschlag auf den Schah von Persien in einem Schweizer Ski-Ort ist keine Erfindung meinerseits. Dass sich Polizisten während der Jugendunruhen getarnt als linksautonome Jugendliche in die Anarchistenszene einschleusen ließen, ist kein Geheimnis mehr – spätestens, seit einige der Spitzel nach vielen Jahren ihr Schweigen gebrochen haben. Ebenso enttarnt wurde die einst geheime Truppe der Schweizer Armee, die in Wirklichkeit P26 hieß und die – so ist es zumindest zu hoffen – in der Realität über keine Todesschwadron verfügte.

Nun mögen Sie sich vielleicht fragen, wie viel Wirklichkeit wohl im Fall um den ranghohen Politiker Aaron Trachsel steckt, insbesondere in Kapitel 1, in dem seine geheime Liebesaffäre unschön vor dem Höhepunkt ein abruptes Ende findet. Um den Ursprung dieser Idee zu erörtern, muss ich Ihnen einige intime Einblicke zumuten ... denn natürlich liegt auch in dieser Szene ein kleines Fünkchen Wahrheit verborgen.

Ich war noch ein Kind, nicht mehr zu klein, um zu verstehen, aber auch noch nicht erwachsen, als in meiner Gemeinde ein Politiker an einem Herzinfarkt verstarb. Das an sich war noch nicht außerordentlich. Für Gesprächsstoff sorgte jedoch der Ort, an dem sein Leben ein jähes Ende nahm: Er starb in einem Bordell. Das erfuhr ich aus erster und gesicherter Quelle, war mein Vater doch der Bestatter im Dorf. Über nähere Details zum Ableben des Politikers ließ sich mein Vater indes nicht aus; das war auch gar nicht nötig, jeder machte sich sofort selbst ein Bild.

Auch ich war beeindruckt. Die dramatische Geschichte hinterließ in meinem jugendlichen Leben Spuren: Die Entdeckung meiner Sexualität ging mit einer diffusen Angst einher, dass ein Partner während des Aktes über mir zusammenbrechen und das Zeitliche segnen könnte. Noch beunruhigender als die Vorstellung, womöglich unfreiwillig einen Tod mitzuverschulden, war indes die Tatsache, wen ich in einer solch unschönen Situation verständigen müsste: Meinen Vater, den Bestatter … Ich wurde schon rot, wenn ich nur daran dachte.

Nun, so weit ist es zum Glück nicht gekommen. Dafür hat das Jugend-Trauma nun Eingang in dieses Buch gefunden und gilt somit als überwunden.

Ein Buch, das einmal mehr auch durch die Unterstützung von Freundinnen und Freunden, Helferinnen und Helfern zustande gekommen ist. Ihnen allen danke ich sehr herzlich.

Mein Dank geht an:

Meinen Vater, Peter Brand, weil: Siehe oben! Ihm verdanke ich meine morbide Ader. Er ist mit seinen Geschichten aus dem Berufsalltag eines Bestatters nicht nur Inspiration, sondern auch immer wieder eine hervorragende Auskunftsperson. Mein Dank richtet sich an meine gesamte Familie, Lilo Brand, Franziska Brand und Sue Feissli, die mich immer in allem unterstützen, was in einem unsteten Leben als schreibende Nomadin und Weltenbummlerin keine Selbstverständlichkeit ist.

Felix Wenger, der sein Berufsleben lang Mörder gejagt und überführt hat – und der mich mit seinem Fachwissen immer mal wieder zurück auf die richtige Fährte bringt, wenn ich ihn zu der unmöglichsten Zeit mit den schrägsten Fragen behellige. Er deckt mit seinem Polizistenauge die kleinsten Widersprüche auf, in die ich mich beim Schreiben zuweilen verwickle, und ist mit seiner Erfahrung auch immer wieder eine Quelle der Inspiration. Ich nenne hier nur mal als Stichwort: gelber Gummihandschuh …

Rechtsanwalt Bernard Rambert, der mir Einblick gewährte in die Zeit der Siebziger- und Achtzigerjahre, in der die Schweiz zu einem Spitzelstaat mutierte und in der er selbst als Strafverteidiger von Terroristen unter Dauerbeobachtung des schweizerischen Geheimdienstes stand. Seine Fiche war eines von rund 900.000 Überwachungsdossiers, die der Schweizer Staatsschutz über meist unbescholtene Bürger, Vereine und Organisationen anlegte. Irgendwelche Ähnlichkeiten mit »meinem« Anwalt Claude Vogelsang sind natürlich rein zufällig – und Bernard Rambert möge mir verzeihen, dass sein Kollege Vogelsang das Ende dieses Romans nicht überlebt hat.

Ulrich Zollinger, emeritierter Professor für Rechtsmedizin, der mir für dieses Buch unter anderem eine detaillierte Erklärung mit dem Titel *Verhalten von Totenflecken* lieferte, inklusive grafischer Darstellung über die *Wegdrückbarkeit* ebendieser auf einer Zeitachse von dreißig Minuten bis vierundzwanzig Stunden nach Ableben des Opfers. Wenn Ueli Zollingers Mail mit dem Satz beginnt: *Ich will Dir ja nicht unnötig Mehrarbeit bereiten …* dann weiß ich, dass ich nun noch ordentlich was zu tun bekomme!

Thomas Hasler, mein Erstleser, der kritisch und unerbittlich jeden Logikfehler aufdeckt und so gut wie immer recht hat (!), selbst wenn er Akkordarbeit leisten muss, weil das Manuskript eigentlich schon abgegeben sein müsste, wenn er es in die Hände kriegt.

Gaby Holenstein, Erstleserin, Antreiberin, Motivatorin – in Momenten, wenn ich denke, dass das, was ich schreibe, überhaupt keinen Sinn macht und keiner Leserin und keinem Leser zugemutet werden kann, bringt sie mich dazu, weiterzumachen und nicht aufzugeben.

Marion Sägesser-Bolz, Claudio Jakob, Ueli und Liliane Wenger, die mit Adleraugen die letzten Fehler ausmerzen und mir eine große Unterstützung sind.

Charlotte Mischler, die coolste Frauenärztin der Welt, die mich meine Konsultationen mit Büchern bezahlen lässt und mir alles über Aborte erklärte, während sie einen Apéro auftischte, den sie – mangels Gabel – mit einer (ungebrauchten!) Abstrich-Bürste servierte.

Meinen Lieblingscousin Niklaus Nuspliger – weil ohne ihn das Buch kaum rechtzeitig fertig geworden wäre! Er war mein Superbooster: Die Deadline zum Greifen nah, schrieb ich in einem Strandhäuschen auf Sansibar wie eine Wahnsinnige, während er neben mir auf dem Liegestuhl lag, mein Manuskript las und mich unerbittlich antrieb, weil er natürlich viel schneller liest, als ich schreiben kann. Ach ja: Irgendwelche Ähnlichkeiten mit Millas Cousin Kaspar sind reiner Zufall.

Nicole Urban, die mir als ruhelose Weltenbummlerin in Zürich ein Zuhause gibt. Im wahrsten Sinne des Wortes.

My dear friends in Zanzibar who make my favorite island a home to me. Especially Theneyan, a Zanzibari with Osmanian roots. Wether a bartender in real life nor wearing a diamond tooth, he's always there when someone needs help. And he is a great storyteller as well: He is still trying to convince me that his alter ego in the Kreissaal-Bar in Bern is being chased by Somali pirates …

Silvan Spycher, der mir auch in diesem Buch wieder Vorbild war für den unerschütterlichen Nathaniel. Ich bin dankbar, einem derart starken Menschen begegnet zu sein, der sein Leben auf so eindrückliche Art und Weise meistert. Und der mir gezeigt hat, dass Sehende nicht immer mehr sehen als Blinde.

Ein riesiges Dankeschön geht an Johanna Bedenk, die ich sehr vermissen werde, und an das gesamte, wunderbare Team des Blanvalet-Verlags, das mich stets begleitet, unterstützt und meine Arbeit wertschätzt.

Ein ebenso großes Merci an René Stein, meinen Lektor, der meine Texte mit professionellem Können upgradet, trotz meiner Helvetismen nie die Nerven verliert, Übersicht und Klarheit schafft, wo sie mir abhandengekommen sind, und meinen Sätzen den letzten Schliff verleiht. Wobei manche seiner Kommentare mich laut auflachen lassen – was die Zusammenarbeit umso wertvoller macht.

Und zuletzt der Dank, der an allererster Stelle steht: Danke Lars Schultze-Kossack und Nadja Kossack, das ultimative Agenten-Paar, das mir ermöglicht hat, mein Leben auf den Kopf zu stellen und zur schreibenden Nomadin zu werden. Danke, dass ihr mich auf dem Weg begleitet, den ich erst dank euch habe einschlagen können. Danke für die Unterstützung und die Freundschaft.

Herzdank auch Ihnen allen, liebe Leserinnen und Leser, die Ihr eintaucht in meine Geschichten und Milla, Nathaniel, Sandro, Irena und Co. bei ihren Abenteuern begleitet.

Ihre Christine Brand